曹雪芹

CAO
XUE
QIN

端木蕻良
钟耀群
著

[上册]

中国文史出版社
CHINA CULTURAL AND HISTORICAL PRESS

图书在版编目（CIP）数据

曹雪芹：上、下册 / 端木蕻良，钟耀群著 . -- 北
京：中国文史出版社，2024.3
ISBN 978-7-5205-4514-3

Ⅰ.①曹… Ⅱ.①端… ②钟… Ⅲ.①传记小说—中
国—当代 Ⅳ.① I247.5

中国国家版本馆 CIP 数据核字（2023）第 230308 号

责任编辑：张春霞、高贝

出版发行：中国文史出版社

社　　址：北京市海淀区西八里庄路 69 号院　　邮编：100142

电　　话：010-81136606　81136602　81136603（发行部）

传　　真：010-81136655

印　　装：北京科信印刷有限公司

经　　销：全国新华书店

开　　本：787mm×1092mm　1/16

印　　张：48.5

字　　数：724 千字

版　　次：2025 年 5 月第 1 版

印　　次：2025 年 5 月第 1 次印刷

定　　价：188.00 元（上、下册）

写在蕉叶上的信

××同志：

连日秋雨，我在灯下给你写信。今年八月中旬，××逝世，他的爱人检点遗箧，发现他赠给我的诗："魏武风流贻子孙，红楼残梦付贤昆。……"诗到我手，人已云亡，这般光景，实在令人感动。昨天又收到×××的诗："三十五年认旧踪，几番浮白几谈红。细论功罪抨兰墅，喜见勾萌生雪蕻。……"今天又收到你的信，问我："石头面目几时开？"……你们对我的长篇历史人物小说《曹雪芹》这样热情关心，确是对我最有力的鞭策和鼓舞。你问我怎么写？我因病，无法细谈，现在仅就几个问题，来和你商榷。

新中国成立后，由于党和人民对于曹雪芹的重视，不断提供和发现有关他的一些材料，哪怕是点滴也好，或是一丝线索也好，都是极可喜的。专家和学者们的辛勤劳动，也丰富了我对曹雪芹的一些知识。毛泽东同志关于《红楼梦》研究的指示，使我有了一把金钥匙。这些都提起了我写作的勇气。

曹雪芹生活的时代，在欧洲，正是从路易十四头上摘下的王冠，戴在路易十五头上的时候。在东方，正是不列颠东印度公司入侵印度的时候。在中国，正是西洋传教士和商人踏上"天朝"大门的时候。自行船和机器人已经成为皇帝的玩好。最有趣的是：乾隆三十五年（1770）英使进呈的机器人，能写"八方向化，九土来王"八个字。乾隆五十年（1785）法国司铎加以改造，能写满蒙文字。在这颂歌的同时，至少有两种相反的东西，也随同进来。一种是发条，一种是鸦片。这确实是个变革的大时代。它是一个民族大融合的时代，又是一个阶级大分化的时代；它是一个受孕的时代，又是一个难产的时代；它是一个挥金如泥的盛世，又是一个锦绣成灰的前夕。把曹雪芹放在这个时代的漩涡里来写，想来你会同意的。曹雪芹是十分复杂的，他的灵魂深处，打着比哈姆雷特更深刻的烙印。to be or not to be，that's the question。[1]这个思想也折磨着他。上边，他和宫廷斗争噩梦一般纠缠在一起；下边，他和伶人走卒、市井庸夫传奇似的联结在一起。但他绝不是一个怀疑者，更不是一个殉道者。他是一个发现者。他发现，所以他叛逆。

我想，你知道得比我更清楚，在曹雪芹前面有过王夫之、蒲松龄，和他同时代的有戴震、吴敬梓。他们通过社会实践，树立了崇高的思想典范。还可追溯到更远一些，施耐庵、罗贯中、吴承恩、关汉卿、汤显祖等，都曾为曹雪芹开辟了道路。然后，在曹雪芹手中建立起一座不朽的里程碑。这不仅由于他的天才，也由于时代给他的各种才能和艺术概括能力。这些人生长在不同的土壤上，还给土壤的影响也有所不同，相互的影响也有所差异。但是，他们都从属于历史发展中的一根红线上。这点则是共同的。关于这一点，我还要引一段恩格斯的话："在历史上活动的许多个别愿望在大多数场合下所得到的完全不是预期的结果，往往是恰恰相反的结果，因而它们的动机对全部结果来说同样地只有从属的意义。"（《马克思恩格斯选集》第4卷，第244页）因此，怎样来理解曹雪芹和他的时代，我们便不该像老黑格尔那样天真，发现了希腊的"美好的个性形式"，便满足了。至于对曹雪芹的历史时代的全面考察，当然不是我所能做到的，却是我们大家必须做的。面对这个问题，至少有两个条件，对我们是有利的。这就是：曹雪芹为我们提供的真实历史，比任何历史教科书所提供的都要多；同时，我们有马克思主

---

[1] to be or not to be, that's the question 是莎士比亚的《哈姆雷特》一剧中哈姆雷特的一句台词："生存还是毁灭，这是一个值得考虑的问题。"

义，随时可以提高我们的思想和分析能力，使我们对历史和历史人物的客观实际，能够有正确的理解，能够看到诸如"对真理和正义的热忱"，看到"个人的憎恶，或者甚至是各种纯粹个人的怪癖"等以外的东西。

大家都知道《红楼梦》是刻画女性最多的书。曹雪芹甚至把贾宝玉也算在她们的行列之中。按照贾宝玉的排列方法，还把自己放在最前头。这是对的。即使用封建社会的价值来衡量，也是对的。因为贾宝玉是天下"无能第一"，世间"不肖无双"。

在武梁祠汉代石刻上，女娲、伏羲手中拿着的，一个是规，一个是矩，都是工具，我说它是工具，并不是说它们不代表阴阳。人类最早的科学总是和神话交织在一起。特别是伏羲和女娲都掌握着工具，这是值得注意的。

人类最初的分工，是在男女之间，为了生育子女而出现的。正如最初的优生学，是出现在蜜蜂的分工上一样。在对偶婚阶段，家庭内的分工，是男人取得劳动工具的所有权，女人取得家庭用具的所有权，男人主宰森林，女人主宰家庭。随着私有财富的增长、管理以及继承，一夫一妻制才得以出现。这是私有制对原始的自然生长的公有制的胜利的结果。它本来是一个历史的伟大进步。但伴随着奴隶制和私有财富的需求，它又是相对的退步。因为它使两性的关系，成了占有和被占有的关系。女性处在男性的从属地位而被奴役着。

随着继承制度的转移，由母系制过渡到父系制的继承权，在我国，在大禹时代就确立了。由禹传给了启，一直延续了几千年。神话中嫦娥吞食了不死之药，但她在地上不能长生，只有在碧空中才能长生。这正象征着母系制在地上的彻底消亡。

婚姻的形式，到达了一夫一妻制，这种形态，包含了一切未来在社会中广泛发展起来的对立。对这个形态，剖析入理，就会反映出历史发展中的种种矛盾。而曹雪芹在这方面恰恰是做得最为出色的。在私有制存在的历史中，一些人的幸福和发展，必然是建立在另一些人的痛苦和被压抑之上。贾宝玉"自甘暴弃"，厕身于女性群中，正是由于情愿站在被奴役、被压迫者这一边，成为一名在"天榜"中的代表人物。这种敢冒天下之大不韪，是有选择的。我绝不是危言耸听，因为它本来就是这样的。

因此，我们不难理解，曹雪芹为大观园中的女性控诉，也就是为被压迫阶级的控诉。从这开始，展开惊心动魄的历史长河的缩写，便在一座小小的"大观园"里面容纳了整整一部《二十四史》。

和这个问题相关联的，我们还要谈到曹雪芹所处时代的民族矛盾问题。从朱舜水所揭露的统治者巧取豪夺中可以看到，从雍正颁发的《大义觉迷录》中可以看到，从乾隆的毁书、禁书、大兴文字狱中也可以看到。毛泽东同志说："民族斗争，说到底，是一个阶级斗争问题。"我们再从旗籍奴隶大量逃亡，从机匠"叫歇"，从农民"闹街"，从兵丁"炸营"这些史实中，都可以证实这个问题。只有我们好好地考察这些，才可能在历史本身中去找寻决定它们的动力。但是从哲学的意识中把这种动力输入历史的事，却是经常被人使用的。

最后，关于曹雪芹的历史趋向问题，也要和你谈谈。以前我看过一位德语作家的小说《乡村的罗密欧和朱丽叶》，我对它的结尾一直不满足，因为他对主人公没有指出应有的出路。我并不是说每篇作品都要这样做。但我对这篇作品，总有这样的要求。因此，《曹雪芹》的去向问题，也经常在我脑子里萦回。感谢《废艺斋残稿》的发现，它为我解决了这个问题。至于它的真实性如何，且不去管它。但它提供给我们的，比凭空虚构的，还更富于想象力，单凭这一点就足够了。

就此搁笔。让我借用××最近给我的诗句："一天翠雨滴蕉叶，半亩芹根透紫芽。"权且把这信当作写在蕉叶上寄给你吧！现在，雨声还在淅沥，窗外茑萝正挂着累累的花蕾呢。我等待你的来信。

端木蕻良

1978 年 9 月 1 日

不是前言的前言

    写《曹雪芹》这部长篇，工程浩大，绝不是我一个人所能做得到、承担得了的，何况我又病得很久呢！生病也有另外一种好处，这使我可以摒挡一切，专心致力地来写作。同时，有广大读者和专家们的支持和鼓励，只要我敢于做个马前卒，敢于失败，是不妨一试的。

    由于时代的悲剧规定了《曹雪芹》的悲剧，因此，离开那个时代来写《曹雪芹》就成为不可能的事。但是，我们既没有一部可以依据的清代正史，又没有一部整理过的野史，各个方面都要靠我们共同寻丝觅缝地来探索。对于我来说，这就有一步一个漩涡的危险。但这也是没法避免的事。就如：既然生了腿，总是得走路的。不正是因为走路，才使我们有了两条腿的吗？

    历史的足迹和先行者，已经给我们作出了光辉的范例。贝多芬用眼睛来调音响，为我们作出了音响的画卷。西班牙阿尔塔米拉山洞文化时代的猎手们，用线条为我们谱写了无言的诗歌。古猿是因为食物缺乏才从树上走下来，它们也开始知道使用树枝和石块，来觅取能够补充到的营养……

    现在，新的火炬已经点燃了。

    先行者的勇气，同行者的暖流，都会不断地给我增添新的力量。

我是写长篇历史人物小说，不是在写曹雪芹的传记。请允许我对研究曹雪芹和发现历史文物资料的朋友们，致以深切的敬意和感谢！因为这些认识和不认识的朋友们，给我提供了方便，我要珍视和运用这些心血凝结成的财富……

但是，我只是要写出曹雪芹这个人来。塑造人物是要借助于形象思维的，我是根据这种要求来看待一些素材的。

以此为例，譬如：对曹雪芹的生年，我就采取了康熙五十四年，也就是1715 年的说法。我认为就写曹雪芹这部小说来说，这样写有许多好处。它可以说明下列几个问题：

一、曹颙死后，曹頫奉旨过继给曹寅寡妻李氏，继织造任。曹颙寡妻马氏生的遗腹子，就是曹雪芹。这种遭遇对曹雪芹性格方面，也会产生强烈的影响。他必须抛开自己的生母，而要向曹頫的妻子叫妈妈。这种按着宗法社会的合理安排，对曹雪芹来说是不合理的。二、曹頫正于此时袭织造任。这个"织造"是代替明朝十三衙门而设的职位，他既管南方织贡，又兼江南采风，同时，还要探测出江南文化生活和生产面貌来。曹寅的公开身份是监察御史，实际上是皇帝的亲信耳目，也是对南方逸民做统战工作的钦差密使。曹寅死后，康熙对曹颙是寄托很大希望的，可惜他竟早死。曹頫十几岁当差，曹寅、曹颙所担当的东西，他已有些担当不了啦！因此，他自然会想到，重振家声，再靠荫袭是长久不了的，所以，他鼓励曹雪芹要重视科举。这和曹雪芹自幼喜好杂学，恰恰立于相反的地位。三、1715 年上距曹寅之死仅仅三年。曹雪芹受曹寅影响最深，这对创造曹雪芹的典型环境、典型性格，颇有好处。曹雪芹自然是早熟的，这样处理，对他了解曹寅，有许多空间时间上的便利。四、蒲松龄恰巧在这一年逝世。而雍正元年（1723）又是大思想家戴震生年。恰恰这两个人，对曹雪芹又都是大有影响的。

由于以上这些因素，便促使我写曹雪芹生于1715 年。而小说则以1722 年开始。一路过来，康熙逝世，雍正登基，线索交错迷离，事物千头万绪，读者在这里可以看到诸般矛盾，纷逼而来，如箭在弦，一引即发。

又譬如：根据曹雪芹的身世，我把他的名字的改变作了民俗学的解释。

我使曹雪芹一生下来，就按当时的风俗，认老和尚做"干老"，由老和尚给他起乳名为"占姐儿"，认为这样"好养活"。我们知道，康熙时代，天花流行，夺去很多人的生命。曹家就这么一个男孩子，这样做是完全合理的。待到稍长，因为国恩家庆，福禄同霑，由蒙师命名为霑，也是很自然的。曹雪芹成年，自己起了好多别号，因为他对自己的命名表示出不满，而朋友们也叫惯他自己起的名儿，因此就"以字行"，成为"曹雪芹"了。从这儿也可以看出他名字演变的原因和内容来。另一方面，可以表现出曹雪芹的性格和他对我们这个惯会玩弄文字的古国的态度来。

再譬如：曹雪芹有两个姑姑，大姑姑嫁给平郡王纳尔苏，生了福彭。福彭对曹雪芹的命运有很大的影响。他比曹雪芹大几岁，我使曹雪芹小时做他的伴读。曹雪芹还有一位姑姑，也嫁一位显赫人物。但是由于对曹雪芹的影响，找不出具体的细节来，我就使她成了并无其人。

与此相反，我倒写了可能有的一个人——李芸出来。

李芸是李煦（苏州织造，曹寅的大舅子）同父异母的小妹妹，也是曹寅妻子的小妹妹。她自小寄居在曹家，终身不嫁。我写李芸，一方面省去许多笔墨，对于李煦家就可以做到"不写而写"了。一方面又可以生出许多笔墨来，因为李芸不是曹家的成员，从她眼中来看曹家的变迁，就更显得富有透视的质感来。

如果说，不大照顾细节的真实，就算是浪漫主义的话，那么我也可能沾了浪漫主义的光了。例如，康熙死在六十一年（壬寅）十一月十三日（公历1722年）。过了七天，雍正便就了皇帝位。接着就是新年元旦，从这天起改元为雍正元年。距康熙死，时间不出百天。按礼制不但不能欢庆新年，大闹花灯，就是穿着发饰，也另有讲究。但是为了情节的展开，不能等到那么久，再来安排这种场面，所以，我们便要越过这一关，不能拘于这种局限了。何况不到半年，德妃又死了呢！那就没完没了啦！

诸如此类的例子，还很多，就不一一提它了。当然除了明知故犯者外，必然会有许多不知而犯的，以及其他错误之处，敬希海内外专家、学者和广大读者，给我以教正和指导，匡我不逮！

高尔基说："我不怕犯错误，而且我自己也为这些错误付出了代价。"

是的，如果是错误，对任何人来说，都是逃避不了的，上帝为他子民所设的最后审判，在真正的最后审判到来的时候，总是要落在他的头上。

但我很怕犯这种错误：对别人的资料和论点，作了不适当的援用和引申。因此，要声明在先的，关于某些史实，请读者按照专家的考证为依据，千万不要以我的作数。因为我是要通过虚构和想象的，尽管我的想象力并不丰富。

因之，对于材料的来源，不管是实录、史稿、野史、传闻、笔记、稗钞、杂录……就都不注明出处了，不说明我为什么要改，而不照录。因为，那样做也于事无补。不过，借这个机会，我要向热情地向我提供资料和书籍的同志和单位，致以崇高的敬礼，没有他们的协助，我是没法进行工作的。

在创作实践中，我总是希望排除"影射"这个玩意儿。我从来是喜欢描写胜过叙述的。我企图在描写中能具有更广阔的概括性。如果这种概括的东西，也与某种情况有相似的话，这绝不是影射。因为影射绝不是艺术，它只会削足适履，而且还不仅仅是削足适履。

列宁说过：一切譬喻都是蹩脚的！

何况"影射"呢！

影射是什么玩意儿呢？按我的理解：影射这个玩意儿，就是在歪曲历史的同时，又必须对现实作尽了歪曲。我想我和我亲爱的读者们都不愿这样做吧！

本书暂拟回目，以便记诵，并非靠它贯串全书要领，也须在此顺便说一下。

我谨以这不成熟的作品，奉献于广大读者之前，也只是由于一个微末的希望，就是通过读者的审查，使我能有改写的机会，使我确实能够描绘出曹雪芹这个人来。

作者

1979 年 3 月 10 日

前　言

　　想写长篇小说《曹雪芹》是很早的事了。但我打算写部现实题材的长篇小说之后再动笔。后来，又因为生病，耽搁下来。粉碎"四人帮"以后，由于领导支持，各方面的鼓励，我才敢于尝试。本来这个题材，是属于社会的。曹雪芹本人的接触面是那么广泛，他的思想，又有极为深远的继承性，应该坦率地承认，囊括这么浩瀚的素材，绝不是我一个人所能承担得了的。没有最初的和今后的广大助力，我是没法完成的。

　　我服膺这样的话：

　　"在描写历史事件和人物性格时，必须具有真实性，代表时代的精神，把诗的想象跟哲学的理解以及心理的观察有机地结合起来，不要在生活的'田园的以及神话的趣味上'来描写它，而要描写它真正的悲苦和欢乐。"（车尔尼雪夫斯基《关于杜勃罗留波夫》）

　　受能力的限制，做不到这些，对我来说，不足为怪。但，做不到，还可以继续做。何况面对同样的题材，别人还可以做到呢！"虽不能至，心向往之。"我想这是可以允许的。中国有个成语："抛砖引玉"，这对我也颇为合适。

　　现在，谨就《曹雪芹》上卷出版之际，借这个机会，就教于学者、专家和广大读者之前，说几句话。

曹雪芹的家世，经历了康熙、雍正、乾隆三朝；曹雪芹的身世、家世，和这个康乾盛世交融在一起，无法分割。也只有这样的历史现实，才出现了这样的一个曹雪芹。要描绘出一个活的曹雪芹来，不把他糅合到时代背景里来写，也就成为不可能的了。但是，处在那个风起云涌的时代，不使前波后浪的史实淹没曹雪芹，不使千头万绪的家史纠缠住曹雪芹，又使他本人不脱离开这个历史的浪潮，这就使写作遇到了很多困难。

爱因斯坦说："从我自己痛苦的探索中，我了解前面有许多死胡同，要朝着理解真正有重大意义的事物迈出有把握的一步，即使是很小的一步，也是很艰巨的。"对于我来说，艰巨是从几方面来的：历史的，哲学的，对当时风俗习惯的无知，以及艺术技巧的不足，等等，俯拾皆是。何况还有些实际困难。举一个例子来说吧：陪伴曹雪芹的丫鬟，刚被读者熟悉了，就要打发开去，因为他长大了，丫鬟也要调换，又不能单换个名儿就算数的，这都增加了没法说清的困难。诸如此类的地方还很多。

一个走路的人，总是以他双脚走过的实地来计算的。人类的历史，也是以曾经生活过的时间积累而成的。因此，生活是不能割断的，就如空间和时间是不能割断的一样。我们每个近代人身上都有着不同的痣，有的近似黑色的，有的近似棕色的，有的近似红色的……它们就是我们远祖色素的再现。尽管如此，人的皮肤总是由野蛮到文明的标记；近代人的皮色，和他的远祖的皮色，已经有着不容混淆的差异。我们的今天是从昨天来的，我们的昨天是今天的前奏。曹雪芹距离我们已有两个世纪之久，我们对他以及他周围的人物，即使把他复现出来，但光是就事论事不行，把他写成当代人更不行。这就需要我们做出历史的探讨和评价，而恰巧我又是最缺乏这方面的能力的。

恩格斯对如何理解历史，给我们提供了精辟的见解。他分析过去的历史家们经常陷入这样的论点："任何人的行动既然都是通过思维进行的，最终似乎都是以思维为基础的了。"从而他们得出结论，比如认为在欧洲"如果狮心王理查和菲力浦·奥古斯特实行了贸易自由，而不是卷入了十字军东征，那就可以避免五百年的贫穷和愚昧。"对于历史上的一系列问题，都是照此看待。

同样地，我们中国过去有一些人们，也认为如果接替康熙的不是雍正，而是"康熙第二"，那也就可以避免两百年的贫穷和愚昧了。"而不去研究任何其他的、比较疏远的、不从属于思维的根源。"

同时，恩格斯又着重告诉我们："与此有关的还有思想家们的一个荒谬观念，这就是：因为我们否认在历史上起作用的各种思想领域有独立的历史发展，所以我们也否认它们对历史有任何影响。这是由于把原因和结果刻板地、非辩证地看作永恒对立的两极，完全忽略了相互作用。这些先生常常故意忘却，当一种历史因素一旦被其他的、归根到底是经济的原因造成的时候，它也影响周围的环境，甚至能够对产生它的原因发生反作用。"[1]

鲁迅一针见血地指出："至于说到《红楼梦》的价值，可是在中国的小说中实在是不可多得的。其要点在敢于如实描写，并无讳饰，和从前的小说叙好人完全是好，坏人完全是坏的，大不相同，所以其中所叙人物，都是真的人物。总之自有《红楼梦》出来以后，传统的思想和写法都打破了。"[2]

这确实是给予曹雪芹的最适宜的历史地位。同时，鲁迅又说："赫克尔（E.Haeckel）说过：人和人之差，有时比类人猿和原人之差还远。我们将《红楼梦》的续作者和原作者一比较，就会承认这话大概是确实的。"[3]

鲁迅对于那些专会"圆梦"的文士们，说了这些话，也道破了历史终会把人们纳入正轨。曹雪芹的创作方法完全是创新的。我们试看《红楼梦》中所用的"套头"之类的东西，完全是敷衍应景才用的。如果把《红楼梦》中"话说""且听下回分解"一些词语统统删掉，反而只觉得干净利落。这和别的章回小说不同，别的作者在这方面是很卖力气的，甚至要使它成为小说的引人入胜之处。可是《红楼梦》不想凭依这个。曹雪芹在写情写景以及心理

---

[1]《恩格斯致弗·梅林》，《马克思恩格斯选集》第4卷，第501、502页。

[2]《中国小说的历史的变迁》，《鲁迅全集》第8卷，人民文学出版社1957年版，第348—351页。

[3]《论睁了眼看》，《鲁迅全集》第1卷，人民文学出版社1956年版，第330页。

的分析刻画上，完全没有过去章回小说任何程式化的东西。我们试把它和《安娜·卡列尼娜》《红与黑》放在一起对看，就不难看出，在这两部开近代小说先河的作品之前，已有先河了。

曹雪芹多么知道文学的力量！他在宝琴的十首《怀古诗》里，特意安插上《西厢记》和《牡丹亭》的情节和史实并列；又借宝钗之口说它"无考"，宝钗要另换两首。黛玉拆穿她的伎俩，认为那是"三岁的孩子也知道，何况咱们？"接着，曹雪芹又要李纨为这两部书争地位，说这是"老少男女，俗语口头，人人皆知皆说的"，应该予以承认。在这里，曹雪芹声明它们已是和人民血肉相连的不可缺少的一部分了。既成为人民的精神力量，也成为人民的物质力量，任凭装聋作哑，也是无法予以抹杀的！因此，我们不难看见，曹雪芹已预见到他所创造的林黛玉和贾宝玉，也将成为和王昭君、西施等历史人物并列的人物了。可见曹雪芹对文艺事业，有着何等的卓见特识。他在十首《怀古诗》里，以《西厢记》为二轴，以《牡丹亭》为压卷，也可见他对《西厢记》《牡丹亭》心许之深，向往之重了！

我们都知道，"曹雪芹"也和《红楼梦》三个字一样，是家喻户晓了的。曹雪芹已成为人民的儿子。至于他应该叫曹雪芹，或者应该叫曹霑，正如《红楼梦》应该叫《红楼梦》，还是应该叫《石头记》，这都成为次要的了。

也正如"荷马"是一个行吟诗人的名字，还是几个诗歌收集者的共名，这都不妨碍我们对希腊史诗的欣赏，也无损于荷马的形象——一个前无古人，后无来者的盲诗人的伟大形象。

《红楼梦》使人们心目中对曹雪芹已经具备了不可磨灭的印象。他已经活在我们的心里，人们都在心中为他立起了不朽的丰碑。这印象和丰碑，经过时间巨浪的洗磨，将更加丰富、更加高大起来。而且，每个人都会按照自己的理解，创作出一个曹雪芹的形象来。我不过是其中的一个罢了。我所追求的，不过是要求尽可能地忠实于历史的真实。但是，对于细节的真实的处理，它要通过形象来使人得到感动。这就不能不在历史的真实上予以艺术的加工，处理方面也就不尽相同了。

请允许我再啰唆一遍，我不是写传记，我是写小说。只要那种种虚构是合理的，不是损害人物，而是丰满人物，就是应该的。至于曹雪芹的史实到底怎样，这就请求读者还是按照专家、学者的判断来判断吧！我们更要尊重他们的辛勤劳动！

同时，我也不想做到无一字无来历。有的则是自我杜撰。每件事都"查三代"，是很使人恼火的。小说中有些来历也很可能就是杜撰。如果，虽有依据，恰是个不可靠的依据，那又如何理解呢？而且，说老实话，曹雪芹就大胆宣言，他要杜撰。因此，写他的时候，杜撰也是会得到他的允许的。大概也会得到读者的允许吧！

比如：对曹雪芹的生年，我基本采取了康熙五十四年，也就是公元1715年的说法。但实际写来，却又提前了两年。我认为就写曹雪芹这个人物来说，这样写有许多好处。而小说则是从1722年开始。因为那时，皇室的明争暗斗，阶级矛盾和民族矛盾的特殊表现，消费和生产的不平衡，皇族特权的膨胀和官僚机构的庞大，海外接触的频繁……种种情况，都交错在一起。

雍正元年，写曹雪芹十岁，这只是为了使他稍大一点儿，稍稍冲淡他一些早熟的痕迹。另外，雍正元年发生的事情比较繁多，大体都关系到后来情节的发展。为了铺平垫稳，只得先向纵深开拓，这也是不好越过的事儿。因此，在上卷中只写了不到一年的时间。当然，如按编年体来算，我再蠢，也不会每年都写上二三十万字的。希望曹雪芹早些长大，对我来说，是再好不过的事儿！一个伟大人物的小时候，是不好写的。尤其是曹雪芹，写来毫无凭依，而又必须和他的将来处处关联着，也就是要伏见到他的未来。这个分寸，是不容易掌握的。我何必自讨苦吃呢？现在，是这样写出来了。但后面的困难仍会接踵而至。本来，在创作的道路上，康庄大道是没有的。这也就得像初踏上月球的月球车，试着前进吧！这里就更需要得到读者的广泛支持，使我有信心把它塑造得比较接近本来面目，和读者产生共鸣。

又比如：为了说明曹雪芹幼时受到娇养，我采用了我国传统习俗，给他取了一个女孩子的乳名，叫"占姐儿"。待到稍长，才命名为霑。曹雪芹自己起了好多别号，后来才以"曹雪芹"为名了。

另外，为了把曹雪芹和曹寅能够具体地联系起来，我塑造了一个可能有的人物——李芸，并使她作为曹寅、李煦、孙文成三家兴衰的见证人。

同时，我使曹雪芹小时到北京做福彭的伴读。福彭曾经是乾隆的伴读。曹雪芹成长的年代，正好是乾隆时代。福彭很年轻就袭了郡王爵位，同曹家的命运是关联着的。

再比如：脂砚和倚笏可能是一人，也可能是两人。但在艺术处理上，我认为两个人更好些，这样我就把他们作为两个人了。多一个与曹雪芹同时代的人来评《红楼梦》，在衬托作者的主题思想时，就会更加生动。所以，我便把脂砚作为曹雪芹叔叔的同时，把倚笏作为另外一个亲戚了。

当然，脂砚对《红楼梦》来讲，是很重要的！在文艺批评上，他也算是有些眼光的。他应该有自己的地位。对待这样一个人，应该是极端严肃的。但是，我现在为了烘托曹雪芹，就不得不忽略了他独立的价值方面。这也是要声明在先的呢！

《红楼梦》是不是有个底本的问题，这已有许多专家学者们讨论过了，我不准备讨论这个问题。但我在写曹雪芹时，写他有过一个底本，这个底本就是《风月宝鉴》，它的作者是脂砚斋。这也是吴世昌同志早就有过的说法。我这样写，并不是就把现存《红楼梦》前八十回的矛盾都解决了，也并不等同于事实就真是这样，只是作为一种艺术处理才这样写的。曹雪芹的思想境界，比脂砚设计的要高许多倍。而在脂砚、倚笏评阅《红楼梦》时，他们又未能更深地理解曹雪芹，往往过多地沉溺于过去生活的回忆中，如此而已。

我们不应该把曹雪芹写成完美无缺的理想中的人物，而应该把他写成一个有血有肉的人物。他有很多缺点和错误，借用科学的语言来说，他有他自己的阶级烙印，他受到他那个时代的制约。

对曹雪芹说来，他本来可以说，万物皆备于我。这必然导致他认为世界是不动的。但是，客观实际告诉他，世界不但是动的，而且总是向着它对立的方向转化。白昼可以转向黑夜，黑夜可以转向白昼；天可以转为地，地可以转为天；地在天下，天又在地下。

证之人事，也是如此。他的家族，以及李煦、孙文成的兴衰过程，都说明些什么呢？推而及于其他方面，也都在向相反的方面转化。人们对于事物，得先知道，它是什么？才能进而知道，它是怎么样？曹雪芹亲身经历了巨大变动，他所处的时代正是乾隆全盛时代，对于这个时代作出科学论断，我是无能为力的。我也不存这种奢望。但我们可以分析当事人——曹雪芹，他的认识过程，这对我们是必要的。而且应该说，也是我们要写的。这也就决定了我们写什么和怎样写。

曹雪芹是属于人民的。人民的生活，就是曹雪芹的生活。人民是他的根，生活是他的源。生活又是不能割断的。我写的虽是历史，但它植根于生活的真实。离开生活的真实，也不可能写出过去的历史。没有对现实的理解，也不可能有对历史的理解。历史的功过，总是要以它给予今天和明天的作用来衡量的。我是坚决反对"影射"这个玩意儿的！因为它对生活不可能有正确的评价，因为影射本身就违反历史。

不管《红楼梦》作者是谁，"批阅十载，增删五次"这个说法，大概是可信的。再加上后来续补的时间，就不止十年了。但是，在这段漫长的岁月里，还没有整理出一个完整的体例来。在很短的期间，要我为《曹雪芹》规划出一个"凡例"来，我自己也未免太不自量力了。

我凭着意识之流，尽情抒写，以致前后矛盾，引证谬误，种种毛病自会是车载斗量的！我的智能是那么有限，比起前人来，一是天上，一是地下，有着无可比拟的差别。错误和疵谬就更加难免了。可并不能因此就推卸责任。责任我是要承担的。我需要各方面的帮助和支持。但是，有许多问题，不是靠概念来解决，而是要靠实践来解决。写《曹雪芹》时所遇到的问题，也只可能在创作过程中求得解决。

我信奉百花齐放、百家争鸣的方针。因为它是促进艺术发展和科学进步的方针。失去这个方针行不行呢？铁的事实证明，不行！现在，我们才离针毡，重沐春风，我愿以极度兴奋的心情来珍惜每一寸时光，把《曹雪芹》早日呈现人民大众之前，作为我衷心的奉献！

现在，这不成熟的《曹雪芹》上卷初稿，已经单行。恳请读友们不吝赐教，以便将来我能把它改写好！

我在此衷心感谢红学专家吴世昌同志在百忙中审阅了书稿，对这本书出版的支持和帮助。同时，感谢曹辛之同志为本书装帧，尹瘦石同志为曹雪芹绣像，戴敦邦同志赶制插图。

更重要的是感谢中共北京市委批准钟耀群同志协助我来进行创作，否则我是无法进行这么一个浩大的工程的。

最后，我还要向为我提供书籍、资料的单位和朋友们，特别是那些不相识的朋友们，致以深切的谢意。如果没有这种条件，我也是没法完成的。

作　者

1979 年 7 月

主要人物表

江宁织造府

曹　霑——乳名占姐儿，学名霑，号雪芹。

李太夫人——曹霑祖母，曹寅寡妻，苏州织造李煦之妹，平郡王妃之母，现系江宁织造曹頫之母。

琥　珀——太夫人的丫鬟。

双　燕——太夫人的丫鬟，太夫人命她侍候曹霑。

李　芸——曹霑之太姨，太夫人小妹妹，长期居住曹家，终身不嫁，故称太小姐。

一　月——李芸的丫鬟。

曹　頫——袭任江宁织造，曹霑继父。

王夫人——曹頫妻，曹霑母。

马夫人——曹頫寡嫂，曹霑生母。

金　凤——曹霑贴身丫鬟。

耕　云——曹霑跟班小子。

王　升——曹府心腹大总管。

脂　砚——曹霑远房叔叔。

北京平郡王府

平郡王纳尔苏——曹霑姑父。

平郡王妃——曹霑姑母。

福　彭——曹霑表兄，纳尔苏长子。

宝　瓶——王妃心腹丫鬟。

澄　心——福彭贴身丫鬟。

墨　香——福彭丫鬟。

笔　花——福彭丫鬟。

来　喜——福彭跟班小子。

金　泉——福彭跟班小子，后逃出王府，改名王再生。

茶　仙——茶上使唤丫头。

吉　祥——太监，郡王府大总管。

安　顺——太监，郡王府茶上总管。

常　保——太监，郡王府门上总管。

四格格——平郡王姐夫陕西西安大将军田常霖之四女，曹霑表姐，福彭
　　　　表妹。

韵华小五爷——福彭玩友。

宫　廷

康熙皇帝

德　妃——胤禛、允禵生母。

胤　禛——康熙第四子，即雍正皇帝，德妃生。

允　禵——康熙第十四子，德妃生。

弘　历——雍正皇帝第四子，继位为乾隆皇帝。

隆科多——仁皇后之弟。

梁九功——康熙老太监。

善　真——德妃心腹宫女。

其他阶层

带琵琶的——会道门头子李文成。

田　田——雨花台卖石头的村女。

红脸大汉——马朝柱。

大　妞——圆明园宫内绣工。

二　妞——大妞之妹。

目录

第一章

畅春园康熙晏驾
内寝殿胤禛夺宫

一夜北风，阴云万里。霎时间，狂风吹雪，飞沙卷树，连圆明园福海里镶嵌的太湖石也要给吹走了似的。

畅春园里面，人影憧憧。太监宫女，面面相觑，都在心里说："大事不好了！"

寝殿内外，灯火通明。忙乱的靴声、履声，听得十分清晰，却没有人讲话。殿上殿下，人们都惊慌失措，不知如何是好。外殿炭火熊熊，四个带兽环的大鋈金珐琅铜火盆，映着炭火红光，熔熔欲滴。又是火地，又是椒墙，全殿热得令人直发暴躁，气也透不过来。

御医被斥，膝行退了下去。

德妃被隆科多安排在御榻后边帷幕里面，不敢哭出声来。

前殿内西边角上，只听一座自鸣钟发条一阵哗哗响声之后，下边的格门自动打开，一个五寸多长的绢人轻移出来。他曲发深目，穿着佛郎西式短衣窄裤，跪下右腿，在面前沙盘上，写出"天下太平"四个正字来。这时东边一座落地自鸣钟，便打出三响，正是丑末寅初时刻。

钟声余韵未歇，内寝便传召辅国公吴尔占入内。

　　隆科多早在外间侍奉着。听到宣吴尔占，并不再往下传，自身急急进到皇帝榻前，跪听御旨。他屈身下拜，头也不抬，但听皇帝喉咙里的痰呼噜呼噜价响。

　　康熙皇帝连日发烧，需要凉爽，但这寝殿里却和开锅上的蒸笼一般，热得透不过气来。隆科多跪在地上，隔着厚厚的地毯，还觉仿佛贴在火炉上一般。他心里说："烧吧！烧吧！快到火候了！再也没有什么好烧头了。"

　　康熙吃力地看了他一眼。

　　隆科多小声奏道："已传旨召辅国公吴尔占进见。"

　　康熙心头一热，自觉等不得吴尔占来了。他想：吴尔占也许就在外边，但他们故意不把他召进来，故意耍花招……想到这里，更觉痰往上涌，吃力地断断续续说出：

　　"速召十四皇子……进宫！召十……四……子……"

　　隆科多这才抬起头来，看了御容一眼，连声道：

　　"是！是！召四……四皇子！奴才听得明白，万岁放心吧！"然后大声复述一遍：

　　"速召四皇子进宫听旨！"

　　皇帝听了，喉咙里面呼噜两声，满脸涨红，用尽了最后一点力气，抽出枕边的玉如意，往隆科多的头上砸去。隆科多只当没有这回事，回身站起，大步走开。玉如意早已落地，跌为三截。

　　宫女闻声从后面转出，跪着把跌断的玉如意收拾起来，放在描金漆盘上，端到德妃面前，请旨如何处置。德妃连忙挥手示意，要她快藏起来，不要给人看见。

　　这时，德妃鼓足勇气，从帏幕后边走出来，对隆科多说：

　　"皇上分明是召十四皇子上殿，到你口里，怎么变成四皇子了呢？"

　　隆科多说："我没有听错！十四皇子远在西域，皇上不是不知道，如何会是宣十四皇子上殿呢？何况四皇子正在代皇上行祭天大典，非同小可，自然是宣四皇子受命听诏。国家大统，非关你事，多言无益！"

　　德妃知道大局已定，退到帏幕后，失声痛哭起来。

天刚蒙蒙亮，正在斋宫代皇上礼天的四皇子胤禛，听召急忙赶回。见了隆科多，领了旨意，慌忙进入请安。

他匆匆来到皇帝寝宫，顿觉一股异常气味扑鼻而来。御榻两边分立着四个大喇嘛，肥头大耳，脸色黝黑，披着火红的袈裟，戴着高高的僧帽，手中捻着人骨制的串珠，脸上毫无表情，也不念诵经文，如同塑像一般肃立不动。本来外殿灯明火旺，一近御榻，倒像一座令人毛发悚然的古坟，只是闷热得着实怕人。

康熙一见胤禛进来，立刻痰又上涌，顿时说不出话来，只有倒气的份儿了。

胤禛慌忙召集诸皇子们入内看视。过了一会儿，康熙怒目向外看去……

在侧的皇子，有三皇子胤祉，七皇子胤祐，八皇子胤禩，九皇子胤禟，十皇子胤䄉，十二皇子胤祹，十三皇子胤祥，有的跪着，有的垂头，有的背脸暗泣，有的惶惑不知所措……但大家都不敢正视皇上一眼。

这时，皇上稍稍侧目，眼望隆科多，颤颤地伸出一只手来，先把手掌反复一下，然后又伸出四个手指来示意。隆科多抢上前面道：

"四皇子应召，请皇上安！"

康熙太阳穴青筋猛地暴起，指着胤禛，竭尽全力吼道：

"好呀！好呀！……"手刚落床，随即说不出话来了。

康熙躺在御榻上，一时心头像被一块铅沉沉地压住。他自觉皮肤滚烫，浑身热得要爆裂一般，但是心坎却越来越凉。落得这般田地，是他以前没有想到过的。去年他全身浮肿，两脚发凉，但经御医调治，今春便好转过来了。为了平息流言，他在十月中旬，还到南苑行围。当时感冒风寒，他本来还想支撑着多住一两日，但随行诸妃和王公大臣都进劝还宫，他也感到心力交瘁，便降旨驾返畅春园。

刚刚回到畅春园，他便觉这次病势与往常不同。连日不但食物不进，就是内服药物亦不能存住。

他预感不祥，早已命吴尔占宣威远大将军十四皇子回京。现在他最着急的倒不是病重，而是怕十四阿哥赶不回来，无法当面授以遗诏……

康熙心头一急，眼前金花乱冒：先是像万道流星向外喷射，流星群散落开去，又聚拢在一起，凝成一轮金忽忽的大月亮；月亮更大了，像一块大圆盘；圆盘更大了，眼睛简直看不到边，只觉一片昏黄，向四外荡漾、荡漾……身下的御榻也随着浮游起来。原来他又躺在摇车里面了，耳边还听见孙嬷嬷唱着催眠曲的声音。他本来烦躁焦灼，听了这么恬静温柔的歌声，不知为什么，反而更加暴躁如雷……

他回想自己冲龄践祚，内除奸宄，外抗强敌，平三藩于指掌，来九土于寰瀛。人心所向，大势所归。他兼蓄并采，留心汉化，取长补短，立意恢宏。改定郡县制度，又曾亲颁历法。自念六十年来，国威日张，生民日阜，谁不称他为有道明君！可是到晚年由于巫蛊邪术，谗言谤语，致使立储大事，沉吟至今；未能制儿朋妻党于先，致启互相倾轧于后。阿哥们大都各有结托，互为犄角，蓄谋大位，已非一日。现在自身病入膏肓，生怕容不得打出一个反手雷来，早就断气了。

不行！不行！决不能这样死去！千仞之山，倾于一篑！定要扭转！定要扭转局势才行！

康熙在床上，大呼一声，但喉咙已经壅塞。没有能喊出声儿来，反而因用尽了仅有的力气，昏迷了过去。

过了一会儿，他才渐渐地苏醒过来。他既未立太子，也未立皇后，因为这是一码事。立了皇后，皇后便可召集大臣，面授机宜。但是，大臣们也就要相机行事，定会拥戴她生的儿子。争夺纷扰，必不可免。其实，他内心最大的秘密，是想立一个汉妃生的阿哥。这样一来，于国于家都有好处。他打算在临死的瞬间，一言决策。但是这话对什么人都是没法儿说的。十四阿哥，因年轻些，汉大臣对他很好。现在仓促之间，还是以他为上选……这最终的遗言，不传下去是不行的。在这紧急关头，他奋力大叫一声："十四皇子！"谁知舌头已经僵硬，没等说清楚，就咽气了。

诸皇子见了慌忙后退，跪作一团，举哀恸哭起来。

隆科多忽然破口大骂，跺脚道：

"狗奴才！还不快些撤火！谁把这屋子烧得暴热？"没有谁敢搭话。唯有四皇子贴近御榻前，泣不成声。

这时，全殿上下，都匍匐举哀。一霎时，灭灯熄火，落帏垂帘，靴声穿动，慌乱不堪。

大总管太监梁九功过来，把两座自鸣钟停了摆之后，大家心脏也随着停止了一般，顿觉窒息闷人；接着他便烧起了龙涎香、檀香、降真香来……室内烟气氤氲，顿呈一片蓝色。

殿内没有人说话，连喘气的声音都能听得见。

忽然，四皇子拍着御床，一声号啕，哭得死去活来。他椎心毁容，抽噎不止，定要替父皇去死。一时，宫内哭声大作。

八皇子允禩看了，心想：父皇乍崩，应该哀痛备礼才是，怎可这般放肆？忽听隆科多对众皇子道："诸阿哥，暂且节哀，听宣遗诏！"

允禩本来一直用双眼瞟着隆科多的，听了这话，不由诧异起来，大声道："难道还有遗诏不成？"他似乎是问大家，又似乎是问自己。

隆科多耸耸肩膀，应声说："兹事体大，没有遗诏能行吗？"

允禩咕哝着说："真想得周全！"不知他是说老皇帝，还是说隆科多。

诸阿哥听了，都不由得怔住。

只见隆科多挤在东边两位大喇嘛中间，高声宣读遗诏：

> 皇四子人品贵重，深肖朕躬，必能仰承大统。着继朕登基，即皇帝位。

允禩、允禟听了，异口同声问道：

"遗诏是什么时候立下的？没听说有啊！"说完环顾四周，没人吭声。他们想到十四皇子允禵替父皇出征未归，允礽立了又废，废了又立，几番折腾，仍被禁锢。不知他俩知道，该作何想法？正在狐疑，只听隆科多厉声道：

"谁有几个脑袋，胆敢矫诏？谁要是反对，要灭族室的呀！"

八皇子允禩、九皇子允禟不约而同地用眼死盯住隆科多，连眨也不眨一下。

十二皇子允祹一动不动，只当没有听见一般。

大喇嘛走了过来，用手亲为康熙合了眼皮，又把一幅绣满陀罗尼藏文经被覆盖在皇帝身上，四个喇嘛便退了出去。只听后面云板起处，传来法器钟鼓之声，仿佛从天而降，由远到近，又由近到远，渐渐地听不见了。大家听了都觉神奇，只有四皇子胤禛心中明白。他已在畅春园内陆续引进和尚三千多人，这是了凡和尚带领十八个大弟子，早被预先安排在帷幕后面，以备万一。现在大事已毕，正为父皇念"往生咒"呢……

胤禛想到这里，走到御榻前面，又不免抚足大哭起来。他自记事以来，还未曾碰到过父皇的皮肤，这还是头一次抚摸着父皇的皮肉。按说刚咽气的人，身体还应该是微温的。但他只觉冰冷黏湿，有一股寒气，顺着他的手指尖向上袭来，一直冷到心窝。他觉得有些不祥，立刻全身打战，站立不稳，差一点儿跌倒。舅舅隆科多在旁见这光景，猜着几分，忙走过来扶住他道：

"皇太子，不要太悲伤了。保重要紧！"

胤禛在隆科多的搀扶下，强自镇定，这才继续给老皇帝用香料洗身。

隆科多说："诸阿哥暂且收泪，各回各府。等钦天监择定时辰，即可奉安回宫，再举国哀，迎回乾清宫大祭成礼。"

这时，畅春园更加阴暗了。风声、树声、哭声搅在一起，如同一座刚倒下的冰山，雪岩冰流，对着整个畅春园冲击而来……

·第二章·

沈家茶馆暗传消息
崇文门畔诡计讹人

康熙已经不在人间了。但是全国上下，都无从知晓。只有阿哥们和与他们关联着的满汉大臣才能得到消息。要到礼部和宗人府把丧礼细节拟定了，才能谕告天下呢！

各庙宇、学宫、商家、店铺供的长生禄位都依然写着："当今皇帝万岁万岁万万岁"。朱牌金字，都是擦摩得很新的。京城内外，仍和往常一样，商贾云集，熙熙攘攘，车马喧哗，尘土飞扬。

五凤楼上钟鼓齐鸣，外城城门已经开放。京师城门出入各有规矩。出兵征战自然要出宣武门，班师还朝要从德胜门进来。就在平日里也有分别：宣武门走囚车，崇文门走酒车，齐化门走粮车，厚载门走粪车，西直门进水车，平则门进菜车……

京里有个习惯，管阜成门叫平则门，管广渠门叫沙锅门，管广安门叫彰仪门，等等。唯独这个崇文门名堂最多。

京城崇文门外大街，是一条有名的大街。因为它是出入都城的要道。它南接运河，东下天津，上方贡物，日用柴炭，都由这里进入。单说对这门的叫法，就有许多讲究。有的前朝逸士，或者当代饱学，书启信笺之中，总是称它为"海岱门"。一些衙役门斗们，叫它作"哈德门"。一般住户，都通称它"哈大门"。只有外路人，才叫它作"崇文门"。这儿的小绺和混星子[1]，单凭对这门的叫法，就能分辨出这人的身份来。

崇文门外的"小市"，也叫"鬼市"。天没有亮，摊子就摆得一处紧挨一处。每个地摊都点着一盏半明半暗的油灯。珍珠、玛瑙、象牙、犀角、古钱、书画、牙签、银甲、愈风镯、醒酒石、扇骨、鞋拔……奇巧杂陈，真假难分。天刚转亮，就散市了。

这"鬼市"上的东西，有的是来路不明，成了偷盗扒手销赃的地方。有的是仿造高门大第的名贵器物，作价时，故作惊慌之状；说明时，似有难言之隐，忍泪割舍，欲售还留，终于卖定……实在是假中之假，半文不值。所谓"鬼市"，一方面是指鬼祟不正来说的，一方面是指使用鬼花招来骗人上当的。二者兼而有之，常是后者居多。

天亮之后，要再买些古玉旧器，就得到"青山居"各家铺面里去买了。这儿的东西，除了伙计们从打鼓儿的[2]手中买进的，或是从苏杭等地选购的以外，多半是从"小市"中筛选出来的。但也是真假掺和，就靠顾客的运气了。

从卢沟桥、草桥运来的花，有一部分在这儿落脚。另外，还有京师特产的纸花、绢花、绒花，也来凑热闹，在这儿上市。

京师从来讲究三辣：葱、姜、蒜。少了这三辣，就算掉了魂儿，日子再甜，也不好过。季节到了，南郊农民，备着驴驮子，常到这儿卖葱、卖姜、卖蒜。因而这里又有了个蒜市场。从此，花香和蒜气便结成了芳邻。

崇文门是个大关卡，又是出入要道。旅店、饭铺、茶馆、脚行、客栈……自然也都挤到这儿来开业谋利。

崇文门监督，要属京官里肥缺中最肥的。凡是向大内上贡的老公事，都熟悉这一手：另配成套副品，和进贡皇上的毫无二致，有的甚至比那正品还要好。这样才能毫无阻拦，打个通关。至于门上官差，抽头、打风、贴水、

---

[1] 小绺就是扒手。混星子就是混混、流氓地痞之类的人物，和荤腥两字谐音。
[2] 打鼓儿的，旧时北京搜买旧物的，手中打个一寸半光景的小鼓儿。

报耗……历来都成了祖传的把戏，吃穿的家数，分内的公事。

这条街上的茶馆，也不算少。最大的要数着沈家茶馆。它，本有字号，叫作"雨来不散轩"。一来是叫着咬口，二来是有名的沈三开设的，所以大家都叫惯它作"沈家茶馆"了。

沈家茶馆是个大穿堂房屋。两头和后边都有单间，叫作"雅座"，房里放的都是些靠背椅。前堂则是凳子、方桌，叫作"官座"。另外还有长案，两边设有条凳，条凳都是固定在地上，动弹不得的，这儿叫作"散座"。

茶馆招幌挂出，就是开业了。招幌摘落，就是收桌了。门前有两个大铜水壶，每逢水开，就有哨响，一条街都能听到。

茶馆门前搭着个门形大架，上有两块横匾，一边写着"陆羽三篇"，一边写着"卢同七碗"。横木上悬挂着八块绿油木牌，下缀红绸飘带，随风微微摆动。木牌上写着红字：雨前毛尖、雀舌云片、凤蕊龙团、福建双熏……一类词儿。这就是茶水招幌。

京里的内监、马快、衙役、杆子、牙行……都和茶馆勾着手。茶馆堂屋里贴着顺治皇帝的劝世文，还贴着"莫谈国事"的字样。可是，"国事"偏偏总是在这儿先露馅儿。

今天也不例外。康熙皇帝原是在西郊畅春园晏驾的，连城内的大臣府第都蒙在鼓里。可是茶馆的掌柜早已知道了。

到茶馆来吃茶的，三百六十行，行行都有。有来歇脚的，有来讲生意的，有来上告的，也有来说和事儿的，有来办货的，有来采线的……道听途说，拉钩扯线，应有尽有。还有每天靠茶馆讨生活的，串街串店的，跑花会的，卖飞鸽票的，相面的，打诗谜的，以文会友的，代写呈文书信的，卖唱本盲词的，撒海报的，还有卖小吃的，卖糖墩儿的，卖烧鸡的，卖关东烟的，还有收买金银旧首饰的，摇串铃的，收买单据当票的，抽帖算灵卦的……

茶馆，真成了个社会的缩影。一碗茶里，映照出多么奇异的世界来呀！

沈家茶馆墙角放根竹竿，足有三尺六寸长短。正中墙上挂一方牌，上刻好大一个"茶"字。仔细看去，"茶"字是用一丛一丛兰花堆砌出来的，两边配着一对竹制长联：

> 天转壶洲，方舆难方，生意兴隆通四海。
> 地合橘缶，角棋无角，财源茂盛达三江。

冬天，茶馆装了两个筒门，筒门外边是个厚重的大门帘，进了门，走过一截筒道，又是一道大棉门帘。人们出入不停，只听门帘打着门框，吧嗒、吧嗒作响。

茶客有的吸着潮烟，有的吸着关东烟。长烟袋、水烟袋、短烟锅……再加上蒸汽、哈水，整个茶馆，像个大烟筒，又像个半开的锅。气闷、窒息、嘈杂、浮动……吃茶不过是个题目，高谈阔论，低声喁语，谈咸说淡，家长里短……这些才是正办儿。茶馆里还有笼鸟的哨声，袖葫芦里的蝈蝈声，手掌中的滚铁球声，桌子上的对棋声……

今天，沈家茶馆靠门的那张方桌，坐着个络腮胡子的人，身无长物，只是在桌腿旁边放着一个琵琶。他一个人静静地吃茶，面前摆着果盘，一盘是瓜子儿，一盘是蜜饯花红，一盘是青梅。

不一会儿，有个山东大汉，腰里缠着带夹袋的皮腰带，掀开棉门帘子，走了进来。他举目四看，从烟雾腾腾中，见到这边只一个人占着一张桌子，便走过来一屁股在桌子右边坐下。跑堂的连忙过来为他泡茶。

山东大汉便用右手拇指按着碗边，二指托住碗底，左手拇指和食指屈着，其余三个指头伸直，放在右胳臂肘尖，对那人道：

"老大请茶！作何洪喜？"

那人只看了一眼自己的琵琶，也用同样手势向大汉敬茶，回问道：

"老大，作何洪喜？"

大汉正色道："小本经营，借南苑空窑场打个锅伙。"[1]

那个带琵琶的人，便请他吃茶点。

---

[1] 纠合几个单身汉暂时合作，跑生意或开荒，叫作锅伙。也有本身就是强盗的意思。

山东大汉从中间一盘里拣出个蜜饯花红吃了，便说：

"玉娥赐恩，乌云石庵。老大，买个阳谷哨儿，回去给哥儿们玩吧！"说着，便从腰里掏出哨子来，放在桌上，又说了句："过去了！"[1]

带琵琶的人便在桌上摆了三枚小钱出来，说了句："知道了！"

山东大汉收了钱，喝了口茶，便告辞先走了出去。

他出去后，大街上便响起了吹成小调的阳谷哨声音来。这是叫卖的号子。

接着，又有两个戴白毡帽的茶客，坐到带琵琶的人的桌边来。

两人坐定，叫了茶，便端详起那个琵琶来。

那两人轻声问道："老大在帮？"

带琵琶人回道："不敢占祖爷灵光。请问贵宝茶？"

那两人便说："在钱祖位下。请问贵宝茶？"

带琵琶人回道："翁祖位下。"

那两人听了，不觉肃然起敬。又同声问道："敢问拈的是第几炉香？"

带琵琶人说："身拈头炉香。"

那两人简直大吃一惊，赶忙自称道："虚拈第三炉香。"说着，就站起来，会了茶钱。

带琵琶的人说了句："玉娥赐恩，乌云石庵。"

那两人听了，便匆匆而去。

正在这时，忽听那边有人大吵大闹，动手要打起来了。

原来，有位安徽老客，眼神差些，转身时，没留神，身上披的大羊皮袄的袖子，把两位河南老客刚买来放在茶桌上的一对古花瓶，甩到地上，跌得粉碎。

安徽老客拾起碎片，仔细一看，既不是瓷的，也不是玉的，倒很像是泥的，这才放下心来，问他要赔几个钱。

那个河南老头子，伸出巴掌，向安徽人眼前一晃，道：

"这个数！不是俺口硬，这对古瓶，是央求别人让给俺的。这是大宅门

---

[1] 北京土话，死了的意思。

里散出来的天府之宝。是俺献给赵大人去捐班的进见礼。俺也是个有身家的主，不是胡哄的人！"

安徽老客道："什么宝瓶？烂泥巴糊的！五两银子？敲竹杠！五钱银子我也不出。我这有五个小钱，还得一个一个往外拿。"

那个中年河南老客听了光火道："五个小钱？留着你买定州眼药吧！这对古瓶是炭晶雕的。不是俺说大话，要不是大宅门里散出来的，要值五千官纹。"[1]

那个河南老头子抢上一步，气呼呼地说："俺千里迢迢靠它来捐个功名，至少也要捐个记名候补同知，改放府尹才行。你这个贼狗攮的，断送了俺一世前程。赔钱都不行！俺们见官去！俺也不活了，和你狗攮的好好打这场官司，倾家荡产，俺也和你狗攮的干到底！"又对众人说："乡亲们！爷台，字号们！大家评评理！俺非和这狗攮的拼这条老命不可！"说着就把头往安徽老客的心口撞去。

茶倌忙过来劝架道："来到小店的都是贵客，都是小店的老主顾。两山到不了一块，两人总有碰头的时候。世上没有过不去的河。京城这么大，到处有说理的地方，何必动武呢？二位息怒，喝碗茶，平平气儿，说说道理。"他一只手掌向着那河南老头子，另一只手指甲[2]向着安徽老客，继续说道：

"依我看，到后边吃碗茶，说理去。宝瓶打碎了，也不能锔上。炭晶是个啥买卖？听倒是听见过，确是无价之宝，可是也没个市价。谁也没法断。这件事儿，只有你们二位点了头，拉了手，才能算了结这桩公案啦！别人万难插口，百了不如爷们自己了。有那不识相的，一旦经了官，别说你打点衙门打点不起，就是在京城里住店，怕也住不起。不是我说话难听，到那时，叫天天也不应！"

那两位河南人执意不肯，还是拉着安徽老客要见官去。

茶客中有些好事的，作好作歹，劝他们到后边雅座里吃茶讲理去了。

---

[1] 官定纹银，成分十分的意思。

[2] 手掌向着的是外人，指甲指着的是自己人。

大家都议论开了。茶客中有人说那对瓶确实是真的，也有人说是假的，也有人说炭晶没见过，真假难分……说着都回到桌上，继续吃茶来了。

偏偏茶桌上，这时却都多了一张纸儿，上面写的是：

齐头不齐脚，

小一成大祸。

甲子转二六，

复明地下火。[1]

茶客们看了这字条，有的认为是打诗谜的；有的以为是送花会封包的；有的拿了纸条一念，莫名其妙，丢在地上，继续喝茶；有的虽说不解，但总觉事儿有些不妙，会了茶钱，就赶忙溜走了。

带琵琶的人不知什么时候不见了。

街上，还响着阳谷哨的声音。

那两个戴白毡帽的人，在寒风中分头走着，见到"自己人"，就悄悄地说："玉娥赐恩，乌云石庵。"

那些"自己人"一听就明白了。这是暗语，就是"黄村，晚上"的意思。便都赶路，往黄村去了，好在晚上开会，商讨大事。

快班的马骑，顿时出动了，在长安街飞跑。蹄声嘚嘚，人们知道东厂西厂出动了！

人们小声议论着，偷偷地说："快净街了吧？办完事儿，快回家去吧！"

在沈三公馆里，早有人叫醒沈三，告诉他，老皇上去世，四皇子坐下龙庭了。

沈三便吩咐家人，准备到白云观找老当家道士去。

---

[1] 这诗的意思是说：康和雍字头相同，下边不相同，康字下边是小字，正字下边是一字。甲子指康熙在位六十一年，二六指雍正在位十三年，都多一年，所以说小一成大祸。末句指反满复明的意思。

第三章

太夫人冬日赏菊花
八阿哥飞骑传佩剑

北方冰天雪地，寒风凛冽。但是，一过江淮，便是另外一番景象了。

江南天气，是个小阳春。堤畔篱边的小桃红，苞儿都长得十分饱满，一切都准备停当，就等着开放了。

织造府前边的桂花林子早已开过，但枝叶像犹有余香。今年冬季特暖，树木都未脱叶，满地艳光，遍山流霞。不待桃花开放，居然已有春风摇曳的意味了。

今天早晨，李太夫人兴致极好。琥珀知道老太太昨晚睡得很沉，边端上早茶边道："老太太夜里睡得特好，还是咱们自己配的补心丹，比局里领来的顶事儿。"

李太夫人听了，不由笑道："睡得好还不算，昨儿夜里，还做了个好梦呢。梦见平郡王打了胜仗，陪着十四王子班师回朝了。"

琥珀忙道："老太太做了好梦，更该高兴了。王爷也该回来了，福晋也该回娘家探望老太太了。"

太夫人道："梦是心中想，哪有那样的巧事儿？"

琥珀忙道："是个好兆头。该有这一天了，才会梦见的。"

太夫人道："托主龙恩，但愿如此！"

琥珀乘机又道："刚才占姐儿请安来了，看见老太太睡着，没敢惊动，金凤领着他出去玩了。"

太夫人一听金凤领她的孙儿去玩了，便又问道："早起占姐儿练武功了吗？"

琥珀道："练了。衣服还没换，就忙着过来请安了。"

太夫人点头道："唔！知道了。"

正说着，紫箫走进来报道："老太太，西府送了四盆香水菊来，来人按例赏过了，请老太太示下，可有什么话要捎回去？"

太夫人道："明珠，告诉他们，要他们回去吧，没什么话可带的。"明珠转身回话去了。

琥珀正在拣檀香，这时，罢了手，凑过身来看着太夫人道："果不其然的，大清早就送来了香水菊。老太太，这兆头不是应验了吗？"

太夫人听了这话，也从心坎里笑了出来。

紫箫觑着老太太高兴，便向帘外示意，要小丫头们快快把花抬进来，放在地当中。笑着说："老太太看，这花多别致！"

随着抬进来的四盆菊花，顿觉香气扑鼻而来。太夫人兴致极高，忙道："快！快去请太小姐过来赏花！"明珠打发小丫头，飞也似的去了。

紫箫道："府里来人说，老太太不妨用手沾一沾花瓣儿，染在手上，半天都是香的，洗都洗不掉呢。"

太夫人一边用手指碰了一下花瓣，一边道："平郡王得胜还朝，那时，咱们也好凑个热闹，赶到北京去，在郊外摆席犒劳犒劳！"说完，笑着把手指凑近鼻子嗅了一下道："可不是，真是名不虚传，香似麝兰。比咱们家的紫金带和东府的郁轮袍，别致多了。"

紫箫道："西府来人讲，这是特意侍弄到现在才开的。整个金陵的菊花，也就属西府是个'都一处'了！"

太夫人点头道："我倒忘记了。不要说我们几百盆菊花不如人家的好，就是要看我们那个，也得等到明年重阳节了！"

太夫人叫紫箫把四盆花都摆到大玻璃窗前阳光下面，便说："菊花喜欢阳光，要晒才能开得长久，何况是这会儿开的呢，更要得阳光，才能开得足。"接着又笑着找补一句道："喂它点儿鸡蛋清儿吧，让它开得更鲜活一些。"

紫箫听了笑道："原来这花儿的口味这么高哪，让我来侍弄它吧！"

"是什么好花？没进门就闻到香味儿啦。"原来是太小姐李芸来了。后面跟着两个丫鬟，一个叫一月，一个叫千江。

大家眼前不觉一亮：

李芸珠履微步，款款而来，腰间环佩发出叮叮的音响。只见她：兰姿麝骨，脂粉不施；灵香馥气，铅华不御。眉簇浅黛，微矉微蹙，皆若有思，也若无思。眼聚清波，轻盼曼顾，顿觉有情，原是无情。人说颐养，红颜常驻；自忘岁月，青春永葆。远远望去，如三十许人……环婢私语，早年流言，都猜测她当初心中自有意中人，但因鹊桥无路，红楼隔雨，所以她才只得过碧海青天的日子哩。

她的四个丫头，也与众不同。不但长相出众，就是打扮，经她调治，也为全府之冠。

四个丫头都梳着灵虚髻，有时也梳着芙蓉归云髻。一个个绣云珠结，抹额翠翘，戴着小小的耳坠簪环。穿着真红色大袖衫，上罩杂色背子，绣着摘枝团花，束着素带，袯着长裙，朱鞋浅缘，红缨淡结……这四个丫头，都是太夫人亲自拨给李芸的，她们的份子钱拿得多，苏州李府来人，又经常赏赐她们。因之，她们穿着讲究，服饰雅丽。全府中，哪房也比不过。只要李芸不说话，老太太也不管她们。李芸每一出来，她们前簇后拥，神采飞动，随侍左右，真有仙女下凡的景象。

今天太小姐李芸虽然只带来了两个大的，那两个小的没有同来，但因为大玻璃窗前阳光照耀，更让人觉得都丽不凡了。

太小姐李芸，是李煦和李太夫人同父异母的小妹妹。她母亲生下她后，就去世了。小时虽有奶嬷、丫鬟照顾，但总感到没有大姐待她亲。待到大姐嫁到江宁曹府后，她便若有所失，整日闷闷不乐，不久便郁闷成病，逐渐消瘦起来。李煦父亲是最疼爱这小女儿的。她酷似生母，秀丽之间，透着一股仙气。唯恐她小小年纪便会夭折，用尽了办法想使她高兴起来，最后，终于将她从苏州送到南京曹府，在大姐的精心调理爱护下，逐渐好转起来了。

李芸不但对大姐百般信赖，稍稍成长以后，对大姐夫曹寅的人品、性格、学识、谈吐、风貌……更是钦佩不已。从小就爱跟着曹寅学诗学画，曹寅的大小书库，更是她常去的地方。曹寅对她也亲密无间，凡是到哪儿游玩，也都请她去；凡有馈赠来的珍奇，也总有她一份儿。她生来有林下风度，琴棋书画，无所不能；只是性情高傲孤僻，从不轻易示人。

她一向住在曹家，很少回苏州府中去。只是在父亲去世那年回去了一次，终因兄长李煦夫妇要为她说媒，触犯了她，一怒之下，回到曹府，就再也没回去过了。

这会儿，李太夫人见她来了，忙道：

"妹妹快来看花！"一边要丫鬟在花前摆座。

李芸一见这四盆菊花，便知道这是"天阙山房"种中奇品。但想菊花不常有这种香气，听了姐姐说明，便也用指尖在花瓣上略略一沾，移到鼻端，微微一嗅道："真是蹊跷，还没见过菊花有这么香的呢！"

一月和千江也分立在她身后，分享这浓郁的香味儿。

李芸坐在花前，环顾四周道："占姐儿呢？这么香的花儿，怎么能离得了他呢？"

太夫人道："刚才来请过安，金凤领他出去玩了。"随即端详着李芸，关心地问道："妹妹夜里睡得可好？昨儿叫琥珀送去的补心丹，妹妹可服用了？"

李芸道："昨晚上吃了一丸，今儿天大亮了，还不想起呢。"

琥珀插嘴道："是吧，老太太，咱们自己配的，就是比局里领来的好吧？！"

太夫人笑斥道："就有你多嘴的！"转对李芸道："这补心丹是脂砚侄送来的一个秘方。咱们按他这个秘方配的，还真是比局里的顶用，就是这方子不好配。"

李芸问道："都有些什么？"

太夫人道："什么千年的琥珀，百年的茯神，金毛狗脊，阿井水什么的，几十味药呢！"

李芸道："也亏得姐姐张罗，一副药也这么费事。"

太夫人道："也就是咱们这样人家吧，不怕麻烦。要是一般人家，尽管它再神奇，能治百病，也招惹不起这份麻烦呢！"

姐妹二人又说了一会儿闲话。李芸觉得帘外有人逡巡着不敢进来，知是她在这儿的缘故，便要回去。太夫人明白，也不相留，只说一会儿叫人给她送香橼去。李芸答应着，便告辞出屋。

刚走出门，另外两个丫头，一个叫散花，一个叫妙音的，也正好来了。这两个丫头，原名叫秦娥和绣襦。李芸嫌它俗不可耐，都给改了。四个丫头的名字都有禅和的意味。可她命丫头穿戴的却又都是道家装束。她在曹家久了，大家都司空见惯，也就不以为意了。

四个丫头簇拥着李芸回西院，李芸顺着道儿走着，看见鹅卵石铺道的两边，青草苗苗都钻出湿土来了。她抬头望了望天空，恰巧有一行大雁飞过来。李芸心中想道：原来候鸟是从不失时的呀！不由从心里唤起儿时过大年前后的许多往事来。她特别想到古人写的诗："春江水暖鸭先知。"

当年，曹寅最喜欢这句诗。那时她还小呢。曹寅曾经告诉她，他小时候，有一次谒见一位亲王。亲王问他喜欢的古诗句，都有哪些？曹寅便曾举出这句诗来。那位亲王听了，皱眉道："鹅比鸭子大得多，水要是暖了，鹅会比鸭子先知，才是正理。"曹寅脱口答道："世上的东西，越大越糊涂！不见水牛就不如水獭机灵，鹈鹕就不如水鸡活泼吗？……"亲王听了，大为高兴，立即吩咐人取来一副皇上刚刚赐给他的迦南香串，转赐给曹寅，还亲自把它佩戴在曹寅身上。曹寅佩戴多年，后来转送她。她虽然也讨厌那个亲王，但这已是曹寅所有所佩……往事历历在目，曹寅已经不能再见了，他送给她的迦南香串，香味儿仍和当年一样浓烈……

李芸听着丫头们的笑语声，默默地向扫花别院走去……

李芸走了以后，明珠急忙进来在太夫人耳边悄悄地说了一阵话，太夫人脸色顿时沉了下来，吩咐明珠道："叫王升接待他。给他大把银子，备上等饭。千万别放他走了。"明珠领命，转身出屋。太夫人坐在花前，独自看花。琥珀大气儿也不敢出，在一旁侍立，听候吩咐。

不到一刻工夫，暖帘起处，便见明珠引着王升进来。王升进来便跪在太夫人面前。明珠和琥珀不待吩咐，便都转到屏风后面去了。太夫人干咳一声，她俩听了，连忙又退到屋子外边去了。

太夫人这才对着王升道："起来，到底是怎么一回事？"

王升从袖筒里取出一件东西，用软垫托着，请太夫人过目。

李太夫人一眼看出是一柄半旧的匕首。她看了看匕首，又看了看王升。

王升将匕首轻轻放在身旁的春凳上，忍着眼泪，轻声说："万岁爷爷升天了！"说完伏在地上，眼泪止不住地流了下来。

"什么？"似猛地挨了一个闷雷，太夫人差一点儿没从椅子上跌下来。挣扎了一下，这才又问道："你说什么？"

王升又重说了一句："万岁爷爷升天了！"

李太夫人两腿一软，本想马上朝北跪下，但一则她还想问明白到底是怎么一回事，二则丫头们都不在面前，自己起落也不方便，这才强作镇定，颤悠悠地问道："到底是怎么一回子事儿？你起来说。"

王升这才站起来，举起左手，伸出拇指和食指来比画着道："是这个——阿哥派人送来的。宫里的消息还未传出来呢。是先派来的亲信，换马不换人，亲手把这匕首送到府上，说是见了这匕首，就什么都明白了。送信人要马上就走，不能留下痕迹。赏钱什么的都不要。"

太夫人看了他的手势，沉吟道："明白了。你马上让他回去！这事非同小可，千万不能走漏风声！明白了吗？"

王升道："明白了。"

太夫人又道："快请老爷早些回来见我！下去吧！"

王升忙擦干眼泪，趴地磕了个响头，代替了回答，急速地退了出去。

太夫人强自镇定了一下，轻轻拍了一下手，明珠和琥珀都从门外走进来。她指着匕首，对两个丫头吩咐道："你们仔细看看，里里外外，可有什么暗记或纸条什么的？你们年轻，眼睛尖。"

两人轮番检查了几遍，套子内外和匕首上都没有发现什么。

太夫人心想，要是太老爷活着，一定一眼就会认出这匕首是哪位阿哥的。如今明知道没有人能认得出来，还送它来干什么？她确信，老皇帝是过去了。送来的匕首上，大有文章，但她解不开。

太夫人要明珠将匕首托至亮处，命琥珀取过放大镜，亲自就着放大镜，再把匕首细看一遍。只见这匕首紫檀木柄，镶着四颗金豆子，刀口尚未开刃，刀鞘上的装潢，也没什么讲究。便吩咐明珠道："收起来！明白了吗？"

明珠和琥珀同时回道："是！谁也不能叫知道！"

太夫人点了点头。

她心头很乱，思绪翻滚，不知如何是好。她在想，公公是个清官，织造局是他开办的，御前亲赐匾额，赐蟒服，加一品，何等荣宠！婆婆祖太夫人，是皇上的奶嬷嬷，皇上还称她作"妈妈娘"呢！当年康熙皇帝八岁登基，鳌拜欺主年幼，便想篡权，甚至挽起袖子要打皇上。皇帝天分机灵，年事稍大，暗地训练一群活蹦乱跳的孩儿，既会把式，又会摔跤。旗话叫他们作"哈哈珠子"。他们要仿成吉思汗的故事，为皇上除害。鳌拜全不在意，哪把这群娃娃们看在眼里？待他上朝之际，埋伏的孩儿们蜂拥而上，把个鳌拜团团围住。这次又是我们曹家首立大功。曹寅脚踢鳌拜小腹，鳌拜本想捞住他的脚，没有捞着，反被曹寅向前猛扑，来一个黄鹰拿膝，狠命掐住鳌拜的脖子不放，二人滚作一团，曹寅死不撒手。众孩儿趁势扑打过来，打得鳌拜皮开肉绽，束手被擒。皇上降旨，鳌拜专横乱政，革职籍没，和他儿子那摩佛，禁锢终生，余党立斩不赦。从此斩草除根，这头炮就打响了。朝廷百姓人心大快，海内宾服，都说皇上天聪英睿，圣明果断。从此，皇上遇事都是先发制人，事后又决不留下尾巴。在位六十余年，文修武备，国泰民安。唯独这个立太子的事儿，后来听信谗言，被人塞进楔子，几次三番，铸成大错。皇太子二阿哥允礽本来自幼聪明，长得又好，文武全才。因为好和女人耳鬓厮磨，被他兄弟进谗，说他私通父皇宫嫔，种种无行，又说他用邪术魔法，魇咒父皇，使他有口难分，遂致悲愤成疾，似癫似狂，一蹶不振。本来是个金枝玉叶的正头香主，倒了一个个儿，成了亲皇帝老子立意要剪除的根苗儿了。可怜如今皇上驾崩，不知又立了哪一个啦……

太夫人心如乱麻，她觉得凶多吉少，关键就在十四皇子在外未返，鞭长莫及，一旦回来，生米已经煮成熟饭，这个苦果，咽不下去也得咽。想到此处，她反倒有几分清醒，快召曹频今日早些回来，以便商量今后如何应付。但是不管事情将来如何，眼下对于此事，万万不可露出马脚来。只好佯作不知不晓。她反而强颜为笑，好像比往日更加安静愉快了似的。

太夫人平静下来，轻声呼唤明珠道："花香和檀香两犯，今天不用升檀香了。咱们到暖房去摘几个香橼佛手来，放在屋里，配着花香，不是更有味儿了吗？"

明珠道："老太太想的是。我倒忘记了，后边暖房里，今年天气暖，咱们留的香橼佛手也忒多。趁着老太太今儿高兴，不妨到暖房转一遭儿，顺便摘几个回来。我来给老太太换衣服吧！"说着用眼瞟着琥珀。

琥珀会意，先到花房要把式们回避，只留大把式乌衣守着。转身又到小厨房，把金凤叫回来，在屋内等着占姐儿，免得屋里没有人支应。

太夫人换好衣服，便和四个丫鬟慢条斯理地走出屋来。外面一点风丝也没有，太夫人披着凤眼貂披风，戴着白狐出风的遮风帽。明珠和双燕在两边搀扶着，紫箫手捧薰炉，琥珀拿着随手用的手巾唾盂，后边跟着的小丫头们，拿着应用东西，向花房迤逦而来。

到了唐花坞跟前，大把式乌衣忙上前向老太太请安。

太夫人侧过身，道："免了吧！几辈子的老人，不行那个老礼啦！难为你们辛苦一年了。"

乌衣笑着说："越是家下的老人，越不能忘记这个礼数哪。今儿难得老太太这么高的兴致。"说着连忙上前将太夫人引进花房坐定。此刻，丫头们便像出了笼的鸟儿似的，叽叽喳喳，说笑着散了开去。有的指说这个香橼个儿大，有的指说那个佛手色老。越过群花，直奔这些常青灌木采摘去了。

乌衣陪着太夫人说闲话儿道："老太太，咱府上还有黎檬呢，这是别府上没有的，请过这边来看看。"

太夫人随着乌衣走过来看着道："这是当年海运传来的，我还记得。难为你们侍弄到现在。"

乌衣忙道："因为它是配药的，所以上头没话，不敢献上去。"

太夫人道："是了。可是下头，没有一个替我想着的，早把它丢在脖子后头去了。"

琥珀随在太夫人身后，只当没听见，慌忙采了一个黎檬，放在小竹盘儿里，双手捧到太夫人面前，故意禀道："请老太太过目，没敢忘记呢！"

太夫人看了那个黄熟的黎檬，笑骂道："这鬼丫头，偏你会献殷勤！恐怕就数你忘得干净呢！"

大家听了都笑起来。

琥珀乘机忙道："这屋里有湿气，老太太，也该回去了。"

乌衣也忙道："老太太请回吧，奴才养了一盆碧桃，一盆绿梅，要它俩在同一天开花，一红，一绿，煞是好看。到大年初一献给老太太拜年！奴才还特意为老太太养了一篓凤蝶儿，要它大年初一那天，给老太太报喜。老太太可得多给奴才压岁钱哪！"

太夫人听了，高兴不迭，连声说好。但脸上又倏地阴暗下来，心想，大年初一，还不知道怎么过呢？

第四章

认匕首曹频思对策
忆往事汉府沐皇恩

太夫人回到屋里，便坐在玻璃窗前，就着阳光看花，心情无限伤感。

不一会儿，明珠便报老爷回来了。

曹频进得屋来，对太夫人请过安，问过寒暖，便垂手站在一旁。

明珠给老爷敬了茶，连忙和琥珀一起退出。

曹频急问："家中可有什么急事不成？"

太夫人长叹一声，命他坐下，就把今天王升传的这桩大事，含泪告诉了他。

曹频一听，大惊失色。旋即按照习惯，向北跪下，行了大礼，半晌，这才起身，垂着头，一旁坐下。

太夫人便吩咐明珠进来，把那柄匕首取出给曹频认看。

明珠应命取来，恭敬地给老爷献上，又悄悄退了出去。

曹频双手接过，一见匕首，心中就已知道是谁送来的。再仔细察看，全都明白过来了。见室中只有太夫人一人，便低声回禀道："老太太，这事情可了不得了！这匕首，我认得出。"

太夫人急问："谁的？"

曹頫举起右手，伸出拇指和食指来比画了一下，又接着说："这是……是八阿哥的。他借着这柄匕首，给咱家送来坏消息。这就是说……现在刀把子，已经攥在四阿哥的手里了！这四粒金豆子，就是这个意思，后镶在刀把子上的。"

太夫人听到这里，连心都跳出来了。她出了一口长气，点了点头。叹道："原来如此！原来如此！"

她看了看曹頫，有一肚子委屈，就是对她这儿子，也是不能谈论的：

康熙五十三年（1714），噶礼参奏：曹寅、李煦亏欠课银三百万两。当时，皇上没有准他的奏。降旨说：访查得实，认定不到三百万两，只缺一百八十万两是实。并且钦命简用李陈常为盐运使，将亏空年内补齐。曹寅死后，曹頫袭了江宁织造之职。那时，大学士松柱便奏请皇上，要曹頫也兼营盐差，表面上是两个肥缺都落到一个人的头上，实际是任他亏空愈大，填补不齐，好再行参奏，治以重罪。只要曹頫一旦出缺，就可以换上他们的人了。幸亏皇上圣明，没受蒙蔽。因为皇上知道，钱是他南巡花的，排场是皇家的门面。曹家不过是个扬钱的簸箕，过路的财神。幸好李陈常清正廉明，甚至把两淮盐运使每年应得的七万两，也只取银七千，其余全部蠲免……皇上用得当，用心良苦，百般关照，使我曹家才能喘出一口气来。要不是皇上的大恩，我们家是一参就倒，一倒下就万难爬起来的。现在，新皇上登基，日子怎么过？新皇历的篇儿，估摸是不好翻的呀！……挨过一天，就等于过十年呀！……

想到这里，太夫人不由得泪流满面。曹頫在旁，不知如何是好，只得劝老太太宽心，说新皇帝也会是体恤下情的。何况太老爷、老爷生前做事，也是一步一个脚印，不留空子给人钻的。

不过曹頫嘴上虽然这么说，心中可半点儿也不信。不管你是谁，皇帝随便抓了一个词儿，安在你的头上，就如太阳照在雪人头上一样，再抗也抗不过去，终归是要化成一滴水的。

停了一会儿，太夫人才慢慢平静了，招明珠将匕首收藏起来。

母子二人，心情十分沉重，思前想后，如同万箭钻心，都在盘算怎么对付这突如其来的大事才好。

曹頫在茶碗边上弹了一下长长的指甲，沉吟道："马上就会宣召我进京，面奏南方下情的。"

太夫人如同挨了一刀，有气无力地说："就是这话哩。你要去京，是先打点打点呢，还是声色不动，听天由命呢？……梁九功老爷，还能找吗？至少摸摸宫里，到底是个什么情况，心里也好有个数啊。他，或许还能见得着吧？"

曹頫回道："事情不好办。依儿子愚见，九老爷，怕也躲不了清净呢！要能找到宝义，也许还能使上一把力。"

太夫人叹了口气道："这倒也是啊。今后该他当令了。拜菩萨，也得认清庙门槛儿才行呀！"

曹頫道："这番到京，反正四阿哥也知道，我十四岁当差，平素无知，什么也不掺和。我就只能做得更加无知，一切若无其事才好。任凭天塌下来，我也装作不知道。落得个顺水推舟，得过且过。如果真能做到这样，恐怕还要好些呢。"

太夫人微微皱了下眉头道："事情不是那么容易对付的。你父亲把老命都搭上了，也落个一身的不是。谁体恤我们呀？老皇上只是不降罪到我们身上，已经是烧高香了。如今，如今可两样了。事情难说得很，好像站在洞庭湖这边，望那边，白茫茫一片，什么也休想看得清哪！"

曹頫道："这就得随机应变了。四阿哥，耳目遍天下，滴水不漏，只有处处小心着才是。"

太夫人道："是啊！诸葛一生，都谨慎小心，何况我们了？我家更要缩手缩脚，万事朝后退，不可往前站才是。"说着又担心地问曹頫道："你今年年底的贡单，是些什么来着？老皇上升天了，就落到四阿哥手中了。可有什么不妥当的地方？"

曹頫想了一下道："我看没什么，挺合适的。儿子本来都是贡些纸笔，一来想讨老皇上欢心，二来也想，万一主子赐个条幅什么的，也给老太太争一份儿光彩。我看新皇帝对我上贡的东西，没有什么可挑剔的。虽说匾额是没份儿了，这些文房四宝，也碍不着什么吧！"

太夫人点了点头，道："恐怕今后，宫里没有人能透露给咱家一些小话啦。皇上喜欢什么？讨厌什么？这……全要靠咱自己揣摩了。"

曹頫道："这回，宫殿监督领侍四品老爷[1]，还不知道落在谁的头上呢，这得看看。要是投错了门户，吃不了，兜着走，可不是闹着玩儿的。我到京里，还得守住八字诀：耳灵、眼快、手懒、口拙，才行。"

太夫人道："是呀！少说话，少做事，装聋作哑是正经。咱家那个茶上人[2]，不但不能近着，怕还得远着些个才行，免得皇上犯疑。你姑父那里不能去，怕起疑心。你姐姐那儿是非去不可的。要去拜年，不去不行。不去人家更要疑心了。"

曹頫长出了一口气，道："儿子也想到这个。总之，到京里就知道了。苏州织造府已来人，杭州也来人，西府也来人，都说皇上在畅春园养病。他们对眼下的事，还一概不知道呢。只估量着皇上圣寿已高，要事先做点准备。说不定最近要进京，贡品各项，都得事先办齐才好。免得到时抓瞎，交不了上差。"

太夫人听了道："是了！事不宜迟，你还得用心去张罗，七事八事的，有你忙的。你也累了，先回屋里去吧！还要给苏州、杭州送个信去。早知道，好早安排。"

曹頫忙站起道："儿子知道，这就派妥善干练的，分头到苏州织造府和杭州织造府送信，他们好有所摒挡，免得到时措手不及，贻误机缘。儿子就回衙门办去！这阵子，老太太也太不省心了。只怪儿子无能，事到如今，也只好支撑着过吧。儿子先去办事，进京晋见，怕还有几天。老太太想到什么，随时提醒儿子，免得误了大事。"

太夫人点点头，没说什么。曹頫这才行礼退出，到自己房里，和王夫人交代几句，便径自回衙门去了。

---

[1] 这是个全衔，是大太监。四品是当时太监最高的品级。

[2] 茶上人指曹颙。

明珠、紫箫、琥珀、双燕四个丫鬟这才从门外进来侍立两边，等候吩咐。

李太夫人看着曹頫瘦削的背影消失，沉默了一会儿，心中一动，想到曹寅当年常说的一句话："树倒猢狲散。"果然应验了。曹顒要是不死，局面还好应付一些。一则有老爷当年的情面，上下都会照顾些个。二则他经常进宫，在皇帝面前时间又久，皇帝还曾御批，称他文武全才。各方上下都能应付下来，事情会好办得多。如今他已过去，奉旨把曹頫继承过来，虽说香烟未断，又袭了世职。但是，遇到个风吹草动，总有些担当不了的样子……怎么，我晚年会这般命苦，曹家就这样不走运？如今，全家就系在占姐儿一个人身上了。只有这一条根才是可靠的。他多么像他爷爷呀！但愿他长大了也像他爷爷才好！

太夫人想到此处，眼前就像看到水塘里面一株白荷，如果秋风秋雨来了，白荷一旦打落，池塘就什么也没有了，只剩下清清净净的死水一潭。太夫人猛地打了个寒噤，手脚顿觉发凉。她大声命令说："快！快叫占姐儿来！他在哪儿？我要看看他！快叫他来见我！"

丫鬟们听了，觉得太夫人的声音有些异样，互相递了一个眼色。明珠和双燕连忙答应着，又嘱咐了琥珀和紫箫好生侍候着，便分头出去找占姐儿了。

太夫人仍在想：康熙皇上五岁光景，曹寅就为他伴读。康熙皇上最喜欢唐人的文章诗歌。后来还命人用朱丝笺为他精抄巾箱本一套，轮流带在身上，随手翻阅。皇上和上书房应值的臣子，随口说出某篇某句，相互讨论，引以为快。曹寅从小对唐诗就背得滚瓜烂熟，又素知皇上欣赏哪些篇章。所以经他雕版的《全唐诗》，最为称旨。他平时留心在苏杭一带访求散出来的古书名画，献呈御前，颇得圣心。所以，皇上总是另眼相看。就在这织造府里，咱家就接圣驾四次。也正是这个殊荣，把咱家的膝盖都磨厚了，把咱家的箱底都掏空了。皇上圣明，但是，皇上有皇上的算盘。多次南巡，恩威并重，总要比出了乱子，派兵镇压，省钱得多，也省事得多。可是，这沿途供应，上下靡费，全靠盐运和机头上两项来弥补开销。这副千钧重担，曹寅从立事起，就一直挑着，几十年如一日。咱家有苦说不出，只有老皇上心中有数。可是，王公大臣们都恶狠狠地瞪眼看着，觉得这块肥肉，三辈子都落到曹家嘴里，不甘心这份便宜，被咱家独占。如果咱家确乎是个不仁不义的，上割皇上的靴绕子，下挖盐民机户的鞋底儿，只管自己往肚里装，恐怕老爷还可多活几十年呢，至少也不致亏空如此，含恨而逝吧……皇上虽然厚待咱家，老爷生病，钦赐西洋灵药，可惜迟了一步，未及服用，就闭了眼了。可是，还有人用心险恶，在皇上耳边吹冷风，皇上还信以为真，说老爷是吃人参吃多了而死的……想到这里，太夫人不觉又滴下泪来。但又连忙忍住，忽然察觉到，这难道不是对上怨望了吗？这"怨望"二字，可是沾惹不得的呀，特别是不能从后代嘴里说出它来的呀！……

太夫人想到这里，随即又大声喊道："占姐儿呢？快带他到我跟前来！我要见他！"

这时，双燕进得门来，脸儿白着，回禀太夫人道："派人去找了！"

明珠急忙进来，也向太夫人回禀道："已经派人去找了，一会儿就会找到的。金凤也不在，总是金凤带他到哪儿玩去了。"

太夫人怒道："金凤带他到哪儿玩去了？这早晚还不见回来？快！快去把他们找回来！"

双燕和明珠双双答应着，急忙出去传话去了。

琥珀侍候着太夫人，用手轻轻地为她捶背。就这一会儿工夫，她觉得太夫人突然老了许多。

第五章

驿宫花园莺寻燕觅
山涧水畔情切心急

金凤一清早侍候着占姐儿，就没离开他。只是答应占姐儿独自去找画儿这会儿工夫，金凤到小膳房去了一下，顺路从太太屋里出来，到夫人屋里给拈花姐姐送了药，一眨眼，这占姐儿就找不见了。金凤把画楼、书库附近都找遍了，就是没见到占姐儿。她着急地想：这小祖宗会钻到哪儿去呢？

她急急忙忙来找茶花，要茶花陪她一起去找占姐儿。

茶花只见金凤黑压压一头好发，绾成双鬓，上面斜插一只小小描花翠凤，翠凤是银丝扭成的，在她急急忙忙走来的时候，更是摇颤个不停。她身穿元青六丝缎改做的薄丝棉袄，周围滚着蛋青色宽边，镶嵌着银丝，衬着她的容长脸庞儿，愈显得白净过人。她腰袯长裙，挂着一条洒花水红巾子。看上去，只觉得轻轻盈盈，娉娉婷婷。

茶花不觉脱口而出道："难怪占姐儿就喜欢你，连我也爱上你了。"

金凤听她没头没脑地冒出这么句话来，便嗔道："我找你是要你陪我去找人的，谁叫你胡说八道来着！他才多大啊？"

茶花笑道："不是那么说。外边早就传说占姐儿可不好侍候呢。要不依着他，他就给你一蹦三丈高，屁股上就像着了火似的。要依着他，老太太那儿可就有你的好儿了。还说他小小年纪，从不爱读个正经书，就爱在漂亮丫头堆儿里混，连侍候他的丫头，也得经他点头才许进他屋呢！"

金凤生气道："你刚来，还不知道规矩。别听外边人，那些下流坏，瞎说混说，乱嚼舌根子。"

茶花道："那倒也是。就像我刚进府那会儿，一直以为占姐儿是位小姐，哪承想倒是位小爷呢。不过，我看呀，你总是宠着他，他也就特别看中你哪！"

金凤瞪了她一眼，回说道："越说越顺嘴了，我算他的什么人？我宠着他？我又不是他的姐姐，我哪儿配！"

茶花道："你能管得住，他把你当作姐姐来看待嘛！"

金凤笑道："他能够有我这样的姐姐吗？跟他提鞋还不配呢！"

茶花也笑道："我不是说那些。我是说你纵着他，他就顶喜欢你。"

金凤笑了一下道："这鬼丫头，我敢纵着他？我有那大胆子？"

茶花故意生气道："有没有，都一样。反正是你不碍他的事儿罢了。"

金凤笑问道："越说越奇！我不碍他什么啦？他要上房，还是要放火来着？……快！快陪我去找人吧！"

茶花忙道："找谁？"

金凤着急地道："还会找谁？找我们那位小祖宗呗！"

茶花道："是占姐儿呀？"

金凤道："可不，一眨眼的工夫，就找不见他了。"

茶花道："我就说你纵着他吧？占姐儿要在别人手里，任凭天塌下来，也不会丢失他的。"

金凤着急地央告道："好妹妹，快陪我去找吧！汉府这么大，亭台楼阁，水榭山石，谁也摸不清，有的又像迷宫似的，走进去就出不来。要不找个伴儿是不行的，一个人不但没法跑遍，就是路也认不清。"

茶花道："那咱们到哪儿去找呢？"

金凤道："我约莫着，占姐儿没准跑到驿宫花园里去了。那地方一个人可是不好进去的。"

二人商量着，就往驿宫花园去了。

金凤和茶花进到驿宫里面，就像两片树叶子飘落至大海里面一般，不知从何处着手找起。但事已如此，只得硬着头皮，向前顺路找寻去了。

金凤知道前边朝房、执事房，占姐儿是不会去的。她便从西角门，通过戏台，经过长廊，到万春楼，穿过万年枝，走到红莲殿，来到一片雪柳林中。

金凤和茶花也不能喊叫，只是机警地察看情况，细心琢磨，估摸占姐儿会不会留在什么地方，才在那儿停下脚步细找。金凤觉得有点儿苗头了，才敢轻声试唤："占姐儿！占姐儿！你在哪儿哪？"

茶花是新和十二个苏州戏班女孩一起进来的。彩虹桥以西这些地方，她还是头一回来，所以看着格外上眼。不管什么，在她看来都觉得新鲜，看得也特别留心。

两人爬上高台，走到一个便殿。只见便殿门上是两把五六寸长的大铜桃筐锁锁着的。从窗棂里望进去，里面有团龙黄垫，还有鸾扇交叉摆放。幔帐帷幕都是崭新的黄缎。

茶花生性乖觉，便知这是皇帝南巡时临幸的地方，很想多看两眼。她是跟过戏班的，又到各府门上出过堂会，有些贵重东西，她都辨认得出来。

她见里面的立柜、床楠等物，都是紫檀香楠做的，雕镂剔透，苏式制作。桌子周遭嵌镶百宝萤石，后面八扇画屏，都是福漆脱胎透雕着人物。屏后孔雀翎簇簇金碧，银星熠熠。屋顶起拱，一色涂金。藻井正中，有个大琉璃圆珠，无光自灿，无灯自明。

桌上悬着一支玉磬，一座玉山子，祖母玉弥勒佛一尊，整个儿通天犀角一个，五色斑斓，不修不饰，配以檀托，立在桌上……

茶花正看得起劲儿，金凤便扯着她道："什么时候你不好细看？这会儿找人要紧，咱俩赶快往前找，要不然误了差，皮是吃不消的了！"说着对茶花嫣然一笑。

茶花道："这里分明是好久没有人来过的样子。"

金凤斥她道："光说废话！这是万岁爷爷起坐的地方，任谁也不能来的。

快往前去找吧！"

她们沿着石级往下走，在山腰看到有一个就着石块凿成的龙头，龙口里含着一个大石球，水从下面喷出，冲击石球，滴溜翻滚。泉流倒挂，又形成一个小小瀑布，下汇一池清水，虽在冬天，池边也长着青草，柔软如丝，扶疏可爱。

水池四周是汉白玉的栏杆，既可坐憩，又可垂钓。只见前面短碑一块，上刻"听瀑"二字。

金凤和茶花无心细看，赶快向前走，穿过竹林，就来到"镜中游"了。再往前走，就是一泓湖水，上有九曲朱栏板桥。桥头有一个"十"字形的八角亭。两人商量一下，便直奔亭子而去。谁知里面窗帏凝尘，连个人影儿也没看见。

从八角亭走出来，金凤和茶花便向钓鱼台奔去。走到一间小屋前面，只见老于头从屋里走出，迎着她俩笑道："姑娘们干什么来了？"

金凤道："于大爷，您见到占姐儿了吗？"

老于头道："没见到呀！怎么？金凤姑娘，把个占姐儿看丢了？"

这时，小膳房傅贵家的正来领鱼，听见便说："把占姐儿看丢了还了得呀？不过都快吃晌午饭了，占姐儿肚子一饿，也就自个儿回去了。快回去看看吧，没准在屋里待着呢。"

金凤连忙拉着茶花向二人行了礼，辞别他们，就往前走。

茶花顺口道："真格的，说不定占姐儿饿了，自个儿早回去了，害得我们还在这儿瞎绕弯儿呢！"

金凤苦笑道："你不知道占姐儿，他才不会为了肚子饿回屋呢！他要看中了什么喜欢的东西，就能不挪窝地一直待下去，要没人找他，叫他，他是再也出不来的。所以我才这么着急呢。要是他这会儿真的已经回屋了，那我就是跑断腿，也心甘情愿呢！"一面说着，一面懊恼，脚下反而迟疑了起来。

茶花道："快走吧！看来，我也得随你跑断腿啦！"她们便往塔影楼那边走去。以前是金凤引着茶花在找，现在倒是茶花在引着金凤来找了。

越是找不到，金凤心中越乱。眼看这么大个园子，该找的地方都找了，怎么连个影儿也没有呢？该不会出什么事儿吧？！……想到这儿，金凤都想哭了。她斜睨了茶花一眼，见到茶花并不知道她的心事，便又硬朗起来，向前大步走去。

刚到塔影楼，听见笑语喧哗。金凤从笑声里听出，分明是王夫人陪嫁的姹紫和嫣红两人，便和茶花说道："咱们俩从假山洞里钻出去，从山那边走小路，回去报告老太太吧。如果占姐儿真的还没回来，我们商量好了再找。我们要是和她们碰面，还得耽误工夫。远了不是，近了不得……"说着，自己也笑了起来。姹紫自从收了房，就踩嫣红，嫣红并不懂得争风卖快，姹紫就愈发得意起来。金凤心想，姹紫除了鼻子、眉毛、肩架比嫣红尖俏外，说真的，模样儿、性情儿，哪一样比得了嫣红？可是……

金凤想着想着，绕过她俩，拉着茶花钻进山洞不见了。

刚进山洞，猛然黑暗，茶花不免有些害怕起来。

金凤拉着她走了一会儿，茶花才觉着看见点儿东西了。走着走着，前面现出灰白色来，有天光了。她们知道，快出山洞了。

出了山洞，金凤说道："快到鹊玉轩去找！"她从占姐儿的习性上想到，也许他会躲到这儿看书。以前她在这儿找见过他。她俩就直往鹊玉轩奔去。

忽然旁边有人喊道："金凤姑娘！你在这儿哪！害我们好找！"

金凤和茶花急忙停下一看，原来是彩彩和廉秀。

金凤道："谁找我？"

彩彩道："老太太！明珠姐姐传话，叫找你！"

金凤一听是老太太找，心里"咯噔"一声，血都凝了。连忙道："我约茶花找占姐儿呢，莫不是已经找着了，叫我回去？"

廉秀开玩笑道："叫姐姐回去，还不是多赏你一个月的月钱，还给你制一套新衣服呢！"

彩彩又加了一句道："一个月的月钱，太少了吧！老太太在屋里发脾气啦，说不重重赏你，怕你记不住这回事呢！"

金凤听了，要在平日，她是不会饶她们的。但是今天，她没心情，这时更慌了神儿了。起先，她也不觉得事态有什么严重。现在太阳都老高了，占姐儿还没个影儿，她心里很不好受。老太太责罚她，倒也没有什么。只是她把每天形影不离的占姐儿丢了，不见了，这可怎么好？而且是由她这儿不见的。想到这儿，未免又急又愧，真想还不如自己这会儿突然死了好呢。

原来，自从占姐儿的大丫头银凤出嫁以后，占姐儿屋里就剩金凤一个丫头了。其余三个名额都还空着。虽补了几次，都因占姐儿执意不要而作罢。老太太说，占姐儿还小，还是由白嬷嬷多照顾些个。并把自己使唤的四个大丫头中的双燕，调派过来侍候占姐儿。占姐儿平素就喜欢找双燕，也没反对。这样一来，老太太屋里就剩明珠、琥珀和紫箫三个人了。老太太还没看中让哪个丫头来补齐，双燕还照旧在老太太名下支月钱。

占姐儿原有四个奶嬷嬷。有两个因为老太太已经为她们丈夫捐了功名，有了家财，有了地位，回家当太太去了。但凡月头月尾，逢年过节，总要来看望占姐儿，问长问短。还有另外一个白嬷嬷，年纪更轻一些，大家管她叫小白嬷嬷，近来有些病症，屡治不好，不敢进府，尤其不敢来看占姐儿，只是经常要家人进府来探问请安。

占姐儿过继妈妈王夫人，也有四个大丫头，像竹屏、弄玉等人，经常来看望占姐儿。占姐儿的亲生母亲马夫人的四个大丫头，没有马夫人的吩咐，是不常来看占姐儿的。

其他人身边的丫头，虽然也和占姐儿厮熟，但是，没有老太太的命令，是不能进一层来服侍占姐儿的衣食起居的，只是听使唤打杂儿罢了。

白嬷嬷做事老到，老太太还把她留在府中。她因为占姐儿已经长大了，经常愿意和丫头姐姐们一块儿玩耍说笑，加上自己又不认识字儿，说话儿就不像占姐儿小时候那么能说到一块儿去，心中生怕占姐儿听了，嫌她唠叨，来到占姐儿跟前的时候，也就越来越少了些个。

这样一来，平日侍候占姐儿的，就靠双燕和金凤两个丫头了。双燕又是老太太屋里的，因此，金凤担待最重。何况她多年来心中只有一个占姐儿，好像自己活着也是为他而活着似的。要是占姐儿真的有个好歹，就是老太太、太太不责罚她，她自觉也活不成了。

金凤这时十分悔恨：自己为什么那么粗心大意，为什么从来没想过占姐儿会丢了，会有朝一日突然不见了呢？她怎么竟然没有想到过会出现这种事儿呢？……

她很小就没了母亲，长大了也没人教她，但她听别人母亲说过，说一个人和自己生活最亲近的人，凡是遇到什么大好事，或是大坏事，都是心连心的。在事情未来之前，彼此都会有一种兆头……可今儿，自己什么兆头也没有呀，这是怎么回事儿呢？……

一会儿，她脸上又现出一丝苦笑。她想，这些"妈妈例儿"，谁信它呢？只恨自己粗心大意，只因自己一丝一忽儿放松，以致占姐儿走失老半天，自个儿还不知道……她本来来不及一桩一桩地想过去的事情，但是，过去许许多多的事情，都凝结成一个想法：占姐儿对人多么好呀！他对自己又多么好呀……不像是自己的主子，倒像是自己的兄弟一般……

可是，他突然不见了，突然不知所向地不见了……金凤越想越悔恨！她想，只要是她知道他到哪儿去，她就随着他去，哪管是化作一阵风，她也情愿。他到哪儿去了呢？他能找回来吗？……她心乱极了！

蓦地，茶花说了一声："咱们出园，回去回话吧！"

金凤却吓了一跳，无意中应了一声。

她的两条腿都酥软了，简直提不起来。如果现在有人告诉她，占姐儿确实是死了，不管是失足落水死的，或者是跌在山涧中死的，她也会用不着有什么思索，随着占姐儿赴水，或者跳涧去死的。

现在，她木头人一般向前走着，走着。

她的头脑现在也像木头做的，既没有什么感觉，也没有什么想法。她相信凶多吉少，她不想回到屋中。但她又想，没准回到老太太那儿，一眼就看见占姐儿站在那儿，笑着向她望着："你们来看，我不是在这儿好好的吗？谁叫你们乱找去？"……她觉得这不可能，但是，她又急于真想见到占姐儿。是呀！占姐儿会回来的！这会儿一定正在上房和老太太说闲话儿，她还一门心思地找个不停呢……快，快，三脚并作两步，她现在走得又特别快了，使茶花都觉得吃力啦！

茶花用眼睛瞪着她，生气道："怎么啦？刚才你走得比爬还慢，这会儿又比跑还快，你倒是怎么的啦？是赶着回去挨打不成？"

金凤也不理会她说什么，只是一股劲儿地往前走……

·第六章·

闹汉府占姐忽失踪
得灵签诗婢巧猜谜

金凤三脚并作两步地赶到上房，一见明珠、双燕等丫鬟的脸色，就知道占姐儿还没影儿呢，只得硬着头皮来到了太夫人面前。

太夫人一见她，便恼怒道："好呀！你回来啦！我看，不请你，你还不来呢。"

金凤"扑通"一声，跪倒在地，登时哽咽得说不出话来。

太夫人斥道："我还没打你哪，你倒委屈起来了。也怪我平日太把你们养娇了，任着你们的性儿。你们也太大意了！占姐儿不见了，也不早来回一声。你们到底是干什么的？把占姐儿交到你们手里，我能信得过吗？"

金凤哭着道："奴才原以为占姐儿一会儿就会自个儿出来的。没承想这么半天了，都没找见他，不知道他跑到哪儿去了。都是奴才的错，请老太太治罪吧！"金凤一边说一边想，要是占姐儿真出了什么差错，那可真是天塌下来了，就是老太太不罚她，她也不想活了。想到这里更加痛心地哭了起来。双燕这时也跪下来说，不能单怪金凤，也要怪她。

太夫人见这般模样，不觉叹口气道："我真想痛打你们一通！不过，我想，也不能全怪你们。我那无法无天的小东西，一眼照顾不到，就要给你们找事儿。要在平时，倒也没有什么，可现在是什么时候？……"太夫人说到这里，突然停住了。心想，朝廷出了大事，下边还不知道呢，我怎么说漏嘴了？因之，急忙转口道："起来吧！金凤，你倒说说，占姐儿是怎么不见的？"

金凤知道太夫人没有怪罪她，还跪着不敢起来，仔仔细细地把当时的情况，从头说了一遍。

只听她道：

"占姐儿早起射箭回来，奴才就要侍候他换衣服。他说要去找画，预备大年下挂出来。说找了画回来再换不迟。还说，穿这窄袖衣服，找起来利落。奴才想也是，就由着他到'百宋千元一廛楼'找画去了。趁这个工夫，奴才就到小膳房去吩咐备置中饭。从小膳房回来，碰见紫箫姐姐，紫箫姐姐说，太太要的那种兰花花样子，只有奴才记得，叫奴才过去一下。奴才从太太屋里出来，又到夫人屋里，给拈花姐姐送药去，出来一看，占姐儿还没回来。奴才连忙到'百宋千元一廛楼'去找他。管事的说，占姐儿走了好大一会儿了。问他可曾拿画？他说没有。奴才赶忙就到后库去寻，问了管事的，也说没来过。奴才就有点急了。奴才听说占姐儿也没回屋，连忙找到茶花和奴才一起到驿宫花园一带地方去找，也没找见；问人，也都说没见到。就这么个工夫，占姐儿会跑到哪儿去呢？真急死人了！这事都怪奴才粗心大意，服侍不周。请老太太重重发落！"说着说着，又伤心地抽泣起来。

大家听了金凤的话，都在想，占姐儿会到什么地方去呢？可以说，自打他生下来那一天，他的身边就没有离开过人。走到哪儿，都有人跟着。不是这个，就是那个，就像传球似的，从这个人手里传到那个人手里，不许走空当。可是，偏偏落了这么一空，人便不见了。

太夫人沉吟了一下，叫双燕和金凤都起来，命明珠传下话去，府内府外，立即撒下人马，寻找占姐儿。

大总管王升得令，把别的事都放了下来，做了找占姐儿的总提调：吩咐各路人马，立即派人到飞云阁道观去抽签，到文德桥头于真人那儿去问卜，又派人到夫子庙山野鹤那里去测字。他又着人把今早出门的管事的、小子们都叫回来，一一询问，是否有人带他去外面游玩了？都说没有。他便派人在府内东院、西院、花园、栋亭、西堂、假山洞等处去搜查、寻找。

曹颙的寡妻马夫人和曹頫的妻子王夫人听到占姐儿不见了的消息，都由丫头们陪着，急急来到太夫人房里，一同商议怎么办才好。下边人一会儿一报，可都没有什么线索。

王夫人焦急地说："还不如开了赏格，若是谁找到了，不但不问罪，还可受赏。"

马夫人道："弟妹，这可得想想，坏人是吃惯嘴，跑惯腿的。占姐儿年纪小，最怕内外勾了手，把他隐藏起来，挟制我们，要这要那，还怕我们不应吗？这在京城里边，不是没有过。这都是盛京那边窜过来做手眼的。"

王夫人听了忙道："可也是！"

太夫人也说马夫人见得到，并安慰王夫人不要着急。

占姐儿的奶妈——白嬷嬷，听到占姐儿走失的消息也焦急万分，含着泪进来说："老太太！这可怎么办？到处都找了，找不见，可苦了我那占姐儿啦！要是有个一差二错的，这可叫我怎么办哟？"说着大哭起来。

太夫人深怪她不懂事，但也说不出什么话来，只得用好言相劝，令她安心。

正乱着，只见门上报道："西府和王大人府上，都派人来打听，是小爷走失了吗？"

太夫人连忙叫王升去招呼回话，只说正在找，未远去，估计不会失踪的，请西府、王府放心。王升应命而去。

太夫人叹道："偏是我家的事，怎么就传得这么快？"

这时，到飞云阁求签的回来，说是得了个中中签，拿回一张长方形黄纸来，上面用朱砂写着四句签语：

林畔池边总关情，

白鹅不羡鸭色青。

樱花开后三春景，

舴艋传来载月声。

遇山而止，遇水得行。

婚姻有成，生意得通。

太夫人叫把诗单收下，大家都纷纷议论，不知诗中说的到底是什么意思。

去问卦的管事的进来回禀太夫人，转达于真人的话，说："要问走失人，可向西方寻。逢未，就可找到。"

太夫人问道："什么叫'逢未'呢？"

管事的犹犹豫豫地回道："比如说是'辛未年'呀什么的，就算是逢'未'了。"

太夫人听了，气道："放屁的话，今年是什么年？"

明珠在旁答道："是壬寅年，虎年。"

太夫人算了一下道："还得六年，才能逢未，真是胡说八道！"

明珠连忙道："也不一定光指年份，指时辰、指月份都行。未属羊，要是碰到羊，也算数的，没准儿挨着羊的边的，也算数。这得费点心思去解，得拐好多弯儿才能解得开呢。"

太夫人这才把脸舒展开来，道："是了！亏得你提醒了我。我倒想起来了，是的！有道理，快传话，叫阿祥去找占姐儿去。"

"是！"明珠忙着叫小丫头去传话，回转身来便对太夫人道，"总是老太太福至心灵。祥字不就有个羊字在里边了？说不定，阿祥一去，就能把占姐儿找到呢。"

正说着，王升又把测字的情节带回来，回禀太夫人。

原来，小厮找到山野鹤，写了个"金"字。山野鹤问他问什么事儿？

小厮说："寻人。"

山野鹤要他随便报个时辰，小厮说了个"卯"时。山野鹤就测道："金生水，水生金，可到水边去寻。"

小厮问道："难道失足落水不成？"

山野鹤掀着胡子道："非也。是被人锁着的。有人有玉护着，不会落水的。"

小厮还要细问，山野鹤怒道："已经说得明明白白，还要我亲自给你找回来，才算灵验吗？"

小厮硬着头皮说："我得回去回话呀。你说被人锁着的，那不成了坏事了吗？我怎么往上回呀？"

山野鹤瞪着两只大眼，嚷道："叫你回去，你就回去！日中刚卯，这还保着呢！这就看你问的是什么人了。要是个贵人，就平安无事。要是个贱人，那也就用不着来测字了！"

小厮说："就是这'日中刚卯'四个字，扯不清，也不知是指什么？"小厮又怕记不住，就叫山野鹤用笔写在他手心当中，付了钱，就飞马回来报告了王升。

王升把测字的光景回完了，大家听了，都各自揣摩起来，尤其对这"日中刚卯"四个字，任谁也没法解得开。

双燕自小机灵，深得太夫人欢心，这也是太夫人派她兼着照管占姐儿的原因。她就不信占姐儿会走失，但眼前又确实找不见了。她深悔自己疏忽，她乘着又是求签，又是问卦，又是测字的乱劲儿，独自揣摩着悄悄溜了出来去找占姐儿。

接着，太夫人便叮嘱王升，根据这求签、问卦、测字的线索，着人仔仔细细再到各处去找。

一个宁静、安详的汉府，一时间便都惊动起来。

只有太小姐李芸居住的扫花别院，还像往日一样静谧无哗。

这个扫花别院，本来是曹寅当年个人清修之所。一股泉水，由门洞出来，自东往西，曲曲流去。上铺白石一方，人们进门，要从石上行走。墙根都是忍冬花。到年根了，枝叶更显得沉郁苍翠。进得门来，便是碎石铺路，利用天然石色，拼成各式花纹。房屋、游廊、栏杆，都是本色。中间用一块黄花松板，刻出"滴到明"三个字来，显得尤其别致。有人说，"滴到明"就是"抵倒明"，成了明朝亡国的谶语了。据传还是朱高煦的亲笔呢。下边刻了两个闲章，一个是"漱玉"，一个是"风露清吟馆主"。

屋中摆设都是明代黄杨木做成的用具，空灵轻巧。屋后有一座紫藤架，架下一个石桌，周围几个石鼓，下边便是池塘，有几只丹顶鹤，在池边漫步。曹寅去世，曹頫便要把这扫花别院改为佛堂，以资景仰。但太夫人却另有打算：

原来，曹寅去世后，李芸相继得病。太夫人在丧夫的同时，又疼惜妹妹李芸。她深知李芸对曹寅的景慕。为了补偿李芸夙愿，她借口换房能消除疾病，便请李芸搬到扫花别院来住。这一安排果然灵验，李芸的病不但逐渐好转，而且对住进扫花别院更是心满意足，百般爱护。凡是曹寅生前布置，一律不动。只是在屋内增挂自己一张曹寅当时爱听的"九霄环佩琴"，还有一幅她小时绣的左旋花，下面绣的两方小印，一个是"内外无尘"，一个是"剪花六出"，也是曹寅的手笔……

李芸自从搬进扫花别院后，似乎落叶归根，有了归宿一般。一扫过去多年来的忧郁情怀，反而格外容光焕发起来。太夫人也就暗自放心了。

今天，李芸的大丫鬟一月，从扫花别院出来，走过石板，穿过石山小道，抄近走过板桥，到正院来找书库老总管福海，为李芸太小姐领些冷金纸写字。

一月来到大书库，正值福海出外未归，见了个书童，她张口就向他要冷金纸。

书童看了她一眼，笑道："占姐儿丢了，你们还不知道呀？还有心要冷金纸练小楷呀？"

一月听了，大吃一惊道："占姐儿丢了？有这等事？什么时候丢的？"

书童道："从早起到这会儿，连个影儿也没有，你们还住在世外桃源里呢！你们还想写经当神仙呀？扫花别院的主子和奴才，也就够神仙的啦！还想修什么？"

一月压根儿不理他那一套，忙打听道："这可怎么好？你想，占姐儿会到哪儿去呢？"

书童笑道："我要知道占姐儿到哪儿去，我早去报告上房，领了头赏了！我看他要是出外到门口卖呆，跟班的没留神，被拍花的给拍去了，那才糟呢！前几天，孟大老爷的孙子，就给拍花的拐走了，正下文到京口去追查呢！"

一月听了，吓得也顾不上再要冷金纸了，抽身就往回走。气喘吁吁地来到扫花别院，进到屋内，便告诉太小姐，占姐儿不见了。

李芸一听，脸色顿时大变。喉咙里仿佛有什么堵着说不出话来。

一月看她从来没有这般着急过，怕把她急坏了，忙道："别着急！太小姐，总会找到的。咱们府上太大，像一座石头城似的，一时找不到，也不足怪。占姐儿不会自己走出大门的。"

李芸愣在那里，仍然说不出话来。

自从占姐儿出生以后，李芸对他就异常钟爱。她发现他越长越像他的祖父，尤其是眉目之间似笑非笑的神态。她屋里的摆设，和自家的饰物什么的，谁也不能摸碰，只有占姐儿却是例外。例如：

她身上佩戴着一块哥哥李煦送给她的"钱镠王"祭江潮小九龙苍玉璧，是任何人也不能看，更不能碰的。丫鬟们侍候她时也特别小心。没想让占姐儿知道了，执意要看。不但看，还缠着太姨取下来给他玩。丫鬟们都心想，这两位"碰不得"，今儿可遇到一块了。一月懂事又聪明，便哄着占姐儿道：

"舅太爷差人昨儿给太姨送来几尾金鱼，叫'印章'，全身都是白的，单是头上有这么四四方方的一块红的，和印章一个样，放在鱼缸里特好看。快，我领你到西屋去看看去。"

谁知占姐儿却说："我才不稀罕什么印章不印章呢。什么宝贝儿也比不上太姨身上戴的这块'小九龙璧'！"说完又缠着李芸道：

"好太姨！亲太姨！取下来给我赏玩赏玩吧！我只在手上托一小会儿，就'完璧归赵'！"

李芸眯着眼，看着占姐儿道："就是你，是我的小魔星！"边说，边把玉璧解了下来，递给了占姐儿。

旁边的丫鬟们，这时连大气都不敢出。觉得太小姐平日就是一块冰，只有见了占姐儿，才像遇到火一样的会化了，连这平素谁也不敢想看的玉璧，都取下来放在占姐儿手中了，真是没法儿说。

占姐儿把苍玉璧放在手心里翻过来，翻过去，欢快地赏玩着。没承想最爱和占姐儿玩的波斯猫，以为占姐儿在逗它呢，高兴地突然扑了过来！

"叮当"一声，玉璧坠地，断成几块。

丫鬟们大惊失色，不约而同地惊呼："这可怎么得了啊……！"

猫儿也躬着背，如临大敌，蹲在一旁，瞅着这断了的玉璧。

占姐儿瞪着两只眼睛，怔怔地看着太姨，吓得不知如何是好。

谁知李芸看到占姐儿惊慌的神色，不但不恼，反倒格外心痛起来，一把将占姐儿搂在怀里，疼爱地安慰道："没事儿，没事儿！都是猫儿不好，猫儿闯的祸！"随即吩咐千江："收拾了吧！"就如同没有发生过这回事儿一般，把占姐儿安慰过来，安慰过去。还叫丫鬟把自己收藏的所有玉璧都取出来，给占姐儿随意赏玩。从此，曹李二府，谁都知道，占姐儿不但是太夫人的命根子，也是太小姐的命根子！

这会儿，李芸听说占姐儿找不见了，在屋里坐立不安，说话的语调也变了。她想去看看老姐姐，又觉得见了没什么好说的。因之，对丫鬟们道："你们快去打听，找回来没有，随时来告诉我！"

四个丫头都齐声答应着。散花和妙音便出去打听消息去了。

李芸觉得心情有些恍惚。她本来什么也没做，但感到十分疲倦。她的眼光落在墙上的古琴上面，久久不移。心想，好久不弹琴了。

一月体贴地道："太小姐，弹弹琴吧！"

李芸心想，古人说，琴声可以卜凶吉，便轻轻地点了点头。

一月和千江便按照平常习惯，为她准备盥洗水，焚了一炉檀香，拂了琴桌，摆了琴拔，这才取下古琴放好，悄悄地退到一旁。

李芸便坐在琴桌面前，调好琴弦，弹起一曲《广陵散》来。

她硬要自己把心都灌注到琴音里面，因此，思绪也就转到琴曲上面来了。她认为这个曲子，本来是为了复现这个繁华商埠的多彩色调而作的。可是，有人却把它说成是一曲悲歌。但是今天，她听到自己的曲调，也丝毫没有欢快的气息……不由长叹一声，心中想到，怪不得嵇中散一口咬定"声无哀乐论"不放。原来，在他看来，宇宙万籁千声，无一不哀。如果世界另行安排，则所有人声、树声、水声、鸟声……同是万籁千声，却又都成乐曲欢音了……所以，他主张的"声无哀乐"，我今天才能领悟到啊……

书库大总管福海，刚从外边回来，听到占姐儿不见了的消息，并不着慌。他心中有数：占姐儿一定又是躲到小书库里面暖阁那块儿，偷着看闲书去了。待把他找回来再说。

福海先开了大书库，看看门窗都没有异样，都是他经手的原样儿。便又到小书库，开了锁，进了门。这小书库有两把钥匙，一把自己掌管，一把在太小姐的丫鬟一月手里，她也可以开。这小书库还有个小方窗子，是放猫出入的。虽说只有他知道，但是，占姐儿也是知道的，他从这儿爬进爬出，也是常事。

福海进得屋来，咳嗽一下，听听没有声响，便快步先到小窗户那儿，看看有没有爬进人来的痕迹。一看，果然有爬过的痕迹，便高兴地又咳嗽一声。侧耳细听，还是没有动静，他就索性大声叫起来道："占姐儿！占姐儿！"

屋里虽小，因为门窗都关着，还是显得瓮声瓮气地有些回音。

福海心想，这小人儿看书又看迷了，居然喊他都听不见。他一边往里走，一边看了看那刻着"邺架""棐几"等字样的楠本书架，静静地摆着，杏黄的标签，按着千字文分类，整齐地贴着。他轻手轻脚地来到暖阁那儿，看到绣墩安静地摆着，并没有人坐过的痕迹。就在这个绣墩上，占姐儿曾经躲到这儿，偷看小说，两次三番地被他捉住。占姐儿央求他不要告诉别人，他倒是从未对别人说过，心中还暗暗赞叹道："这点可真像老太爷当年啊……"可是这回占姐儿并不在这儿，窗户那儿是谁爬进来的呢？不由得急得他出了一身冷汗。

他转身就走，忽见帏幔那儿，露出锦袍一角，细听，还有鼾声。福海真是喜出望外，口中念念有词道：

"原来你躲到这儿看书，害得我们好找！就差鸣锣叫街了，你倒沉得住气。是什么好书又迷了你的心窍了？"说着走过来，把帏幔一掀，只见波斯猫跳了出来，顺着墙边从门口跑走了。

福海苦笑了一下，自言自语道："原来是你在这儿耍鬼把戏。"

他过去一看，才知道刚才瞥见的并不是什么锦袍角，而是包书的锦袱。他拾起一看，认出是包什么书的。心想，果不其然，占姐儿是来过了。并且拿了书，又到什么地方躲着看去了。他把包袱皮儿叠好、放平，走出小书库，把门重新锁牢。

这么冷的天，占姐儿会躲到哪儿去看书呢？他看了看四周，却见双燕皱着眉头，在寻思什么似的从池塘边转了过来。

福海喊道："姑娘，你在干什么？"

双燕见是福海喊她，急忙走过来说："大爷，我就不信占姐儿会找不着。一定是躲到哪个犄角里干什么去了。"

福海道："一点儿都不错！占姐儿就是躲在哪个犄角里偷着看书去了。"

双燕高兴地说："看什么书？是在您书库里吗？还不快回老太太去，汉府上下都开了锅了，您大爷还像没事人似的呢！"

福海笑着说："看你这个姑娘，就那么个急性子，我要找到占姐儿，还不马上回禀老太太呀？我这儿就是没找着呢！"

双燕失望地道："这么说，占姐儿没在书库里呀？"

福海道："要在了，我还不立这头功去呀？"

双燕道："那您怎么知道他在偷看书呢？"

福海道："我书不见了呀！准是占姐儿拿走的。别人谁能进得来。"

双燕道："那您也得回禀老太太去！"

福海道："那我可不敢。占姐儿拿的这书，要让老太太知道了，我这从老太爷手下就经管书库的老总管，就得吃不了兜着走了。"

双燕感到严重地问："您书库里丢了什么书？"

福海说："不能告诉你。"

双燕急了道："还不能告诉我呢，现在是什么时候？您赶快说出来，咱们也好有个找他的线索呀！"

福海一想，可也对，便道："是看了到老不成器的书。"

双燕恍悟地说："又是《西游记》呀？"

福海道："可不！"

双燕伸了伸舌头道："这可是不能回禀老太太，要让老太太知道占姐儿偷看了《西游记》，那还不得把咱们都撵出去？可是，这占姐儿到底躲到哪儿去了呀？十冬腊月的，躲在哪个角落里时间长了，还不冻坏了呀！"

福海也着急地道："说的也是呢，咱们快分头去找吧！"

双燕道："东边我都找过了，大爷，您往西去吧，我沿着湖边再仔细找找，我总不信他会跑到外面去。"

福海道："是，是不会到外面去。"说罢，两人又分头去找了。

第七章

占儿受训萱瑞堂
双燕辨踪矮颐舫

太夫人在屋里，不断要丫鬟们去询问，找到占姐儿没有。丫鬟们一会儿一回话，如同走马灯一般。有的说，花园周围、树丛、假山都找遍了。有的说，池塘边也查看了，水里也打捞了。有的说，老管家、嬷嬷、小厮、下人们住的地方也都问过了。有的说，连锁着的画舫游艇，都打开瞧了。结果都是："没找到！"

本来以为既没上街，又没出院，不大工夫总会把占姐儿找出来的。哪承想，已经找了两个来时辰了，还是踪影全无。

两位夫人眼前不由得添上了一层阴影，心中无底地胡猜乱想起来。白嬷嬷更是流泪不止。

太夫人虽强自镇定，但再也掩盖不住心里的焦急了。她扶着明珠站起来，马夫人和王夫人也赶忙站起，太夫人一反平日神情，大声道："我就不信，偌大个汉府，这么多的丫头、小子们，就找不出这个猴崽子来！"

大家听了，都像着了火似的。

正急着，忽听门外人声喧哗，只见一个人跳了进来，大家定睛一看，跳进来的不是别人，正是占姐儿。后边双燕还在推他，接着，王夫人的丫鬟竹屏、弄玉，太小姐的丫鬟散花等人也都随着进来，像座锦屏般围在他的身边。

太夫人一见，真是占姐儿站在眼前，两腿顿觉发软，明珠急忙扶她老人家坐下。

马夫人和王夫人同时都对占姐儿望去。只见他：

头戴金线顶子八块瓦青卫绒帽，正中镶嵌偌大一块红宝石。身上穿着箭袖绛色摹本缎开衩小战袍，上罩平金刻绒十三太保偏襟褂，脚蹬麂皮双脸贴云小马靴。神情英俊，气宇轩昂。看来他并没有遇到什么意外，这才放下心来。

太夫人坐定，把孙儿上上下下打量了一遍道："你怎么还是这份打扮？你干什么去了？"说着，忍不住一把把他拉过来，又是摸他的头，又是焐他的手，把个孙子揽在怀里，生怕有人来把他抢去似的。弄得占姐儿倒有几分纳闷起来，心想：不过一会工夫没看见罢了，为什么老祖宗这么亲我？好像多久晚儿没看见我似的。就是丫头小子们，也和往常不一样呢。因此，忙道：

"我早起射完箭，就和金凤姐姐给老祖宗请安来了。见老祖宗正安寝呢，我就到妈妈和娘屋里请了安，取画去了。取了画回来，见老祖宗不在屋，姐姐们也不在屋，我就一个人到矮颥舫读书去了。"

太夫人道："你说得倒也轻快。这是哪家的规矩？练武回来，衣服也不换，也不和嬷嬷姐姐们说一声，一个小子也不带，像个猫儿似的，就钻到避风港里看书了。你倒是看的什么劳什子书，这么入迷？"

占姐儿正不知如何回答，双燕在一旁也急得直出汗。幸好，太夫人接着就叫明珠快给太小姐送信儿去，就说占姐儿已经找到了，请她放心，不必过来了，等一会儿叫占姐儿过去给太小姐请安。

散花听了，忙道："回老太太，明珠姐姐不用去了，妙音早就回去告诉太小姐，占姐儿找到了。"

太夫人道："这就好！"又对着占姐儿道："你倒说说，这是哪家的规矩？"

占姐儿忙站直了说："我没听见外边找我，我想，矮颞舫是我平日常去的地方，我也没出府门，怎么想到我会丢失呢？"

太夫人听了，不觉生气道："哦？你倒还有理呢，你不知道上上下下，为找你，都闹得天翻地覆了吗？你还没事人儿一样呢。把你交给你妈，叫你妈狠狠地教训你一顿是正经！"

马夫人听了，连忙站起身来，要回自己屋去。她向太夫人行了礼。临行，对占姐儿教导道：

"老祖宗为你操了多少心？以后不论什么时候，不论要到哪里去，都要和姐姐们说一声，等姐姐们回来，你再走。你有什么大不了的事？一个人乱跑？万一有个一差二错的，姐姐们哪个担待得起？再说，还有嬷嬷们呢？她们老脸老面的，怎么下得来？居家总得像个样儿，不能随心所欲，离了大格儿！等一会儿有你妈开导你，你要好好听话！我先回去了。"

占姐儿连忙回答："是！娘！"

马夫人又和王夫人小声说了几句，就扶着丫头的肩，回屋去了。

每次，占姐儿听到祖母说，要妈妈教训自己的时候，自己的亲妈马夫人就回避了。他知道，自己还没出世，父亲曹颙就去世了。在他出世以后，又是在奶嬷们手里传怀抱大了的。在他开始记事的时候，要称呼不是亲生自己的王夫人叫"妈"，对亲生自己的马夫人，却要叫"娘"。他不明白，这些都是为着什么？他深深感到自己的亲妈不快活。只有在金凤领着他到马夫人屋里请安，屋里又没有其他丫鬟，马夫人搂着他亲的时候，妈妈才是快活的。他也喜欢躺在马夫人怀里亲热地管她叫"妈妈"。有时，恰巧有人进来，他就立即改口，把声音拖长了，叫成"妈——姆——娘"。

丫头们为了好区别，都管马夫人叫夫人，管王夫人叫太太。

马夫人刚走，王夫人便道：

"都是我不好，娇纵他惯了，古语说，应该'慈父严母'，我也不会当妈妈，一味放松他。万一出了什么差错，我可交代不下去。今天当着老祖宗的面，说清楚，你今后要出去，必得先跟姐姐们说，姐姐答应了才行。下边小子们，不管是多么有脸面的，凡是私自领他出去游逛的，决不轻饶，从重治罪。这一次，老祖宗看该怎么发落他吧！"

太夫人本来还想再说占姐儿几句，但看到占姐儿穿着小战袍，低头贴耳，站在那里听训的小模样，早已心痛极了，便对占姐儿道："快和妈妈说，下次没交代好，再也不自己一个人走开了。"

占姐儿忙说："妈妈！下次没交代好，再也不自己一个人走开了！"

白嬷嬷高兴地笑着说："我这占姐儿，就是嘴巴甜！"

大家都笑了。

太夫人对占姐儿道："过来！我仔细看看你！"

双燕以为太夫人还要责怪占姐儿，立即抢着对太夫人、太太回禀道："都是奴才的错！不关占姐儿的事。他射箭回来，我也没和金凤交代一声，就一窝蜂地哄着老太太去暖房摘香橼、佛手了。这都怪我。都是我的不是！"

太夫人道："现在还不是派谁不是的时候。我气就气在，这孩子，真是天生的一股怪劲儿。这大个汉府园，从小就容不了他。偏偏躲到那个缩脖子的小房子里去。窝着去干啥？"

金凤忙道："老太太别生气了。这事都该怪在奴才身上。占姐儿射箭回来，虽说几位姐姐不在，我就应该给他换了衣服才对，不该不换衣服，就让他自个儿去找画儿。……"

双燕没等她说完，就接着道："也不能那么说，都是阴差阳错的事儿。论理，这事也怨不着金凤，谁都不怨，就怨我粗心大意。幸亏派人测了字回来，才有了点儿线索。"说到这儿，她瞄了太夫人一眼。见太夫人很注意地听，便准备故意把话拉长了说，尽量说得鲜活，把这件事儿岔过去。

太夫人道："测字又怎么啦？你们倒是怎么找着这个小猴儿崽子的？你只管说吧！"

双燕才又打开了闸门似的说了起来："管事的回来说，那测字的山野鹤说，'金生水，水生金'，必是在水边。我就想，应该按着池塘边去找，结果也没找出什么线索来。我又就着这个'水'字来想，我想，船，凉亭，不是都和水结邻居吗？"

太夫人听到这儿，不由得大悟了似的应声道："着哇！还是年轻人心眼儿机灵。"

双燕接着说："我就想到船上去找。但我一想，船儿艇子的，咱们早就封了。没封的船，泊在湖心，没法上去，上去也容不得人。亭子呢？冬天再暖和，也待不住人。后来，我就想到，舫不也是行走在水里吗？莫不是在矮颓舫里不成？它名叫舫，实在是座船形的亭子，不也是沾了水字儿边了吗？"

太夫人听了，高兴地道："还是这丫头肯用心！是呀，这不明摆着的事儿吗？就是想不到这个点子上去。"

双燕接下去道："想到这儿，我就说，对！还是自己去跑一趟好！想着就往矮颓舫跑去。离老远，就盯着看。看窗帘都挂着呢，心想，糟了，一定没有人。可我还不死心，还是往前赶。赶到门前，这可死了心了，门上一把锁，鸦雀无声，附近连个人影儿也没有。心中一懊丧，我返身就走，怕误了时辰，白搭工夫。这事要马不停蹄，越早弄个水落石出越好！刚想走开，可还有点不死心，又回到门前，碰碰锁，锁得好好的，又到窗子前面，推推窗子，窗子也是关得牢牢的。心想，没准有没关好的呢？于是就挨着个儿推。没想到，真有一扇窗子是虚掩着的。哎呀，这可有点门道儿，我就咳了一声，没人答应。我又咳了一声，还是没动静儿。轻轻推开窗子，向里一望，确实是什么也没有。但我又想，要是没人进来，这扇窗子怎么会虚掩着呢？反正是不到黄河不死心哪。我爹着胆子，爬上窗户，轻手轻脚地跳了下去。里边还是什么也没有，这下可灰心了。硬着头皮，往前走走吧，反正也进来了。小房子又矮又窄，真是个矮个子，走着走着，一把高背大摇摇椅挡在我前面，我顺手一推，这摇摇椅摇了两下，便停住了。我一眼都看到头了，再也没什么好找的了，只好灰溜溜地转身出来。正要爬窗子，忽然，后面'嘿嘿'一声，吓得我腿都软了。"

丫鬟们听到这里，也吓得大气儿都不敢出。

太夫人夸赞地说："这丫头真胆儿大。"

双燕接着道："我急忙回头一看，这高椅背上，伸出个脑袋来，不看不要紧，这一看哪，真是'踏破铁鞋无觅处，得来全不费功夫'。原来，正是我们这位小爷！"

众人听到这儿，才都算松了口气儿。

双燕又找补着说："这时，我才想到，山野鹤说，'日中刚卯'，可不是吗？刚卯是铁锁，日中是午时，这不正对路了吗？……咱们这位小爷，午时锁在矮颐舫里呢……这么一来，不就被他算着了吗？"

只听双燕说得有声有色的，听到这儿，大家都笑出声儿来了。占姐儿自个儿也笑了。

太夫人这才问占姐儿道："你也没听见她的脚步声？"

占姐儿道："没听见。"

王夫人道："你也没听见她咳嗽？"

占姐儿道："没听见。"

太夫人道："那你在里面干什么啦？"

占姐儿道："看书啦。"

太夫人道："看什么书？把你迷得这么厉害？你要真是这么用功倒也好，只怕你看的都是些没有用场的书呢。"

双燕连忙插嘴道："都是老太爷大书库的书，奴才找占姐儿时遇到福海大爷，是他说的。"

王夫人也忙插嘴道："老太太也累了，该休息一会儿，养养神了。"转身对占姐儿道："快换衣服去吧，没有冻着你吗？那矮颐舫，冬天关着窗户，虽说四面不通风，到底还是个凉亭呀，在里边待久了，谁能受得了？快回屋去换衣服吧！"

太夫人这才破颜一笑道："你妈说得是，快回屋去换衣服吧！"又对双燕、金凤道："把那耳子粥给他吃，看他可曾着了凉，受了风？身边别离开人，轮班守着他。有什么动静儿，就赶快来告诉我。"

双燕和金凤齐声应着："是！"

占姐儿向太夫人、王夫人行了礼，随着双燕和金凤，穿过堂屋，回到了自己房里。

第八章

金凤良宵焐锦被
李芸雪夜发清吟

占姐儿住的房子，和太夫人居室中间，隔个萱瑞堂，由倒厦既可相通，又不互相打扰。丫鬟们向来轻手轻脚，一点儿声息都没有。

萱瑞堂正中，悬挂御赐匾额，下设香案。

东面第一间，是太夫人寝室，第二间是起居用的。

正面墙上，挂的是十二幅苏绣，绣的是唐明皇游月宫的故事。条案上，全堂都是铜胎珐琅器皿。正中是"福禄寿"三座星官立像，两旁分设五福捧寿烛台，西番串枝莲花宝瓶，金银交错象尊，犀牛望月宝镜，螭龙纹鼎，仿古嵌金花觚。铺着丹凤朝阳的地毯，四角陈设核桃木的花架，摆着四盆萱草花。屋中央，正正当当地放置一座特大铜薰炉。左右两排椅子，都披着满绣的椅搭，按照每个月份的花色更换。

占姐儿的卧室在西边，本来是姑姑纳尔苏王妃小时候住的。王妃在京听得弟媳马夫人有喜，便降旨：不管生男生女，都可以居住在这个屋里。因此，占姐儿在嬷嬷们手中的时候就住在这里，离马夫人、王夫人两位母亲的住处反而远些。实在说，就住在太夫人眼皮底下。

这屋里的陈设，谁也不敢擅改。说不定王妃何时亲临，也许忽然降旨要看一下自幼居住的地方呢！因此，大致都保持着王妃未嫁时的样儿。

姑姑生来不尚华丽，所以，屋里陈设都是木制的，珠光宝气，一概全无。

床是造在墙里，帐幔和墙齐平，两边隔扇上画的兰草花卉，都是王妃小时的亲笔，只是上面没有诗词题款，也不落任何印记。

墙上挂着张灵画的望月图。猛一看去，如同那边没有墙，朱栏上确乎有个少妇在凭栏望月。汉王[1]当年遗留下来的古玩器皿，多不可数。后来，从曹玺、曹寅到曹颙做织造任上，都有人馈赠书画珍玩，只是姑姑不喜欢，因此，分到这屋里来的并不多。多年来，室内摆设也很少更换。姑姑对张灵这人，也从不提起，对他画的画儿，只当没有瞧见。

地上有一盆木变石，石旁一棵盘虬松，苔痕碧绿，松枝挺劲，青翠可爱。

另外，还有一块占雨石，是供在案上的。每在天雨之前，它就潮湿滋润，浮出细小的水珠儿来。这石头是块天然生成的青蛙，年年月月在张口吐气，安安静静地预报风雨，所以也叫"雨蛙石"。

鸡翅木高几上，还有一块阿房宫砖，上面有凸出的篆字：

秦并天下，五谷丰登，道无饥人。

还有一盘越嶲山的空青[2]，一颗颗如同杨梅大小，颜色碧绿，几乎是没有人认得它的。

墙上有占姐儿自己画的一幅白玉簪，上面题的是四句诗：

嫦娥何事落轻纨，

---

[1] 汉王是明朝的朱高煦，永乐帝的儿子。清代人民口中，仍习于称他为汉王。曹家就是住他遗留下的府第，所以也称汉府。

[2] 空青是铜矿中的产物。铜核中有积水，可治目疾。可能含有硫化铜成分。

捧上清波风力殚。

不是珍珠不是玉，

泪花如雨响冰盘。

桌上，一座海西铜铸半裸女像，手中托着一架带摆钟儿，左右摆个不停，发出嘀嘀嗒嗒清脆声音来。这就是从西洋传来的站人钟。占姐儿就在这钟嘀嗒声中长大了的。

占姐儿回到自己屋里，把帽子往地下一摔，便埋怨双燕道："都是你！本来没有事，你一说，就说了八大车，引逗得老太太、太太都不放心啦！"

双燕把帽子拾起，轻轻擦抹好，便过来给占姐儿换衣服，只是抿着嘴儿笑，并不作声。

金凤在旁道："双燕姐姐故意用话给你遮过去，哄着老太太别追问你了。你怎么倒埋怨起她来？"

占姐儿便不说话了，歪到床上去，一声不响地向里生闷气。

双燕和金凤最忌他闷声不响，怕作下什么毛病来。凡是他发愣的时候，便想方设法逗他说闲话儿。谁知说了好多话头，都引不起他一句话来。

金凤又急又委屈，不觉流泪道："罢！罢！双燕和我一早起，担惊受怕，爬高上梯，把腿都差点儿跑断了，好不容易把你这位小祖宗找回来，却落得个不理不睬。你要不愿我们侍候你，就回老太太去，省得在你面前惹你心烦。"说着更觉伤心起来。

占姐儿一见金凤流泪，慌了神了，立即起来，拿着手绢儿就给金凤边揩泪边道："好姐姐，我多早晚不愿你们侍候我了？"

双燕在旁忙念了一声佛道："总算开了金口了！"

占姐儿急得直出汗，说道："我要不愿你们侍候我，就让天雷劈死我！"

金凤忙捂住他的嘴，急道："你胡说些什么？什么死呀活的，这话也是你好说的吗？"

占姐儿道："我不说话，你们着急；我说话了，你们也着急。这可怎么好啊？"

双燕见他一副认真的模样，不由得笑了起来。

这时，小丫头忽然来报，太小姐已经往这边来看占姐儿了。

双燕和金凤急忙迎了出去。占姐儿正起身也要往外走，散花早已拉着金凤走了进来，一把按着占姐儿道：

"别起来，别起来！太小姐知道小爷藏在矮颐舫看了一早上书，可急坏了。非要亲自来看看小爷，是不是躺下休息了？太小姐才能放心呢！"

占姐儿听了，只得老老实实地让金凤张罗着躺下。

双燕迎着太小姐李芸走进屋来，一月和妙音随后。

占姐儿一见李芸，一边叫太姨，一边就要从床上蹦起来。

李芸忙道："好孩儿，不要起来，不要起来！我就是来看看你，在矮颐舫冻坏了没有？"忙又按着他躺下。

占姐儿道："我挺好的。太姨，那矮颐舫好极了，要不是双燕姐姐叫我，我且不出来呢！"

金凤笑着道："太小姐，听听我们这位小爷说得多轻巧。双燕要真是没找见他，他还真是不会自个儿出来呢。"

李芸坐在床沿，边摸着占姐儿额头，边道："傻孩子，你也一年一年地长大了，哪能像小时候藏猫猫似的躲起来呢？把姐姐嬷嬷们急坏了不说，要把老太太急坏了，怎么得了？这不闯下大祸了吗？"

占姐儿道："我以后再不一个人跑了。太姨，您就放心吧！"

李芸道："这就好！"回身对金凤、双燕道："看样子，这小东西没冻着，不过你们还是要仔细照看着点。我只是来看看，见他真的没事，我就放心了。"说着，站起身来就要回去。

占姐儿一把拉着李芸道："太姨！别走。"

李芸看着他道："你要做什么？"

占姐儿道："我有个事儿，要问太姨。"

李芸亲切地道："你要问什么？你又想些什么了？"

占姐儿道："太姨，我早就想问您，有好些人写书，都写猴子，这是为什么？"

李芸听了，不觉一愣。见他问得没头没脑的，倒有几分可笑，还没作答，一月便笑着答道：

"哎呀，亏得小爷连这也想不通。说书的想扯出一个超凡入圣的人来，一时说不圆，就编派到猴儿身上罢了。就像乡下老婆婆，说人说不过，就骂人是猴精、猴灵一样。听那说书讲古的胡诌八扯，连这个也要问太小姐。"

金凤就在太小姐后面，用手在脸上羞占姐儿。占姐儿只当看不见，又问道："太姨，诗上说：'岩花涧草西林路，未见高僧只见猿。'诗注说是断肠的意思，您说注得对吗？"

双燕见太小姐仍在思索，没有立即答话，便忙道："太小姐来看你，为的就是让你安静养神，你怎么句句离不了猴儿精呢？"

李芸笑道："不要紧，不要紧，让他问。不问，憋在心里，反倒不好。"随即对占姐儿道，"这诗是访僧不遇作的。访僧不遇，就回去吧，有什么可断肠的？"

一月、金凤等丫鬟听了，都笑了起来。

李芸又接下去道："注释家们，都有一种习惯，一见到'猿声'字样，便想到断肠上来。以为这样注，才能算是见人之所未能见，言人之所不能言。这不过是一种恶习罢了，算不了什么注释。读诗，有什么感受，就按照自己的心去感受好了，何必看那些注释呢？"

占姐儿听了，高兴道："太姨说得太对了！我还没有跳出这个圈子呢！"

金凤笑道："太小姐，您听听，他还嫌没有跳出这个圈子呢！要真跳出这个圈子，咱们这汉府园就真的没法找见他了！"

大家都笑了起来。

李芸这才再次嘱咐占姐儿好生休息，随即回扫花别院去了。

占姐儿躺在床上，微微皱着眉头，怎么也不想睡，便问双燕道："书呢？给我书。"

双燕故意问："什么书？"

占姐儿道："你说替我收起来的书呀！"

双燕道："我一转手，就交给琥珀姐姐了，你向老太太要去吧！"

占姐儿愣了一下，随即笑着说道："你骗我。好姐姐，快拿给我吧，我正看得起劲儿呢。"

双燕嗔道："你看得起劲儿不打紧，好心好意给你打圆场，末了还落个不是，咱们可担待不起。"

占姐儿央告道："这是我的不是。好姐姐，快把书拿给我吧，下次不这样就是了。"

金凤道："什么了不起的书，也值得这样？"

双燕笑着将书拿了出来，交给占姐儿道："拿去吧！"

占姐儿忙接过来，专心致志地又看了起来。

金凤走过来，翻了翻书皮，念道："《女仙外史》，这是什么书？听也没听过，见也没见过的。"

双燕听了，心中纳闷，也走过来翻看书皮儿，道："福海大爷不是说是《西游记》吗？怎么成了《女仙外史》了呢？"

占姐儿不作理会，只顾看书，也不答话。

金凤道："这有什么奇怪的？孙猴儿变成女仙了嘛！"

二人笑着就给占姐儿张罗耳子粥去了。

到了晚上，天下雪了。占姐儿脸蛋儿红通通的，好像有几分不自在起来。

本来双燕就不放心，见他脸蛋儿这么红，连忙用手摸摸他的头，觉得有点热乎乎的，但又怕自己犯疑，便叫金凤也来摸摸。

金凤怕占姐儿任性，不好好在屋里待着，便故意道："可不是吗！快吃点散热药再说吧。"

双燕斥道："这死丫头，药也是能混吃的？躺下来是正经。你上床去，把被焐暖和了，侍候小祖宗先睡下，我去报告老太太。"

占姐儿听了，急道："千万别告诉老太太去，我没事，我哪儿都挺好的。我待会儿睡下就是！"

金凤听了，便连忙到床上钻进被窝里焐被子去。

这时，大报恩寺的钟声响了。金陵人家就知道是入定亥时了。

双燕看了看站人钟，便伸手要把占姐儿看的书收起来。

占姐儿不舍地道："好姐姐，我再看一会儿。"

双燕道："什么时候了？还看书。"

占姐儿不放，仍在看。

双燕道："你要不给我，我就回老太太去。"说完就要走。

占姐儿急道："给你，给你！你就会拿老太太来挟制我。"

双燕笑道："没有那紧箍咒，还能管得了孙悟空啦！今儿呀，要不是测字的胡诌一通，也许这会儿还找不着你呢。你可就真的到扶余国称王称霸去了。"

占姐儿听了，道："我还能飞到天上去不成！"

金凤在被窝里搭腔道："就怕你飞到天上去呢！你在这个大门里，是个金枝玉叶，到外边，连一顿饭也置办不起。饿也把你饿回来了。这叫此处不养爷，没有养爷处。"

双燕白了金凤一眼，道："你不好好焐被子，耍什么贫嘴儿？"

双燕把寝衣用熨斗烫热，给占姐儿脱了常服，换上寝衣。金凤起来给占姐儿斟了一小杯葡萄汁吃了。两人侍候占姐儿睡上床去。

床头放着一本诗稿，皮上有"竹荫清课"四个字，下署"脂砚斋"题签，是脂砚叔叔为他作的诗稿题的。占姐儿看了，只觉好笑，心想：还不如题"千山红叶"更为贴切呢。

双燕给他掖好被子，用手摸摸他的头，看是不是有点热。

谁知白嬷嬷这晚不放心，还来看占姐儿来了。进门就说，外边雨里夹着雪，下了好一会儿啦，天可要变了，看看占姐儿可曾着了凉？

双燕连忙示意，叫占姐儿装作已经睡熟，免得说话劳神。便和金凤过来，齐声招呼嬷嬷请坐、吃茶。

白嬷嬷轻声问她俩，占姐儿吃了什么？喝了什么？又看了看他睡得挺好，才放心道："睡得还是挺安稳的。你们留心点儿吧。至少上半夜要守着，轮流打个盹儿就行了。要不要添人手啊？"

双燕明知占姐儿并没有睡着，忙道："承嬷嬷费心，不要添人手啦。老太太吩咐来着，不要旁人进屋里来。嬷嬷放心吧，今晚上，我们俩都守着他打通宵。万一有个什么事儿，就先来告诉嬷嬷，再往上回。您请放心，安歇去吧！"

嬷嬷听了，这才起身出去。

双燕送她出堂屋，转身回来。出乎意料，原来装睡的占姐儿，竟然真的睡着了。心中一块石头，才算落了下来。

金凤吐了吐舌头，对双燕道："你来床沿上坐着守着他吧，雪还没住呢，我把堂屋的红炭儿，加到这屋里来。你跑了一天了，也真够受的。"

说着，就命小丫头们，把大铜火盆擦抹干净，把灰清了，又把红炭露出来，再把外屋的火炭又夹了一些过来，便打发小丫头们去睡了。

双燕轻声道："阿弥陀佛，这一天总算过去了。这一晚上，还不知怎么过呢！好像他也没怎么发烧似的。"

金凤道："压根儿就没烧。他在外面那么久，冷身子，到屋里来一暖和，脸就会红，发点儿暴躁，倒是真的。"

双燕也顺口应着，道："也许，就算你说得对吧，他可别发烧，要有半点儿不合适，天可就该塌下来了。"

两人便都来到床边，站着看占姐儿的脸，看他脸色白里透红，双眉舒展，小小的朱红嘴唇，合得很拢，嘴角上还像透着几分笑意，和往常一样，睡得还是挺实落的。两人都高兴不迭，这才放下心来，准备过夜了。

双燕把屋中灯都熄了，只留下一盏西洋金盏油灯，点在壁橱里。壁橱是嵌在墙上的，外罩一块圆玻璃，从玻璃里面透出光来，全屋里的光线都显得十分柔和、恬静。

双燕和金凤收拾停当，金凤取了两个靠枕，放在地毯上。她坐下来，靠在靠枕上，把头一歪，小声道："我就在这儿打盹儿，你在床上拥被而坐，有什么事儿，只管叫我。"

双燕轻声斥道："你别尽出馊点子，偏要扮成个'斜依薰笼坐到明'的样儿，晦气不啦的！"

金凤听了，生气道："你打什么花里胡哨？你要看着眼气得慌，那么，你也靠在这儿暖和，还好说闲话儿。要躺在床上，难免会睡着。要白坐着，怪难受的。来吧，这会儿都安静下来啦。我且问你，你可真信那个测字的？"

双燕听了，也过来挨着她坐了，道："谁信他呀？不过借他的话，想想路子，倒也是好的。"

两个人本来不想说话，怕他睡不实。但看占姐儿睡得很熟，看样子醒不了啦，也就有一搭没一搭地用说话来赶走瞌睡，轻声细语起来。

金凤悄声问双燕道："我倒要问你，飞云阁那个诗签呢？你又怎么说？"

双燕道："那诗签是太上老君赐下的，自然也是再灵不过的了，只是当时还解不开罢了。"

金凤便问："为什么当时解不开？"

双燕耸耸肩道："学问浅呗！"

金凤又问："这会儿怎么学问就深了呢？"

双燕道："这会儿一想，越想越合，就解开了呗！"

金凤便硬要双燕说出个道理来。

双燕道："当时，因为好多人在旁，解字容易说，也容易懂。这七个字一句的诗，就不是一句话、两句话能说清的，如是而已！"

金凤笑道："别发酸了，讨人嫌！快给我解开吧！"

双燕也笑道："那诗你可还记得？"

金凤道："你一提，我就记得了。什么'河畔水边总关情'呀……什么的。"

双燕笑道："小姐，是林畔、池边。这不都连着水吗？原来这'情'也离不开'水'的呀。不是说'花落水流红，闲情万种'吗？这个还不算巧哪，最巧的就巧在'白鹅不羡鸭色青'这句上头。"

金凤道："我还不懂，鹅呀鸭的，这里有什么讲究？"

双燕道："这句诗里，不就有个矮颐舫在吗？"

金凤吃惊道："怎么说哩？有咱家的矮颐舫？我可愈发糊涂了。"

双燕一本正经地道："鹅儿脖子是长的，鸭儿脖子也不短。鹅儿不羡鸭儿的脖子短。明白了吗？暗嵌'短脖子'，这不就点出矮颐舫来了？你看鸭子不就像一只船吗？"

金凤笑道："呀！原来如此。这可太不抄近儿。从利涉桥，走遍了秦淮河，再过文德桥，才进了夫子庙来啦，可真绕脖子。没有你那么长的脖子，可真绕不出来呢！要照你那么解，只能说是在长脖鹭鸶舫里，才贴谱儿啦！"

双燕生气道："蠢丫头，测字、抽签这个玩意儿，本来就靠个巧解罢了。我听我舅舅跟我说过，江湖上管这个叫作'寸点儿'。不是有那么一个笑话吗？从前有位邵大人，发配到北边，翻了车，给压在马下，一丛花儿又被压在他身下。被人救起来，他便问道：'这是何处？'人们误听以为他是问'此是何花？'便回说是'菽堇'。大人听了，以为是'邵吉'，便高兴道：'幸而这地方是邵吉，要是邵凶，我就活不成了。可见我命不该死。'"

金凤笑道："这大人真是个糊涂虫，有'邵凶'这个地名吗？"

双燕道："说的是呢。这种花儿，到处都有。我们南京叫它作'端午景'；要到北京，也叫它'菽堇'，土音念作'邵吉'。所以就闹了个大笑话呢！"

金凤道："可见测字的，也是扯大谰。"

双燕道："不是早就跟你说过了吗？这就是赶上个寸劲儿。"

金凤向来调皮，又胡诌道："这位大人，要一跤跌在狗屎上呢？"

双燕应声道："那就该狗死，活不成了呗！"

二人正笑着，忽听窗上有弹指声。

双燕忙制止金凤，轻声轻气儿地问道："谁呀？"

只听外面回声："是我。"

双燕和金凤不约而同地说："是千江姐姐。"

金凤急忙走到外间去开门。

千江披着斗篷，一面抖上面的雪花，一面走了进来。

双燕迎上去道："这么晚了，外边又下着雪，姐姐来干什么？快进来暖和暖和！"说着，就要为千江脱斗篷。

千江忙侧身道："不脱了！太小姐不放心小爷，又叫我来看看，立等回话呢。"

双燕忙道："太小姐心上，就有个占姐儿。"

千江道："可不是，要是不来问个清楚，太小姐这一夜就甭想睡了。"千江怕带进来的冷气逼着占姐儿，也不敢走近，只是远远地看着他。

双燕道："都怪我们没想到。按理说，就应该禀报太小姐去，害得姐姐下着雪还跑来一趟。"

千江道："这有什么？平日没事，我还不是把这屋的门槛都踩平了。"说着，又指着床上轻声道："他怎么样？"

双燕道："今晚倒不错。要在平时，可不睡呢。这会儿睡得挺安稳，比往天都要好呢。请太小姐放心吧！"

千江道："这就好。那我回去了。"

双燕道："太小姐等着回话，我们就不留了。"

千江答应着走出门，越过上夜的婆子，径自走了。

金凤关好门，对双燕说："太小姐这早晚儿啦还惦着。"说着，走近床前，看了看占姐儿，见他睡得很沉，又用手摸摸他的额头，凉丝丝的，想他白天累了，今天倒真是躺下就睡熟了。

金凤悄悄回到双燕身边，又对双燕说道："那么，第三句、第四句呢？那得怎么解呀？"

双燕早已歪在靠枕上，迷迷糊糊地说："我不是早就说，得赶巧吗？赶巧我这会儿困得不行，我要睡了，你自己去解吧！"

金凤道："上边交代，没有你睡觉的份儿哪，你怎么就睡觉了？"

双燕眯着眼儿道："我不是早就说过，这就叫碰着'寸劲儿'上了呗！"

金凤看着她那份娇憨的样子，真想去胳肢她。双燕还咕咕哝哝地说："别招我，我，我可真要睡了。"

金凤回嘴道："这位诗婢小姐，我还以为该多么高雅哩，原来也只懂得睡觉吃饭呀！"

双燕睁开眼睛，瞟了一眼那架站人钟，道："哟！可不早了，别只管贫嘴贫舌了。咱俩和衣歪一会儿，白天还不知道有多少事儿呢。"

这时，在太小姐的扫花别院里，除了在外间上夜的婆子外，丫头们都已睡了。

可是，李芸还没有睡着。这是她多年养成的习惯，过了亥时，便吩咐丫鬟们都去睡觉，她喜欢一人独处。太夫人从丫鬟那里知道她这个习性，很不放心，便将一月、千江两个大丫鬟叫了去，嘱咐她们在太小姐还没就寝以前，不要真的睡着，听着点动静。但李芸从不知道。天长日久，人们也就不以为意了。

她自从寄居曹府以后，苏州织造府李煦家和杭州织造府孙文成家，经常都有人到江宁曹家来看望她。除了行辈比她大的，指名一定要见她的，她才出来见礼外，其余的人一概不见。甚至话也不传，逢年过节也不送礼品，好像没有这回事一样。丫头们都摸透她这个脾气，当着她的面，也从不提起；但背着她，就越发谈得多了。

自从康熙年老，前几年就追苏州织造府的亏空。李芸知道哥哥清廉，也知道他为谁亏空的。如果真的追究起来，任凭李煦变着方儿，也补不了这个窟窿，只有发配到打牲乌拉的份儿了。

后来，幸得皇帝开恩，补了亏空，又复了官。实在是，皇上自知圣寿已高，想在位时把李家的亏空弥补过来，免得有朝升天，留下把柄，落到别人手里，就不好办了。一来，李家倾家荡产，也还不上公私两欠；二来，对主上的名声也不好听。主上明智，才采取了这个两全其美的办法掩护过去。但愿康熙皇帝圣寿无疆，大家还能多过几天好日子哩。

李芸平日生活，无牵无挂。可是，每到晚上睡不着的当儿，可以说，比别人还更不平静呢。

她又想到白天占姐儿走失的事。万一占姐儿走失了，曹寅的根就断了。回过头来一想，就是不走失，不祥的命运，也随时随地会降到他家头上来，是万难躲得清静的。李家、孙家、曹家是三股秤儿，折了一股，那两股也就不顶事了……不过，占姐儿还是不走失的好。虽说天下没有不散的筵席，但是筵席毕竟是筵席。酒筵排开，流觞传杯的乐趣，茹毛饮血的人，是不懂得的。懂得扰扰的人，才会懂得安宁的好处。找到占姐儿总比失去占姐儿好。春天总比冬天好，虽说"万般"都作"一品"看，但是，"一品"毕竟不是"万般"。李家的事要不牵到曹家，那日子就不同；李家的事要牵到曹家，那孙家也会波及的。这就是一荣皆荣，一损皆损！……

"听，夜深打孤城，春潮急……一浪推着一浪……"

她想着想着，要睡了，可还是睡不着。顺着思路，却作出一首诗来。这倒是常有的事儿。有时在梦中得的诗句，比醒着时候写的意境还要高呢。她曾把梦中得句，单独抄写，叫作"芸窗梦稿"。但她从来不给别人看。她现在想到的诗是：

芸窗更尽霜清夜，
凤馆无边身影单。
月慢朱棍牵晓梦，
风铃铁马惹轻寒。
平生唯觉春光窄，
永巷常怜秋色宽。
锁尽千门心转远，
珍珠落尽湿阑干。

李芸吟罢，想起身找出纸笔，把这首诗记下，免得清早起来，忘记了。因为这已经不是一次了。但她知道丫头们都睡得好好的，她不忍把她们闹醒了。她想，算了。她没有记下的诗还多着呢，偏要记下这首来做什么？由它自生自灭好了……

想到这里，她精神松弛下来，不一会的工夫，倒也迷糊过去了……

第九章

清凉寺哥儿行香愿
雨花台村女卖灵石

自从曹頫晋京以来，太夫人虽然还像没事儿一般。但是，从明珠眼中，早已看见她饭也吃不下，觉也睡不着，话也说得少了。

她平生每当碰到重大事故，就吃斋念佛，祈求上天保佑，她想趁康熙宾天的消息传到江南之前，许个宏愿，亲自到清凉寺去进香，敬奉金绣心经一百零八卷。但转而一想，不早不晚，偏赶这个时候到清凉寺进香，如果传到四阿哥耳里，定然会惹起疑心……莫如要占姐儿代去拈香，由小孩子去做，便可遮过人们的耳目，不致惹人猜想。

主意已定，太夫人便传王升进来吩咐，要他立即到清凉寺敬奉金绣心经一百零八卷，要法轮干老为占姐儿消灾除祟。等到十二月初一这一天，再要占姐儿亲自到清凉山上去拈香还愿。

清凉寺的老和尚法轮，本来是曹洞宗嫡派玄孙。南宗也想拉他，北派也想拉他。但他脑子里装满了佛教传说，特别是两个泥牛争先过海的故事：两大泥牛，互不相让，在水里打仗，结果都落得踪影全无。

法轮做事，十分圆通，没有什么滞碍。只是守住祖宗留下来的根基就好。

清凉寺，从来都受曹家布施的。在江南士庶给曹寅建生祠之前，法轮便为曹寅写下长生禄位。待到曹寅死后，法轮便把"禄位"改成"神位"，另辟净室，香火供奉起来。

清凉寺，每逢初一、十五，香烟特盛。

待到今年，腊月初一这一天，不知为什么，到庙里"挂单"的行脚僧，接二连三而来，进香的善男善女，数也数不清，有三步一磕头的磕头香客，还有苦行僧当众割耳、削鼻的，还有燃指受戒的……

法轮早已和王升商量妥当，不另行设醮拜忏。每天由法轮代烧愿香，初一这天早起，由占姐儿来拈一次香，就算功德圆满。

今天，天还没有大亮，占姐儿便盥洗停当，穿戴整齐。金凤在他腰间挂了个小锦囊，锦囊里面装的是五枚异样的小制钱，都是当年孝惠章皇后的撒帐钱。是经过多次佛前"受识"[1]过的，佩戴身上，可以祈福长寿。

占姐儿自从上次矮飐舫看书挨训后，今天还是第一次出门呢。

汉府门内，早已停放一顶蓝驼呢小轿。占姐儿辞别太夫人，出来卜轿，由两个小厮抬着，便到清凉寺还愿去了。

这清凉山虽不大，名气可不小。它原名石头山，金陵自古有石头城之称，就是因它而得名的。

当年，徐温在山上修建兴国寺，南唐李主改名石头清凉禅寺，待到后主，又改为清凉大道场。几经更替，遂名清凉寺。这山，也就随着改为清凉山了。

这寺远近知名，大殿后园有六朝井，后山山顶有李后主建的暑风亭。东北最高处，有个巢云庵。当年有个画家，名叫姜泓，赁居这儿作画，就以巢云为号。从上向下望，可以俯瞰全城，六朝烟雨，全在眼底。传说这儿是地藏王坐禅的丛林。南边是善庆寺，里面就是有名的扫叶楼，龚半千曾托名扫叶僧，隐居于此。下边是扫叶山房，中间挂着龚半千的自画像。寺僧在这

---

[1] 法师把某种东西，在佛前供奉一定时间，有的还要念诵经文或咒语，到时取用，叫作"受识"。

儿，用山上名茶招待游客。凭栏远望，横江如练，莫愁湖螺黛浮青，竹木扶疏；清远门担荷如缕，歌嘶不歇……

朱洪武曾经把南京的贫民一股脑儿迁到云南，再把江南高门富户，都移居到南京来。从此，石头城繁花似锦，超迈前朝，更加成了水旱码头，南北要道了。

清凉寺恰巧是个半城半乡的地方，城里人玩腻了，到这儿逛庙游嬉，另有一番趣味。

到清凉山来进香的，既有极俗的，也有极雅的；既有极富的，也有极穷的；既有极远的，也有极近的……

占姐儿坐在轿里，想从轿子窗眼里向外观看沿途风景，但看不远，心中有几分不自在。

王升在前骑马引路，后面有四个小子骑马跟随。来到清凉寺门前，占姐儿下了轿，便被引到角门，早已有执事和尚在山门外恭候着，陪着占姐儿进到后边方丈室来。

法轮和尚下了禅榻，含笑相迎。见到占姐儿，摸了摸他头上的冠缨，牵着他的手引至后室内，一面合十念佛，一面高声对他道：

"几天没见，哥儿又长高了。我是每天早晚都给府上烧愿香的。全堂上下，天天都为太夫人、夫人、太太和占姐儿祝福免灾。"

王升也和方丈打了问讯。他知道法轮是占姐儿的寄名和尚，太夫人称他为干老。"占姐儿"的名字，就是他给起的。占，就是占得住，不会夭折的意思。不叫"哥儿"，而叫"姐儿"，也是为了好活下来的缘故。这样，阎王爷的男名册上，必然漏掉"占姐儿"的名字，而女名册上，也必然没有登记上他。因为那一天出生的女孩名册中，不会有他这个男孩。将来阎王爷吊销的时候，自会漏掉他。再加上当时南方风俗，女孩属于身份不高的人，李太夫人就特意要下人随便呼叫他小名占姐儿。从生存的道理上来说，物以稀为贵。凡是高贵的，生命总是稀少短促的；凡是多的，生命总是贱而长的。可见，卑贱的东西，生命反而特强，对生物来说，阿猫阿狗，野鸭野鸟，都容易活着。不见那野草吗？荒歉年月，粮食不收，野草却长得越茂。太夫人叫下人直呼他的小名儿，就是使他更好养活的意思。这么高贵的坯子，让下贱的奴仆直呼其名，使他也从而不稀不贵，充数于下等行列，就能混过阎王爷的眼睛，不再找他了。

王升坐定，便对老方丈说道："占姐儿就是有慧根的人，特意到干老庙上代太夫人还愿来了。太夫人还给干亲家问好，等她老人家忙过这一阵，再来进香！"

法轮口称佛号道："阿弥陀佛！老亲家太夫人福寿安康，年年顺利，月月吉祥！教导占姐儿每年都忘不了这老规矩。哥儿可曾用过早点？我这儿的素食，可算是天下名山中数一数二的呀！"

占姐儿连忙答礼说用过了才出来的。

随后，法轮便请他们吃茶。吃过茶后，占姐儿由法轮和另外四个和尚陪着，在佛前烧了香，献了心经。然后，又到供曹寅神位的净室敬了香，磕了头，这才又退回方丈室歇息。

正说着话儿，忽听小沙弥来报，知客和尚说："金大老爷来了！"

法轮和尚对王升道："请到里面陪着哥儿玩一会儿吧！金大人来了，又不好要别人来陪，请到后堂，免得拘束。"

王升和占姐儿听了，起身往里去。

法轮又叮嘱道："可不要让哥儿到大雄宝殿上去，那儿香火太盛，简直呛得透不过气儿来。"

话还没说完，外面便响起靴鞋囊囊声来，王升和占姐儿连忙躲进后面禅房里去了。

禅房内摆满梅花，都是大大小小的盆景。

正面墙上有四个字的横幅："梅花喜神"，是康熙的御笔。墙边，是黄杨木条几，几上放着一个小小的铜炉，炉内烧着檀香，昼夜不熄。

占姐儿正在观赏梅花，细心分辨它的品种，只听外边金大老爷的声音说："……就是个马字哩……"另外一个声音，是法轮在说："……盛传他已经成佛作祖了……罪过，罪过！真该入拔舌地狱哩！……"占姐儿满想细听，他们到底说些什么，但是，再也听不见双方的话语了。只听唧唧咕咕了一会儿，接着，又沉默了一刻，就听靴声响起，那人随即出门去了。此人来也匆匆，去也匆匆，未免使人感到有几分蹊跷。

王升欠身从门帘向外偷看，见法轮正在送客出门，便向占姐儿示意，要他装作看花。

占姐儿故意说："这是萼绿华，这是香雪，这是白鹤展翅……"

法轮进来又念声佛，道："客人走了。哥儿请到后殿随喜一番，便可回府，免得太夫人挂念。改天清静些，再来不迟。"

占姐儿辞出，随着王升来到后殿观音大士座前，拈了香。这儿虽说比前殿香火差些，也依然是云蒸霞蔚，没个立脚处。各色人等俱全，从大家闺秀到秦淮游妓，差不多都有。有的是从财神庙来到这里的，有的又从这里去财神庙。山上山下，和闹市没有什么两样。

占姐儿出得庙来，小厮早把小轿抬到稍稍冷僻的地方，等他上轿。

正在这时，忽见一位少年，穿着素缎四团云白袍，步下肩舆，从容上山。香客里，在冬天穿白袍的，只有他一个，因之显得尤为突出。

占姐儿定睛看去，只见他腰络丝绦，手拿香串，头戴风帽，眉目清秀，好像女扮男装一般；只见顾盼之间，颇有几分英气，不觉吃了一惊，暗想，莫非是哪位小王微服出游不成？

偏巧，那人这时也看见了他。只见那人快步走来，惊呼道："怎么是你？真没想到！今天是个什么日子，这么早来烧开门香？"

说着，就走过来，几乎要把占姐儿抱起来的一般亲热起来。

占姐儿连忙向他使眼色儿，甩开他的手，一本正经地说道："我今天代老太太来的！"

那人听见"老太太"三个字，才肃然起敬道："敬候太夫人金安！老太太一向都好！"

占姐儿连忙答礼。接着，又轻声道："老太太为我祈福消灾许下的愿，要我亲自来进香还愿的。"说罢，二人相视而笑。

来人原来是西府养的小旦郑双卿。他过来拉着占姐儿的手道："可惜都是坐轿子来的，真讨嫌！要是骑马该多好！咱们就可以游山逛水了。"

占姐儿道："可不是。那天翠华街小爷要我带话儿给你，他要约你去骑马玩。"说着，用眼睛瞟着王升。

双卿知道王升是大管家，早已见过礼了，便道："出来久了，太夫人也不放心，还是打紧回去的好！"

占姐儿点头。二人才有几分不情愿地分了手。

占姐儿立着看双卿步行上山，见他头也不回，怅怅地对王升道："我们到雨花台去转一转吧。难得今天天气好，太阳也升上来了，又没有风。"

王升笑着道："还不到正月十六呢，就走百病？[1]"

耕云在旁插科打诨道："小爷到雨花台上去打几个滚儿，一年到头都顺气。"

王升瞪了他一眼，便骑上马向雨花台那个方向走去。小厮抬着小轿，耕云、壶春、药雨、汲泉四个小子骑马在后跟随着。

到了雨花台，东边天空有点浮云，阳光射到云彩上面，半天煊红，煞是壮观。

小厮落了轿，占姐儿一口气跑上雨花台。

王升在后面喊道："小心！别摔着！"

占姐儿只当没听见。

天还这么早，雨花台上边早就有人来了。一群穿着新装艳服的少妇少女正在那儿捡石头，笑语喧哗，肆无忌惮；还有农妇和村女打扮的人，也在捡石头，放在小竹篮子里，向游客兜售。

占姐儿只顾看着地面的石头子儿，顾不上瞄一下左右是些什么人。此刻，浮云散了，太阳强光照在小山上，仿佛真个看见了天花落雨的景色，曙光鸟成群地在头上飞舞着……登时，雨花台上有一颗晶莹剔透的石头子儿映入占姐儿的眼帘来。占姐儿连忙抢上一步，把它捡在手中。但一到手中，那石头子儿便什么光彩都不见了，和一块普通的石头子儿没什么两样。尽管占姐儿明白，它刚才的宝色是映着阳光，又对正方位的缘故，现在方位不对，

---

[1] 在正月十六日出门散步，据说可以去病，所以叫作"走百病"。

又背着阳光，它便光彩全无了。但他还是感到有些不自在，把那石头子儿托在手里，不肯丢下。

这时，一个小姑娘，捧着一个小竹篮儿，来到占姐儿面前道："我这石头比你那石头好，把你那石头丢掉，要我这块石头吧！"

占姐儿一抬眼，只见她：细长的眼睛上两道弯弯的眉毛，和画上的一模一样。他不由得发出一种奇想来：常听人说，大画家画的人物，受了日月精华，就会从画中走下来，和活人一样说话做事哩，不觉脱口而出，说道："我在画上见过你！你叫什么名字？"

那村女随口应道："我叫田田！"

话犹未了，只听那群穿得漂亮的女人都大声哄笑起来，弄得那个女孩涨红了脸，说不出话来，托着篮子不知如何是好。她觉得没有说什么错话，她只是说了自己的名字，这有什么可笑呢？

耕云上来道："什么田田？我看你倒不如叫嫌嫌呢。"

那些花里胡哨的女人听了，又是一阵哄笑。

占姐儿连忙上前喝住耕云。耕云哪里肯听，依然对那女孩儿道："我看你叫嫌嫌倒好，到处讨人嫌！"

哪承想，田田虽然年纪小，但对耕云全然不怕，抗声对他争辩道：

"我就是叫田田！你才叫嫌嫌呢！讨厌鬼！"

耕云又道："谁要你的石头？这石头一点儿水气都没有，就凭你那眼睛，能见到好石头吗？这雨花台也是你来的地方？"

田田看着他，水灵灵的双眼一转，一股倔气儿流露出来，和耕云争道："这雨花台倒是我们来的地方！我们，不但今天来，我们天天来！只有你们眼睛里面，只看得见没有水气的石头。你们的眼睛都没有水气啦，就像干岸上的泥鳅，只配圈在见不得人的地方呢！"

那些漂亮女人们，听了更加笑得起劲。

王升觉得要图个吉利，不该斗口，便喝开耕云，过来对那女孩说道："回家去吧，大清早的，图个吉利。别斗嘴了。"

田田瞪了他们一眼，"哼"了一声，正要转身而去，占姐儿忙道："别走！给我石头！"说着，顺手从锦囊里摸出一个铜钱来给她。

这是一个亮晶晶的刻着"康熙通宝"四个字的模子钱[1]。田田因为从没见过这种模子钱，先是不由一愣，随后便伸手接了过来，又把那篮子石头递了过去。

占姐儿亲手从田田那里接过这篮石头，感到特别高兴。田田迟疑了一下，这时，反倒想把篮子收回来。但看到篮子已到了占姐儿手上，也就算了。她看了看手上那枚金光闪闪的铜钱，再没有说什么，便和女伴们走下去了。

占姐儿捧着那篮石头，快快地站在那儿望着她，舍不得这女孩儿就走了，似乎感到有多少话还没说呢。

王升见了，便对占姐儿说道："小爷，快走吧！那些穿得花枝招展的，都是些个上不得口的人，快离开这个是非之地。"

占姐儿并没有听他说什么，从那篮石头里面，捡出一块红色发亮的石头来握在手里。只听后面又发出一阵女人们唧唧呱呱的笑声来，说道："乖乖隆的咚哟，一枚真金钱，换来一块烂石头哩！"

占姐儿只当听不见。下得山来，他央求王升让他骑马回家，免得坐在轿里气闷。王升拗他不过，便叫壶春让出一匹马，由他骑着，向回家的路上走去。

占姐儿一跨上马，就撒欢儿飞跑起来。这匹白马，新从呼伦贝尔拴来，不久前盐运使钱大人送来的，是一匹最好的跑马，口儿也好，膘儿也壮。跑起来四蹄拨云，如同驾着风飞行一般。马背平稳，一点也不颠簸。

占姐儿因为年纪小，体量轻些，马儿跑起来，觉得有些不习惯。但是，占姐儿虽小，骑术也还老到，他绝不故意向下压，而是由着马的劲儿。马儿知道他也是个行家，就不敢怎么样了，顺着主人的意愿，向前飞跑而去。

王升和小厮们，深知占姐儿的骑术，但在官道上，也怕有个万一，也都

---

[1] 模子钱，是用精铜由人工雕刻而成，是翻砂用的母钱。每发行一种新钱时，必刻这种钱，上呈存验。

扬鞭让马撒开蹄儿，紧紧跟随在后。

正跑着，忽见远远有两匹铁青马，在大道上，向这边飞驰而来。

王升生怕出事，立即加鞭赶上和占姐儿并辔，并要占姐儿收缰，跑得慢了下来。

谁知铁青马上骑着两个公差打扮的人，一见占姐儿和王升，立即滚鞍下马，牵马过来，一人一个，一把拉住了占姐儿和王升的马缰。

王升定睛看时，知道是平郡王府的家人，便赶忙下马见礼。耕云几个小子也都赶快下马，拢住马嚼子，垂手在一旁站立。

王升向那两位家人告了乏。两位家人便道：

"老太太有话，来接小爷赶快回府，打点行装，即日启程。王妃有旨，召小爷火速进京，务必要在正月十五日以前赶到。这个上差，急如星火，一切都准备停当，只等小爷回去，就可启程了。"

占姐儿听了话，正要下马接见他们，那两位王府家人忙说不必，请小爷先行，家人们随后相跟。

几匹坐骑，前呼后拥，一霎时，烟尘滚滚，直奔汉府而去。

第十章

胤禛宫中思往事
曹频宴上缀新诗

　　胤禛在雍王府早就豢养了大批的喇嘛、和尚、道士、相士、巫医……"养兵千日，用兵一时"，在康熙垂危时，舅舅隆科多便将了凡大师找来，带着徒众，事先暗藏在御榻之后，如有意外，即可动手，武力夺宫，以保四皇子得登大位。

　　胤禛事先佯作不知，其实心中是一清二楚的。了凡也知道，在这个节骨眼上，一切亲兵侍卫都无法混进的时候，只有他，得以首立奇功。

　　了凡和尚心中早有盘算：康熙登基既早，圣寿又高，诸皇子大都三四十岁了，皇子们身边除了妃党、亲信太监、妥靠家人以外，都有一些大臣元老，可以互相倚重结托。万一这些皇子扭成一气，齐心反对四皇子起来，那对四皇子来说，岂不是不好应付的吗？特别是宫廷秘事，谁人知晓？一旦生米煮成熟饭，谁又管得皇家的细事呢！所以，了凡大师以念经祈福为名，埋伏园内，自有大得力处。他的门徒，都是少林嫡派，都是使枪弄棍的好手，并非一般事应和尚可比。因之也受雍正倚重最深。

　　四皇子坐定了大宝，从雍王府搬到乾清宫来，腾出了雍王府。了凡满以为雍正会将府邸赐给他，降谕改建庙宇，由他主持。从此，统领天下僧众，为护国法师，像朱棣对道衍一般，封他一个"一字并肩王"。

了凡，当年曾在天童山挂单，那时天童山的主持僧是大化。

大化是密云派法藏宏忍禅师的支派。

在康熙年间，灵隐宏礼，灵岩宏储，邓尉法藏，被世人公认为佛、法、僧三宝。法藏早先住持海虞三峰，自立"三峰藏"。世人称他为三峰宗派。至此，法藏更加大张旗鼓，一面上座讲法，一面又写作《五宗原》，宣扬自己的佛统。他的师傅圆悟看了，大不以为然，反对他自立佛统，便作《辟妄救》来驳他。法藏的弟子宏忍，又作《五宗救》来反驳圆悟。

圆悟莲座下再传弟子道忞，是康熙最看重的。道忞的弟子憨璞聪，是京都大红门海慧寺的住持，当年顺治皇帝驾幸南苑，曾经召见憨璞聪，奏对称旨，竟被召入宫中，参究空无，深受顺治皇帝的重视。举凡宫廷密议，国家大典，甚至自身隐事，都和憨璞聪来商量。

顺治死后，康熙南巡途中，临幸天童山，得遇住持僧道忞。康熙本来深通佛旨，一见道忞对应如流，深合上意，便把道忞法名记在心里。回得京来，降旨道忞晋京，也如顺治对憨璞聪一样，安置在宫中供养起来。天童山的住持，便落到了大化身上。道忞圆寂后，赐封为宏觉国师，得到无上恩荣。天童一派，声誉鹊起，一时大有压倒各个支派之势。天下僧众，对天童莲座蓄谋已久，觊觎争夺，不遗余力。了凡因为早年已受雍王结纳，久有取代大化之心。

但是，大化久占天童，香火如云，门庭若市，势力雄厚，未可轻取。了凡并不甘心，百般筹思，相约设坛问难，互相答辩。了凡居然以当年神会和尚弘法破邪自居，要重叙血脉，再振宗声，坐定自许为嫡派宗师。大化法师，自来实力在了凡之上，此时哪肯服输，以致双方互相打斗起来。了凡生来膂力过人，熟娴武功，大化自然打他不过，又复中了他的圈套，被了凡的门徒们灌酒之后，挖去了一只眼睛。从此，大化不便抛头露面，更名逃走，另辟山门，隐蔽起来了。

雍正登基之后，便想清理这桩公案。在他看来，儒释道三教同源，万法归宗，统由皇帝领管天下玄关，才是正理。宏忍竟敢阐发教文，自立宗派，简直是大逆不道。他亲自把《五宗救》逐条驳斥，写出《拣魔辨异录》，布告天下周知：宏忍灭师枉法，竟敢不续圆悟——道忞——憨璞聪的宗派，崩坏法统，自立门户，此风断不可长。

馨山圆修觑着皇上的颜色，也作《释疑普说》，同斥法藏。圆修本是玉林通修、茆溪竹森的师父。由他起来卫护道忞，自是得力。雍正闻听大喜。这时，了凡见时机已到，便上奏皇上查明大化踪迹，不许他开山主持。并削去支派，逐出法门，永远不准复入祖庭。雍正降旨，准其所奏。

从此，多年争执，就是这样，得以完结。

了凡踌躇志满，自以为屡建奇功，必荷龙眷。暗想雍正定然会把雍王府改为弘法护国的寺院，赐他为驻锡之所。哪知事有意外，新皇帝别出心裁，竟然把它赐给了喇嘛。并把迦陵性音迎到宫里，随时咨询，代替了他的位置。

了凡真是丈二金刚摸不着头脑，自觉无趣，赶忙修折奏请，赐归山林，自愿主持嵩山去了。

原来，雍正早有成竹在胸。雍王府是他龙潜之地，他自然想要把它保存下来，以为万年之后，天下膜拜之地。他深知当年憨璞聪和道忞，都参与皇上决策。自从五祖六祖，相夺衣钵，南宗北派，各持门户，攻讦不休；再加自古以来，释道消长，此起彼伏，了无宁日。种种奸谋，皆从此生。不如即将雍王府索性赐给喇嘛僧众，既可来远怀柔，又可福民佑国。不但平息了各派佛门纷争，出此冷门，也使释道两家，不至水火。皇帝把雍王府赐给喇嘛，自认可谓一举数得，饶有卓识。因此，便很想重温一下做阿哥时代的情景，要在除夕大宴以前，驾幸雍王府一遭。

没有雍王府，也许就没有他的今天呢！这个地方对他关系太大了。有人说，他在这儿安置过剑侠刺客；又传说，他还有一种秘密凶器，叫作什么"血滴子"，杀人不见血，自行销蚀痕迹，使人无从查访；有人说，雍正年轻时，轻视禅宗，喜欢有为佛事。后来，接近章嘉呼图克图，同坐两日，豁然开朗，立即参透玄虚，受到章嘉的印可。正是由于这种前因，才落得这次把雍王府赐给喇嘛的后果。又传说，他在大内亲颁度牒，发给八位王公大臣，算作他的弟子，但一切都过俗人生活……

又有随祀大臣说，在天坛礼天时，大帐中有一妖狐探头偷视，群臣正在束手无策时，雍正见了，说时迟，那时快，把手对它一指，便有一道剑光，从掌中飞出，直射狐心，妖狐随手落地……群臣都伏跪地上，惊呼：

"四皇子真神仙也！"……

康熙六十一年（1722）除夕，也就是这个年号的最后一天了。

胤禛驾幸雍王府。他早已谕知中外，明日改元雍正，他临朝受贺，同度新年。排场必须俭约，庆典力求隆重。

雍正来到雍王府，只带几个内监，其他文武官员一概未带。

他在自己做亲王的府邸里，各处看了一遍。在任何地方也不特意停留，也没到殿上行香……

他到处看视着。看到西廊时，便想到他曾在那儿玩弄暹罗贡来的白鼠。那时，他把白鼠分为两队，使它们两边互相打架，哪边胜了，他就给哪边吃的。后来，有一队不大听话，他便把它们全部处死。这事被康熙知道，很不以为然……虽未当面申斥，但据太监宝义告诉他，康熙气得把念珠都捻断了……

他走到寝宫里，便想到自己灯下偷看《黄檗禅师诗》，跪下默祷上苍暗中保他的光景，犹如昨天一般。他记得那诗中有这样的句子：

> …………
>
> 黑虎当头运际康，
> 四方戡定静垂裳。
> 唐虞以后无斯盛，
> 五五还兼六六长。
> 有一真人出雍州，
> 鹡鸰原上使人愁。
> 须知深刻非常法，

白虎嗟逢岁一周。

…………

　　他当然不相信这是真的。但他看了，也自是喜欢。前四句是写康熙朝的：五五二十五，六六三十六，两段加起来，正好是六十一年。康熙四十七年（1708）曾经降谕诸大臣，指斥允礽无状时说过，允礽要为索额图复仇，朕不卜今日被鸩，明日遇害，昼夜戒慎不宁……虽说如此，还是前数未尽，直到六十一年才应验了。第五句"真人出雍州"，当时他是雍亲王，这诗不正应在他身上吗？这是说，他命中注定有天子之份。接下两句，尽管人们所说不一，但他认为也是应了的。诸阿哥不相和睦，世人早有流传，但他是无辜的。他在父皇面前，曾对皇太子说过好话；皇太子病了时，他曾为皇太子亲调羹汤。可是，皇太子反而记恨于他，许多阿哥也忌妒他，鹡鸰之痛，自古有之，这可怨不得他。"白虎嗟逢岁一周"，明天就是雍正元年，恰逢虎年，也刚好与诗意相合……

　　想着，想着，他又走到一个偏殿，在这儿，他曾搞过"马前数"，这是民间老人、妇女常弄的玩意儿。方法就是：先写个"马"字，然后在"马"字四边随意绘画，绘完再数笔画，在"马"字前方的，数出双数的便是吉，如果是单数，便是凶。而他每次数的都得双数。……

　　如今，他是皇上了，不能再做这些事情了。

　　他是天下主。人的肉身，自然要听凭他来发落，但也还要摄管人的灵魂。顺治在世时，达赖朝京，破格在太和殿召见，破格降旨为达赖修造新黄寺大庙，以供居处，敕封他为西天自在大善佛，统领天下混元释教。康熙时，第五世达赖死了，他的门徒第巴，不令外人知道，秘不发丧，诓说达赖在高阁中静修入定。第巴借机独揽大权，诸事都由他一人独断专行。后因人心不服，这才匆促之间，立个假达赖，故作幌子，以平民愤。但是，青海蒙古人都另奉新胡必尔汗做达赖，立意和他唱对台戏。新胡必尔汗来京朝觐请封，康熙明智，为了下符民情，敕封他为弘法觉众第六世达赖喇嘛。莲花大士宗喀巴圆寂时，遗言有"一花五叶"的谶语，因此，后来活佛转世的就越来越多了。添枝生叶，固然不好，但是权力由此分散，也许是件好事。今后，它们还要分散，那时再看光景如何，再行处置不迟……

胤禛亲临雍王府后，便摆驾回宫。今天，他也要效仿父皇在世时的办法，大飨群臣，吟诗联句，以光盛典。

> 金阁玉宇向阳开，
> 云门咸池匝地来。
> 禹甸和风南薰殿，
> 联诗不让柏梁台。

雍正作了一首口号，并不写下来，心中自觉十分欢快。他担心的是，在殿上联句的时候，满洲王公大臣诗思枯竭，定不如汉大臣的诗思敏捷，造句华赡……未免相形见绌。他又想到汉人词臣，完全朴实不足，浮泛有余……这是他们的通病，想摆脱也摆脱不了的。想到这里，他也就心安理得了。

乾清宫大酺[1]，是国家盛典，每次举行，都要载入史册的。雍正对这次宴会，特别关注。他对今天奉旨入宴的人选，着实是费了一番心思的。

殿上行礼如仪后，雍正与诸王公大臣欢聚一堂。他想做到，既能不显拘泥，又能威仪万千。他高踞宝座，意态雍容，心情十分舒畅。

御座上面，雕刻着九条金龙，中间一条龙比其他的龙要大些。雍正坐得端端正正。那条张牙舞爪的金龙，正好对准他的头。皇袍上面，也都是满绣的金龙，生动飞舞，使人目眩神骇。远远望去，皇帝的脸，就如同群龙争夺的一颗圆球，杂在群龙之中，再也看不出一个完整的人形儿来……

乾清宫彩绘一新，雕梁画栋，金碧交辉。正殿大抱柱上的春联，是翰林衙门呈进的，按照老规矩，只有它是白色的。

对联写的是：

---

[1] 大酺，即天下大酺，就是天下欢乐、大家饮酒的意思。

广宇腾欢，仰天恩浩荡，共沐甘霖，万里东风春云霭。

普天同庆，承国运恒昌，欣逢圣典，八纮雨露福泽长。

群臣拜贺已毕，奏过海宇升平之章，皇帝便降下旨意，与群臣联句作诗。工整与否，一概不计，想什么说什么，只要七个字就行，不押韵也无妨。

雍正皇帝先进了一口酒，众臣连忙举酒，口称万岁！雍正向周围环视了一眼，就把什么都看在眼里了。他自忖能洞察一切。他眼光一扫，能看四面八方，整个人间世物都不在话下了。

他把双脚在脚踏上轻轻踏了一下，摆成一个外"八"字形，觉得大地也随着他的两脚震动起来，便坐稳身子，又呷了一口酒。诸王公大臣也连忙举酒，恭颂万岁！……雍正呷了三遍酒，群臣们便都如释重负，才赢得呼出一口气的份儿来。

雍正在雍王府当皇子时，就曾结纳一批大臣，还有些市井豪徒，通过看不见的线儿和他牵着。有的还和他见过面。他觑着群臣，想分辨出：哪几个情投意合，哪几个在结党营私，哪几个在心下不平，哪几个想借机逢迎……他在心中默记着。

又是一片乐声过后，皇上先作了起句道："万方同被庆云祥，"

按照次序，应该是舅舅隆科多接下去。自从皇上降旨，在隆科多名字前边加上"舅舅"两字作为尊称之后，隆科多在群臣心目之中，就是一人之下，万人之上了。

隆科多拜奏，说是不能作诗，恩请皇上代作。

别的大臣看到隆科多不会作，自然不敢越过他去，都在揣摩皇帝的心思。其实心里早已想好了，只是在寻思说出来好，还是不说出来好？正在思索着，只听皇上替隆科多作了一句道："红烛轻烟落金闾。"

语音刚落，户部尚书张廷玉，便应声联道："乾坤正气四海扬，"

皇上听了，大为嘉赏，降旨赐酒。

殿上大家又都松了口气。大臣们此刻才觉得有点儿蒙恩受宠的味儿了。

有的乘机整理一下衣冠，有的检查一下自身可有疏忽失仪的地方。本来，曹頫是恩赏与宴的，他唯恐皇上看到他，头也不敢抬起来，身子一动也不动。但是，皇上偏偏看到了他，并且还特命他联句来。

曹頫听旨，急忙起身跪拜，说出七个字来："元旦拜赐升平筋。"

皇上听了，脸上没有透出什么表情。

曹頫暗想，也许还算称旨。连忙又拜过，退回身坐在边席上。

接着便有王公大臣又在联句，曹頫听着还有什么人说出何等好的句子来，都一一暗记在心。

殿下又奏海晏河清之章。王公大臣都觉得发了好兆头，虽然各自揣着心腹事儿，但还是感到很幸运的；毕竟是新皇登基第一次大酺，能够参与，不但对自己前程攸关，就是将来封妻荫子，也都要靠这一着来铨叙的。既可以夸耀终生，还可以代代论叙。因此，对于新皇帝的想法，又比刚才更加复杂起来……

接着，又是饮酒，又是联句。殿廷请乐奏万象清宁之章。这时，尚膳正奉旨分赐各席山珍海味。

有的人，不管穿多么华贵的衣裳，却把酒席上可以装带的菜肴，塞到衣襟里面，带回家去，与妻妾分享。

第十一章

奉新元万家庆鸿喜
贺岁朝占姐得学名

柳条在腊月就发绿了。风儿吹来，长条拂摆，远远望去，好一派淡雾轻烟。紫禁城，红墙碧瓦，朱栏玉砌；筒子河边，晓色初开。东西长安街上，顿觉春光明媚。

大府高第，长街小巷，鞭炮声不绝于耳。乞丐们连夜把财神纸码，到各处商家投送，乞讨喜幸钱。人们见面都说喜幸话，预祝一年能交上好运道。

改元正朔的诏书，早已颁布天下。今年，这个大年初一，与往年不同。不但是老百姓的元旦，而且是新天子改元的日子。从今天起，就算是"雍正"元年了。

这一天，北京城里里外外，真个是高门府苑霭花雨，万国衣冠拜冕旒。文武百官，远邦使节，早就习礼如仪，准备朝觐入贺。天还没有亮，北城的钟楼和鼓楼，金声玉振，在长空上回荡起来；午门上的钟鼓，也同时响了。互相应答，此起彼伏，情况非凡。顿有佳节光临的感觉。

白云观里，子时刚过，便由正座道士焚起第一炷法香，接着，就打起开庙门的法鼓来。这种鼓打得与众不同，先是由鼓心向外扩散，然后再从外向鼓心敲打，再从鼓心向外，一直打到鼓边，咔咔有声。有时又打出擦音，颤音，花音，冷音……有时急如暴雨，突然一停，忽又鼓槌和手指齐下，一气儿把鼓打得乱响，如同万马奔驰，流沙滚石一般，……接着，又打了一百零八响，这才算打完第一通鼓。

同时，东黄寺的喇嘛吹起大法号，呜呜长鸣。法源寺箫管悠扬，南顶铙钹争响，后海十几座庙宇的诵经声，一片喧腾，都为新皇登基祈天祝福。

金銮殿前，珠光闪耀，红灯高照。黄盖上垂着珠串流苏，鸾翎宝扇，交映生辉。五凤楼前有四只大象，全身锦绣纹帔，驮着宝瓶，位列朝班，分立左右。大铜炉里烧着"四气香"，香气袅袅地向天空飘去……这香是用山东莱阳的梨皮，云南的橘皮，直隶的苹婆皮，西北的花红皮，四种果皮掺和香末做成，暗寓东南西北四方，酒色财气四喜，所以，叫它"四气香"。

太和殿丹墀中，王公大臣，一片紫红。八旗侍卫，每个人站在一块白石砖上，屏息无声，纹丝不动。品级山子前边，三十六个一排，站得满满的。

这时，乐声大作，遥遥地只见有两支红灯从后殿提出，红灯一阵盘旋回舞，然后分列两厢，大臣们便知道皇上要升殿了。接着，净鞭声，嘎然作响。鸿胪卿高声宣赞，殿前有四个内监带头拜舞。乐正摘下木槌，击打一种叫作"柷"的乐器，便知道皇帝就位了。

群臣百官，连忙跪下叩首，山呼万岁。一时又是叩头，又是拜舞，又是山呼，又是乐声大作……

编磬、编钟都是传世的。殿右有金铃十二个，悬在一人多高的桐木架上，用木槌轮流击打，声音就如八音盒[1]发出来的一般流利动听。殿左也有同样的一个木架，上悬十二个玉铃，可以打击出百鸟争鸣的清脆水音来。丹墀下还击打一种革器，连珠炮似的震耳大响，配着十鼓隆隆，喧腾异常，直震殿宇。为了要凑齐金、木、土、革、石五类乐器，乐队里又加上了陶埙。据大臣们引经据典，考证出来说，尧舜登基时，就曾用了埙的。所以，雍正也就认为合乎仪礼了。

---

[1] 八音盒，是西洋自动乐器，一根会转动的铜轴，上嵌很多短针。短针通过划动旁边接触的键齿，发出曲调声来。铜轴位置调动，便可换调。

这时，有个随班朝贺的小邦使臣，听见赞礼，便四肢扑地，爬行向前。殿上人等，看了不觉大惊失色。唯有新皇毫不介意，轻轻问道："是哪儿的使节？"

纠仪御史慌忙奏明："廓尔喀特使。"

雍正听了，便笑道："不要吓他。远方来使，不谙礼仪，不足为怪！"

廓尔喀特使此刻见别人都在跪拜，也便按照几天来演习的规矩，随班行起大礼，不再向前爬行了。

雍正见了，转而高兴起来。不知为什么，他忽然想到读史时的两句话来。一句是陈胜当上皇帝时，吴广来看他说的："伙颐！涉之为王沈沈者！"一句是叔孙通为汉高祖订了汉官仪之后，汉高祖说的"我今天才尝到了做皇帝的味道"。

但他连忙把这些想法都驱逐得一干二净。陈胜出身于行伍，怎可借用他的话呢？就是拿刘邦来说吧，也不过是个乡巴佬罢了。我乃金枝玉叶，龙脉正派，做皇上乃是顺理成章，上膺天命，下符人情的事呀，岂可与他们相提并论！……想到此地，他更觉今后必须要挟威仪以自重不可了……

登基礼毕，新皇帝便到勤政殿内，连颁诏训，晓谕封疆大吏，直至参、游，共十一道。要他们奉公守法，勤奋有加，倘有违误，难逃皇帝手中眼里。新皇帝连发谕旨，这一夜睡得很晚，内监们个个陪着熬夜，不敢含糊的。

第二天，雍正仍然辰时早朝。有个外省新官，也得参见皇上，受此殊荣。他脱帽谢恩，竟然在丹墀之上，把帽子放在地上。跪拜已毕，一时忘了把帽子戴起，就要起身退下。

雍正见了笑道："别忘了你新买来的帽子。"

这人一时不解，惶惑怔住。

太监过来告诉他："别忘了戴上你新买来的绿帽子。"说完又在他耳边骂道："混账王八蛋！"

因为这个新官，不知手眼，事先没有打点太监，不知宫里行情。这是引见时的老规矩，凡是没有掏过马蹄银子递给太监的，太监总要寻丝觅缝，骂上他一两句，非叫他终生后悔不可。这是给那些没有看过《宦游便览》和《宦场须知》的人的一种教训。

经过这一骂，这人才醒悟过来。原来他昨天为了参见，在大栅栏打听哪家帽店有名，几番周折，特地挑选了这顶新帽，准备今天戴它来朝贺。如此细末下情，皇上居然早已洞晓在先。他想到此地，连忙戴起新帽，慌怵而退。回到下处，犹有余悸，心还不住地在跳。他喝了口茶，压压惊，心神不定，便换了便服，到街上又买了一顶新帽。回来后，在室中设了香案，向南行了三拜九叩大礼，把那顶皇上提到过的帽子，恭恭敬敬地收起，锁在箱子里，作为无上光荣的纪念品，从此珍藏起来。

同是这一天，状元郎王方锦，也在随班上朝。

皇上问他道："除夕晚上，曾做何消遣？"

王方锦慌怵回奏皇上："昨晚守岁，与家人欢聚一堂，曾打雀牌一局，因为丢了一张叶子，一时找它不到，一笑而罢。"

皇上听了，点头称赞道："不欺暗室，真个状元郎！"说着便从袖中取出一个纸包儿，扔了过来。太监拾起，连忙递到王方锦手中。

状元王方锦接过纸包，打开一看，正是昨天丢失的那张"九筒"，便惶惑地连连叩头，口呼"万岁"不止。他把牌带回家中，告诫家人，把它奉为传家之宝。之后，便摇笔作颂圣诗一首：

> 殿对曾颁九筒钱，
> 慈航一叶渡生全。
> 祥云总护忠贞眷，
> 常念暗室有青天。

经过这些事后，王公大臣们都各自捏着一把汗！人人惊叹，个个惶恐。叹的是，皇上确实能够明察秋毫；恐的是，不知什么时候，大祸落到自己脑袋上。从此，东西快班也就忙碌起来，缇骑的马蹄钉声，在长街永巷中，经常响个不停。

皇上在藩邸时，便有个私访的习惯，对市井坊巷，人情物理，无不知晓。还结交过一些得力人物，并十分重用他们。皇上刚刚登上宝座，便命各省把区域、人丁、物产、雨雪、丰歉……都一一造册呈览；看过之后，还另着耳目去核实查对，倘有谎报不实之处，立即纠正，同时治以应得之罪。

接着，皇上又降旨，凡上本章和奏请变更紧要政典，一律改成奏折，都可密封，直接送到他的面前。并且严谕后妃，不准过问政事，规定太监不许和大臣交往。皇上批阅奏折，决不假手他人，反复批谕，不厌其详；有时奏折长达万言，红烛高烧，直至深夜。

他又通告天下，不许大兴土木，不许擅造庙观，不许主子打死奴仆，还除了乐户的乐籍。

元旦过后，户部给事中郝杰，奏请罢内监人入班行礼。雍正看了本章，十分欣赏，随即下谕，凡朝贺大典，内监数辈拜舞的礼节，一律从此免除。定为家法，永远不许更改。

雍正想狠狠砍出三斧头，使天下人知晓，他立意做个英明圣主。

曹頫宴罢归来，就立刻到平郡王府去给姐姐平郡王妃拜年。

太监回说，王妃进宫，马上回来，请他稍候。

曹頫被延进小客厅，喝茶等候。和老总管闲聊一会儿，便坐等王妃回来。他想：

平郡王纳尔苏，暂代威远大将军十四皇子，还在西边打仗，不能离任。只有姐姐平郡王妃在府。眼下，梁九功已不吃香了。现在是奏事官双全、太监刘玉的天下了。宝义牌子还没有倒，不知他葫芦里到底卖的是什么药？傻子的御前侍卫治仪正的衔，也抹掉了。接他差的是什么人，现在也还没有定下来。所以，曹頫只觉得万事模糊，心中无数，宫里的事全无从知晓。但愿姐姐给他一些开导才好……

正想着，忽听一阵声响，请安声，掀帘声，脚步声……曹頫知道，王妃进府了。

王妃刚刚朝贺回来，听说曹頫早到，没来得及卸大装，就召曹頫进见。

曹頫从仪门进宫，忙向座前，给姐姐拜年。

王妃谕旨免了，便垂问太夫人大安。

曹頫连奏一切平安，身体比往年健朗，请王妃免去挂念，以金体为重。

王妃便告知曹頫，在他未晋京前，就已着专人去接占姐儿来京，要占姐儿务必在灯节前赶到。今年皇上降旨，在南海子放和合烟火，任凭百姓观看，城里九门之内，也听百姓行走。

曹頫禀道："接旨奉召，原也打算带领占姐儿来京晋见王妃，恭贺佳节。但怕老太太舍不得，因而未曾晋京叩问福晋。幸承王妃旨意，召他晋京，使他自幼得能参与盛典，瞻仰圣颜，真是感恩戴德的大事！"说罢，连忙跪谢。

王妃急命免礼，又复赐座。

王妃问过南京和北京家中情况，又问了苏州李煦家和杭州孙文成家情况。曹頫回禀，现在都好，请王妃不要惦记。

王妃听后，眼圈红了，道："我最不放心的，还是占姐儿。这次，特意接他到王府来，是和福彭长期伴读。让他们从小厮熟，将来长大，也好彼此照顾些个。像咱们这种人家，步步都要走在正道上才行，一步也不能踏空。等郡王回来，定要请他答应，让占姐儿长久住在府中。当今皇上已经选择徐元梦、朱轼、张廷玉、嵇筜四位师傅，在懋勤殿和阿哥们行拜见之礼，教导他们，读解经书。我想也给福彭敦请名师，叫占姐儿和他一起读书，也算是上承圣上文治光华之旨，下延祖宗诗书继世之泽，皇恩祖德，都可尽到。"

曹頫听了，连连谢恩。他知道姐姐因郡王留在西边未返，已是忧心忡忡。再加新皇上脾气谁也摸不透，心中都没底，更是增加忧烦。但，不管怎么说，纳尔苏掌管印信，代监代行，总还能孚众望。现在，姐姐又命占姐儿来京伴读，真是大好事！想到这里，心头顿觉松快起来，对前途仿佛又有了几分靠头了。这时，他才举目细看姐姐。

只见平郡王妃，穿着大装，头戴朝冠，坐在上位。冠顶镂金起楼，正中嵌着一块大红宝石，旁缀珍珠八粒。朱纬上面，围绕五只赤金孔雀，各饰东珠一颗。上穿着吉服褂，金绣五爪行龙四团，前后两肩各有一条盘舞而上。

身穿香色袍，披领和袖都是石青色缎地，上加片金，海龙缘边……

曹颀看见姐姐虽然比上次见面时有几分消瘦，但雍容大方，光彩照人，一如往日。想到她回来连大装都未换，就召他进见，心中十分感动。想到姐姐也该更衣休息了，便要告辞而退。

王妃道："还有一事，占姐儿可曾起过学名？"

曹颀道："尚未。按理说，前两年就应请有福之人给占姐儿起学名了，请示了老太太，老太太说不急，多叫几年占姐儿，活得皮实。所以，至今尚未起得。"随即祈请王妃命赐嘉名。

王妃沉思片刻，道："今儿是大年初一，欣逢皇上新颁纪元，可谓得霑圣眷福寿绵长哩，莫如叫他单名一个'霑'字，又和他的小名儿谐音，叫起来也方便些。不知弟弟意下如何？"

曹颀慌忙谢恩道："仰承皇恩隆盛，列祖列宗荫庇，郡王、王妃洪福，体贴我等无微不至！为弟的，就此拜领恩命，回去后，上告列祖列宗，面禀老太太知道。从今后，一定谨遵恩旨，朝励夕惕，兢兢业业，使他能稍有成就，以期不负朝廷眷顾之隆，郡王提掖之殷。恭请姐姐福晋放心！"

王妃点头称许，道："这样就好！"

曹颀即起身告辞，恭敬行礼而出。

这时，街上已是灯火齐明。他出了王府，看到全城光焰照天，灯花落地，鞭炮锣鼓声，爆豆价响。回头看了一下紫禁城，它的上面笼罩着一朵灿烂的光焰，金黄色的光柱冲天而上，反而使上面的天顶，衬托得更觉蔚蓝，真的成了一个蓝色的大罩，晶莹剔透，明净得好像刚刚洗过了一般。

曹颀回到府第，见门口红灯高照。仪门两边，是两排站灯。还有新联宗的山东本家，送来的八盏大红纱灯，每个上面四个大金字："状元及第"，分列左右石狮子上面，特别显得辉煌耀眼……

门前早有总管、管事、世仆家人……雁翅价排开，分立两厢，列队迎接。

曹颀下了马，看见老总管佟富贴近身来，还没等说清什么事儿，忽然间，占姐儿从侧门跑出来，对着曹颀"噗嗵"跪倒，纳头便拜。曹颀不觉大吃一惊，全没想到，他来得这般飞快……

曹頫见到占姐儿，自是喜欢，牵着他，便直奔大门而入。今天三座大门都开着，但曹頫还是没有走中间大门，只从东门走进来，其他人也都依次从东门而进。

曹頫回到府里，借着拜家庙的时辰，便给占姐儿举行命名典礼。

但是，茶上人曹頎排行比他大，宫里有事不能来，曹宣那支自然要单独守岁。廊下的族人又不敢来，所以只有他这一支独自拜祖。老太太、马夫人和王夫人又都在南京，北京只有一位小夫人，娘家门户不高，只当作个陪房罢了。因之，占姐儿的命名，实际上也就是在祭祖的时光，由曹頫点香明烛，昭告祖先，回报王妃，占姐儿从此就命名为一个单名"霑"字了。

谁知与此同时，在江宁织造府内，上上下下，也正都为占姐儿命名这件大事，忙个不可开交。

原来太夫人想到占姐儿进京，还没个学名，便着急起来。曹頫又不在，只得派人到东府、西府等处询请哪位福寿双全的饱学长者，为占姐儿起个学名才合适。她和马夫人、王夫人，甚至连王升、福海都商议到了，几经考虑，终于决定恭请当代大儒万斯风老先生给占姐儿起个学名。因为万斯风老先生对于避讳、谐音、古今同名、经书典实、稗官野史……真个称得上了如指掌，如数家珍。由万老先生起名，不但不会犯忌触讳，就是借他的声望，对占姐儿前程，也是大有好处的。因为他的弟兄都是南北知名的大人物。于是，趁着过年的时候，按照古代束脩之义，备置四色大礼，着人送去。这四色礼品，都是日用实物：一是火腿，二是香稻米，三是栎炭，四是"金陵春"[1]。幸喜万家如数收下，去人领了命名回来。

占姐儿的大号，封在红套里面，本来要放在家庙的祖匣下面，待到除夕辞岁以后，再行打开，当着全体家人宣告，就算正式命名了。但是，按太夫人的意思，没有将红套放在祖匣下面，而是放在皇帝牌位下面。

---

[1] 金陵春是南京的名酒。

除夕这天晚上，曹宣这支常年居住北京，南京只有曹颙这支。和曹家绪宗联谱的，这些年越来越多起来。山东的曹家，安徽的曹家，河南的曹家，河北的曹家，都来认宗绪谱，除夕都向北京、南京的曹家馈赠纱灯贡烛什么的，以便互增光彩。在织造府大门外面，人来人往，灯火辉煌，真是气象万千，热闹非凡。府门前，也挂着八盏大红纱灯，上写仿宋四个大字："状元及第"，和北京府门口的一模一样儿。

太夫人今年在当今皇帝万岁万万岁牌位之上，又供了蓝地金字的康熙皇帝的牌位。上面写着"圣主合天弘运文武睿哲恭俭宽裕孝敬诚信中和功德大成仁皇帝之神位"。她把占姐儿学名的封帖，并不压在当今皇帝的牌位下面，而是特意压在圣主仁皇帝的牌位下面。

在除夕晚上辞岁的时候，太夫人率领马夫人、王夫人等全家大小上下，济济一堂，先是叩拜圣祖皇帝和当今皇上，接着又拜了列祖列宗。待到子时，太夫人兴高采烈地亲自把封帖小心翼翼地托在手中，又亲自拜了皇帝牌位，拜了祖先，又拜了孔子，这才启开封套。

琥珀在旁看着，她眼睛尖，看到万老先生为占姐儿起的学名，是单名一个"霑"字。她不敢念出口来，便看着老太太。只见太夫人脸上挂着一丝微笑，露出十分满意的样子，大声宣告道：

"托列皇、列祖洪福，从今天起，雍正元年元月元日，占姐儿的大名，就是单名一个'霑'字，叫曹霑了！"

众人连忙恭贺，三门以内，齐呼曹霑，欢声一片。

辞完了岁，王夫人便召集王升、傅贵、朱斌等几个有脸面的管事进来吩咐，告诫内外，不许酗酒赌博，倘有违误，决不宽假。夜里玩耍，只许摇碗、推牌九、掷升官图，不准押宝玩牌。晚上，由管家轮流巡视，府中园里，房前暗角，都要查到。王夫人和几个嬷嬷由王升陪同，随时抽查。

自从康熙晏驾以来，太夫人还是第一次这么兴致勃勃哩。她看着两位夫人按每年的惯例，给坐镇亲王、诰命……给东府、西府，封疆大吏，刺史将军，以及至亲、世交等等，都分别送了礼。她想，朝中有王老太妃、傅鼐、内务府总管、纳尔苏郡王，他们这些大树眼下还没有倒，只要今后小心谨慎，曹家会保住的。曹寅生时，江南名宿，衷心赞助，民庶织户，眷恋尤深。皇上为了维系人心，也不会对我曹家先下手。无论如何，霑儿已经九岁，过了年就十岁了。他也渐渐懂事了。他爷爷比他大不了多少，就做了康熙的侍卫，立了奇功。他父亲也是自幼聪明，为老皇上所器重。就拿曹頫说吧，不是十四岁入嗣过来就袭了世职的吗？这些年来也没出什么岔子。只要再熬上几年，曹霑会出落得像个样儿。看他脾气、秉性，和曹寅几乎一模一样，他是不会错了的……皇上要见了他这份小模样儿，也自会喜欢他的。只有他，才配做曹寅的后代呢……

太夫人想到这儿，即命明珠快到扫花别院告诉太小姐李芸，占姐儿已经有了大名，叫曹霑了，让太小姐也和大家一起高兴。

明珠应命而去，太夫人不由得心宽起来，更加确信这个"霑"字是个好兆头。皇恩浩荡，雨露同霑。曹家从来上报天恩，下抚黎民，都无愧于心。新皇上的恩宠，自会霑到曹家后代身上。怎么会霑不到呢？一定会霑到的……

琥珀见太夫人越想越高兴，便乘机笑着说道："请老太太快到萱瑞堂坐好，阖府上下都急着要给您老人家磕头呢！"

太夫人笑道："是急着要给我这老太太磕头，还是急着要我的红包呀？"

琥珀笑道："老太太库房里的银子，又不会下崽儿，还不趁着今天，散散福，要大家伙儿都霑老太太的光。"

特别是这个"霑"字，老太太听得愈发悦耳，不由应声道："都是你这小油嘴儿，估摸透了我是肯花钱的。"

琥珀更进一步笑道："老太太的银子，不在这时候花，还等什么时候花？这就叫作一元复始，万象更新。新气象带来了好心气儿哩！今儿个老太太才真的肯花钱呢！"

老太太听了骂道："这小蹄子！偏说我今儿肯花钱，我哪天不肯花钱来着？"

大家伙儿听了，都哄堂大笑起来。

笑声未了，紫箫乐着走了进来，向太夫人禀报道：

"老太太！大把式乌衣换了一身新，叫小子们抬着开了的碧桃、绿梅和凤蝶儿，来给您老人家拜年了。在廊下对众人说，凤蝶儿单等老太太来，才开匣呢！"

太夫人高兴地道："真难为他了！按往年的例，再加一份儿，快赏他！"

正说着，忽听王升进来禀报，西府大太监带着人来贺年禧了。杭州织造府孙老爷亦派人送年礼来了。

太夫人笑着道："快去迎接！请客人一起观赏咱们老乌衣的绝活儿！"

第十二章

闹元宵无意逢大汉
游南苑有缘会仙真

元宵节到了。从十三日开始，全城都动了。宝马香车，珠环翠绕，花团锦簇，装点得像火龙一般。

今天十四。天上的月亮特别亮，可是，地上的灯光，偏要赛过它，照得如同白昼。

五城各设灯棚，争奇斗巧，花样翻新。商家店铺，挖空心思，冰灯，伞灯，鳌山灯，转灯……名目繁多，数也数不清。鞭炮声不绝，锣鼓声不歇，大非往年能比得过的。

灯市口、前门大街，火树灯花，尤其别出心裁，吸引得逛灯的人，如疯似狂。

北海里面，一座冰堆的鳌山，山上安放万支灯盏，四周用木屑掺拌桐油，放在纸糊的莲花座里，从冰上接连摆置过去，叫作"散灯花"。点着后，一潭银色的湖面，真个开遍了火红的莲花，使人仿佛看到了六月天……

今年的灯节，特别花哨，样儿新颖，制作出奇，有的是从苏杭定制的，店铺商家，都愿在上元晚上，吸引观众。谁家灯好，谁家灯巧，听人议论，争取美誉，使人熟知字号，好发一年的利市。

街上人山人海，万头攒动。忙着看灯，更忙着看人。平日不大出门的人，这两天也都倾巢而出。大群街溜子、二流子，也都大显身手。

灯市口二郎庙前，台阶稍稍高一点儿，站的人就特多。旁边是同善水会，门口摆着水桶、挠勾、云梯和水枪之类，以防万一"走水"[1]，好来鸣锣救火。水会[2]人员也都登在水车上面看热闹。

二郎庙因为庙小，香火旺，庙祝把刚上的香，拔下来便浸灭了，放到库房里去，再送到香碾房去卖钱。就是这样，边拔边烧，整个小庙就真成了个烟火罐，向四外散放浓烟。

庙院当中，有一根幔香斗的杆子，系着一盏红灯，红灯下面缀了一张黄纸，上面画了一匹马，马的四边写了四个字："紫气东来。"人们的眼睛都忙着看各色花样的灯，可有谁会注意到它呢？……

忽然，远处锣鼓喧天，人声、笑声、叫声、吆喝声……胜过决了堤的潮水，汹涌奔腾而来。

先是，有四个打响鞭的，狂舞皮鞭，飞跑过去，咔咔的响声，从冻土上传来。接着，就是穿着紧身，戴着豆鼬虎的帽子，用煤烟涂了脸的，打着七节棍，连翻带滚，猛冲过来。

这时，一群"竿上的"[3]乞丐们拿着竹竿，走了过来。后面跟过来的，就是成群结队的叫花子，披挂着五颜六色的褴褛衣服，手里都拿着粗大的竹筒，蠕蠕向前，酒气和烟味，搅和在一起，浊臭冲天。叫花们披头散发，脸上带着狞笑，手中敲打着竹杠，跌跌撞撞，又跳又舞，只是没有叫花的声音。

奇怪的是：逛灯的人，无论富贵贫贱，都舍了灯，只看他们了。也没有人掩鼻怕脏，反而笑逐颜开，追踪而来。

接着过来的，便是扮成皂隶的一群，有的拿着水火棍，有的拿着竹筒，

---

[1] 走水，失火的同义词。在旧社会"失火"二字犯忌讳，因此说成"走水"来作代词。

[2] "水会"，旧时救火的联合组织。

[3] "竿上的"，是旧社会北京黑组织的一种。以行乞的竹竿作为标志，入会要先拜竿。这个竿儿就是权力的象征，可以辈辈传下去。

齐声喝威，鸣锣开道。更有四个灯牌，一个写着"纠察"，一个写着"弹压"，一个写着"回避"，一个写着"肃静"。后边又随着一个大灯牌，写着"灯政司"三个宋体大字。再后，便出现了八个叫花，抬着一架座椅，椅子上坐着乞丐头儿扮的"灯政司"。只见他：身穿朝靴礼服，手中握着一支三尺六寸长的竹竿，指手画脚。一会儿说这家商号灯光不亮啦，一会儿指责那家铺子没剪灯花啦……这家要罚元宵一千，那家要罚鞭炮五万，讨索香烛，喝罚银两，闹成一片。

"灯政司"脖子上挂着的朝珠，是用山楂串儿做成的。帽子上的红顶子，是块胡萝卜头刻成的。脑后插了几支野鸡翎儿，朝服的补子，是一块小孩儿的兜肚，上绣莲花卧鱼。玉带是个木桶的竹箍儿，脚蹬黑绒白底半截腰儿的靴子。

孩子们围着他笑闹，有的往他脸上扔花生皮，有的拿橘子打他的头。他还是一本正经地捋着胡须，施发号令，对灯火故意挑剔，任情罚款。人群今天对他不但不讨厌，而是都有好感。

各家商号早就准备好了红包、红帖，送了过来，有的还准备了铜钱，放进他们手持的竹筒子。谁家要是不给，他们就乱敲竹杠，嗵嗵作响。谁家给了钱，乞丐们便故意把钱在他商店门口摇得哗哗价响。竹筒摇钱声，皂隶吆喝声，孩子们恶作剧声，脚步声，鞭炮声……乌烟瘴气，乱作一团。

偌大的北京城，只看见他们了。这时，他们主宰了整个京城。平日躲在阴暗角落的叫花，地痞，流氓，小偷，人贩子，盗马贼，本地的眼线，外地的纤手，郊区的卧蛋……这下也都大模大样地在花灯、明月辉映中，招摇过市，大显神通。使那些缎裹丝缠、珠光宝气的人们相形之下，竟尔顿然失色。

经过这阵折腾，才到灯节的高潮。有孩子被抱走了的，也有年轻妇女从此失踪了的，鞋子给踩掉的，腰包被掏了的，辫子被剪的，门牙跌掉的……也有哭的，也有叫的，但这一切，又都被后边涌过来的闹声、笑声、呼哨声、人潮声……给淹没吞噬，汇合成更大一股人流，向前流淌而去。

人流，浩浩荡荡，奔过广和楼，奔过庆乐园，奔到月明楼前。灯官队伍忽然在月明楼前停住。"灯政司"开口说，楼上灯少了，要罚元宵十万斤。话犹未了，只听楼上哗啦啦，掷下铜钱、纸花、纸片等物来。顿时秩序大乱，好多人去拾铜钱。楼上的男人和女人都笑成一片。随着，楼上又挂出一排纱灯来。

平郡王的儿子福彭，带着曹霑也来逛花灯。

郡王府派出保镖、家人和小子们，再加上曹府的吴老汉带的家人、小子，共有几十号人，前前后后，明里暗里，围护着福彭和曹霑，哪儿特热闹，就往哪儿去。

福彭比曹霑大几岁，已经长成英俊少年了。他两眼炯炯有神，遇事都给曹霑讲解。他既像个大哥哥，又不自觉地炫耀自己见多识广，好像什么事都不在话下，什么事他都经过似的。这个世界对他来说，确乎没有什么可以阻挡得了他的。他一举手，什么东西都随手而来；他一投足，什么东西都在他脚下溜开。在别人眼里只见他飞扬跋扈；在他自己心中，但觉原应如此。

这时，满街筒子都被人流灌满。福彭拉着曹霑，却和金鱼在水草里一样，浮游得很是自在。他的保镖和家人小子，也都在人群里东拥西挤。吴老汉急得满身大汗，紧跟着福彭、曹霑不舍，但又常让人流隔断。当"灯政司"那一群过来的时候，他一把拉住福彭的大随从来喜，请他务必看好这两位小爷，千万不能出差错。

来喜笑着说："您就放心吧！府上的小爷跟着小王爷出来，别说这场面了，就是来看龙王出游，也管保出不了差池！您就甭操这份心哪！"说着，抬眼一看，随即又道："看看，看看，跟他们还跟不上呢，您就只管看热闹吧！"

吴老汉无奈，只得盯住福彭的黑剪绒珊瑚顶子的帽子，在人流中挤着前进。

曹霑因为个儿小，在人堆中常常看不见。这时，福彭一招手，小子们就把带着的"人"字形短梯支了起来，随即在周围把好，福彭和曹霑就上梯观看。

曹霑立在这喧腾火热的人海中，心想：这比南京的灯火好看多了，要是金凤姐姐她们一起跟我来，也能看到就好了。

他正想着，忽见人群中间有个红脸大汉，目光如电，向他狠狠地看了一眼，好像要把他的魂儿勾了去似的。

曹霑脑子里立刻闪了个怪念头：北京常常传说有"拍花"的，用蒙汗药把小孩子骗走。每年在元宵节日这天，都有丢失男孩、女孩的事儿发生。他想：如果那人把我拐走，便什么都该改样了，见不到家人、近人，那自不消说；吃的、穿的、住的，一定也都不会是今天这个样儿了。他抬起头来，望了望大膘的月亮，心想：明年月亮还是这样亮，如果我被拐走了，明年我就不会在这里看灯了……不，不，也许比今天还要好看呢，还会有比这更繁华的地方，比这更热闹的人群呢……夜深了，他猛地打了个冷战，他想起福晋姑姑要惦记了，赶快回去吧！这时，那彪形大汉，早已不见，但他眼前清晰地还有他的影儿，似乎一时再也抹不掉这个影子，这个影子竟要跟随他回去似的。他便对吴老汉说道：

"咱们回去吧！"说着，便走下短梯来。

吴老汉连忙用手摸着他的头道："对！对！回去吧！明儿还要到南海子去看灯呢。"

正在这时，高跷，秧歌，龙灯，旱船，大头和尚和狮子都过来了。每到一处，都大放鞭炮迎接，把整个北京城都鼓胀起来了。

福彭和曹霑由大家护送着，往郡王府那个方向走去。

谁知，在拐弯的地方，有个落荒的乞丐，抱头鼠窜，正好撞在吴老汉身上，吴老汉照着他小肚子就是一脚。

曹霑并不在意，只是用眼睛盯着那个乞丐。只见那乞丐的前额上有块朱砂痣，方头大耳的，触到曹霑的目光，连忙避过头去。十几个小子围过来就打，吴老汉说："饶他过个好节吧。"乞丐听了有个活口，便连忙乘机逃脱不见了。小子们也就由他去了。

吴老汉喘着气喊道："来喜，来喜，备置的轿子停在哪儿啦？"

来喜笑着用手一指："喏！"

原来，早就有两乘小轿子从胡同口里抬出来，在等着福彭和曹霑上轿呢。

福彭和曹霑见了，便大不自在起来。福彭便要发作。来喜急忙过来在福彭耳边小声说：

"小爷，这没什么可说的。吴爷爷还得赶忙回去交差呢。这儿人杂，曹府小爷刚来，上面该不放心啦。再说，还得留点精神，明儿南海子去逛哩！"

吴老汉虽没有说什么，但眼睛早已说过话了。

福彭一听南海子三个字，便马上大叫道："对！对！明日打道南海子去者！"说罢，向曹霑使了个眼色便上轿去了。

曹霑见他向自己使眼色，便也随着上轿，回府去了。

元月十五这一天，才是元宵节的正日子。为了改元正朔，皇帝要与民同乐，南海子今年特意放盒子，百姓都可随意观看。

南海子行殿前边，平整出来一里见方的空场。周围埋上杆子，四周用红绳联结起来。当中建了四座大棚，各棚中间都悬有一个大焰火箱。棚子四面立着八根高杆，挂着八色旗帜，旗人各按颜色分属杆下。另外，还有四面绿旗，则是汉人集合的地方。老少男女都可进入观看。

皇帝皇后从永定门来行殿，亲王、贝勒、群臣早都来恭候圣驾了……

福彭不愿拘束，离开王妃，由太监、随从来喜跟着，在人群里面和曹霑一起，东游西逛。曹霑仍由吴老汉和耕云贴身随护，不远不近地跟着。

行殿两侧都用帐篷搭成临时的幄殿。公卿、妃嫔们退坐休息，都在这里。

四周便是些大轿、肩舆，再外边是小轿、轿车，再外边是走骡，坐骑，带着响串的小走骡、小走驴儿，围成好大的圆圈……

良宵月夜，人声鼎沸。上林灯火辉煌，南苑笙歌杂作……再没有比这更繁华的世界了！

各地供来的响鞭、花炮堆积如山，有的是从广东来的，有的是从浏阳来的，有的是从潮汕来的，有的是从台头营来的……东西南北，凡是名香、名花、鞭炮，都运到这儿来了。

忽然，炮声大作，万箭齐发，哨响飞鸣。

放花了！

起花腾空，高升钻天，四面斗，八面风，冰盘落日，金蛇狂舞，看得人眼花缭乱，目不暇接。有的火箭是响炮，带着月明子，叫作"炮打灯"；有的是亮出一些蓝光圆星，再爆出一颗黄色圆球，叫作"金环套月"；有的在天空响了，便又驰出小火箭，向外窜出，叫作"龙凤呈祥"；有的带着哨子；有的带着响鞭；有的带着小伞，伞儿打开，便垂下绢条来，上面写着：永庆升平，同歌大有，与民同乐，天子万年，尧天舜日，禹甸和风……一些吉祥赞颂。更有万盏飞灯，连续腾空，在半天飘浮起来。今夜，风丝全无，群灯伴着群星，点缀山河大地，真个是风光无限……

这南海子，在元朝时节，叫作飞放泊。是皇帝游猎的地方，凡有百姓射杀一只野兔的，就要抵命。南海子周围名园凋落，水流枯竭，已经变成盐碱荒丘。近年来，附近州县总是荒歉少收。这些个过去的事儿和眼前的事儿，都被这万众欢腾的热火云烟，遮盖得连个影儿也看不出来了。

赐宴刚过，便撤去仪仗，大张灯彩，全场更加明艳通亮。

这时，在前面方坪上，宫女五十人一队，都穿着霓裳羽衣，腰系五彩长裙，缀着广片珠花，肩担两灯，随着雅乐，低回起舞，盘旋进退，远远望去，如在天上。真比明珠照海，群星撒地，还要荡人心胸……舞罢，鱼贯出场，便见火筒发射，万花飞出，光合七宝，花呈五色，转着弯儿，盘旋而上。只听巨炮三声，人们知道开始放"合和"了……

这"放盒子"，是花炮中的都督，上元节的元帅，也就是在放银子。宫里管这叫作放"合和"，民间管这叫作放"盒子"。这是变化多端、花样儿翻新的成套烟火。所谓"盒子"，就是把几套烟火制作在一起，紧紧地压缩在一个大圆盒里。火捻点着，外壳烧掉，它便一层一层地由火捻着处，逐步脱落，每脱一层，便换一彩，一彩胜过一彩，直到出现了预想不到的大彩来……

火捻向上盘舞而去，便有四条火蛇，沿着大架向上飞驰，直到火蛇飞到大架顶上，只听"哗啦"一声，火箱烧着了，散落下来了，先是个伞盖，挂满葡萄；一会儿又出现个吊钟，钟下银蝶纷飞、万花怒放。吊钟烧化，便又落出万点金星，一柄飞伞腾空而起，随风抖搂出来四个大字："万寿无疆。"

这时，火蛇沿着大架继续飞驰，嘶嘶作响，南边一箱点着，"呼"的一声，火箱炸开，出现万千活蝴蝶，围着火柱旋舞不停。接着，便幻出一只大菊花灯来。灯花突然向外飞进，化作万盏小灯，向四方飞去。

火蛇点着了西边一箱，只听"嗤"的一声，钟鼓乐奏的声音大起，秦筝苏笛，婉转悠扬。随着乐声，便有彩羽缤纷的群鸟，一起飞出，有的绕火飞转，有的投向四周林中去了。使人神惊目眩，只觉眼睛都不够用了。

火蛇还在继续飞窜。哨音乱响，最后一个火箱点着了，无数玉兰花向四外开放。玉兰花开罢，居然落下一台清音小戏来，两个小生，两个小旦，红牙檀板，曼舞轻歌，北向天子龙座拜舞，合唱颂圣诗道：

> 山呼万岁四方同，
> 禹甸尧天百花风。
> 玉树琼枝春常在，
> 丰年大有六合中。

这时，万人攒动，伸头争看。人群嗡然迸笑，响彻云霄，同声喝彩。万众欢腾若狂，也都随着高呼万岁不止。心中都觉奇怪，怎么也看不出，那个方盒里，竟能藏着四个活人来……

没当心火蛇又复窜出火舌，直奔四箱中心大架顶端而去，周围打起紧锣密鼓。突然，鼓声骤停，只见大架上面一团祥云冉冉上升，伴着悠扬悦耳的音乐，从祥云中飞落出一个小仙女来。她手捧莲花，徐徐降落在早就为她准备好的莲花宝座上……

这时人人惊叹，个个叫绝，自认平生饱了最大的眼福。这是前所未有的，连元臣太监都没有见过的盛况。

雍正见了，龙颜大悦，口谕赏赐清吟小班荷包、佛珠、香串等物，并命那"小仙女"到御桌前参见皇帝皇后……

这时，炮声连发，便有秧歌队蜂拥而来。都是十七八岁少年扮演，追逐火焰，来回翻舞，穿过烟花，高声歌唱……队形变化多端，快步向外奔突，叫作"打场子"。中间广场越来越大，秧歌队伍越来越多，各色舞蹈越来越花哨，直到场上搬出"万国乐春台"来，雍正看了，又降谕赏赐。

这场大舞蹈，本来是康熙排演的武舞，表现四征九伐万国宾服的盛世的……从这个舞蹈上场，欢乐达到了最高潮……舞蹈尚未终了，四围便有人抢先向城里活动了。

福彭拉了拉曹霑，笑问道："今晚上怎么样？"

曹霑自看到"小仙女"从祥云上飘落下来后，一直痴痴地在想，这天上的小仙女可真美呀！她就应该住在祥云上面，干吗要飘下来呢？那祥云上面该是天宫了，要能到天宫里去看看，那该多好呀……曹霑眼睛虽也在看着那些跳呀蹦呀的热闹场面，其实什么也没看到眼里去。这时，福彭拉了他一把，他才如梦初醒似的问道："什么？你说什么？"

福彭道："你说今晚上怎么样？好看吗？"

曹霑道："好看，真好看！我只是可惜那小仙女，她干吗要下凡呢？住在仙宫里，该有多么好呀！"

福彭大笑道："她要不下凡，咱们能看到吗？你是不是喜欢她？你要喜欢她，我叫来喜帮我们把她找来见一见，这都是戏班子里的小戏子。"

曹霑若有所失地说道："我也知道她其实不是真的，但又信她是真的。我也说不出道理来……可是，可是，大表哥，你可见过真仙女吗？"

福彭笑着逗他道："见过！见过！在《长恨歌》里见过！里面有一场霓裳羽衣舞，衣裳裙子都会变颜色，有从天上落下来的，也有从地上往天上飞的。"

曹霑也笑了："可不是，'风吹仙袂飘飘举，犹似霓裳羽衣舞'。真在《长恨歌》里见过哩！"

福彭不禁大笑起来，说曹霑一会儿糊涂，一会儿聪明，令人摸不透。随即灵机一动，道："我倒有了个主意，咱们照着那个小仙女做个风筝送她飞上天去，保你满意！"

曹霑高兴地道："好！好！这倒提醒我了。我也有个主意呢，再安上个小滑车，送上小起火，起火到上面自动点着，再向天上飞去，那，广寒宫里也过灯节了！"

福彭听了，手舞足蹈起来道："对！就是这个主意！"随即拉着曹霑同上一顶轿子，前顶马，后跟随，直奔南顶而去。他们要到这儿进香、休息、吃茶、点心……然后才进城。

第十三章

土地庙中重获生计
麒麟砖下祈得佳儿

那个前额有块朱砂痣的乞丐，在闹花灯散钱时，拾了点钱，吃了顿夜饭，他便不想再到鸡毛店里去住了。今夜，没有起风，他准备找个破庙去过一宿，想想今后该怎么办？会不会有什么好办法？

他怕别的花子又来缠住他，因之，慌慌忙忙地快步走着，一拐弯，没想到一头撞到个老汉身上，挨了一脚不说，还被一群富贵人痛打。好不容易逃脱出来，心里就更不是滋味儿了。

他一路走，一路觉得前途茫茫。他家乡太远，也没有盘缠回家，回家也没个奔头。老婆生了个女儿，不是饿死，也是被卖掉。自己又落得这步田地……还不如索性死了，一了百了……

他原是个被骗的小布贩。布匹被人骗走了，流落在京城，做了乞丐。他本不想入花子帮，何况也没有拜见钱。他在外边打了几天游飞[1]，着实混不下去了，今夜趁着好月亮，便想到城边小破庙里，找个僻静地方，寻个自尽算了。

---

[1] 游飞就是流浪的意思。

他刚跨进庙门，便看见有个人，在把带子搭在梁柁上。他猛然一见，头发都直竖起来了，因为害怕得紧，不由大喝一声，为自己壮胆："你想干什么？"

声音来得突兀，那人也吓得愣住了。

乞丐没想到自己的声音会这么响，也许庙小拢音，所以，才显得喊岔声了的。他清醒一下，便向那人走去。

只见那人衣冠整洁，面庞白净，身穿旧缎袍，脚蹬牛皮靴，全不像个行乞的人。

这样人，想上吊？——乞丐教训起他来了："你怎么不想活了？"

那人站稳了，颤着音说："不瞒您说，我赌输了。我上无父母，下无兄弟，只有一个妹妹，也给人家当了使唤丫头。先异父的哥哥嫂子对我不好，我又无一技之长，思来想去，还不如死了的好。"

乞丐听了道："对你实说了吧！本来我也是来寻死的。可是，可是看见你，没死成。我倒也不想死了！谁让我们两个在这儿碰到一起了呢？我看，咱们两个索性结个缘吧，出外讨饭也好有个伴儿，一个人活着真没意思。"

那人把腰带摘下来，重新扎好，似乎也有了活气儿，话也随着多了起来。两个人互相哀叹了半晌，又互道了情况。那人听说乞丐还有二百钱，不由高兴道：

"二百钱就够了。我倒有了好主意啦！我也不想死啦，你给我当伙计，我当老板，咱们两个就占了这个小庙，做个一本万利的生意，你说好吗？"

这话，刚从一个寻死未成的人口中说了出来，真个惊人。乞丐听了，没头没脑的，惊呆了。他想，此人死是没死成，疯是疯定了。便道："我的老天爷！你是做梦，还是疯了？二百钱，连做个吹糖人儿的生意，也置办不起，还会有一本万利可图？"

只听那人慢悠悠地说道："我没有死成，是咱俩的缘分。这荒郊野外，今天大节下，有谁会来？而且，你也是个寻死的。如果你真是个乞丐，傻瓜也不会到土地爷门前来叫花的。只有要死的人，才会向土地爷来报庙呢！"

乞丐听了，点着头道："这倒猜得对！"

那人接着又道："实在告诉你说吧，我是个逃旗的。因为你我都是死而复活的人啦，你不会拿我去请赏的，我就对你说了实话。"

乞丐不由愣住，问道："逃旗的？啥叫逃旗？"

那人现在倒有了精神，说道："眼下纷纷逃旗，你还不知道？"

乞丐还愣着说："不知道。"

那人道："就是旗人受不了皇家的家法，想脱离旗籍，成为汉民。"

乞丐听了，大为震惊，脱口而出道："原来是这样。我巴不得还想在旗呢。听说在旗的生下来就有钱粮，干吗你要逃旗？你不要钱粮啦？"

"钱粮？害人就害在这个铁杆庄稼上了！你见过铁杆上头长庄稼吗？庄稼能有铁杆的吗？铁杆只能打人，庄稼才能养人。结果还不是铁杆打落了庄稼，大家活不成。"

乞丐叹了一口气，算是答复。他寻思了一会儿，才问道："你们旗人也分三六九等的，是不是？"他又仔细对那人上下溜了一眼，接着道："你是没得到铁杆的好处，倒是吃了铁杆的苦处。"

那人道："我是铁杆底下逃出来的。我是侍候人长大的。文不能提笔，武不能担担，生下来就是奴才，死后还是奴才，受不了这个罪，才想逃旗的。我倒没顾上问你，你贵姓？"

乞丐说："我姓王。"

那人说："从今后，我也姓王。我们就比亲兄弟还亲。从此，你管我叫王再生吧。"

乞丐问："你多大了？"

王再生道："我十八了。"

乞丐道："我二十二了，就算是你的哥哥，我叫王有生。事有凑巧，听起来，咱俩还真像一对亲兄弟呢！"

王再生高兴得不得了，说道："天下竟有这等奇事，好像做梦一般。讲给人家听呀，人家都不肯信。"

王有生道："我们也不会跟别人说去，我要说出去，就不得好死。现有土地爷爷为证。可惜我们连个香火也买不起，供奉他老人家。但愿保佑我们发了财，我们给他老人家重修庙宇，再塑金身。"

王再生向小庙四周撒目了一眼，庙里什么塑像也没有，只有一张破香案上，有个陶瓷破香炉，墙角上还有一堆半焦的火灰。他便和王有生说道："哥哥，你去想法弄点柴来，我去打水。我腰里没有钱，可还有茶叶呢！咱俩喝了茶，等天亮了，我倒有个好主意，我们做生意去。"

王有生道："真奇了！我没进庙门，你要把命交给这梁柁上了。这会儿怎么又变了个人，活得乐滋滋的？"

王再生笑着答道："我到这儿来也是决心死定了的。因为我想投靠，没人收我。我要回去，也会把我弄死的。不瞒你说，我是从王府里逃出来的，我走到哪儿，谁家也不敢收容。不是把我交官，就是把我推出去，谁敢收容一个在旗的家奴呢？没想遇见了大哥，你既不会把我交官，也不会把我弄死。这样，咱俩就成了一根线上拴着的两个蚂蚱啦。我俩年纪都不大，死里求生，有什么事儿能够再拦得住咱们的？"

王有生听他说得有理，不由也高兴地道："真个是命中注定，棒打不回。还是老弟见多识广。正是这样：一个人死而复生，还有什么事情做不成的？对！就这么办！我去打柴，你去打水。可是，茶壶呢？"

王再生道："我腰里有个小扁壶。我去打水。"

王有生笑道："我有要饭的家伙。这天寒地冻，到哪儿打水去？拾点冰块，就有水了。我去拾点柴去。"

说着，乞丐便去拾柴，王再生便去取冰。回来把火生着，用要饭的家伙烧起开水来。

王再生从腰里掏出茶叶，用扁壶泡了。两人边喝茶，边聊天，觉得活着大有意趣，便天上地下地聊开了。

第二天，王再生出去，弄回来会摇头的小泥人，会打转的小老鼠，会鸣哨的小雀儿，会爬梯子的小猴儿，都摆在一个卖货盘子上面……他笑嘻嘻地端了一大盘子小玩意儿回来，大声向王有生喊道："看！弄了这么多花哨的小玩意儿回来！"

王有生惊奇道："你买的？"

王再生道："我和那个老板套了交情，我说我们府里的少爷，心血来潮，要些土玩意儿玩玩，要我挑一些作样儿，要是看中了，要的多不说，还会重重赏你的。他们自然信以为真，就送了我这么多。现在趁着节下，你赶快去卖了。"接着又从腰里掏出二百钱道："这是你的二百钱，还是还给你！"

王有生接过钱，又接过货盘来，像获得至宝一般，高高兴兴地托着盘子，到城里去卖。

不大工夫，有生就把东西卖完，又买了酒肉回来过节。他高兴地说："再生，你再去趸货，我再去卖。这样倒来倒去，就会发财！"

再生听了，笑道："这小玩意儿是年下好玩儿的，买过的人就不想再买了。另外，咱们替人家卖转手货，不如自己做得好。现在咱们有了本钱，吃饱了，喝足了，人就有了好主意。大年下，城里宰的野雉可不少，野雉毛哥哥去拾了回来，我们用苇秆作哨子，这个玩意儿，不限节气，一年到头可以卖。这附近又有苇塘，还有黄泥。我们做无本生意，土地爷就是我们的老板。"

有生听了笑道："原来是这样。那么，钱都交给你，我去捡野雉毛去。真没想到，京城到处没有活路，到处又都是活路。野雉毛还可发财！哈哈！那阵子，咱们真死了，才是黑天大冤枉！"

再生回说道："可不是，天下到处是活路，都是人把人的活路给堵死的。"

两人真的就在小土地庙里做起雉毛口哨来。用黄泥捏成小鸡，插上苇膜，再粘上花花绿绿的雉毛。从此，他们的无本生意就算开张了。

平郡王妃降旨把曹霑留在府里，为福彭伴读，曹頫倒觉心安。一则霑儿在王府里可以识多见广，多懂些个人情世故；二则自幼儿和福彭等人在一起厮熟，长大也可以有个借重。何况王妃喜爱他自小有才气，现在亲自调教，教他诗歌、绘画，将来成器，自不在话下。

曹頫由京里回来，连忙走进太夫人房中请安。禀告如何参与圣筵，如何在王妃接见时，为占姐儿请赐学名，如何特旨留霑儿在府中伴读……一桩桩大喜事儿，说个没完，仿佛要把喜气儿带给母亲似的。他又把陪宴的情况讲了一遍，太夫人又知他有联句的荣宠，自然也十分高兴。特别是王妃为占姐儿起的学名，和万斯风老先生起的，不谋而合。这真是天赐嘉名，使太夫人感到占姐儿将来绝非小可。

太夫人沉思了一会儿，告诫他道："今后千万不可逞强称能，何况你既未读过多少诗书，更谈不上才气，比不得你哥哥。就是老太爷在世时，也是最怕命题作诗的。人家要他出诗集，他也是挑了又挑，选了又选的；都上了板了，他还要挖挖补补的呢。作诗可不是什么好玩的事儿，但愿你们一辈子也不会作诗，我也不恼。我倒担心霑儿，从小就成了'解学士'了。在我面前，倒是不敢。一转过脸去，对着丫头小子们，便出口成章了。谁说个好字，就跳；谁说个孬字，就叫！吃顺不吃戗，这脾气就不好，要不改掉，将来总要吃亏的。"太夫人说着，想起孙儿的小模样，不由得笑了。

曹頫忙道："老太太想得周到，说得真切。儿子今后记着教训他就是。这次殿对，不联也不好。儿子也是见景生情，图个喜幸，说句吉利话罢了，也算不得是诗。下次只顾藏拙就是。"

太夫人道："这样就好。"

曹頫道："今后请母亲放心好了。"接着又补了一句道："当时，隆科多作不出来，皇上代他作了，我安敢不作！难道还要皇上代作不成？"

太夫人道："常言道，见好就收。今后日子还长呢！"

曹頫忙道："看光景，皇上对咱家还是有些恩典呢！"

太夫人念了一声佛，沉吟半晌道："这样我还放心一点儿。不过，皇上的脸，和天老爷的脸是一模一样的。天有不测风云，人有旦夕祸福。什么时候想变就变，没有人管得了，也没有人揣摸得着的。只有随时随地小心着点儿，捏着三分才行。还要办事利落，做到皇上信任，可依可靠，像老太爷在世那样儿。"

曹頫接着道："儿子今后更要力求上进，不辱家声。霑儿毕竟还小，今后管教还得严些，免得他横生枝节，心力外务，成不了什么气候。"

太夫人道："说得也是。只是不要过分难为他就是了。"

曹頫忙道："老太太放心，咱们家，都是靠着国恩家庆，世袭荫封的。可算得是三朝恩遇，九叶金貂……儿子本想，要是霑儿能取得个科名上进，更可走上正途，从此光宗耀祖，家国之光才能越来越大。否则，今后既不能再有什么汗马功劳，单靠借祖宗的灵光，恐怕也成不了什么大器。所以，儿子愚见，看他从小喜欢杂学，就要给他点破，叫他走上正路，从小就要他多看些选家、时文。只要功夫深了，哪怕不高中呢！"

太夫人道："说的倒也是。只是这里面，也得看主子的颜色了。讨得到主子的心思，照主子的心思行事，才能保得住；不是取得科名就稳当了，说不定还更要招风呢。考场的大案子，还嫌少吗？"

曹頫道："老太太说得极是。儿子想，我们不成器，靠祖宗吃饭穿戴，这个光，会越来越小，要是真的抄了正路，科上中了，主子会更喜欢的。上扬祖德，下显家声，那就不一样了。"

太夫人听了，点点头道："这倒也是。"接着，又问王妃的详细情况，曹頫一一回禀。

曹頫怕太夫人累了，连忙辞出。回到房里，换了常服，吃过点心，向王夫人问了家中情况，说起闲话。

王夫人道："自你走后，家中倒也没什么差错。只是占姐儿的丫鬟，也得要处置一下了。"

曹頫问道："怎么？有什么事儿吗？"

王夫人道："事倒也没有什么，只是深了不是，浅了不是。我又没做过妈妈，实在是没有这份排场。我也不知道怎么办好。都怪我，过门至今，也没生个一男半女。每天早上，金凤领着占姐儿来请安，只点个卯就走了。到马夫人屋里，又说又笑，且出不来呢。占姐儿懂得什么？这不都是丫鬟们在使心眼儿吗？"

曹頫沉思道："霑儿一天天长大了，侍候他的丫鬟，也得重新挑选一下了。去年，我去京前，霑儿找不到了，闹得满城风雨，不也是丫鬟们没尽到心吗？这次蒙王妃恩宠，留霑儿在京和福彭伴读，一时半会儿是回不来的，你瞅空向老太太回禀一下，办了就是。"

王夫人听了点头，记在心里，随即问曹頫在京时，皇上命他联句的光景。

曹頫便一五一十地又说了一遍。说完，不由得叹了一口长气。虽说是叹气，其实是蒙受荣宠，有些洋洋自得的意思。

王夫人听了，自是喜欢，夸赞曹頫道："你做事素来都会对点子。这回，对了主子心坎儿，往后就好办多了。在皇上心坎里种了一棵信得过的苗儿，可真不容易。"

曹頫微笑着说道："可不是吗？每次应对，都得事先想好了，胸有成竹才行。也得学那兵部见上，把千军万马的事儿，事先编成三句顺口溜，三句话说尽，不再多说一句，才真是滴水不漏呢！"

王夫人笑道："兵部固然是千军万马，但总离不了一个'军'字。你这织造，才是千头万绪，皇上什么都可以问呢，也亏你答得出。"

曹頫得意道："这你就不懂了！夫人，诀窍不外两个字，一个是'捷'，一个是'谐'。这个捷，也是最主要的，否则当面支吾，背后呐喃，又有何用？再说，光是对答如流，碰不到点子上，也是白扯。"

王夫人喜形于色道："你这回子联诗，也可谓之捷诗捷才，颇谐主意了。"

曹頫笑道："善颂善祝，这原是华封老人的本事，但也得在平时养之有素才行！"说到得意处，不觉哈哈大笑起来。这在他，倒是不常见的事儿呢。

王夫人道："虽说养之有素，但也得靠天分才行。丹墀庭对，可不是件小事，这不能光靠读书万卷，也得靠琢磨透皇上的心思，才算对了点呢。"

曹頫道："是呀！不过，这也有个诀窍。"

王夫人道："作诗联句，还有什么诀窍？"

曹頫情不自禁地说道："怎么没有？这个诀窍，就是要懂得人的禀性。凡是人，都逃不脱这种禀性。"

王夫人笑道："越说越奇了。皇上又不是一般平民可比，摸透一般人的禀性，也用不到万岁爷爷头上来呀！"

曹頫道："不然！大大不然！我讲个笑话给你听，你就明白了。"

王夫人四顾一下，乜斜着眼看他道："你今儿是怎么啦？兴致这么高，还真少见呢！"

曹頫清理了一下嗓子，慢条斯理地说将起来：

"从前，有这么个人，专靠写诗捧场、吹嘘、阿谀奉承过日子。临终前，召他儿子说：'我一生所有钱财，都是由诗谄而得，我今死去，阎王爷铁面无私，最恨谄富佞贵。对我有辱诗文，必定下我拔舌地狱；将来转世，也必是罚我作狗叫驴鸣，在人间受苦。因此，我在病中，已预制诗百首。我死后，你可将诗稿藏我胸前，我以此作门包，参见阎王，说不定还可免我一死。'说罢咽气。他儿子照他遗言做了。阎王爷见到这人，果然大怒，厉声斥道：'你在尘世，每每以诗作敲门砖，颠倒黑白，全然不顾事实，致使贤奸不辨，害人匪浅。今日难逃我阎王爷对你的惩处，判你在墨池打滚，变驴变狗，永世不得超生！'那人忙道：'某本山林草芥，原不作诗。只因隐恶扬善，夫子所传。偶有失实，亦是见短识卑所致，并非出自本心，情有可原。即如阎王大德，愚在阳世，思慕已久，早欲瞻仰，苦于仙路无由。今日幸会，蒙阎王不弃，敢不献诗，恭呈圣览。'说完，将诗百首，双手奉上。阎王伸手接过一阅，不觉越看越喜，脸上怒气全消，心中早已许为才子。旁边一个大鬼等得不耐烦，喝道：'你这坏蛋！以诗乱世，以黑说白，人世间许你骗取富贵，现到阴曹阎罗殿前，尚敢卖弄故伎，迷哄阎王，速速叉入拔舌地狱，不得有误！'阎王立即瞪了大鬼一眼道：'慢来！查他以浮词泛语，谄媚豪强，除此之外，尚无大过。他固有可恶之处，但亦情有可悯。恶之不如悯之为宜。姑且赦他，还其阳寿，使之重返人世，现身说法，为世人戒，亦不失为一大功德也！'随令小鬼杖打几棍，就放了他。那人被打得大叫，苏醒过来，还说'幸有诗文在兹。'"

王夫人听了笑道："这笑话，真个有辱斯文，怎么能说幸有斯文在兹呢？这不有辱先师吗？"

曹頫笑道："这是时文派编出来骂那些杂学派的。其实，那些杂学派也编了不少笑话骂时文派呢。有一则笑话说……"

王夫人道："老爷从京城回来，笑话可带了一大车啦！"

曹頫笑道："算了，算了。我也累了，不想说了。"

王夫人轻咳一声，陪嫁收房的姹紫、嫣红便微笑着过来收拾寝具。

　　曹頫伸了一个懒腰，往椅背上靠去，无意中打量了一下自己的夫人，见她丰润的脸蛋儿上，今晚着意修饰了一番，衬着灯光，倒也增添了几分妩媚，不由得盯着细看起来。

　　王夫人感到曹頫的眼光，顿时脸儿绯红，轻移到套间卸装去了。

　　姹紫一见王夫人进去，忙对曹頫道："老爷回来，没见屋里多了件宝贝？"

　　曹頫经她一问，用眼向四周搜寻着道："什么宝贝？"

　　姹紫和嫣红都捂着嘴笑。

　　姹紫又道："这可是舅老爷和舅奶奶花了大把银子，送了厚礼才迎回来的呢！"

　　曹頫睁大眼睛，不解地道："花了大把银子，送了厚礼迎回来的？"

　　姹紫笑着，两眼一瞟道："老爷顺着我的手儿瞧！"

　　曹頫顺着姹紫的手瞧过去，只见紫檀雕花的床架上，悬着一块用红绸系着的砖，一时竟明白不过来。

　　嫣红笑道："爷真的不明白？这是麒麟桥上的麒麟砖，砖上还雕着麒麟呢！舅老爷说，一百块里也挑不出一块来。舅奶奶说，有这麒麟砖拴在床上，保管来年抱个……"

　　话犹未了，只听王夫人在里面斥道："乱嚼什么舌根子？我就是宽待你们太过分了！还不快下去！"

　　嫣红急忙闭嘴，对姹紫伸了伸舌头，二人匆匆地退了下去。

　　随后嫣红又返回来，她拿了一包什么，塞在枕头底下，才又一声不响轻手轻脚地走了出去。

第十四章

茶外出枝独来仙女
火中生莲共扎风筝

曹颛回南京后，平郡王妃便将曹霑接到王府，为福彭伴读。并亲自指派四个丫鬟服侍曹霑。王妃蓄意要把霑儿培养成文武双全的栋梁之材。知道霑儿素来文才就好，只是对武艺却常常忽视。因此，不但要儿子福彭在这方面带领他，引起他的兴趣，就在派丫鬟服侍霑儿上面，也费尽了心机。原来，这四个丫鬟的脾性长相温和整齐不说，起的这名儿也特别：一个叫鸣环，一个叫红缨，一个叫文影，一个叫月奴，暗含刀、枪、剑、弓之意，侍候霑儿左右，也便于促使霑儿对武功的专注。

至于随霑儿晋京的奶娘白嬷嬷和贴身丫鬟双燕，小子耕云、汲泉，也一并接入府中，免得霑儿离了他们不习惯，只要早晚在白嬷嬷和双燕手中，霑儿也就会觉得和在南京家中差不多了。加上王妃闲空时，可以召见白嬷嬷和双燕到身边说个话儿，知道母亲及家中情况，也可略解一点儿思念之情。

曹霑住到平郡王府来，觉得王府里什么都显得大一号。好像北京不管修造什么大小东西，不但要想到万年牢，而且，时时都怕给狂风吹倒，冰雹打碎，地震震塌一般。室内桌子、椅子，不管雕刻得多么精妙，也是沉重得很，根本不用想去搬动它。

平郡王府宫门前是大照壁。照壁全是磨砖对缝的。四周琉璃瓦镶沿，中间嵌着"迎祥"两个大字，也是琉璃特制的。

雁翅大门，两边门垛上都是刻的砖花，一边是松鹿长春，一边是鹤寿千年。

仪门内，通过了两排班房就是二门。二门花墙以内，两边抄手游廊直达正厅。中间是甬道，两边是花坛。西边植的是西府海棠，东边植的是玉兰，只有两池蜡梅是新移过来的。

在年下，正厅的前门通着后门都敞开着，只是垂着极厚的棉门帘。门帘下边缀着黄铜大圆钉，闪闪发光。

走过中间，两边厢房和正房都有走廊两圈，由朱栏连接起来。正房两边院墙，一边一个月洞门。月洞门上边都有灰泥抹就的一个扇面儿，东边扇面上刻着"学诗"两个字儿，西边的刻着"承仪"两个字儿。

进入月洞门，便有一垛太湖石。再进去，便各有一个小角门各通一个跨院。每个跨院又是好几套房，这才是居住之所。正房后边，还通后房，后房又几经曲折，才通到后园。园内亭台楼阁，另是一番景象。

屋内都是方砖铺地，住室山墙下边，都有地灶，冬天烧煤取暖，屋子都是预制的暖墙。

王妃为了要福彭和曹霑好生用功，便命他们搬到明德堂东西两边套间去住。侍候他们的嬷嬷和丫鬟们，也一起搬了过去。

福彭、曹霑两个人，一个比一个机灵，老师留的课，过目一遍，推开书本，便能对答如流。读音读得准，解义解得切，哄得老师自是喜欢。几个亲戚和远房伴读的小爷们，都没有他俩这份聪明。老师便放过他俩，专去"提掇"他们了。乐得福彭和曹霑在堂上作出攻读模样，把功课做得确实也很出色，以便下课把书本一丢，就随心所欲，什么也奈何不了他们了。

北京今年也特暖，蓝蓝的天空上面已经在飘扬着风筝了。

福彭的丫鬟们，在群玉楼设了大条案，由张字库里领来了竹篾、纸张、颜料、棉线等物。来喜和小子们从庙会、厂甸、隆福寺等地选购了好多出色的风筝，放在群玉楼里，供丫鬟们仿着样儿做。

福彭的四个大丫鬟，平日养成一套本领，凡是福彭喜欢干的玩意儿，诸如养蟋蟀，斗鹌鹑，放鸽子，弄蝈蝈，斗鸡走马，射靶踢球，飞丸打弹，架鹰驯狗……不说是行家吧，也都能应付个八九不离十。这做风筝的玩意儿，当然也是能手了。

这四个大丫鬟，名儿倒好记。因为王妃一来不许给丫鬟们起什么刁钻古怪、花里胡哨的名儿，二来针对福彭从小爱武不爱文的脾性，给这四个大丫鬟按着文房四宝来起名：长得白白的，叫澄心；细高挑儿的，叫笔花；有点儿胖胖的，叫砚侬；皮肤黑黑的，叫墨香。这四个丫鬟都是经王妃精心挑选的，太美太媚的，一概不要；长得丑的，当然也入不了选。只要长得周正、大方，聪明、恬静，能侍候下福彭，也就行了。

王府里丫鬟们的穿着，和织造府可不一样，都是一色的青背心。只有衣服的颜色不同。头上也都是两个抓髻，戴着绢花。她们要站得远一些儿，不细看，几乎分不清是哪一个来。只是她们穿的绣花鞋，颜色可各不相同，特别是鞋脸儿和珠线穗儿，都是各随己意，别出心裁，与众不同。大概姑娘们都有这个脾气儿，不许她们在头上用功夫，那么，便只得在脚上下功夫了。

曹霑现在不管对什么，都觉得新奇得很。因此，在郡王府玩什么也比在南京认真入迷起来。南京每年都有风筝会，每年都赶到雨花台看放风筝比赛。赛得头牌的，从此远近驰名，走进哪家茶馆酒肆，只管吆五喝六，相识不相识的，人们都得另眼相看。不知北京是不是也和南京一样，今年倒要看看呢。

今天下了课，福彭又去会朋友去了。曹霑回屋换了衣服，双燕跟随着他，就往群玉楼走来。远远听得群玉楼内笑语喧哗，曹霑兴致勃勃地走了进去。

刚跨进门槛，丫鬟们顿时鸦雀无声，一个个低头屈膝，异口同声喊道："表小爷好！"闹得曹霑站在那里，简直不知如何是好了，满腔的兴致，被这些礼节都给赶跑了。

还是双燕深知曹霑，急忙笑道："姐姐们快扎风筝吧！我们小爷就是赶来扎风筝的。"

众丫鬟又屈膝齐声道："是！"随即，像木头人儿似的扎起风筝来。

曹霑无趣地翻身就往外走，澄心忙上前喊道："表小爷哪儿去？"

曹霑回身道："我打扰你们啦，我没来的时候，你们又说又笑。我一来，你们就像小鸡儿见了大老雕一样，我还待在这儿干什么？"

澄心惶惑道："是！表小爷，您可不能走！咱们小爷一早就吩咐下来，今天要侍候爷们扎风筝。表小爷要走了，那咱们小爷回来，可怎么交代呢？"

曹霑看到澄心和屋里丫鬟们脸上一股祈求的神色，不由心软了下来道："哦？那我不走了！我来帮你们一块儿扎风筝好吧！"

丫鬟们一听，都惊叫起来。曹霑又愣住了。

双燕笑道："我们小爷从小就在丫鬟嬷嬷中间长大的。老太太规定，谁都可以直呼他的小名儿，谁都可以支使他。他也乐意和姐姐们一块儿干活儿，姐姐们要不让他干，他还不乐意呢！"

砚侬睁着两只圆眼睛，像叹气似的道："谁敢呐？"

双燕笑道："怎么不敢？"随即，像施展自己的权威一样，对曹霑喊道："占姐儿，把裁纸刀给我拿来！"

曹霑一听，如同得了大赦一般，急忙答应一声"嗳！"从条案那头，将裁纸刀给双燕拿了过来。

丫鬟们惊叹不已地松了口气。见曹霑果然和福彭不一样，也就渐渐松活起来了。

北京春风较劲，扎糊风筝的竹骨和麻纸，都比南方的结实些；扎起来，架式周正，放起来，也比南方飞得高些。

曹霑看着许多买来的、供照样糊的风筝，什么双鲤鱼啰、刘海戏金蟾啰、双飞燕啰、龙凤呈祥啰……和南京的也没什么两样，便想自个儿独出心裁地来扎一个。他刚拿起笔，想画一个样儿，没想澄心已经把纸铺在他的面前了。他不由得问道："你怎么知道我要纸？"

澄心屈膝道："回表小爷，奴才是干什么的？表小爷一拿笔，不就是要写要画吗？"说着，连忙又将砚台移过，磨起墨来。

曹霑道：“你倒真像金凤呢！”

澄心听了，疑惑地道：“金凤？谁是金凤？”

曹霑道：“金凤，就是金凤凰呗，你都不知道呀？”

澄心道：“是！金凤凰？北京可没听说过，一定是南边的吧？！奴才不知道，可不敢胡说。”

曹霑道：“对了！就是南边的，我屋里的，不管我寻思个什么，金凤姐姐都知道，都给我安排得好好的！”

澄心听了这话，就知道金凤是曹霑屋里的得力丫头了。不由得笑道：“表小爷是主子。表小爷到王府来，也就是我们的主子，我们做奴才的，哪能白吃饭呢？就是要服侍爷们舒舒坦坦，一点儿差错也没有才行哩；要是有一点儿差错，奴才也就活不成了！”

这时，笔花在旁接过腔来，道：“你不会出差错的。出差错的，只能是我们这样的。”

澄心只当没听见，还在说：“我们当奴才的，就像爷们袖笼里的鹌鹑。今天在袖笼里，还被人看在眼里；明儿就说不定成了碗盘里的小菜儿啦！”说完，瞟了笔花一眼。

曹霑道：“有这等事？”

笔花冷笑道：“拿谁去做小菜，也不会拿你去做小菜呀！”

墨香一皱眉，道：“胡说什么？还不快点扎风筝！”

砚侬乖巧地接过话头，道：“双燕姐姐，你们南边也自己扎风筝吗？”

双燕道：“扎哪！我们那儿就数金凤最能干。每年就数她扎的风筝放得高！”

曹霑道：“要是金凤姐姐也来北方就好了。”

双燕道：“想她了吧？”

曹霑道：“可不！我可想她了！”

澄心道：“那怎么不带她来侍候表小爷呢？”

双燕道：“本来，老太太是叫我们俩一起随我们小爷来的，衣服什么的都拾掇好了。临走的头天晚上，又说不要她来了。太太说，这边有人侍候，不用多来人了。多来人还怕府上怪下来呢！"

澄心道："多可惜！要能认识认识她就好了。"

曹霑道："能行！谁去南边，我给老太太带个话儿，就把她接来！"

澄心道："那敢情好！只怕没那么容易啊！"

这时，墨香正在扎一个大鹞鹰，喊道："澄心！快来帮我粘一粘！"

澄心答应着，还没走过去呢，曹霑却急忙跑过去道："我来！"

墨香把大鹞鹰往旁边一闪，屈膝道："哪能呢？表小爷，还是让澄心来粘吧！"

曹霑一本正经道："怎么？你怕我不会粘？我粘得可好了。你们不信，问双燕姐姐，在南边扎风筝，除了金凤姐姐以外，就数我扎的好了！"

双燕并不答话，只是抿着嘴儿笑。

澄心道："哪能怕爷不会粘呢？奴才是说这糨糊，虽说和了香料，可弄到手上黏糊糊的，还是怪不舒服的呢。表小爷还是请做点别的吧！"说着，就帮墨香粘起风筝来。

曹霑道："天生两只手，不是当摆设的，弄上点儿糨糊怕什么？"说完，顺手捅到糨糊罐里沾了满手的糨糊出来，就要去糊风筝。

丫鬟们见了，都忍不住笑了。双燕更是笑个不迭。

澄心道："表小爷！人和人的手，可不一样。像表小爷的手，哪能干这个活呢？只有我们当奴才的手，才配糊这个玩意儿呢。"说着，就用绢儿来为曹霑揩手。

"是吗？"曹霑顺手拉着澄心的手，放在眼前看着，只见她的手白皙皙的，柔软、细嫩。手背上有着四个小窝儿，除了指甲长些，手指尖一点，和自己的手也没什么两样，便道："看不出，这手有什么两样儿来。"

"真傻！"澄心脱口说出这两个字，脸立刻红到耳根上，把手抽了回来，后悔自己怎么竟会说出这等话儿来。便连忙笑着遮过去道："是！表小爷，奴才真傻！手都是一样儿的，就是该干什么，不该干什么，在这点上，才不一样儿。"

曹霑道："你以为动手的就比人家低一等，动嘴的就比人家高一头？"

边说边去粘鹞鹰。

澄心道:"是! 哪止高一头哟! ……"

墨香道:"表小爷,您看这个鹞鹰这么花哨,看来像只凤凰了,还像鹞鹰吗?"

曹霑道:"这都是表哥画的。他喜欢颜色火爆。一看到素雅的,他就嫌丧气得慌。"

澄心习惯地说了个"是! 表小爷! "便和墨香扎糊起鹞鹰来。曹霑在一旁直忙活,时不时地用糨糊去粘一粘。丫鬟们见他自个儿乐意,也就不管他了。

一会儿,他们把大鹞鹰扎糊好后,便靠在一边干着。

曹霑便走来看砚侬、笔花和双燕在扎一只孔雀开屏的风筝。每一个翎眼都会转动,还带着小哨儿。曹霑边看边想到它飞到天空的样儿,心里特别高兴。他觉得自己做风筝,要比买来的好玩多了。只是有点担心,是否能飞得起来。便问笔花道:"这自己扎的风筝,放得起来吗? "

笔花屈膝道:"回表小爷,风筝能不能放得起来,全在拴提线。只要提线拴得合适,没有飞不起来的。"

曹霑问道:"你会拴提线吗? "

笔花屈膝道:"回表小爷,奴才会拴。"

曹霑突然一本正经地道:"众位姐姐,我求你们一件事好不好? "

丫鬟们一听,都蒙了。连忙放下手中活,低头屈膝道,"请表小爷吩咐! "

"哎呀! 就是这,我受不了! "曹霑不禁大叫起来道:"你们要再这样,我就告诉姑姑,回南边去,再也不来了。"

丫鬟们一见曹霑发怒,都惶恐地跪了下来。澄心道:"回表小爷,奴才们有什么不对的地方,请表小爷只管发落! "

双燕忙上前道:"快起来吧! 快起来吧! 我们小爷就是不要咱们当奴才的老是是呀,回表小爷呀,屈膝请安什么的。我们小爷就是求姐姐们不要这样对待他。请姐姐们快起来吧! "

众丫鬟这才面面相觑,站了起来。

砚侬道:"自当奴才以来,还没见过这样的主子呢!"笔花也在点头微笑。

曹霑这才缓过气儿来,道:"那你们就见一见吧!众位姐姐,咱们一起来把这只孔雀拴上提线,叫它飞上天吧!"

丫鬟们应声屈膝道:"是!表小爷!"曹霑刚要发作,澄心急忙站直了,打着自己的嘴巴儿,对众丫鬟道:"快改了口吧!快改了口吧!"旋即,向着曹霑道:"请表小爷恕罪,奴才们一时还改不过口来,下次再不敢了!"边说,还边连连地打着自己的嘴巴儿。丫鬟们都笑了起来,连忙拿线的拿线,举风筝的举风筝,一窝蜂地拴起风筝线来。

正忙着,忽听外面太监拉长嗓门喊道:"小爷到——!"

随即,靴声橐橐,只见福彭披着香色满绣披风,鼓着风帽,仪表堂堂,走了进来。丫鬟们又都立即低身屈膝,向他请安。

澄心立即上前,为他除去披风,取下风帽,轻声道:"怎么不换衣服就来了?"

福彭道:"没那工夫!"

曹霑高兴喊道:"大表哥,快来看,咱们正在拴提线呢!"

福彭答应着向曹霑走去,看了看开屏的孔雀,转过身,用他那有神的眼睛扫了一下全屋,冷笑道:"张罗了这么半天,才扎这么几个破风筝呀?"

澄心连忙过去将福彭昨日扎的大鹞鹰举了过来,道:"小爷,您看,这大鹞鹰已经扎好了,就等糨糊干了拴线了。"

谁知福彭一见,突然变脸,眼睛喷射出一股火光来,对着澄心破口大骂道:"谁让你涂这么多红的黄的?这哪儿是鹞鹰?简直是大公鸡啦!亏你还说教表小爷扎风筝呢!乱抢缨帽,混充什么能手?不要脸的贱种!"猛地一脚踢了上去,把个糊得十分精致的鹞鹰踢到地上,又踏上一脚,踩得粉身碎骨,不成样儿了。

福彭脾气素暴。平日吊打人、折腾人,是常事,但转脸就忘,更是常事。有一次,他把小厮金泉吊在马棚里一夜,他自己早把这事忘了。第二天,又要金泉跟随他出去。下人们这才到马棚里把他解下来,手脚都利落不起来了。没几天，金泉就找不见了……

澄心没想到福彭在曹霑面前，也会突然翻脸，她生怕给这位新来的表小爷脸上过不去，急忙向曹霑走去。

曹霑被这眼前的景象搞糊涂了。他不免疑惑起来，这是怎么回事儿呢？这鹞鹰的颜色不是他昨天自己上的吗？怎么今天都推在澄心身上呢？他看到被福彭践踏得不成样子的鹞鹰，心痛地走过去，便要拾起来，如同那是一只真鹞鹰一样。

澄心连忙跟过去，一面向福彭赔笑道："是！小爷！都是奴才不好。涂的颜色太重了，下次不敢了！下次再有差错，请小爷重重降罪！"说着，连忙俯下身去收拾那踏碎了的风筝。她见到刚刚曹霑糊的糨糊，在竹篾上还没干呢，心中更加难过起来。

福彭仍然怒气未消，道："下回？没有下回啦！去你妈的吧！不要你扎风筝了，你扎的风筝，一辈子也放不起来。就是放起来，也晦气一辈子！"

曹霑狐疑道："这可奇了……"

澄心忙向曹霑使眼色，意思是不要他说话。

只听福彭大声道："叫茶仙来！叫她来扎风筝！养你们这群饭桶，十个也比不了她一个，快叫她来！"

"茶仙？"澄心和别的丫鬟们，听见这两个字儿，可都纳闷儿了：茶仙是大茶坊上的人，从来也没到上房来干过活呀，为什么福彭偏叫她来呢？谁也没听说过，她曾扎过什么风筝呀，怎么小爷竟会想到她身上呢？

"茶仙？"曹霑既没见过，也没听说过这个丫鬟，因之上前问道："谁是茶仙？"

澄心又向他递眼色，要他不要问。

福彭余怒未消，只顾连连喊叫："快叫茶仙来，快叫茶仙来！"

墨香略一迟疑，走过来对着福彭道："奴才去叫吧？！"

福彭看了她一眼，回头仍对澄心吼道："你去！你去把茶仙立刻给我叫来！"

澄心连忙屈膝道"是"，行礼而退，去找茶上总管安顺去了。

澄心来到茶上总管安顺那儿，便告诉他，福彭在发脾气，一定要叫茶仙去扎风筝。要是茶仙去不成，事情怕还要闹大呢！

安顺道："这事可不好办。王妃不知道，要是王妃知道了降罪下来，那谁担待得了？再说茶上掌管不买他的账，也不好办。"

澄心道："我们小爷的脾气，您还不知道？不如让茶仙先去，过不了两天，他就会把这事忘了的。那时，茶上再把茶仙要回来不就得了？"

安顺想了一下，觉得澄心这丫头说的倒也是。小爷不过一时高兴，说不定明天就把她放回来了呢？想到这里，便要澄心把茶仙叫到他跟前来。

他平素并没注意过这个丫头，因为这次福彭指名要她，他未免生起心来，倒要仔细看看，这个薄丫头片子，是哪点儿被福彭看中了的？

茶仙站在安顺面前，先就有几分不知所措。现在见安顺狠看着她，便觉毛骨悚然。她本是个三四等的丫头，是上不得台盘的，从来也见不到大总管的。只要大总管要见她，保准没好事儿。第一，是拉出去配小子，叫她家来领人。但她岁数还不到，家里人也没和她打过招呼。再不然，就是她犯了大错，要把她充到官府。但她知道自己没什么错，不会落到这个地步。第三，就是把她卖了。多半是这第三条。

她满心纳闷，只见安顺两只蛤蟆眼鼓睁睁地盯在她脸上看着，便连忙把头低下来，用手弄着衣角儿，想尽快弄清楚，到底有什么祸事轮到她的头上。

"你抬起头来，看着我！"安顺绷着脸对她说。

茶仙只得把脸一扬，平视着安顺。

安顺向她脸上一扫，只见她脸儿尖俏俏的，鼻子翘生生的，眼睛毛虚虚的，睫毛显得特长，好像有两道阴影遮在眼帘上似的。两只小耳朵，抿在鬓发里边，只露出戴着碧绿坠子的耳垂来，更显得头发格外漆黑。安顺看了，不由叹了一口气，长长地拖出了一个"啊——"字腔儿来，便再也没有说什么了。

他在小碟子里面取了一枚青果，放在嘴里嚼了起来，右脸起个包儿，一会儿又转到左脸上去了。

茶仙和澄心在旁笔直地站着，看着他脸上的包儿，一会儿从左边转到右边，一会儿又从右边转到左边。

他把嘴里青果肉咬下来，吧唧吧唧地吃起来，把核儿吐在地上。那青果核儿，骨碌碌地向前滚了一下，便停住了。

茶仙失魂落魄地看着那个青果核儿，像木头人一样站着。

安顺吩咐道："澄心，你带她去见了小爷，要是小爷把她留下，你就马上派一个丫鬟来，顶她的差。什么都不许对别人说，明白了吗？"

澄心连连答应着。只有茶仙还不知道是怎么一回子事。

两人辞了安顺，顺着一条往二门的甬道上走着。茶仙见四外没人，才赶着澄心问："姐姐，这是怎么回子事儿？我在茶上做得好好的，我也没出什么差错，为什么要发落我呀？"

这时，修补甬道的石工不在，各色圆石子儿堆在路边待用。

澄心用脚踢了一块小石子儿，耸了一下肩道："咱们当奴才的，上哪儿知道？还不是随爷们高兴罢了。谁知道他们心里转些什么念头呢？就像这鹅卵石吧，给修路的师傅看中了，就铺在路面上，拼成花纹，任人踩踏。哪块没用上的，便给扫院子的扫出门去，有谁还会去管它落到哪儿去呢？"

茶仙抬起头来，深深地看了她一眼，再没说什么。

她俩来到群玉楼，只见福彭一只手叉着腰，一只手指挥着丫头们还在糊风筝。由于丫鬟们都一起向门口看去，他才发现茶仙已经随着澄心进来了。还没等她俩向福彭行完礼，福彭便对澄心道：

"去！想法弄一件姑小姐的衣服来！要最好看的！快！"

"是！小爷！"澄心立即转身，快步走了出去。

福彭又叫："回来！"

澄心又赶忙回来站住。

福彭道："不许让姑小姐知道！要是让她知道了，小心你的皮！"

澄心屈膝道："是！小爷！"随即飞快地走了。

福彭指着茶仙，向丫鬟们大声吩咐道："看见没有？你们来扎一个风筝，照着她的样儿扎！"

大家听了，都摸不着头脑。最摸不着头脑的是茶仙。她从来也没干过扎风筝这个活儿。现在听了福彭这番话，真是不知如何是好，她呆若木鸡似的在那儿直立着。

曹霑见她不知所措的样子，便走过来对她说："扎风筝，你知道吗？这个玩意儿很容易做，你先把竹篾用麻纸条儿缠上，照这个样儿缠，然后再糊上纸，就行了。"

茶仙像得救一般，赶忙轻手轻脚地拿起竹篾，用曹霑递过来的纸条儿，动手去缠。她自知没有别的丫鬟缠得好，但她只顾低着头儿赶忙缠，好把眼前的处境，变得松快一点儿。

福彭刚想喝住她，但看在曹霑的份上，便也由她去了。他走过来，把曹霑拉到一边，在曹霑耳根底下低低说道："我特意把她为你弄来的！明白了吗？"

"为我？"曹霑简直不相信自己的耳朵。

福彭仍低低地道："你不是想她吗？"

"想她？"曹霑更是摸不着头脑了。

福彭哈哈大笑。

这时，刚好澄心挟着一个绣花包袱，快步走到福彭面前，气喘吁吁地屈膝道："回小爷，姑小姐的衣服取来了。"

福彭道："姑小姐不知道吧？"

澄心道："是！姑小姐在福晋屋里抄经文呢，这是浣纱姐姐拿给我的。"

福彭道："快打开！"

澄心打开包袱，只见一件光彩夺目的衣裳呈现在眼前。

福彭兴高采烈地大叫道："好！好极了！快给她穿上！"

澄心屈膝道"是"，立即拿着衣裳过来给茶仙穿上。

茶仙穿上这件五彩缤纷的衣裳，虽然有些宽大，却更显出一副超脱的模样。

福彭满意地对曹霑小声问道："你看她可像一个人？"

"像一个人？"曹霑这才细细地瞄着茶仙看过去。茶仙被这身放光的衣裳，照射得更加出众。但是看不出她到底像哪一个丫头来。

福彭如同在大书房里看到伴读们背不出"子曰"，他在旁边提示似的，一字一板地说出三个字来："小——仙——女！"

曹霑一听这三个字，脑子里立即浮现出南海子放"合和"时那个小仙女的模样儿来了。他把两个相重叠在一起，立刻就认出来了。原来，因为没曾仔细看茶仙，又加南海子的小仙女才有多大点儿，眼前这个茶仙又是多么大了，她两个，一眼是联不起来的。现在经福彭这么一点破，使他真如进入幻境一般：一个穿着霓裳羽衣的小仙女，从白云上面飘落下来，而且，立刻就长大了，就站在他的眼前，她那惶惑的样子，真像一个刚刚下凡的仙女，对这陌生的人间不知怎样对待才好……

茶仙穿着这件自认极不相称的绚丽衣裳，摸不定福彭和曹霑在低语些什么？和自己又有什么关联？如芒刺背，坐也不是，立也不是，更不知道有什么命运会降临在她的头上。

只见曹霑又惊又喜，拍着双手，跑向她的身边，对她笑着道：

"真好！你这小仙女，真的飞到我身边来了！"

福彭得意地笑道："怎么样？我的眼力不错吧？刚才我回来下马的时候，一眼就看见她了！来！小仙女！你就站在这个上面，什么也不要做，站在上面就行了。"他把茶仙引到大蒲团上，对着众丫鬟道："你们今天不要干别的，就照着她的样儿，扎一个风筝儿。明天我们要把她送到天上去！"

第十五章

闹书房曹霑涂画笔
移衾枕福彭戏茶仙

福彭和曹霑奉王妃命，搬到明德堂大厅东西两厢套间里来住。

"明德堂"，本来叫作"在明明德"，是个"亚"字形的连厢屋宇。正面檐下挂着的，就是那块"在明明德"的匾额。它是孔继宗的手笔。这明德堂坐落在王府议事厅之后，三门二门之间。进得门来便是大书房。大书房南炕上面，放了两张书桌，一张是为老师设的，一张是为福彭和曹霑设的；地下则是高脚书桌，除了福彭的弟弟福寿之外，就是几个世家子弟，他们是借郡王府的光，又慕江老先生的大名而来的。

这个大厅两厢和后座是在三门以内，前门则是在二门以内。白天，老师和伴读的都由二门出入，下学后，把大书房南北门上了锁，就都没有人了，这个大厅就成了"丁"字形的了。中间是堂屋，东边直通的一套房子，现在是福彭和侍候他的丫鬟们住着；西边直通的一套房子，是曹霑和侍候他的丫鬟们住着。北边直通的屋子，供着孔夫子的圣位。平日看过的书画，未归到库的，都暂放在这里。

王妃命福彭和曹霑住到这儿来，也就是叫他们心领神会，耳闻目睹，熏染些书声墨香，容易上进的意思。

王府聘请的老师，则是当今名士，江松筠老先生。

江老先生，因为被徐乾学看中，又是杭世骏的好友，所以，海内名流大儒都愿和他交往。

年大将军羹尧，久闻江老先生大名，定要请他为西席，延入府中教读。但是，江老先生执意不肯，竟把束脩断然退回。江老先生的友好，熟知他的脾气固执，劝说无效，也不敢相强。便另外为年大将军府上物色了一位名儒，顶替了他。同时，暗中又给他想个万全办法，对年大将军，就说他已经接了纳尔苏郡王府上聘金在先，因之，就不好再到年大将军府上教书了。

江松筠拗众情不过，也只得答应短时到郡王府来讲"四书""五经"。至于时文，他是不讲的。时文则由王府请另外的西席先生来教。幸喜世子福彭和伴读的曹霑，都是聪明透顶，在老师面前，做得极是循规蹈矩。所以江老先生也就心安理得，暂时没有求去的意思了。

江老先生本来以书法名世，声噪京华。京城中以楹联扇面求书的，接踵而来。其实老先生认为自己的画比书法好。他最喜画兰石，但是绝不轻易赠人。世人知道的也就不多。他画兰多画墨本；画石，则力守"愈巧愈拙"四字不移。总之，是不落窠臼，自创一格。因为这，朋友同辈们都管他叫江兰石，也叫他兰石先生。松筠的名字反而不大被人知道。

江老先生今天来到大书房，福彭、曹霑和伴读的少爷们，早已恭候在先。福彭因受父命，必须先生落座，他才能坐。所以，都等着江老先生坐定了，福彭、曹霑才和伴读的一起坐下来。

江老先生穿着蓝缎袍子，上罩青剪绒猞猁孙马褂，腰上系着丝绦，右边系着一副绿松石镶嵌的眼镜盒，左边是个旱烟口袋，里面插着一柄短烟袋。但他抽烟并不很勤，只有闲着的时候，才抽一口。他的烟袋锅儿是定做的，锅深而小，是白铜的，上面还刻了"烟火食"三字的篆书。

江老先生坐下后，便从袖筒里取出一条雪白的手巾，堵着嘴轻咳了两声，头也不抬，也不看人一眼。闭目养了一下神，然后，对着曹霑问道：

"曹霑，'敦彼行苇，牛羊勿践履，方苞方体，维叶泥泥。'是什么意思？"

曹霑不假思索地回道："仁也。"随即，觉得这两字冲口而出，说得未免太快了，不大合适，连忙又轻声说道："回禀老师，这是仁的意思！"

江老先生重重看了曹霑一眼，便问道："怎么见得是仁的意思呢？"

曹霑回道："老师，路旁的芦苇是柔弱的，牛羊走过来，都不想践踏它，好使它任情生长。合情即是仁。所以说，是仁。"

江老先生听了笑了起来，便点头命曹霑坐下。待曹霑坐好了，江老先生不觉自言自语说："这才是孩子话呀！"

曹霑听了，纳闷起来，心想：难道我答的不对吗？可是分明是这个意思嘛。又想：孩子的话也不见得不对呀！孩子的话，多半也就是对的呢！想到这儿，他又觉心安理得起来。他偷看了福彭一眼，见福彭顾不上看他，正在准备老师要问他什么呢。

这时，两广巡抚之孙阚德，素常来往，最是喜欢和曹霑相亲的。他见曹霑答得好，便写一纸条儿，团成个小团儿，走到地中央桌上签筒里抽了根签，借出外解手之便，顺手向曹霑桌上弹了过去。

曹霑见阚德那副矮样儿：脑袋放在肩膀上，屁股放在小腿上，从来就不爱搭理他。这会子只当没看见。待阚德走出去了，曹霑把小纸团儿拿过来打开，只见上面写着两句词儿："以天地为怀之曰性，及牛羊之情可谓仁，吾与点也！"曹霑看后，笑了笑，就把纸条儿团了。

这时，阚德进来，向曹霑瞟了一眼，只见他正襟危坐专心致志地在看书，并没有理会他。他也弄不清楚曹霑是否看了他弹过去的小纸条儿，只得坐下来，装作看起书来。

只听江老先生又问福彭："洪范曰：'无偏无党，王道荡荡；无党无偏，王道便便。'是什么意思？"

福彭略加思索，顺口答道："老师，这是说无私的意思。这是说，王道无私，以天下为公，下徇民情，所以说无偏无党；百姓上顺天恩，以至上下交融，允执厥中，才能说是王道便便。这也是君子之德风，小人之德草的意思。"

江老先生捋着胡子，点着头，示意福彭回答得可以了。

福彭待到江老先生扭头向着福寿的时候，偷着对曹霑吐了吐舌头。

江老先生本来还想说点什么，但又没说出来，便示意福彭的弟弟福寿来回答。江老先生问道：

"'孔子曰：'某也，闻之有国有家者，不患寡而患不均，不患贫而患不安……'是什么意思？"

福寿从地桌前站起来，很严肃地讲解起来道："老师，孔子说：'我听说过这样的论说，无论是诸侯，或者是大夫，都不必担心国家财富不多，但要担心财富不均；不要担心人民太少，却须担心国内不得平安。若是财富分配得平均，便没有什么贫富悬殊的纷争了。若是大家都不争了，便没有贫富的问题，也就没什么争端了，不争则能安。'这是孔子听人家说的。这是老子的想法。要是按照孔子的想法来说呢，则应该是：贫者安于贫，富者乐于富，则国可大治，才可以进于大同。这段话本来是记孔子话的门徒，把老子的意思当作孔子的意思记下来的。所以就有了这段文章。"

福寿说得很是得意，自以为胜过了前边的福彭和曹霑，他想自会得到江老先生的夸奖。他未曾想到，不但没有取得老师的夸奖，反而引起了老师一大套问难来了。

只听江老先生慢腾腾地道："孔子是什么时候的人？"

福寿道："老师，是春秋时代的人。"

江老先生道："现在离孔子有多少年？"

福寿道："两千多年了。"

江老先生道："你是什么时候人？"

福寿道："老师，我是大清雍正皇帝时的人。"

江老先生又问："和春秋时代相距多少年？"

福寿道："老师，两千多年了。"

江老先生道："那么，你怎么知道这不是孔子的思想，而是老子的思想呢？"

福寿答道："书上说：'某闻之'可证。"

江老先生道："不错。是这样的。但是，这是孔子引用了别人的话，而又附和了别人的话，用别人的话来加重自己的说法。这是春秋战国时常用的办法，都说述而不作，实在是自我作古。"

福寿道："老师，这也是解释。但是，按字面上来讲，原意还是孔夫子听别人讲的。何况《道德经》里也有这个说法呢。"

江老先生便不再作声，点了点头，命他坐下。

正在这时，忽见福彭的小厮来喜，在南边窗外露了一下脑袋。福彭和曹霑一眼就看见了，两人会意地对看了一下。福彭便到签筒里抽了根签，急忙出得门来，往茅厕走去。

来喜跟上来低声道："小爷，恭王府来人说，昨儿在隆福寺看好的那两个葫芦，已经送到府里了，请小爷马上去过目呢。不知小爷中意不中意？要是小爷不中意，等着要的人，可不在少数。"

福彭着急道："王爷立下的规矩，你又不是不知道，我这会儿能走吗？"

来喜要福彭别管，解了手只管去上课。

福彭看了看来喜，一语不发，就回书房了。把刻着"大禹惜寸阴"的签往签筒里一插，回到桌前刚坐下，还没来得及和曹霑使眼色，就见来喜一本正经地走了进来，对江老先生说：

"禀老师，恭亲王传召福彭世子速去。福晋请老师放他一会儿假，以便去应个卯要紧。"

江老先生从不介意这些事，自然点头应允。福彭高兴，连忙向江老先生行礼告退，收书的时候，在曹霑耳根底下说了句"回来告诉你"，便和来喜匆匆走出去了。

曹霑虽然身在书房，心里却一直惦着那还没有扎完的小仙女。回答了老师的提问之后，就一直用笔在纸上画着，画了好多双小仙女的眼睛和眉毛，都觉得不像。他自认为是记住了的，怎么手下又画不出来呢？心想，赶快下课吧，赶快下课吧！下了课好再去看茶仙姐姐。平常几笔就能勾画出一个人的神态，怎么对向往了这么久的小仙女，竟勾画不出来呢？……

他看到来喜的脑袋一晃，知道又是有什么好事儿来找福彭了。又看到福彭规规矩矩地抽了个签，出去解手，心想，大表哥在书房也不得不装作老实呢！等到他看到，福彭高兴地随着来喜走了之后，忽然有些后悔起来：要是早点写个纸条儿告诉福彭，让他把我也带出书房该多好？那马上就可以见到茶仙姐姐，把风筝画好了。但福彭已经走远了，来不及了……他把眼光落到纸上，看到他画的那么多双仙女的眼睛，有的瞄着左边，有的看着右边，有的向上凝视，有的微微向下斜视……怎么都不像呢？他懊恼地从底下抽出一张白纸来盖在上面，轻轻叹了口气，又专心致志地画了起来。

这时，江老先生便问一位世家子弟，名叫齐慎修的道：

"不久天气就暖了，《论语》上有'点，尔何如？'当时曾点正在鼓瑟，舍瑟而作，对曰：'异乎三子者之撰。'子曰：'何伤乎，亦各言其志也。'……到'吾与点也。'你把这段译成今义！"

齐慎修便大模大样地站起来回道：

"这是《论语》上记载子路、曾晳、冉有、公西华四位弟子侍先师坐，孔老夫子问他们四人的志向。曾晳名点字晳，是曾参的亲生父亲。孔子很器重他，这段话表现孔子欣赏他做人的道理，就是说，出外玩玩，比把人圈在屋里强，尤其是春三月，什么东西都在外边春游，有人还在屋子里读书写字是不好的。有诗说：'夕阳芳草见游猪。'何况人乎？我们也该春游才是。"齐慎修越说越得意，不禁眉飞色舞道："现在外边流行一种歌词，就是说这件事儿的。歌词的大意是这样的：

　　点儿，点儿，你干啥？

　　我在这儿弹琵琶。

　　嘣的一声来站起，

　　我可不与你仨比。

　　比不比，

　　各人各说各的理。

　　三月里，三月三，

　　各人穿件蓝布衫。

　　也有大，也有小，

> 跳到河里洗个澡。
>
> 洗了澡，乘了凉，
>
> 回头唱个《山坡羊》。
>
> 先生听了哈哈喜，
>
> 满屋子学生不如你！
>
> …………"

　　齐慎修说完，便环视屋中各人，以为一定会博得满堂彩。没想到一个人都未曾笑，只有外屋跟班侍候的人有匿笑声。他心想，你们这些胆小鬼，连笑也不敢笑，真没有我齐大少爷有出息。他不等江老先生示意，便一屁股坐下了。

　　上次，江老先生要他背书，他背不出来，直向门外伸手，要跟班的给他递条子。不期被江老先生看见了，江老先生便命跟班的进来，当面背诵。并说：

　　"何必递条子，当面背诵好了。"

　　这个跟班的倒也争气，一口气就背出来了。羞得齐慎修简直无地自容。江老先生不但不生气，反而大大地夸奖了这个跟班的。

　　齐慎修回到家里，便禀告他父亲齐雅堂，把这个跟班的转赠给别家去了。

　　齐慎修从来不把正课放在心上，野曲俚语，倒把他的肚皮撑得鼓鼓的。偏巧，今天江老先生问到这一段，他也正好记着一段顺口溜儿。心想，何不借机奚落老师一番。可是，老师并没有怒形于色，如同没有听见一般。这倒反而使他不自在起来。特别是，他想引逗得同学们哄堂大笑，好使江老先生当众出糗，结果也是适得其反，并没有什么人吭声。这事也出乎他的意料。

　　他正想得发闷，只听"哗啦"一声，不知什么东西从半空飞了过来，正打中他的头。他还没来得及四处看，便觉这件东西打在他头上之后，又滚落到他的面前，掉在书本上了。他连忙正了正帽头，向左右看去，才发觉这是福寿掷过来的。

原来，福寿坐在地桌西首第一位，他坐在地桌东首末位。福寿掷过来的东西，要飞过几个人的头上，才能打到他的头上来呢。他想，莫不是福寿本想打别人，因为用力过猛，才打到自己头上来了？但他一看福寿的脸色，就知道是对着自己来的。这倒使他有些奇怪了。继而一想，一定是福寿这位道学先生看他想讽刺老师，这才想法子惩处他，拿东西掷在他头上的。

他定睛向书本上看那落下的东西，原来是个蛐蛐葫芦。外面罩着蓝缎子绣花锦套，锦套上面还绣着四个鸭青色的字儿："金声玉振。"锦套里的葫芦已经滑出一半儿来。葫芦的象牙盖儿，早已落在一旁，跌成两半。有两只蛐蛐儿都跑了出来，在书桌上跳来跳去。

两个年纪小的学生，白俊生和铁英哲，看了忍不住便过来捉它。谁知未捉住，蛐蛐儿反倒跳到桌子下面去了。其他学生看了，也都坐不住了，正想起来去捉，只听福寿高声道：

"你，齐慎修！岂可把些俚语游词拿来玷污众人的耳朵？"

齐慎修并不服气，但也不敢抗声回答，只是在嗓子眼里咕噜着：

"老师是叫我翻成现行语，我一时想起这段话来，正合适，没想到是俚语哩！"

福寿瞪大眼睛，更加生气道："你故意用山东话来说，是什么意思？"

齐慎修脱口而出道："孔子，鲁人也！"

福寿道："礼曰：'父生之，师教之，君成之！'尔今不崇师道之尊，将来亦必不得君主之成，尔必辜负尔父母之生汝也！今日之事，亦不过为你痛击一掌，使你清醒明白而已！"

齐慎修是看福彭不在，才敢这样做的。他知道福寿虽是福彭的弟弟，但是将来的前程肯定比不了福彭，他胆子才壮了起来。没想福寿更是认真，咄咄逼人，一步不放。齐慎修是个乖巧人，他在王府自然是不敢闹事的。如今看福寿真个恼了，便软了下来。他为人油滑机警，一看那蛐蛐儿正蹦到他的脚下，依他本性儿，恨不得一脚踩死，才能消了这口窝囊气。但他反而伶手俐脚地伏下身去，轻轻地把蛐蛐儿逮住，放进葫芦里面，把象牙盖儿拼好，盖上，放在锦套里面，把它放在福寿书桌上，作了一个赔礼道歉的长揖，便旋身站在江老先生面前请罪去了。

江老先生声色不动，只是微微示意，要他坐回原座。然后，轻轻合上书本，便下得炕来。

外边侍候太监一看，知道要放学了，便进来收拾文具，请老先生到另外客间休息喝茶。

学生都向江老先生行礼告辞，一哄而散。

耕云从外间跑进来，一把拉住曹霑，夸他对答得好。说完，又忙着问他想吃什么？想喝什么？

曹霑说他什么也不想吃，什么也不想喝，只说："我得找小仙女去！"

耕云连忙捂住他的嘴，意思是叫他别瞎说，老师在隔壁喝茶，会听见的。

阚德几乎和耕云同时跑到曹霑身边，夸他对答得如何妥当，老师听了如何高兴。他哪儿知道，曹霑的心早就飞到群玉楼去了。曹霑急忙摆脱了他们，三脚并作两步，夺门而出，直奔群玉楼去了。

自从茶仙被福彭叫上来以后，派哪个丫鬟去到茶上顶她的缺，确实是费了澄心一番心机。随便派一个小丫头去，是使不得的。万一把这件事传到王妃耳里，那事情就闹大了。墨香自己倒愿意去，但是福彭不答应。自己去顶她吧，福彭这里又没个可靠的得力之人了……

她盘算过来，盘算过去，有心把笔花派下去。但这事还得福彭张嘴才行。因此，在侍候福彭换衣服的时候，低声提起了这件事。

福彭听了，鼻子里哼了一声道："这么个屁大的事儿也要来问我，养着你是干什么吃的？"一脚就把个靴子甩到那边去了。

澄心一边为他换上便鞋，一边低声下气地说："小爷看，是不是就叫笔花去呢？"

福彭套上鞋，大声道："叫笔花去吧！叫笔花去吧！"边说边到对面厢房，约了曹霑到王妃屋里用膳去了。

澄心立即叫来笔花，要她马上收拾东西，说小爷派她到茶上去顶茶仙的差。

笔花一听，哭了起来道："我又没出什么差错，干吗要把我贬到茶上去？我是福晋选派来侍候小爷的，得福晋派我才去呢。"说罢，更是哭个不停。

澄心道："你可别让福晋知道，要让福晋知道了，咱们就都没有活路了。咱们小爷的脾气，你又不是不知道。他要你往东，咱们奴才敢往西吗？那小茶仙，不过是个茶上的使唤丫头，啥也不懂，她哪能侍候上咱们小爷了？过两天，小爷就会腻味她的，到时候还不是又把你接回来了？再说，你又是小爷身边的大丫鬟，到了茶上，茶上还会像对茶仙样的使唤你？侍候你还来不及呢。我看，你先去享几天福再说吧！"

笔花道："你这么会说，你怎么不去？"

澄心道："小爷没派我，我敢去吗？"

笔花冷笑道："小爷哪能派你去呢？你要走了，小爷活都活不成了。"说罢，赌气就去收拾东西了。

她知道奴才的命运，自己是支配不了的。她也深知自己平日嘴上不饶人，澄心早就醋她，这回，可找着由头把她这眼中钉、肉中刺给拔去了。

她拿了几件换洗衣服和自己做的绣花鞋，包了个小包袱。她原先以为叫她收拾东西，得收拾好一阵呢，没想到一眨眼的工夫就收拾完了。真个的，这王府里这么多东西，有几件是自己的呢？连自己的命，自己这个人儿，也不是自己的呀！想到这儿，她连手头这个小包袱，几乎也不想拿了……

她揩揩眼泪，对着镜子整了整容，便提着小包袱到对面套间来找双燕她们。她觉得南边的双燕比她身边这几个伙伴都好，待人厚道。南边的小主子也真好！一点主子味儿都没有，就像个小兄弟似的。自己多会儿修着了，侍候上这么个小主子，就享福了。因此，她特别羡慕鸣环、红缨、文影、月奴四个大丫鬟。她们是和自己一批卖到府里来的。当初她被选中来侍候福彭的时候，她们都羡慕得不得了，都说她这一下可平步登了天了。哪承想，这一下，又落到了地下呢！

双燕和王妃派来侍候曹霑的四个丫鬟特别相投。除了侍候曹霑之外，就是聚在一起，整天说不完的话儿：南方，北方，织造府，王府，福彭，曹霑，自个儿的身世，做个什么活儿，绣个什么花儿……没完没了的话儿。又是笑，又是闹，世上就像没个发愁的事儿似的。和对面套间里福彭丫鬟们之间的相处，全然是两回事。

双燕正在拾掇曹霑换下的衣服，只见笔花提了个小包袱进来，还没等问她话儿呢，她就哭倒在椅子上了。

慌得双燕忙问她怎么了？鸣环等几个丫鬟也都围了过来。笔花哭着把刚才的事儿诉说一遍，说来和姐姐们辞行的。说罢，站起来就要走。

双燕安慰她道："虽说不在对面套间，不能时时见面了，但也还是在王爷府里，早晚还能见得着，晚上没事儿了，也还能来玩儿，说个闲话儿。"

王府的丫鬟们听了，都叫了起来。鸣环忙道："双燕姐姐，你可不知道，咱们王爷府可不比你们织造府。茶上的丫头，没有主子的吩咐，哪能进到三门来呀？咱们三门里的丫头，没事儿也不能到二门去呢。那大门，自进王府以后，就更不知是什么样儿了。"

月奴道："真个是'侯门深似海'呢。"

双燕"哦"了一下，怨不得笔花哭得像个泪人儿似的呢。原来王府的规矩这么严呀！

双燕毕竟比她们大一两岁，懂事得多。她一边随着笔花往外走，一边仍在安慰她：说自己是南边来的，不懂王府规矩，还是可以常去看她的。还可以借个故，要曹霑表小爷把她叫回来呢！

笔花走着，听着，觉得又有了几分指望了，不禁对双燕道："双燕姐姐，要是能把我叫来侍候表小爷，我死了也心甘了。"

双燕忙道："什么死了活了的？咱们慢慢想办法。"

刚送到二门，忽然一个小子的声音喊道："双燕姐姐！"

双燕和笔花一惊。笔花眼尖，见是个陌生的小子，不觉斥道："哪儿来的野小子？竟敢闯到二门里来了，还不快滚出去！"

双燕定睛一看，原来是耕云。不觉羞红了脸道："耕云！你跑到这儿来干什么？"

耕云理直气壮地道："我给小爷送书包来了！没准晚上要用，找不着呢？"

笔花一听，也羞红了脸道："哟！原来是表小爷的跟班。真是对不起了！"连忙屈膝行了个礼。

双燕一把拉着她道："没事儿，没事儿！"随即对耕云道："书包呢？"

耕云道："这不？"说着，就把书包递了过去。

双燕一把拽了过来，低着头忙道："还不快走！"

耕云调皮地道："是！我这就走！"一面转身，一面还拿眼睛瞟着她们俩。

等耕云走远了，双燕和笔花才敢抬起头来。笔花向双燕后悔不及地道："双燕姐姐，真对不起！你看我这人，就是嘴快！也不想想，他叫你双燕姐姐，总是有事儿找你呀！怎么能斥人家呢？还叫人家野小子，还叫人家快滚呢！我可真混呀！"站在那儿直跺脚。

双燕安慰她道："没事儿，没事儿！耕云才不会往心里去呢。"

笔花仍道："这是怎么说呢？临走，临走，还落个快嘴儿。"说罢，不觉长叹一声，快快地向双燕告了别，拎着个小包袱，走出二门往茶上去了。

双燕在二门，看着笔花走远了，这才回过身，看了看手上的书包，快步向三门走去。

茶仙被叫上来后，穿上了一件五彩缤纷的衣裳，站在蒲团上，被表小爷和丫鬟们照着扎风筝。她自己就像做梦一样，再也想不到竟会遇到这样的事儿。幸好，福彭一会儿就走了。在表小爷面前，她还感到自在一点儿。但站在比人高一头的地方，老是被人瞧着，也很不是滋味。好在表小爷时不时地要她坐下来歇一歇，其实，她什么活儿也没干，只是站在那儿当摆设，何曾累了？……她唯一的念头，就是快点让他们把风筝扎完，好让她回到茶上去，仍干她素常干的活儿去。

天黑了，都掌灯了。他们对着她扎的风筝，大模样也有了。茶仙心想，这该完了，放她回茶上去了吧！

谁知福彭小爷又闯了进来，看见大家伙儿扎的风筝，挺高兴地道："今儿就扎到这儿啦！明天接着扎！"拉着表小爷就走了。

茶仙也只得留下来，随着澄心几位姐姐在福彭套间里住了下来。

她不想说话，也没有话可说。澄心要她干什么，她就干什么。安排她在哪儿，她就在哪儿。晚上睡觉的时候，她感到好像早就为她准备了一个空当似的。但她，怎么也睡不着。她怕惊动身旁的砚侬和墨香姐姐，连身也不敢翻，大气儿也不敢出。

鼓打三更了。茶仙迷迷糊糊地刚要睡着，忽听福彭在里面叫来人！就听得澄心一骨碌爬起来就进去了。又听福彭叫道："不要你！叫墨香来！"就见澄心披着衣服急急来叫墨香。

墨香睡得可真死。澄心又推她，又摇她，又叫她，她都不醒。里面福彭偏偏又叫："墨香快来！"茶仙看不过了，也忙坐起来帮着叫道："墨香姐姐，快醒醒！小爷叫你呢！"

墨香一掀被子，猛地坐了起来。什么话也不说，急急忙忙把衣服都穿得好好的向里屋走去。只听福彭道："可把你请来了！"随后是一片沉寂。

砚侬还是睡得又熟又香。澄心低声要茶仙好好睡下，就回到自己的位置上躺着去了。

茶仙心想，都三更天了，小爷还叫墨香姐姐干什么呢？

这时，忽听福彭低声道："你过来！我不碰你。"又过了一会儿，突然"啪！"的一个清脆的巴掌声，随即，墨香冲了出来，倒在茶仙身旁，她怦怦的心跳声，茶仙听得一清二楚。茶仙心想，墨香姐姐一定是挨打了，赶忙伏过身去安慰她。就在这时，一声巨响，里面什么东西被福彭砸在地上粉碎了！

澄心又连忙跑了进去。只听福彭怒吼道："你这个臭婊子！给我滚！"但是，只听见澄心的忍泣声，却未见澄心出来……

第二天一早，只见福彭穿戴得整整齐齐，满面春风地过去叫着曹霑，一起到前边书房读书去了。澄心和墨香也照常侍候，就像压根儿没发生昨晚上的事儿一般。茶仙心想，莫非昨晚上也是在做梦？……

……她又穿着那件闪光的衣裳，站在蒲团上了。……曹霑一头子跑了进来，什么话也没说，对着她的眼眉，仔细地端详着……她对这三门以内的事儿，是多么捉摸不透呀……

她站着，站着，不觉打起盹来了。曹霑看着她那长睫毛—眯一眯地映在白皙的眼窝上，不觉看得入了迷，忍不住地用手指去轻轻地抚摸了一下。茶仙猛地惊醒，倒把曹霑吓了一跳，忙道："茶仙姐姐，我碰着你了吗？"

茶仙根本不知曹霑碰她，忙将身子站直，惶恐地道："奴才该死！奴才再也不敢了！"

曹霑忙端过一张椅子来道："茶仙姐姐，你坐下吧！你困了就睡吧！"没想他这一来，惹得丫鬟们都笑了起来。

双燕笑道："茶仙，我们小爷要你睡，你就睡吧！"羞得茶仙更加无地自容了。正不知如何是好，忽然，一个腊嘴儿飞了进来。

双燕高兴地就要去捉。

澄心笑道："双燕姐姐，别捉了！"

话犹未了，福彭笑着走了进来，嘴里打了个呼哨，一伸手，腊嘴儿便乖乖飞到他手上站住，就着手上剥啄起手心里的苏籽儿来了。

双燕羞红了脸，忙退到一边去了。

福彭大声道："蠢材们！还没糊好呀？"

澄心忙将风筝举了过来道："请小爷过目。"

福彭对着真假仙女两边打量了一下道：

"再怎么着，也比不了真的呀！"说罢，用他那闪亮的眼睛，狠狠地扫了一下茶仙。茶仙忐忑不安地低下头去。

福彭对曹霑道："告诉你一件好事！"

曹霑道："什么好事？"

福彭道："我从恭王府出来，见到梁九功公公了。我求他带咱们俩到圆明园去玩一趟。"

曹霑高兴道："那可好！梁公公答应了吗？"

福彭道："那还有不答应的？梁公公还答应让我们到宫里去观光观光呢！"

曹霑素来好奇。听说能观光圆明园，更是高兴得了不得，便道："听说里面还有苏州街，咱们去买个小泥人儿去。"

福彭道："梁公公说了，等里面上大戏，就带咱们去。梁公公说，到时候会告诉我们的。"

"那可真好！"

曹霑是个实心眼儿，这一下，恨不得马上就能进圆明园才好。

晚上睡觉的时候，一个劲儿地对双燕说着圆明园的事儿。双燕想到明儿一早还要上学呢，怕他谈得太高兴了，晚上睡不安。因此，只是有一搭没一搭地答应着，就手给他理着书包。只见一沓纸上画的全是女人的眼睛和眉毛，一丝儿正经书文都没有，不由得叹了口气道：

"我的爷啊，我的爷！你和福彭小王爷下了学怎么玩儿都可以，怎么能在书房里胡画呢？万一给老师看见了，可怎么交代呀？"

曹霑道："老师才看不见呢。老师挺喜欢我和大表哥的，老夸我们俩，你就放心好了！"

双燕道："老师越是喜欢你们，夸你们，你们就更不能在书房胡闹了。特别是你，福晋把咱们接来，就是给小王爷伴读的。小王爷给弘历阿哥伴过读。你倒好，和他绞起帮来闹腾，赶明儿回南方，老太太要问起来，可怎么回答呀？你虽说比他小几岁，可也是上了十岁的人儿了，也应该正儿八经地好好读会儿书了……"双燕只顾一个劲地规劝，没想到曹霑那儿却打起鼾来了。双燕一听，鼾声打得那么响，就知曹霑不爱听，是故意装的。因此，接着道：

"你也不用装睡着，你要嫌我啰唆，明儿我就回禀福晋，让我回南方去得了。反正这儿有的是侍候你的人，也不会老说招你讨厌的话儿啦！"双燕知道曹霑是个最重情的人，满以为这样拿话一激他，他就会改的。谁知说完了，曹霑不但没有一骨碌爬起来，反而鼾声变得均匀柔和了，没想到他还真的睡着了。她不觉轻笑了一下，也就歪在他身旁躺下了。

不一会儿，忽听外屋有轻轻敲门、开门的声音，接着还有哭泣的声音。只听墨香低声说道："你今晚就睡这边吧。小爷要再叫你，我去！"

哭着的声音说："墨香姐姐，你也别去！小爷会打你的！"双燕一听，哭着的原来是茶仙。又听墨香道："你甭管了！"随即出去了。

只听茶仙还在抽噎。鸣环她们在低声劝着。

双燕不放心地悄悄起来，走到外间轻问是怎么一回事？

茶仙一见双燕，更加哭个不停。

双燕是个聪明人，一见茶仙的模样：身穿短衣长裤，挽着的头发，有一绺散了披在肩上，就知又是福彭小爷放不过她了，不由得轻叹一声。心想，躲得了和尚，还躲得了庙？好端端地把她从茶上叫了来，难道就是为的扎个风筝？……

正不知怎么去劝她呢，曹霑穿着睡衣，突然从里面跑了出来，慌忙地问道："谁在哭？有什么事了？"

茶仙见曹霑出来，吓得直往双燕身后躲。

曹霑就着墙里镶嵌的灯光，看见茶仙头发披着，脸蛋儿上满是泪水，不觉想起白居易的诗"梨花一枝春带雨"来，立即上前拉着她的手道："怎么啦？茶仙姐姐，谁欺侮你了？"

月奴在旁道："小爷呗！"

曹霑听了，不解道："大表哥？三更半夜，他欺侮你干什么？"

茶仙本来都止住哭了，听曹霑这么一问，又抽噎了起来。

曹霑安慰地道："茶仙姐姐，快别哭了！明天我问他去。看你，穿得这么单薄，小心冻着，快跟我进去躺着吧！"拉着茶仙就走。

茶仙往后退着说："不！表小爷，我就在这儿睡！"

双燕想到茶仙只有睡到里面去，没准还能躲过福彭的纠缠，因而忙道："茶仙，里面宽敞。到里边来睡吧！"

曹霑高兴地道："到里边来睡吧！茶仙姐姐，从今天起，你就睡在里屋，再不要到别处睡去了。"

茶仙犹豫了一下，这才随着曹霑、双燕走了进去。

第十六章

几进绣棚相思红豆
巧逢弘历顾曲知音

为着进圆明园，福彭和曹霑早就禀报了王妃。王妃也为他们早做了安排：嘱咐他们进园应遵守的礼仪不说，还怕曹霑得知进园的日子，早早地就惦着挂着，睡不好觉，耽误功课。因此，到日子定了，也要福彭不要告诉他，只悄悄通知双燕，让双燕为他安排就得了。

这天寅正，双燕轻轻喊醒曹霑。曹霑正睡得香甜，翻个身，还不想起来呢。等到双燕告诉他，今儿向老师请了假，要进圆明园时，曹霑猛然坐了起来，睁大了眼睛，对着双燕喊道：

"你怎么早不告诉我？"

双燕微笑着说："早告诉你，你早就睡不好觉了，哪儿还有精神去玩呀？福晋姑姑为你想得这么妥帖，也只能和老太太比了，你还对我嚷嚷呢！"

曹霑知道是姑姑不叫双燕早告诉的，也就不作声了。但心中总感到有几分别扭：这么好的事儿，哪能事先一点信儿也没有，突然一睁开眼，就要进园了呢？……

双燕心中有数，早就为他准备了今儿进园时穿的、戴的、随手用的……

刚刚穿戴好，福彭就大步过来了，拉着曹霑出了房门，外边太监、跟班小厮等，早已候着了。一乘四人抬的绿走水^[1]蓝驼呢小轿，已经停在二门外。见福彭和曹霑走了出来，太监急忙打开轿帘，他俩一先一后走了进去，刚并排坐定，轿子就稳稳上肩，出王府大门，往海淀方向出发了。

四外漆黑。从轿中往外看，什么也看不见。

曹霑边和福彭说着闲话，边听着轿边的马蹄嘚嘚声。原来，除了顶马跟随之外，后边还有一辆四套马的大车，拉着随身用的东西和轮换的轿夫。四匹马走得很是整齐，踢踢哒哒……听到蹄声，就感到马儿越走越精神。

快到丰泽园了，只听马蹄声突然变慢了，轿儿也随着慢了下来。

曹霑直起身问道："怎么？快到了吗？"

福彭道："忙什么？他们会来禀报的。"话犹未了，一个老太监扶着轿杆，轻轻对轿内禀报了一句：

"爷！到嬷嬷庙了！"

接着，便由领班轿夫，看好地点，下令四个轿夫定着，然后，前后左右把地形相看好了，才叫把轿子落在地上。

曹霑早已从姑姑那里知道，这是到了康熙皇帝特为"嬷嬷娘"孙太夫人建的庙前了。

曹家的家法，每个家人都知道：凡是从这儿经过的曹家人，无管长幼尊卑，坐轿的都得下轿，骑马的都得下马，谁也不能违犯。

曹霑和福彭同时跳下轿来，两人肃穆地走过庙门。太监、跟随、轿夫以及福彭、曹霑随带的家人小子、车夫赶着大车，都安静无哗地跟在后边。

曹霑透过曙光，见到一对厚实正方的庙门，不由想起南边汉府萱瑞堂上，天地君亲师牌位下，曾祖父曹玺、曾祖母孙太夫人的画像，是那么庄严敦厚、安详持重。他真想进去参拜一番，告诉曾祖父母，他们的重孙儿拜见来了。但想到福晋姑姑的告诫：这庙是康熙皇上亲建，不到一定时候，谁也不能进去的，除了念经的和尚，亲属也不例外。所以，他也只好眼睁睁地随

---

[1] 走水，指轿上四周有风帘。

着福彭慢慢地、恭敬地走了过去。

走过庙门一段路，福彭和曹霑才重新上轿。福彭上了轿，便和曹霑说着闲话儿。马蹄声又生龙活虎地响了起来。

天色已经拂晓，道旁的树木都依稀看得见了。

曹霑正在向外看，只听福彭忽然问他道："你看过高青丘[1]的集子没有？"

曹霑摸不清表哥的心里想着什么，眼睛还向着外边，便胡乱答道："看倒也算是看过，在太姨那儿翻过。看的是手抄本，也没有看全。"

福彭又挺认真地问他："当然是手抄本了，谁敢印他的书！你可记得，他为什么被处死的？"

曹霑不假思索道："我听太姨说，他是因为写了《上梁文》触怒了朱洪武，才被杀的！"

福彭听了，诡秘地笑着，卖弄道："那是个借口，说得冠冕堂皇。实则是因为'小犬无端吠流霞'这首诗，戳穿了宫禁的隐私，这才被害的。"[2]

曹霑还不大明白，心想，这首诗还不是宫词百咏之类的玩意儿，有什么死罪可判的呢？便问福彭道："这诗也没什么了不得的地方呀！"

福彭毫无顾忌地道："说真格的，倒也没什么了不得的地方。脏唐臭汉，谁不一天说几百遍？但是，高青丘是位大诗人，要是他把宫内丑闻写入诗篇，那就不同了。前年，有个大员的内眷，入宫请安，回到家里，下得轿来，换成另外一个人了。大员哑子吃黄连，不敢作声，还装着若无其事。因此，外间也没有人风传开来。这时，要是有个多事的高青丘这样的大手笔，也写一首咏'掉包'的诗，传开去，那就不就家喻户晓，连小孩也都知道了吗？"

曹霑听了，这才恍然大悟。但他反而觉得高青丘满有意思，便对福彭道："原来如此。这位高青丘倒是位有趣的人物哩！就是该这么做才是！"

---

[1] 高青丘，即高启，字季迪，长州人。洪武初年，召修元史，授翰林院国史编修，擢户部侍郎。放还时，逢魏观改建府治逾制，高启为作《上梁文》，被株连腰斩。

[2] "小犬无端吠流霞"这句诗，据说是高启讽刺皇子偷入宫禁，高启以此获死罪。

福彭笑道："这有什么有趣？卖弄才情，把脑袋都卖掉了，还有什么趣之可言？"

曹霑道："他的诗，我还记得几句呢！我看他的诗写得真好！像'霹雳应手鸣雕弓，桓王地下衰草白。……归来笑学曹景宗，生击黄獐饮其血！'多好的气势！真和李长吉不分上下。为什么总少有人谈论他？"

福彭道："谁提他，谁触霉头，哪个敢再提？作文学史的，落得个'随梆唱影'。比如，有人要问你，京师谁家剪刀好？你不也是说王麻子的好吗？可是你买过吗？用过吗？……还不都是人云亦云。有道是，'矮人唱戏何曾见，都是随人说短长'！"

曹霑寻思道："你说的倒也是。"

福彭又道："不说这个了。你猜猜，咱们为什么偏选今天进园呢？"

曹霑道："不是园里唱大戏吗？"

福彭回问道："是呀！可你知道今天唱的什么戏吗？"

曹霑漫不经心道："唱什么戏？还不是什么八仙过海、王母娘娘蟠桃会什么的。说实在的，我才不想看这样的戏呢。不过借此机会，能到园里玩玩罢了。"

福彭眉飞色舞地道："非也！我是听说今天奉旨，排了洪昉思老爷的《长生殿》！我们要来饱饱眼福哩！"

曹霑听了，高兴不迭道："那你怎么不早说？我把《长生殿》的本子带来对着看，多有意思！"

福彭道："这个主意倒是好！可惜母亲不让我早告诉你。"

曹霑听了，也就没有话说了。

这时，天色已经大亮。两旁街道的情况也都可以看得清楚了。见到两边的房子，都是守卫驻军，福彭和曹霑就知道，已经到了园门口大街上，因此，两人便都不再讲话了。

只听领班的轿夫叫声"换肩"，一声令下，那四个轿夫，便像一个人那样齐，"倏"地一下，就都把轿杆换过来了。福彭和曹霑坐在里面，什么感觉也没有。

走了不大工夫，领班轿夫又叫慢行、踏脚，他仔细听着踏脚的声音，听它一丝儿不乱，前后左右都很齐了，这才又发下口令来。

轿子四平八稳地停了下来。

太监过来掀起轿帘，福彭和曹霑下了轿。

现在，只有府里的太监们陪着他俩向前走去，其余的人，都留在大广场外边。

经过一排长长的朝房，便到了圆明园宫的贤良门。这门是卷棚歇山顶，内面五间，前后丹陛三出，两旁顺山朝房各五间，东西各有罩子门一间，平日匠工就从东边这座门进入。

王府太监赶上前去，到宫门值班太监面前打了招呼，报了号。

一行人便从东门进入圆明园。

踏进门里，几株大白皮松迎在对面。松树后面，便是一台比一台高的花坛，上面什么花也没有，花株上面都用泥封着。

大清早，这儿灯光还是通明透亮。太监和官员穿来穿去，十分忙碌，脸儿都一本正经。有的抱着黄包，有的提着提盒，很认真的样子，见面彼此也不搭话，可是心里都明白对面来的人是去干什么了。

曹霑这时才觉得这儿和郡王府又大不相同。他们从方砖铺地的院落，绕过花坛，又从旁门进入一个院子里面。他正在观看这院子的山石，没提防，看到一个老人向他走来。

只见这人：头戴红缨帽，身穿二品官服，脚踏挖云双梁软底朝靴。曹霑一眼就认出他是梁九功公公。

王府太监都过来向他请安。福彭拉着曹霑的手，推他向前道：

"快见过梁公公！"

曹霑连忙过来，向梁公公问好。

梁九功见了，不由分说，一把把他抱在怀里，用他的老脸，擦着曹霑的小嫩脸庞。那有皱纹的脸，搓在他脸上，觉得有几分发痒。他看到梁公公老泪纵横，抱在他身上的两手，也在颤抖。曹霑心想，梁公公是太老了。

梁九功看着曹霑，喜爱地说："这番出落得越发像你爷爷了！"

说着，梁九功强忍住热泪，对福彭道：

"世子也长得更高了。当年，奉旨到金陵迎接福晋过江北上的光景，还像昨天一般。可是，人世全变了样儿了！就拿世子说吧，已经长得这般魁梧了！"梁九功吁了口气，又对曹霑道："府上堂姑姑福晋，也是我迎接到京，完成大礼的。"说到此处，不由得双手合十，念了一句："南无阿弥陀佛！"又接着说道："我这一把老骨头，和两位小爷府上，可算得有缘的啦！但愿你们将来，也像老辈那样，为朝廷立功报效！"

福彭和曹霑都同声答应着道：

"公公快不要说这样话。请公公放心，我们晚辈决不辜负皇上的恩典！"

梁九功用两只还在打战的手，把自己身上一个小葫芦解了下来，又解开曹霑大襟上的纽扣，亲自挂在曹霑的大襟嘴上，又为他把小葫芦掖进去，盖好。然后眯着眼睛，又把曹霑端详了一番，夸赞道："我平生阅人多矣，还没见过这样的一品相貌！将来你们姑表兄弟，必是国家栋梁之材；股肱膀臂，同时出在两府，前程真是无可限量呀！"

曹霑和福彭连忙向梁九功谦逊致谢。

梁九功带他们到接应房里，给他们派茶派点心；又吩咐太监等会儿带他们到宫女善常那里，在那儿，再把他俩交给另外的宫女带进宫里去游玩。并嘱咐他俩早些回去，提防路上遇到大过会[1]，一被截住，得等好半天，乌烟瘴气，就愣眼吃尘土吧。

福彭和曹霑连声答应。

梁九功安排停当，才又抱着曹霑亲了半晌，不免又落下泪来。

曹霑断定他是欢喜过度，所以才流泪的。曹霑从小就最讨厌太监。特别是讨厌太监的声音，说话都像秋天的公鸡打鸣一样。但他今天听到梁九功公公的话，却和常人没什么两样，声音也不是什么所谓"公鸭嗓"。一般的太监都是脸上没有表情，眼睛只管溜着人看。别人还没开口，他就猜到十分；

---

[1] 大过会——各种会，如龙灯会、狮子会等，在旧历四月一日至十五日到妙峰山去朝山进香，沿途有各种表演。

别人稍一说话，他便像架势帮腔的，一句一抬。满嘴"着！喳！是！"顺口"主！爷！您！"可是梁九功公公全都没有这些零碎。所以，曹霑也着实和他亲热起来。

倒是福彭不以为意，常常冷眼看着他，觉得今天梁九功有几分异常。

这时，梁九功才小声告诉曹霑和福彭，他要到皇上面前应值去了，不再回来招呼他们俩了。由他俩自己去玩吧！

福彭巴不得他早点走开，他俩好自自在在地玩耍一番。

福彭和曹霑都立在那儿，恭送他走去。

梁九功习惯地走着大八字步，他的辫梢还拖着一大段珠线穗子，油黑油黑地迎着太阳闪光。他走过了约有一丈地的光景，又回过头来看了曹霑一眼，这才又大步走去，隐没在门里了。

善常是密太妃的宫女，她本来早就该放出去了。但是，因为太妃舍不得她，她一走了，太妃一时找不到称心的。所以年复一年，善常留下来侍奉她老人家。

善常对平郡王府和曹府的女眷，都是熟识的。所以，福彭见到她，便央求她不要禀报王老太妃，免得老太妃知道他们进宫，还要召见，受到拘束。善常笑着答应了。

善常性格平稳，体态丰满，脸如满月，眉宇堆笑。不同一般宫娥彩女惯于编派尖刻，多嘴多舌。正因为这样，梁九功才安排了她来接待他们。

密太妃在当年，也是得脸的宠妃，别的妃子至今还在嫉妒她呢。但她自知自己是位汉妃，除了容貌出众之外，娘家声望不高，兄弟们又没有见过大阵仗，立过什么汗马功劳。所以，她叫她的阿哥们，都要守本分，不要出什么差错。虽然也有人说康熙对她宠爱异常，鼓动她要和别的妃子见个高低上下，但她都没有做。因为她知道康熙的脾气，晋封只有他提出来，提出来也多半是作试探，还得几次三番推辞、谦让。真的等到封号下来了，那才算数了。要凭自己去争，必然会适得其反。

她的大儿子十五阿哥允禑，和勤太妃生的十七阿哥允礼，也都很得康熙的喜欢。允禑自康熙三十九年，就从幸塞外，以后每次都离不开他。允礼自康熙四十四年才从幸塞外，每次也少不了他。两位阿哥都是汉妃生的，都成了皇上的左右侍卫。因此，也有流言，说三道四。但密妃总是告诫允裀，千万不要作非分之想，更不要和允裪、允禵等人胡乱羼和。

就这样，雍正也还是总找她的岔子，说她没有把他的亲生母亲德妃放在眼里。不是挑她这点过分，就是挑她那点违制。

密妃本来是曹颀妻子王夫人的远房姑母。因此，她对曹家也是另眼相看的。

福彭和曹霑最怕参见她。因为那样一来，他俩就等于白来一趟，什么地方也玩不成了。因此，他们再三请求善常，不要禀报太妃，善常是个好说话的人，自然就担承下来了。并嘱咐了他们几句，又交代了小太监和宫女们，就任他俩自便了。

福彭和曹霑，辞了善常，又变着方儿谢绝了太监和宫女，走出了接应室。这回可真像插翅的鸟儿似的，准备到处去飞！

福彭对曹霑说："甩开了他们，可真不容易哩！跟他们在一起，什么兴致也没有了，不是请安，就是下跪。难道我俩到这儿是来磨膝盖的不成？"

曹霑跟着福彭一边走，一边问道："现在，咱们可以一心一意去看戏了吧？"

福彭一听，不由得笑了道："你急什么？既来之，则安之！开戏还早呢。我带你到个漂亮地方去玩玩，包你称心如意。"

曹霑跟着他穿过一带松林，来到一座宽大的庭院。前面有一道假山，挡住了他们的去路。

曹霑一看这片太湖石的石山子，有些面善眼熟，便对福彭道："这片太湖石，我见过。"

福彭哈哈大笑道："你又来了。这是你的老毛病，每到一块新天地，你就会说，好像在哪儿曾经见过。这太湖石，谁家园子里没有？你可不是见过吗？"

曹霑摇头道："不然，大大不然！你看出来了吗？"

福彭偏着头问道："看出了什么？"

曹霑道："跟我们南京驿宫花园里的太湖石山子一样精巧！"

福彭听了，在鼻子里哼了一声，摆出内行的家数来，为他讲解个不停：

"原来是这么回子事儿呀！我实话告诉你吧。这个太湖石山子，还是模仿你们那个驿宫花园里的造的呢！是把鼎鼎大名的工匠戈裕长从南方请来造的，自然是像汉府上的了。"

曹霑恍然大悟说："怪不得呢！"

福彭接着又道："这位戈裕长师傅的板眼还多着呢！像仪征衙院中间那堆石山子，也是他的活计。你见过虎丘的榭园，还有孙老太爷书厅前面的山石，也都是他一手砌造的。他的手艺可高了，连狮子林的石洞，他都看不到眼里，因为那是用条石联的。他说那无啥稀奇。只有用大小石子，随意随形，互相搭结，各出天然，才能说是得心应手、巧夺天工的杰作呢！他说只有这样，才能称得上活计。"

曹霑听了大喜道："怪不得我看着有些眼熟。原来都是出自一人的手笔呀！你要是看见王右军的字，只要是真迹，不是都像曾经见过一样吗？"

福彭觉得他说到点子上了，连忙称赞他：

"就是这话哩！只有这一带垒石，是戈老师傅的遗作。再往前走，我们还会遇到石山子，那差不多都是张涟父子的活计了。将来，你都会见到的，像那瀛台、玉泉、畅春园、怡园、御花园的石山子，多半都是他们父子垒的。本来南方的竹亭，汉槎楼的石山子，都是出自张涟的手笔，可惜事先没告诉你，所以你竟失之交臂，未曾认得出来。下回你回到南方，再去一看，便知分晓了。"

曹霑只见福彭平时光讲葫芦、风筝、刀枪棍棒……这些玩意儿，没想到他对石山子，也能如数家珍。这一席话，倒把个曹霑给听愣住了。他心想，我要一旦回南方去，不但狮子林、榭园的石山子要再去仔细看看，就是太姨住的扫花别院里的石山，也要认真地鉴赏鉴赏才是。原来好多事物，天天看见，只当是天天看不见。自己原以为对石山有满腹学问，谁知倒输给表哥这位大老粗了。

他从来没有听福彭讲过什么石山，懂得这么多关于石山的学问。可是，今天他一开口，就口若悬河，说个没完，自己反倒成了一无所知的人了。他这才正经看了福彭一眼，见他全无骄矜之气，好像自己并没有说什么，把方才的话，已经忘得干干净净了。

他俩转过石山子，福彭指给曹霑，小声道：

"你看见那边迎着太阳，闪着虹光的地方了吗？"

曹霑顺着他的手儿一瞧，只见一带竹篱里面，有好多排竹子交叉的架子，架子上再搭上竹竿，竹竿上晾晒着一绞一绞的染好的丝。那丝的颜色，特有讲究。曹霑是在丫鬟们手中看惯了的。所以，看到那由浅到深，或者由深到浅排列的丝色，一眼就看得出来。先说那黄吧，就有一百零四色，诸如杏黄、明黄、粉黄、鹅黄、姜黄、藤黄、水黄、月黄、金黄、老绸、墨绸、秋绸、银绸、泥金、古铜、蜜色、水蜜……单是秋绸和老绸两种黄，里面就又各包含十五色。再说那绿，就有一百八十一色，诸如老地绿、老葵绿、老豆青绿、老灰绿、老墨绿、老油绿、老水绿、老兰花绿、品葵绿、品地绿、品豆青绿、湖绿、品水绿、品灰绿、品兰花绿、品油绿……各种绿中又包含三色、五色、十色、十五色不等。其他各色也是几十种、百余种不等。

从这边看，一色一色地深下去；从那边看，一色一色地淡上来。真个算得上色色俱备，样样皆全。

按说，曹家的祖祖辈辈，干的事儿，也就是专门摆弄这万缕丝线儿的，也就是细细考究这个千般颜色的。全没承想，今天才真的见到了丝线绞得这么匀，色儿染得这么鲜……真想不出宇宙如此之大，人的手儿如此之巧……

曹霑只顾看着，想着，福彭早已钻到偏殿里面看绣活去了。

曹霑回头，找不到福彭，便也转身进到刺绣房里来。

曹霑原以为只有江南织造府里，才会对颜色作尽了考究，没想到在皇帝御苑里面，居然也还有个染丝作坊，盛了这么多的绣绷、工匠……

屋里很多姑娘，一个人一样穿着，没有同样的。头也是一个人一个梳法，没有一般的。个个恣意新奇，人人别出心裁。花枝招展，尽态极妍。

她们一看见有两位爷进来，便都低着头，在绣绷上用心刺绣。手中拿的，有的是牛毛针，有的是苏针，个个眼光尖利，指头灵巧，绣得煞是用功、熟练。但见这两位爷毕竟不是大人，便也不时地又偷看他们一眼。

福彭大步流星地，走向一个穿着藕荷色衣服的姑娘绣绷前站住了。

那姑娘便把头深深地低下去。她的头发又黑又亮，梳了一个高高的堆云髻，衬得那低俯的脖颈儿，益发显得白腻动人。

这时，她习惯地把针向鬓发里抿了一下，又急急地绣起活儿来。全屋里只有她用的是大绷子，几乎有一丈光景。曹霑知道她绣的是"边绷"，这个绣件，猜想必是皇后的常服。这从那水黄色的缎地上，就可以看出来的。

福彭举手仿佛是要摸她的脖颈，那姑娘立即把脖颈一缩；大概是福彭的手摸着了她，福彭的手马上又落在绣绷上了。他悄悄地把边绷捻着，便问那姑娘道："满屋子都是中绷和小绷，偏是你绣大绷子呢？"

那姑娘仿佛脖子又被他捻着似的，脸一直红到脖根。她听到福彭问她，马上站了起来，回道："爷！是！上边指名命奴才做的。"

曹霑在旁看着她的两只手，仿佛是玉雕似的，什么灰尘也挂不住，什么毛刺也挨不上，白嫩光滑。真是一朵白云，也能从这双手里绣出来。曹霑心想，这双手，只怕金凤许能比得过呢！

福彭趁着别人都低着头刺绣的工夫，顺手拂了一下绣绷，又问姑娘道："这龙眼睛，怎么不绣呢？难道怕它飞去了不成？"

姑娘轻声回道："规定这上面都得空着，过后再用一道功夫，嵌上珍珠的。要都绣完了，等尚衣正嬷嬷来过了数，有多少个眼睛，都安排好了，用几号珠子，才好按数把珍珠发下来。一个也不多，一个也不能少。到那时，才能嵌上去呢。"

福彭忽然指着一个龙头，只见那龙头的眼睛红艳艳、亮晶晶的，已经镶嵌上什么了。福彭便问道："这不是早就嵌上了吗？"

姑娘顺着他的手一瞧，那龙眼睛上，不知什么时候已经摆了一粒红豆在上面。她猛地脸儿一热，伸手就把红豆取下来，紧紧握住它，生怕被别人看见。随即说了几个字："爷开玩笑！那不是嗐！规矩是这会儿什么也不能嵌的。"

福彭微笑着，看了她一眼，扯着曹霑转身走出。

曹霑这时心里明白，那红豆定然是福彭暗中放在龙眼睛上的。他也不好问他。但他弄不明白：是表哥事先就想到会遇见这位姑娘，早就把红豆带来了呢？还是临时碰巧了呢……

他们走到路上的时候，因为风景宜人，美不胜收，曹霑就把要问表哥的事儿忘记了。随即，想看《长生殿》的念头，又钻了出来。

当年，曹寅把洪昉思接来，用自养的苏州小班，和洪老爷一起排演，氍毹毯上，两人手拿底本，一边按板，一边亲自点拨，名流咸集，少长叹服，秦淮盛事，唯此独尊。繁管急弦之中，海陆并进，杯盏交融，履舄杂陈，宾主尽欢。盘桓月余，直到歌阑舞歇，爷爷又为他酿金钱行。长亭送别，洪老先生幸得知己，乘兴归棹，行抵乌镇，不知他怎么想的，竟模仿起李太白捉月的故事，赴水投江，悄然逝去。后来，消息传到大内，康熙皇上风闻其事，急索底本呈阅。皇上阅后，不觉龙颜大喜，便命南府排练演习。从此，海内风靡，士大夫家有戏班的，只要不会演《长生殿传奇》，那就不管是什么戏篓子、戏箱子，从此都上不得台盘了。不管多红的角儿，也就算不得梨园行当的班首了。真像南迁的宋室大夫，家里要是没有兰亭石刻的，至少也得藏个定武肥本。要是两样全无，那便不能列于风雅之堂了。

曹府自然好演这出戏。但宫里到底如何演法？曹霑倒是急于想看看。

福彭带着曹霑不走正殿，却从穿堂走到戏台的后台来。箱上的，跟包的，都争着向两位爷请安。

福彭对曹霑道："咱们在台上看戏，比在台下好看多了！既能看角儿，又能看皇上。"

曹霑道："皇上今儿也来看戏？"

福彭笑道："你今儿怎么啦？还是少有的糊涂哩！皇上不看戏，谁敢在这儿演呀？"

曹霑便不作声了。

这时，戏已经上了一会儿了。场上的角儿，福彭都是认识的。他们自然也早从福彭那里打量出曹霑是谁了。只要一下场，就都向福彭、曹霑请安。

凡是和福彭拉手说笑的，曹霑就知道这些女孩和男孩都是场上的角儿的；凡是没和福彭拉手的，曹霑就知道他们是执事的小太监。

福彭和他们随意谈笑，无拘无束。那个扮演高力士的，屁股本来坐在戏箱上，他站起身来，打开褡裢，探手进去，取出一沓长方块纸片来，用力一捻，那沓纸片就变成扇状了。他一敲，那扇面又变成小的长方块了。他又一捻，又变成小一号的折扇了。他再一敲，又变得更小了。大家都笑着看着他。

待他变出最小的一号来，便走到曹霑面前，行了一个礼，拿着一张小长方块，双手献给曹霑，并且说着喜幸话道："祝小爷千祥云集，万福并臻！"

曹霑也用两手接过那小小的长方纸片儿，只见那纸片上面有一颗鲜艳的红心，他知道这是外洋的纸牌，但他还是头一次见过。他把纸牌塞在胸前，顺手就解下一个香坠儿赏了过去。

戏班里的人，都和福彭厮熟。

有的在贴片子；有的在换彩裤，系裙子；有的在扎靠；有的在勒头，勾脸。

要上场的女角儿，背着脸，背后拖着一大溜丝线穗子，从一位跟包手中递过来的小粉彩壶里饮场润喉。她呷了一口，轻轻地咳了一声，试试嗓音。回眸看了福彭一眼，忽然看见曹霑，眼光就盯着他不放……

作丑的侠官，一见到福彭，就边唱着"活捉"中的一段，边做着张文远的身段，快步走到福彭跟前：

"莫不是向坐怀柳下潜身，莫不是过南子户外停轮，莫不是携红拂越府奔，莫不是仙从少室，访孝廉封陟飞尘。"

本来这段酸文腐气的曲儿，令人难过。但由于是侠官惯耍的彩头，倒把福彭、曹霑和后台的人，都逗乐了。

侠官也正要笑，转身看见刚饮完场的秀官上场去了，便又高声唱道："黄眉喜入春多分，酒冷香销少个人。"

曹霑听了这两句词，两眼瞄着那个女孩儿上场去了，倒顿时不笑了。侠官的唱词，说是少了个人，现在前台看戏的，台上倒是多了个人。

曹霑便拉着福彭要随着角儿去看戏。福彭带着曹霑绕过后台，走到戏台侧面，使曹霑既可看到台上，又可看到台下。

正面看台，实际就是宫殿的大窗子，其他和别的宫殿并没有什么两样。只有三个大玻璃窗，对着戏台。

中间的大玻璃窗内，雍正皇帝坐在加厚的黄龙褥垫上。皇太后德妃，坐在东边的黄褥垫上。皇后虚设了一个位置，却常坐在另外一块大玻璃窗里，她并不在那里看戏，经常亲自到皇太后这边来侍奉。有时格格，就是已拟晋封为熹贵妃的，也偶尔出现在皇太后旁边。

曹霑都一一看在眼里。

忽然，福彭拉着曹霑的袖子，低声叫他看：

原来是熹贵妃带着她的儿子弘历，来看戏了。因为福彭早就听说格格要晋封为熹贵妃，对曹霑讲了，所以，曹霑也就认定她是熹贵妃了。皇后生的大阿哥端亲王，八岁时候得天花死了。格格生的弘历，是四阿哥，立他为太子，这是众人心中都有的事儿了。

不一会儿，阿哥弘昼也露了一下脸儿就不见了。弘昼的母亲，也是格格，又是汉妃。弘昼生得较迟，显然就没有弘历那么矜贵了。因此，皇上和宗人府都不属意于弘昼，倒是经常议论弘历的母亲早日晋封的事。因为她原是四品典仪凌柱之女，出身不够显赫，难服众口，只有早日晋封，对立储的事，才大有好处。

曹霑也许比福彭还想多看弘历几眼。因为弘历只比自己大几岁，而将来，他就要治理天下了。都说他智慧异乎常人，生就一副太子模样。今天第一次见到他，确实感到不凡。

弘历的头很大，戴着黑六合缎帽，朱绒红顶儿，也显得很大。曹霑知道，这是皇上特许他戴的。这种帽疙瘩，只值五百钱，但是除了皇帝，别人是不许戴的。谁要戴了，脑袋就要搬家，是决不含糊的。

这时，台上的戏，曹霑也顾不上看了。他全神贯注地看着弘历，就想在这一瞬间，能够看出他当皇上的情景和他今后支配天下的一切来。他不知怎的，忽然想到脂砚叔叔曾经告诉过他，当年爷爷曹寅讲的一件事来：

"明代大学问家何心隐，年轻时和张居正见面，何心隐便说：'将来张居正如果发迹，我必死在他手。'后来，果然不幸而言中了。"

现在，他倒有个朦胧的想法，觉得这位未来的天子，是个非凡的人物。但他对臣民，又会有一番什么作为呢？……

这时，台上已经演到《闻铃》这一折了。

扮唐明皇的明官正在道白："你听那壁厢，不住的声响，聒得人好不耐烦。高力士，看是什么东西？"

扮高力士的侠官，接着念白："是树林中雨声，和着檐前铃铎，随风而响。"

唐明皇白："呀！这铃声好不作美也！"

接着，唱了曹霑最熟习的那段。

"淅淅零零，一片凄然心暗惊。遥听隔山隔树，战合风雨，高响低鸣。一点一滴又一声，一点一滴又一声，和愁人血泪交相迸……"

曹霑和福彭听过《闻铃》，本来还想看完《仙忆》和《看月》两阕。但他俩又都还想到园里另外的地方去看看，福彭还想再到绣绷那儿去，曹霑则想去"舍卫城"转转。要是再看完这两折，就时间太久，哪儿也去不成了。所以，他两个都想走开。刚转身，忽听小太监报：

"阿哥下来了！"

福彭知道溜不掉了，便拉着曹霑的手道：

"就站在这儿参见吧！"

曹霑点点头，两人便挨肩站着。

只听一声："阿哥到！"

凡是在后台的，无管是谁，都同时跪了下来。只听领班太监高喊一声：

"免！"

大伙儿又霍地站起来。

这时，弘历阿哥已经进到后台。福彭本来和他很熟，做过他的伴读。他和曹霑都肃立在一旁，平视着他。

曹霑定睛细看，只见皇子头戴六瓣合缝贡缎便冠，缀着筒檐。帽正是一颗极大的红宝石。身服金黄蟒袍，上绣五爪满翠四团龙。缝纫都用密线，十分显眼，这就是"实行"针法；袖间都熨摺伏贴如线，旗话叫作"赫特赫"。外边已经很少看到这种针线了。他想到刚才晾丝、绣绷等情况，断定这都是宫内制作的，不是南方的贡品。

弘历阿哥并不看任何人，一眼就看出福彭和曹霑来。

福彭连忙和曹霑垂手站在一旁。待他走过来，便上前请安。

阿哥见到福彭，含笑问道："为什么不来看我？"

福彭高声回道："回阿哥，近来因座师督教极严，不敢耽误功课。只因御前上演《长生殿传奇》，座师闻知，令我等前来听戏，回去向老师讲述。故而趁王老爷回宫之便，带我等进宫。因之未敢久留，正要回城。"随即，指着曹霑道："这是我的表弟曹霑，乃江宁织造曹寅之孙、现任织造曹頫之子。"转脸对着曹霑道："快过来参见！"

阿哥没等曹霑行礼，忙说："免！免！免！"

曹霑便站在福彭旁边。

福彭十五六岁，皇子十二三岁，曹霑十岁，三人站成个"品"字形，恰巧成为一组。曹霑一直平视着皇子。他惊讶福彭的对答如流，连他自己也相信他说的，句句都是真情实话。

皇子便对曹霑道："见你秀外慧中，必承祖业无疑。长大要秀而实方可。我听见他们唱'战合风雨，高响低鸣'，所以，才走上来，稍加指点。战，应该联上句，唱作'遥听隔山隔树战'，然后再唱'合风雨，高响低鸣'。这样既遵词意，又合曲谱。你们听出来了吗？"

福彭十分流利地又回道："未曾听出。阿哥精于音律，诗词歌赋，无不熟谙。丝竹入耳，稍有差误，便能辨于毫芒。我等愚鲁无知，安能听出？"

皇子听了，大喜道："此亦无他，端在耳熟而已。"

福彭和曹霑至此，又齐声请安。正要告退，阿哥又瞄了曹霑一眼，毫不犹豫地便把腰间佩的十八子解下来，兴高采烈地赐给了曹霑。这串十八子，是用云南丽江贝峰石磨制成的。

太监、伶官们都用羡慕的眼光望着曹霑，为他高兴庆贺。

曹霑连忙双手接过来。这是十八粒的串珠子，每粒都是油光闪亮，黑得像墨玉一般无二，不由打心眼儿里欢喜，连忙佩戴身上，和福彭拜谢而退。

他俩恭恭敬敬地走出后台好大一截，才对看了一下，不约而同地都笑了。仿佛这时候才又欢跳了起来。

曹霑道："天色不早了，大表哥，快带我去舍卫城吧！"

福彭叹了一口气道："罢！今天既带你进园，就以你为主吧。沾你的光，我也去走一遭。"一把拉着曹霑，往戏台南边方向转了过去。

第十七章

慧曹霑戏谈三身法
明皇娘荣受两代香

福彭和曹霑，走着，走着，便来到一个众山环抱的地方。

淙淙的流泉声，清晰地传到耳际。福彭和曹霑转过山口，来到一处所在：万竿修竹，幽沉静谧。只觉爽气宜人，花香如梦。触入眼帘中，一片紫竹，更能引起曹霑的遐思奇想。

福彭见曹霑摇头晃脑的样儿，刚想讥讽他说："怎么样？你又该说不知在哪儿见过了吧？！"但没说出口，只看着竹林，听着鸟声，便也和曹霑一样，被这景色迷住了。

这儿除了水声、鸟声，再没有别的声音了。……真个安静得透入骨髓。

看到这儿的石刻"舍卫城"三字，便知道是到了那儿了。

再向前行，只见有两座牌楼，一座上写"乾闼持轮"，一座上写"祇林垂鬘"。

当今天下法主，文觉禅师，就住在这儿。今天，文觉禅师到城里法源寺去了，连个小沙弥也没有留下。

福彭对曹霑小声描情画景道："这就是'舍卫城'。是皇上找了文觉禅师等人，翻遍《佛国记》一类的书，远请廓尔喀名师来营造的。这婆罗树，也是海外高僧进贡上国的无上珍品！还有，这些鸣禽，也是西方佛国来的！"

曹霑听了，更觉表哥样样精通，连鹫峰、祇园的事儿，也说得头头是道。便指着竹林里的鸟儿问他道："这叫的是什么鸟儿？"

福彭眼望着在竹林中飞来飞去的鸟儿，便告诉他道："这就是辽东金翅鸟。捉来后，先放在'百鸟朝凤'那儿养着。四周用薄绫子罩住。鸟在大棚子里随意飞来飞去，直到养得驯熟，让它飞走，它们也不想飞走，再放到竹林里来，它们也就在这儿安住下来了。"

他俩一边说着，一边走着。又见两座牌楼，全是金碧照映，内外檐彩画，俱用墨绿大点金。一座上写"花戒"二字，一座上写"香城"二字。他俩走出竹林，豁然开朗，只见四周都是伽蓝庙宇。山上崖边，也都刻着佛像。山顶上面弯曲的古松，如同盘龙，歪着头向下看视。

因为这儿没有人，所以，也听不到钟声和磬声，也闻不到香烟气息。

因为虚静，两人的脚步就都慢了下来。脚步本来已经很轻，脚下又有碧草如茵，简直听不出脚步声儿来。

这儿有一种鸟，叫作"长尾巴帘儿"，从这棵松树飞向那棵松树，因为尾巴太长，飞起来也就慢慢腾腾的，煞是好看。

福彭每次进园，也没有来过"舍卫城"，只是听父亲经常说起。今天也是第一次来，所以，他看什么，也都感到十分新奇。

纳尔苏郡王对他讲过："舍卫城"是释迦牟尼生前居住过的地方。那里有个大花园，是大富商须达多和拘萨罗国王子祇陀，皈依释迦，求进天国，奉献给他的。那里有紫竹、梭罗、迦南香树、旃檀树、曼陀罗、九茎并蒂莲花……金鹿、梅花鹿……这儿就是仿着那儿造的……

有一种树，福彭说它才是真正的天竺昙花。曹霑说分明是玉兰。福彭告诉他，玉兰是先花后叶，昙花是先叶后花。曹霑听了点头称是。福彭又告诉他，现在还不到开花的时候。这花是夜间开，要看就得在夜里来。两人才怅然而去。

前边有棵菩提树，树冠好似伞盖，覆盖下来。曹霑在南京收着十八片菩提树叶子，都是蝉翼状的薄膜，上面有张二水[1]画的罗汉像。老皇上曾把龙眼菩提子赐给曹寅，叫他在南京种植。曹霑才知道，原来南京香阜寺菩提树的母本，就在这里。

菩提树下面，放着一座汉白玉的莲花座儿。曹霑瞥见，三步并作两步地跑了过来，一屁股便坐了上去。他闭住双眼，两手打着问讯。待福彭走过来，便故意问道："敢问居士，何谓三身？"

福彭也打着问讯应道："法身，报身，化身，是谓三身。"

曹霑又道："若离本性，别说三身，即名有身无智。"

福彭眨了一下眼睛，应对如流地答道："法身是自见，报身是能见，化身是所见。"说完又加了一句道："东坡居士如是说。"

曹霑睁开眼睛，看见福彭面露得意之色，便道："东坡居士曰：'一弹指顷，所见千万纵横变化，见性乃全。俱为妙用，故云所见是化身。'又云：'此喻既立，三身愈明。'其实此喻不确，三身决不能因此得明。本性无二，佛无二，如有'所见'，便是有'二'了。不身外求佛，不身外求法，合和为僧，是为三宝。著论至理，一佛尚无，何得有三？此言三者，但便宜言之耳！"[2]

福彭拍手笑道："是了！是了！闻君一席话，胜读十年书，顿开茅塞，得证凤因。我明白了。咱们在南苑看的放'合和'，我这才明白，为什么放四大'合和'了，原来是天、地、君、臣，合和为一！"

曹霑摇头道："非也！地、火、水、风为四大'合和'，岂能和天、地、君、臣拉扯到一起！……"

福彭没等他说完，便一把把他从莲花座上拉下来，笑说道："你是不是要说，大乘法容不得小乘道？走！走！走为上策！去看那边那座庙宇，多么

---

[1] 张二水即张瑞图，明代画家。他画的罗汉像，传说有避火之功。

[2] 苏东坡解释佛家的所谓"三身"：眼枯睛亡，见性不灭是法身。见性虽存，眼不具，则不能见。若能养其眼，不为物障，常使光明洞彻，见性乃全。故云：能见是报身。一弹指顷，所见千万纵横变化，俱是妙用，故曰：所见是化身。按禅宗六祖慧能的解释是这样的：清净法身，汝之性也。圆满报身，汝之智也。千百亿化身，汝之行也。

好看。此庙只应天上有的。"

两人笑嘻嘻地直往那座庙前奔去。

那座高大的殿前三个庙门，各用一把很别致的铜锁锁着。铜锁闪闪发亮，看上去如同金锁一般。

曹霑看了看那别致的大铜锁，"呀"地叫了一声道："原来这个是'九连环'，那个是'其中意'，那边那把锁叫'错中错'。[1]这没有什么难开的。"

福彭接着道："这庙故意用这特制的玩意儿锁门，就是说，只有有智慧的人，才能得进此门。"

曹霑听了他的话，点头道："这有什么？我们可以进去，待我来开它！"说罢就要去开门。

福彭还想看看别的景致，原不想进庙去看菩萨，便道："能开就算了，谁愿意进去！我们还得早点儿出园，到'绿竹别墅'去打尖[2]呢"！

说着，就拉着曹霑到"海潮音"那边去看水了。

来到"海潮音"，只觉这水特别清新，一眼可以看到水底，从水底石头缝里，便有滚珠般的水泡向上翻腾而出，一刻比一刻儿多。

福彭告诉曹霑道："这水是'福海源'。这下面有三十六泉。早、午、晚，一日三潮，也叫作'圣水三潮'。传说这里有海眼，和东海在地底下连着的。所以，东海有潮有汐，这片水也有潮有汐。"

曹霑听了，并不觉得稀奇，道："这用不着传说，地底下的水，何处不连着呢？就拿我们人来说吧，人和人要是攀亲戚的话，任是什么人，都能攀得上。江西人管什么人都叫'老表'，不是很有道理吗？南京的茶碗和北京的茶壶，本来就是一家嘛！"

福彭听了最后这个比方，哈哈大笑起来道："这是哪儿和哪儿的事呀？

---

[1] 九连环、其中意、错中错，都是民间流传的机械玩意儿，要是明白窍门，即可解开。但用这原理制造的锁，是很不容易打开的，如错中错锁，应该说是套锁。是先把外壳开了，还有另外一把钥匙来开里面的锁。但人们不习惯这种开锁的方法，开始会弄错，所以叫错中错。

[2] 打尖，是吃途中饭。

挨得着吗？你真能胡思乱想！"一边说着一边转身而去。忽然，又对曹霑喊道："你看这片水！真赛过一面大镜子！"

两人便往水边走去。

一潭椭圆形的池水，在他们的眼前平铺着。庙宇的影子倒映在里面，再清楚也没有，连匾额上的图章，都字字清晰。水里的庙宇和地面上的庙宇一模一样，只不过是倒着罢了。

他俩到水畔去照照，两人的影子都倒着。曹霑指着福彭在笑。

池子正中央，种着子午莲，莲花浮在水面上，纹丝不动。池水里没有鱼，也没有水草，更显得无限幽雅宁静。

要不是时时有鸟声传送过来，简直使人不知置身在何处！

曹霑生性喜欢热闹。除了读自己爱读的书时，喜欢独处外，就爱在人堆里转。家里只要人多，他就兴高采烈，意气风发。人一散了，他就感到惆怅无聊。秉烛夜游"金谷园"[1]的生活，对他来说，是从来不会厌烦的。可是，今天，这静静的"祇树园"，倒也吸引住了他。

福彭看见曹霑还想东张西望的样儿，便笑着顺口道：

"错把祇园当金谷，

迷离恍惚看不足。"

曹霑听他讽刺自己，笑出声来，也接着顺口溜道：

"金谷祇园皆无相，

无相难比亦难分。"

福彭哈哈一笑，拉着曹霑就往外跑，边跑边说："我可饿了！释迦牟尼圆寂的时候，有个女人看他饿瘦了，奉献一块肉给他，释迦牟尼吃了，便觉容光焕发，何况吾等乎？我们还是吃饭要紧！"

正说着，忽见一只麋鹿走来，向他俩讨吃的。曹霑浑身乱摸，也掏不出什么东西来给麋鹿吃。便抱歉对它道："下次我再来时，一定给你带吃的来！……"但带什么来给麋鹿吃，却一时想不出。正在发窘，福彭从旁一

---

[1] 金谷园，是晋代石崇的名园，以富丽著称。

把拉着他的手道："别乱许愿了，走吧！有这园子还不够它吃的？我可真饿了！"说罢拉着他又往外跑……

他俩从圆明园出来，王府的太监、家人和小子们便都迎了上来。

福彭吩咐回城，半途中，到绿竹别墅吃饭、歇脚……

圆明园外的离宫别馆，有许多名色：泉宗庙，圣化寺，万寿寺……名为梵宇，实是行宫。

有名的"勺园"，扩建为"淑春园"。另外，王爷园、贝勒园、贝子园、公主园，也很有名。朗润园、镜春园、蔚秀园、半亩园、鸣鹤园等等，也在逐年拓展修建。

原属鸣鹤园的紫竹林，正殿供奉南海观音大士，四周没有庙墙。东边紧邻佑慈宫，也就是远近闻名的"膏药庙"。庙里供的原是明朝的三位娘娘，当时就叫作"天仙圣母"。庙宇的前后转角，游廊里面的墙壁上，都画着十殿阎罗。鼎革后，便没有人再提明朝的事儿了。但三位娘娘归到哪家都不合适，遍翻道家和佛教的神谱仙牒，都套用不上。所以，就用膏药来安抚善男信女，作为万应良药。从此，才得位列仙班，有口皆碑了。

膏药庙东边，有个成府村，成府村有个风俗，每年要去京西金顶妙峰山灵感宫进香。这个村本是明朝末年开辟的，全村也就是佑慈宫庙宇的香火地。

成府村的会首，名号叫作老督管，现任执事，统共有二十人。最大的执事头目，是马长顺，他自己在家设坛，家中有个夹皮墙密室，供奉"真空家乡、无生父母"八字真言。

成府村因为挨近圆明园，所以和园内的园户们多少年来都有些拐把子联系，遂使这村的执事头目马长顺主持了佑慈宫的香火。这却不是寻常的事。

成府村每年上山朝顶会众的经营耗费，都由城里天利木厂铺掌包[1]来承担。从妙峰山回来，则都就宿涧沟王家大院。原来，这妙峰山历来都盘踞着

---

[1] 铺掌包，就是掌柜。掌握钱包或钱柜的意思，也就是经理的意思。

一些强人，再加山里伐山价卖的，都得经过涧沟这一站。"涧沟王"，就是靠山吃山起家的。

他在上边，作山里伐木窝棚的纤手；在下边，做城里木厂的纤手。木材下山，须经过他手；木厂要材，也须经过他手。他两头都熟悉，山里林木情形，虎豹踪迹，人工吃食，他心中也都有数。每年打着给膏药会打尖的旗号，就乘机收麦子，自磨面粉。因为是做善事，小户农民便都愿低价量给他，有的还不要工钱给他推磨、推碾子。人们都说他行善得福。

每年到妙峰山朝山办会的，都叫作皇会[1]。因为自来就是皇上皇后首肯的。因此，各地香会也有几百档子。

什么地方出什么会，每年都按规定，越出越奇，越练越巧。其中有特技的，就赢得远近驰名。几百里开外，提起来，都会竖大拇哥！会办也就是各乡绅董和父老执事。平日就在乡里负责断案、摊派、报销、管理、丈量、婚嫁、红白喜事等等，总之，举凡乡中大事小情，都由他们商议定夺。这些乡土风俗，由来已久，就如一贴万应膏，牢牢贴在每个乡人的身上。

香会很多。有名的五虎会，少林会，开路会，狮子会；还有杠子会，双石会，最好看的是中幡会，镗子会；传统的巧炉圣会，还有秧歌会，高跷会，什不闲，跨鼓花钹，跑竹马会，叠罗汉，大散象；还有由天津静海等地举办的馒头会，沿途散馒头给香客吃；和路灯老会，沿着山道点放路灯……这些会，年年都举办。如果哪儿不办了，大家都认为哪儿不吉利。从人们的记忆中，似乎从来也没有断过。

膏药老会，可算得久负盛名，这儿的膏药比起药铺里卖的更有名气。不光因为有病来求，分文不取，顶可人心的，还是全村大伙儿动手熬制的。用的药材原料，货真价实。当着佛前炮制，大家都信得过，绝非江湖狗皮膏药可比。每年朝山，花费一千多两白银，就是这膏药还有点用处。说是"万应膏"，倒也不假，连京都的老字号药铺天一堂，也照方配制，还定下初一、十五施舍的规矩，以广招徕。

---

[1] 皇会，也叫大过会。就是各种各样的会，联合进行，边走边表演。

这个膏药老会，因为近在皇帝身边，太监来拈香的自然就少不了。历来太监都有个拈香施助的脾气。他们平日不管对谁，都索礼敬[1]。他们每天做的，就是打点、疏通、买圆卖方、踹人家小肚子、掐人家脖颈子……就是对西天极乐世界，也不放过，千方百计也想勾搭上。因此，也用家常手段，礼敬上门疏通。当年尚衣[2]，竟能替佑慈宫的天仙圣母娘娘，说动了老皇太后，赐给佑慈宫三位娘娘九龙三层黄色曲柄伞盖，大銮驾、金执事全份，圣旨、龙旗、龙棍全份。膏药会的会首们，得了这个殊荣，岂肯等闲放过，便乘机招摇，任凭什么，都用黄色。

他们更以这份特赏，来压倒古老的少林会、五虎会。因为少林会、五虎会在会史上大书特书，怎样保过宋主赵匡胤，仿佛没有他们，就没有了大宋朝似的。他们出会，多半都穿青紧衣，头扎英雄巾，腰扎凉带，脚蹬软靴，远远涌来，连翻带滚，黑压压一片。虽说火爆有余，但却像门头沟的煤流，乌漆巴黑，难免光彩不足。哪比得了膏药老会，用九龙黄伞、龙旗、龙棍、黄罗黄盖，耀眼明光。

膏药老会每年三月十五日，在成府村太平庵吃知[3]，商定当年朝山进香发起、摊派等项会务。

太平庵内高搭席棚，把整个院落都罩住了。庵前高挂斜尖黑色大旗，白色火焰出扉，又有白色火焰号带。旗面绣北斗七星，旗杆上镶着一个金色扁形葫芦顶儿，这旗名为"七星大纛"。远远望去，好不庄严威风！

庵中建的神坛，是个纸糊的圣殿。内供纸马，彩印三位娘娘圣像。左右并列八顶纸幡，名叫"八件宝盖"。前列供桌，上陈香烛银台，还有素供一席。右设保福寺音乐大会，名堂叫作"中军钹号"。每次有人拈香，都要奏乐，笙管齐鸣，铙钹翻飞……

与此同时，便在佑慈宫里开始熬膏药三百斤。熬足火候，趁热摊在烫蜡

---

[1] 礼敬，就是敬仪、门包，贿赂的合法词。

[2] 尚衣，为皇帝管衣服的太监。

[3] 吃知，就是在会餐时，通知大家发起过会事宜。

的四方红布上面，制够十万贴，便到四月初了。

在朝妙峰山的前一天，便在太平庵安坛设驾。朝山的会众，在四月九日晚上，都得集齐守夜，不许睡觉。十日上午巳时，听到大钟寺打点了，隐隐约约也听到圆明园里时钟钟楼打点的声音，老督管马长顺一看时间到了，便和各位执事打了招呼，检查了抬筐笼子，整顿好队伍，便走到大銮驾面前，请驾起行。

这时，执事的便拔起七星纛，举旗领先，朝山队伍便启程了。随着大纛，便是金执事全副，金瓜月斧朝天镫，样样俱全。接着便是圣旨牌位，龙旗，龙棍……浩浩荡荡，蜂拥前进。

执事于得水和成云二人，手执幡旗，在前引着钱粮筐四大台；第二拨也有执事二人执旗导引，则是八挑会笼子；第三拨照样，但导引的却是老督管马长顺和大执事盛长荣护着的大銮驾。銮驾里面，便是娘娘马[1]。

今年的娘娘马，与往年一模一样，唯独中间那位娘娘的脑门上，多了一颗红珠子。这是因为马长顺今年募捐，为娘娘重塑金身之后，特意请黄村朱八奶奶来给开光，用新研的珍珠粉和着银朱，在中间那位娘娘额上点了个圆点，所以，今年纸马上，也多了一颗红珠子。抬大銮驾的八人，也都穿着黄布马褂，都是三班倒替。

接着，便是中军音乐会，笙管笛箫，腰鼓云锣，吹打弹拉，在黄尘滚滚之中，此起彼落，闹个没完……

再接着，便是三班打号的十二个人。一律穿黄色裤褂，衣袖口上，绣着红绒蝙蝠，每个蝙蝠口中各衔穗子一支，都是五色丝绒做的。号手们都用土黄巾裹头，足蹬花鞋，下扎绑腿。绑腿是又宽又长的黑白两色细布做成，显得腿胫忒粗。

号，一般都是吹的。可这个号，却是打的。与其说是号，倒像个铜锣。可是偏叫它作"号"。会中人又另有专词，管它叫作"佛耳"。四个大号，每

---

[1] 纸马，就是用木版印刷的神像，叫作马。娘娘马，就是木版制印的娘娘像。可以读作"娘娘马儿"，也可以写作"纸码"。

个重四十斤，直径二尺，沿高四寸，上面有黄线拧的提绳，穿过檀木筒里提着，以便打号人左手提号，右手拿着木槌击打。木槌头用线织成络子，上缀五色珠穗。四人同时打号，点儿相同。这也有个名堂，叫作"响殿"。号手各戴衬里袖章，黑地有白色花纹，边锁月白色狼牙。

打号手都是年轻力壮的小伙子，他们膂力充足，才能挥打自如。

号声清远，悦耳中听，声闻数里。

随着打号后面的，又是抬筐和会笼。筐边插着黄绸三角旗，旗顶铜铃随着步调"哗啷哗啷"作响。会笼一色都是黑漆上描画金花，黄铜耳饰，上插四杆黄旗，旗心四个黑绒字："膏药老会。"[1]每个挑子上，也都挂有红布掸子一把，铜脸盆儿一个……

接着，又是笼子，又是台架。后边是大批随行香客，最后是助善大车，有的是载运粮台物品的，有的是供会众轮班乘坐的。车上搭有秫秸席卷棚，每车插着黄旗，车檐贴着黄纸长条，横写着助善出车的村名，共有六十辆之多……

膏药老会每年起行，光是队伍，就排出一里开外。前锋两名会首，对几百个会规，都记得滚瓜烂熟。遇到别的会首，见面行礼，道吉祥、问辛苦，应对如流。一路上，先来后到，次序排行，喝茶打尖，诸般事宜，全都了如指掌。整个膏药老会，便在他们带领下，滚滚向前，往妙峰山进发。

福彭和曹霑从圆明园出来，没走多远，就赶上了这番热闹，挡住去路。福彭气得直骂街，曹霑倒借机开了眼，坐在轿里看得津津有味。

这些日子，京城内外的善男信女，无管贵贱老少，胸前都挂着佛珠，腕上套着香串，肩上斜挂着黄布口袋，上有"朝山进香"四个字儿，朝向妙峰山而去。不管认得认不得，见面都要说一句："南无阿弥陀佛！"或者道声："吉祥！"

---

[1] 这种"膏药老会"，是会的一种。这类的会，在解放前还有。它产生会首执事的方式是公推的，也就是选举的雏形。它摊派的情况是自愿的。不难看出，每个自然村或多个自然村，在举行宗教仪式上，或者如修桥铺路一些公共事业等项目上，都可以反映出原始公社遗留的影子来。

因为山路远，人头杂，又有大过会，在曹霑眼里，比起清凉寺的庙会，更有气势。很想也到妙峰山去大玩一番。但是，福彭告诉他，王妃决不会答应的，他也只得断了这个念头。没想到今天在路上，无意中竟遇到了这膏药会，也就格外高兴起来。

曹霑这时看到人群里一位老嬷嬷牵着一个小姑娘，身上都挂着黄布口袋，也在香客中蹒跚走着。那小姑娘身上的黄布口袋差一点儿就拖地了。曹霑不由道："嗨——！怎么不让这位老嬷嬷和小女孩儿坐车上呢？"

福彭笑道："这你就外行了！朝山进香越苦越显出虔诚的份儿，要的就是这股子苦劲儿！你没见，还有一步一叩头，滚钉板的呢。"

曹霑不解道："滚钉板？"

福彭道："就是在一块板子上，钉上铁钉子，朝山进香还愿的，光着脊梁，走几步，便在钉板上滚一下，滚得浑身出血，老佛便相信他虔诚了……"说罢不由大笑起来。

曹霑并没有太理会他这般话，管自在人群中寻找老嬷嬷和小姑娘，忽见香客中一个红脸大汉，目光如电，向他射来。他不由惊呼道："啊呀！我又见到他了！"

福彭被他的惊呼吓了一跳，忙问道："谁？"

曹霑仍然大声道："他！他！那红脸大汉，我在元宵节那天就见过他了！没错！准是他！"说着，便要下轿。

福彭一把拉住他道："你知道他是谁？"

曹霑道："正因为不知道，才要去问问！"

福彭一把将他按住道："我的好表弟！到今天，我才知道你还有一股子'愚'劲儿！你知道，这都是些什么人？都是贼！那妙峰山是出名的贼窝，和泰山斗姆宫一样出名！你要去找那样的人，我可怎么向妈妈交代呀？快回去是正经！"说着，急忙把轿帘给放了下来，好像外边那些人真的都是贼一样。

曹霑不服气道："不！我还得看看他！"

他掀起帘子向人流中看去，那红脸大汉早已不见。几十辆大车正在尘埃中滚滚向前。

曹霑若有所失地坐了下来，喃喃道："我看，我还会见到他的……"

福彭看着他笑道："是！你是会见到的！今儿晚上就能见到他！"

曹霑觉得有几分不自在，没有搭理他。

这时，膏药会终于过完，福彭迫不及待地在轿中跺脚道："快！快到绿竹别墅去！我尘土都快吃饱了！"

轿夫们急忙抬起轿子，和家人、太监、跟班，一齐向绿竹别墅赶去。

第十八章

绿竹别墅对答乞食句
仕女名姝共品双拼茶

福彭、曹霑他们一路行来，到了绿竹别墅，门上的早迎了出来。福彭、曹霑下了轿，便有小厮拿着掸子给掸土，忙着张罗为他们盥洗。

福彭高兴地问道："你们怎么知道我们要来？有神仙通知你们不成？"

门上的老太监指着在一旁傻笑的来喜道："神仙在那儿呢！"

福彭笑骂道："你这小子！回去赏你个香荷包！"

来喜忙打千道："谢小爷！"心想，还不如赏我两颗红豆呢！只是不敢说出来。随即又找补道："就是回去别忘了！"

曹霑不出咯咯笑了起来。

福彭也笑道："忘不了你！你放心吧！"

他俩一边洗漱，一边说笑。门上就要进去禀报。

福彭是常来绿竹别墅的，和上下人等都很厮熟，如同在自己家一样。他知道姑父——总督郭瑸没有回来，姑姑福晋还在宫里。因此，便告诉门上不必进去禀报，由他们自己随处乱撞好了。

他俩漱洗干净，吩咐家人小子不必跟随，都去吃饭，便直奔园里而来。

福彭带着曹霑闯进花厅，便听见一群女孩儿的笑声轰然迸发，并没有一个人知道他俩进来。

曹霑听见笑声，就高兴得不得了。这阵子的笑声，就比对他招手还更有意思。人还没有见到一个，他觉得自己早就置身于她们之间了。

福彭也摸不清，这群女孩儿干什么这般高兴？

"不是猜谜，就是联诗。能有什么事儿引得她们这等着迷？"因为刚才"舍卫城"的情景，还在曹霑的脑子里未曾消逝呢，他接着又背诵六祖坛经，道："世人外迷着相，内迷着空，若能于相离相，于空离空，即是内外不迷也……"

还没等他说完，"忽拉"一声，他俩已被一群女孩儿包围在中间了。

这个说："你们怎么连个声儿也不出，就跑了进来？"

那个说："你们从哪儿来的？往哪儿去？"

又一个说："你们为什么早不来，晚不来，偏赶着这时候来？"

只听又一个兴致勃勃地说："来吧！和我们一起玩儿吧！真好玩儿，有意思极了！"

曹霑还没弄清楚，这些女孩儿都是谁？她们正在玩什么把戏？为什么都有这么好的兴致？

桌上有个沙盘，沙盘上放着几支木笔。他没有见过"扶鸾"[1]这种玩意儿，但他听说过。他看见沙盘和木笔，心想一定就是"扶鸾"了。可是他搞不明白，这些女孩儿做这个干什么？他环顾她们的面孔，想细认认她们都是谁。

福彭拉着他过来，和众人会见。

女孩儿们无管见过他的，没有见过他的，都异口同声地叫他"占姐儿"。她们从穿着到容貌上来判断，早已断定来的就是曹霑表弟了！

福彭一一给他引见：

"这位是王姨表姐，这位是马姑表姐，袁表姐，佟姐姐，李表妹，孙表

---

[1] "扶鸾"，设坛用木笔沙盘，请神鬼仙佛降临写诗。由请鸾仙的人，照沙盘上所画，由特定的人，加以识辨，笔录下来，即成所谓鸾诗，如叶小鸾的《返魂香》。

妹，这是大表姐二格格，这是二表姐三格格……"

旁边一个女孩儿笑着接道："表妹四格格在你们家哩！"

众女孩儿"轰"的一声，又笑了起来。

曹霑明白，这原来是到了姑父平郡王的姐姐、大表姑母福晋家了。

只见福彭满不在乎，指着刚才接话的女孩儿，笑道："这是有名的杨八姐，八表姐！"

谁知，八表姐一点不饶人，指着福彭道："你才是有名的孟良呢，只可惜少了个焦赞！"

曹霑听了，不由得红了脸。

八表姐原本是没留神，以话赶话，无心中说出孟良这个典故来。在众人笑声中猛地觉着初次和曹霑见面，开这样玩笑，未免有些造次了，也不由得有几分不好意思起来。

这时，一个稍带沙哑苍老的声音，从后厅传来："你们这些公子小姐们，在乐什么呢？"

众人回头一看，原来是清客万斯同老伯，也来凑热闹了。

万斯同一见福彭，忙高兴地道："福彭世子，好久不见了！这位是……"

八表姐笑道："怎么啦？万事通老伯，连这位小爷是谁都不知道呀？"

众女孩儿笑道："那怎么还能叫'万事通'呢？"

万斯同抿着嘴，眯着眼，慢吞吞地道："我就是故意逗你们的！要是连这么一位凤凰般的公子，都不知道是谁，那我这'万事通'的招牌，真该摘了！"

福彭见他竟说得这般真，倒存心要考一考他了。因为敢断定，万斯同绝没有见过曹霑，便故意难他道："敢请万事通老伯说一说，他到底是谁呢？"

只见万斯同眼睛眯得更细了，把曹霑从头到脚地打量了一番，然后拉着曹霑的手，赞叹地道："唉——！真是有其祖，必有其父；有其父，必有其子呀！"

八表姐忙道："这还用老伯说吗？谁没有祖，没有父呀？"

女孩儿们更加哄笑起来。

福彭一本正经地道："别笑，别笑，姐姐们不要笑！请万事通老伯继续往下说！"

万斯同睁大了眼睛，转过身对着众人道："不逗你们了！这位公子是当年江宁织造曹寅之孙，继任江宁织造曹颙之亲子，现任江宁织造曹頫之继子曹霑也。"

随着万斯同说罢，一片惊叹之声代替了刚才的哄笑。

二格格笑道："'万事通'真是名不虚传呢！"

福彭笑着大声叫道："服了！敢问老伯怎么竟知道得这般详细？"

万斯同得意地道："不瞒你们这些公子小姐们说，我年轻的时候，见过他的祖父；我中年的时候，见过他的生父；这会儿我老了，见到他本人。他们祖孙三代，眉目之间一股英气，是再像也没有的了！真是青出于蓝呀！将来前程真是未可限量也。加上他和你这位世子一起前来，舍他为谁呢？"说罢轻轻一笑。

王姨表姐笑着在扶鸾桌前喊道："好了，好了！群贤毕至，少长咸集，快来接着玩咱们的吧！"

二格格便告诉福彭和曹霑，他们刚才正在扶鸾，要福彭、曹霑也来玩。

福彭迫不及待地说，他俩是来"打尖"的。从圆明园出来，遇到了膏药老会，足足等了两个时辰，什么东西都还未吃呢。

二格格听了，埋怨他早不说，早已过了饭口了，可别饿坏了！便立即指使大丫鬟翠儿到后边传膳去了。转回来又对他二人道："二位既然活似'饿虎下山'，我们也不敢强拉二位来扶鸾了。不过入乡随俗，本乡的风俗，不是对对子，就是和诗。应对如流的，有上赏；应对不上的，没得吃！"

众人听她这么说，都笑了。

曹霑大为高兴道："这有什么！姐姐仙乡有此雅俗，必当依命无违！"

二格格欣赏似的看着曹霑，却又抬头用眼睛白了福彭一眼，慢悠悠地问道："讨殿下的示下，是对歌？还是对诗？"

福彭故意做出循规蹈矩的样儿回道："微臣山野鄙夫，未谙礼数，敢请吩咐，自当从命！"

二格格轻声笑道："这在二位，如同探囊取物耳！请各吟诗一首如何？"

曹霑听了，几乎就要手舞足蹈起来，忙道："那么，便请表姐赶快命题吧！"

二格格笑得更加开心道："便以眼前为题，作'乞食诗'一首。"

曹霑听见作乞食诗，便不假思索地随口念出。

二格格用一支木笔把诗在沙上记下来；旁边一个大丫鬟，另外用纸抄下，有看不清的字，便问二格格。

只见抄在纸上的，是一首绝句：

近寒食雨草萋萋，
麦浪禾风鱼满堤。
笑语弦歌声未落，
门前几处饥儿啼。

二格格念完，众人连声说好！

八表姐敦促福彭快快作诗！

福彭说："这有何难？"便让丫鬟在沙盘上记着。

二格格接过丫鬟手中纸、笔来记，只听福彭粗声粗气地念道：

既有腰难折，
何须乞米诗？
老来意气短，
才赋归来辞。

曹霑听了，不以为然地道："翻案文章倒也使得。当年嘲笑陶渊明乞食，后来又自己失节，没有勇气自嘲自解。你何必落此旧套？"

还没等福彭回嘴，二格格便在一旁帮着解围道："好诗，好诗！有气概，有见地，便是好诗！现在酒筵排开，为两位状元'打尖'，席设'曲院荷风'。请！"

曹霑道："这名字好熟！"

万斯同道："这是西湖十景嗬！你这南方来的凤凰，焉有不熟之理？"

西郊的园子，比比皆是，一个挨着一个。它们都有一个特色，就是都在模仿江南的风景，巴不得把江南搬到京城来。陕西西安将军田常霖的"绿竹别墅"，在西郊众多园里尤以模仿南边做得出类拔萃！所以，有人就直截了当地叫它作"南园"。

曹霑进园，草草看了，便觉这"南园"得天独厚，就在它有一片好水。在北方营造园林，只要有水，就能出奇制胜。他向"曲院荷风"那边走着，顺便赏玩风景，便看出设计这园林的巧匠，很懂得在"水"字上下功夫。他很懂得：水无柳不韵，水无蓼不秋，水无鱼不欢，水无鸟不远，水无船不活，水无亭不凉，水无荷不雅，水无瀑不丽……看来这位名家，就是按照这个道理，安排得"南园"别具风韵。

二格格早在亭子里为福彭、曹霑摆上桌椅。

福彭和曹霑坐定了。

二格格便过来问曹霑道："你看这园子如何？"

曹霑笑道："人们都说勺园不俗，李园不酸，此园可谓不俗不酸。"

二格格听了，抿嘴笑道："你挖苦得我们好苦呀！"

福彭听了取笑道："不俗不酸，倒进了苦瓜园了。"众人都笑了起来。曹霑顿觉失言，脸也红了。

二格格等人都早已吃过午饭，现在只是为了作陪，才坐到桌子旁边来。

桌上早有四碟压桌小菜，摆在中央。

万斯同一见桌上小菜，感慨地道："这京城，就有这么个风气，什么都是南方的好。修盖庭园，仿南方，就不用说了。单说这吃的吧，酱肉要数'天福号'，点心要数'芝兰斋'，火腿要从金华运来，肉松要吃福建的，板鸭要吃南京的，吃豆腐要吃南豆腐，吃糖要吃南酥糖，吃醋要吃镇江醋，吃酒要吃花雕酒，吃蟹要吃阳澄湖的蟹……"

八表姐笑道："我们这会儿吃的可是胜芳的螃蟹呀！'万事通'老伯，别尽说吃的啦，说得咱们都要流口水啦！你倒说说这穿的吧！"

众女孩儿见"万事通"说得滔滔不绝，早就想笑了，经八表姐这么一讲，都憋不住了，大笑起来。

万斯同在女孩儿们的笑中，指着她们身上的穿着，数落道："看看你们身上四季穿的湖绉、宁绸、杭纺、暑纱、苏绣、湘绣、杭锦、川锦、软缎、摹本缎……连扎头的丝线，哪一样不是南方来的？"

众人更笑了。万斯同接着道："不管京城人高兴不高兴，反正好吃的、好穿的、好用的，都得由南方运来！沟通南北的运河，就是为了干这个才开通的。甚至花草、树木、石头，都得从南方运来……"

八表姐又笑问道："老伯，光从南方来，不往南方运呀？"

曹霑顺口道："哪能呢？那北方的船，就该堆成山了！"

万斯同道："曹公子说得对！南来的船，回南时把北京的特产——大官，运到南方去……"

众人听了这俏皮话，又都笑了。

正说着，婆子丫头们便来开席，把压桌小菜撤了下去，上来的是合子饭。

这合子饭是旗人的筵席，用的盘碟，都是特制的，拼到一起，就成为一种款式：有的是梅花，有的是秋葵，有的是八角……但这里面的菜，谁知又多半是南味的。如蜜炙火腿爪、凉拌枸杞头、芋芳煨白菜、鸡汤煨鸡粽……只有炸羊尾，它似蜜，才是地地道道的北京菜。

菜倒挺合曹霑的口味，可是福彭却觉得不过瘾。待到上来了"鸡皮腐竹""蒸风鹅"，他这才眼亮起来，都由他来消受了。

曹霑自以为今天走累了，吃得很香。但和福彭一比，便扫兴得很，还没吃完，便嚷着要茶泡饭。

福彭故意瞪了他一眼，嘲笑他道："你可真露怯！说真的，茶都叫屈了，茶不是这个吃法！也只有你们府上，无管冬夏，都喜欢吃茶泡饭。你就对对付付地泡点儿萝卜丝儿汤吧！"

曹霑歪着头说："鱼翅太多了，要是一色清的萝卜丝儿汤，我倒真想喝呢！"

二格格忙安慰他道："先喝一点汤，吃完了，便奉茶。前些天，杭州灵隐寺老和尚送来真正好茶，翠儿正在烧泉水呢！"

马姑表姐本来只会笑，这回倒敛住笑，说开话了："难道还有不是真正的好茶？"

二格格认真地说："就是有！不但有，而且就是假茶！"

马姑表姐分辩道："假茶还有吃不出来的！不就是用柳树叶儿什么做的吗？我们前几天还吃来着，用桃花瓣儿配上新摘的柳树芽儿。我们给它一个名儿，管它叫'争春茶'呢！"

八表姐在一旁搭腔道："那是因为配上了上等龙井，吃着自然有味！"

二格格又道："咱们生长在深宅大院，市面上的事儿，半点不知。你们可从哪儿知道的？"

曹霑听了，不觉又勾起好奇心来，便问道："市面上的事儿？请表姐给我们讲讲，好吗？"

二格格笑吟吟地看着曹霑，满口应允道："我又从哪儿得知？不过听人说罢了。是听从西边打仗回来的舅舅说的，说那边人非得吃茶助消化不可。尤其是喝奶子茶，奶子里面都得放些茶叶。往西北销行的，原本是些茶砖。北京的茶栈，赶行市，每年春天，都收购晒干了的苣荬菜，仿南方的茶砖，把它压制成饼，运往蒙古、西藏、青海一带，当作茶叶来销售。茶栈靠这无本生意，赚西北人大宗的钱，比销南方的茶还有利！"

年轻人都是头一回听到这等事。

曹霑生气道："有此等事！我可真要为茶痛哭一场了！"

福彭看着曹霑道："你的眼泪也太不值钱了！"

曹霑红着脸，转口道："不是那么说。我说的是一个真的卖不出去，百个假的却打破头。"

二格格依然笑吟吟地对曹霑道："好兄弟！识货的是有的！任凭苣荬菜钻了天，也成不了真茶树。人这种东西，是最坏不过的了。苣荬菜有苣荬菜的好处，人家也无心顶替茶叶。可是商人见利忘义，见钱眼开，用它来假冒，它原是无罪的！"

马姑表姐听了点头道："有道理！听了这话，我们更应该吃点儿好茶才对劲儿。你今天给我们什么好茶呀？"

二格格道："吃好茶，就得品味儿。性急是不行的！"

八表姐道："你可别拿苣荬菜来冒名顶替啊！"

二格格道："那可说不定！"

二格格先请福彭和曹霑漱了口，洗了手。然后，请大家坐到茶几前面，茶几上早由丫鬟们摆满了茶具。

曹霑看见翠儿在一旁扇小风炉，便连忙过去从翠儿手中取过蒲扇，替她扇了起来。

翠儿也不言语，只是笑着看他扇。

曹霑大概感到自己扇得不对劲儿，便住了手，把蒲扇递给了翠儿，坐下等着，想给她当下手。只见翠儿拿着扇子，对着风炉口紧扇了两下，就催起蓝火苗儿来了。

这儿烧茶，比汉府考究。有好多茶具，曹霑还是头一次见呢：

单说那个精巧的桃木风炉架，一边像个小茶几，一边是平底儿。平底上面放置一个生铁铸的小风炉，炉下垫着一块汉砖；上面煮水的是紫砂钵，盖子是荷叶形的。翠儿告诉他，这套东西，是觉圆和尚手传下来的。高的像茶几的那边，上面放着水斗、茶杓，下面放着茶罐。都是竹子做的。

旁边放着龙纹炭斗，装的不是松枝，而是兽炭。曹霑心想，烧茶水用兽炭，兴许是免得有烟气。

不一会儿，水开了。曹霑满以为翠儿就该泡茶了，没承想，她从从容容打开盖子，用竹水斗舀了一点冷水，加了进去，盖好，又煮了起来。一会儿水又开了。曹霑心想，这回总该沏茶了。谁知，翠儿原封原样儿又加了一次冷水。一共加了三次，这才捧出一个雪花蓝高颈瓷壶，打开盖儿，取出里面的瓷球，旋开，将叶大扁直的龙井，和小叶的贵阳山茶，用茶杓舀了放进瓷球，再将盖旋紧，放置一旁。然后，将开水冲入壶中，盖上盖。上下摇晃后，将水倒尽，再把瓷球放入，将开水徐徐冲下闷好。这时才要曹霑和她一起来试茶。

她倒了一点茶在小茶盅里，吹吹凉，送到曹霑口边，曹霑就着翠儿手，饮了一口，便点点头。翠儿笑着，自己也饮了一口，略略品了品味，拿起壶轻轻摆动了两下，向茶几前走去。

这时，亭内茶几前都坐满了。每人面前都放着一套成化蓝花盖碗，花色淡雅，花式各异。下边茶托，是雕花剔红：一朵盛开的莲花，中间形成一个包心空圆圈，盖碗就嵌放在这圆圈上面。莲花下面又有一寸多高形如倒喇叭的圆座，放在矮矮的、溜明锃亮的紫檀茶几上，衬着倒影，真个是恰到好处！曹霑心想，这种茶托，恐怕没有别家会用了。

翠儿不慌不忙地，一手拿壶，一手打开碗盖，在每人茶碗里筛了小半碗。筛完第一道，便回到炉前冲开水去了。

福彭见筛了茶，端起就要喝。坐在他旁边的三格格手快，一把按住他的手，低声道："没见过你这么性急的！你没见这头道茶，还没出味儿吗？"

福彭见大家都没动，这才伸了伸舌头，忙把茶碗放下了。

八表姐眼尖，早笑倒在她旁边袁表姐怀里了。福彭也毫不在乎地笑了起来。

这时，翠儿又在每人茶碗里筛了第二道。这二道茶冲到第一道里，茶碗内立即颜色泛金，香味四溢。大家这才端起茶托，拿起茶碗，边饮，边品起味来。曹霑更是觉得兴趣无穷。

二格格用眼睛对众人扫了一周，便道：

"这茶是'双拼茶'。龙井是制作过的，是杭州灵隐寺老方丈自己栽种的。贵阳山茶没有制作过。陆羽《茶经》上说得明白：未入谱的茶，都在山坡向阳之地，得天独厚，所以味道好，香气浓。今天咱们既有难得的名茶，又有黔江山茶。这可有个讲究呢！这茶的身份，就叫作'仙凡不隔'。这茶给神仙饮了，也算不得委屈哩！"说罢，特别瞟了曹霑一眼。

曹霑啜了一口茶，顿觉唇舌生津，一股清香，直沁肺腑。他左顾右盼，认定她们都是品茶名家。再看看那些茶具，件件都十分考究，每件事物都有个名堂。方才翠儿在烧水，不便细问；现在是吃茶，更不好问了。但从茶具上面的刻词、花纹，还是可以知道，这些都是传世的宝物。

他听祖母说过，当年有位高僧，会做竹炉。用竹炉松枝煮茶，曾请祖父曹寅到山中品尝。后来高僧死了，这竹炉下落不明。祖父曾经到处打听，那件竹炉落在何人之手，结果踪影全无。如今，"绿竹别墅"里煮茶，不用泥炉，不用铜炉，却用的是铁风炉，对他来说，也是一件新鲜事儿。

只听二格格又对大家无拘无束地说着闲话：

"……我们北京市上也有'自拼茶'。什么雅事，一到商人手里，就俗气了。有些市井俗流，既想吃好茶，又不想花大钱。商店摸透了他们的脾气，把中下茶，加了点儿珍眉茶、珠兰茶之类进去，卖中等价钱。他们管这也叫'自拼茶'。实在是鱼目混珠，和咱们这个就绝不是一码子事儿了。"

这一下，又触动了万斯同，只听他接茬道："北方吃茶，真是没法夸它。用开水冲两个红枣，也叫吃茶。到河北一带，索性把枣树叶子当茶叶喝。这实在是糟蹋了好名好姓儿。再说，南方以花点茶，也是'外江'[1]。梅花、茉莉、代代、莲花、玫瑰……只见花色，不闻茶香。这也不是正路！但比起北方来，仍有雅俗之分！"

二格格接着话茬又道："还有讨厌的呢！好多富贵之家，吃茶时，眼前摆满了'茶铺垫'[2]，什么青丝、玫瑰、桃脯、金橘、冬瓜蜜饯……摆了一大摊。哪儿是吃茶？简直是挎糖篮子呢！"

曹霑对这也有同感。他对"茶铺垫""酒铺垫"一概厌恶。认定搞这些名堂的，既不知茶，亦不知酒，可以说，都是茶和酒的大敌！因之，听了二格格的话，正合心思。

他顺着大襟环顾过去，但见坐着的众位姐姐们，个个仙姿绰约，人人云鬓蓬蓬，肌香拂拂，既有环肥，亦有燕瘦。不但不像他刚进门时觉得有几分世俗不惯之感，现在厮熟了，倒觉得这些姐姐们一个个可以说是：坐凝素

---

[1] "外江"，不是正统的意思。

[2] "茶铺垫"，当时的风俗，一些有钱人家吃茶时，要进一些辅助食物，如金橘、青丝这类东西，叫作茶铺垫。酒亦有酒铺垫。

女镜，立鸣宓妃珰；只因茶香招至，才得问盏传杯，霎时间，只觉得香分舌底，色落杯中……

曹霑一面凝神细看，一面浮想萦回，神不由主地把目光停在正对面袁表姐和佟姐姐身上：

她俩正并肩而坐，穿着一模一样的衣裳，挽着一模一样的发式，要不是一个长得丰韵些，看上去，保管都认为是双生姊妹呢。

只见她二人：一个微波远含秋水，一个眉尖近敛春山。身着绞绡稍嫌厚，臂覆红帕未觉薄。若非姐妹孪生，便是婵娟同体……这两个人在他面前不知为何，忽然合为一处，活脱脱地显出一个人来。

曹霑从两位姐姐的身形容貌，竟然看到金凤；又从翠儿斟茶，想到金凤……心想，这个北方"绿竹别墅"烧茶，文鼎山泉，竹火石烟，确乎比南方汉府考究。回到南方，定要告诉金凤，叫金凤来烧，自会更胜一等。现在大家在这里吃茶，可不知金凤在家里做什么消遣？要是她也在给老太太煮茶，该多么巧啊！那可真叫有意思……

他默默地呷了一口茶，像往常就着金凤双手呷茶一样。金凤就在眼前！含笑的双眸，正在亲热地昵视着他哩！不错，这就是那双他看惯的会笑的眼睛……不会错的！不是金凤还会是谁？

但是，金凤很快还原为两个人了。一个是袁表姐，一个是佟姐姐。

他连忙探怀，取出金表，打开一看，是申初一刻。他把这时候牢记在心里，待到回金陵时，问金凤可记得今天此时此刻，她在干些什么？

·第十九章·

献翠镯老公修来世
扎彩线少女贺端阳

到妙峰山朝山进香这几天，各路会众都齐集在妙峰山上。各会会首，抬高捧盛，熙熙攘攘，齐集一堂。

但是，有些人物是不在那儿露面的。还偏赶着这几天人少，才到沈家茶馆来喝茶。

抱琵琶的人，本来是场面上的一把手。近年来他只传艺说戏，不再上场，有工夫便练习拳术。他因为有钱有闲，便有名师自愿送艺上门。天长日久，他就自己拼凑一种拳术，名曰"大悲拳"。他自创自传。他这种拳属内功拳，套数的名色有"南海指引""善财童子""韦驮托铜""达摩面壁""天王托塔"，还有什么"九转""金翅"等路数。他传的师傅，都是以琵琶为号。要打拳的师傅，都是抱着个琵琶，先把琵琶放在墙角或树下，才鹤引熊伸，拳腿上场。

这天，带琵琶的人，在沈家茶馆靠抱柱前面的一张茶桌坐下来，照例把琵琶倚在桌腿边。

茶倌忙过来连声问好，鞠躬打千后，这才去泡他平日喜欢吃的茶。

带琵琶的人慢慢悠悠地用手摸了摸络腮胡子，把茶馆打量了一下。

茶倌见座客不多，又前来问候几句："您老人家打过几趟拳，也该滋润滋润了！"

带琵琶的人道："没什么，今天倒比往日清静。"

茶倌拿着抹布，边擦抹桌子边道："过不了两天，朝山进香的回来，就清静不了啦！"

两人说了几句闲话，茶倌便招呼新来的茶客去了。

刚刚进来的是四老爷。

四老爷是理亲王弘晳的太监。弘晳是废太子允礽的长子，郁郁不得志。近日脊背又生了恶疮，百般医治不好。太监田四便想弄两副远近驰名的膏药庙新熬的膏药，来为主子治病。借着这个由头，他便走出宫门了。因为他叫田四，人情市面上都管他叫四老爷。

京城这几家大茶馆，不管什么人都进进出出的。几品的爷台，带把的字号……但有一样，就是没有有职有权的现任官儿。

四老爷一进门，茶倌以为他还和往常一样，独占一桌。正在抹桌让座，只见他直奔带琵琶的主儿那儿，两个人在桌面上揖让了一番，便相对坐下。一东一西，上座空着。

茶倌重新泡了茶，侧目觑了一眼，看到四老爷也是出手不离三，张口不沾七[1]，心里便明白了。

带琵琶的人低声说："朱八奶奶近来烟火很盛。她老人家如今发了大心愿，要度化几位头面公公。佛前请示过，承蒙佛祖圣谕，准其所请，但不得超过八位。这八位，必得有夙因[2]的，方可度化。如有奉献，以五宝[3]为限，不得以钱粮俗物混入。"

带琵琶的人说完，用双眼眨摩着四老爷，看他心理变化，从脸上泛出什么滋味儿来。

---

[1] 手不离三、口不沾七，秘密结社中人，都是崇三，讳七。

[2] 夙因，佛教惯于说因缘。认为有心礼佛捐献的，都是有前因的。

[3] 五宝即珠、玉、金、银、珊瑚。

四老爷掏出鼻烟壶，并不敬那带琵琶的人，自管打开玛瑙瓶上的红宝石盖儿，用右手长长的小拇指甲尖儿，挑出一些鼻烟，倒在左手掌上，送到鼻头下面，猛吸起来。只听"阿嚏、阿嚏"，连着打了两个喷嚏之后，他又从袖筒里取出手帕子，擦着鼻子。擦完了鼻子，觉得眼睛也辣得有些湿润，便又擦了擦眼睛，这才把手帕子重新放进袖筒里去。

他顺手整了整衣襟，慢腾腾地说道："那年，信郡王[1]随驾阅武南苑，曾经在朱八奶奶家住过。当时，我就想佛前领法，挂号排行。后来，因为老皇帝在世时，我正派到和硕额驸府上有事，一时支兑不开，没有腾挪出来。如今，要是佛前有旨，论度化咮，就该先度化我嘛！……八位公公，我去窜说。可是，我得报个头名，挂一个首号！一时，我也没有什么可孝敬的，等我往后置办齐备，再悄悄奉送上去，还求八娘娘不嫌微薄！"四老爷只顾低着眼睛慢慢腾腾地说着。说到这儿，又连忙着重找补道："不是我要抢这个巧宗儿！倒是佛前有眼，先看到我这弟子的虔诚份儿！"

带琵琶的人听了四老爷这番话，脸拉得很长，一个字一个字往外蹦地说道："不看你有夙因，我今天还不传见你哩！"

四老爷听了"夙因"这两个字，脸上的纹路都绽开了，青灰脸上，露出得意笑容，忙又说道："这就靠诸位法师，在佛前多作美言。早挂上号，把弟子名分，排在老一辈里，取个资格，将来打查对号的，好使我得亲佛祖，早解真经。"

带琵琶的人道："这话，老佛有耳，是听得见的！你一心皈依，心诚志灵。这样吧，看你有向佛之心，我做你的引见，马长顺做你的保举[2]。要排行辈，那得看老佛的旨意了……这，自然也得看你报效的是否有些斤两！"

四老爷连连道："报效是舍得出的，报效是舍得出的！就是得给我点儿期限。……我这手上有只单镯，你别小看了……"

带琵琶的人听见献一只单镯，脸上顿时冷冷的，并不答话。

---

[1] 信郡王，多铎第三子，董额。

[2] 保举，会道门等秘密结社，大都有引见人和保举人，成为一种制度。

四老爷连忙挽起袖子，要从手上褪落镯子，嘴里还只管说："你可别小看了，这只单镯，咱们大清国不说只有这一只，也可以说是八九不离十哩！这叫作'玻璃翠'！"

"玻璃翠"这三个字，就像一记耳光般打在带琵琶人的脸上。他的脸全红了，两个黑鼻孔扇动着，出气的声音立刻听出来了。他伸手去接"玻璃翠"时，手指止不住地微微打战；由于四老爷的手指也在打战，才没有感觉到。

四老爷把单镯交给带琵琶的人之后，又掰着那人的手，向着南边亮处，照着那单镯，对带琵琶的人赞赏着道："你看，照到亮处，和透明的一般；落在手中，像一汪水一般；戴到臂上，简直是一圈儿酥油，滑腻舒适，筋骨都暖！人世间再没有第二份了。要不是佛前奉献，说出大天来，我也是舍不得的哟！"

带琵琶的人边鉴赏边小声说："这才看出你的一片诚心！这个见面礼，自会博得老佛的喜欢！我答应给你当引见！"

四老爷这才放心，长出了一口气，问道："保举人马长顺，名字我知道。可是，您，您是引见人，您的法号佛印是……？"

带琵琶的人沉吟道："这个嗯……"

四老爷沙哑着嗓子道："将来盘起道来，何人引见，何人保举，我得说清道明才行呀！"

带琵琶的人从牙齿咬出字儿来道："上文，下成。记在心里，不许外传！"

四老爷听了，左手摆出三个指头来，在桌上点了三次，便起身告辞。

带琵琶的人并不起身，只是问道："带来人了吗？"

四老爷忙回道："带了两个长随，在天宝楼看成色[1]，我到那儿，就见到他们啦。"

---

[1] 成色，银子一般都杂有锡、铅，银号做首饰的银子，都以纯度定成色作价，也就是百分比。

带琵琶的人板着脸，微微点了点头，把屁股扭了一下，算是欠身相送。

四老爷心满意足，退出茶馆，急忙到天宝楼找长随去了。

福彭和曹霑从绿竹别墅回来时，天都黑了。丫鬟们侍候他俩换了衣服，来到上房。四格格正陪着王妃说闲话儿。

四格格一见他俩，忙念了声佛道："阿弥陀佛！可回来了！"

他俩忙向王妃请安。

福彭瞅着四格格笑道："今儿可让你姐姐考苦了我们了。"

王妃见他俩脸上红红的，虽说已经换了衣服，梳洗过了，还是有风尘仆仆、疲劳过度的样儿，忙道："快坐下说！你两个也真能玩，到这个时候才回来。二格格怎么考你们了？"

福彭连说带笑地把绿竹别墅的情景，向母亲和表妹描述了一遍。

曹霑在旁道："姑姑，表姐，你们没见大表哥像老虎似的，在绿竹别墅吃饭，巴不得把盘子、碗也给吞了。"

王妃和四格格听了，都笑了起来。

王妃道："我的儿，你们怎么不早点到你姑父家去呢？"

福彭道："从圆明园出来倒是不晚，就是在路上被大过会给截住了，足足等了一个时辰也不止。"

四格格道："怪不得你们回来晚了呢，原来遇着出会的了。朝金顶的时节，我们家每年回来的时候，都有人被膏药老会截住。没想到今年轮着你们二位了，真是抱歉！"说罢，抿着嘴儿笑了起来。

曹霑道："四表姐，你也见过膏药老会出会吗？"

四格格道："没见过！母亲不让我们见，说猴脏的！说是什么香客，其实都是强盗！"

曹霑道："有那么多强盗？"忽然想起了什么似的对王妃道，"哦，姑姑，我又见到那个红脸大汉了！"

王妃听了，不觉一惊，忙问道："什么红脸大汉？霑儿，你见着什么了？"

曹霑奇怪姑姑为何这样吃惊，仍然不在意地道："我在元宵节晚上看灯的时候，就见过这位红脸大汉。我觉着这红脸大汉一定是位不凡的人，要能和他认识，一定会知道许多新鲜事儿。"

王妃吃惊地看着他，纳闷道："怎么啦？霑儿，怎么能去认识这样的人呢？……"

福彭在旁道："听他胡扯呗！霑儿就爱想入非非，不理他也就没事了！"说罢，对曹霑使了个眼色，曹霑也就不吭气儿了。

福彭接着就催饭，说今儿一天都没吃饱。王妃连忙叫丫鬟婆子开饭。

福彭狼吞虎咽地吃了起来，曹霑反倒有些吃不下去。

王妃见状，忙道："霑儿，我倒忘了，你脂砚叔从南京来了。老太太叫给你带了你最爱吃的板鸭，该开胃口了吧？"说罢，忙吩咐丫鬟去小膳房蒸来吃。

曹霑一听脂砚来了，眼睛立刻发亮，忙问他什么时候来的？

王妃说脂砚昨天刚到，是来捐班的。

福彭高兴道："脂砚舅舅来了，我们可有好玩的了！我还记得前年，脂砚舅舅来北京，带我去看戏的事儿。我看脂砚舅舅从南到北，对戏子没一个不熟识的！"

王妃点着福彭道："你就知道玩！你那功课什么的，也得抓抓紧了！你父亲也快回来了！"

四格格瞅了福彭一眼，端着碗直笑。

福彭不在乎地道："笑什么？父亲回来，大不了考我一通呗，总不会像令姐对待我们，作不出诗来不给饭吃呀！"说罢自己也笑了。

四格格更笑了："没想到我姐姐那样苛待你们！我在这儿可真享福了，舅妈把什么好吃的都给我吃！"

福彭笑道："可不？有好吃好喝的，就留给你和霑儿！我就落得个处处挨斥挨饿！"

王妃笑骂道："有你这么说话的吗？你也不看看，把你养得多高多大，要再把好东西都留给你，也太不公平了！"

福彭更觉委屈道:"看妈妈说的,明明对我不公平,还说公平呢!"说得全屋子人都笑了。

这时丫鬟端来了南京板鸭,王妃连忙往曹霑和四格格碗里夹,并连连问他们:"可口吗?"

福彭逗乐地长叹一声道:"唉——!我只有自己疼自己啦!"说罢,大箸夹菜,大口大口吃将起来。

王妃笑着偏过头来问曹霑道:"你们今天真的挨了饿不成?"

曹霑忙回道:"姑姑放心好了,哪有的事!在宫里,我们想多玩一会儿,就回避了老皇妃,生怕她老人家赐茶赐果的,我们还得磨膝盖。到绿竹别墅,那饭食又特精细。我们去的地方,是至富至贵。谁知一出了门,就成了野人啦!见到什么,想吃什么;见到什么,想喝什么!尤其是我大表哥,总嚷嚷肚子饿,没吃饱!"

王妃长出一口气道:"说的倒也是!如今还没挨饿,就这个样儿了。将来,要是军前阵上,万一受到熬苦,那……可怎么得了哟!"

曹霑笑道:"姑姑放心!任什么,总少不了我们哥俩吃的!"

福彭道:"可不是吗?"接着,用手拿起一只板鸭腿儿,吃了起来。

王妃无可奈何地指着福彭:"你呀……"又说了一句"这孩子!"笑着收住了。

吃罢饭,王妃担心他俩太累,要他们快些回屋睡觉。临行又嘱咐他俩:这几天哪儿也不许去,只在家里好好休息。

福彭和曹霑这才向王妃请了安,和四格格打了招呼,向明德堂走来。

福彭埋怨曹霑道:"你也不管对谁,就说什么红脸大汉、白脸大汉的,你要再讲下去,妈妈吓得哪儿也不许我们去了,这你才高兴哩!"

曹霑恍悟道:"亏得你提醒我,要不我还得说呢!"

福彭道:"以后我可不管你了,你自己可记着点儿!"

曹霑道:"咱俩明天找脂砚叔去!"

福彭道:"你没听妈妈嘱咐,这几天哪儿都不许去呀?但愿脂砚舅舅能来就好了!"

曹霑无精打采道："是了，是了！"

这几天，由于王妃的嘱咐，福彭和曹霑除了去书房上课外，着实在家，哪儿也没去。

快到端午节了，王府上下，都在忙着过节事宜。丫鬟们更有做不完的小玩意儿，都是用五色丝线抽扎的。北京管这些小玩意儿，有个笼统的名儿，叫作"抽猴"。曹霑兴致勃勃地在画钟馗像。

福彭学着喊散戏报的声音："新排轴子大戏——《水漫金山合钵记》！白蛇现形，青儿变脸，快去开开眼吧！"接着，拿着一张红帖子，一边喊着，一边闯了进来。

曹霑忙放下画笔，高兴地问道："哪家演？大表哥！"

福彭双手拿着红帖，故意一本正经地一鞠躬送上来道："请曹霑小爷过目！"

曹霑笑着一把把红帖抽了过来，只见上面写道：

> 细细风怀，脉脉情丝。时值曹娥负波之日，节逢龙舟竞渡之时。初陈吴中菊部，小试雅调新排。招从黄鹂歌喉，曲自樱桃绣口。敢云芹献，同沐尧霑。尚祈周郎肯顾，以正越女歌弦。

曹霑看完，便道："这倒要去看看，韵华小五爷家总会有几个好的。"

福彭看了曹霑一眼，揶揄韵华道："他家俗不可耐！他们调理不出什么好的来。好马到了他们手里也要戗毛的！"

曹霑道："这个请帖，不是写得还有三分雅呢吗？"

福彭道："那是他们家师爷李之实的代笔。这位先生是公安竟陵体[1]。不管什么都是一个调调儿，专尚空灵。一提窗前，就说什么'寒梅浮动'；一提园林，就说什么'花竹傍午'，叫人分不清是南方还是北方，并不明是早

---

[1] 公安竟陵体，模仿袁小修、袁宏道，竟以空灵相尚。

上还是晚上。龙爪槐必说'槐以龙爪';说荷花,偏说'花以芙渠';见山必说'窗入青来';见鱼必说'鳞游虚空'。自以为得诸自然,实则是矫揉造作,令人生厌!"

曹霑因为听脂砚叔叔说小五爷家的戏子如何如何好,早有仰慕之意,还是想去看看,便道:"我们也不是去谈论性灵,只不过去欣赏一些好角儿罢了。"

福彭"呸"了一声道:"角儿?个把好的兴许有,可是乱搞真牛上台,大排雄黄阵,好角儿也就无用武之地了。"

曹霑道:"听说他们家,有个南府[1]来的四春,脂砚叔叔还给他编过戏呢!"

福彭道:"兴许是。你要去,咱们就点个卯。在那儿准能见到脂砚舅舅!"

二人正说着,只见澄心提溜着一串什么小玩意儿,身影婷婷地从上房走来。

福彭一见,便问道:"你手上拿的什么玩意儿?滴溜当啷的?"

澄心轻轻一笑道:"这是姑小姐指点奴才做的,可不是给爷的!"

福彭在她脸上打了个榧子,道:"我才不稀罕这玩意儿呢!"

澄心闪了一下,嗔道:"也没见过这样做爷的!"

福彭笑道:"这就叫你见识见识!"说罢,笑着扬长而去。

澄心早就看出姑小姐四格格今后在王府的地位,大小事儿,但凡能找四格格的,总想在四格格面前多走走。

端午节眼看就要到了。澄心知道福彭从小对这些小玩意儿就不喜欢,给他做多少,也是白费心机,不是丢了,就是被小子们抢去。但表小爷曹霑却不一样。不论对谁的手艺、心意,都挺看重。澄心知道,自己的手艺,不但不如两边房里的大丫头,就连茶上来的小丫头茶仙也不如。心想,在表小爷面前,今年可不能露这个怯。因此,瞅空儿就去上房找四格格,求四格格帮

---

[1] 南府,圆明园里面承应处,后来命名为升平署。

她为曹霑做些端午节的小玩意儿。她已在姑小姐指点下，精心抽了十只小荷包。她要在曹霑面前得个头彩，便早早独自先来了。

她见福彭走了，反倒自在起来。

她把一串小荷包举在曹霑面前道："表小爷，你看！"

曹霑一看，都是粉、白绫子抽成的小荷包，每个都只有指甲盖儿那么大小，用彩色丝线连成了一串，不禁赞叹道："哟！多么精致！"

澄心微笑着道："你今年满十岁，我就抽了十个小荷包！"一边说着，一边就把它挂在曹霑衣襟的纽襻儿上，退后两步端详着。

曹霑高兴道："澄心姐姐，你可得每年端午节送我一串荷包。我每年都把它留着，一年都不差，攒在一起，攒多了，该多好玩呀！"

这真是澄心没想到的事儿，便道："这荷包有什么好留着的？你要什么好花样的，任凭你点，我即使做不出来，还可以央求别人给你做呢！"

曹霑低头看了衣襟上的小荷包，道："我就要这个，每年要一串。我用个锦匣把它装起来，摆着。"

澄心笑道："啊呀，好像小爷头一次戴这个似的。难道没听俗话说：五月的荷包，顺水漂。过了节，下第一场雨的时候，就得把它扔在雨地上。没有留着的！这是规矩。"

曹霑诧异道："怎么我不知道这个规矩？"

澄心道："历来都是这样的！小爷是贵人，每年戴一下，应个景儿，过后，自会有人替爷扔掉的，你压根儿没往心里去，早忘记了呗！"

曹霑认真道："才不呢！金凤姐姐每年过节，都给我抽荷包，我都单独留起来。别人送的荷包，可不知道都到哪儿去了。"

澄心看着曹霑，心想：原来你心中总有个金凤呀！她的眼睛一直没有离开曹霑的脸，道："金凤单给你留着她抽的荷包，所以就留下了。那些个没人留着的，还不是顺水漂了？……不是和你说了吗？这是古来的规矩！"

曹霑忙分辩道："不是金凤姐姐替我留着，是我替她留着！"

澄心更加笑吟吟地道："这又奇了，替她留着这个干什么？这又不是什么好针线，又不是什么穿纱纳锦，又不是什么妙手做不出来的活儿！"

曹霑便说出自己的想法，道："我是想，攒到我长大了，看能攒多少个？"

澄心脱口而出道："这不过是小时候的玩意儿。赶明儿你长大了，袭了功名，还能带着它上朝不成？"

曹霑漫不经心地道："我才不上朝呢！你见过转蓬草吗？"

澄心打心眼里笑道："上朝不上朝，也由不得你！天上的紫微星是玉皇安排的，人间的官禄宫[1]是由皇上安排的。转蓬草才是我们这等小民的命哩！"

曹霑还没答话呢，只听叽叽咯咯一片笑声，一群人一起闯了进来。

原来是墨香、砚侬、鸣环、红缨、文影、月奴、茶仙一群丫鬟，各自拿着自己做的小玩意儿，把曹霑团团围住，争着要给他戴上。

她们有的用汗巾包好，有的用手心捧着，有的把小玩意儿藏在背后，故意让曹霑猜是什么……真个是一窝蜂儿！

红缨告诉曹霑道："大家伙儿早都各自做好了，都想自个儿送自个儿的，谁知偏巧今儿都遇到一块儿了，就一起拿来了。"

月奴见到澄心已经在这儿了，便道："澄心姐姐，我们还到处找你，约你一起来给表小爷送小玩意儿呢！"

待她们看到澄心抽的小荷包已经挂在曹霑的衣襟上了，便惊奇道："哟！澄心姐姐做的荷包儿都戴在表小爷身上了！"

砚侬道："做的真不赖！澄心姐姐，你多早晚做的？我怎么今年就没见你做呢？"

文影看着曹霑衣襟上的荷包，打量着道："这穗儿要是绿色的就好了！"

红缨忙道："我觉着不带穗儿还更好呢！"

墨香道："别吵吵了！把咱们的小玩意儿都献出来吧！"

鸣环和月奴做的小玩意儿最多：小剑、葫芦、粽子、小钵子、小钟、小帽儿……整整一大串。

---

[1] 官禄宫，演紫微斗数，用十二宫推算人的命运。其中有官禄宫，主权力、地位。

文影抽了一串小葫芦，一个葫芦一个色，每个小葫芦里都装有雄黄和白术。

红缨把手一张，手心上托出十把小笤帚来，都是用彩线扎成的，每把长不到一寸，一反一正地联结成一排，活像一把缠着彩丝的笸子。

红缨笑道："十把小笤帚，送给表小爷扫五毒，扫得干干净净的，好过节！"

墨香笑着接道："扫了五毒，关到我这儿来！"说罢，举起用五色线扎成的一串五只玲珑剔透的小灯笼，每只灯笼里关着一毒，有蛇、蝎、蜈蚣、蜂、蜮，都是用银丝做成的，迎着光一摇动，就可以看出来，做得如同真的一样，就是比真的小巧。

双燕听见她们来了，早就出来倚着门儿看热闹，边和澄心说着话儿。这时憋不住了，也跑过来抢着看墨香做的巧宗儿。澄心悄悄告诉她说，墨香的手可巧呢，不过做不做，就得由着她了。她高兴才做，不高兴，不管谁要她也不做。

双燕夸赞了半天，回头看到茶仙提着小手绢包儿站在一旁不吭气儿，便道："茶仙，你的小玩意儿呢？"

茶仙有点不好意思地把小手绢包儿打开，却原来她用自己的头发，把好些用麦秆编的小玩意儿串在一起，有套环、方胜、万字、百福、长寿、连云、菱花、卧鱼……一个个编得小巧玲珑，精细可人。大家都赞不绝口。

砚侬一直背着手，这时也忍不住了，把藏在背后的小玩意儿托了出来。

砚侬本来就长得胖些，偏偏做的小玩意儿又都是用绒做的，做的那小鸟，绒驼驼的，胖乎乎的，和她自己那味儿，几乎没有两样。所以，她一拿出来，大家都忍不住地笑了。但等到这些小鸟儿，随着她的手，忽上忽下，飞舞起来，大家又都称为神奇了，个个惊叹不已，评她为第一，并都追问她是怎么做的？

砚侬笑而不答，连忙收起，放在锦盒里，送给了曹霑。

这些姑娘们，都把一丝一丝的丝线，一小块一小块的小绢角绸毛儿，抽成很多小玩意儿。都是越小还想小，越巧还想巧。但她们并不觉得，把心血都抽到这个上面了，只是叽叽嘎嘎，笑个不停。

曹霑突然得到这么多各色各样的小玩意儿，眼睛都不够使了。有的被她们挂到身上，有的忙着要双燕给他收起来。

这时，澄心又冷不丁儿地给曹霑取出一件东西，大家一看，是个长条折成的黄三角，便知道是符箓。那上面写着十个云头字，一般人都不认得，只有老道士把它念成："普天应元雷声普化天尊"。符箓下面缀着五只小鼓，小鼓两边有耳子，做成火焰的形状，上写四个"帅"字。

澄心道："这是姑小姐送的，是白云观老道士奉献的！"

大家一看见这符箓，都不由得肃静了一会儿。待到曹霑吩咐双燕把它另行收起，大家才又笑语喧哗起来。

月奴忽然对众人道："还有双燕姐姐的呢？"

红缨等想起来，接着道："双燕姐姐，快把你的小玩意儿拿出来让我们开开眼吧！"

双燕笑道："我笨手笨脚的，哪能和姐姐们比呀！"

砚侬道："南方玩意儿，保准错不了！"

文影道："快拿来看看嘛！在哪儿呢？"

曹霑笑眯眯地道："在这儿呢！"边说边解开上衣襟扣儿：只见一串彩色小粽子，一个比一个小，最大的也不过大拇指头那么大。最巧的是上面蹲着一只小绿青蛙，和真的一模一样，两个小黑眼睛还亮闪闪的呢，就差蛙鸣了。

大家都凑到曹霑胸前看个没完，都说到底是南方的玩意儿精巧。

双燕急了，忙对曹霑道："小爷，把它取下来给姐姐们看吧！"

曹霑满不在意地道："不用取，就让她们这样看！"他告诉大家："这粽子里面还香着呢！"

正热闹着，澄心已叫小丫头们把樱桃、广水桃、杏儿、桑葚拿来尝新。又叫拿玫瑰饼、五毒饼来应景儿。

曹霑说一个人吃煞风景，还是大家一起吃热闹。

双燕看大家互让，便伸手过去，故意抓起一把樱桃往嘴里填，逗得大家都笑了起来。大家打破了拘束，也都哄着吃起来了。

又是吃，又是笑，又是讲，又是闹，又是评论谁做的小玩意儿讲究、精巧……七嘴八舌正乱着，只听外面一声粗嗓报道：

"曹老爷到！"

众人都静了下来。

月奴问道："这是谁的声音？"

澄心道："咱们爷呗！还会有谁？"

果然，接着便见福彭笑嘻嘻地把帘子一掀，一前一后，走进两个人来。

丫鬟们见了就要躲。

脂砚忙道："不必拘礼，不必拘礼！都不是外人！"

福彭瓮声瓮气地道："曹霑，看我把谁给你带来了？"

曹霑高兴地迎上前，向脂砚叔叔请安问好。

只见脂砚老爷白净皮肤，中等身材。穿着一件湖绉小开衩长袍，上罩一件栽花云纱马褂，左边袖口卷起，露出腕上一只白玉单镯；右手拿着一柄小折倭扇，脚穿尖口皂鞋，笑吟吟地回身指着那位穿着更加花哨的青年道："他就是王宝珊！从北京到南京，没有不知道他的！他是活蜘蛛精！"

丫鬟们有不懂的，也有懂的，便知道是戏子，演蜘蛛精的，都不由得撇起嘴来。可是这位演小旦的王宝珊不但不觉得窘，反而暗暗还有几分得意！

曹霑对这位王宝珊闻名已久，这还是头一次见到，便亲热得不行。

脂砚对曹霑道："你不是要到韵华小五爷家去看戏吗？今儿就有王宝珊的蜘蛛精，先带来给你看看原形，再去看戏，就更加真切了！"说罢，不由笑了起来。

曹霑高兴道："这就走吗？"

福彭忙道："我的老弟，你也太过于性急了！不换衣服就去别人家看戏，有那么没礼貌的吗？"

曹霑笑了一下，急忙随着双燕到里屋换衣服去了。红缨、月奴、茶仙等也急忙跟了进去。

澄心对福彭道："爷！看戏热，也来换件褂子吧！"

　　福彭答应着，向脂砚、王宝珊打了招呼，便随着澄心进东屋去了。墨香、砚侬也跟了进去。

　　王宝珊这才抬起头来，把室内打摸了一遍。

　　脂砚眯着眼，微笑道："怎么样，宝珊？我姐姐平郡王府的丫鬟，还差不离儿吧？"

　　王宝珊掏出张粉手绢儿来，轻轻地揩揩嘴道："还凑合。"

第二十章

调虎离山允禵回京
池鱼遭殃李煦革职

平郡王妃近日接到郡王信，说一时不能晋京。信中，没有说更多的事，不外诸事平安，嘱咐她督促福彭兄弟们努力上进等语……

王妃反复看过，心中越想越觉没底。本来是明摆着的事：

康熙五十七年，十四阿哥允禵被命为抚远大将军，领兵西讨。十二月，上御太和殿授印，命用正黄旗纛[1]，以期威震远疆。这样一来，一旦班师回朝，自然众望所归，谁也没法和他相提并论的了。

十四阿哥稳扎稳打，虽然远征瀚海，辎重粮草的运行接济，都不便当。但他筹措有方，出师以来，未曾打过败仗。

他对平郡王十分信托，两人可说是乳水交融，合作无间。十四阿哥绝非庸碌之辈，他想的比我们远得多。他防备有人说他过分倚重平郡王，会在圣上面前吹冷风，横生枝节。因此，他捏了个词儿，当众重责平郡王。平郡王虽说受了委屈，但，不仅不怨阿哥，反而更加心悦诚服。他断定十四阿哥雄才大略，必能大有作为。从此两人更为合拍。

---

[1] 纛，就是大旗。正黄是最尊贵的。

十四阿哥常年出征，一直打得得心应手。既不夸功，又不虚报。特别注意绝不多派地方粮草。

吏部尚书色尔图，受隆科多的贿赂，故意扣压兵饷不发，想使远征将士对十四阿哥不满；都统胡希图，由四阿哥授意，索诈骚扰，军纪松弛，致使当地百姓谈兵色变。

十四阿哥得知后，上书弹劾色尔图和胡希图，康熙皇上一一降旨，对二人依法治罪。唯独对隆科多和四阿哥，没有确实证据，不能造次奏人，妄启祸端。

隆科多和四阿哥分明知道皇上派允禵出征，是使他的才干可以显示天下，将来一旦得登大宝，全国上下，没有二话可说。可是，从古至今，都是一个样儿，越是大得人心，越有人进谗。人口吹出的风，要比台风厉害一万倍。何况康熙年老，外边的情况知道得越来越少……

当年张伯行一事，就是个好例子：

苏州巡抚张伯行，一面当官，一面在紫阳书院讲论朱子道学。张伯行满口仁义道德，行的却是掘地三尺，贪赃枉法，搜刮民财。他惧怕百姓造反，成天自惊自扰，总觉有人要谋刺于他。因此，便在生员中拉拢耳目，又在市井地棍中雇佣保镖，闹得乌烟瘴气，满城风雨。

苏州地界，有个习俗，原来陕西人编得草凉帽，于春间农闲时南来，散给各户商家，作为赊欠；待到秋后，再来收款。如此买卖，早已成为定例。秋天从陕西来时，再带来皮帽，散给商家，待到明春再来收款。周而复始，多年如故。因为苏州既无麦籼，又无大草，彼此通融，可谓两利。这样，各得其所，并无矛盾。

岂知有一次，帽贩与牙人[1]因为佣金回扣，口角起来。牙人欺负外乡人，

---

[1] 牙人，即经纪人，是买主卖主的中介人，从中索取佣金。

说是海上来人[1]，散帽不要款。并言他们私定暗号，要在秋天月圆时，就像元末杀鞑子那样，以草帽为号，会合起来，灭清复明，以致市上人心惶惶；又传出什么有"叫生魂"的，也是从海上来的人施展的魔法，就是在夜间呼唤人的名字，凡被叫名，如有应者，就会被他摄去灵魂，必死无疑。张伯行听了这些谣言，信以为真，每日惶恐万状，认为早晚要大祸临头。

曹頫的舅舅李煦为了这事，身为苏州织造，不得不认真查访。结果查明并无其事，当即密奏皇上，江南才没有扰扰不宁。虽然省了皇上多少心血，李煦却因此和张伯行结了怨嫌……

纳尔苏多年追随十四阿哥，息养百姓，磨砺士气，全力以赴……如今，也成了众矢之的。一旦十四阿哥摊着祸事，咱家还会有好下场吗？……

王妃这些心里最深处的话，从来不敢向人透露，即使在纳尔苏面前也不能尽情细说。现在四阿哥刚刚登基，就把雍王府的太监撒出来，安插在各个王府大臣家中。过不了几天，又说宫里太监不敷用，再把各王府原有太监调进宫里。明眼人都能看出，雍正皇上到处安排了心腹眼线。王公大臣，都操在这一班人的手里。千万道奏折，怎能抵得他们的一句话呢？……今后的日子，可真有点儿不好过了。

王妃想到大儿子、十五岁的福彭，同时也想到寄居她家的霑儿。她想赶快安排他们从小能够厮熟。两个名门后裔，都是玻璃般精致的人儿。要使他们从小就能做到文武全才，将来才能应付那不寻常的局面。否则，便要落得半文不值，只有辗转沟壑的份儿了。

王妃想长期把霑儿留在王府，让他做世子福彭的伴读，请当代名师教他俩读书，总算做到了。福彭长得魁梧，是个好坯子。霑儿虽然长得单薄点儿，但是生来聪明喜人，长大一定会赢得主子欢心。他会有出息的！托祖宗洪福，但愿他能成器！我们曹家，就指望着他了！

---

[1] 海上来人，当时海面不靖，有倭寇，有西洋船私买米、丝、茶叶，又有外国船只运入铁机大布等，还有海盗出没岛屿之间。因此，沿海腹地居民，基于一种恐惧心理，就造出一种海上来人的说法。也有人乘机造谣。张伯行以道学闻名，身为江宁巡抚，竟然怕海上来人行刺他。

……想着，想着，王妃不由站了起来，洗过手，走过穿堂，向佛堂走去。

佛堂不大，里面挂满幡幢，非常宁静。南向一座金丝香楠雕制的观音大士像。这是一座坐像，一只手拿着宝瓶，上插杨枝；一只手作兰花式，脸上透着慈祥的微笑。

这佛堂是王妃专为自己设的。但凡遇有大小难事，排解不开，就走到佛堂来对着观音大士默默祷告。说也奇怪，只要看着观音大士慈祥的微笑，默默祷告一阵，她那烦乱的心绪，就会慢慢平静下来。

王妃走到佛堂，便有姑子迎了出来，向王妃躬身合十。王妃进到佛堂，便有侍候敬香的姑子拈出三炷香，一一递到王妃手里。

王妃拈着第一炷香，默祝纳尔苏郡王早日晋京面圣。

第二炷香，默祝福彭文武长进，福星永照。

第三炷香，默祝曹家恩宠常霭，荣华长庆，霭儿吉星高照，平步青云。

王妃敬了三炷香，心绪便觉宁静下来。

这时，姑小姐四格格，手捧黄绸包的一卷经文，轻脚走了进来道："福晋！这一卷婆罗密多心经，已经抄得了，请福晋过目！"说罢，将经文放在香案上，打开黄绸，双手取出一卷金光闪闪的长形经文，掀开捧上。

王妃双手接过，翻阅了一下，只见全篇都是端端正正的楷书，大小均匀，一丝不苟，不禁夸赞道："有笔力！抄得又快又工整！真是好孩子！你表哥但凡有你一半儿，我也心满意足了！"

四格格微笑道："舅妈夸奖了。我哪能和表哥比？表哥一天要学多少本领？我一天才抄几行经文？要抄得太不像样儿，就说不过去了。请舅妈再给我拿一本吧！"

王妃一边将经文合起，一边道："别老接着抄了，歇一会儿吧！"

四格格抿着嘴儿笑道："我还是再去抄一会儿吧！"说罢，双手合十，眼睛看着观音大士，恭恭敬敬道："抄经文可以使得甥女虔诚！甥女一面抄，一面背诵，还可以默祷菩萨保佑郡王早日得胜，班师回朝呢！"

王妃欢喜地道："真是好孩子！但愿你的虔诚使菩萨大发慈悲，保佑你舅父早日回来！"说罢，亲自从佛龛里取出经卷，拿了一本交给四格格，嘱咐道："别紧着抄，抄抄歇歇，到园子找大弦、小弦妹妹们玩一会儿去！"

四格格答应着，双手接过经卷包好，请安退出。

王妃素来就喜欢女孩儿。但与纳尔苏郡王成亲后，生的尽是男孩儿，一个女孩儿也没有。

王妃本想把苏州李煦舅舅家表弟的女儿接来府中。因为早就听说苏州织造府中的孙小姐，才八九岁光景，容貌就惊动了苏州城。人说苏州出美女，而舅舅李煦的孙女则是美中之冠。因此，王妃极思一见，想接来王府亲自教养。将来长大，亲上加亲，成为儿媳，岂不美满？但未及和郡王商量，朝廷就出了大事，老皇帝晏驾，四阿哥登了大宝，娘家这一兜，眼看就要不保，这接甥女的事儿，也就不能提了。

幸喜郡王体谅王妃，自己常年在外，东征西讨，深恐她没有女孩儿做伴，身边寂寞，就把姐姐的小女儿四格格，弟弟的女儿大弦、小弦两姐妹都接来府中，为王妃承欢膝下，消解烦闷。

四格格今年十三岁了，温柔敦厚，深得王妃喜爱，待之胜似亲生。王妃心想：大儿子福彭生性鲁莽，若有四格格这般性情的女孩儿同他在一起，方能补其所短。她本想禀明郡王，索性将亲事定了，转而一想，他们年龄还小，一提亲事，反而会避嫌，不好亲近。莫若让他们表兄妹在一起多厮熟两年，再提亲事不晚。因此，对四格格就更加疼爱了。

三月的天气，夜深了，仍有寒气袭来。

太监连忙又在炭盆中加火。

雍正批奏折，好像越批越起劲，越批越没完。这会儿他正批到有关允礽居处安置的谕旨，逐字逐句都在斟酌推敲。真个做到每下一字，都有千斤之重。

他要更妥当地处置允礽。手谕说：

　　前因兵丁蕃庶，住房不敷。朕特降谕旨，多发库帑，于八旗教场盖设房屋，令伊等居住。近看八旗兵丁愈多，住房更觉难容。现诸般待理，自应省节开支，勿涉浮泛。朕因思郑家庄已盖设王府，及兵丁营房，欲阿哥往住。今著八旗每佐领下派出一人，令往驻防，各带兵员如数。如有浮报不实之处，定加严治。此所派满洲兵丁编为八佐领，汉军编为二佐领。朕往来探视，即著伊等当差。着八旗统领会同佐领等派往。

雍正写毕，看了又看，便把"诸般待理……勿涉浮泛"那段抹掉。接着又把"各带兵员如数……定加严治"几句也涂了。在阿哥下面，加上"一人"字样，把"往来探视"改成"往来此处"。思索了一会儿，才算写定下来。最后，把兵丁营房的"营"字，又改成"住"字，方觉安心妥切。

写完，他并未下榻，顺手把麻冠正了正，脸上还带着沉思的神情，也没对什么人，只是对着空中说了声：

"叫梁九功来！"

宫内宫外都静悄悄的，只有墙上一架鸽子钟，在滴答地响着。实在没法断定是什么人听到，是什么人奉旨行事的。

但见不大工夫，门帘掀起，梁九功刚刚进门，便抢地叩头，并不起身。

雍正向地上看了一眼，便道："起来！"

梁九功这才慢慢爬起，站在一旁，用平日的姿势，听候旨意。

皇帝的话，几乎是一个字一个字地吐出来的：

"上年曹頫最后贡上来的都是些什么？"

梁九功道："不是奴才经手。那是三多经手。"

皇帝想了一下，又道："当时送的贡单俱在，贡品还都原封未动，独独虾鲞饼和鲛鱼不见了，你可知道？"

梁九功连忙又跪下回禀：

"当时郑家庄多宝来问我，说太——阿哥身体欠安，有个偏方，说是多吃虾鲞饼才好。圣祖升天了……不妨给他拿去配药。"

雍正仍然毫无表情，慢吞吞地道："那么，鲛鱼呢？"

梁九功伏在地上更低了:"阿哥听说进来人鱼,以前没有见过,也没吃过,所以想吃。奴才听了,擅自挪动。其实,也不是什么人鱼,还是普通的鲛鱼,说是东洋来的,其实,也是一样的鲛鱼。罪过都在奴才身上,奴才罪该万死,罪不容诛!一切罪孽都在奴才身上!"

雍正叹了一口气道:"仿佛就是你们惦记着他,其实朕心上何曾没有他?当时阿哥在东宫时,他对我最薄。可是,谁对他最厚?他获罪后,圣祖将他放置空屋,朕亲送鸡汤给他,看守不许,朕也毫不介意。圣祖怪罪下来,也在所不计也!这些,你是比别的奴才都知道得更清楚的!……朕念手足之情,饶了你这一遭。下去!"

梁九功连忙叩着响头爬起来,轻手轻脚向外走。刚用手掀门帘,只听雍正说了声:

"回来!"

他听了连忙转回身来,垂手站立。

皇帝停了一下,又道:"下去吧!"

梁九功一边琢磨着雍正叫他回去是什么意思,一边便走了出去。脸上的汗,就像水泼了一样。

雍正仍然木坐在那儿,一动不动。

过了一会儿,才从黄锦匣中抽出一件贡单来,上面开列的,都是些杂件。

  江宁织造奴才曹𫖯恭进单:

  鱼翅贰箱,

  金腿肆拾只,

  东洋鲛鱼拾匣,

  糟鹅蛋拾坛,

  虾鲞饼壹佰个,

  制榄脯肆瓶,

  金柑酱肆瓶,

杨楠酱肆瓶，

小菜拾陆瓶……

他看完贡单，眼睛又返回来，在鲹鱼和虾鲞饼上来回转了一下，便把这张贡单，又送进锦匣中压起来。

他又用手正了正麻冠，便拿出二十四孝图来观看。他看到"卧冰求鲤"那张图上面题着：

继母人间有，

王祥天下无。

至今冰河上，

一片卧冰模。

他想，何须解衣卧冰？人人都知道，凿冰取鱼，多么方便。诗经上已有"凿冰冲冲"的记载，可见古人早就懂得凿冰的办法了。王祥虽愚，也不至偏要以身卧冰不可呀！大概原是汉朝有个黄香，冬天为他父亲以身卧席取暖的故事，以讹传讹，就成了晋代王祥以身卧冰取鱼的故事了。后来，老百姓又常说"王小卧鱼"。唱戏的做个身段，也叫作"卧鱼"。这可以说都是错中错，楼上起楼子，越抬越高，越离越远了。

皇上觉得自身这个想法不好！认为天下事，有的可以戳穿，有的不能随意戳穿。比如：

万全县北有个糊涂庙，也不知供的是什么神。诏毁天下淫祠时，本想毁掉它，后来还是留下了。因为糊涂庙供糊涂神，才真是万全之道呢！现在，初登大宝，天下人就议论纷纷，说我察察为明，可不知道我另外还有这个诀窍呢！有时，要显示出能察秋毫之末，有时又要有故意不见舆薪之火的本事，才能做得皇帝老子……

他决定要画苑绘制"二十四孝图"，传布天下。想到这儿，心中不由记起了两句诗来：

凭高何限意，

无复待臣知。

他觉得这两句诗大有道理。高超之处，就在于在不言中说出来。

夜深了，太监又悄悄进来换了蜡烛。

雍正从黄锦匣中又抽出一张贡单，用朱笔逐条批起来。

他眼看着，江宁织造奴才曹頫跪进单这几个字，便在各款项下逐一批示：

在"匾对单条字绫壹佰副"下批道："用不着的东西，再不必进。"

在"笺纸肆佰张"款下批："也用不了如许之多，再少进些！"

在"湖笔肆佰枝"款下批："笔用得好！"

在"锦扇壹佰把"款下批："此种徒费事，朕甚嫌。倒是墨色曹扇朕喜用。此种扇再不必进。"

雍正放下笔想：曹頫年纪轻，不懂事，身旁一定有人为他出主意。虽说进的都是雅的，但也得给他点颜色看。

曹頫第一款便送"匾对单条字绫"，分明是想讨御赐匾额。他要试探试探我，对江宁织造有何举措。他家朝夕记挂的，也就是这个。倘若得到御赐匾额，就不啻为他家写了包票，不但算是吃了定心丸，还得招摇吹嘘，不可一世。他就在这个小题目上大做文章。别看他年纪不大，也还算是个老在行呢！

……人人都说我猜忌心忒重。其实，他们何曾知晓，我这皇上最怕受人愚弄。在雍王府的时候，就千方百计探察市井民情，曲巷隐微。自古当皇帝的，除了几个开国创基的，都是护养于妇女之群，受制于阉宦之辈，怎能有远见高识？如何能洞奸除弊？不过被妇女玩弄于股掌之间，为阉宦制服于宫廷之内。历数前朝，鲜有突出壳外；细按各代，几无不落窍中。鉴于前车之覆，所以要做到熟知下情，深明世故方可。臣民不以欺蒙为务，吏治自然得以清明……世人都以我动用严刑峻法，特别是对我整饬皇族，犹多飞语流言，实在不知我用心之苦也……

雍正自从继承大统以来，他就知道阿哥们心既不服，口也不服。因此，他便加紧布置，既要昭示天下皇帝大有作为，又要诸阿哥断了念头，不要轻举妄动，自找苦吃。他决定恩威并重。

第一件事，就是调年羹尧西去。降旨行文大将军王十四阿哥允䄉和前锋统领弘曙，火速还京陛见。印信暂交平郡王纳尔苏署理代行。

本来康熙病危时，已传旨十四阿哥火速回京，这是谁都知道的事。如果照旨而行，早就应该到京才是。竟至如今，连个影儿都不见。必是他得知父皇驾崩，怕我削他的兵权，故而迟迟不归。

因此，雍正手谕总理王大臣：

"西路军务，大将军职任重大，但于皇考大事，若不来京，恐于心不安。速行大将军王驰驿来京。"

允䄉接旨，只得星夜回京。待他仓促回来之后，雍正又降旨，命他留守景陵，恭待康熙灵柩奉安。奉安大祭以前，不得擅离。

允䄉自然满肚子不高兴。守在景陵，喝西北风，还不是和禁锢一样吗？说破了，就是既要他离开军职，又调他离开宗室。以防他按捺不住，一声号令，利用大将军王的现役势力，动摇雍正根基还未立稳的地位。此事对允䄉来说，在当时也是易如反掌的哩！

雍正为了各个击破允䄉这一大串阿哥们，便很大方地封允禩、允祥为亲王，封废皇太子允礽的儿子弘晳为郡王。向满朝文武、黎民百姓表明新皇上从来都是眼中只有国家社稷，宽大仁厚为怀、不记前愆的。

同时，又把孝懿皇后亲妹妹贵妃加封为皇贵妃，和妃加封为贵妃，十二阿哥的母嫔，都晋封为妃。使她们感激皇上，因而可以约束自己的阿哥，不要犯上作乱。

雍正一方面安抚住一些人，一方面也要镇压一些人。他决心拿满丕开刀。下谕立召工部左侍郎湖广总督满丕回京，听候廷鞫。

满丕是允禵的人。他捐买湖广总督的实缺，是最近的事。他曾答应给允禵三十万两白银，作为奉献。满丕到任不久，允禵急于用钱，便叫心腹太监去讨了六万两银子回来。路过扬州，不但不加检点，反而大摆排场，沿途勒索，硬要地方官长馈送钱财，招摇讹诈，不一而足。正赶上雍正继位，买官的事，露了风声，被雍正的耳目得悉，连忙密本上奏，因此要对满丕严加惩处……

至于收拾、对付阿哥们，雍正有些踌躇。他想来想去：

允禟叫嚣他有大命，看相的张德明，说他生来龙隼凤目，有非凡之相。张德明虽已伏法，允禟、允禵素有犯上逆迹，罪有应得，惩治他俩，世人不会觉得意外。但对宜妃来说，就有些说不过去了。允禟的母亲是宜妃，是父皇的宠妃。这次不但未得晋封，罪罚首先落到她家头上，恐怕天下人未免耻笑于我，并且会说朕提倡孝道不真，有心口不符之处。甚至褒奖天下大孝，并给孝子以品位，也会启人疑惑，认为只是装门面作幌子而已。……事情还不是很好办的。当然，宜妃也有把柄可抓。比如，不久前，父皇在乾清宫大殓时，宜妃生病，由四个人抬着软榻来到御前尽礼，竟然赶到太后德妃的銮舆前面去，行经朕前，翊坤宫太监张起用并未喝止，四个太监还往前抬。经朕责怪，小太监不识大体，竟然无动于衷，明目张胆径直抬向前去。可见宜妃骄横已极，将朕生母德妃全然不放在眼里。如今她的家业，已是富甲王侯，但他们还一味贪求，何曾缩手？允禟是她生的，仅受满丕贿赂一项，就是三十万两。从前皇子分封，各得银钱二十三万两，允禟一次受贿，就大大超过此数。这是已经知道的，不知道的还不知有多少倍呢……

雍正想到这里，倒有了个主意。他曾熟读《帝王宝鉴》，他知道明朝是怎么亡的。崇祯末年，不愿向皇亲国戚开刀，结果弄得上下落空，身败名裂，最后吊死在煤山上。现在，何妨先从皇室和张起用这一般太监来开刀呢？！这样做来，天下百姓也会喜欢的！取之于民，还之于民，有何不可？这样，他们就不会说我苛刻寡恩了。

他又想到，允禟的侍读秦道然，代管允禟家务，诈骗勒索，无所不至。而且胆子越来越大，胃口越来越高，既是巨富，又是巨霸。要其追赔白银十万两，着其自送甘肃充作饷银，决不为过。

还有，狗监太监，买狗卖狗，贪赃枉法，以狗媚上。要立即抄家，发配打牲乌拉。

……

雍正还在宫里特辟一个密室。凡是他认为不该留给后人的御批档案，特别是有关他和阿哥之间的档案，暂放此处。经他审阅后，都焚烧干净，不留痕迹，免得留下话柄，令后人猜测不完，说东道西……

雍正想：朕素来不记旧恶，总是宽大为怀。登基不久，就让允祹总理事务，授以理藩院尚书职位，这不能不说位高任重了。但他仍心怀不满，种种愤懑之词，溢于言表，竟然胡诌他的脑袋要搬家了！说出这等大逆不道的话来，试问，置手足之情于何地？置父母之命于何地？允礽太子废立时，阿灵阿等就私自串通诸臣，要立允禩。当时，诸王公大臣慑于允禩的势力，几乎没有异词。独有醉公礼亲王大醉入朝，听了大声说："欲保万代社稷，非立四皇子不可！"立储之议才搁置下来。礼亲王虽是一片好心，但几乎坏了朕的大事。

朕好心封允禩为亲王。他的老婆，安郡王岳乐的外甥女，素称嫉妒刁恶，居然对来贺的阿哥们说："有什么可贺的？头上加个空衔，也保不住脑袋！"

当年，允禩居母丧，故意沽名钓誉，过了三个月了，还着人挟着走路，以显示自己符合古人所说"哀毁骨立"的说法。允禵、允禟、允䄉故意为之声扬，要使内外周知。还大张旗鼓地亲自给他送吃的，弄得朝野上下，满城风雨，实在是借此酒筵联欢，互通声气，故意气我！是可忍，孰不可忍！

雍正想到此处，不由得脑袋鼓胀起来。他想：

三国时代，曹植恃才傲物，吴质这些人，又从中包围，司马认为有机可乘，因而坐大……燕王一介武夫，对方孝孺说："我们朱家的事，关你甚事？"……如今阿灵阿、揆叙、王鸿绪之流，文不如吴质，德不如方孝孺，只是官迷心窍，乘机窥伺，只图一朝得逞，便可以元臣自命……此等逆迹种种，岂可听之任之……

雍正想得太多，批得也太多，脑袋更大了！但他不愿被太监们觉察到，还在支撑着。烛影摇摇，钟声哒哒，使他心绪越发烦乱……

他想父皇三次立皇后，都未享天年。我的生母在康熙二十年就晋封为德妃……我母应主中宫，也是天意所在。大阿哥早殇，二阿哥早废，只有三阿哥允祉，昵近陈梦雷、周昌言……他生性乖戾，逸荡放佚，怎可当此大位？天命所归，舍我其谁？这暗中都有算盘在拨上拨下……此乃天也，非人力所能为也……

想到这是天意、天命所在，他又觉得心中稍得宽慰，因为人是不能与天争的！……

现在，他是一国之主。他用的笔，也是竹子和羊毫做的。他用的朱砂，也是工匠滤淋出来的。这些笔和朱砂，王公大臣也是照样用的。但他写的一横，一竖，一点，一撇，荣枯生死，都在其中了。就因为他贵为天子！

雍正在养心殿，日夜连下手谕，有的批示长达数千言，有的只写"朕知"二字。虽然，现已更深夜静了，他还没有丝毫睡意。他自继位以来，几乎天天如此。

他每到夜晚，精神特好，思绪有如泉涌。前前后后的事情，汹涌而来，都浮现在他眼前笔底，等着他来部署，都要由他做出决断！

雍正批了这些，又批那些，确实感到有些疲倦了。他的眼光不知不觉地又落到了黄锦匣上，不由得伸出手去，从匣中取出一叠康熙的批折来……

早些日子，雍正曾经手谕诸王公大臣内外官员，凡父皇一应朱批谕旨，俱须封进。凡有隐匿烧毁者，坐罪不赦。目前封进的这批奏折，已经堆积如山，花费十年也阅览不完。他只好抽查抽看。在抽查的这批中，恰巧有苏州织造李煦的一批奏折。

以前，他在李煦封进缴回的朱批里，常常看到康熙批语：

"凡有奏帖，万不可与人知道。"

"不可令人知，小心！小心！"

"如要被人知道，你就完了！"

"…………"

因此，他一看李煦的奏折，就看得特别仔细、用心。他能看到康熙御批里面的话中之话，理中之理，情中之情……

当然，有些事，雍正也不能叫人知道。但是看到李煦奏折中自己承认：自康熙五十三年到五十九年止，共该存剩白银三十二万两有奇，未曾进缴。

上奏折中只说："因历年应酬众多，家累不少，致将存剩银两借用。"

雍正认为真是岂有此理！这样站不住脚的话，也肯老着脸皮说出来，上奏父皇御听，真是贪而无厌，得陇望蜀。

雍正连忙又翻阅另外一折，折上说：要求恩赏浒墅关十年，每年愿进银五万两。

雍正心想，说的比唱的还好听！吃进嘴的肉，还能吐出来吗？不过说说罢了，其实是想长久占有。父皇是怕他窟窿越来越大，将来弥补无方，经人一参，没法圆通，才没有答应下来。仅此一端，就足够惩治他的了！

至于要和曹頫重修天宁寺佛像，这也是做纲做由，以修像为名，巧取民财，私发库银，以饱私囊。这些瞒不了人的老把戏，一演再演，这种人是绝不能轻易放过的。此中奥窍，朕是熟知的！

雍正越看越气，头痛病不觉又犯了。他心情烦躁，立刻批谕：

"李煦即日办理交接，追退亏空银两！"

他丢下笔，心情稍为松活一些。他看见砚台旁边有一方父皇的小印，上刻"为人君止于仁"六个字。他从来没有启用过它，今后也不想启用。但对这六个字，还是有些心满意足。

这时，太监走来剪烛蕊，也就是无言地奉劝皇帝，该安歇了！

雍正皇帝动了一下，做出要下榻的姿势……太监们知道皇上要就寝了，外边的侍奉太监，便都准备着，但他不自觉地又正了正麻冠……

第二十一章

玉如意兄弟藏心事
雌雄剑公子谐情怀

雍正皇帝和十四阿哥允禵，都是德妃所生。雍正是头生，中间的允祚，六岁便死了，最末的就是允禵。他比雍正小十岁光景。

德妃为人端凝贤淑，很得康熙敬爱，所以赐名德妃。但因她出身不高，是护军参领威武的女儿，姓乌雅氏。康熙二十年（1681）晋封为德妃后，就再没有晋封过了。其实，康熙没有再晋封德妃，还有一重深意，因为德妃为人忠厚，不是其他嫔妃的对手，不在名义上晋封她，反而使她不遭人妒，能在宫中平安相处。

康熙三次册立皇后，都相继早丧。其他爱妃都是汉人血统。康熙恪于祖宗家法，和宗人府不易议处，所以册立皇后和立太子一样，都搁置了下来。

德妃最喜爱小儿子允禵。因他自幼生得英武聪慧，长成又是知书识礼，武功超群。康熙自从废了太子允礽之后，便有心处处培植他，想使他将来得继大统。光景她是看在眼里的。但这层意思，关系重大。大儿子胤禛，年逾不惑，他也早已有成竹在胸。这些年来，他经常微服出行，结交些江湖壮士、和尚、老道、巫师、星相之流，处心积虑，一心扩充自己的势力。

康熙当年把圆明园赐给雍亲王四阿哥，同时又命贝子十四阿哥代上出征。出征时，康熙亲御太和殿，特赐十四阿哥用正黄旗纛，亲颁抚远大将军印信，和御驾亲征一般隆重。

因此，胤禛和允禵都自觉高人一等，两人身后也都各有满汉大臣出谋划策，泼雨吹风，明里暗里，扩张声势，都想先发制人。

德妃虽然居处深宫，但从允禵的心腹太监那里，也早有风言风语吹送进来。比如：允禵听信看相的张恺，说他也有九五之数，龙飞之兆。又听说年羹尧，在军中养了净一道人和谋士邹鲁，不但自己的起居休咎，要咨询他们，甚至出兵战阵，也要以他们的占卜算卦来取决……祖宗家法：后妃不许干预国家大事，但这事又都关系到自己所生之子，这就使她格外地为难了。她既不能向康熙皇帝进言，也不能规劝自己的阿哥。她深知，只要她一张口，不但没有丝毫益处，反而会落个粉身碎骨的下场。

她也知道，康熙宠爱的宜妃，多年来和她明争暗斗，是最激烈不过的。宜妃的儿子九阿哥允禟，仗着他妈妈被康熙皇帝宠爱，妄想自己被立为太子，也是万般钻营，百般策划。汉大臣王鸿绪等人，都捧着他。汉军旗嫔妃生的阿哥，就有十二个之多，这些嫔妃也都围在允禟左右，和他扭成一股绳儿。八阿哥允禩，想当太子，已经到了肆无忌惮的地步……但她从不利用自己的得宠，在康熙耳边进言，总是闭口不问朝政。因此，更博得康熙的敬爱。

康熙在前年，召允禵来京，面谕他好自为之。这便是皇上自己感到年老体衰，要把大位传给十四阿哥的意思。

德妃爱幼子心切，对此等大事，自是早在心中盘算过的。

康熙皇帝召见允禵后，曾经召集王公大臣，宣谕已有遗诏书写明白，自兹以后，诸王公大臣不必再行议及立储之事，届时自会布告中外，天下周知。

康熙降下这道御旨后，随即驾幸德妃宫中。

德妃虽然深知礼仪，绝不稍加询问。但在言语的细缝中间，难免也为十四阿哥操心，试探皇上的真意：

"十四阿哥年纪到底轻些，西边担子重大，时间久了，阿哥怎能担待得了呀？"

皇上听了这种妇人之见，大笑不止，便说：

"尔后还有更大的担子，等着他挑呢！只要他在西边做得好就行！"

本来德妃应该装作什么也没有听明白才对，但事关爱子升沉，也就顾不了许多了。听了皇上对十四阿哥的这番话，意有所指，不由自主地双膝跪在皇帝面前，感动得浑身颤抖起来。

这时，她泪流满面，一时竟站不起来了。她匍匐在皇帝脚下，不敢仰视，连连叩头。

康熙不但未曾恼怒，反而轻轻扶她起来……

德妃为了感激皇上对她母子的恩典，重又大礼谢恩！

她知道允禵替父皇西征，干得不错。西北军民都有口皆碑，说他既能带兵，又能爱民。他要继位，朝野上下，没有二话可讲，公认为上合天理，下顺舆情。……看来，这事是定了。

哪儿知道，一夜之间，大好的事儿，变成了最坏的事儿。康熙皇卜突然驾崩，大儿子胤禛和隆科多，多年酝酿，乘康熙临危传召十四皇子之际，改传四皇子，唾手而得天下。德妃事先蒙在鼓里，事后又无能为力。如果胤禛坐定了，不再猜忌允禵，倒也没有什么。但偏偏他要收拾他的亲弟弟，和允禵势不两立。

按理说，康熙晏驾，雍正执掌江山，德妃应该高兴才是。因为，自康熙二十年她由宫嫔晋封为德妃后，四十年来，连个皇贵妃的称号也没得着。现在亲生的阿哥坐了天下，自己就是当然的皇太后了，还有什么荣华享受不到呢？……谁知，德妃的心思，全然不在这上面。胤禛、允禵都是德妃亲生，做妃子的，难得连生三个男的。中间那个死得太早，剩下这两个，都是百里挑一的人物，实指望他两个一荣俱荣，和好相处！可是现在，顾得了这个，就顾不了那个。而她又是偏偏疼爱十四阿哥的。因此，她心中不乐，终日怏怏，不久，便得了重病。

德妃自知在人世的时光，不会太长了。在临死之前，总想找出一个万全之策，保住十四阿哥的身家性命才好！

现在，十四阿哥已经被雍正从西北召了回来。德妃知道，雍正定要放不过他的。怎样保住小儿子？这是她头等揪心的大事。这比刀砍在脖子上，箭射在心口上，还难以忍受！

她整天饭也吃不下，觉也睡不着。两只深陷的眼睛，显得更大了……

德妃的心腹宫女善真，看在眼里，想在心上，决心冒万死向德妃献策：

莫如将老皇上临终前砸隆科多断成三截的玉如意交给十四皇子，向十四皇子说明缘由，捏住当今皇上的把柄，皇上就不能把十四皇子怎么样了。

德妃一听，大惊失色，连呼：

"我的儿，你不要命了？怎能说出此等大逆不道的话来！"

善真连忙叩头，口称："奴才罪该万死！罪该万死！请娘娘发落！"

德妃瞪着两只大眼，愣了半晌，不觉泪如雨下，失声痛哭起来。

她想，两个都是自己的亲生骨肉，都是老皇上看中的皇子。如今却像乌眼鸡一样，谁也休想容得下谁。他想吞他，他想灭他，互不相让！我这做母亲的，要是把玉如意交给了允禵，不但不能使他们和解，反而使他们之间的弦儿绷得更紧，弓拉得更满了！……可是，要不把玉如意交给允禵，我那小儿子就得被他哥哥任意宰割了……天哪！我怎么恁般命苦？老皇上呀！快把我收去吧！我实在受不了啦……

善真见娘娘这般痛苦，心如刀绞，跪着向前，低声禀道："事不宜迟！十四皇子刚刚回来，就被皇上圈在景陵了。娘娘欠安，想见见十四皇子，亦是人之常情。请娘娘火速定夺！"

德妃六神无主道："皇上能让十四阿哥来见我吗？"

善真道："皇上孝道为先。只要娘娘执意要见，没有不应允的！"

德妃长叹一声："罢——！叫王太监来吧！"

善真答应着，急忙退去。

德妃极度衰弱地倒在榻上。

福彭和曹霑从圆明园回来之后，放风筝的瘾早过去了。用曹霑奚落福彭的话来说，叫作"舍文就武"。

这些日子，福彭和曹霑，一脑门子扎在了剑术上。论剑、练剑、比剑不说，还要找人铸剑。

物以类聚，人以群分。福彭又为曹霑结识了一些玩剑的公子哥儿，经常聚集到制造有名的"女儿剑"的桑家。

这一天，韵华小五爷来找福彭和曹霑，去西直门外二妞家里，看看定做的雌雄剑做得了没有。

本来，在京师制剑的名家并不很多。现在居然有女孩儿造剑，这就更觉稀奇了。

二妞的父亲桑格，是驻守圆明园的八旗步兵，是个祖传的铸剑名手。凭这份手艺，传到了年大将军耳朵里，很快就来征调他。桑格不想当官，更不愿离开妻女到西北去。因此，就没有应允。谁知没多久，在一个夜晚，几个兵丁突然破门而入，把桑格抓了就走。从此，音信全无，生死莫卜。

桑格妻子悲痛之余，生活无着，便央人把大女儿大妞引进圆明园内宫里的刺绣房去做绣活儿。自己带着小女儿二妞，把当年帮着桑格铸剑的手艺拾起来，打制匕首出售。

因为是她和二妞打制的，被一些王孙公子买到，佩在身上，互相夸耀。一传十，十传百，都争相购买。从此，有了本钱，桑妈妈就带着二妞冶制起宝剑来。有的文人墨客，便拉扯上"干将莫邪"的故事[1]，投诗作赋，把桑妈妈比作眉间尺的娘，把二妞比作造大钟的金钟娘娘……吹嘘捧场，不遗余力。

外边好事的，把她家造的剑，起个诨名，叫作"女儿剑"，惹得一些浮华子弟，更加想入非非，都想人手一柄。

二妞母女，既不想多造，也不想赶制宝剑，因此未免供不应求。物以稀为贵，竟尔有人炒买转让，身价越发抬高。二妞小小年纪，从此远近都很驰名。

桑妈妈原来只是想借此找点活路，没想事到如今，竟没法收摊子了。

---

[1] 干将、莫邪，是古代一对雌雄剑的名称。

只得提高价格，规矩越讲越苛，不但要自备精铜、锡、银、高炭、山西大砟……还要相请相商，才能接活，绝不当作买卖交易来看待。

桑妈妈声称：只管打好刀口，不讲花哨。凡是指明在剑柄、剑套上面做文章的，如镶嵌宝石、珍珠、玛瑙等物，都得事先自行配好。条件如此苛刻，要价又如此昂贵，却还有些瘟牲，硬是要借机献宝，故意多备副品，用作打点，而且心甘情愿，自己把话早已说在前头：

"万一火头大了，或者没收好，丢失了什么，也不碍事。这儿早备有副品，原是不消拿回的。只要镶嵌得漂亮，打眼就行。总之，只要做得压过先前所做的，什么东西都肯出的！"

因此，二妞家除了卖剑之外，外快推也推不出去，日子也就越来越好过。只有一样不好办，那就是门槛子垫高不起来。店铺不像个店铺，公馆不像个公馆。

大妞在宫里做绣活儿，逢年过节，有时也会回来。二妞给娘当助手，来人也只好抛头露面，没法回避了。天长日久，也就接活、定活，议价做主，虽说是个小姑娘，倒也有了成人的本事了。

韵华、福彭、曹霑，带着家人小厮，来到二妞家鉴赏韵华定做的美剑。虽说尚未做成，只是把开炉的日子才定了下来，他们也愿意前来看一看。

桑妈妈见三位公子到来，赶忙张罗倒茶，摆上茶铺垫，有无核金丝蜜枣，药制大福果，蜜饯杏脯，福州糖腌金橘。然后，又转身进去料理饽饽果盘。外间便由二妞招待他们，观赏已铸成的和过去家藏的宝剑，品东道西，说着闲话儿。

福彭知道韵华小五爷约他和曹霑来，是想夸耀自己定做的剑，花了大价钱。他和曹霑一走进二妞家里，见到韵华对二妞的神态，便觉不大一般，心里抑制不住乱跳起来。以前，他和别人来到二妞家里，只觉得二妞像剑刃一样，明快喜人而已，别的也没有什么。今天，他却感到有些异样，总觉得她像磁铁似的，不但吸住了韵华，也吸住了自己……也许是因为吸住了韵华，他不服气，自己这才给吸住了的呢？……福彭一边说着话，一边打着主意。

只见他竟然玩起魔术来：好端端地站在二妞身后，伸着手指，借问墙上挂着的佩剑为名，指手画脚，用仙人摘豆法，又轻又快地把二妞发髻上的一粒明珠取到手里，却把一颗红豆塞进了二妞的发髻上。

曹霑看见福彭站到二妞身后有些突然，便有几分察觉。当他看到福彭在二妞头上变着戏法，就暗笑不止。心想，大表哥的红豆哪儿来的呀？真该叫他"红豆公子"才是。

韵华任什么也没看见。这位小五爷，只顾瞪着两眼看着那还没有和剑配到一起的剑柄，想着需要再加上什么玩意儿，才会更加花哨？他从身上取出一套出土的古玉剑璏、剑珌[1]，双手轻拿轻放地摆在矮几儿上，然后打扫了嗓子，赞叹起这套东西如何了不得……

曹霑并不在意听韵华念喜歌。可是，韵华却已经像个醉汉又多喝了美酒一般，兴头得对身旁发生的什么事也全不在意，只是口若悬河，滔滔不绝，说得活灵活现。

曹霑纳闷儿：方才，他分明把福彭和二妞之间的一些细节都看在眼里，为什么还没等眼睛一眨，他已经追寻不到，福彭又玩了些什么花招，耍了些什么手段了呢？……这一点，很使曹霑惊奇：就在眼前的事儿，怎么会这么容易就溜过呢？他听王升讲过，不管是被偷的，还是看人家被偷的，要想把偷儿的手眼完全看准说清，是谁人也办不到的。他又听人家说，黄鼠狼偷鸡可以从门槛缝里钻进去；飞鹞儿可以扎一个猛子，顺势把一只母鸡撺到空中，像阵风似的，一丝儿不落痕迹……

原来，福彭在女人面前，这套本领也是惊人的，和黄鼠狼子、鹞鹰儿差不了许多。

这时，韵华正说得起劲，他把剑璏和剑珌摆放端正，又把这剑璏和剑珌的来龙去脉重述一番：

"这两件宝贝是全套的。本来是尹大人在拦江潮时，一条大鲤鱼，衔着一口宝剑，浮了上来。大家收到宝剑，一看，剑上还刻着'古越王勾践之剑'的篆字。可惜，那剑因为年头儿太久，经不起江水浸泡，到手已然酥

---

[1] 剑璏、剑珌，是剑柄的装潢。上面的为璏，下面的为珌。以玉做的为最贵重。

碎，只剩下这剑琫和剑珌，还完好如新。你们看：这血沁，这土斑，真是越看越逗人喜爱，越看越觉得宝贵……"

二妞听了这番话，嗔道："这可不对了！铜剑比不了钢剑，千年的铜剑，也和刚锻造的一样，不会酥碎的！"

韵华忙加争辩。因为说得急了，唾沫星子都溅出来了：

"是真的！是真的！尹大人，尹大人收藏古剑何止几十口？判定它是真的！还赋了'古剑行'长歌，以纪其事。这都证明它是真正的越王勾践的古剑。"

二妞扑哧一笑道："没听说当初越王自己造剑，上面还会刻着'古越王勾践之剑'的。这只能骗过猪八戒，骗不了如来佛！"

福彭听了，不由大笑起来。

韵华听她把自己比作猪八戒，生气地回嘴道："那么，您小姐请鉴定一下，这剑琫、剑珌，难道是伪造的不成？"

二妞并不在意，像对小孩子交代什么事儿似的，一五一十地对他讲了起来：

"这两件东西，年代、身份都还够。可是，这不是水里捞起来的，这是盗墓贼挖墓掘出来的。"她用手指着剑琫缝缝里的土，接着道："从这上面的硬土和水银沁来看，明眼人一看，就清楚了。"

福彭见二妞抢白韵华，不觉露出得意之色。他见到二妞指着剑珌的尖尖玉指，顺势就捞了过来，看着她新染的红指甲，笑着道："这剑珌上的水银沁，怎么倒有几分像指甲花儿呢！"

二妞把手一甩，斥福彭道："别刚攀上鼻梁，就往眼皮上来。还差着老大一截子呢！放尊重点儿，不看看这是什么地方！"

这话儿，倒引得韵华小五爷咧着嘴巴直笑。

曹霑看到二妞左右开弓，撂开了脸，对他们这两位爷毫不留情，也不给他俩半分退步，觉得很好玩儿，也暗暗赞叹这姑娘很有些分量。

可是，除了韵华有时还有几分忸怩、局促之外，福彭一点也不在乎。他既不低三下四，嬉皮笑脸，也不故作庄重，仍然泰然自若，挥洒自如。

只见他在抚摸剑琫的时候，又抚摸到二妞手上了。二妞把手一抽，便把小五爷的宝贝古剑琫拂落到地上。

韵华不由惊叫了一下。福彭也故作慌手慌脚的样儿，低下头来代二妞到矮几下，把剑琫拾了起来。

曹霑没有随着福彭的动作向矮几下面看去，他只是随意看着他们。他从二妞的脸上断定，这位表哥一定又捏了二妞什么地方一把了。

福彭把剑琫托在手掌上，对二妞望着，把剑琫轻轻放在矮几上，呼了一口气道：

"凡是宝贝，暗中都有神仙护着，不会轻易碎了的！"

韵华听了这话，才放心了，嘻嘻一笑，连忙弯下腰仔细看着他的剑琫。

二妞怒目瞪了福彭一眼，隐忍未发。

曹霑知道，她差一点儿没骂出声儿来。

可是，福彭仍然像什么事儿也没发生一样。脸上仍然含着微笑，顺手把矮几上的剑琫和剑珌摆成一对儿，细细地端详着，想要从中看出一些什么新的花纹来。

这时，韵华的兴致又高了起来。他靠拢在二妞身旁，出口的热气儿，都能喷在二妞的脸上。他亲亲热热道：

"二妞小姐！好姑娘！这个剑琫和剑珌，要是能配上，请您千万给我配上！您要不给我配上，我都没法儿活了！好小姐，无论如何，请您为我配上，我才算有光彩呢！……"

福彭见他那样儿，实在肉麻，便脱口而出：

"这有什么？这又不是比肚脐眼的事儿，多灌点儿松香，就胶住了！"

幸好这时，桑妈妈从里屋端来了刚做好的冰花和蓼花[1]，还有特制的乳扇茶[2]。

---

[1] 冰花和蓼花，是用糯米粉炸成的食品，形状像个胡瓜，吃起来，里面起着冰花，十分酥脆香甜。

[2] 乳扇茶，是把牛乳或羊乳烧开，等到冷却结成皮，取其皮阴干，饮用时，再加水煮成糊状，叫作乳扇茶。

曹霑有个脾气，在家里吃什么都吃不多；到外边，见到什么都觉得好吃。

桑妈妈摆好桌椅，请他们吃点心。

别人都不想吃东西，二妞看见曹霑饿得紧，便过来陪他吃。

韵华和福彭见到他们坐到桌上，便也被吸引过来，坐下胡乱吃着。

曹霑身边坐着桑妈妈，另一边坐着二妞。他吃了半块蓼花，剩下那半块，由二妞替他吃了。他吃乳扇茶倒是挺来劲儿的，把一碗都喝光了。

桑妈妈见他吃得香，笑问道："吃得惯吗？不嫌味道厚吗？"

曹霑吃得津津有味，回答道："挺有滋味的！"

桑妈妈这才告诉他，乳扇是鲜羊奶做的。

曹霑笑呵呵地说："怪不得一点膻味儿也没有。"

曹霑喝完了茶，二妞便解下自己的洒花巾子，为他揩嘴。曹霑只觉一股幽香，拂面而来。他想起阙德和齐慎修对他说过，西直门外的桑家二闺女舞起剑来，谁家王孙公子也不是她的对手，不由好奇地对二妞道：

"听说姐姐舞剑，本领过人，能够让我们见识见识吗？"

二妞笑吟吟地看着他道："你是听谁说的？"

曹霑道："人家都那么说嗬！"

二妞笑道："人家是谁？谁是人家？我可不会舞！"

桑妈妈看了二妞一眼，便哄着曹霑道："我叫她当面献献丑！说不上舞剑，要把要把就是了！这可和你们府上的姑娘不能比。"

福彭道："她们只会打靶射箭。舞剑只是摆几个架式，亮几个花招，哪能算会舞呢。"

二妞听了，忙道："我连架式也不会摆，花招也不会亮，那可算得上什么？"

桑妈妈道："你这孩子，叫你舞，你就舞一会儿，不就得了！"

二妞意味深长地叫了一声："妈！看您！"

曹霑第一次感到，二妞也有娇羞的时候。

桑妈妈对她使了个眼色，二妞只得起来，到内屋去取自己常用的雌雄剑。

她从屋里出来，已经脱掉外边的衣裳，露出里面的月白紧身。脚底换了一双麂皮小蛮靴，头上加了个金圈发箍，衬着圆圆的脸儿，越发显得英姿勃勃。一眼看去，胜过男孩儿。

福彭看了，突然拍案而起，大声道：

"我也来！"说着，便到方才观摩宝剑的地方，选了一柄称手的剑，走到二妞面前，施了个礼道："敢请姑娘，对舞一番？"

二妞本来没有准备，打量了一下福彭，便道："不敢！乡下女子，全无武艺。如有失误，敢请小王爷海量包涵！"

福彭微笑道："哪里话！早闻姑娘大名，本非对手，逢此良机，得以学习剑法，岂可失之交臂？"

二妞听他酸气十足，便爱理不理地说了声："如有冒犯，请小王爷担待！"

说着，两人便对舞起来。

两个人的套数、路子虽不尽同，但剑法却不相上下。福彭的剑术大有可观，桑妈妈见了，暗自宾服。因为她事先没有想到福彭也要当场表演一番，现在反倒后悔不该让女儿来舞剑了。

剑舞酣处，只见两团寒光，护着二妞和福彭两个人身上，如同有万道银丝，把两个人缠裹起来。两人都在抽剑挥舞，要把银丝砍断，以便脱出身来。谁知银丝越裹越紧，几乎都贴到了他们身上似的。

突然，福彭向外一跳，只见他用剑向二妞猛刺过来。

曹霑惊呼一声，便见二妞左臂的袖子，被福彭挑破了一块。曹霑直为二妞着急，但是二妞神色照常，剑影起落，一丝不乱。

福彭还和先前一样，前跳后跃，挥洒自如。

忽然，二妞的剑尖向着福彭胁下猛刺，然后，轻轻一挑，便有一件东西飞了起来。

福彭跳后一步，立即伸出手去，要把那落下的东西接住。

但是，二妞的剑，早已在他伸手的时候，把那东西挑在剑尖上，杵在地下，福彭便不好上前去拾了。

只见二妞从容笑道："小王爷恕罪！请收起您的红豆吧！"

别的人都不知道这话是什么意思，只有福彭心里明白。

二妞说完，用剑尖向上一挑，把那锦囊甩在空中，福彭伸手接住，仍然挂在腰间。

这时，曹霑才明白，福彭这个锦囊里，装的竟是红豆。

二妞连忙坐到曹霑旁边来，眼睛看着桑妈妈。桑妈妈脸上放出欢喜的神色，也回看着女儿。

曹霑看着二妞，见她呼吸和平常一样，毫不急促，也没有丝毫汗意，对她就更加敬佩起来。

直到现在，韵华还没回过味儿来，只是让这对剑舞惊得目瞪口呆。他绝没想到二妞的剑术这等高超，更没想到福彭居然也还能对付下来。不过舞到后来，眼看福彭还是败下阵来了。他满以为福彭会垂头丧气，偏偏福彭不但不灰心，反而兴高采烈地对着桑妈妈道："桑妈妈！请您老人家为大家拿点酒来！"

桑妈妈听了，高兴道："我这穷家，倒有点儿富贵酒呢！名叫金山酒。是取金山泉酿的酒，还是二妞父亲在时，金山寺老和尚传给他的方法，为他取了金山泉水造的。自二妞她爸被抓后，我还没有动用过它……今天，我想头一回动用，兴许会发个吉兆呢！"说罢，桑妈妈喊了一声："二妞！"示意二妞去筛酒。

二妞听了妈妈的话，存心想使妈妈高兴，便一阵风似的进去取酒了……

第二十二章

传如意生死一线
宣圣谕老调新翻

　　允禵被雍正撂在景陵守灵，每天穿着麻衣孝服，既不能狂欢作乐，也不能游骑射猎。心腹之人，一个也没有留下，当年威风，一扫而光。独处冷落凄清之中，越想越气，越气心中越觉不服。

　　虽然雍正每天下朝之后，在寝宫里也穿着麻布，戴着麻冠，百官几次上奏，恳请可以从权，他都一概批驳了。但在允禵眼中，他是装模作样，沽名钓誉，绝不是出自真心。因此，对雍正更是厌恶非常。忍不住，便对他大放厥词，说了他成车的坏话，立刻便有心腹太监传到雍正的耳里。

　　但是，雍正并不降罪于他，反而使出另外一套手腕来：

　　雍正从隆科多那里，早就知道德妃曾质问隆科多，为什么把召十四皇子，变成了召四皇子？父皇的玉如意怎么断成了三截？也知道这断成三截的玉如意落在德妃之手。

　　当时，他顾不上从德妃那里把玉如意索回，后来就不好开口再提及此事了。他分明知道，德妃和他不是一条心；他也知道德妃一味喜欢允禵。

　　他最害怕的，就是终有一日，这玉如意忽然出现在大庭广众面前，昭告祖先，宣谕臣民，说出父皇大渐时，一些不可告人的细节来……因此，他对德妃百般孝敬，深知德妃从来都是以宽厚仁慈为怀的。只要把德妃安抚住，这玉如意就不致给他招来灭顶之灾。待侍奉德妃天年之后，将那玉如意搜出销毁，才能最终去了他这一块心病。

雍正知道德妃的病，是难以治愈了。允禵从西北回来，市面上的流言很多。雍正打听出外边人心浮动，众说纷纭。自思登基以来，因皇考驾崩，须守制三年，除了登基大典之外，他尚未在太和殿视朝听政。他自觉四梁四柱，还不安稳，自己还没有真正坐在金銮殿上，在天下人面前躬亲庶政。要是德妃一死，再守母孝，那这金銮殿，就更不知何年何月才能坐上了……他定要赶在德妃去世以前，金殿临御，昭示天下，以正视听，才能放下这份心来。

主意定了，雍正便降旨钦天监，选个黄道吉日，到太和殿视朝。在这一天，还要降下谕旨，趁德妃在世，亲眼看见他把允禵从贝子晋封为郡王。一方面安抚母后，一方面告谕天下。

他急忙降旨，仓促加封。也来不及让宗人府聚议，便亲拟谕旨。因为心口不一，欲盖弥彰，越发显得文理不顺。

他的手谕是：

> 允禵无知狂悖，气傲心高，朕望其改悔，以便加恩。今又恐其不能改，不及恩施。特晋为郡王，慰我皇考皇太后之心。

雍正写完，看了又看，认为十分得体。文字里面有好几层意思，越琢磨，越觉含义深远……

雍正太和殿上朝、晋封允禵后，即摆驾太后寝宫，探视德妃。

德妃得知雍正在太和殿晋封允禵，立即转忧为喜。又见雍正下朝，即来宫中探视，更觉欣慰，不由对雍正提及：应在晋封允禵的谕旨上加进"世袭罔替"字样，那就更好了！

雍正对德妃亲视汤药，一一应允。并禀告母后，任什么时候想看允禵，都可召他前来侍奉，不用王太监再来请示御批。德妃更是感动得泪流满面。

雍正随即敬谨辞出，边走边想：欲取先予，定操左券，古往今来，百试不爽。

皇上走后，德妃便觉身心好了许多。她想，毕竟都是亲生的儿子，能够体谅母亲深心。他们亲哥儿俩，只要能这样相待，我复何求！……看来，这玉如意是决不能拿出来了。既不能交给皇上，更不能交给允禵！只有在我死前将它销毁，才是上策，才能保住他亲哥儿俩平安相处！德妃想到这里，心绪便平静下来。多日未曾安寝，这会儿反倒睡着了。

雍正把德妃安抚住之后，便施展了另外一手：

这就是命允禵仍守景陵。同时，把宜妃和公主们的心腹，首先去掉，免得他们乘机哄弄德妃。德妃虽尚未上尊号，但现在已是皇太后了。这些皇妃福晋们，自会懂得她和允禵之间，有一根割不断的线在牵着。通过这根线，会越牵越长，越长就会越乱，将来自必不可收拾。他们要把皇太后团团围住，想要做什么，便假皇太后之口以行。那后果真是不堪设想……

太监从来都是宫中引线，烧到哪儿，哪儿就会放炮。只有把他们的亲信耳目去掉，换上皇上的亲信耳目，那日子就会好过多了。

雍正很怕夜长梦多，决定先从发落宜妃的太监张起用和高王卿这两个大奴才做起。然后是二公主的大太监赵大年，四公主的大太监王士凤、王明，九贝子的太监李尽忠、何玉柱。还有一批太监：刘秃子、王章、殷觉、田成禄等等。

这些东西，从来都是仗势欺人，作恶成性。不问便杀，也不为过。何况还是下顺民情呢！

这些东西，都应着即发配充边，家产人丁，点滴不漏，查抄上报。绝不许他们私自转移，或者谎报藏匿：混说这个庄子是太妃的，那个当铺是公主的。都不过是令他们顶个虚名去管理，足使查抄人员，上其圈套而已。

雍正连夜降旨，即着内务大臣，逐一查明报册。其实，他早已差人访明，详开底账，免得他们瞒天过海。现在去查，不过是敲锣打鼓，使天下周知，皇上清正，除恶务尽罢了。

另外，使雍正最为恼恨的，还有那个在宜妃病中，为她抬软榻的太监小德子。这东西平常自鸣得意，透露口风，说他和上边通着天儿，早已有人授意给他，教他那次故意抬着宜妃抢在德妃前面，让众人看在眼里，好使太后记在心里，蓄意坑陷宜妃入罪……小德子如此邪恶，胆敢肆意挑拨，必须处以极刑，明正法典，以儆效尤！

雍正雷厉风行，绝不手软。

他做了几件痛快事后，听听风声，果然市面上人人叫好，个个称快。茶馆酒肆，闲谈说笑，都说皇上这样做，才是做到刀刃上了呢！

雍正听了，自是得意。便暗示亲信太监，乘机捐献银两，翻印《宣讲拾遗》。并在街道乡镇，招揽说书卖嘴的，向老百姓宣讲什么《圣谕宝训》《黄氏女游阴》《丁郎寻父》《血盆经目连救母宝卷》等等。从此，大栅栏、后门、隆福寺、花市、鸟市……以及其他人烟稠密的地方，便都有专人天天宣讲了。

善真连夜无眠。她思量着皇上哄着太后，表面一套，背后一套。这玉如意，说什么也不能销毁，一定得交给十四皇子，才能保住十四皇子的身家性命呢！

这跟随德妃几十年的善真，决心以死对德妃直谏。

德妃得知实情，什么指望也没有了。皇上不但没有罢手，而是亲自大打出手！幸亏善真见得明，想得到！……只是这玉如意，如何才能送到允禵之手，还要大费周折。

善真看准娘娘心意，献计道："皇上不是已经口谕，任凭何时想见十四皇子，娘娘都可召见吗？"

德妃长叹一声："话是这么说，但从皇上所作所为来看，这玉如意是很难交到允禵之手了。他怎能带出宫门？……"

善真略加思索，便道："娘娘只管召十四皇子进宫，这玉如意的事，交给奴才来办就是！"

德妃一把拉着善真，流泪道："你跟随我这些年，没承想，我这皇太后，连自己亲生儿都保不了啦！……这次只要能救了允禵，定叫他对你加倍报答！"

善真连忙跪下，惶恐道："娘娘快别折死奴才了！奴才跟随娘娘几十年，娘娘对奴才和奴才家人恩重如山，奴才就是肝脑涂地，也是报答不完的！奴才早已立下誓言，生死都侍候娘娘，不事二主。只望娘娘宽心，保重玉体金安，就是奴才的造化了！"说罢，连连叩头。

德妃抚摸着善真道："昨夜，老皇上来召我了！对人世，我早看穿了。实指望他们能顺顺当当的，谁知连这也做不到，我死也不能瞑目。……说句实在话，这阵儿，除了对你牵挂，谁也不在我心上了……"

善真伏地失声痛哭道："万望娘娘宽心！娘娘圣寿绵长，就是奴才的福分了！事不宜迟，请娘娘降旨吧！"

德妃道："事已至此，只好这样办了。我没有多少时辰了，我要看看我的小儿子……"

善真领旨，急忙起身传谕：宣召十四皇子入见！

德妃要见允禵的消息传出，总管太监张麒麟立即向皇上禀报："皇太后宣召十四阿哥了，请万岁爷旨意。"

雍正正在翻阅《瀛环志略》，头都不抬，便口谕道："太后玉体欠安，召见谁都可以。何须禀报？下去！"

张麒麟碰了一鼻子灰，心里是明白的。急忙退出，照样进行部署。

允禵得悉妈妈召他，知道必有大事。现在，只有皇太后还可维护他几分。但他又怕不是好兆：莫非妈妈病危？允禵不顾一切，飞骑回京。

赶到紫禁城，他直奔德妃寝宫而来。

允禵一面走，一面感到与往常不一般。他看不见一个大臣、太监、宫女，他越往里走，越觉毛发直竖，明明是五月的天气，却好像是严冬……待到走近寝宫，看到太后的心腹老太监王公公，迎着他走来，向他请安，这才感到了一丝儿暖气。

王太监道："娘娘等阿哥已经等得很久了，请阿哥快进去吧！"

允禵进得宫内，看到妈妈病容枯槁，便向榻前扑去。

德妃一把抱住允禵，泪如雨下。

还没来得及说话，只见王太监慌忙进来奏道："皇上已经起驾，往娘娘寝宫来了！"

德妃猛地觉着心已经跳到了口里，忙呼善真快来！

只见善真脸儿煞白，解下早已缝好的缠腰褡裢，走到允禵身边，急道："请殿下系上，内有娘娘手谕，速往西门出宫，自有双福接应。事不宜迟，越快越好！皇上马上就要进宫了！"

允禵见到这等光景，接过褡裢，在腰间扎紧，顺手把马褂拉平，转身正要向德妃告辞，只见德妃瞪着眼，竭尽全力地说道："你全家的性命都在里面！"

只听外传："万岁爷驾到！"

德妃指着西门，已经说不出话，只有倒气的份儿了。

允禵回顾一眼，快步走出。

允禵前脚走出，雍正后脚就进来了。

雍正立在门边，扫了一下全殿，快步走近母后榻前。

他带来的八个哈哈珠子[1]，分立在门旁。

德妃猛地欠身，指着雍正，只听她断断续续地说了两声："好呀……好呀……"随即倒下咽气，瞪着两只眼睛，死不瞑目。

雍正刚要传谕内外宫门一律禁止出入，没想到德妃却在此时咽气。他顿时喉内哽咽，说不出话来。

他来得够快的，可是允禵走得更快！他不禁脱口而出："速将恂郡王追回！"

传谕太监奉谕，慌忙照旨而行。

说时迟，那时快，只听善真高呼：

"娘娘慢行，奴才跟来了！"喊罢，一头往西边柱子猛烈撞去，顿时血花四溅，香消玉殒，横倒在西门前，挡住了去追允禵的哈哈珠子们的去路。

众人都为善真的死给惊呆了。

---

[1] 哈哈珠子，满语，即膂力少年。

雍正一跺脚，直指西门："速召恂郡王回宫，共举国哀！"

哈哈珠子们跨过善真，直奔西门而去。

谁知这时，允禵已然返回寝宫，见雍正在侧，即刻参见皇上，接着转身伏到德妃榻前放声痛哭起来……

康熙死去还不到二百天，德妃又死了。刚刚平息下去的一些胡言乱语，现在又加上新的油、盐、酱、醋，搅拌在一起，风味儿更加别致。家家户户都在说长道短，品肥论瘦，叽叽咯咯谈论皇上家事没个消停。

善真殉主，这一桩公案，使雍正恨得咬牙切齿。智者千虑，必有一失。事先怎么竟没有想到这一点。父皇宾天时，砸隆科多的玉如意，就是善真收拾起来的。隆科多是个粗人，他没有把玉如意立即毁掉，留下了这个祸根。原想母后一死，这玉如意就能水落石出。如今善真突然殉主，故意躲避追问。她深知如果不死，威逼之下，也得吐露真情，彼时也要处死。倒不如现在，落个美名，还可得到不少好处。可是，这玉如意的线儿可就断了，再也续不起来了……这实在是桩棘手的事儿！

雍正从来机警过人。他是紧跟着允禵的脚印走进母后的寝宫的。但进到里面，允禵却不在了！可以断定，这玉如意显而易见地是转移到了允禵手中了。此事绝不能罢休，必须追个水落石出！如果这段公案都审理不了，还当什么皇上？

他恨透了善真，但表面却赏赐有加。

雍正传旨，赐善真一袭紫貂大袍，重棺盛殓。这种特别的恩赐颁发下来，善真的父兄们，连忙在家中设置香案，向空中遥拜谢恩。并请当地官绅题表，为善真建立报恩牌坊。

皇太后驾崩第二天，雍正奉梓宫于宁寿宫正殿，设几筵举哀成服。

雍正在苍震门内设倚庐，后来又在大内景运门内东边建奉先殿，朔望瞻拜，时节荐新，生忌祭享，出入启告，表示皇上对皇太后的孺慕之情。待到灵榇奉安于寿皇殿，才挪到顺贞门来恭设倚庐。

诸王公大臣上疏说，今年天气炎热，请皇上改为三日一诣，体息圣躬。

雍正坚决不允。臣子们又引经据典，请求二十七日除服，雍正也百般不允。父皇三年的孝服未满，对母后也要服三年孝服，并在养心殿中总理事务，外边吉服，仍照国家典制。

雍正皇帝谕旨说：

> 朕于宫中，务期独尽人子之礼，况今二十七日并非勉强从事，沽取孝名，以为观美，只求朕心之安耳。礼尽则朕心自安。

为了宣传皇帝的孝道，雍正又使宣讲人，添上《二十四孝》这个节目。

目前，好多人群拥挤的地方，都经常摆设一个桌案，桌案上放了一个小木牌，上刻楷体"圣谕"二字。

宣讲人每个月都到由他宣讲的这一片儿按门按户来敛钱，有时也由地面为他摊派。

宣讲人都穿着一件蓝不蓝、灰不灰的长衫，肥大的裤腿，扎着黑色腿带，下着白袜皂鞋。一般不戴帽子，背后拖着油渍渍的大辫子。手中拿着一柄折扇，上面写些劝化词儿，也有写"收拾人心""惩恶扬善"等词的。他们讲的都是千篇一律，年年如此，月月如此。

街上闲散人，实在没地方去的，又贪图他这里不收钱，都围拢过来听讲。这儿没有座位，听众都站在他的桌前。宣讲人讲过一段，也不再多讲，听的和讲的两省事儿，各走各的，谁也不再想谁。

这一天，宣讲人郑德义正在讲《黄氏女游阴宝卷》，渲染地狱的狰狞恐怖，说得绘声绘色，像是煞有介事。

人们对于宣讲人，都养成一种习惯，对他既不敬畏，也不讨厌，不约而同地敬而远之：叫街的乞丐看着他在，就不叫了，绕开他走；小偷惯窃见到他，只当没看见，转到另外一条街去做"生意"去了；吹阳谷哨的远远望见他，也不吹了；只有那个带琵琶的汉子，抱着个大琵琶，嫌恶地瞪了他一眼，匆匆地向沈家茶馆走去。

这时，王有生举着个草把子，上面插着各式各样的小玩意儿，叫卖着走了过来。他看见有人在桌前宣讲，不由得也凑了过来，胡乱地听着。

原来这郑德义，是宣讲人里最卖力气的。每当他宣讲时，听的人就多些。他也讲得更为得意。他很受街面上的信托。街面上从他那里，也可以得知一些线索。

第二十三章

西域宝马同归上苑
射圃曹霑连中三元

允禵拿到了断如意，心中才算有了几分踏实。这下子，也算有了保命符。不过，他也想道：雍正是不会善罢甘休的。要是弄不好，这断如意也会成了送命符。他当时是不能把它带在身边的，即刻交给了德妃的心腹太监双福……如果雍正欺人太甚，到了节骨眼儿上，他是要把它公之于世，戳穿雍正的脸皮的！

允禵现在虽然像漂流在珊瑚礁上一般，只悬着一线希望，但心绪却比刚回京时好得多。因为一则，雍正有致命的把柄捏在他手上；二则年羹尧没有他那么得人心。西北老百姓，提到年羹尧都是谈虎色变。

他看到派去西北代他的年羹尧，权力越来越大，一反他在军中的情况：私行盐茶，牟取暴利；强娶蒙古贝勒七信之女为妾；家奴桑成鼎随军叙功，连升三级，一直放到直隶守道；另一个家奴魏之耀，赏四品顶戴，叙功居然做到署副将……种种违法，昭昭俱在。只是由于年羹尧和隆科多，一个是妻舅，一个是舅舅，大圈套小圈，雍正再也跳不出这个圈来。而且这圈越收越紧，凡是圈外的，都在排除之列。

同时，年羹尧又抄过去的老路子，从巫觋口中，说他命中何止大将军呢……野心勃勃，跃跃欲试。而雍正一味重用他。载船之水，亦是覆舟之祸。这个道理，雍正还没有悟到呢！

隆科多现任理藩院尚书，他是佟国维的儿子。佟国维是康熙仁皇后的父亲，位列侍卫内大臣，封一等公。允礽废立之后，佟国维向康熙请立允禩为太子，康熙怒不可遏，佟国维自知必死，便上书请罪自尽。康熙念及旧情，才赦他终老天年。

从那天起，雍正就和隆科多结合一起，两人一鼻孔出气儿，经常计议种种国家大事。雍正把隆科多当亲母舅一般看待。

仁皇后是孝康章皇后的侄女，她的妹妹也侍康熙为贵妃。本来都是汉人血统，都是汉军旗。后来，因为受到康熙皇帝宠幸，康熙便为之抬旗，入了满族。皇后家族抬旗，就是从这儿开端的。

隆科多最怕的是雍正仿照康熙的先例，为年妃的娘家哥哥年羹尧抬旗。那样一来，佟家的气脉，就会被年家给代替了。

凭着这种切身利害，隆科多和年羹尧，两人难免既互相结托，又互相猜忌。到了紧要关头，彼此拆台，定要压倒对方，事情就会越来越纠缠不清了。

原来这两人，一个有实力，一个掌兵权，都是为雍正保驾的。如今雍正真个成了皇上，隆科多和年羹尧未免都居功骄横起来。这使雍正很伤脑筋。但他登基不久，切不可轻举妄动。雍正决心先将允禵目前仅有的亲信，平郡王纳尔苏召回来，彻底褫夺允禵的兵权，任他有万般能耐，就如鸟失双翼，使他英雄无用武之地了。

纳尔苏郡王接旨，立即办理善后。

他把各方面都结束得利落妥帖，不为允禵留下话柄，也不为自己留下尾巴，就是有人故意挑眼找岔子，也不大容易做得到。

他这才从古木地方回京陛见。

雍正委派他管上驷院，随即召见。

纳尔苏到西北之前，见到允禛时，允禛是雍亲王，是四皇子，连太子也不是。可眼前，已是当今皇上了。这次召见，着实是个大关键，关系今后下半世的顺逆荣辱。因此，他特别小心翼翼。

纳尔苏行过大礼后，并不起身。他在胸前掏出一个大红绸小包，像把自己一颗红心掏出来一般，双手捧过头顶，两眼下视，表出他的一片真心。

纳尔苏抛掉郡王的架势和习气，诚惶诚恐，提高声音，连珠炮似的说出早已准备好的词儿之后，马上便转到题眼上来：

"奴才在战场上，虏获护心金佛一尊，敬献皇上。伏念金佛何等尊贵，岂可假手他人；特此陛见，顶礼奉献，恭祝皇上圣寿无疆！"

大太监接过，解开红包，便露出一尊金光灿灿、照人眼花的金佛来。

雍正一看，心下便知是件宝物了。眼角里浮动一丝微笑，但马上又把笑纹收拢起来。

纳尔苏估摸已合上意，这才又叩首陛辞，起身向丹墀下走去。

只听皇上降谕：

"回来！"

太监们不解皇上的意思，只是鹦鹉学舌一般，也重复着说：

"回来！"一字不多，一字不少。

纳尔苏连忙回转身来，重新跪下。

雍正轻声顺气地说："免礼！"

纳尔苏仍然跪着。

雍正轻声问："只此一尊？"

纳尔苏马上回奏，出口敏捷流畅：

"只此一尊！皇上放心！"

雍正不再说什么，便命他下去。

纳尔苏回到王府，王妃正提心吊胆地等着他，见他脸色平静，才稍觉放心。

郡王换了朝服，一边饮着葡萄酒提神，一边把朝见的每一个细节，都告诉王妃。

纳尔苏回京以后，头等大事，就是要取得雍正对他的信任。这对于他来说，是极不容易的。任谁都明白，他和允禵关系最深，他是康熙指派给允禵的副手。现在，马上要雍正相信他对雍正绝无二志，却不是轻而易举的事。

如何打动雍正？这是他和王妃想尽办法才得到的。为了打听雍正守制时的喜爱，贿赂宝义就花了五千两银子。

纳尔苏很巧妙地把掠获策凌的护心佛，奉献给雍正，确实攻对了皇上的心坎。雍正对这件事十分赏识。

接管上驷院后，纳尔苏和王妃商量，不能小看这个差使。给皇上做事，不能光看表面。

比如：煎药这个差使，总不能说是有什么了不起吧？但这个专职，如今落到宝义的头上，就成了美差。大太监里，只有他拔了尖儿：谁上的折子先批了？皇上对谁高兴了？对谁恼怒了？注意到谁头上了？……都能从他这儿得到几分消息。现在，宝义既肯透露给他一些，将来用得着的地方还多着呢。

雍正把上驷院赏给纳尔苏来领，他是明白其中奥窍的：

原来，允禵在西北豢养了一批名马，大宛马、伊犁马、三河马……都在网罗之中。这些马仿昭陵八骏，都挂了金牌，报了名号。如狮子花、枫露紫、雪里站、兔火马、五花连钱等名色。

今后，允禵自顾尚且不暇，当然再也不会过问这些马了。

这些名马，现在都和御前名马养在上驷院了。纳尔苏凭着在西陲的多年经历，便派出有眼力、有本事的干练下属，到塞外去赶马回来，着意压练，侍弄出许多骎耳骏马来，效忠皇上，讨得皇上的欢心。

王妃看到纳尔苏回来，没有白白张罗，才缓出一口气来。

但是，她想到舅舅李煦已经撤职待罪，家财人丁都已看管起来，只等皇上亲自发落，心中还是不能平静。看来，皇上对这事，并不轻易作出决断。李煦做过畅春园总管，他和宫里都有牵连。雍正还要伺察动静：看可有什么人为他走动说情？可有地方官为他出头作保？……自有探子下去摸底，也有臣僚乘机举发。目前，王妃最担心的，还是江南的娘家。

纳尔苏把公事摒挡利落，这才顾上过问家中情况。

福彭是长子，平郡王爵位，将来是要由他来承袭的。纳尔苏当然要先驾驭好这匹带头的马才行。

王妃告诉他，自从曹霑来家伴读之后，福彭的学业很有长进。老师很是褒奖他，亲眷们也都夸他是个全才，天生的王爷胚子。

纳尔苏告诉王妃说：

"皇上对阿哥们的功课，督催得可算点滴不让。单说弘历阿哥，除了喜庆大典必须参与之外，每日都在书房里，御花园是从来不去的。将来立为太子，自是意中之事。"

王妃道："自从把霑儿接来，我就要他们俩搬到书房里去住。这样，他们就可以收心些。"

纳尔苏沉吟道："我长期在外，顾不上照管儿子，京中诸事，都靠你张罗，这副重担，也够你挑了。对儿子的教导，幸而请到了江松筠老师，江老师为一代儒宗，以身作则，会把学生带好的。不过，也绝不能松懈大意。今后还得随时考察他们，以免后悔莫及。如今王子王孙，哪有一个是成材的？只要不辱没门庭，就算是好的了！"

王妃知道郡王还不放心，于是又把对福彭和曹霑的日常生活安排述说了一遍，还告诉纳尔苏他们每日作课的情况：

"每天早起练武，上课不许擅离，不许无故请假，作课老师的批语，我都一一看过……"

纳尔苏听到这里，才感到有几分放心，不由得对王妃道："福彭体格魁梧，性格爽朗，博闻强记，过目成诵。如果导之以良师，齐之以益友，今后是会有出息的！霑儿长得聪明喜人，出落得一表人才，将来出人头地，也是可以预卜的！唯独听说霑儿小小年纪就不喜时文，惯弄杂学，这却不是小事一桩呀！"

王妃道："王爷提的很是！今后该在这方面多加注意。"

纳尔苏素日重武功，深知不管天潢贵胄，还是开国元勋，如果后人不是武把子出身，金装玉食的希望就会越来越小。他不但对儿辈的武功抓得紧，对家奴们也不放过。特别是侍候儿子左右的丫鬟小子们，也都要在武功上能来两手，才显得平郡王府的家风，是以武功著称的。为习武功，郡王府不惜重金礼聘京里名师，教练诸子。纳尔苏公务闲时，更是亲至靶场指点。

澄心从王妃那里得知王爷要亲自考核福彭、曹霑的武功，心里自是得意。因为，这两位小爷的大丫鬟们的武功，也是不会现眼的。只是有一桩事儿要费周折……

和笔花调包上来的茶仙，是上不了阵的。再说，这事瞒上不瞒下，王妃至今还不知道呢。要是哪天靶场考核，四个丫鬟只有三个上阵，岂不就要露馅儿了？王妃要一追问起来，那就要出事儿了。虽说是小爷捅下的娄子，但和他是没法儿商量的……澄心思忖了一下，决心去找茶上总管安顺。

安顺听着澄心说明来意，并求自己给拿个主意，不由得咧着大嘴笑了起来："这算个啥事儿？把笔花调回去，比了武再调回来就得了。管着她，不叫她说，她敢开口？"

澄心越想越对，回到三门以内，等着笔花回来一起操练，以便王爷考核。

笔花自到了茶上后，虽未像澄心所说，把她当小王爷的大丫鬟看待，但和下边的小丫头们还相处得不坏。唯独对总管安顺，眼既看不顺，心也不能安！干个什么事儿，只要路过安顺面前，心就提到嗓子眼儿了。她也腻歪透了安顺。

这天晚上，她刚要躺下，忽然使唤丫头来传话，说茶上总管叫她，要她马上就去！她猛地站起来，不知又出了什么岔头？

她硬着头皮来到安顺面前。安顺用眼瞅着她，一边嚼着槟榔，一边慢吞吞地说道：

"把你东西收拾收拾，小爷调你回屋去了。王爷回来要考武功，回去好好练练，到时候别丢人现眼，给你们小爷找麻烦！去吧！"

笔花谢了总管，转身三脚两步地就往屋里走。一边走着，一边回过头看看，生怕后边有人追上来把她捉回去。回到屋里，她马上收拾了小包袱，飞步回到明德堂。

丫鬟们见她回来，自是高兴不迭；就是曹霑也围着她问个没完，要她说出回家探望父母兄弟姐妹的情景。因为笔花走后的第二天，曹霑没见到她，就问她到哪儿去了。双燕怕他刨根问底，捅了娄子，便扯谎告诉他，笔花的爹爹生病，回去看父母了。谁知就这样讲了，曹霑还没个完，问笔花家在什么地方，父母是干什么的，家里可还有姊妹……双燕无奈，只得顺嘴编下去。没想笔花一回来，倒被这位表小爷问蒙了。从她记事以来，就没听说过她的父母是什么样儿，更别提什么姐妹兄弟了。她看到双燕一直在对她使眼色，她就只好机灵地随声应着。倒是福彭，见了笔花，就像她压根儿没有走过一样。这倒使笔花有点儿暗自伤心，使澄心有点儿暗自得意。

平郡王把上驷院都安排好了，便决心考核福彭和曹霑。耳听为虚，眼见为实，看看他两个到底如何。

这一天，王府就像过节一样，人人精神抖擞，个个喜气洋洋。虽说王爷传旨，考核长子福彭和外甥曹霑，但其他人等也都心痒难熬，想在王爷面前露一手，显摆一下平郡王府的家风，博得王爷的青睐。

射圃里，搭了个平台，台上设了座位。比武就该开场了。

天气晴朗，万里无云。平郡王和幕僚们，还有一些清客，都来观看。

平郡王身着甲胄，脚蹬缎靴。紫膛脸，黑髭胡，隆隼深目，目光炯炯，威凌逼人。他身板挺直，迈着四方步，走上平台，胸前一块护心宝镜，映着太阳，闪闪发光。福彭、曹霑和一些家人太监，随侍左右。福彭的三个弟弟，也随着观看，但并未参加演习。

纳尔苏在平台上举目四望，只见彩旗在靶场两边随风飘扬，旗下站着一排排全副武装的家奴、小子和丫鬟，倒也显得威风。

他回身向大玻璃窗内看了一眼，见王妃早已在窗前坐好，便在位子上坐下。他轻轻一挥手，鼓乐齐鸣，一队家奴出来操练。

随着鼓乐声，长枪短刀，刺杀翻滚，喊声大震，节拍异常明快。纳尔苏看了，莞尔一笑。

接着便是丫鬟使女们上场演习。只见她们一色戎装，红缨银枪相映生辉。踩着鼓点，操练起来，由慢而快，扑朔迷离，看得人眼花缭乱。一些清客、幕僚，连声喝彩。

这时，王妃吩咐，由福彭的四个丫鬟和曹霑的四个丫鬟一齐舞剑。

这八个大丫鬟，本来素常就有些训练，听说演习，早就准备好了。个个窄袖蛮靴，神情不凡；上场列阵，整齐矫健，进退自如。

教师面前，一声令下，只见剑光如白练飘江，钢花如流冰簇雪；身不离剑，剑不离身，八个人舞成了八朵花团，花团又联成了花带……幕僚清客们发出一片赞叹之声。纳尔苏正在会神击赏，忽见其中一人有点失手，剑穗和带穗绞在一起，众人都捏着一把汗。正在这时，只见一人用左手轻轻一拨，便把两股穗子拨落开来，若无其事地继续酣舞。幕僚清客们更是赞不绝口。

八个丫鬟舞毕，气不喘，心不跳，站成一排，向王爷请安。

纳尔苏含笑传旨，赏赐有加。

丫鬟们谢恩领赏，退至一旁。

纳尔苏回头看福彭，福彭便知轮到自己了。

今天，他连辫梢儿上都有使不完的劲儿。他看着前面的演习，早已按捺不住，想在父亲面前大显身手了。可惜父亲并不考他全部武功，单单考他一门射箭。他在父亲的眼光下，上前请安后，快步走到弓箭架旁。

福彭挽弓已过了十个力，但他不敢在父亲面前卖弄。他预先就打算只挽到九个力，就取了可挽十个力的弓过来。

这是一支檽木弓，他随手弹动了一下弓弦。弓胎正面装饰着带花纹的牛角，背面绷着筋胶，再蒙上桦树皮。这也称为教射弓，弓弦是以缠丝弦二十余根作成一股，外面用丝线横缠。每幅七寸多，再空一二分不缠。这样在不张弓时，可以把弦叠为三折，容易收存。

福彭又在箭架上取下三支青鹤翎箭。这是教阅用的骲箭，用短木雕空，箭桿飞出，随风嗖嗖作响。加上箭镞上面一个小小的骨角哨儿，哨声止处，就霍然中的。

福彭本来可以发连弩的。他想，在父亲面前，不可流露一丝儿夸耀神情，免得父亲斥骂他锋芒毕露。只见他轻舒猿臂，慢展熊腰，把弓拉满，嗖、嗖、嗖，三箭带着哨音连声中的！

在幕僚清客们的喝彩声中，纳尔苏微微点头，把自己拇指上的一个玛瑙扳指，褪了下来，交给老太监给福彭套在手上。

福彭行礼谢过，请求父亲道："儿子可否背后拉弓，射上三箭？请王爷允儿一试！"

纳尔苏听了，含笑应允。

福彭把弓转到背后，侧身拉满弓弦，就和刚才挽弓一样从容，一样自如，三支箭，全中靶心！

小子们马上把箭靶抬到纳尔苏面前，向王爷报喜。

纳尔苏看到三支箭一簇儿地立在靶心，不觉喜上眉梢。他轻轻将箭拔出，用手掂了掂分量，交给家人收了起来，便命曹霑前来射箭。

曹霑看见福彭得了头彩，便觉精神百倍。他没请示平郡王，竟连取三支箭，一口气射出。三支箭就如穿在一根线上一般，连发连中。在一旁观看的齐声说："小小年纪，毕竟不凡！"

王妃早在大玻璃窗内，把福彭和曹霑的射箭本领，一一看在眼里。四格格在旁更是高兴不已。

王妃早已给曹霑准备下贺礼。如果射中，就作为奖品；如果不中，就算鼓励。准备的是一套《朱子语录》，一只桦皮箭壶，其中有辽东栝矢弓一支，雕翎箭三支。还有一柄少见的阿昌小腰刀，一口平郡王幼年戴的佩剑，这是纳尔苏郡王趁着这次试箭的机会，颁赐给他的。

王妃将这些礼物交给荣华和桂枝两个丫鬟抬了出去。丫鬟们抬着一个金漆小桌，桌上陈列着四件礼品。

幕僚和清客们一见，不免又倒出了一大堆恭维吉利话来，说什么世子和哥儿，连试连捷，将来殿前应试，也是稳操左券，定能名扬天下了。

纳尔苏郡王满腔喜悦，一手拉着曹霑，一手拉着福彭，领着他们到屋里向王妃报喜去了。

王妃自是喜欢，吩咐丫鬟取来果品给他俩吃，又问他俩近来可写了什么诗词。王妃的意思是要他俩拿出现成的诗词在王爷面前显摆一下，能使王爷更加高兴，更加夸奖他俩。没想到这一问，倒引起了纳尔苏的兴趣，立即就要出题，考考他俩的文才了。

纳尔苏给福彭出了《论语》上的一句："见善如不及"；给曹霑出了《中庸》上的一句："明则功"，要他俩一旁去思考作文。

四格格捧来一盅舅舅最爱吃的大方茶，笑吟吟地道："外甥女今儿可开了眼界啦！原来打仗是这样摆开阵势打的呀！"

纳尔苏不禁笑道："傻孩子，仗才不是这样打呢！这是操练，摆样子给人看的！"

王妃道："等你舅舅什么时候得闲，要他给你们讲讲，这仗，到底是怎么打的。"

四格格道："那敢情好！那就更长见识了！"

没有一盏茶的工夫，曹霑首先就把文章交上来了。接着，福彭也把文章交到了父亲手上。

纳尔苏一一看过，见他们写的起、承、转、合，都很自如，自是点头，教导他俩：

"作八股文，贵在一个'熟'字。熟能生巧。巧则合，天衣无缝，无可挑剔。作制艺诗，也是如此。像《湘灵鼓瑟》，是不足为训的，总以'颂圣'为正。要练达有素，不管什么题目，就都能落到'颂圣'这个题眼上来。"

纳尔苏呷了一口茶，继续说：

"后人都喜危言耸听，好像李杜文章，都是离经叛道之作。其实，他们都有'颂圣'这种本事。李白承旨作的诗，不用说了。试问杜甫哪首诗曾经离开忠君爱国的意思？应值的诗：'不寝听金钥，因风想玉珂。'这且不说它了，就如《佳人》这首诗：'天寒翠袖薄，日暮倚修竹'，不是也有不忘君主的意思在吗？"

福彭深知曹霑只要听到这一类的训导，便会心不在焉。他忙向曹霑示意，叫他赶快说几句顺应的话来。

谁知曹霑只听见"颂圣"两个字，其他什么也没听见，所以，什么话也没说出来。

纳尔苏又道："如'宵寐匪祯，札闼洪庥'……"当纳尔苏说到"祯"字时，因要避讳，便停了一下，未将"祯"字说出，便接下去了："……以此誉人，是欧公正当处也，但也有失之于浅易之处。含而不混，浑然天成，如天池之笔，八大之墨[1]，才能称之为上品！现在家家都唱'还魂、惊梦、闻铃、仙访'，冷落'四声猿'，华而不实，秀而不工，媚俗取宠，这是最坏人心术不过的！"

纳尔苏和福彭、曹霑见面的机会极少，想传授给他们的话又太多，话匣子一开，就收不住了。讲到这里，觉得主要意思已经说清楚了，便刹住道：

"当今天子圣明，国家承平。只要你们力求上进，前途自是无可限量！不过，你们从小就得父荫祖德的庇护，生在福里，长在福里，你们自幼就该互相砥砺，如切如磋，才能上进！"

纳尔苏正说得起劲，忽听太监禀报：

"启禀王爷，孟太监传谕，王爷进宫听旨！"

纳尔苏不由得一惊。他一时猜不出皇上为什么仓促宣他入内，他摸不清是祸是福！

他和王妃对看了一眼，连忙出来接见孟二公公，想从他那儿观察出可有什么行情，以便事先有所准备。但是，孟太监说他什么也不知道。只是说：内监说，是在南书房传见。

平郡王听了，顿时增添了喜色。他早打听明白，皇上在南书房召见，就是心情闲适的时候，不会担什么凶险的。但是，转而一想，此刻宣召，必有要事，又觉得事情有些不妙了……

---

[1] 天池是徐渭的号，八大山人是朱耷的号。他俩都是明代具有独特风格的大画家。

第二十四章

飞絮入泥金蝉难脱壳
现身说法红豆顿成灰

桑家今天不开铺。桑妈妈大清早起来，嘱咐二姐看好门，就去金山务看生病的舅舅去了。如果舅舅病不好，兴许要在那儿住几天。

下半天，大姐从宫里回到家中休息，打扮得比往常更加标致。

近日天热，她上身穿着薄翼纱，纱上缀有小紫丁香花儿，罩在月白宁绸的紧身上。里面的红抹胸，偏偏露出浅浅一线红边儿。她的脸色比以前更加白皙，为了怕人说她太白了，才淡淡地施了一点胭脂。

她的发髻梳得别具标格：高高蓬起，梳成三缕环发。下边还有几缕小环往里扣着，上边又用一只红玉发箍，将它轻轻拢住。

她的两条眉毛，似乎是画过的，其实并没有画过。只因脸白，更显得眉毛簇黑弯长。也许她近来睡眠不足，两眼光亮不但未减，反而异常水灵，双眼皮儿也更加明显了。

二姐一见姐姐进来，着实地瞟了她两眼，觉得她怎么像个假人了。

大姐上次回家，左耳环上镶着一粒红豆，二姐心里明白，这红豆一定是从哪儿布施来的。当时，她看见姐姐左耳环上镶着红豆，右耳环上却是珊瑚，虽说两边不一式，反倒显得愈发妩媚风流。可今天，姐姐两只耳环上都镶着一颗红豆，她马上就断定，这两颗红豆一定有一番来历！这来历绝不寻常，她自然而然地就把这个来历和福彭连接到一起了。福彭不是已经在自己面前显露过身手吗？

妈妈今天不会回来了，屋里就剩下姐妹俩。

二妞麻利地做好饭，两个人随便吃了。二妞问的是宫里的情形，大妞问的是家里制剑的情况，两个人问得彼此都不大搭调。宫里到底怎么样，二妞想也想不出；卖剑到底是个什么行道，大妞心里总觉不是味儿。大妞不明白，怎么妈妈和妹妹竟然铸剑、卖剑，做起了只有男人才做的生意来？

大妞嘴里不说，心里总憋着一股劲儿，非要妈妈和妹妹改弃这个行当不行。她几次提明，二妞偏不服气，说为啥女的就不能铸剑？顾二娘可以磨砚，为什么我就不可以铸剑？……大妞见说也没用，便瞒着家里多做些精巧绣活儿，托老公去卖，把钱攒起来。到时候，再告诉妈妈和妹妹，要她们靠她绣活儿过日子，不必再在灶王爷面前耍烧火棍，让妹妹当杨排风了！她横下心，一定要使妈妈和妹妹过几天安静舒心的日子。

天黑下来，二妞早就想好了词儿，要来追问红豆的来历。她知道姐姐心眼儿太软，性格柔弱，容易上当，而又甩不开的。

二妞故意说："姐姐！你这耳环，也真漂亮！你摘下来，我细看看，是红珊瑚的吗？"

大妞淡淡地回道："哪里是红珊瑚的？是红珠子，南边叫它红豆子。"

二妞涎着脸，看她道："你取下来，我看看，怎么这么好看？我以前可不曾见你戴过呀！"

大妞不觉红了脸，道："这有什么好看的？这又不是珍珠、玛瑙，有什么好！"

二妞道："你给我看看吧！我也想照你的样儿打制一副呢！"

大妞微笑道："傻丫头，这在外边可打制不出来。这是我花了银子，请宫里的师傅给镶嵌上的！"

二妞听了这话，霍地站起来，伸手就要去摘大妞的红豆耳环。大妞把头一歪，闪开了二妞的手。

大妞喝住她道："这有什么看头？宫里好多人都镶它呢！"

二妞道："那我更要看看了！"

大妞索性放下脸来道："我不给你看！"

二妞深深看着她道："真不给我看？"

大妞斩钉截铁地道："是呀！不给看！"

二妞便不再问了，只是更加留心姐姐的一举一动，想看出她最近的变化，到底是为着什么？

她见大妞打开镜匣子，对着镜子照来照去，两只红豆耳环，直晃荡，犹豫了半天，断定今晚上再不会有人来了，才把头上的首饰、珠花取下来，痴呆呆地坐着，眼睛也有几分涩滞。耳环还在两耳上挂着。

二妞一直盯住她，乘机说道："姐姐，今儿咱们早点睡吧，你也累了！"

大妞道："我不累！我想坐一会儿！"

二妞默默把她和姐姐的被褥拾掇好，自个儿临风扫地般换了衣服，把头发胡乱绾起来，就睡倒在炕上。

大妞独自坐了一会儿，对着镜子，打开了头发。仰着头，把头发弄得更松散些，又把刚才取下来的珠花首饰，放在首饰匣子里面，一一摆好，这才解开纽扣，换上寝衣。

她的寝衣比白天穿着，还要讲究得多。上身是银红小衫，滚着绞丝白绫边儿；下边是淡黄敞口长裤，也是白绫滚边儿。袖口和裤腿都绣着一对粉蝶儿，翅儿迎着灯光，闪烁出五种彩色来，仿佛蝴蝶儿就要飞去了似的。

她把头发绾了一个落倒鬏儿[1]，垂在脖颈后边，盖上匣子，这才思思量量地过来准备睡觉。

她看二妞已经睡着，便索性坐在炕上，她瞌睡还没来呢。

她在灯下看着自己的双手，这双手，多年来除了和丝线打交道，是什么别的活儿也不干的。家里针线活儿有妈妈，做饭烧水有妹妹。在宫里的规矩，侍候她们有太监。她们正经比宫女自在。只有上不了台盘的宫女才干粗

---

[1] 落倒鬏儿，就是松散地拖在颈上的发髻。

活儿，还百般受太监的气。她们因为要使双手白嫩，只好瞪着眼睛看着太监白白侍候她们。自然，太监也在她们身上得到好处：她们自己绣点小玩意儿，托太监去卖。在太监手中出去的活计，叫作"宫绣"，人们都另眼看待，格外愿买，求之不得，太监们也就在里面捞到不少油水……

这些姑娘成了另外一种人。她们穿的、吃的都比别人好。但是，前边一片漆黑，家里多半都是八旗护园守陵的兵丁，全靠几两饷银过日子，要想嫁个好人家，大有难处。

本来，宫里的刺绣女工，做了几年活儿，随时都可放出的。但是，有的就愿终老宫中，嫁给绣绷，和它撂在一起过一辈子了。这些姑娘们想到没法开交时，便拼命把自己打扮得花枝招展。反正她们有的是时间，有的是宫花宫粉、剪刀针线，修饰起来，最是方便。

大妞生得标致，手头又巧，在里面也是数得着的。但她每一回家，就心灰意懒。

母亲和妹妹为人家造剑，女人干男人的活儿，这且不说，妹妹还落得个"金钟娘娘"的诨号，怎么不叫她听了伤心！总想让妹妹过些好日子，使她不再和煤灰铜锈搅和在一起，受人奚落。她每见妈妈被人叫作女掌柜的，妹妹像个小伙计一样对付顾客，亦工亦商的，就看不下去……

父亲是指望不了啦！就是不死，年大将军这辈子也不会放他回来的。她唯一的希望，就是自己能碰上好运道，能使妹妹不再干这号行当，能使妈妈享几天清福。

她越想，越觉渺茫。她深深叹了一口气，这才吹灯躺下睡了。

谁知偏偏这会儿，二妞醒来了。她翻过身来，问姐姐道："这么老半天了，怎么还没有睡？你在想什么？"

大妞道："我什么也没想，睡吧！"

二妞单刀直入地道："我看你有心事！"

大妞回过头去，把脸藏在双手里，冷笑道："我有什么心事？我出去锁在宫里，那儿是保了险的。回来就在家。外人来了，有你和妈妈。什么事你们都看在眼里，我大门不出，二门不迈，我有什么心事？"

大妞停了一下，见二妞没接茬，接着道："要说有心事，我就是想把自己的绣活儿，做得更像个样儿，做得更多一些，多换几两银子。到时候，我只想，咱们把铸剑的事儿，收了吧！免得招惹那些浮浪子弟，总是借口铸剑，找上我家门来，推也推不掉。天长日久，不像个样儿，谁知还会惹出什么是非来呢！"

二妞道："姐姐说的倒是真话，我也这么想呢。不过，我倒有些奇怪，你在宫里那么保险，你这红豆是哪儿来的？"

屋里没有灯，大妞的脸色自然看不着。只听她理直气壮地说："你今儿怎么就盯上这红豆啦？这有啥？这红豆到处都是，又不是什么值钱货，买不起的宝贝！托太监什么时候都能买到！"

二妞一骨碌坐起来："别骗我！这不是普通的红豆！我明白你，你这个人是最细致不过的了，谁碰你一下手也不行。这回子，你豁出花银子，上回镶一颗，这回又镶一颗。把这两颗小红豆子镶在耳环上，睡觉都不除下来，没有点儿因由，可是你干得出来的？"

二妞见大妞不吭气儿，紧接着大声道："你必得告诉我，红豆是哪儿来的？为什么你以前最爱的翡翠耳环都不戴？偏偏要戴这两个小红豆，连睡觉也不除下来？"

二妞感到自己这种咄咄逼人的问法，使姐姐有点慌了神儿啦。大妞嗫嚅着说不出话来，停了一会儿，才勉强道："唉！天不早了，人家明儿一早还得回宫里去呢，快躺下睡觉吧！"

没想到二妞突然呜呜咽咽地哭了起来，这倒使大妞不知怎么办好了。

哭了一会儿，只听二妞仍然坐在炕上说："你不说我也知道，你看中了一个人，你就是看中了一个人！这个人在你心上插了一刀，你死也拔不出去了。你瞒着我和妈，你以为我不知道？你欺负我小，在我面前捣鬼！你可知道，我从小到大，是个横竖不吃的人。可你瞒着我，不说真心话！"

大妞听了，自不言语了。

虽在暗中，二妞也知道姐姐在流泪了。但二妞一点儿也不怜惜她。

二妞最恨的是男人捉弄女人，最看不起的是女人送上门去受人捉弄。现在，这事却落到了姐姐身上。

大妞比二妞大一岁，外边人常说她俩是双胞胎。小时候，二妞惯以妹妹自居，认定姐姐总比她懂事，对人对事，她总以为姐姐自会比她聪明，看得准，看得开。可是，后来越看越觉不对劲儿。在她眼里，她只觉得姐姐像一只洗涮得洁白的小羊羔，已被送上祭台，还抹搭着驯良的眼睛，现出更深的双眼皮儿来。想到姐姐的双眼皮儿，她的泪水又扑簌扑簌地滴落下来，声音禁不住转为粗暴，大声问起姐姐来：

"你的红豆到底是哪儿来的？"

大妞还是不紧不慢，平平静静说出几个字儿来："太监手上买来的！"

二妞真正生气了，猛喝姐姐道："你当我没看见哪？瞒那个漂亮的蠢猪韵华小五爷可以，瞒我这双眼睛可不成！"

大妞又不言语了。过了一会儿，才挤出半句话来："我也没怎么，一位爷到宫里看刺绣，无意中给了我一颗红豆，这也没什么！"

二妞心中有几分得意，姐姐的事儿，到底被她给诈出来了。可她一点也不放过去，追问道："这位爷是谁？"

大妞道："不知道。"

二妞继续追问："你怎么知道他是无意中给你的？"

大妞道："本来就是无意的嘛！"

二妞紧问："那你右边耳环上的红豆，又是谁给的？"

大妞不吭气儿了。

二妞气愤地道："还是这位爷？还是无意中？"

大妞更不吭气儿了。

二妞接着道："我看，这位爷倒确是无意中。他但凡看到一个漂亮女的，就布施她一颗红豆。可你，我的好姐姐，你却对他有了意了！"

大妞既被妹妹捅穿，就索性豁出来了："是的！我就是对他有了意了！我本来想一辈子在宫里的，可我变了主意了！做牛做马，我也想出来了！"

二妞吃惊问道："你出来？出来跟着他？跟着这种见一个爱一个甩一个的人？任他作践你？"

大姐横了心道："作践？我们生来就是被人作践的，就是看谁来罢了。这有什么奇怪？只要我对谁心甘情愿，我就任他作践！"

二姐简直不信自己的耳朵，气急败坏地吼道："这是什么话？像你这样还不如死了去！"

大姐忽然也胆大了起来："你以为我不敢死呀？我打了好几年的主意了，我早就想去死。可现在，我倒不想死了！"

二姐又哭起来道："你可不知道，我的好姐姐，你耳软心活，见不得一点好儿。你不知道，我和妈妈开了这几年铺子，见的可多了，那些花花公子，没有一个是好的！怎能去上他们的钩？还不如找个门户相当、情投意合的，吃一口咸菜，喝一口凉水的好！那些穿得缎棍般的人，没一个是有好心肠的！"

大姐道："我知道。妹妹的话，也是为我好！可我也不是为我自己，我也是为了妈和你！我琢磨几年了，我不忍看着你和妈妈开炉、看铺子！我是姐姐，我又不聋，我又不瞎，我能闭眼不见吗？"

二姐道："我和妈妈过得比谁都好，用不着你搭救我们。你像个大烈女似的，卖身救母，割股疗饥，我们又没有饿死！谢谢你一片好心吧！"

大姐长叹一声道："你谢我也罢，刺我也罢，反正我是铁了心了！没什么可说的了！凭你再说八天八夜，也说不转我！"

二姐听了这话，大吃一惊，不由得冒叫一声："姐姐！"

大姐知道她有重要的话要说，便答应了一声，等她说出来。

只听二姐认真说道："姐姐，我知道你的心事，还是我替你说出来吧！你看上了小平郡王子福彭了！对吧？"

大姐不由得一惊："你胡说！"

二姐正儿八经道："我不是胡说！先不说他现在还不能当家做主，他上有父王、王妃，下有丫鬟使女，他哪个地方能摆上你呀？"

大姐仍在抵赖："你胡说八道什么？我能巴结上他吗？他是什么人？我是什么人？"

二姐道："你呀，你呀！你别再自欺欺人啦！告诉你实话吧！你心上那个福彭，身上别着一口袋红豆，到处去撒！前几天，他来这儿看剑，还用仙人摘豆法，在我头发上安了一颗红豆呢。你要不信，我拿给你看！"

大妞不吱声儿。

二妞跳下炕来，点着了灯，从自己镜匣里翻出了那颗红豆，托在自己的掌心上，一手拿着灯，送到姐姐面前道："你看，这红豆是不是和你的一模一样？"

大妞就着灯光一看，果然和自己的一模一样。她不由得把眼光从红豆转到二妞脸上，狠看她两眼道："我可知道你今儿是为什么了！"

二妞不明白道："我为什么？"

大妞冷笑道："今儿我一进门，你就看着我不顺眼，原来是瞧着我耳环上两颗红豆了！怪不得你也想嵌上个耳环戴上呢，原来是这么回事啊！"

二妞气得直叫："原来是怎么回事？"

大妞道："你别冲着我吼！我今儿一回来，你就对着这两颗红豆刨根问底儿，又哭又骂，没完没了，根底都在这儿哪！"说罢，眼睛直往红豆上瞅。

二妞道："根底在哪儿？我的糊涂姐姐，你别拿你的心思来揣摩我了，你以为我会正眼看上他？"

大妞道："你正眼看不上他，干吗还把他的红豆留着？干吗不当面甩给他？"

二妞道："就为这事，我还在恨我自己呢！"

大妞道："可不，你也和我一样摆不脱啊！"

二妞道："我和你不一样！我恨我自己和这些混账东西打交道，没提防他下口！[1]他放红豆在我发髻上，我竟然不知道！"

大妞道："你不知道？你巴不得他放呢！"

二妞剖心沥胆道："才不是！姐姐，你要知道，这些人活着，就以为非作歹为乐，他们把人瞒混得越圆，越觉得意。就像小缯，偷得人家神不知

---

[1] 下口，狗不吠而咬人，北方叫作"下口"。

鬼不觉，他才越觉得手艺高超！我就没想到他会栽给我一颗豆子，我把他当作一个人来着，行事就没提防。说真格的，他们是什么王子王孙？全都是贼！”

　　大妞睖着眼睛看着妹妹道："你莫非疯了不成？"

　　二妞道："我才不疯，我说的都是大实话！可你，对这种人，竟看不透！"

　　大妞怒道："你看得透，假撇清！你看透了？还留着这颗命根子？"

　　二妞忙道："我留着它，要它做个见证，好让你心回意转！"

　　大妞听了，更加气道："呸！我有什么心好回？我有什么意好转？兜个大圈子，原来在这儿哪！偏偏你这个死心眼儿的姐姐，不听你的，又怎么样？留着你的命根子吧！"

　　二妞也气道："是我的命根子，还是你的命根子？让你看看，我是怎样对待这个命根子吧！"

　　二妞说罢，把红豆放在打铁的砧子上，顺手拿过铁锤，还没等大妞喊出声来，一锤下去，把红豆砸得粉碎，用嘴一吹，便烟消云散了。

　　大妞看了，双手捧着心，妹妹这一锤，就像锤到了自己心上一样。她喃喃地道："就算他沿街到处撒，又有什么？我已经在佛前发过誓了，我嵌上他的红豆，就是他的人了！我再也不改主意了……"

　　二妞吃惊地看着她："我的好姐姐，你可不能这么糊涂啊……"一把抱着大妞，放声大哭起来。

第二十五章

楚楚笔花轻离人世
扬扬世子胡闹翻船

双燕得知王爷不但要考福彭，还要考曹霑，使她捏着一把汗。当她随着王妃的丫鬟们在大玻璃窗里看到靶场操练和舞剑，心想，王府比汉府的气派可大多了。曹霑射箭时，她连气儿也不敢出，待到看他连中三元，为王妃娘家争得了光彩，自己也觉着体面。她见王爷牵着福彭和曹霑进来，便和别的丫鬟连忙退了下去。

双燕煞是高兴，正往明德堂那边走，没想到耕云不知从哪儿钻了出来，吓得双燕一时躲避不及。

耕云笑嘻嘻地道："姐姐，你没看王爷考咱们小爷的武功呀？"

双燕羞答答地道："怎么没看？"

耕云道："真棒极了！咱们占姐儿还连中三元呢！"

双燕道："知道！"

耕云道："你在哪儿看的？我怎么没看见你？"

双燕道："我随着福晋在大玻璃窗里看的。你跑这儿来干什么？"

耕云道："我怕你没来着，不知道咱小爷连中三元，想来告诉你呢！"

双燕红着脸道："以后别老往三门里跑，让别人见了说闲话儿。"

耕云道："怕什么？我俩都是小爷从南京带来的。我是小爷的贴身小子，有个事儿什么的，还不该来找找小爷的贴身丫鬟呀？"

双燕嗔道："看你胡说些什么？"

耕云接着道："何况今儿全王府的人都到靶场见世面去了，我才来找你的。"

双燕道："找我干什么？"

耕云从身上掏出一个旧荷包，道："这是小爷在南方时候赏给我的。我日日带在身上，穗儿都磨光了。劳姐姐驾，给我换一个。没准儿还是姐姐给小爷做的呢！"

双燕听了，只得说："拿来我看。"

耕云便递了过来。

双燕接过一看，果然是自己前年过年时候给占姐儿做的，没想到竟到了耕云手里，脸儿不由得又绯红了："那我给你另打一条穗子吧！"说罢，拿着荷包转身就走。

耕云喜滋滋地轻声喊道："姐姐，荷包里的东西，你就收下吧！呵？"

双燕一听，就像烧着了手似的，回身就把荷包往耕云这边掷过来，忙道："荷包里有什么东西？我可不要！"

耕云慌忙拾起，哀告道："好姐姐，你不要就不要，你换好了穗子，原封不动还我就是了！哪能丢了呢？"

双燕想想也是，便立住不吱声了。

耕云涎着脸求道："好姐姐，里边的东西，只当没这回子事儿，你帮我换换吧！"说着就将荷包送了过来。

双燕没好气，想了一下，拽过荷包，就转身快步往里走了。

耕云兀自出了一身冷汗。

双燕回到明德堂，静悄悄的，知道靶场还没散完呢。只见笔花独自倚着栏杆，舞剑的戏装也没换，脸上挂着泪水，痴呆呆地看着前面。

双燕不由得喊了一声："笔花姐姐！"

笔花见是双燕，不禁长叹一声道："双燕姐姐，我这一下，可完了！"

双燕奇怪地道："什么可完了？你们舞剑舞得这么好，我做梦也想不到呀！今儿可真是开了眼了，你们得费多大功夫才能练得出来呀？这王府的丫鬟，可真不好当呢！"

笔花道："双燕姐姐，你这话可说对了！王府的丫鬟是不好当。我好不容易盼着回来了，又睡在我原来的地方了，只想小小心心地别出差错，兴许就会留下我，不叫我到茶上去了。没想到，越是小心，越出差错！……真是没法说，越是怕出错，它还偏找上门来！就拿今天来说吧，腰带穗儿竟会和剑柄上的穗儿缠到一起了！幸好墨香眼快，一伸手就帮我蹬开了。要不，这一场舞剑，就坏在我一人手里，那可怎么收拾呀？"

双燕安慰她道："现在不也挺好的吗？王爷还赏赐了呢。再说，你们舞剑的时候，大伙儿看了大气都不敢出。你说你出了差错，看的人还没觉出来呢。别往心里去了！"

笔花出了一口长气道："但愿这样吧！双燕姐姐，你不知道，我可真怕再到茶上去呀！"

双燕感到笔花一提起茶上，就打心眼儿里害怕，不解地问道："怎么？你这样害怕到茶上去？"

笔花推心置腹地道："双燕姐姐，我不怕吃苦，也不怕干累活，我到茶上和下边丫鬟们也处得挺好的。可我就是怕茶上总管安顺！他只要拿眼一看我，我浑身汗毛都会竖起来！"她越想越怕，接着道，"双燕姐姐，我也不知道我怎么那么怕他。"

双燕懂事地问道："茶上总管安顺，怕他怎的？他还不是和别的老公一样！"

笔花浑身都有些颤抖地道："正因为是老公，才更害怕呢！双燕姐姐，我怎么老觉着我这命，会送到他手里……"不由得啜泣起来。

双燕连连安慰她道："别胡想了！你和他无仇无冤，他干吗要害你呀？"

笔花道："我也说不上来……"停了一会儿，又问道，"茶仙还好吧？"

双燕告诉她道："挺好的！自从我们小爷要她留在我们这边，你们小爷也就没说的了。茶仙又会用蒲草编小玩意儿，什么小笼子、小花篮儿、小粽子……我们小爷成天扯些草来要她编，她手也真巧，什么都能编出来！"

笔花羡慕道："她的命真好！她也比我能撕罗得开。我命真苦！"

正说着，澄心早已换了平日穿的衣服，走过来喊道："笔花！怎么还不去换衣服呢？茶上总管派小丫头来叫你了。王爷的赏赐，你那一份放在你衣服旁边了，你走的时候带走吧！"然后笑嘻嘻地对双燕道："双燕姐姐，你没去靶场看我们现丑呀？亏得墨香，要不，我们这张脸都往哪儿藏呀？"

笔花一甩手，进屋去了。

澄心瞟着笔花的背影，叹了口气，对双燕道："我原本想向我们爷说说，把她留下吧。茶仙被你们小爷留下了，我们这儿还缺一个人呢。没想到，她今儿舞剑又出了差错。这也难怪，好久没练了。可这，就不好向我们爷张口了。看来茶上还离不开她呢！这不，才来几天，安顺总管又派小丫头来叫她了，我们谁还敢留呀？"

双燕道："笔花姐姐，是没得说的。澄心姐姐，你们屋既缺一个人，何不还把她留下呢？总比来个生手强呀！"

澄心正不知如何回答，这时，福彭和曹霑由丫鬟们簇拥着回来。澄心急忙迎向福彭，双燕也向曹霑走去。

砚侬和墨香闻声，也从屋里走了出来。

砚侬道："小爷！王爷赏赐什么了？快给奴才们见识见识！"

福彭笑道："早让小子们给抢光了，还轮到你呀？"

月奴笑道："福晋奖给表小爷的，可没叫抢了去。"

文影笑道："还是月奴姐姐有心眼儿，先就让鸣环和红缨姐姐送回来了，没让小子们拦路打劫！"

众人都笑了。

砚侬道："是些什么？咱们瞧瞧去！"

丫鬟们一窝蜂似的把曹霑拥向西屋。

福彭对澄心道："快给我换衣服，可把我憋屈坏了！"边说边往东屋走。

澄心忙跟过去，边走边替他解袖上的扣儿，低声道："今儿可是真辛苦了！"

刚好笔花拎着她那个小包袱，手上拿了一把宫扇和叠好的藕荷色丝巾子，从里面走出来。看到福彭在澄心的侍候下，从自己面前走了进去，她面色发白，两眼暗淡无光。她见福彭看都没有看她一眼，心中分外凄楚。

她站在"在明明德"的匾额下，犹豫了一会儿，想到西屋去找双燕，但西屋里笑语喧哗，使她没有胆子走进去，趔趄着退了回来。她把丝巾放在宫扇上，又翻过来把宫扇放在丝巾上，正琢磨着怎么办。

忽然，一个清脆的声音喊她："笔花姐姐！"

她像回声似的应了一声，抬头见是茶仙。

小茶仙比来时丰润多了，小脸蛋儿也红了，她高兴地跑到笔花面前，拉着她道："笔花姐姐，你干吗呢？快到屋里看看福晋奖给表小爷的东西去！"

笔花道："我不去了。茶仙，你将这把扇子和丝巾交给双燕姐姐，就说我送给她的。这是王爷今儿赏赐下的。你告她说，我没有别的东西送她，只有王爷的赏赐像个样儿，可以留下来，让她以后想着我点儿。我走了！"说罢，将宫扇和丝巾交给茶仙。

茶仙接过来问道："姐姐上哪儿去？"

笔花道："回去。"

茶仙道："回去？回哪儿去？"

笔花道："回老家去！"

茶仙不解道："回你自己的老家去？"

笔花点点头，"嗯"了一声。

茶仙眨着毛虚虚的眼睛，疑惑地看着她。

笔花见她发愣的样儿，不由得苦笑着告诉她，自己是回茶上去。

茶仙一听，更不解了："怎么？笔花姐姐，你不是回来了吗？怎么还要到茶上去呢？"

笔花道："茶上来叫我了。"

茶仙道："不！笔花姐姐，你是小爷屋里的人，我是茶上的，应该是我回去！你留下吧，我这就去收拾收拾回茶上去。"说罢，就要进屋去。

笔花一把拉着她，苦笑道："傻丫头！在哪儿待着，到哪儿去，能由咱

259

们自己做主吗？你别找骂挨了！你好好待着吧，能跟着表小爷，就是你的造化了，我也为你高兴！我到哪儿都一样，过了这一阵，什么就都好了……你得闲的时候，告诉墨香和砚侬，我和她们在一起，时间也不算短了，就说我想着她们，不和她们告别了！我走了！"

她看看四周，听着屋内的笑语声，全不想进去，便悄然走了出去……

茶仙拿着宫扇和丝巾，若有所感地看着笔花走了，觉得她话里有话。这时，屋里有人喊她，她便进屋去了。

韵华小五爷越琢磨越不是味，越琢磨越窝火：

自己比福彭，哪一点比不过？他老子是郡王，我老子是亲王，还高一层呢。他生得魁梧，我长得也仪表堂堂。要比武功，我不如他，但比文才，他可不如我！我随时随地都能出口成章，他能吗？……西直门桑家铸剑，是我引见他的，可他竟然喧宾夺主！原来桑家二丫头一直垂青于我，可是自从比剑之后，一反常态，被福彭的红豆子给勾引过去了，连说话都爱理不理的，变着法儿送她东西，她也不要了……

这时，在亲王府的远房亲戚胡发，正在京中候差，想补得一门肥缺，早就想博得小五爷的欢心。小五爷的母亲是亲王的宠姜。只要小五爷在他母亲面前美言几句，他母亲再在亲王耳边提一下他胡发的名字，这事就成个八九不离十了。再赠之以重礼，一个肥缺，便唾手可得。

这几天，胡发看到一天就会吃喝玩乐的小五爷，突然整天待在屋里长吁短叹起来，连忙从跟班小厮进宝那里，打听出小五爷的心事。

胡发心中打定了主意，脸上笑眯眯，步子慢悠悠，踱进了小五爷的书房。

只见书桌上零乱地放着没有镶好的剑璘和剑珌，还有半截的古剑。小五爷两脚跷在书桌上，仰巴斯天地靠在太师椅里，脸色愤愤不平，但又透出无可奈何的神色。

胡发轻轻唤了一声："小五爷，没出去玩玩，在屋里琢磨什么？"

韵华一歪脑袋，见是胡发，连身都没抬，倒高声骂了起来道："他妈的! 原来说得比唱得还好听, 现在什么都不给老子干了!"

胡发益发明白底里, 便接腔道:"这也难怪! 本来好端端的事儿, 忽然有人在里一搅和, 不就变样儿了吗?"

韵华立刻坐了起来道:"这真个是歪打正着! 我这儿正遇着一档子不随心的事儿呢!"

胡发兴冲冲地道:"哦? 你这个不成器的舅舅, 在这个上, 还不算是'力把'[1]; 给你当个军师, 还是可以的。"

韵华遇到救星, 就将自己怎么思慕二姐, 二姐原来对自己怎么好, 福彭如何从中插了一杠子, 就落到如今受人奚落的份儿……一五一十都对胡发说了。他要胡发给自己出个主意, 整治福彭, 把二姐夺过来, 才能消了这口窝囊气!

胡发附耳道:"这有何难? 只消如此这般, 便可手到擒来!"

从此, 韵华小五爷就被他牵着线儿动了起来。

这一天, 福彭和曹霑还没下课呢, 韵华就在书房外等着了。

他带着福彭到桑妈妈家, 还带着他另找门路, 明里暗里, 到处吹捧福彭的武功文才。获得什么奇珍异宝, 尽先就给福彭过目。福彭对他也就更加信赖起来。

韵华深知福彭喜爱红豆, 想方设法派人到处去弄了来, 把那颗粒饱满、色泽红艳的献给福彭。福彭几乎每次回来, 都要在曹霑面前显摆一番。有时也将曹霑带了出去, 一同寻欢作乐。曹霑看到韵华对待福彭事事都另眼相看, 福彭对待韵华也无话不谈, 深感他俩真可算是"莫逆之交"了。

一天夜里, 胡发溜进了小五爷屋里, 挤眉弄眼地告诉他, 报仇雪耻的时机已经到了!

韵华很兴头, 忙从炕上坐起来听。

胡发问他, 可知桑家还有个大丫头?

韵华满以为有什么了不得的好主意, 一听他问这个, 便觉他还没有摸到

---

[1] 力把, 也作劣把, 即外行的意思。

边儿呢，粗声粗气道："开铺子是二丫头，自然会有个大丫头呀！"

胡发进一步问道："五爷可知道这大丫头是干什么的？"

韵华更不耐烦了，一口气地说道："桑家大丫头名叫大姐，今年一十七岁，长得和二姐一样标致，不过略瘦、略白一些个，在圆明园宫里刺绣。过一段时间回西直门她妈妈家住这么一宿半宿的。也有些浮浪子弟打她的主意，可她正眼也不看一下。她是宫里的，谁敢去招惹那麻烦呀？也就活该她冷清啰！……"说到这儿，得意地瞧了胡发一眼道，"怎么样？还够仔细吧？！"

胡发道："仔细倒够仔细，只是这顶紧要的、最节骨眼儿的一点儿，你小五爷不知道！"

韵华听他话里有话，又觉得胡发可真有两下子，不由得把语气放软了些个，问道："顶紧要的？最节骨眼儿的是什么？"

胡发也绝不放松，反倒问道："我那事儿，和令堂大人说了吗？"

韵华也不饶他："怎么着？你是不相信我吗？"

胡发忙赔笑道："哪能呢？舅舅也就是太心急了，求你小五爷给上紧着点儿！我这儿，已经给小平郡王安排下甜果子了！"

韵华几乎不相信，问道："怎么？福彭难道和大姐还有干系？他小子有那胆子，能乱到宫里去？"

胡发暗自得意道："俗话说，'色胆包天'嘛！咱们就从大姐这儿，给他打开个缺口。少说，也叫他老了把他揍个半死！看他以后还再敢去招惹别人心上的姐儿不？"

韵华高兴得一拍大腿道："真有你的！舅舅，您那事儿，我明儿一早向妈请安的时候，一准说！"

胡发悄声道："那，我敢打包票，福彭的船，眼看着就翻在我手心儿了！"

第二十六章

伏机早设上推下卸
鸣镝说帖点火煽风

平郡王府大总管吉祥正坐在条案前的摇椅上，用马吊牌开天门阵。每到接不上的时候，他便跷起二郎腿来，靠在椅子上摇一摇，仿佛这一摇，他就会把牌接下去了。

平郡王纳尔苏回京以来，认为吉祥催租得力，收银按期，治下严紧，禀报及时，对他很是称赞。王爷多年不在家中，能得此等大管家，也可放心了。

吉祥饭后开天门阵，如果开得很顺利，他就知道今天的事情好办；如果开不开，他就得多加三分小心。这倒成了他每天饭后的例行公事了。今天，他在受到纳尔苏垂询的当口，承蒙王爷夸奖，着实得意起来。他慢悠悠地摇着摇椅，圆着嘴，吐着酒气，鼓胀胀的肚子压得摇椅咯吱作响。

他打了一个饱嗝，酒气从口腔喷出来。刚才喝的这"惠酒"[1]，他倒认为徒有虚名，还不如牛栏山的土酒过瘾。因为上头喜欢甜口白酒，惠泉又以甘

---

[1] 惠酒是当时的贡品。康熙封惠泉为天下第一泉。以惠泉水酿造的酒，名惠酒。酒比较柔和。

洌知名，全国上下便都一口同音，夸说惠酒。一轰一抬，越抬越高。说真格
的，其实还比不得延庆的"高粮烧"。延庆是明朝公主王孙的庄园，庄头为
了哄弄上差，都造了好酒，来一个，灌醉一个，来两个，灌醉一双。酒力发
作了，租粮也就落足了庄头的腰包。

吉祥琢磨着明天打道西郊，到那儿不免大过其瘾。再弄一坛子"烧刀
子"[1]回来，比吃这淡水寡酒受用多了。他洗了洗牌，又悠然自得地摆了
起来。

小子们端来了槟榔、子蔻，放在他旁边的小几上，他正眼也不看一下，
兀自开牌。

他觉得很舒服，便又摇了摇椅子，把两条腿跷得更高些，差一点儿没有
张了车。

这时，安顺蹑手蹑脚地走了进来，拎了一把椅子，一屁股坐在他的旁
边。两个大酒桶碰到一起，更觉酒气冲天。

吉祥自己也感到不是味儿，摇了摇椅子，透透气，顺手从小碟子里面，
拈了一块槟榔，放在嘴里尽嚼。

安顺把个大嘴巴，凑到吉祥的扇风耳边，对他半开玩笑半认真地道：
"您惯坐在火盆上纳福，不担心裤裆燎毛啦！"

吉祥听了安顺的口吻，很觉憋气。待他嚼了两口槟榔之后，掂量着这话
里有话，便把两只稀稀朗朗的黄眉毛扭紧，"哼"了一声，口气倒有几分缓
和："出了什么事了？"

安顺小声道："人家送来说帖了。"

吉祥听了，用酒糟鼻子嗤了一声道："家常便饭，值得大惊小怪！"

安顺摇摇头，脸色沉下来道："和往常不同，这里牵扯着一位尊神呢！"

吉祥这才欠起了身子，半坐着，认真地问安顺道："什么狗屁说帖？拿
来我看！"

安顺从靴筒子里拿出一张半皱的粉红色的方纸片儿来。天色虽然已暗，

---

[1] 烧刀子，就是高粮烧，北方的一种土酒。浓度高，酒力大。

但还看得清楚，上面写着：

玲珑骰子嵌红豆，

入骨相思知不知？[1]

吉祥不懂，便问安顺："这十四个字，是什么意思？"

安顺嬉皮笑脸答道："也难怪你不懂得。吃、喝、玩、乐，都有你的份儿，唯独这个'色'字，没有你的份儿！"

吉祥听了着恼，狠狠地把嚼碎的槟榔，"噗"地一下吐出，险些儿吐在安顺的靴子上，方砖上就如粘着一大口血痰："别放屁了！到底牵惹着何等样人？"

安顺又掏出一颗红豆来，对吉祥解说明白："您请过目！这一团火就包在纸里，这纸上就写着他妈的这两句诗。是背语，里面有'骰子'二字，是他妈的'色子'的谐音，丢在咱们府门前面。指的是谁，不就明白了吗？"

吉祥吃惊道："福彭世子？"

安顺道："不是他，还有哪个？在外边拉拉尿，惹谁掀翻了醋坛子，弄出这下流招数，来讹人！"

吉祥恍然大悟，忙道："呃！呃！是这样。啥时辰拾到的？哪儿捡来的？"

安顺回道："在大门口，清早扫街拾到的。听下边说，早些日子就有，没当一回事儿，扫走了。今天阿福拿到，才交上来的。"

吉祥愕然道："早就有过？"

安顺道："可不是！眼下，就要拿主意。是稳住？还是捅穿了，交上去，弄得大家不干净？"

吉祥没有搭腔，伸手把牌推了，弓着背，把眼皮向上撩着，大口大口地吐着酒气。他用手攥了攥酒糟鼻子，用长长的指甲挖了挖黑洞洞的大耳

---

[1] 这是温庭筠的诗句。

眼，又摸了摸光滑的方下巴，一句话也没说。一会儿工夫，觉着浑身哪儿都刺痒。

安顺把说帖拿起来，重新把红豆包好，放进自己的靴筒子里，轻声轻气地对吉祥道："呃，就这样吧？！……也只有这样！现在抖毛儿[1]，不是时候！"

吉祥既不说话，也不看安顺一眼。

安顺又找补一句："就这样吧！我何必这么没有真张儿[2]，看看下一步棋再说！"

安顺重复这句话，自己也觉着是多余的，声音也显得有几分干涩。

事情就这样压下了。

但是，过不了两天，后门又有了说帖。写的是：

浮碰浮碰！胡蹭胡蹭！狐朋狐朋！

粉红纸里面也包着一粒红豆。

谁知，接二连三地又拾到几次。吉祥和安顺一些大太监，真个有点儿坐不住了。

安顺连忙拿着几个红包，到柜房里找吉祥。见吉祥只管开天门阵，并不往心里去，对他还是爱理不理的，便故意挖苦他道：

"这回，你再装硬蛋也装不成了，该你泄黄子的时候了！"

吉祥听了，大声骂道："放你妈的顶门屁！前些日子，我就派出'眼睛'扫听去啦！略略摸着点边儿：这门子，也是位不好惹的。我满以为由他去，就结了。他也不是拿这个当饭吃，过不了几天，自会凉下来。谁知他倒顶风往上来，估斤摸两，还是有点分量的主儿呢！"

安顺倒抽了一口冷气道："节骨眼儿，就在这儿了！不往上报吧，看样

---

[1] 抖毛，要威风的意思。

[2] 真张儿，有主见的意思。

子是挨不过去了。往上报吧，要是攀了个大个儿的，把不住舵，一竿子把船撑到江心里去，只怕还拢不了岸呢！"

吉祥倒抽一口冷气，憋足劲儿，尖着嘴，又把气直直地吐了出来，琢磨道："猫也猫不住[1]，躲也躲不了。不着这头着那头！他妈的，该我脑瓜皮儿薄！"

安顺绞着短粗的双手，说出自个儿的打算来："这个干系，咱们不好担。我看这么着，回禀福晋，讨她的示下。点个'半截灯'[2]，免得整个儿通明了，没个缩手处！"

吉祥一听，满脸的阴云都散开了，把手在安顺胸前一拍："一锤定音！算你碰到点子上了！说办就办，我送给福晋去。看她如何处置，我们就领下来。"

他又得意地低声接着道："此后，再有什么阵仗，就轮不到我们头上了！"

安顺把肥脸凑到吉祥那张猪脸上："就是这话呢！黑锅不能由我们背着，得甩出去！"

吉祥斩截地说："是这样！定盘星掌稳了，就一五一十地约给她，酸、甜、苦、辣，由她自己去品定！"

两人说完，彼此用肩膀一碰，都咯咯地笑个不停。

吉祥笑得呛进了口水，猛咳了起来。

安顺急忙站起来，用手轻轻捶着他的背，笑嘻嘻地告诉他："我可弄了坛子好酒来了！昨天傻子倒了点去，拎香火诊他的肚子[3]，都烧个干杯儿！"

吉祥鼓着眼道："可不是，我们卖的也是干盅酒[4]，没有夹带藏掖。她喝

---

[1] 猫音"咪"，躲藏的意思。

[2] 点个半截灯，就是事情告到王妃那里为止，不要告到郡王那里去。也就是把责任推到王妃身上。

[3] 拎香火，把白酒烧着，按摩人用烧着的酒按摩患者身上，叫拎香火。

[4] 烧干盅，旧时试验白酒度数的方法。把一杯酒烧着，以杯内残存水渍来断定酒的浓度，以烧干为最佳。

了，保管脑袋不会疼！嘻嘻嘻嘻……"

"嘻嘻嘻嘻……"安顺附和大笑，伸过头去，对吉祥说："随我来吧！尝尝我的新鲜酒菜！"

吉祥这会儿，大大拉拉地道："凭你，有什么好酒菜？还不是'折笋'[1]。"

安顺得意地道："是你最喜欢的！刚从海边送来的，好肥的虾爬子！"

吉祥马上换了个脸色，眼睛发红道："有你的！走！喝个痛快！"

两个人一边走，一边聊着天儿。

吉祥问道："你们茶上说，死了个丫鬟，是怎么回事？"

安顺道："怪可惜了儿的！又俊、又嫩、又苗条，我一直想捏把她两下，还没等我动手呢，她倒投了井了！就算她福薄命浅吧！"

吉祥道："哦，原来还是你这老东西惹下的祸呀？"

安顺苦笑道："唉——这是从哪儿说起，我的老公！咱俩不都是一个毛病嘛！"

吉祥道："今后可得注意着点儿，声张出去可没你的好处！万岁爷对这个也要认真了！旗下虐死奴婢，或者逃旗太多，上边问下来，可不是玩儿的了！"

安顺道："咳！别大惊小怪的！王府死个丫鬟，就像死个蚂蚁，谁会来管呀？没人有那份闲心。就像金泉那小厮跑了一样，抓着了活该他倒霉，抓不着也还不是算了？那五爷府里，后花园墙上挖了好大个狗洞，就是往外扔人的，京城里谁还不知道？瞒过鬼去？这算个屁事，只怪那丫头没见过世面，没造化！"

吉祥嗤了一声道："世面？拿屁股当脸子，亏你说得出口！"安顺没回嘴，二人便喝酒去了。

第二天，角门里又发现了个说帖。小子们送给太监，太监送给安顺，安顺送到吉祥那里，吉祥便原封不动地把包儿交到了王妃面前。

---

[1] 折笋，就是宴席下来的剩菜。

自从平郡王纳尔苏考核了福彭、曹霑的武功文才后，王妃的心绪着实好了许多。她把这都归功到菩萨保佑上。因此，更加虔诚地烧香、拜佛、抄写经文。

这天清早，大总管吉祥求见，交上来一个小纸包儿，说是在大门外拾到的，送上来请王妃过目，没等回话，就退下去了。

王妃的贴身丫鬟宝瓶，接着这个小纸包儿，也不敢拆看，像捧着一团火似的，送到了王妃面前。

她把小纸包儿放在桌上，急忙跪下，回道："这是吉祥呈上来的，说是头一次见到，以前没有看见过。因为不知道里面是什么，不敢偷看，原封不动地呈上来，请福晋过目。"

王妃正在写经，听了这话，放下笔，走到窗前小茶几旁坐下。这才吩咐道："拿到这边来！"

宝瓶将小纸包儿拿到小茶几上来。

王妃道："打开它，看看里面是什么。"

宝瓶把这个粉红小纸包儿轻轻打开，里面便滚出一粒红豆，"啪嗒"一声，落到了小茶几上。

宝瓶看见包红豆的纸上有字，忙禀道："这包红豆子的纸上，还写的有字。"

王妃"哦"了一声，道："写的什么？你念给我听。"

宝瓶两手有些颤抖，她把纸头铺开，用眼睛瞄了一下那上面的字，便轻声道："奴才不敢念。"

王妃听了，诧异地问："不敢念？有什么忌讳的不成？"

宝瓶看着王妃，还是不言语。

王妃心中充满狐疑，便把纸儿接了过来，硬着头皮，自己来看。

只见字体十分粗劣，不过墨色倒是发亮。写的是：

拈花微笑福何方，

> 花花公子彭寿长。
>
> 惹遍桃柳不虚偷，
>
> 草有碑分齿无香。

王妃看了，不觉血往上涌，眼前立刻昏天黑地。但她素性刚强，不能在丫头们面前露相。

王妃装作细看一下那张说帖，这才说了声："造孽！罪过！"

她知道这是告密诗。骂她大儿子福彭"拈花惹草"，这叫作"藏头"。"方长偷香"是"露尾"。中间暗嵌"福彭不齿"是"带腰"。"不"和"无"是同意，"齿"和"耻"是谐音，就是"福彭无耻"。

王妃是个聪明人，虽然深居府邸，对外边市井情况，无从知晓；但对这诗谜之类的玩意儿，是一眼就能识破的。加之，她对世路人情，阅历得也不为不多，所以，她马上就断定：这写说帖的，从造句、墨色、红豆、粉纸等来看，必定也是位公子哥儿。这人熟知福彭的底细，绝不会光吹冷风。从说帖来看，福彭还不是一朝一夕的事，已是由来已久了。一定是二人争风吃醋，打翻了醋坛子，才使出这份下流手段来。

王妃命宝瓶和丫鬟们下去，一人独处，寻思如何发落。

她决定不让郡王知道。纳尔苏性情暴躁，再加恨铁不成钢，定会闹得不可开交。一则显得她教子无方，二则也会认定福彭不能成器。福彭是长子，要得了这个恶名，一辈子也洗不清的！

王妃主意既定，便将宝瓶喊了进来，命她把粉红纸头和红豆一起烧了，并告她传谕吉祥和拾到此包的下人，都要绝口不提此事。

王妃不传问吉祥他们，好让他们把这件事儿，看得无足轻重。

正说着，丫鬟秀容进来禀报，说是胡三姑娘带了最新的珠花样子来，请福晋过目。愿意留下就留下，愿意定做的可以定做。

王妃露出不悦的神色，对秀容道："你好好告诉她，她走门子走惯了，可是我家不兴这个。好言好语把她打发了，以后不许她再踏门槛儿！"

秀容答应着，屈膝退了出去。

吉祥和安顺正在喝酒，听了福晋的吩咐，心里有了底，两人相视而笑。

这些日子，西边沙城一带，盗马贼很是嚣张。

上驷院从三河那边拴来一群生马，这几天就该到了。纳尔苏怕被盗马贼中途打劫，已经派火枪队去迎接。

近来，纳尔苏郡王经常到南苑去狎马。他每次调理出来一匹名马要上进时，便要亲自狎一回马。

这是他的老习惯。他只要一狎马，就对这匹马的性格，看得一清二楚了。这时，他才调卷，仔细翻阅这匹马的卷宗：

产地，出生年月，是何处名马的后代？还是新拴的生马？经何人手中饲养？经何人手中狎驯？有何特技？有何特色？口齿？蹄躁？胸围？鬃毛？以及色泽、身高、身长……

他再把自己狎马所得种种情况，择要登录在卷宗上。然后，他才和鞍马长们商量，哪匹马可以献给皇上，哪匹马可以献给太子，以此做出决定。

纳尔苏就是一部《相马经》。他的马术，也是极有名的。他在南苑设了跑马地，划好跑圈，设了跳栏、障碍、人靶子、箭靶子、深阱、河道……

今天，纳尔苏狎了一匹纯白马，名叫银电镖。这马浑身光亮，毛如新雪。引颈长嘶，众马悚然。他骑在马背上，正在试试它的稳重劲儿，够格不够格？如果此马遇事不惊，他便决定把它献给皇上。

他正在试马，忽然听见嘤然哨响，半空中飞来一支鸣镝[1]，"当啷"一声，落到马前。

这银电镖，非但不惊，反而用嘴把箭翎衔了起来。

鞍马长见了，立即过来，从它嘴里把鸣镝取过来，双手呈给王爷。

纳尔苏在马上接过那支鸣镝，一看，是檽木杆儿，外饰桦皮胎，两角接处，还有鹿角，箭翎上挂着一个用红线扎着的小纸包儿。他知道，这不是一般老百姓的东西，心中便猜着了七八成。

---

[1] 鸣镝就是响箭。

纳尔苏是在军中惯了的，知道附近定有歹人窝藏，便喝令兵弁备快马，四面去追赶，务期将放鸣镝之人拿获！

他明知追骑自会空手而回，他猜测出放箭的绝非等闲，要是真捉住了，反倒不好发落呢！

纳尔苏坐在马鞍上，听着奔驰的马蹄声逐渐远去，这才把小纸包儿从箭缨上摘落下来，就手把纸包儿打开，一颗红豆便滚落在地上。马官张鹏翼过来，从地上将红豆拾起，取出巾子叠好，把红豆托在上面，请王爷过目。

纳尔苏看了，点点头，便命贴身太监过来收起。他再把包红豆的粉色纸头打开一看，只见上面写道：

祸福无端，拈花惹草，咎由自取。

旃彭有寿，抱猫偷狗，罪该万死。

他慢慢把纸团成一个球儿，塞到袖口里面。紫膛脸上的青筋立刻暴了起来，挂钩骨蠕动了几下，两眼透着毫光向海子外边[1]看去。

只见有一只苍鹰在飞翔，忽然一个猛子，扎到亮鹰台那边去了。马上又见那只苍鹰成个斜线，从亮鹰台南边飞滑上去，两个利爪攫着一只野兔飞走了。

接着，地平线上，就出现了几个黑点儿，顷刻之间，那黑点越来越大，变成骏马向这边飞驰而来。

一会儿，四路人马都会齐了。骑手们个个下马请罪，回禀王爷，说是连个影儿也没见。

纳尔苏说声："知道了！"便换上了自己的枣红马，回身向帐篷奔去。

把式们见王爷回帐篷，连忙过来牵马。一个奴才早已把背弓起，跪在马前，等着纳尔苏下马。纳尔苏踩在他的背上，下得马来，一声不响，四外打量了一下，便大踏步走进帐篷。

---

[1] 南苑又叫海子，海子外边，就是南苑外边。

他告诉鞍马长，银电镖先交十三阿哥允祥试骑。只要他点头，就可献给皇上了。

纳尔苏坐在帐篷里饮着茶，琢磨方才出的这档子事儿：这是写说帖的人，早已打听好情况，买通人，把箭交他发出，然后潜入附近苇塘，浮水逃走，因此，没法捉拿。只是福彭，小小年纪竟然沾上了这样的恶习，实在没有料到。看来，王妃也被他蒙在鼓里了。回去还不能让王妃知道。待查实清楚，定要狠狠地整治他一番！

想到这儿，纳尔苏霍然站起，吩咐备马，进城回府。

第二十七章

郡王府风波数起
纳尔苏怒火横生

澄心惶恐地跪在王妃面前，详详细细回答王妃的询问。

王妃道："小爷和表小爷搬到明德堂，起居什么的，就全仗着你们侍候了！他们下了学，都干些什么，和些什么人交往，你心里就该有个谱儿。"

澄心道："回禀福晋，自从选派奴才侍候小爷以来，奴才的心无时无刻不在小爷身上。搬到明德堂以后，心想，担待更重了。饮食起居，更加小心，因为这屋子一半连着二门，跟敞开的一样，交往什么人，无管家里、外头，房里、下边的，都得着实留心些个。小爷还没定性呢！跟好的学好，跟坏也难免沾染。小爷每天下学后，和谁在一起，到什么地方去，什么时候回米，奴才都一一记着。不知奴才做得对不？奴才无知无识，请福晋示下！"说着从怀里掏出一个三寸长、两寸宽的小折子来，双手捧着上呈王妃道："请福晋过目！"

王妃接过翻开一看，不觉诧异她真有一本账。只见上面写着：

三月初一日巳时，恭亲王召见。午时归，带回葫芦两只。
…………

274

四月初十日寅时，和表小爷一同去圆明园，申时归。

…………

五月初一日未时，韵华小五爷相约外出，酉时归。带回雌雄剑一对。

…………

王妃一边看，一边顺手翻着，见折子上真个是一天都不差，不由得转忧为喜道："难得你这么有心！快起来！对我说实话，小爷有没有在外边过过夜？"

澄心回答道："回禀福晋，没有。"

王妃仍不放心地追问："真的？"

澄心道："真的没有！小爷从来没有在外过夜！奴才若有半句谎言，请福晋降罪！"

王妃这才叹了口气道："这我心上一块石头就放下了！"然后又用眼睛盯住澄心道，"小爷和你们四个大丫鬟处得怎样？"

澄心略一迟疑，重又跪下道："请福晋恕罪！奴才不敢说。"

王妃诧异道："怎么？当初派定你们的时候，就已经对你们交代明白了。有的是几辈子老人的子女，有的是上无父母，下无兄弟姊妹的孤儿，只要把小爷侍候好了，小爷不嫌弃你们，你们就可以侍候小爷一辈子！有什么不敢说的？"

澄心道："王爷、福晋对下人们恩重如山，奴才们只应寻思如何报答才是。可是，人心隔肚皮，有些事儿，哪能想到呢……"

王妃吃惊道："难道出了什么事儿了不成？"

澄心连连叩头道："奴才罪该万死！奴才几宿都没合眼了，一直在寻思怎么来禀报福晋……"说着，禁不住哭了起来。

王妃着急道："恕你无罪，你快说！到底是怎么回事？"

澄心道："笔花她……"

王妃问道："她怎么？"

澄心道："她跳井了！"

王妃一怔，怒道："有这等事？"

澄心道："请福晋息怒！听奴才过细往上回！"接着便从福彭要茶仙来扎风筝说起，直到舞剑后，安顺要小丫头来叫笔花回茶上止，从头至尾地述说了一遍。

王妃余怒未息："事先为什么不来禀报？"

澄心道："奴才想，王爷那时远在边陲，王府内外大小事，都要福晋操劳，小爷要个丫头来扎风筝，临时调个丫鬟去顶替，这种提不上口的小事儿，咱们奴才们就自己办了吧，哪承想笔花会寻短见呢？"

王妃沉吟道："说的倒也是！"

澄心又回道："回禀福晋，依奴才看，幸好把笔花调到茶上了。"

王妃不解地问："怎么说？"

澄心解释道："笔花在小爷屋里，在茶上，都没有人苛待她，小爷对她也不错。就是她自己平素孤傲点儿，要不，小爷怎么就叫她去茶上顶茶仙呢！"

王妃思量着道："调茶上一个小丫鬟，不去顶替也罢。"

澄心道："恕奴才直言，要不派笔花去顶替，那可就麻烦了。"

王妃仍不解道："怎么？"

澄心连忙说出一番道理来："但凡一个人要寻短见，总不是一时半时决定的。要是笔花在小爷屋里寻了短见，咱们奴才背黑锅倒也没有什么，小爷可怎么办哪？要传了出去，那才是遍体排牙说不清呢。幸好，安顺把她叫到茶上，这不但是小爷福星高照，也是奴才们的造化哩！"

王妃听了，赞许地连连点头道："唔！唔！想得周到，想得周到！你就好好侍候小爷吧！以后不会亏待你的！"

澄心忙谢恩道："托王妃洪福！奴才不求有功，但求无过。能一辈子侍候小爷，也就是奴才的造化了。"

王妃还有些不放心，问道："砚侬和墨香怎么样？"

澄心道："砚侬还差不离儿。就是墨香，有点儿不顺小爷的心。"

王妃不禁"哦"了一声，等待她说明原委。

澄心接着道："奴才就应遂主子意。墨香有时就爱和小爷拧着劲儿。"

王妃道："小爷讨厌她吗？"

澄心道："看样子，小爷还偏爱找她！"

王妃略停了一下道："这样倒好！对小爷不能人人都百依百顺，是得有一个半个呲毛展翅的才好！"

这时，外间传来王爷回府的声音。

王妃忙对澄心道："你且回去吧！凡是知道笔花事儿的人，一律不要再说了！若有走漏的，绝不轻饶！"

澄心忙应："是！"

王妃又道："小爷屋里的丫鬟，过天就给你们补上。"随即命丫鬟取出几本小折子交给澄心道："从今后，你只管接着记，越详细越好！十天半月给我送上来一次！"

澄心答应着，行礼退下。

王妃独自思索了一会儿，看看手中的折子，感到事情这么着，对福彭来说，还算是好的哩！她便出门想到四外查看一番，正赶上纳尔苏牵着福寿走了进来。

王妃忙迎上前去招呼。纳尔苏脸色铁青，应了一声。福寿上前请母亲安，纳尔苏就带着福寿到小书房去了。

小书房是纳尔苏独自办公阅读的地方。没有王爷的吩咐，任谁也不能擅自进去。

王妃见纳尔苏牵着福寿进了小书房，随即升起疑云一片：福寿似乎从来没受过这般宠幸。可是，从王爷的神色来看，又不像是高兴的事。那么，莫非是福寿闯下了什么祸不成？但从福寿一本正经的面容上看，不像是惹了什么事儿……

她往小书房门前走了几步，倾耳听去，听不见他父子二人的声息。莫非说帖的事儿犯了，王爷知道了？她极担心纳尔苏找福寿是关系着福彭。

福寿是王妃的次子，比福彭小几岁。由于王妃怀他时久病，胎内亏损，生下后一直虚弱。因而素重武功的纳尔苏，在次子福寿身上，也只得例外。

福寿和福彭不但在长相上差异很大，在性格上也迥然不同。福彭生性豪爽，福寿却爱攻心计。他对母亲偏爱哥哥福彭暗自不满，但从不流于形色。自从表弟曹霑接进府后，也居然压他一头，就更加委屈起来。

平素他对福彭飞扬跋扈，很看不惯，对表弟曹霑骄纵出格，小小年纪就信口议论，随意荒唐，和丫鬟小子们没个上下，对家里家外没个界限，也很不以为然。他对曹霑书房上课不专心听讲，不尊重师长，在下面弄小玩意儿，尤为厌恶。

他深知自己不为母亲喜爱，除了早晚和兄弟一起到上房例行请安外，很少到上房去，也绝不和丫鬟小厮们言笑，主仆界限分明。他的衣食起居，都由从小带他的郑奶嬷嬷一手张罗。郑嬷嬷就如同他的亲娘一样。郑嬷嬷言谈之中也经常流露为福寿抱不平，常说他如同后娘孩儿一样。

因此，福寿天天盼着王爷回来。王爷常年在外，每次回来，对福彭兄弟都是一视同仁。只有在王爷回来的日子里，福寿才感到扬眉吐气，是王府的小主人。

这天晚上，郑嬷嬷侍候福寿睡下的时候，从怀里摸出个小粉红纸包儿来，要福寿看看，是什么玩意儿。福寿接过打开一看，里面包了一粒红豆，包豆的纸上写了两句诗，只见：

> 福如东海龟有德，
> 彭老千年鹤之性。

福寿看罢，脸都气黄了，忙问嬷嬷哪里得来的。

嬷嬷告他，是王府后角门上扫街的小厮拾得的。早先就拾得有，交上去后，传话下来，叫把它扔了，只当没看见。扫街小厮见这红豆子净光鲜红，怪好看的，舍不得丢，就装起来了。"前儿个，扫街小厮央我给他钉个扣子，我见他衣服口袋里这个红纸包儿，还以为是哪位爷赏赐给他的宝贝呢，我叫他拿出来给我，我好拿给你看，是个什么稀罕物儿。"

福寿怒道："简直无法无天了！此事定要禀报王爷知道！再要胡闹下去，咱王府的家风，都要让他给败坏完了！"

郑嬷嬷吓了一跳道："这是什么东西？怎么回事？怎么有这么大的干系？"

福寿将纸包儿往怀里一揣，气愤道："别问了！以后也不许提这个事！太不成体统了！"说罢，脸冲里，一头子躺下了。郑嬷嬷也就不敢再提再问了。

接连几天，福寿揣着小纸包儿要找父亲，但纳尔苏在南苑狎马未归，他只得不露声色地等着。

好不容易把父亲等了回来，但父亲身边总是有人，瞅不到一个空子能够单独去见父亲。这样又琢磨了两三天，终于在这一天，乘父亲从外边回来，下马独自往里走的时候，福寿从回廊边急忙跑出迎了上去，向纳尔苏请安的同时，忙道："父亲！孩儿有要事禀报！"

纳尔苏问道："什么事？"

福寿道："孩儿不能在这儿说。"

"哦？"纳尔苏警觉地牵着福寿，便带他往小书房里走去，随即斥退下人。

王妃正在坐立不安，刚想往佛堂走去，只见王爷贴身太监吉庆被召进去，很快又走了出来。不一会儿，就见吉庆领着郑嬷嬷走进了小书房。

王妃见郑嬷嬷进去，悬着的一颗心，反倒放下了。暗自念佛道："阿弥陀佛！看来不是福彭的事了！"

这时，又见吉庆快步出来向外走去。心想，莫非福寿和他奶嬷嬷之间有了什么差错不成？吉庆又去干什么了呢？……王妃虽是满腹狐疑，但想到这二人都与福彭挂不上，倒还比较放心。

待了一会儿，吉庆领着一个小厮快步走进了小书房。王妃只觉着这小厮面熟。是茶上的？膳上的？还是门上的？可记不清了。但绝不是跟福彭的！因此，王妃断定：王爷小书房里的事儿，与福彭无关！因此，便静下心来，到里屋继续抄写经文去了。

小书房里，纳尔苏满脸阴云密布，福寿垂手立在桌旁。桌上放着打开的粉红小纸包儿，中间放着一粒鲜亮的红豆。

纳尔苏不论办什么事，都是雷厉风行，绝不拖沓。他在南苑狎马时得到的说帖，回来当晚就派出心腹太监、马官等四处调查回话了。他治家极严，生平最恶好色之徒。他认为世上一切坏事，皆由好色引起。因此，他对下属，只要是沾染了"色"字，绝不轻饶！他绝没想到自己的长子竟会如此堕落！这使他极为痛心！

他深信王妃不知，他也不愿王妃知道。他感到这都是自己长年在外，没有时间来治家教子的缘故。

今天，他回得府来，没想到在家中，也发现了说帖。这说明福彭在外拈花惹草，已经滥到何等地步！他决心要把这桩事儿刨根问底，查个明白。

郑嬷嬷和扫街小厮禀报了说帖的来源，跪在一旁。这时，吉庆又带进来了门上的总管常保。

今天，常保见王爷进了府门儿，溜溜达达地转了一圈，便吩咐下边：来了够格儿的，就到茶上安顺总管那儿禀报；一般的，就回了，说王爷不得闲。说罢，便到安顺那里谈吃喝去了。

两人正谈得高兴，门上小子慌里慌张跑来告诉他，吉庆把扫街小厮叫去了，说王爷有"请"！

常保、安顺一听，不由得面面相觑，脸色发黄。下人们都知道，只要吉庆一说王爷有请，就会有一场风暴卷起！

安顺道："伙计，别是那死丫头的事儿犯了吧？"

常保道："死了个丫头的事儿好说。何况谁也没推她，是她活腻了，自个儿跳下井去的。别是那小纸包儿的事犯了，可就捏不住了。"

安顺道："瞧你那副没见过世面的模样儿！小纸包儿的事儿，早由咱们大总管禀报了福晋，就是千钧重担，也落不到咱们肩上了。"

常保道："那你今后合着说，还能在王府待呀？还打不打算要主子信得过你？"

安顺不解道："此话怎讲？"

常保着急道："啊呀！你怎么聪明一世，糊涂一时呢？你们把担子都推到福晋那里去了，福晋和王爷还不是一回事儿吗？难道王爷为这事还会把福晋怎么着？可福晋要知道下人把担子都推到她头上，不为她挑，那，可就没我们的好果子吃啰！我的老公公，你品过味儿来了吗？"

安顺一琢磨，忙拍着常保道："有你的！这么说，我们不该把这事捅到福晋那儿去啰？"

常保两眼滴溜溜一转，狡猾地道："不！得捅上去！但到节骨眼儿上，又得揽下来。这样才能使福晋心里明白：哦！是咱们成心替她把担子给承担下来了！这样，福晋心里自然认为咱们靠得住，以后就离不了咱们呀！"

安顺赞佩道："有两下子！不过，王爷对咱们可不会轻饶呀！"

常保道："较劲儿就在这儿！舍不得孩子，哪能套住狼呀……"

正说着，吉庆像一阵风似的刮了进来。

安顺和常保都愣住了。不知这回是要"请"谁？

吉庆什么表情也没有地道："常保！王爷有请！"

安顺的心这才落地了。心想，不会是笔花的事犯了……

常保看了看安顺，只得硬着头皮跟随吉庆走了出去。

安顺见常保前脚走了出去，后脚就跑到吉祥那里通风报信去了。

在这一辈总管里面，常保年纪比较轻。他一直想做王爷福晋的心腹，苦于撬不开缝儿。再说，中间还隔着吉祥、吉庆这些大太监。茶上安顺虽说和自己平辈，但此人一肚子坏水儿，吃人不吐骨头，成事不足，败事有余，只能拉拢，不能得罪。

常保一边随着吉庆往上房走，一边急急寻思，如果真是说帖的事儿抖搂出来了，他就一揽子都包到自己身上。虽说自己皮肉免不了吃苦，但对上面，层层路子就都铺开了。

常保走进小书房，见到王爷桌上小粉红纸包儿，就像吃了定心丸似的，在桌前跪下，还没等王爷开口，就磕头如栽葱捣蒜一般，连声道："奴才知罪！奴才知罪！"

纳尔苏只说了一个字："讲！"又开两脚，稳坐上面等他说明。

常保从发现说帖那天起，一直说到桌上这个小纸包儿止，都未向上禀报，也未上交，一股脑儿全揽在自己身上。说自己压根儿没把它当一回事就给扔火里烧了。桌上的小纸包儿，是扫街小厮拾了交上来，打开看了红豆子好玩，就给他玩了……总之，确实把上面下面有关说帖的事儿，全都揽到自己头上来，既未上推，又未下卸，都由他一人承担。

纳尔苏见常保流水般说完，便命跪朝一边，要吉庆立即去把福彭的四个小子叫来！

吉庆奉命出屋。

福寿在一旁道："回禀父亲，哥哥的四个小子，只剩下三个了！"

纳尔苏道："怎么只剩下三个？"

福寿道："金泉早就跑了！"

纳尔苏怒道："跑了？怎么跑的？"

福寿道："哥哥吊打他，夜里也不把他放下来，第二天就找不着了。"

纳尔苏问："什么时候的事？"

福寿道："元宵节时候的事。"

纳尔苏两眼逼视常保问："门上是干什么的？"

常保又叩头道："奴才罪该万死！那天正是灯节，金泉出门，啥也没带。奴才和门上小子都以为他去看灯了，哪知他这一去就不回来了。第二天，大总管吉祥知道了，立即派出人马，哪儿也没找到。后来，听说后门桥那块儿冻死了一个小子，穿的衣服和金泉一样。那不是他还是谁？放着王爷府的福不享，要活活去冻死，命中注定该死，能怨别人吗？……"

纳尔苏鼻子"哼"了一声，他对吊打小子，死个奴才并不在意。一转头，福彭的跟班来喜、荣禄、长安三个小子，一个挨着一个提心吊胆地走了进来。见到屋内情形，"扑通，扑通"，都急忙跪倒。

纳尔苏声色不动，要他们禀报福彭所作所为，倘有隐瞒，绝不轻饶。

来喜素来机灵，又是福彭的心腹，一上来就诉说了福彭许多过五关斩六将的事儿。

纳尔苏眼放豪光，斥道："要你这狗奴才为他报功吗？……"

来喜立即急转直下，把福彭吊打金泉，金泉跑了，以及一些无关紧要的过错诉说了一番。因为他知道，金泉跑了是秃头上的虱子，自己不说，自会有人说的。由他来说，倒落得敢告发福彭的不是。

轮着荣禄，荣禄胆小，从进来就打哆嗦，该他说了，更是上牙打着下牙，只说和来喜见到的一样，其余就说不出来了。

纳尔苏倒也没说什么，只是把眼睛向长安看去。

长安生性倔强。这几天，正为着一桩事儿痛不欲生。

原来，他侍候福彭以来，常给福彭取个穿的戴的，和福彭四个大丫鬟常打照面儿，暗地对笔花竟生了倾慕之情。但想到笔花是福彭的贴身丫鬟，哪敢有非分之想。没想到天如人愿，笔花突然调到茶上了。长安有事没事，一天都要去茶上偷瞧个一两回。又挖空了心思，要和笔花说上一两句话才好。哪知笔花又调回小爷屋了，长安不禁嘲笑自己痴痴做梦一场。谁知靶场舞剑之后，笔花又回到茶上了。长安暗自高兴，自认为这次必可天遂人愿，要不笔花怎么两次都调到茶上来了呢？

这天一早，长安把自己打扮得干干净净，利利索索，决心壮起胆子要与笔花搭上两句紧要话儿。刚跨进茶上的院子，只见安顺满脸横肉在那里吆喝，茶上的两个小子拿着杠子和绳子，在井旁捆一卷用草席裹着的东西。

长安上前笑嘻嘻地道："这一清早，干什么呢？"

安顺大声斥道："少来问！躲远点！"

拿杠的小子低声道："笔花姑娘跳井死了！"

长安一听，如晴天霹雳，顿时就蒙了。他啥也不顾地扑了过去，掀开席子一看，只见笔花惨白的脸上，双目紧闭，湿漉漉的，就如同泪水没有干一样。他肝肠寸断，欲哭无泪，欲喊无声，只得眼睁睁看着两个小子把笔花抬走了……

尽管事后，他打听了埋葬她的乱尸岗，也曾到她的小土包前烧了纸，喊了她一千声，一万声，但，她的冤屈，有谁来伸呀……

长安跪在地上，感到王爷的眼光射向自己，决心要为笔花申冤。他连连磕头，大声道："启禀王爷！奴才有事禀报！"

纳尔苏又是一个字："讲！"

长安道："小爷的大丫鬟，笔花姐姐，投井死了！"

福寿吃惊道："笔花死了？"

纳尔苏一回头，福寿在父亲的逼视下，忙低声道："请父亲恕孩儿无知，孩儿实在太惊诧了！"

纳尔苏很自然地想到，一定是福彭蓄意不良，逼死了丫鬟。他两眼喷出怒火，压着嗓子问道："为了什么？如实讲来！"

可长安除了知道笔花两次调到茶上外，什么事儿也说不出了。

倒是福寿接着把福彭和曹霑擅自调茶仙扎风筝，把笔花调去茶上的事说了一遍。并说笔花虽非福彭逼死，但也是福彭把她调到茶上致死的。

纳尔苏听了，未置可否，转问常保道："门上的怎么说？"

常保在长安为笔花喊冤的时候，就琢磨该怎么编派才合适了。听到王爷点他，急忙磕头道："启禀王爷，笔花是清早起来打水、够水桶，掉到井里淹死的！"

长安喊道："不对！是跳井死的！"

纳尔苏眼光射去："大胆！"

长安忙叩头道："请王爷恕罪！笔花是大丫鬟，她从不到井边打水，是跳井寻死的！"

常保据理道："他只知其 ，不知其二。"

纳尔苏道："讲！"

常保随即道："笔花在小爷屋里是大丫鬟，自有小丫头打杂。调到茶上，到井边打水，就是正办了。常围着井边转，哪有不掉井的？何况她在上房惯了，手上无力，咱王府井又深，桶又大，她怎能招呼得开哟？刚好那天清早井边没人，井栏又低一点儿，把笔花捞起来的时候，井里还有一个水桶呢！再说，捞起来以后，眼睛闭得紧紧的，要是有人逼她，或是寻短见，哪还会闭眼呀？……启禀王爷，奴才禀报是实，如有半点虚妄，甘愿领罪！"

这时，平郡王的鞍马长，一口气从圆明园跑进了王府，下马后直奔小书房而来。

他喘息未定，一腿跪到纳尔苏身旁，低声禀报道："启禀王爷，宫里绣房太监说，小爷进去了两次。第一次进去后，绣工大妞镶上了一只红豆耳环戴了；第二次进去后，绣工大妞又镶上了另一只红豆耳环。都是宫里匠工给镶上的。奴才今天守候在外，一直等到散工的时候，绣工出宫门，太监指大妞给奴才看，果然是一边戴着一只镶着红豆的耳环！"

只听得"啪"的一声巨响，纳尔苏一掌拍在桌子上，桌上文房四宝都跳了起来。他额上青筋突起，两眼怒火直冒，大叫道：

"王府内外严禁行走！立即把福彭给我带上来！"

第二十八章

郡王迁怒鞭福彭
福晋慎思遣曹霑

福彭兴冲冲回来，不去自己房中换衣服，就跑到西边曹霑屋里来了。进门就伸着两只空空的手，转着圈儿，要曹霑猜他今天带回什么宝贝来了。

曹霑见他手上什么也没拿，腰上什么也没挂，前后左右和出去的时候一样，什么也没增添。心想：大表哥今天一定带回了什么"巴物儿"[1]。可是，叫他从哪儿猜呀？但他知道福彭是憋不住的。因此，故意装着思索的样子，笑眯眯地看着福彭，嗯……这个……呀……地拖时间。

果然，福彭憋不住了，一下就把外衣解开，两手撑着，得意扬扬对曹霑大声道："看！"

曹霑一眼看去，只见福彭腰间扎着一根闪亮的银腰带，便故意扁着嘴道："你从哪儿找来这条薄铁片子围上了？"

福彭哈哈大笑道："你呀！有眼不识金镶玉！"说罢，用手一抽，便从腰间抽出一把寒光逼人的宝剑，在曹霑面前左右晃了两下。

曹霑欢呼道："啊呀！这么柔软！"

---

[1] 巴物儿，就是稀罕物儿。

福彭道："柔软？你再看看这剑锋吧！"说着，便把剑向盆景里的假山石上轻轻一挥，便削下了薄薄一片石头。接着道："你看是柔软，还是坚硬？"

曹霑忙将剑接了过来，用手轻轻一弯，剑便随着手儿弯成了圆圈。手一放开，便是一柄利剑，巍巍直颤。曹霑也试着向假山石上轻轻一挥，也削下了一小片石头。

曹霑爱不释手道："好剑，好剑！大表哥，你从哪儿弄来的？"

福彭道："还有谁？韵华小五爷呗！他弄到这个，不识货，就让给我了！"说着，把剑缠在腰间的皮垫上，又从袖子里掏出一个小包儿，打开给曹霑看，全是色泽鲜艳的红豆，有好几十粒。

福彭道："原本我只随便弄几颗，逢场作戏罢了。如今韵华一个劲儿地到处为我搜罗，看来我真要成了'红豆公子'了。我这个小锦囊都快装不下了。"一边说着，一边解下腰间的小锦囊，将红豆都装了进去系好。

这时，澄心神色有些张皇，跑了进来道："爷！快去！王爷派人来请你了！"

福彭答应着，将锦囊挂在腰间，向外走去。

澄心道："爷，把你那锦囊撂在屋里吧！"

福彭回头微笑道："法宝是不离身的！"瞟了一眼澄心，就大步往外走去。走到门口又回过头来大声道，"霑儿！我已经和韵华约好，明天咱们一起骑马去圆明园！"说完，就走出去了。澄心追着要他把红豆放下，但福彭并不理会。

吉庆在明德堂等着他，见福彭出来，忙上前打千道："小爷，王爷有请！"

福彭问道："王爷在哪里？"

吉庆道："小书房。"

福彭便经过三门向小书房走去。

整个王府静悄悄的，看不见一个人在走动。每道大门旁，都立有王爷的侍卫。但福彭全然没有注意到。

福彭满以为父亲唤他，无非是又想起什么武功要考核考核他，嘱咐他如何循规蹈矩，见到哪位皇亲国戚，应如何讲究礼仪等等……待他大步跨进小书房，只见黑压压地跪了一屋子，哑然无声，父亲坐在桌后，面如沉铅，这才知道事情有些不妙。

福彭心中惶惑，不知如何是好。

纳尔苏怒道："畜生！还不跪下！"

福彭直愣愣地跪下，把头也伏了下来。

纳尔苏一眼就看到他腰间挂的小锦囊兀自晃荡，不禁怒火猛高三丈，压着嗓门问道："畜生！你知罪吗？"

福彭抬起头来，眨了两下眼睛，道："启禀父亲，儿子实在不知！"

"拿去看！"纳尔苏将桌上纸包红豆猛掷在福彭脚下。

福彭弯身拾起，一看红豆和歪诗，倒抽了一口冷气：这不是韵华小五爷的手笔吗？怎么竟会到了父亲手里？……还没等他来得及细想，便听纳尔苏问道：

"你腰间装的什么东西？"

这回福彭可吓傻了。两眼发直，看着父亲，不知如何回答才好。

纳尔苏气已经憋到嗓子眼了，但仍然压着气道："你自己不说？"

福彭真想用手摸一摸腰间的锦囊，但在父亲的目光下，手比千斤还重，怎么也提不上来，心却跳到口里了。

纳尔苏不动声色地喊了一声："来人哪！"便有两个侍卫从门外走了进来。

纳尔苏命道："把这畜生腰上戴的小锦囊取下来，让大家见识见识！"

侍卫还没动，福彭觉到受辱，大叫道："我自己拿！"说罢，一手把锦囊揪下，将红豆全倒在自己手中，托着一捧，低头认罪道，"请父亲过目！儿子知罪！"

纳尔苏从牙缝里问道："知什么罪？"

福彭道："为儿不肖，不该把红豆带在身边，逢场作戏。"

纳尔苏猛地一拍桌子，两眼喷射怒火道："好个逢场作戏！你这个畜生！小小年纪，戏到家里不说，还戏到外面，戏到满京城了！今天，我要动用祖宗家法，不打死你，决不罢休！"随即命道："你这个畜生！把你手上的红豆数一数，共有多少粒？"

福彭惶恐万状，哪里数得清？只得硬着头皮数下去，最后低声道："回禀父亲，有九十九粒。"

纳尔苏猛地起身，抽出一根用牛筋编起来的鞭子，往侍卫脚下一扔，大吼道："给我打！狠狠地打！打他九十九下，为朝廷除害，为家门除祸！"

本来，屋里鸦雀无声，黑压压跪了一地，任谁大气也不敢出，这会儿都骚动起来！

郑嬷嬷仗着是福寿的奶娘，冒着胆子，跪着向前挪了两步，央告道："求王爷饶他这次……"

还没等郑嬷嬷说完，纳尔苏两眼喷火，一扫全屋："不准再替他求饶！"

王府上下全都知道，王爷下令，从不收回。但，九十九下，铁打的汉子也经受不住，岂有不活活打死的道理？

众人正慌着，只见纳尔苏暴跳如雷，吼叫道："打！给我打！狠狠地打！我家世代忠良，岂能败坏在你这畜生手中？"夺过侍卫手中马鞭，没头没脑向福彭抽去！

王妃正在里屋抄写经文，四格格慌怵走进来对王妃道："舅母，浣纱来说，大表哥的跟班小子，都被舅舅叫到小书房去了。"

王妃一听，"哦"了一声，紧接着宝瓶又跑了进来禀报王妃道："王爷把小爷也叫到小书房了！"

王妃立刻明白：福彭的事儿犯了。她最担心的事儿，总归还是来了！她脸色煞白，思量着：这可怎么好？纳尔苏火暴脾气，福彭如何经受得住？……她焦虑万状，头直发晕。

四格格急中生智，忙道："莫如要表弟曹霑到小书房看看？"

王妃听了，急忙道："对！对！要他去，在你舅舅火头上挡一下！是个好办法！"随即吩咐宝瓶，"快找表小爷去救他大表哥！"

宝瓶奉命，急往明德堂跑去。

福彭被吉庆带走以后，澄心便觉心神不宁，什么事也干不下去。

这时，耕云神色仓皇，从二门闯了进来。

澄心急忙躲进去告诉双燕。双燕红了脸道："他怎么这样没规矩？"

澄心道："我看他有急事，要不，不会这么莽撞的！"说着，便拉着双燕在门里往外看去。

只见耕云慌里慌张地对曹霑道："……小王爷红豆子的事儿，被王爷知道了，听说王爷要动家法呢！"

"动家法？"曹霑急了。

澄心和双燕，脸色都变了，顾不得回避，忙从里面走了出来。

耕云看是她二人，向后退了几步，赔笑道："请姐姐见谅，我是急了，也顾不得许多了！我这就走！"

双燕急道："嗨，别走！澄心姐姐要问你话呢！"

耕云忙道："姐姐什么事儿？"

澄心问道："王爷在哪儿？"

耕云道："在小书房。"

澄心听到小书房，便觉不一般，正不知如何办，宝瓶一头子闯了进来，急向曹霑道：

"快！表小爷！快去救命吧！"

曹霑大惊道："救命？救谁的命？"

宝瓶喘着气儿道："还能救谁的命！王爷正打呢！要打九十九鞭呢！"

曹霑听了，拔脚便跑。

曹霑跑进花厅，便听见鞭子"嗖、嗖"的声音，只听福彭叫道："打死儿子不要紧，求父亲别把儿子腰上的剑打断了！"

曹霑不顾一切，分开众人，便钻了进去。看到姑父刚刚甩下鞭子，坐在桌前喘气，桌上乱陈着红豆。福彭跪在地上，双手抱腰，弯作一团。

曹霑一眼看明一切，便高声道："大表哥！小五爷昨天塞给你的红豆，你干吗都带在身上？"

纳尔苏见曹霑钻了进来，又听他说红豆是小五爷送的，便问曹霑道："红豆是韵华昨天给他的？"

曹霑忙回道："是！姑父！"

纳尔苏对福彭吼道："畜生！为什么不早讲？"

福彭道："王爷劈头盖脸打将起来，哪容有回话的份儿？"

纳尔苏道："还敢犟嘴！"

纳尔苏看到福彭被打得肩背上透出斑斑血迹，却不哼一声，反倒两手护着腰，叫喊不要把剑打断了，倒有几分痛惜起来。感到儿子不愧是郡王的后代，够条硬汉子！加上霑儿进来说明了红豆的来历，气便消了一半儿。

曹霑不慌不忙又道："姑父！大表哥功课要有答不上来的时候，都是甥儿伴读的不好，总爱找大表哥陪我玩儿。姑父要打，不要打大表哥，只管打我才是！"说罢，便跪倒在纳尔苏面前。

纳尔苏牵起曹霑道："不干你事！这回便宜他一次。"接着便斥喝福彭道："下次你再要胡闹，绝不轻饶！把剑留下来，快给我滚！"

福彭抬眼看了看父亲，只得把"绕指柔"解下放在桌上，对剑狠望了一眼，勉强鞠躬退下。刚走几步，忽然想起，故意装作歪歪斜斜的样儿拐出门去。

在小书房门外探听动静的王妃和四格格，这时才出了一口长气，觉得一天的乌云消散了。等到福彭步履艰难地走了出来，王妃心痛得直流眼泪，忙吩咐丫鬟叫小子抬软榻来，送福彭回屋。这时，曹霑也赶来搀扶福彭。

福彭对王妃强笑道："没事儿，妈妈！我身上有'绕指柔'护着呢，打不着我！只要父亲别把孩儿的'绕指柔'打断就行了！"说着，还对四格格笑了笑。

四格格急忙背过脸，生怕福彭、曹霑看见自己的脸庞儿。

福彭回到明德堂，自有澄心等丫鬟忙着张罗，找出獾子油，舒筋活络丹、七厘散等等。

王妃忙派人请来太医，煎药擦洗。福彭生性刚强，从不呼痛，丫鬟们只有好生侍候了。

福彭一边上药，一边对澄心道："今儿要听你的，把那劳什子摞在屋里，就不会挨这一场打了。王爷要我数豆子的时候，我可真后悔……"说着倒笑起来了。

澄心看着他叹口气道："但愿爷能记住，那可真是造化哩！"

在上房，纳尔苏得空回去，才顾得上安慰王妃道："我原是怕你不明真相，听了着急。所以，教训福彭时，事先未曾告你知道。都怨我常年在外，没有时间教管儿子，致使福彭小小年纪闹到红豆到处撒，说帖满天飞……不管教他一次，是不行的了。"

王妃通情达理地回道："正因为福彭年纪小，玩几颗红豆有什么不得了？他每日每时，干什么，我都有一本账在这儿呢！"

纳尔苏道："这就好！我知道了，今后也好放心了！"

王妃从身上掏出小折子交给纳尔苏，继续说道："你拿去看吧，这是福彭贴身丫鬟天天记福彭行踪的小折子。我儿子生性豪爽，爱开玩笑，逢场作戏，从未乱来，天天都回家睡觉。可你，回来不久，安知外边是不是有人嫉妒我家，捣我们的鬼？捏陷我儿子，故意造谣生事，也是有的，岂可听见风就是雨不成？我看你也是官面上不顺心，拿我儿子扎筏子……"

纳尔苏一边翻看小折子，一边感到对福彭打得太重了，有些后悔起来，低声道："没打坏他吧？"

王妃想想，又有些伤心起来道："亏得霑儿闯进了小书房，要不，我儿子这会儿还不知成了什么光景呢……"不禁又流下泪来。

纳尔苏忙赔小心道："好了！以后遇事先和你商量好了！我也是为他有出息，才打他几下，叫他记得牢些！"

王妃嗔道："你和你儿子一个样，都是说起来好听，到了火头上，就什么都忘了！"

纳尔苏开玩笑道："虎父无犬子嘛！我看他挨打还护着剑，这小子就是有些骨气，将来会有一番作为呢！"

王妃瞟了他一眼道:"你才知道,我儿子本来就是个好样儿的!"

纳尔苏沉思了一下道:"本来,做父亲的不该迁怒。我心气不顺,谁知叫他给碰上了。按理,拿他撒气,也不应该。其实,我正担心一些泰山压顶的大事哩……苏州的事,皇上要拿它开刀,看样子,不会罢休的。下一步,怕就轮到江宁织造府啦!今后做事,我们得万分小心才是!因此,我也更怕孩子惹麻烦!"

王妃早已想到,李煦舅舅家一倒,自己娘家也是万难保住的。为了不使皇上犯疑,目前应该先把曹霑送回去,以后相机行事,再把他接出来。再说老太太带信说也想他了。

就这样,趁王爷提起这个话头来,便说出将霑儿暂且送回南京,过一阵子,看势头,再行接回的话。

纳尔苏听了,连连点头称是。

双燕从王妃屋里出来,领来旨意,心中自是喜欢。说实在的,在王府万般好,也不如汉府好!汉府有老太太,有金凤、琥珀、紫箫……不论怎么说,南方比北方好!人对家乡是没话好说的,家乡总是比哪儿都好!

她想小爷听见要回南京的消息,也一定会高兴的!只是王妃处处心细,要她先试探一下曹霑,再对他说,免得他感到突然。

自从福彭挨打,在屋里养息,曹霑也不去上学了,整天陪着福彭玩闹。

他从福彭口中得知写说帖、向纳尔苏告状的不是别人,而是对福彭最好、平日最玩到一起的韵华小五爷,几乎不相信自己的耳朵。倒是福彭说完了,骂了两句,就像没这回事儿一般。可曹霑心里一直在琢磨:小五爷这种当面笑眯眯,背后使绊子、诬陷人的人,将来定不会有好下场!

从此,小五爷不来了,也不敢照面了!否则,他要来了,曹霑不啐他才怪!

晚上睡觉的时候,双燕坐在炕沿上守着曹霑看书。忽然,长长叹了一口气……

曹霑忙放下书,看着她道:"怎么啦?双燕姐姐!"

双燕道："想我们南方了呗！想老太太，想金凤了……什么山呀、水呀、花呀、草呀的，都想了！"

曹霑忙靠过来道："我也想哩！想老太太，想娘，想太姨，也想金凤姐姐！我怎么那么着急，想把北方见到的事情都告诉她！"

双燕道："老太太也一定想你了！还有太姨。其实，你也不是真想！要是真想，你那脾气，还沉得住？早就会闹着要回去了！"

曹霑生气道："跟你说真话，你偏瞎打岔。姑姑、表哥对我这么好，我怎好撂下就跑？像话吗？双燕姐姐，你先在姑姑面前透个风儿，讨她的示下！"

双燕暗自高兴道："好！你好好睡吧！我明儿早上就去禀报福晋！"

曹霑大喜，叫着："噢！我们要回南方喽！"接着，翻了个跟头，就靠里躺下了。谁知又忙爬起身来道："慢点，双燕姐姐，过几天吧！等大表哥伤养好了，咱们再走！"

双燕笑道："你当那么容易，说走就走啊？就算福晋答应了，还得张罗谁送咱们，给老太太送什么，给南京家里带什么……还不得十天半月也定不下来？到那时，小王爷的伤早养好了，没准儿都可以骑马送你了！"

曹霑听了，又向炕里滚去道："哎！就这么着！"

曹霑要回南方的消息，悄悄在丫鬟中传开了。最伤心的当数小茶仙。表小爷真个走了，她就掉在大海里，到处没个抓捞了。像表小爷这样的主子，哪儿能有第二份呢……

她的份子钱一直还在茶上领，她想托茶上的小子买点儿丝线来编几个小玩意儿，送给表小爷和双燕姐姐带到南方去。表小爷喜欢她用蒲草编的小玩意儿，她是知道的。但那只能玩个新鲜。等到草儿一干，就变样儿了。她自个儿默默准备着，谁也不告诉，只是比往常更加喜欢待在表小爷旁边，能给他多递几次茶，多拿几次东西，多听他唤自己几次，就是最乐意的事儿！

曹霑要准备回南方了。今天早起，对双燕说，要到大书房去上学！

双燕道："福晋早吩咐下来，不用再去上学了，你怎么忽然又想起用功来了呢？"

曹霑郑重其事地道："不管怎么说，我们在一起读了几个月的书了。这会儿要走了，还能不看看去？哪能就这么人不知鬼不觉地悄悄走了呢？"

双燕觉着他说的也对，便替他换了衣服，叫了耕云，送他到大书房。

书房里除了福寿外，谁都不知道曹霑要走，还像往常一样地打招呼。以为曹霑前脚来了，福彭后脚也会进来的。因他俩自来上学，都是形影不离。福彭病了，他也不来了；他来了，说明福彭病一定好了！

没想过了好一阵，福彭还没来。阚德就挤在曹霑身边，悄声问道："福彭病好了吗？"

曹霑连忙往里挪了挪道："还没好呢！"

阚德就势又往里挤挤，更低声道："风传令表兄触犯了家法，被王爷打了！有这事儿吗……外边盛传红豆公子抄家了……嘻嘻嘻嘻！"

曹霑满腔惜别之情，被这幸灾乐祸的阚德几句话，全赶跑了。他抬眼扫了一下大书房：江松筠老师还没来；福寿仍然道貌岸然地坐在那里默默朗读；齐慎修两眼贼溜溜地盯着阚德和自己。看来，阚德的问话，来自齐慎修。阚德是他支派来的！

曹霑猛地把书包一提溜，打消了辞行惜别的情意，对耕云道："走！"

刚走到门口，正遇见白俊生和铁英哲。他俩一见曹霑，忙拉住他问长问短，说一直想到里面来看望福彭，但王府传下话来他要静养，不许会客，所以就没来成。并问曹霑怎么也不来了呢，还以为他也欠安了……

曹霑刚才一肚子气，被他俩的热乎劲儿驱赶得一干二净了。拉着他俩的手，悄悄告诉他俩，自己要回南方了，特来向他们告别的。还要他们不要挂念，过一阵还会来的。他俩听了，自是依依不舍。曹霑这才和他二人告别。

回到三门，便到东屋去看福彭，想把阚德这些混账话告诉福彭。谁知进去一看，福彭睡得正香甜。养了这些日子，大表哥反而又白又胖了。他对澄心摇摇手，悄悄地回到自己屋里来。

屋里静静的，他也就走得更轻了。

进到屋里，只见双燕独自在抹泪。身上放着笔花送她的宫扇和汗巾，旁边堆着她自己和曹霑的衣物，显然是在清理行装。

她哭什么呢？……哦！一定是想起马上要走，和姐妹们相处久了，有些舍不得了。这是意中应有之事。他轻声道：

"别难过了，双燕姐姐，过一阵咱们还要来！"

双燕一见曹霑来了，忙把宫扇和汗巾收起来，边揉着眼睛边道："我哪儿难过了？就是尘土抖到眼睛里了！"

曹霑见她收宫扇，忙道："别收，别收！你把笔花姐姐送你的扇子放在外边，我给她题首诗在上面，她会喜欢的！哦！她还不知道我们要走呢，我这就告诉她去！"说罢，就要走。

双燕一把拽住他，急道："你到哪儿告诉她去？"

曹霑道："到茶上去呀！这阵子，她总也不到里边来了。大表哥挨了打，她都不来看看，就忙成那样了？"随后一想，又道，"哦！大表哥挨打不许说，兴许她还不知道呢！她要知道了，再忙也会来的！"

原来，笔花跳井的事，丫鬟小子们都知道了，就是瞒着福彭和曹霑。谁知这会儿曹霑要去找笔花，这可怎么办……

双燕想，还是断了他的念头吧！便道："别去找了！她不在了！"

曹霑忙问："到哪儿去了？"

双燕略一迟疑，又转口哄他道："她妈又生病了，回去看她妈去了。"

曹霑便为笔花着急道："上回不是笔花姐姐爹病了吗？怎么这回她妈又生病了呢？"

双燕本来是顺口编的，哪承想曹霑记得偏偏这么清楚，只得顺嘴诌道："上回她爹病好了，这回她妈又病了。天灾病孽，还能择日子吗？"

曹霑只得停步，惋惜道："笔花姐姐也真是！但愿她妈妈快点好起来！"说着，就手拿起了笔花的宫扇看着。

双燕看到曹霑拿起笔花送她的宫扇，暗自伤心道："小爷，题首诗吧！题首纪念她的诗！"

曹霑道："当然题一首纪念她的诗！等她回来，我就拿给她看！"

曹霑走至桌前，蘸笔挥笔，不假思索，便在宫扇上题道：

红楼隔院酒生春，

鹦鹉如何错唤人？

天上人间非远路，

落花重又委香尘。

他写完又念了一遍，皱着眉道："不好！写得不好！这不作数，我再写一首吧！"

双燕道："怎么不好？"

曹霑道："有点像挽诗的味道，这不成心咒她吗？"说着，自己笑了起来。

双燕听了，一把便把扇子夺了过来道："你又不是存心咒她的，一时不见了，因为心中有她，这样才显得真情呢！她是个使唤丫头，要能有你这样大手笔咒她，她还会不朽了呢！"

曹霑一笑而罢，道："我原来是套用别人现成的句子，弄巧反拙，词不达意。将来见到她，我给她写一百首好诗，让她高兴呢！"

双燕看着扇子，不禁叹了一口气道："唉！这一首诗，她都受用不起，一百首她更受用不起了！说了你也不懂！等你长大一点，再跟你细说吧！"

曹霑不明白她在说些什么，忙问道："说啥？"

双燕看着他道："说好多好多的事儿……"

第二十九章

春去鹧鸪藏小玥
秋来钟鼓动离魂

李煦眼前摆着一碗薏米仁粥。他凝神看着它，实在吃不下去。

又停了一会儿，他怕家人又过来劝说，还得废话，这才勉强吃了两口，应付过去。

侍女鹧鸪走来，把早点收拾过后，便又送上代代花茶。

李煦刚想像往常一样，叫鹧鸪把孙小姐玥儿唤来，但马上又想道：玥儿也在吃早点，叫她乖乖地吃完再说吧，免得一打岔，她又不吃了。

这时，飘来一阵花茶香，他皱了皱眉头，轻声说：

"换一杯菊花吧！"

鹧鸪连忙过来，把茶换过。

她在李煦面前停了一下，见他没再吩咐什么，这才转身到屏风后面侍应着。

李煦得到落职的消息后，便终日不出府门，免得再横生枝节，待在家中，等候圣旨。他还不知圣谕上面到底写下什么罪名。皇上最终将他如何发落？是不是还给他留下一步退路？

李煦明白，他的官职会一抹到底，甚至首级也难保全。弄得不好，还会灭祖灭宗。

　　他是个熟读经史的人。"覆巢之下，岂有完卵"这句话，他是深有体会的。他对《赵氏孤儿》这出戏，平日也是极喜看的，苏州织造府中自养的小班，不知已演过多少场呢。《跑雪山》这出戏，这些年市上演得更勤。有的戏园子还故意贴出海报，把这个剧目写成《曹福升天》，也有写成《曹福成仙》的，来给曹家歌功颂德。因为"頫"字过于生僻，很多人就讹成"曹福"。甚至公事行文，也有写成"曹福"的。因之，有的戏班领班，为了便于讨赏赐红，就大演"曹福"的戏，暗指曹家忠心义胆的意思。因为两京望族，非亲即友，点戏出应，未免都要在这个圈子里面兜来兜去，只要他们赏脸，不但可以多讨喜幸钱，还可声誉鹊起呢！有的又觉明写"升天"不好，就把戏目改成《南天门》，暗寓升天的意思……

　　李煦正心神恍惚，忽而听到嘤嘤的啜泣声。声音像是他的小孙女玥儿。他本来半倚在睡榻上，便马上坐正了倾听，但细听声音又没有了。才感觉出来是自己的耳鸣，又是左耳鸣得厉害。

　　但他禁不住又想看看小孙女——这个心头的明珠，李府的命根子……

　　"想我从记事起，就在宫里讨生活。这回已是凶煞临门，不可不早作打算。本来行将就木，死亦何妨？只是，我家祖脉，由我断绝，有何面目得见列祖列宗于地下……"

　　李煦这时面赤耳热，胸口像压了千斤巨石一般。他感到吸气出气都很艰难，可是不愿别人看到他难受的模样，便又稍稍直起身来，喘息了一会儿，张着嘴大口吸气。

　　他强自平静下来，伸出手去，胡乱摸到茶杯，饮了一口茶，舒舒气，好像又有了活气儿。

　　他的全部心血，凝结成一股心思：要抢出孙女玥儿来！她这样小，这样逗人怜爱，绝不能投身为奴，更不能死！她，她是个多么好的女孩儿呀……

　　忽然，大管家进来回禀：

　　"巡抚大人案前张老爷到！"

　　李煦明知这张老爷，就是苏州巡抚面前得力的张师爷，心中不觉万分鄙夷，但脸上还是强颜为笑，忙道：

"扶我起来，请他到'轩中轩'相见。"

大管家答应个"是"，还没转身回请呢，谁知张师爷就已经闯入内室来了。

李煦觑着眼，心想：兵败如山倒，家败如决堤，什么东西也都可以冲进来了。

鹧鸪连忙过来，扶着李煦坐直。张师爷双眼死盯住她。

张师爷三脚并作两步，抢先走近榻前，微笑着道：

"请勿下榻，您家金体不豫，万万保重，不可起动。卑职奉抚台大人口谕，特来拜见。因有重要公务，未等回报，擅自进见。敢请大老爷万勿怪罪为幸！"

李煦忙道："岂敢！岂敢！张老爷亲临寒舍，有何见教，命我前去就是。何须有劳贵步呢？我虽卧病，岂可如此简慢？知道的，素知吾等不分彼此；不知道的，反而以为家居未免过于轻狂了……"

话未说完，两人都大笑起来。

鹧鸪送上茶后，便躲到屏风后面去了。

张师爷道："目前不比往常，所谓官身不由自主是也！"

李煦自然听出这话，是说他已不能擅自出门的意思，更加揣摩不出张师爷是干什么来了。但是，他急于知道苏州巡抚要他来做什么，便道：

"恩抚大人有何见教？即请张老爷示知，以便遵照办理，绝无违误！"

张师爷沉吟了一下，道：

"一是，奉抚台大人之命，特来拜见问安！"

李煦挣扎着欠身道："岂敢，岂敢！"

张师爷轻咳了一下道："二是，说来话长。现在去繁就简，我看还是打开天窗说亮话吧。"他用眼睛扫了一下李煦，说道："巡抚大人老太君，过几天适逢八十寿诞，您是知道的。"

李煦忙道："这，舍间都入正册，到时候，万无贻误，自会重礼奉上，以求荫庇。不过，李煦身为子民，虽说办了一辈子的公事了，但在这上面，还得请张老爷指教一二呢！"

张师爷笑道："说哪里话来，卑职不过跑腿学舌而已！"

正在这时，忽然有一阵乐声传出：

"哆，哆，哆咪来哆，

咪嗦呐，

呐嗦咪咪哆来哆来咪哆，

呐呐嗦哆——！"

这乐声，流露出凄凉的哀音，李煦心中越发感到无限悲伤……

张师爷听到这乐声，不由得竖起了耳朵，忙问："这是什么声音？"

李煦道："是——钟声。"

"钟声？"张师爷急忙立起，循着钟声，快步走到隔扇旁，探头向外间看去：只见堂屋里一座豪华富丽的落地大金钟，随着乐声过后，便有喷泉四射，还有水晶柱轻轻移动。泉水四周，鲜花开放，翠鸟齐鸣。鸟声刚过，一个金发碧眼的女郎，身着纱裙，从花架中转出行礼，牌上出现四个字："祝君早安。"便见金钟上的时针，正指着辰正时刻，花架上的悬鼓随即打出清脆的鼓声九响。

张师爷看得目瞪口呆，眼珠子都快收不回来了。心想：怪不得抚台大人命自己前来讨它哩，这真是个世上无价之宝呀！

李煦见张师爷这等失态，也无心看他，便道："张老爷，快请坐！此来有何见教，就请直说了吧！"

张师爷这才回到座位上，垂涎欲滴道："实话实说了吧，就为府上这座特大金钟来的！抚台大人高堂老太君，久闻府上有这座会奏曲子的大个儿金钟，很想借去。要在华诞之辰，图个风光，也使来贺亲友，大开眼界！"

李煦听明白了他的话，连说："正要送去，托老寿星洪福，求个赏识呢！"

张师爷这才满脸堆笑道："府上是老公事了。接手前朝办皇差，这海上的买卖，谁不知道，是张手擒来，淌手甩去的生意。海西人经过通事[1]的教唆，哪个不知道先备置好副品打点上差？说穿了，要比'那一份'还有过之而无不及呢！"说罢嘻嘻一笑。

李煦听到这话，不由得全身一震，便用话把他堵了回去，道："我家从来都是把好的奉上宫中。外使、司铎，如有违反，我都好言相劝，必使异国进贡诚心，上达天鉴。其他弊端，一概杜绝！"

张师爷道："话是这么说呀！您府上是信得过的。李煦——李佛菩萨，哪个不知，谁人不晓？不过，办皇差这个买卖，是辫子盘在脑袋上，有时难免看不出。老百姓倒也心明眼亮，说什么：'皇差皇差，凭皇上猜。猜好白搭，猜坏活该！'这不同儿戏，可不是闹着玩儿的呀！"

这时，没等李煦回答，鹧鸪便走上前来，请示道："老爷！方才大管事回禀说，落地金钟已然准备妥帖，敢请上边示下，是送过去，还是着人来取？"

李煦看了鹧鸪一眼，从鹧鸪眼神里看出，她是在说：

"一架大钟，算得什么？赶快打发他走了，免生枝节。这种势利小人，惹不起，赶快送走算了！"

李煦明白鹧鸪这个举动，是眼看什么也保不住了，犯不着再多作纠缠，便笑着对张师爷道：

"随着张老爷的轿子，吩咐下人们送过去，如何？"

张师爷露出牙齿，道：

"我已带来人了，他们自会抬走。不消送了！"

李煦听了，在心里骂道："强盗！货真价实的强盗！还没等皇上抄我的家呢，他倒先抄起我的家来了！"

张师爷说罢，便把目光移到鹧鸪的脸庞上，直盯盯地看着。

鹧鸪赶忙退了进去。

张师爷便转向李煦道："有道是：'越女如花满春殿，只今唯有鹧鸪飞。'

---

[1] 通事就是翻译。

您贴身的宠姬，早晚是要飞的啰！还不如作个人情，赏给卑职，公私两便。在老爷，是司空见惯。在鹧鸪，可有个安身立命之所，免受飘零之苦。对在下，也得有艳福消受。岂非三全其美也！"说罢又嘻嘻地笑将起来。

李煦噎着一口气，一时竟说不出话来。

只见鹧鸪"嗖"地从屏风后面出来，跪倒在李煦而前，脸色凛然地说出一席话来：

"奴才虽远不如绿珠，但也幼习歌舞，粗通文字。虽然不敢追慕前人，但愿求个意足心安，生死一之。主子幸勿见弃。古语说，人各有志，请主子成全奴才的素志！奴才别无所求！"

张师爷瞪了她一眼，恨道："杂事秘[1]，咎由自取，到时候，圣旨一下，万劫不复，勿谓言之不预也！"

说罢，起身便走。

李煦忙道："告罪！告罪！恕不相送了！"

张师爷走了几步，转过身来，面对李煦打了个躬，道："改日相会，又该'别是一番滋味在心头'了！"

说完，大步向外走去。

鹧鸪站起身来，并不相送。待到张师爷走出，她才急速地走到隔扇旁，看着张师爷带来的下人把大金钟抬了出去，看着大总管陪着张师爷走出了正厅……

她立在隔扇旁，眼泪扑簌簌地从脸颊上落下来。待泪水止住了，才悄悄转过身来，向着李煦榻前走去。

这时，大管家钱三，进来禀道："老爷的德政碑，已经刻得了，'机行'[2]要择个吉日树碑。对他们如何恩赏，请老爷示下。"

李煦听了，不由得头顶生烟，眼中冒火，刚想怒斥钱三，只听得鹧鸪在

---

[1]《杂事秘辛》是一书名，这里故意不说"辛"字，是暗示李煦全家大小以及奴仆都要入辛者库，被收入官、拍卖，任人出价买去为奴。圣旨未下，不能明说。张师爷便故弄玄虚，用来恫吓。

[2] 机行，就是当时织机作坊组织起来的行会。

旁轻轻喊了一声"老爷"。李煦便只好叹了一口气，道：

"你好好打发他们回去吧！现在不是锦上添花的时候，而是需要雪中送炭啊！"

钱三不知这话里有话，只得退了出去。

李煦夙蒙康熙皇帝赏识信任，官衔是大理寺卿，这种风光，都是皇上格外恩典。曹頫袭了郎中，因为年轻，做事不够老到，康熙经常面谕，或下密旨，叫他多加小心，少出漏洞，免得受人参奏，使皇上左右为难。

比如，就拿烧制瓷器珐琅这事来说吧，因为烧料宝贵，其中有宝石、珍珠、玛瑙等物，难免有人觊觎侵吞。起初还是按照旨意、件数，先送御览，才落实烧制。谁知日久生懈，难免有少报、漏报之处，招致皇上疑惑。当时，各主子擅自传旨，烧制御窑宝器，皇上定要曹頫在密折中奏闻，揭发出来。说来轻巧，做来不易：不奏吧，将来被人告发，皇上怪罪下来，怎能担当得起？密奏上去，主子挨斥受贬，也会猜出是谁密告的，自会给眼罩戴……

此等小事，都要煞费苦心，比这大十倍百倍的热门，更不消说了。最易遭灾惹祸的，莫如海西贡品。谁不虎视眈眈？如不打点，难免掣肘；如加打点，拿皇上的东西做人情，皇上佯装不知，倒也罢了；如果一旦恼怒下来，借题发挥，那还了得？

今天，在张师爷眼里，苏州织造府早已更名换姓，不再姓李了。这一声钟，撞得响亮，致使李煦悟出自家大势已去，无法挽回了。

李煦急于知道皇帝到底定了他什么罪名。刚由宫中大太监双全那儿透露出来的消息，真如泰山压顶一般，他的身家性命都难保了。但是过了一阵子，他只想知道皇上谕旨上文字的措辞，到底是怎么写定的？从哪方面捉他的把柄，借口开刀？

他伤心的是，京中友好千百，直到今天，竟然还没有人透露给他皇上赐给他的罪名到底是什么，使他只有糊里糊涂地伸直了脖颈等着挨刀。

他料透，这回要落得个山穷水尽了，就铁了心，只要保住他家的根苗。

如果现在有初生的婴儿就好了，可以藏匿起来，隐姓埋名，将来还可继宗续代。官家籍没人丁，最重男子，对于女子便加轻视。李煦反复着想，觉得只有救住孙女玥儿还有几分活口，何况玥儿又是他家的命根子呢！趁着屋中无人，便急中生智，把这事托给鹧鸪来办。

鹧鸪应担下来，便告他今后只要他闭口不再询问此事，事情才能办得成。

李煦全都答应下来。

李煦想最后再看玥儿一次。

小孙女玥儿比花美过十分的小脸庞，比月亮还恬静十分的小神情，一时都浮现在他眼前。他多么想抚摩一下玥儿的头发，拉拉她的小手，和她说几句家常话……

他忍不住叫鹧鸪把玥儿带来，这时要见她一面。

鹧鸪深知李煦此时心绪。但若一味地不舍，玥儿小姐又如何救得下来呢？她看看李煦，硬着嘴回道：

"老爷可是答应在先，从此闭口不谈此事，何必又要和孙小姐见面呢？"

李煦不知就里，只好把心一横，不见也罢，免得耽误大事。

他把手一挥，仿佛只有这样才能把这念头赶得一干二净似的。念头是赶走了，可是，眼睛却模糊起来了。

关于把孙女玥儿如何处置，他知道交给鹧鸪去办，是上上策。鹧鸪要他答应不再过问，可见鹧鸪已经不是一个人在办，而是已有可靠的人在出谋划策的了。李煦深知，此事只有狠下心，不再插手，不再知情，鹧鸪才更好办。

李家居处苏州，虽说没有金陵曹府那等显赫飞扬，但是，文采风流，早已声名在外。李煦身为苏州织造，东吴从西施说起，就以出产美女，为世艳称。凡是内府供奉需人，都得由苏州织造府选取进京。

苏州人传说，天下美女，都从李府过手；每个美女之最，都得给李府留下。这被留下的千种万种美妙仙姿，又都集中在李煦的孙女儿李玥身上，再在她容颜最细微的地方焕发出来。因此，孙女儿虽则很小，可是已经远近闻名。李煦为了此事，便不许玥儿见到生人，更少走出府门。因为但凡她一出门，就会轰动全城，真有胜过"看杀卫玠"[1]的盛况。李煦年老，有此孙女得娱晚年，自是高兴。但也有使他不高兴的事，那就是小孙女的父亲，自己的长房儿子李鼎，未免过于不争气了。

李煦因为公事繁多，平日为宫中或主子遴选歌伎、进献戏班等事，只好由长子李鼎练习承办。从此，李鼎耳濡目染，自然而然便沾染了一身戏癖。他本人又生得手眼伶俐，扮相有神，日与歌伶厮熟，做到青衣反串，文武不挡，成为鼓噪江南的名票。加上他奢华成性，征酒逐歌，挥金如土，上演新出《长生殿》，一堂"霓裳羽衣舞"的行头，就耗费数万两银子。年深日久，不但使苏州织造府上的亏空越来越大，就是当地百姓对他这些行径，也早有烦言。李煦现在担心的，也正是这个李鼎。现在他还在路上未归，不知他今日停泊于何处，又没法和他通个消息。但愿他在路上不要过分招摇，再惹横祸，就算心满意足了。

李煦又想到他的四姓家人，都成了巨富，个个在苏嘉一带，广置田园，大兴土木。不仅老百姓为之侧目，就是地方官，也都为之眼热呢。因此，苏州地方的童谣，早有"铜钱无廓"的说法，就是李家的钱已没边没沿的意思。

李煦觉得这种流言，早已深入人心，一时没法洗刷。也是自己过去自视甚高，满以为对天无愧，忠心为主，自有好报。却没想到如今落得个他人受惠，自己遭殃的下场。人称"李佛"的善人，要想求个善终，也还有些够不着呢！

李煦心绪很乱，前八百年、六百代的事儿，一时都翻腾而来，老箱底的事儿，也想起来了……

他感到有个不祥的兆头：据说，人在要死之前，总是把自己一生的历

---

[1] "看杀卫玠"，晋卫玠，面容姣好，每一出门，里人争看。因他体质素弱，所以有人说都把他"看杀"了。

史，都在自己的眼前重现一个过儿。因此，他便"霍"地坐直起来，要把闯进脑海的东西，统统赶跑才好。

正在这个节骨眼儿上，鹧鸪引着汤兴走了进来。

汤兴现在已是苏州的大绸缎商，南京、北京都有他家"兴"字号大生意。他在苏州、南京、北京都起了大宅子。但是，见到李煦，还行大礼。

李煦见到他来，不明真意。因为自从雍正登基以来，过去向李家靠近的，现在都和李家疏远了。李煦撤职，虽然尚未露出风声，但是，平日鼻子长的家伙们，早已嗅得出来了。因此，汤兴的来意，李煦还摸不透。继而才想到，必定是他知道素日亲信的沈毅士也在被参之列，郭茂也牵连在内，郭茂的儿子也不好出面来营救了，钱仲璿只是尽量往身上兜的角色，没有缓手的余地。只有汤兴，和其他老家人一样，是早年就开脱了的，目前又是工商这行的人士了，他来担当些事儿，不会犯嫌，人们不会从他身上上挂下联。李煦想到这儿，才有几分踏实了。

只见汤兴站起身来，便对李煦道：

"奴才明天就要去京城，老爷有什么要我打点的[1]，奴才倾家荡产，在所不惜。事到如今，也无须多言，奴才之有今日，都是托主子洪福。奴才平日为主子招风，今日能为主子毁家纾难，也是心甘情愿。"

李煦忙止住他道："目前，不是打点的问题。这要看皇上的意思，对圣上，除了金山银山之外，还有一座铅山。这铅山，是谁也看不透的。"

汤兴脱口而出道："铅山倒也能看透，只是铅心看不透！"

李煦装作没听见，连忙岔过去道："君子之泽，五世而斩。我家的气数也到了。何况，子孙又不争气，这也是没办法的事哩！现在只有以诚感天，其他办法，万万不可尝试。"

汤兴这才施礼道："奴才识卑见短，不敢自作主张。只要老爷一旦有所吩咐，奴才粉身图报，在所不惜！"随即又道，"看来，今后也不易来往。老爷如有什么吩咐，不妨今日领示，以免日后不易下达。"

---

[1] 打点，即用金钱、礼物上下疏通。

李煦听了，长叹一口气道：

"鸟之将死，其鸣也哀；人之将亡，其言也善。我一生荣华富贵，也算沾尽。回思今生补不了的憾事，只有一条，就是子孙不肖。隋朝杨坚，刚刚开国，便败在杨广手中。杨广建造迷楼，别人没有迷着，倒使自己迷失败亡。殷鉴不远，父皇创业，儿皇败绩。在上者如此，在下者也照抄老路。父亲的功绩毁在儿子的手中，比比皆是，我家也未必能逃脱这个。甚望大家都记住我这句话。其次是，当年银台曹公临终对我说过：'广开铜矿，多设机床。'这句话，他只对我说过。可惜我未曾做到，九泉相遇，我也无言以对。现在日薄西山，我怕做不到了。如果你能听进这话，将来做到，就算救我一场了！"

汤兴忙道："我当永铭心中，见机而行！"

李煦又长叹一声道："此言差矣！岂能见机而行？"

汤兴连忙改口道："必当照办！"

李煦点了点头，道："楝亭有诗曰：逼仄人间世，逍遥未有期。正咏我也！我今已矣，尚望保重！随时爱景光，皓首以为期！"说着，不觉流下泪来。

汤兴不忍再看，又不敢多事耽搁，便又行了大礼，匆匆离去。

这时，鹔鸪走过来，问李煦道："老爷！要见玥儿小姐一面吗？"

这句极为平常的话，却像万道利箭刺在李煦的心上。他寻思了一下，怕看见孙女，会受不住的。一旦被孙女识破他的心思，小玥儿也要心伤的暗影，永世难消。小小年纪，何必使她苦上加苦，恨中添恨呢？因此，轻轻对鹔鸪说出两句话来：

"不愿你做金谷园的绿珠，倒愿你做庆顶珠里的桂英……"

鹔鸪听了，张口结舌，目瞪口呆。这时，她反而觉得不好办了，以前认为真做绿珠，是难能可贵的。现在看来，要像萧桂英来报父仇，才是不好办哩！

鹔鸪正在发蒙，只听李煦口中吟哦道：

"终年不脱靴，那识解袜乐？平生谢幼舆，相望满丘壑。"[1]

随即，他脸上透着苦笑，把两手向空一摊。

鹧鸪乘机劝说道："老爷，不妨下地走走，活动活动血脉，到窗前看看桂花。"

李煦听了，便挣扎着起来。鹧鸪上前给他整理了衣襟，着上鞋履。

李煦站起身来，环顾了居室一周，觉得每件东西，既亲切，可又十分陌生。这些东西，过去都从四面八方投向他来，以他为中心，向他集中。而现在，都要从他身旁飞去。飞去，就要离开他远远地，把他身上的热力带走，把他心中的欢乐带走，就像一个勇士，眼看着自己身上的甲片，纷纷脱落，最后落得独自在荒野里，遭受四方射来的冷箭。

李府里的摆设和曹府不同之处，就是西洋的东西特多。他方才偎倚的靠枕，就是法兰绒的。榻前的一方地毯，是波斯的。床榻两边拉的帷幕，是金红天鹅绒制作的。卧榻墙上挂着洋錾珐琅金牌，蓝天碧海，有位女神在裸浴，她的四周，飞舞着几个长着肉翅的小天使，头发都是金色的，映着蓝天，分外耀眼。

这边墙上挂着一对哈达罕鹿角，下边交叉挂着两把西洋利剑。

李煦走了两步，便见到对面鸡翅木的坐榻上面放的小桌，以及各式各样的器皿，都是洋漆制作的。上面摆设着洋瓷小碗。

他再向条案上看去，那上面有许多陈年法兰西葡萄酒，还有许多外国名字的饮料和香料。

环顾室内这些物品，本来都是外邦纳款输诚的贡品，本是国威日隆、圣德日广的证明。谁知，忽而成了他倾家荡产的缘由。

他强自镇静，又步出隔扇门，到外间也顺便看看。

闯入他眼帘的，是正面墙上，一幅和人一般大的送子观音像。这像本来每天都挂在这儿的，但他今天却如同第一次看到。

站在绘像前面，注视了一会儿，看到那送子观音慈祥的面孔，微微注视

---

[1] 这是曹寅的诗句。

着她抱在臂上的婴儿。婴儿的眼睛看着观音，圣洁的目光，酷似孙女玥儿。他不由得使劲再度注视，只见那送子观音像却幻化成南堂的圣母圣婴像，在向他点头示意。他连忙把眼闭上。待把湿润的眼睛睁开，再细看时，又是平常那幅观音大士像了……

他不由自主地跪到蒲团上，吩咐鹧鸪道："几点钟了？去叫玥儿来，和我一起来祷告，求菩萨保佑她得到安生！"

鹧鸪听了，心如刀绞。她知道此时玥儿已经离府了，自己也即将离去。轻声道：

"金钟已被别人抬走了，时辰已经攥在人家手里。刻不容缓，此时也不是诉说肺腑的时候。只有神不知鬼不觉地交给奴才办去，老爷只管放心好了，怜怜就来替我。奴才这里有玉环一对，一只留给老爷，一只留在我处。将来如有要事，便以它作为凭信。奴才去了！"

…………

李煦愣了一阵子，当他醒悟过来，叫了一声："鹧鸪！"

有人在旁答应道：

"奴才怜怜这厢侍候！"

李煦看了怜怜一眼，才知道鹧鸪已走了一会儿了，他像孩子一样，匍匐在地上，哭着嚷道："鹧鸪！你不能走呀！玥儿，我的小玥儿，爷爷怎能看不见你呀……"

怜怜急忙过来搀扶着他，使他躺到床上去。

第三十章

舫公知北又知南
佚女相逢复相违

曹霑到北京这一阵子，虽说是伴读，实在是玩野了。姑姑居然肯叫他回南方，倒是有点出乎他的意料。但想到马上就要见到太夫人、太姨、娘和金凤，倒真是恨不得长个翅膀飞回南方去。

这次到北京，每天多是无事忙。对北京的家，除了刚来那几天住过外，自搬进郡王府，就再没去过了。和族中的长辈，也晋见不多。就连早想去看看的张家湾和鲜鱼口住宅，老说要去，也是一转脖子就忘在脑后了。每天出出入入，几乎都和福彭在一块儿，整天闹得不可开交。

这回，脂砚受贝子嘱托，到苏州去买行头。曹霑得以和脂砚叔叔同行，真是喜出望外。老太太最喜欢说脂砚叔叔是个活"八音盒"，肚子里装的曲子可多着呢！更使曹霑高兴的是，脂砚叔叔要在苏州、杭州下船，这就又可以见到苏州织造府和杭州织造府的表哥表弟、表姐表妹，大玩一阵子了。

曹霑虽然随着老太太也到过李舅公和孙舅公家，但每次去都好像第一次去似的。他总觉得别人家，无管大小贫富，都比自己家好玩！对舅公家尤其愿意去，可是，能去的时候可真不多。这次脂砚叔叔要在苏州、杭州下船，曹霑到两处舅舅家去玩玩，自是顺理成章的事。

曹霑想到要去苏州，能见到李家表妹了，就更加高兴起来。

脂砚和曹霑乘坐的是两条起楼船。一条是以曹霑和侍候曹霑的白嬷嬷、双燕等曹府家人为主；一条则是脂砚办事的，还有一些购买行头、戏子的王府管事，吹拉弹唱的清客，戏子领班，等等。两条船都没有亮出旗、牌、纱灯等标志，因为脂砚生性不愿和官府交结，最怕迎送。所以，船行到各大码头，既不事先张扬，更不投帖拜望。一路上，碧箫缓度，水调新翻；日则竹肉纷陈，夜则灯烛争燃，只管写意陶情，自得其乐。

曹霑住在后面那条船，但白天只要一靠码头，就和白嬷嬷嚷着，跑到脂砚叔叔这条大船上来了，缠着他说长道短。脂砚也乐意把沿途风景、人物、史迹掌故、水旱码头、贡物名产等等，头头是道地说给他听。曹霑对什么都觉新奇有趣，要不是惦记着早日见到老太太、太姨、娘和金凤，他巴不得就在这水上行舟，漫游一世，才中意呢。

只是白嬷嬷，从上船那一天起，心里就捏着一把汗。总想把曹霑拴在舱里，生怕曹霑失足落水。可是曹霑哪能待在舱里？一天来来回回，总要跑到大船上两三趟，白嬷嬷怎么变着法儿，也哄不住曹霑乖乖地待在舱里。只好随时随地叮嘱耕云和汲泉，要紧紧跟着小爷。要是小爷有一点儿失误，就要拿他俩是问！他俩倒也乐得紧随着曹霑，来回在两条船上跑。

特别是耕云，这次随小爷回南方，才得和双燕同行。虽然那荷包的事儿还没个着落，但这回，总可以瞅个空子，说上话了。可是，从上船以来，双燕一心扑在小爷身上，出来进去，就像压根儿没有耕云这个人似的，连瞄都不瞄他一眼。耕云心中不住地打鼓，想方设法和双燕搭腔。

好不容易盼到这天江面上起了风，耕云心急火燎地等着，每当船靠了岸，就立即跑到后面船上，借口为小爷取衣服，要找双燕。谁知双燕还没答应呢，反倒被白嬷嬷训了一通：说他不随时随地跟着小爷，跑到后船来干什么？耕云虽然心虚，但怕小爷被风吹着，来拿件衣服，还是说得理直气壮的，可是白嬷嬷一点空子也不留，立即走进舱里，径自拿了件衣服出来，交给耕云，叫他快过去，好生侍候小爷！耕云无奈，只得长出一口气，走到大船这边来。

其实曹霑身上，早被脂砚的跟班为他穿上一件背心了。

曹霑见耕云噘着嘴过来，问道："怎么啦？耕云！"

耕云道："小爷，还是快过那边船上去吧！要不，白嬷嬷就饶不了我们啦！回去要在老太太面前告我们一状。我们当小子的，还活不活啦？"

曹霑道："没事儿！嬷嬷不会在老太太面前告状的！她真要告状，有我呢！"

"有你小爷管什么用？"耕云嘴里不说，心里却是这么想。其实他心里更急的是想找双燕。一定要在回到汉府之前，讨双燕一句回话，他心里就踏实了。因为他知道，一回到汉府，他要再想找双燕，那就比登天还难了。

原来双燕早把耕云的荷包穗儿换好了，就是对荷包里装的东西，实在是想看，又不愿看。她不知道耕云到底会送她什么。既然当耕云的面，丢了给他，说了不要，又怎能去看呢？……但心里又着实放不下。好几次从包袱里悄悄把荷包拿了出来，想打开看看里面到底装的什么，却总觉着有什么声音，弄得脸热心跳地重新收起来了。本来换好了穗儿就给他，这么简单的事儿，也不简单了。

双燕今年十六岁了。从记事的时候起，就跟着舅舅过活。据舅舅讲，自己的父亲因为欠了债还不起，为了逃债，死在外面。母亲生活无着，也病死了。留下她一个孤零零的女孩儿，舅舅只好把她抱过来了。

舅舅为人挺好，知书识礼，还教双燕识字、解诗，告诉她许多人情世故。可舅母却容不得她，不论她把事情做得多好，舅母总能找到茬儿，不是打，就是骂。双燕也就认为人生下来就是这样，要天天挨打受骂，才算是正经。

到了八岁那一年，舅舅忽然流着泪告诉她，要把她送到大宅府第去过日子，只要能侍候好主人，就有享不尽的荣华富贵了。尽管舅舅说得那么好，尽管舅母对自己越来越坏，但要离开舅舅，还是很不愿意的。她苦苦哀求舅舅不要送她走，舅母的打骂，她都能忍受。舅舅把她紧紧抱住，哭着答应了。

可是，过不了几天，舅舅说带她坐船去外婆家。舅母也笑着说一起去，还把自己打扮了一番。双燕真是从来没有这么欢喜过。到了江边，便随着舅父舅母上了船。刚坐定，舅母忽然叫着说：把带给外婆家大舅妈的礼物忘拿了，要舅舅马上去拿。

舅舅答应一声，捂着脸跑上岸去了。

等了一会儿，舅母说舅舅怎么还不来？要双燕坐好，别乱动，就上岸去找他了。双燕还没回过味儿来呢，船忽然动起来了，接着就撑开岸边了。

双燕急喊："别开船！别开船！我舅舅舅母去拿东西，还没回来呢……"

这时，从船头钻过来一对中年男女，笑着说："别喊了，小丫头，你舅舅舅母已经把你卖给我们了！乖乖地听话，有你好日子过，要不听话，又哭又喊，这鞭子可是不饶人的！"

双燕自幼就在苦水里泡大，仅仅八岁的年纪，就深懂这话的分量了。她眼睁睁地看着这一对鞭子，只好把眼泪往肚里咽去……

只因双燕从小乖觉，卖进织造府才两年，就被老太太看中了。在老太太跟前使唤了几年，又得到老太太信任，派去侍候占姐儿。双燕从小识几个字儿，进了织造府，和小爷在一起还能看懂一点诗文，有一搭没一搭地还能谈上两句，所以颇合占姐儿的心意。到织造府以来，她处处小心，手疾眼快，心灵手巧，不但侍候老太太、小爷没出过什么差错，就是和上下人等，也相安无事。吃穿用都属上品，月例钱也得到上等份子。双燕这才觉着真是从苦水里跑进了蜜罐里。前几年，有点空闲的时候，还会想念舅舅舅母，日子长了，也就慢慢地淡了。

金凤和双燕同岁。论月份，还比双燕大两个月。金凤原是马夫人的丫鬟，从小侍候占姐儿的。她和双燕在一起处得特好，真是比亲姐儿还亲。她俩私下里不止一次地议论过，这一辈子能侍候老太太和小爷，也就心满意足了。

可是，自从侍候占姐儿的大丫鬟银凤出嫁以后，双燕和金凤却添了一桩心事。银凤只比她俩大两岁，再过两年，她俩会不会也和银凤一样给嫁出去呢？银凤不也是哭着不愿离开老太太、马夫人和占姐儿吗？可是因为有个老爷讨她，还不到年限，就当作礼品送掉了……双燕和金凤不由得担心起来。

　　年前，本来派双燕和金凤二人一起随着小爷北上的。东西都拾掇好了，忽然王夫人传下话来说：到京城还少侍候的人？进王府就更不用带随身丫鬟了！因此，只要带一个随身丫鬟就得了。老太太觉着也有理。王夫人还哄着小爷说，马夫人要留下金凤绣花，就把金凤给留下了。

　　临走的那几天，金凤天天抢着要给小爷梳头，总夸小爷头发又黑又亮，拿在手上就不忍放下，还专门为小爷结了个大红丝线穗儿……

　　走的头天晚上，金凤一直悄悄流泪，对双燕说："小爷和你这回到北京，还不知什么时候回来呢，没准儿都见不到你们了！"

　　双燕不由得斥她道："你想到哪儿去了？小爷能到京城一辈子不回来吗？老太太能舍得下吗？太小姐、马夫人能舍得下吗？顶多去个年把，也就回来了！怎么会见不着呢？"随即又开玩笑地说，"别是你，想像银凤姐姐那样的嫁出去了吧……"

　　双燕话音还未落呢，金凤一头子打了过来，双燕就跑，金凤就追，边追边骂道：

　　"我非把你这个乱嚼舌根的死丫头整治整治不可！人家正儿八经地给你说心里话，你倒取笑起人家来了！你才是有那种心思呢……"追着追着又不追了，反而委屈地更加哭了起来。

　　双燕连忙过来赔礼，发誓以后再不开这样的玩笑了……

　　这次随曹霑出来，只想到一心一意把他侍候好，从来也没有什么别的想法。可是，耕云几次来找，特别是要她换荷包上的穗儿，还要送她荷包里装的东西，却使她历来一平如水的心情也泛起了涟漪。她好几晚上听着曹霑均匀的呼气，自己却偏偏不能入睡。

　　她知道耕云是经老太太、老爷专门精心挑选侍候曹霑的随身小子，只要不出差错，是会跟随小爷一辈子的。她禁不住偷偷地想，要是老太太能做主，把自己许配给耕云，把金凤许配给汲泉，四个人一起，一辈子侍候小爷，看着小爷立功名，成大礼，生儿育女……那日子该多好呀……

　　想着，想着，不由得含笑睡着了。不但睡着了，这些愿望还都成了真的！她正和金凤笑着、闹着，在驿宫花园里扑蝶儿呢，忽然被人猛推了一下，只听得：

"什么时候啦？姑娘！占姐儿都醒了好半天了，你还在纳福呢！"

双燕猛地睁开眼，只见曹霑在推白嬷嬷道："别嚷嚷！别嚷嚷！你没见双燕姐姐在笑吗？一定是做了好梦了！快别喊醒她，叫她做下去！"

双燕一骨碌爬了起来，以为她的心思都被白嬷嬷和曹霑窥见了，脸涨得和红缎子一般，心都跳到口边来了。她神情慌乱，不知说什么才好。

曹霑埋怨白嬷嬷道："都是你！叫你别嚷嚷，别嚷嚷！看你把双燕姐姐吓的！"

白嬷嬷乜斜着眼道："她是来侍候人的，还是来当小姐的？没见过这么贪睡的人！"

曹霑道："都怪我！昨儿叫她给我穿个手串儿，睡晚了，偏我今儿又醒早了。"

白嬷嬷一步不让地道："你就是半夜醒来，她也应该知道！主人家多会儿醒来，奴才都得知道！都得起来侍候着！要不，要奴才们干什么？当摆设呀？"

要在平时，双燕早回嘴了。可今天，她像真是做错了什么事儿样的，捏着自己，不叫自己发起火来。

曹霑见了，忙推着白嬷嬷往外退着道："嬷嬷过去先歇歇吧！过去吧！"

白嬷嬷被曹霑推到舱门外，嘴里还叽咕道："这是在路上，小姐！晚上不睡，早上不起的，由着你纳福不成……"

双燕听了，更是羞愧得无地自容。

曹霑忙过来安慰她道："年纪大了的人，就爱唠叨，别理她！"一手拉着双燕，又道，"好姐姐，来！帮我把头梳好，我要早点儿过那条船上去，脂砚叔叔他们今儿要说戏呢！"

双燕急忙帮曹霑把衣服穿好，整理好，背后垫上一块白绫垫肩，打散曹霑黑亮的头发，麻利地梳了起来。心想，怪不得金凤喜欢给小爷梳头呢，这头发可真是好。

曹霑道："双燕姐姐，一会儿你去叫耕云……"

双燕一听耕云，惊了一下，脸又红了。

曹霑回头看着她，急问："怎么啦？双燕姐姐！"

双燕忙遮掩过去道："这枣木梳子，我使不惯，扎了一下手，用惯了牙梳了，换了它，使得不顺手！"曹霑便拉过她的手，问扎在哪儿了，双燕摆开他的手，道："凭它梳子齿儿，能扎到哪儿去，不过是刺了一下儿罢咧，别蝎蝎螫螫的了，你说叫耕云干什么？"

曹霑接着道："叫耕云早点在船头等我，免得白嬷嬷直着脖子叫，喊得怪烦人的！"

双燕答应着，又补了一句："把汲泉也叫着吧！两个小子跟着你，白嬷嬷就更放心了！"

曹霑点头说好。

双燕为曹霑收拾停当，自己也胡乱梳洗了一下，便到前舱喊汲泉。

耕云一听双燕的声音，立即抢在汲泉前面飞了出来，忙问："姐姐！干什么？"

谁知双燕连看都不看耕云一眼，对汲泉道："小爷要你俩早一点到船头等他，别让白嬷嬷叫了！"

汲泉、耕云忙答应着。

耕云用眼一直盯着双燕，就盼着双燕能看他一眼。可是，双燕对汲泉说完话，掉头就走了，耕云痴痴地愣在那里，不知如何是好。

上船五六天了，多离开北京一天，就多挨近南京一天。双燕深悔在郡王府时，没有把荷包交给耕云，这回到了一条船上，眼皮子底下都是人。白嬷嬷随时随地都盯着，害得双燕连看也不敢看耕云一眼，这荷包就更没法递过去了。要是里面没有东西还好，可里面却有东西。到底是什么，也不好打开看，用手也摸不出是什么玩意儿，更不好处置了。眼看就要回到汉府了，这桩事儿，可怎么了？

今天，双燕在舱里听到耕云叫她，还没等她来得及答应呢，白嬷嬷就抢出去把什么都办了，小爷的衣服也拿了给他，把他斥过去了。双燕只落得在舱里叹气的份儿。到底该怎么办呢？……

双燕正愁着，忽然听到曹霑的声音。她就着小窗户往外看去，只见耕云和汲泉一前一后，不知使的什么招儿，竟把个小爷给哄骗过来了。

老艄公正准备起锚，见曹霑过来了，笑呵呵地道："小爷！起风了，快进舱里坐好！这就要开船了！"

曹霑看着老艄公，高兴地道："太好了！老爷爷，我要看你老人家开船！我就坐在船头，不乱动。"

"不乱动也不行！开船可不是好玩的！快进舱里来坐好！"白嬷嬷就像等在旁边一样，不知从哪儿钻了出来，过来就要拉曹霑。

曹霑见了白嬷嬷就烦，一甩手，就往船边退去，把白嬷嬷吓得直叫：

"快过来！快过来！占姐儿，嬷嬷不拉你！"随即对着耕云和汲泉，气急败坏地吼叫着，"快过去扶小爷！这不比在陆地上，可不是闹着玩的！"

耕云笑嘻嘻地道："白嬷嬷，您在舱里坐好吧！小爷交给我们俩，您就甭操心了！"

白嬷嬷还是不放心地喊着曹霑："船边不能去！好孩子！快过来，快过嬷嬷这边来！"

正说着，老艄公起锚，船微微动了一下。白嬷嬷吓得急忙扶住舱门，捂着胸口叫天爷。

汲泉急忙过去扶着白嬷嬷道："白嬷嬷快进舱里坐着吧！这就开船了。我们会把小爷侍候好的！"边说边将白嬷嬷扶进舱里去。

曹霑见白嬷嬷进去，锁着的双眉，顿时舒展开来。他向四外看去，只见远处蓼花已经红了，映着蒲苇，显得格外娇妍。

曹霑中意地看着老艄公。全船的人都尊敬他。就是码头上的人，也都对他打躬作揖，满口恭维话。老艄公对谁都温和亲热，谈笑风生，无拘无束。

曹霑看着老艄公和船上的水手们起锚、升帆，看着偌大一条船，在老艄公的摆弄下，轻轻地就驶向了江心。

船开了。水手们一阵忙碌过后，各就各位。老艄公坐下来掌舵。只见他：童颜鹤发，顺着江风，长髯掀动，手扶船舵，双目注视江面，似闲又忙，似忙还闲。不由得使曹霑想起了宋代大画家马和之的《闲忙图》来。画中一位老人，把麻辫一头挂在大拇脚趾上，一头咬在嘴里，闲坐着搓麻绳儿。可以谈得上既闲且忙哩！这会儿，曹霑才领会到画家真是能在笔底下勾出人的魂儿来。

老艄公一身上下，穿的都是江阴土布。布色稍泛微褐，可是由他穿了，只显得是那么舒展和谐、明净、利索！曹霑见了，真是羡煞！

曹霑从生下来那天起，就是在绸呀缎呀当中长大的，哪曾见过这样厚实的粗布呢？他看到老艄公手扶船舵悠然自得的样子，禁不住走到老艄公身旁，用手轻轻摸了摸他的衣角，想试出它的软硬厚薄来。

老艄公呵呵一笑道："小爷，这在你们府里，是见不到的！小爷府里，就是丫鬟小子，也都穿的是绫罗绸缎，小爷没见过这样的布吧？"

曹霑看着老艄公道："没见过。这布真好看！"

老艄公道："这叫本色布。因为去年老天爷忽然降了一场厚霜，棉桃着了霜，就变红了。织成布，就成了这个颜色。洗也洗不掉，晒也晒不落。这是老天爷亲手染的啊……呵！呵！呵！呵……"话音刚落，不禁大声笑了起来。

曹霑听了好奇，不假思索地道："这真好！要是把棉桃都要霜打得变色，那不就不用染房了吗？"

耕云在旁听到曹霑的孩子话，生怕老艄公笑他，忙道："看小爷说的！棉桃着霜打，就是说，遭了灾了。要都叫霜打了，这一年就白忙了。"

老艄公深深看了曹霑一眼道："小爷这个想法，有他的道理！古往今来，就是有这等比别人多想一着的人。当年有个韩湘子，就能使牡丹四季开放，要它开什么色，它就开什么色。"

老艄公话匣子开了就止不住，摸着曹霑的衣服道："咱们船就要过山东地界了。山东有一种槲树，就有一种天下闻名的天蚕。"

曹霑好奇地问："天蚕？名闻天下？可我头一回听说。"

耕云搭腔道："头一回听说的事儿，多着呢！还有地蚕哩，小爷听说过吗？"

曹霑转过头来看看耕云，没有吭气儿。

老艄公接着道："这地段出名的天蚕，老百姓都叫它山蚕。它没有家蚕那么娇，只能吃桑叶。这种天蚕，吃什么叶，就吐什么丝。吃柞树叶的叫柞蚕，缫出来的丝，和我身上穿的土布一个色儿。吃椒叶的叫椒蚕，吃臭椿的叫椿蚕，吃栎叶的叫栎蚕，吃樟叶的叫樟蚕，连莴苣叶子，也可以养出莴苣蚕来……"

老艄公看到曹霑听了，眼睛都不眨一下，说得更起劲了："外国还有一种金蚕。东海弥罗国进贡的金蚕丝，就是本色，丝色碧绿，所以叫碧玉蚕丝。"

耕云觉着老艄公哄曹霑，哄得都离了格儿了，禁不住插嘴道："老大爷，你说东海弥罗国进贡的金蚕丝是本色，就应是金色的啰，怎么又成了'丝色碧绿'了呢？"

汲泉在旁不禁咯咯笑出声来。

曹霑斥道："多嘴！你懂什么？绿色的丝闪出光来，就是金色的！"

耕云听了，对汲泉做了个鬼脸，就不吭气了。

老艄公接着道："这还不算。大轸国有一种冰蚕，吐的丝是天然五色。"

曹霑听了乐道："那可真叫好！"他看了一下自己身上五颜六色的衣裳，顿时觉着暗淡无光了。他想，金蚕丝是上贡来的。凡是贡品，家里都会有的。这天然五色丝，也定会有的，回去倒要到大库去看看。那年没有见过骨种羊皮袄，后来在大库里还不是也找到了。

老艄公道："可见，这个棉，这个丝，和这个花儿，都有一个脾气，须有韩湘子这样的有心人，才能侍弄呢。侍弄得好，要它出什么色，就能出什么色，它就是能听人的话，就看哪位能人来吩咐它了！"

曹霑跳起来道："老爷爷说得对！就像这船，在老爷爷的侍弄下，它就听老爷爷的吩咐，老爷爷叫它往东，它就不敢往西；老爷爷要它向往左，它就不敢往右！"

老艄公捋着胡子，意味深长地看着曹霑道："小爷长大了，定是位不凡的人哪！"随即又轻轻叹了一声道，"什么猴儿戴什么帽，什么狗儿靠什么人教！"说着觉得这话不对头，可是曹霑听了却高兴地笑了起来。

正说着，忽听"哗啦"一声，像是有人蹦到水里了。

曹霑急忙向四外看去，只见江波荡漾，并不见有什么东西落水。倒是白嬷嬷把头伸出舱外，惊慌问出了什么事。

老艄公指着江面道："这江心有大鱼。有的比你小爷还要高呢！"

曹霑便笑了，忙问："什么色的？"

老艄公道："红的、金的、青灰的、黑的、白的……什么色的都有。"

曹霑睁大了两眼，"哦？"了一声。

白嬷嬷不以为意地把头又缩回舱里去了。

老艄公眯缝着两眼说："不光什么色的都有，鱼还真有大的呢！海边有个鱼骨庙，一座大庙，就是一根鱼骨头造成的！要是府上老人家答应，我老头子带小爷开眼去！"

耕云、汲泉都说："我家老祖宗可舍得！"说罢，都笑了起来。

曹霑听说江里有大鱼，极想看看这条跳水的大鱼是什么颜色。但看了半天也没看见，倒是岸上一片长势喜人的稻田，映入眼帘来。

曹霑指着这片稻田问老艄公道："老爷爷，这稻米，可是红香粳御稻米？"

老艄公诙谐道："小爷心里眼里都是颜色！昨天船上吃的，是耿大人特送给曹老爷尝新的红香粳米。那是他家佃户特为耿大人的小夫人种的。因为耿大人的小夫人爱吃，说是吃了颜色好，脸上会泛桃花色。"

耕云笑道："会有那样的事儿？"

老艄公气愤地道："其实，圣祖爷爷派下江南种御稻田，不是为给这帮吃粮不做活的人白吃的。当年圣祖爷爷在御稻田里看见一两株谷穗，六月末就熟透了，圣祖爷爷就命人收种，第二年种出新苗，七十天就可收谷。圣祖爷爷一想，这谷子，要是在江南播种，必可一年两熟。庄稼人辛苦一年，可得两年收成，不是可以多收一倍了吗？"

曹霑高兴道："是呀！这办法可好！我家也有这种御田米，可从来也没想到这些。"

老艄公越说越气道："有谁会想到？圣祖爷爷可想得到！圣祖爷爷是救

渡黎民百姓才叫种的，不是为了喂姨太太、小老婆才种的哟！谁知这些嘴巴生在天灵盖上的人，什么活计也不会干，还专门要吃御田米，摆谱儿！庄稼人种了它，既不能交粮，又不敢倒手私卖，谁种了它，就像种了瘟疫一般，活活坑了一家人！谁还会把它种好？只有一年不如一年，到头拉倒完蛋！圣祖爷爷和老百姓一片赤心，都喂了狗了！上哪儿说理去？双季稻，白拉倒！"

曹霑正听老艄公说着，忽然从前面船上传来一阵喝彩声。随着彩声过后，一个小旦尖细的嗓音飘荡在江面上。

曹霑和老艄公等人，不由得都向前面脂砚乘坐的那条船看去。

这时，对面划来一条小篷篷船，船头一个衣着干净的青年妇人坐在一支顺着船放的桨旁纳鞋底，船尾一个男人在划船。

青年妇人远远听到大船上吹拉弹唱的声音，忙向船篷里喊道："妹子！快出来瞧瞧，那过来的大船上，在唱大戏呢！"

船篷里什么声音也没有，没人答应。

划船的男人也对篷里说："不要成天闷着啦，快出来瞧瞧吧！两条起楼大官船，好看着呢！"

船篷里还是没有动静。

小船眼看就要和大船对面了，青年妇人为了看得真切，忙放下鞋底，俯过身去，大声喊道："快出来瞧瞧！那官船上真热闹，穿得金装玉裹的，又打牌又唱戏！快出来呀，妹子，要不就要错过去了！"

这时，才从篷里传出一个姑娘多少带点儿愁思的声音："有什么好看的？"

青年妇人头也不回，眼也不眨，决不放过眼前的热闹，边看边道："嗨！我们哪能跟你比呢？你在大宅子里什么没见过？我和你哥哥可是没开过眼！"

说着，两条大船一先一后，和小船正交错而过。

大船的浪花，使得小船兀自颠簸起来。

划船的男人使劲撇着桨掌舵。青年妇人在船头急忙落下桨，一边在水里使劲摇着，一边忍不住地向篷里说：

"快出来看，快出来看！后面这条船虽不唱戏打牌，可也是官船呢！"

划船的男人道："没有挂红灯，没有挂黄布，又没有水火棍威吓我们，许是大盐商的家眷船。要真是大官船，早把我们的小船打翻落水了，能准你看吗？"

青年妇人嗤他道："亏你天天在运河上混！连个气派也看不出来。这船上的架势，会是做买卖的吗？准是当官的！还是特大的官！不稀罕地方官跪迎跪送，这才不挂黄布，不挂红灯，只想悄悄地走过去罢了，免得麻烦！"

"兴许是！"划船的男人不得不附和。

那妇人又喊道："快看！快看！后面这条船上还有位小公子呢！没准是位小王爷，长得可真好，活像个女孩儿，要不是穿着男装，真会错认成公主小姐呢！"

她扶着桨，看着大船从他们小船旁边驶过，不放过一丝一毫地紧紧盯着看，羡慕地大声说着："啊呀！这位公子，长得就仿佛个玉人儿似的……喝！好大一根辫子！又黑又亮，还扎着银红辫穗儿呢！这是谁家大官的小公子，这么俊哪……"

"小公子，大辫子，红穗儿，"船篷里的姑娘，听到她嫂子的话，不由得触动了愁思，急忙钻出舱来，问道，"小公子在哪儿？"

嫂子指着已经驶远了的大船道："喏，在那后面一条船尾上，快看，还能看到小公子的背影儿呢！那红丝穗儿，多惹眼哪，世上也有这么俊的人儿！……"随即抱怨姑娘道，"叫你早出来，你不出来，这会儿走远了，想看也看不到了！"

那姑娘看真切大船上小公子的背影，不顾一切地从船头窜到船尾，恨不得扑向大船，失魂地喊道："占姐儿！占姐儿！……"

这喊声消失在江面上，大船继续向前航行。

姑娘站起身子，直着眼睛，看着越来越远的大船，她立定在那里，一动也不动。

那妇人顺过桨，拿起鞋底，一边往舱里走，一边大声道："大船都过去了，唱戏的也看不见了，还看什么？快进来做饭吃吧！"

姑娘一动也不动地看着越走越远的大船……

那妇人道："真怪！刚才叫你出来，你不出来，这会子叫你进来，你又不进来了。"

姑娘仍然不动地望着那越走越远的大船，和石头人一般……

曹霑正听着前面船上唱戏，忽然回过头来道："谁叫我？"

耕云笑道："前面船上唱戏呢，这江面上有谁会叫小爷？"

曹霑一本正经地倾听道："不！我是听到有人叫我！叫我占姐儿！"

这回，不但耕云笑，连汲泉、老艄公和船上的伙计们都笑了。因为除了汉府，谁能知道他的乳名呢？

· 第三十一章 ·

深夜化装说店主
荒村绕路瞒曹霑

黄昏时分，两条起楼船靠拢一个小镇停了下来。

岸边岩石上满坑满谷的都是乌柏树，叶子已经开始变黄，乍看还以为是桂花开放了呢。

曹霑坐在船舷向着林际望去，只觉得看不到边儿。

自从山东济宁再次登舟之后，曹霑又坐了几天船，这船上没有老艄公那样的话匣子，早已觉着腻味了。这会儿看到这一片乌柏树林，不由得想到林子里去钻一钻，再到旁边的竹林子里，捉几个金铃子回来，该多么有意思。

待船停稳，曹霑忙唤耕云，就要上岸。

耕云不由得叫起来道："啊呀，我的小爷！这是个什么地方？哪能随便上岸呀？"

曹霑道："为什么不能？这么好的一片树林子，还不该上去看看？咱们好歹逮几个金铃子回来，在船上就有玩的了！快走！"说着，站起身来就要上岸。

耕云忙道："等等，等等！小爷，等我去请示脂砚老爷来，在路上可不敢闹着玩儿！"

曹霑生气道："你怎么也学着白嬷嬷，婆婆妈妈的了？快走！"

曹霑边说边向跳板走去，急得耕云拉他也不是，离开他更不是！

"霑儿！"

这时，正好脂砚从舱里走了出来，向岸上张望。

耕云忙念了一声："这可好了！"垂手立在一旁。

曹霑忙对脂砚道："叔叔，这儿山明水秀，趁着夕阳，我要到林子里去玩耍一番，采来两片树叶也好！"

脂砚道："这个荒凉码头，没什么可玩的。年头儿又不平静，坐在船上等着吧，等明天到山阳时，我要船早早停泊，那里有韩信钓台，我们上岸去好好玩玩！"说着，便过来拉着曹霑的手道，"我要到你船上去看看，这次上船，我还没来看过呢。这些天，你住得可好？"

边说边牵着曹霑走到后面这条船上来。

耕云和汲泉随后跟着。

双燕和白嬷嬷忙走出舱来迎接。

脂砚在舱里旋了一下，随即低声嘱咐了双燕几句，又回过身来要曹霑今晚早点休息，明天到大码头，好带他上岸去玩儿，便回到前面那条船上去了。

曹霑听到"韩信钓台"，早已想得出神了。除了心中只想早些到达之外，再也无心干别的事了。

天黑了，双燕放下船舱两边小窗户上的帘子，点上灯，侍候曹霑吃罢晚饭，漱了口，便忙着收拾寝具，催曹霑睡觉。

曹霑笑道："双燕姐姐，你今儿是怎么啦？往日吃罢饭，你定逼着我百步走、千步走，怎么也不许我躺下。今儿倒好，才放下碗，葡萄汁还没拿来吃呢，就催我睡觉了。"

双燕眼睛一转，笑道："脂砚老爷不说了吗，明儿要带你上岸去看古迹呢。你先躺下，一会儿就倒葡萄汁给你！"

双燕一边说着，一边为曹霑换上寝衣。

曹霑顺从地躺上床，伸了一个足足的懒腰，乘机道："双燕姐姐，是你给我讲故事，还是让我看书？"

双燕笑道："我的小爷，今儿要你睡觉，看来是求着你了。我的故事，就和秋天的燕子似的，早就回南啦。你还是看书吧！只是你得答应我，最多看半个时辰。"

曹霑讨价道："一个时辰！"

双燕道："不行！半个时辰！"

曹霑急于看书，只得应允道："好吧！半个时辰就半个时辰吧！可得等我把书拿到手上，翻开看的时候算起！"

双燕笑道："行！"

曹霑道："快把《西厢记》拿给我！"

双燕把灯放在曹霑床头，为他垫高枕头，斜靠着，再把戏本递给他，又点了一支更香插在香座上。看着曹霑舒舒服服地看起书来，便取出自己的绣花绷，坐在床边，绣起花来。

白嬷嬷从后舱探头进来看了一眼，没吭声，又缩回去了。

四外一片寂静。曹霑翻书页的声音和双燕拽线的声音，都能听得出来。

不到半个时辰，一艘大船，灯火辉煌，笙乐齐鸣，桅杆上挂着红灯和黄布，从远处驶了过来，也在这小镇前抛锚停泊。

双燕听了，便知是李鼎李舅老爷的船停靠了。方才脂砚老爷过来吩咐她，李舅老爷要来办公事，不要叫小爷知道，免得小爷过去掺和。因此，她才安排曹霑早早躺下。

她看看曹霑，曹霑早已被书迷住，什么也不知道。双燕深知曹霑，只要有本可意的书，比什么都能拴住他。

双燕倒很想看看这位久闻大名的李舅老爷是个什么样儿：穿什么衣着，长得何等相貌？

她轻轻离开曹霑，走到小窗前，掀开帘子往外看去：四个拿灯笼的下人，正为一位老爷照路。

双燕心想：这保准就是李舅老爷了。只见他长挑身材，穿着浅色罗衫，深色坎肩，在灯笼照耀下，扶着一个年轻女子，上了脂砚老爷的船，后面随的几个人也跟了上去。只听得脂砚老爷船上笑语喧哗，可是不一会儿，反倒都静了下来。李舅老爷的大船上，也熄灯灭火，没有声音了。双燕心想，夜深了，许是都要睡觉了。

她回头看看曹霑，曹霑早将书放在一旁睡着了。双燕不由得笑了笑，又掀起帘子对外看了一下，只见脂砚老爷船上闭着帘子的窗户里还透着灯光，其余什么也看不见了。

这时岸上传来敲二更的声音。双燕为曹霑盖上夹被，收好书，放下帐子，吹了灯，便歪在曹霑旁边睡下了。

李煦的儿子李鼎，多年代父为宫中或皇子阿哥征歌选角，捣腾出特等歌伶髦儿，应对上差。虽然雍正已经下诏，除去乐户的乐籍，但只是一纸行文，一切应承仍是分毫未改。李鼎早已养成癖好，玩票、客串，成了家常便饭。他不惜巨金备置上等行头，凡是戏班，只要经过李鼎鉴赏过的，没有哪家达官显贵不争着要的。李府豢养的戏班，不但早已成为江南之冠，在全国来讲，表面不敢说高于朝廷，其实骨子早已超过了。有人说，李家的亏空，就亏在他手中，这风儿几乎吹遍全国。

如今皇上一纸追逼，李府全家，惊恐万状，不可宁处。李煦又急又气，早已病倒。而李鼎送戏班去京师回来，尚在途中蒙在鼓里呢。

脂砚在京师，从王妃那里得知李煦革职，便想加以援手。大处难以插手，小处倒可帮忙。因此，便趁南来为贝子采买苏州戏班、苏绣行头之际，决定把李家的戏班、戏箱全部盘点过户，经他手，再把现成银两转入李家。这样，一来可减李鼎滥养戏班的声名，二来可使李鼎得些现银，弥补亏空。

脂砚深知苏州耳目众多，不便办理此事。他也知道李鼎为朝廷送戏班去京师，晚他两天回南。他一定要在李鼎回苏州之前，截住李鼎，告诉他这些事端，准备好对策。然后绕道杭州，把些事儿办妥，交接停当。待他到江宁把曹霑送回汉府后，再回船苏州，打个过场，便可回到北京交差。神不知，鬼不觉，把李家的窟窿也堵了一些，把贝子的上差也如期交割；既可使李府的戏子脱落干净，又可使贝子家中邀到天下名优，可算做得四下见光，八面玲珑了。

脂砚的父亲，是曹寅的远房本家兄弟。早年中了秀才，只善吟诗作画，不善拍马逢迎，因而官宦无门。待他死后，曹寅便将他的独子脂砚接来抚养，待之如同亲生。

脂砚自幼生得聪明伶俐，深得曹寅全家喜爱。脂砚是个知恩图报的，他看到曹寅、曹颙相继去世；虽蒙皇上恩宠，命曹𬱟过继过来承袭家业，照看老小，但曹寅这支，人手毕竟单薄。

待到脂砚年事稍长，便要承担一些事务，来往于江宁、苏杭、京师之间。不但为曹、李、孙三府办事得力，成为三府信得过的人，就是在京师，也颇得一些王孙贝子的赏识。知道他和苏州李府的关系，但凡想得到江南戏班、苏绣行头的，也都会来找他，求他代为置办。

脂砚在曹、李、孙三府同辈中，和李鼎最为相投，经常出入李家。李家事无巨细，对他也从不隐瞒。

鹧鸪应允李煦，决心救出孙小姐李玥之后，首先想到如今可以信托的人，就是姑少爷脂砚了。但祸事来得这般迅雷不及掩耳，仓促之间，到哪里去找这位姑少爷脂砚，来安排这么紧急的事儿？

她想找李煦的心腹大管家沈毅士商量。但继而又想，老爷出事，沈毅士必逃脱不了干系。要救孙小姐，找他反而会坏事。

她决心去找老家人汤兴。她知道汤兴可靠，汤兴虽然早已离开李府，在各大城镇开了大绸缎庄，但逢年过节，必备厚礼，拜府请安。不但见老爷行大礼，就是见了家下人等，也从不摆架子，依然是当年老家人模样。

这天晚上，汤兴正在绸缎庄里结账，忽然小伙计进来通报道："有位公子要见老板！"

汤兴不禁诧异道："什么样的公子？这么晚了，找我啥事情？"

小伙计道："小的问了，他说见了汤老板就知道了！"

汤兴犹豫了一下，心想，自己靠着东家，将本求利，从小到大发起来的家业，从未和人结仇结怨，该不会是打冒支的[1]吧？因道："那就请到柜房里

---

[1] 打冒支的，即诈骗者。

坐吧！"

小伙计答应着下去了。

汤兴把流水账本收拾起来，放在坐柜里锁好，又将钥匙锁在另一小柜子里，这才把小钥匙放进腰带里，慢步向柜房走来。

灯光下，果见一位年轻公子，焦虑不安地坐在那里，模样儿好像在哪里见过。

汤兴上前问道："请问公子贵姓大名？到此有何贵干？"

只见这位公子快步起身，走近汤兴，低声道："汤兴大爷，快把下人支使开，我有要事找你商量。"

汤兴大吃一惊，没想到竟是鹂鸪姑娘女扮男装，必是出了什么不得了的大事了。慌忙对鹂鸪道：

"姑娘……"忙又改口道，"公子请随我来！"

随即将鹂鸪引进平日商谈大宗生意的套间，自己又出去四外察看一番，方进来将门关上。

忙问道："出什么事了？姑娘！"

鹂鸪提防地道："主人有大难，你愿意搭救吗？"

汤兴看着鹂鸪凛然的神态，回答道："我要是那种忘恩负义的人，姑娘，你也不会来找我了。"

鹂鸪道："谢大爷！鹂鸪没有看错人！"

随即告诉汤兴，李煦已被皇上革职，消息是由上驷院派飞骑连夜送来的。并道：

"行文一到，就不知是何结局了。老爷已然病倒。唯一牵挂是想救下李家的嫩苗儿孙小姐李玥。老爷说，宁肯自己死一千遍，也舍不得看见小玥儿被官家卖去为奴。汤兴大爷，你说该怎么办才好？"

汤兴一听，如闷雷压顶，坐在椅子上，半天说不出话来。

鹂鸪继续道："圣旨一到，就有地缝，也钻不进去了。眼下圣旨还没到呢，有那鼻子长的，早嗅出味儿来了。如今干什么都得一丝儿痕迹不留，才能救下孙小姐呢！"

汤兴直起身子道："姑娘有什么吩咐，就快说吧！只要我汤兴办得到的，万死不辞！"

鹂鸪忙施礼道："谢大爷！大爷生意上天天有人奔走于苏杭京城各地，若能在圣旨下达之前，把脂砚姑少爷的行踪找到，孙小姐就有救了！"

汤兴忙道："此事包在我汤兴身上！姑娘就等着听回话吧！"

鹂鸪又谢过汤兴，即匆忙回府。

汤兴立即布置贴心伙计，连夜火速找到脂砚的船只。

脂砚为了救李鼎，选了一个荒僻的码头停泊。在早两天就留下人在前一个码头等候李鼎，要李鼎大船夜间到此会合，以便作出对策。

双燕一觉醒来，天都蒙蒙亮了，她顺手摸了摸曹霑，夹被又蹬到一边了。她急忙为他盖好，摸摸他的头，还有点儿微汗，这才放下心来。

她起来走到窗前，撩开窗帘，打开小窗户向外看去，不由得奇怪起来：怎么昨晚上停在旁边的李舅老爷的大船不见了？往远瞧，也没见到李舅老爷的大船。再看看脂砚老爷的船，还是停在原来的地方。心里纳闷儿道：李舅老爷的大船，怎么夜里就开走了呢？不知李舅老爷走了没有？她再向脂砚的大船看去，什么动静也没有。看来是昨儿玩晚了，这会儿还睡着呢。

"双燕姐姐，天都亮了，你怎么不叫我？"

双燕回身，见曹霑撩开帐子，直愣愣地坐在那里，便走过来问道："叫你做什么？"

曹霑道："你忘了叔叔要带我到山阳去玩呀？"

双燕笑道："我的小爷，你真是个猴性儿！脂砚老爷昨儿夜里忙公事，这会儿还没起来呢，叫醒你过去搅和他不成？"

曹霑道："我不信，叔叔平日都是早起吊嗓子的。今儿要到山阳去玩儿，更得起早了。"

双燕赌气道："你不信，不信你自己去窗前看看！"

曹霑瞅了双燕一眼，跳下床来，光着脚就往小窗户跑去。

双燕急得直叫:"啊呀!我的小祖宗,你也趿拉上鞋再下地呀!"急忙把拖鞋给他送了过去。

曹霑从小窗户望,果然看到叔叔大船上静悄悄的,就不吭气了。但他转眼看到岸边的乌桕树林,在朝阳的照射下,一群群的曙光鸟儿飞出来,飞进去,叽叽喳喳,忙得不行,不由得跪在窗棂旁发起呆来……

这天早饭过后,脂砚才叫开船,双燕也没看见李舅老爷在脂砚老爷船上。心想,李舅老爷天黑了才来,天不亮又走了,办的是什么公事呢?……

船过山阴,脂砚决不失信,领着曹霑上岸,怕人多了显眼、招摇,只要耕云、汲泉和船上知路的小伙计跟着。找到韩信钓台,在周围凭吊一番。曹霑不尽兴,忽被地上的石头子吸引,便蹲下用手挖。

耕云看了笑道:"小爷挖这石头干什么?这不是稀罕货,等遇着好的,我给小爷捡两篮子回来。"

曹霑不听,仍然在挖。

脂砚对耕云使了个眼色,耕云忙蹲下替曹霑挖;挖了好几个光滑周正、黑白相间的石头,直到天快黑了,才回到船上来。

又在运河里行驶了几天。这一天,天黑定了,船才靠岸。耕云拿着石头来找双燕,心想又可以见到她了,但愿她今儿和我说两句话才好,谁知双燕从耕云手里接过石头,连眼都没抬一下,就进舱里去了,耕云立在舱外,实在无趣,只得走了。

双燕在船舱里忽听得岸边说话的是苏州口音,心想,莫非已经到了苏州?她急忙走出舱来向岸上看去,只见岸上灯火稀疏,不像是听老太太常说的苏州码头。再说,要真到了苏州,脂砚老爷头两天就该告诉了。听说为了在苏州织造府接驾,把河疏通、挖深、凿宽,龙船都可以在府前靠岸了。李舅太爷也早会派人来迎接的,这会子什么都没有,兴许是离苏州不多远的小镇子吧?

双燕正想着,便见耕云打着灯笼在前边照着,小爷拉着脂砚老爷从那条船上走了过来。

双燕连忙到舱里也提出灯笼,在舱门前迎着。

脂砚过来就告诉双燕，霑儿在那边已经用过晚饭了，晚上侍候霑儿早早歇息。

双燕知道，脂砚老爷今儿夜间又要办公事了。在送脂砚老爷回船的时候，脂砚背着曹霑告诉双燕：船已经到苏州了，在外边停泊，因为公事紧迫，没有时间去看望舅老太爷了。霑儿问起，就好好对他说，要是他不问，就什么也不用说了。

双燕连忙答应，心想，什么公事这样紧迫？连过舅太爷家大门都不入了。脂砚老爷可真是实心为官府办事的人呐！

夜里，双燕听到岸上有动静，不由得悄悄起身，掀开窗帘，刚好看见两个人从脂砚船上下来，一个身材高大，一个身材瘦小，匆匆地上岸而去。四外一点声音也没有。

双燕在窗前立了一下，觉着定是有了什么事儿了，会是什么事儿呢？……但随即想道：自己是做什么的？想那些不该想的做什么？立即就回来躺下了。

刚睡下没一会儿，船忽然动了起来。双燕惊觉地坐了起来，天还没亮呢，怎么就开船了？她立即走到窗前，掀开帘子一看，果然是离岸开船了，脂砚老爷那条船，已经走到河中心。她更加纳闷儿起来：船到苏州，不但不上去，连停船、开船也是在天黑的时候，这是为什么呢？……

到杭州了。曹霑高兴得跳了起来！他满以为叔叔会领他到曾祖外婆家去玩，特别是可以到西府去看织机。在南京，老太太、老爷管教太严，机房多半是不许他进去的。尤其是这几年，机匠时常闹事，就更不许他进去了。这回到杭州，祖外婆家拘束少些，只要对叔叔说一声，就可以到机房去饱看一番，那该多好？

曹霑主意打定，一心等着上岸。

船到杭州，本来可以一直划到织造东府上岸。这儿为了接驾，也早已沟通水路，河水可以直通府前堤岸，龙舟可以直航东府。但是，这回叔叔却早在涌金门外就停船了。

原来叔叔临时变卦，说是期限要紧，八月节前就要赶回北京交差。因此路上不敢耽搁。不但孙府祖外婆家不能去了，就是苏州也不去了，把个曹霑气得冲回舱里，一语不发。

幸好双燕乖巧，劝说曹霑道："不去祖外婆家耽搁，可以更早地见到老太太、太姨、夫人和金凤。老太太、太小姐、夫人知道咱们已经上路了，心里不定多急呢，老太太年纪那么大，能让老太太着急吗？夫人还有病，就更想早日见到你了！"

双燕觑着曹霑在自己的劝说下，稍稍有些活动，接着说道："还有金凤呢，咱们有半年多没见着她了，她知道咱们已经在路上了，一定早把屋子拾掇好了，天天伸长脖子等咱们呐！没准儿把脖子伸得都和矮颐舫一个样了！"

逗得曹霑不由得笑了起来，便道："那船还停下来做什么？还不快开？"

双燕道："瞧你这性子，脂砚老爷还要办公事呢！停不长的，要停长了，早就让你到孙舅太爷府上玩去了，还把你拴在船上做什么？"

曹霑听双燕说的句句都在理，便不再说什么了。但突然又想起来道："原以为这回一定会见到苏州妹妹的，可这次又见不着了。"

双燕顺嘴道："回去要老太太派人去接，像太小姐似的，永辈子在咱们家。"曹霑想到太姨确实永辈子在汉府，便欢喜道："哎！就这么着！"但随着而来的，却是想些就要和金凤见面的情景。

现在离家越近，就越想知道自从他离开南京后，金凤都在做些什么。他想到刚才双燕说她天天在等他们的样子，就更想快点飞回去了！他记着那天在绿竹别墅品茶看表的时辰是申初一刻，金凤在家中干什么？要是那一时刻，金凤也想到了他，那该多有意思呀！要是那一刻，她在干别的事，没有想到他，那就问明她那一刻在干什么。也是挺有趣儿的！总之，不管怎么样，都挺有意思！

曹霑想到这儿，禁不住地催了起来："啊呀！这船怎么还不开呢？快开吧！快开吧……"

快到南京了，在船上没有几天了。

以前，不论曹霑有什么事要喊小子们，双燕总是先喊耕云。可自从上路以来，不论小爷有什么吩咐，双燕都是光喊汲泉，耕云仿佛不存在似的。耕云知道，双燕是在故意避开他。

这几天，耕云不管在哪里，只要见到双燕，就拿眼死死盯住她，盼她能看自己一眼，只要能看一眼也好！双燕也并不低头，可是眼光就是不和自己的眼光相遇。

耕云决心在回汉府之前，定要和双燕搭上话，要把双燕给他换穗儿的荷包拿回来，看看荷包里送她的东西还在不。要是不在了，那……耕云心花儿都开了！暗自发誓：今后不论怎么样，不论在哪里，今生非双燕不娶！要是荷包里送她的东西还在呢？那……耕云就像掉在冰窖里一样，这人世，还有什么奔头呀？

耕云想到这里，又有点不想把荷包拿回来了。但转念一想，人活着，应该有胆有识，与其整天受胡思乱想的煎熬，还不如快刀斩乱麻，知道个水落石出为好！

但是，怎么才能把这荷包拿回来呢？船儿就是这么大，这日报神[1]的白嬷嬷，整天都不出舱，只要一喊双燕，她倒比双燕快十分地抢先跑出来！唉！到哪儿找个清静地方能和双燕说上两句话儿呀？……

还有两天就要到南京了。

脂砚告诉曹霑，在到南京前，几个角儿要在船上唱一次"临川四梦"中的一梦《还魂记》，把曹霑乐得合不拢嘴。为了听戏，这天刚起来就嚷嚷要和叔叔他们一起吃早点，早早地就到脂砚这条船上来了。耕云知道开船得在吃了早点以后，他瞅了这个空子，要汲泉好生侍候小爷，就大模大样地回到双燕这条船上，直向后舱门走去，边走边喊：

"双燕姐姐！双燕姐姐！"

耕云十分明白，他喊了双燕后，出来的准是白嬷嬷！照例要冷着眼看

---

[1] 道家说，天天有神人监视人们的一言一行，上告玉帝。值日班的为日报神，值夜班的为夜报神。

他，吼他。果然，白嬷嬷像是离了弦的箭似的冲了出来，问道：

"喊双燕做什么？"

耕云理直气壮地道："小爷要我找她！"

白嬷嬷道："找她做什么？"

耕云道："拿东西！"

白嬷嬷道："拿什么？我拿给你！"

耕云微笑道："这东西只有双燕姐姐知道，你老人家怕还不知道呢！"

耕云边说边往舱里走，白嬷嬷便站在舱门旁看着他。

双燕在舱里，早听得耕云的话了，躲也不是，迎也不是，没想到耕云却进舱里来了，只得硬着头皮、垂着睫毛问道：

"小爷要什么？"

耕云大声道："荷包！"

双燕像被火烫着了一样，低声道："荷包，什么荷包？"

她惶惑地抬起了眼睛，和耕云的逼视正好相遇。

这白嬷嬷偏站在门边不走。

耕云不得不把声音提高道："就是小爷要你给换穗儿的荷包。快拿给我，小爷要呐！"

双燕看了看耕云，正迟疑着……

白嬷嬷发话了："快拿给他吧！姑娘，小爷在那条船上可得有人侍候呢！"

双燕瞅了一眼白嬷嬷，只得去床脚头包袱里将荷包取了出来。

她一方面有些生气，一方面又感到耕云居然敢当着白嬷嬷的面，理直气壮地来要他的荷包。当她拿出荷包，想到荷包里的东西还没看的时候，又有些后悔了。但她看到耕云一副得意的样儿，便拿着荷包走过来，往耕云跟前一送道："拿去！"

耕云连忙接过用手把荷包一捏，心全凉了！刚才的趾高气扬，一下子变成可怜样儿了。

他用祈求的眼光看着双燕，没想到双燕的眼里也透着怜悯。耕云从这怜悯的眼神里得到了勇气。他当着白嬷嬷的面，立即把荷包里一个淡绿小绸包拿了出来，递给双燕道：

"小爷只要荷包，这里面的东西，你拿回去吧！"

双燕看着耕云，只得伸手接了过来，那眼神里透露的意思是说："你真行！"

耕云兴高采烈地道："双燕姐姐，来拿这个荷包，可真不容易呀！"

白嬷嬷在旁斥道："啰唆什么？还不快过去！"

耕云一个鹞子翻身，对着白嬷嬷道："我这就走！"

耕云走到门边，又回头对双燕道："姐姐，这荷包里的东西，可保存好呀！"

双燕也不饶人地道："哎！我一定交给小爷保存好！"

耕云一听"交给小爷保存好"，又慌神地停下，向双燕看去。

双燕禁不住咯咯地笑了起来。

耕云这才放心，欢天喜地地走了出去。

第三十二章

金针不度难描凤
牙刻长留生母情

曹霑这次回府，心中高兴得出格。他很想要老太太和家里人吓一跳：没想到他会回来得这等快，见得面来，必定又惊又喜，连嘴巴都乐得合不拢了。

他想到这些情景，就挺认真地找脂砚叔叔，请不要派打前站的告诉府中，他们到底什么时候到家。

脂砚心想，这可不行，这不合祖宗家法。何况现在老太太心事重重，巴不得早一点与自己相见，要打听各方面的底里，哪有哄老太太作耍的闲情逸致呢？再说自己心中，还装着一档子大事哩！

但他看到霑儿的小脸庞，闪着稚气的眼光，正盯在自己脸上，便含含糊糊地点了点头，心中盘算着：只是进府后，先不通报老太太。

这天，太夫人晌午起来，端着一杯老君眉，正出神呢，突然一个小后生撞了进来，见到太夫人纳头便拜！

慌得太夫人连声道："谁呀？谁呀？"

琥珀在旁，忙接过茶，扶着太夫人，高兴地在太夫人耳边道："啊呀！

老祖宗，连占姐儿都认不出来啦？"

太夫人惊喜道："霈儿？"

琥珀笑着道："快站起来，占姐儿，让老太太看看，你长多高了？"

曹霈忙站起来，快活地叫道："老祖宗！"

太夫人一把将霈儿拽了过来，搂在怀里不住地亲道："我的乖乖儿，你怎么也不要人先告诉一声，就蹦出来了呢？"

这时，双燕和白嬷嬷才笑着进来向老太太叩头，向众丫鬟请安问好。

双燕道："都是小爷出的主意，先不叫向上回，说要让老太太出其不意地高兴呐！"

太夫人听了，更加欢喜，抚摩着曹霈道："怪不得，我还静等着他们回来呢。没想到抽冷子钻出个小猴儿精来。没待看清是丫头还是小子，对着我就行大礼，我才知道是个小子，还没想到是占姐儿呢！"

众人听了都大笑起来。

曹霈听了，更加和老太太撒起欢来。

明珠在旁道："半年多不见，长出半个头来了！"

太夫人忙道："是吗？霈儿，快站直了，让我好好看看！"

曹霈忙直起身来，规规矩矩站着，让大家端详，家人都啧啧称赞。

太夫人眯着眼笑道："可不，高出半个头来了，都长成小大人了！"

众丫鬟也说曹霈长高了，长得更俊了……轮着夸赞了一阵。

白嬷嬷在旁听了，比夸了自己还高兴。

琥珀忙向太夫人请示道："老祖宗，我去把太小姐和夫人请过来吧？"

曹霈忙拦住道："琥珀姐姐，不用去请，等我陪老太太说会儿话，再一处一处去请安！"

太夫人听了，更是高兴得闭不上嘴，说霈儿就是比以前懂事多了！一把拉着霈儿的手，又是摸他，又是看他，问长问短，舍不得放开他。

双燕和白嬷嬷也笑着拣老太太最爱听的，在一旁回话，尽数曹霈在京城王府伴读、射箭等过五关斩六将的事儿，还把在圆明园看戏遇到四阿哥弘历的事儿，又锦上添花、加枝生叶地讲给老太太听了。

老太太既是感动，又是感伤，抹着眼泪又把曹颙小时见到康熙的故事讲了一番，告诉曹霑道："你亲爹十二岁，正在汉府中玩儿呢！康熙老皇上走过来，见到他，便问道：'小孩儿可得说实话，你可知道江南的清官数着谁？'你爹顺口说出'陈其年'三个字。老皇上听了大为高兴。因为外边盛传陈大人和你爷爷两人不和。老皇上说，可见你爷爷为人公正，决不以私害公。如今你比你亲爹还小，就见到了弘历宝阿哥，这个福分，将来是会享用不尽的哩！我们曹家从此就转运了！这个好运就会来了！"

太夫人说到这儿，真个是从心底笑出声来。

白嬷嬷接着老太太话茬儿道："这好运道，正交在占姐儿身上，荣华富贵，样样齐全哩！"

老太太又问霑儿在北京都到哪些亲戚家走动来着，曹霑回说："书还看不过来呢，老太太没有发下话，怎敢去看望他们？"

老太太便道："至少大爷二爷那儿也该拜个年，才合礼数。"

曹霑道："福晋也没发下话来，怎敢接请？"

老太太道："远房本家不去也罢，亲嫡派家也不去，显得忒没个大小了！"

曹霑心想，福晋姑姑就是免得我登门叩头，才发下话来的。随即趁机道："老太太说了这半天话，也累了，该歇歇了！孙儿先去向太姨请安去，过一会儿再来陪老祖宗说话儿！"

太夫人欢喜地对众人道："你们看看，去了京城半年多，他可真长进了！"又转过来对曹霑道，"快去看你太姨吧！昨儿太姨还念叨着你呢！在太姨那儿也别太久了，就去看你妈和娘！"

曹霑答应着，辞了太夫人出来，就往扫花别院走去。

曹霑兴冲冲地快步走着。凡是看见他的人，莫不惊喜地拉着他，要和他说话。

曹霑都"嘘"的一声，要他们不要声张，等他给太姨请了安，再来和他们说话。

他一路走着，一路心中暗笑：金凤还不知道他回来呢，待会儿一定要好好吓她一跳！

他走过白石板小桥，进得扫花别院，一股忍冬花香，直沁肺腑。他不由得站住，多吸了两口香气，才踏着碎石拼成花纹的路往游廊走去。

妙音捧着香炉在台阶上清灰，抬眼见到曹霑，惊喜得叫起来道："占姐儿！你可回来了！"

曹霑忙制止她，低声道："妙音姐，你好！太姨好！"

妙音忙答："大家都好！"

散花在屋里听见妙音的喊声，急忙跑了出来高兴地问道："怎么？占姐儿回来了？"

曹霑也连忙制止她，对她们道："别作声，别作声！太姨在哪儿呢？我要悄悄地去看太姨！"

妙音和散花忙放低声音道："太小姐在后园看书呢！"

曹霑道："我到后园看太姨去，一会儿再来看姐姐。"说罢就往后园轻轻走去。

走出游廊，只见紫藤架下的石桌上，摊开一本书，桌旁石鼓上却未见人影。

曹霑再往前走几步，便见池边竹林前，李芸正在伸手喂丹顶鹤。天气有些热，李芸什么发饰都未戴，一头乌云松松绾了个髻儿，穿着一身月白罗衫裙，衬着她那略带苍白的脸庞，和明镜的池水倒影相映，就像玉雕一般。

曹霑不想去打扰这恬静安详的景象，不觉看呆了。直到丹顶鹤把李芸手中的食儿吃完了，扇着两个大翅膀，踏着长脚跳着舞着走开了，曹霑才轻轻叫了一声：

"太姨！"

李芸闻声抬头，她似乎看到曹寅年轻时的景象，呈现在眼前。

曹霑又轻轻地喊了一声："太姨！"

李芸眨了眨眼，定睛细看，才看清是霑儿站在廊前。

李芸这才回过味来：是霑儿回来了。她惊喜地叫道："霑儿回来了！"

曹霑急忙跑过来，又是一头扑到李芸怀里，打开了话匣子，叽里呱啦，说得没完没了。还告诉李芸道："我和大表哥到圆明园去玩，一路上谈了许多事儿，还和太姨联着哩！"

李芸诧异道："怎么会和我联着？"

曹霑道："是呀！我们谈到了梭罗子，谈到了高青丘，我不是在太姨这儿看过他的集子吗？他因写上梁文获罪，也是从太姨口里知道的呢！太姨，大表哥知道的事儿可多了。可他再多，也没有太姨的多！"

李芸听了曹霑孩子气的话，不觉笑了起来。

李芸问了他许多京城的事，对郡王府、圆明园都问得很仔细。

曹霑说着说着，不禁觉得奇怪：太姨怎么会关心起这等世俗之事来？便问道：

"太姨，您问这些做什么？"

李芸眼睛凝视着前面，意味深长地说："从前，许多事情都自觉无分，万事落个清净就行了。可是，今天看来，还是不行。诸般事物，隐隐约约都有一根看不见的线儿，在向四面八方牵着呢。汤若士说得好：'人生如走马灯，才有暖气便动。'你要想停下来，除非把灯灭了。……"

曹霑听了，朦朦胧胧有一种不祥的感觉，他抬起头看着李芸，心想，许是自己走得久了些，太姨跟前过于冷清，觉得到处空荡荡的，太寂寞了吧？因此，便想使太姨高兴起来。

他直起身子对着李芸高兴地道："太姨！这回我到京城，给太姨带来一样东西，太姨定会喜欢！"

李芸深深叹了一口气，看着霑儿神气的模样儿，微笑地问道："哦？是什么东西？"

曹霑急忙探手，从腰间解下"十八子"，每粒都油光闪亮，黑得像墨玉一般，向李芸献了过去。

李芸不觉又迷惘起来，这情景，使她想起许多往事。她迟迟地伸手去接，多少回忆，都来到了她的眼前……

曹霑知道太姨素来不爱这些身外之物，但认准这串十八子，太姨是会喜欢的。没想到拿出来后，却使太姨突然之间变了一个人似的。

半晌，曹霑生怕惊醒了太姨一般，轻声问道："太姨喜欢吗？"

李芸也轻声问道："哪儿来的？"

曹霑道："弘历宝阿哥送给我的。"

李芸不自觉地犹豫了一下，脑子里闪着：何等相似，何等相似呀！三十年前，亲王赐给曹寅迦南香串，曹寅将它送给了我；三十年后，弘历宝阿哥赐给霑儿十八子，霑儿将它送给了我……她从曹霑手上轻轻地拿了过来。

迦南香串而今香味犹在，这十八子玉石微温尚存；祖孙二人竟这等相似，这是她万万没想到的，而祖孙二人的命运绝不相同，却又早在她的意料之中。这株曹寅的根苗，怎么才能抵挡得住从四面八方袭来的风暴呀……

她看着曹霑，禁不住万般惋惜起来。

曹霑是个绝顶聪明的人儿，李芸情感的瞬息变化，他都感觉得到。他对太姨不但充满崇敬的心情，也充满了爱慕之情。他有时想到，要像太姨那样自由自在多好？但他又深深感到太姨是不快活的，是有一种什么也弥补不了的憾事似的……

他真想陪太姨多说会儿话，但又急于想去看望想他的妈妈——娘。

他看到太姨收下了他的十八子，又高兴了起来。一把扶着太姨道："我扶太姨到屋里去吧，天都快黑了。"

李芸拉着他道："不！我喜欢外面。你回来还没去看过夫人吧？"

曹霑道："没呢。"

李芸道："快去看夫人吧！"

曹霑答应着，便和太姨告辞。

当他转身向游廊走去的时候，只听李芸吟哦道：

"织女机丝虚夜月，石鲸鳞甲动秋风。"

曹霑知道这是老杜的诗句，原没有什么深刻的含义。但太姨在此时念出，便觉意思深切。曹霑不觉停了一下，想再回到太姨那儿，陪太姨多说会儿话。但转而一想，反正自己已经回来了，等看过娘以后再来也不迟。因此，就径自往马夫人院里走去。

曹霑去看太姨的这段时光，双燕却留在老太太跟前。

太夫人又问了一些王妃、郡王的情况，和曹霑在王府的起居等细节，随即要双燕去为曹霑收拾屋子，把白嬷嬷留了下来问长问短，想到哪儿问到哪儿，白嬷嬷随机应变，专拣好听的说。老太太问了个遍，这才放下心来。

双燕随着曹霑在老太太屋里，只管专心致意回老太太的话，屋里的姐妹们都没来得及仔细看一下。不过她知道金凤没在屋里。这会儿老太太要她去收拾屋子，心想总会见到金凤了。小爷回来了，她都不知道，不来迎接，这倒是一反常规，有些令人纳闷儿，她会窝到哪儿去了，一时分不开身？说真个的，我们走了半年多，她可是清闲，见了非好好数落她几句不可！

天气已经很热了，双燕回到曹霑屋里，怎么竟会有一股寒气逼来，倒像许久没人住似的，她忙把窗户大打开。屋里的摆设，倒也明窗净几，锃亮无尘。金凤这鬼丫头，仍然不在屋里。

她把从北京带回来的书画、衣服等物件，都分门别类放在原来的地方。她一面清理放好，一面心里想着：好个金凤，还不照面呢，看我今儿晚上不整治你！

她清到曹霑留给金凤的扇子、串珠，清到澄心、茶仙等姐妹送给金凤各式各样的端午节小玩意儿，都拿出来放在桌子上。她想到在船上时，小爷定要她把这些礼品，马上清出来放在手头，以便一到家就送给金凤的情景，不由得笑了起来。要是真照着小爷说的去做，回到汉府这么半天，手上还捧着送给金凤的东西，那才笑死人哩！

她又拿出王妃赐给她的一对珠花，只要稍稍动一下，那花蕊上的小珊瑚珠子一颤一颤地，真个逗人爱！当她叩谢恩赏回屋，拿给小爷看时，小爷也爱不释手。这次回来，她想，自己随小爷出来半年多了，在王府，除了接驾，什么场面也见识过了。来京城一趟，总要给金凤带点什么奇巧货才行呀。金凤眼光又高，二五眼的，她可瞧不上呢！因此，她就想到了王妃赐给她的这对珠花。她决定送给金凤一支，自留一支。她俩总在一起，就是与众不同。

看看四外无人，又悄悄从自己包袱里拿出梳妆匣子，取出小绿绸包儿，轻轻打开一个小盒儿，里面装了一只绿珠子穿成的小孔雀，开屏的尾巴上，还有红黄蓝三色翎眼呢。不知耕云是从哪儿买来的。她拿这只小孔雀和珠花在一起比比，一个是珠光宝气、富丽堂皇，一个是精致无华、小巧玲珑。她宁愿把一对珠花都送人，也舍不得这只小孔雀呀！

正看着，忽听窗外有人走过，双燕急忙把小孔雀收了起来，心想一定是金凤来了！刚想藏起来吓唬她，走进来的却是个打杂的小丫头。

小丫头一见双燕，高兴地喊着："双燕姐姐，真是你们回来了！这回屋里可该热闹了，小爷走了这半年多，屋里冷清坏了！"

双燕笑道："冷清就冷清呗，哪还来个冷清坏了呢？这坏了的冷清倒是个什么样儿？"

说得小丫头也笑了起来。小丫头转身看见桌上放了一摊子小玩意儿，忙凑到桌子跟前看道："哟，哪儿来这些宝贝？都是从京城带来的呀？"

双燕一边指着一边道："喏，这是王府里的姐姐送给金凤的，这是小爷带给金凤的，这是……"

双燕还没说完呢，小丫头睁大眼睛看着双燕道："慢，慢！双燕姐姐，这桌上的宝贝，都是送给金凤姐姐的？"

双燕答道："是呀！"

小丫头笑道："金凤姐姐都走了好几个月了！"

双燕听了，大吃一惊，忙问道："金凤走了？到哪儿去了？"

小丫头道："回家了呗！叫她哥哥嫂嫂把她接回家去了。"

双燕追问："为什么？"

小丫头道："谁知道呢！你们走了没多久，太太就命人把她哥哥嫂子喊了来，把金凤领回去了。金凤姐姐走的时候，只是给上边磕了头，脸儿煞白，什么话儿都没说。"

双燕听了，一股凉气直冲顶门，轻轻"哦"了一声。

小丫头忙道："双燕姐姐，你可别说我说的，上边怪罪下来，姐姐你可是知道的！"

双燕答应了一声。怪不得谁也没告诉她呢。汉府的规矩，下人们之间是不许传话的，更不许议论主子的事儿。可我的好金凤呀！你怎么竟不声不响地就走了呢？她不由得想起离开汉府去北京时，金凤流泪的情景，难道她那时就知道了？双燕越发后悔不该和她打闹，没有和她好好地说几句体己话儿，这如今到哪儿找她去呀？……

双燕回来后的满心欢喜，被这一瓢凉水全泼灭了。她看着曹霑留给金凤的扇子和串珠，猛然想起这个消息万万不可让小爷知道！小爷要知道金凤走了，从此再也见不着了，还不知会出什么事儿呢，这可怎么好？

她匆匆将桌上礼物一股脑儿都收到抽屉里，便向马夫人屋里走去。

双燕走进马夫人的小院，还没踏上画廊的台阶呢，便闻到药味儿了。双燕不免又添上一缕哀愁。

只听拈花道："双燕，你们可来了！占姐儿呢？"

双燕连忙拉着拈花询问道："夫人可大安？"

拈花低声道："从你们走后，夫人一直不消停，痰里都带血丝儿了。这几天才略略好了些儿。刚才老太太屋里小丫头跑来说占姐儿回来了，把夫人乐得了不得，又咳了一阵，这才刚好一点儿，要兰香侍候着起床呢。"

双燕忙走进里屋向马夫人叩头请安。

马夫人正靠在椅子上，要兰香给她梳头。见到双燕，高兴地先问了王爷、王妃的安，这才问怎么不见霑儿。

双燕告诉马夫人，小爷向太小姐请安去了，等会儿就会来的。还把曹霑回来、不让通报的事儿也说明了。

马夫人听了格外喜欢，更想快些看到儿子调皮的小模样。

双燕瞅这工夫，便问道："夫人，我们回来这一会儿了，怎么不见金凤呢？"

马夫人一听金凤，喜悦的脸庞立刻现出一层悲戚来，勉强道："她亲哥哥嫂子把她领回家了。"

双燕着急地道："这可怎么好？"

马夫人问道："怎么？"

双燕道："小爷不论在王府还是在路上，但凡见到一点什么新鲜事儿，总把个金凤念上一两遍。在王府扎风筝，还说给老太太捎个信儿，要把金凤接去呢。这回回来，还给金凤带了扇子、串珠什么的。要是猛的知道金凤走了，再也见不着她了，那怎么行？小爷那脾气夫人是知道的，这可怎么了结？"

马夫人亦犯起愁来。

拈花和兰香忙着在旁出主意，好把金凤走了的事儿对霑儿瞒哄过去。

曹霑走出扫花别院，快步向马夫人屋走去。都快进院了，忽然又转身向王夫人正房走去。

他想：先去看娘，待不了一会儿，娘就会叫自己去给妈请安的。先看了妈，再去看娘，那就可以在娘那儿多待了。因此脚步更加放快起来。

姹紫远远地看到曹霑，就笑着叫起来了："啊呀！占姐儿，你从哪儿飞来的？快停步，别过来！不能过来！"

曹霑奇怪地立即停了下来。

只见姹紫三步并作两脚地跑了过来道："你什么时候回来的？"还没等曹霑回话呢，又急忙告诉道："你还不知道吧？太太给你生了个小弟弟了，还没满月呢，懂吗？"说完就咯咯地笑了起来。

曹霑被她这一串连珠炮似的话儿都搞糊涂了，直愣愣地看着她。

姹紫笑道："怎么？我的小爷，没听懂啊？"然后一字一字地高声道："你妈给你生了个小弟弟啦！"

曹霑这才明白过来，高兴得跳了起来道："妈生了弟弟了？真好！"说完就往屋里跑。

姹紫一把拉住他道："哎呀！我的小爷，月婆婆的房间，是不能进去的！"

曹霑不解道："怎么？不能进去看弟弟？"

姹紫道："不能！别人说你糊涂，我还不信呢。这回我可信了！你弟弟不足月生下来，这会子又没满月，怎么能看呢？快走吧！等满月再来抱弟弟吧！"

曹霑看了看姹紫，到了也没明白为什么不能进去看弟弟。只得走开，向马夫人那里去了。

马夫人知道儿子回来，容光焕发，精神登时爽朗起来。双燕走了以后，还是不想上床。要拈花把窗户打开，要兰香把床铺好，把痰盂倒干净。又要拈花扶着走到梳妆台前，对着镜子端详了一下自己。正感到有点不支，从镜子里便看到霑儿跑了进来。

马夫人急忙转身，眼睛和儿子的眼睛相遇。曹霑觉到妈妈眼睛的光彩落到自己脸上，也来不及向妈妈施礼，便一下窜到妈妈怀里，抱着妈妈一句连一句地叫了起来。

兰香抿着嘴儿笑着，急忙过来和拈花一起扶着马夫人坐下。

拈花笑道："小爷才去京城几个月，就像离了南边几年似的。这么和夫人亲热，夫人受得了吗？夫人刚才还咳呢。"

曹霑忙看定妈妈的脸，见妈妈脸颊有着红潮。心想，是因为自己回来，妈妈高兴才有的。便贴着妈妈的脸颊问道："妈妈还吃药吗？"

马夫人道："也不过吃点儿家常补药。我又没什么了不得的病，多吃药有什么好？听说京里风行太阳膏子，王府里也时兴吗？"

曹霑寻思了一下，答道："没听说呀。我倒听小五爷说过什么太阳膏，只当耳旁风，没理会。姑姑和姑父不喜欢用药，王府里没人提起过。外边倒有人在鬓角上贴了两小片乌金纸，兴许就是太阳膏吧！"

马夫人看着儿子天真懵懂样儿，不愿让他知道自己的病，便转换话题，问他在京师可住得惯？

霑儿回道："住得惯。就是气味太重。"

马夫人不解道："你住在郡王府，天天出入深宅大院，能有什么气味不成？"

曹霑笑道："不是闻的气味儿，是到处都有的天气儿！"

马夫人越发不解了，皱起眉头道："怎么越发不通了？天气哪儿没有呢？天气，自然是到处都有的啊！"

曹霑偎依着妈妈，笑着解释道："我不是说下雨、刮风、出太阳的天气，我是说京城里到处都是天子气！不论你走到哪儿，都有他在！"

马夫人听了，不禁担心起来，斥道："快不要说这话了！小小年纪，最忌胡言乱语，编俏皮话儿！尤其是咱家，金銮殿坐垫上绣的狮子，既在台盘之上，又在台盘之下，空有其表。经不住一个手指头，一捅一个窟窿。今后可不许你瞎说啊！"

曹霑看妈妈真个急了，便忙答应再不说了。哄着妈妈，顺口说些乖话。

曹霑一直在妈妈屋里说东道西的，把什么事儿都丢开了。还像小时刚有桌子高那会儿一样，边说边开着抽屉，翻翻这，找找那。

马夫人疼爱地看着他，连眼都不愿眨一下。

曹霑在梳妆台镜前看到一个葵花首饰匣子，他是知道妈妈从来也不戴珠宝的，不知这葵花匣子里会有什么样的首饰？

他拿起葵花匣子，转着圈儿找到开关，打开一看，原来里面是一块小圆玻璃片儿，还有一块和玻璃片儿一样大小的圆象牙片儿。这倒是他从来也没见过的玩意儿，不觉好奇起来。

他看看妈妈的脸，又看看那匣里的圆玩意儿，只见那象牙片上有些刻纹，玻璃片儿也有些凸起来。

他用询问的眼光看定马夫人……

马夫人才轻声教他道："你先把玻璃对准下面的象牙片儿，然后从玻璃上向下看！"

曹霑正照着妈妈的话去做，只见他的手指有些颤抖起来。他连忙把玻璃片儿放下，轻轻地叫了一声："妈妈！"

马夫人道："是呀！是妈妈的像。这是佩兰夫人的手笔。"

曹霑高兴道："是她给妈妈刻的像？这么精致！活像真的！"

马夫人微笑道："你上北京时，佩兰夫人来陪我玩了几天，顺手给我刻的。这就得有块凸起来的圆玻璃压在上面才看得出来。这玻璃也是她拿来的。"

曹霑道："刻得真好！"随即贴在妈妈身上道，"妈妈，赐给我吧，我替妈妈保存。我好朝夕供养着！不论我到哪里，随时随地都有妈妈在我身边！"

马夫人微笑地看着他，也未置可否。

曹霑便机灵地把葵花匣子合上，纳入怀中，唯恐妈妈变卦，赶快向妈妈告辞。

马夫人笑了，轻轻说道："你忙着跑什么？"

曹霑支吾道："妈妈累了，也该歇歇了！我晚上再来给妈妈请安！"

说罢，也不和拈花、兰香打招呼，便匆匆走了。

曹霑揣着妈妈牙刻画像出来，一心惦着金凤，便往自己屋里跑去。

第三十三章

黄鹤去时云脉脉
青梅来此影姗姗

脂砚沿途在吃酒、玩牌、唱戏的过场里，把李府的戏班转手事宜都办置妥当。过手过户都不露李府丝毫痕迹。各个伶官，原有干爹干娘的，由他们出头过户；没有的，现找出肯出头的人来，再转手立户，死契画押。并告诫男女伶官，要他们都说未曾学过戏路，只因为衣食所迫，初次卖到脂砚从前的家人包正等人手中的。

脂砚还着人先到南京城内打了下处[1]，准备把伶官们接来时，不住在汉府里，都住在下处。这样，与曹李二府便没有丝毫干系了。

到了南京，脂砚忙将霭儿一套人马安排回汉府。得知曹頫还在衙门，便立即往衙门而来。见到曹頫，稍作寒暄后，遂即进入内室。

曹頫虽已得到舅舅李煦革职的消息，但不尽其详。而今脂砚从北京来，不但尽述前因后果，连善后都安排进去了。但救甥女事小，欺上事大。在这一条绳儿拴着两个蚂蚱的当口儿，可不能有丝毫把柄留给别人呀！

脂砚早知这位堂兄为人，心思未免多些，想的难免偏些。但不先告他就

---

[1] 下处就是落脚的地方，临时寓所。

去禀报太夫人，不但救不下李玥，反而会把事情弄坏。只有通过曹頫，他也就捆在里面，溜也溜不掉，挣也挣不脱，只有帮着把事儿做成的份儿了。

看到曹頫听了他的计划，面有难色，便请他一起回府禀告老太太，请太夫人定夺。

李玥是太夫人的亲侄孙女，是马夫人的亲姨侄女。老太太豁出全家性命，也会救出这支小嫩苗儿，甚至舍了曹家去救李家，也是会做得出来的。

但是，曹頫身祧两支，为曹家独脉，必须想得周详，做得周到。先得顾住曹家，又能兼顾李家，这才是说得上，上对列祖列宗，下对远枝近叶哩！

李家虽然没挨最后一刀，但在雍正手下，已是一盆菜，端在桌子上，专待随时动筷了。太夫人定要救下李玥，曹頫想到这个主意也一定离不开李芸。他非常懂得官场中籍没的情形。万一圣旨下来，不管最后落得何等下场，李家家小人丁，都得查点齐全，造册上报。李芸因离苏州多年，形同女冠庵尼，没有人会追查到她的名下。但是玥儿虽小，名声早已在外，姑苏城中，传为佳话，不论何人，都要夸口说是见过她的容貌。否则，就不配做姑苏人似的。其实，都是捕风捉影，不着边儿。可在此时此刻，倒成了灾难，不好躲避，不易安藏了。和李芸是不能相比的。曹頫想着，有了李玥和李芸这一双麻烦，倒是如何了结呀？如今为时势所迫，只得和脂砚挖空心思，加紧商量对策。

曹霑护着揣在胸前的妈妈肖像，心里想着金凤，径直往自己屋里跑。到了门口，反倒把脚步放轻放慢起来：定要吓金凤一大跳，那才高兴呢！

谁知他轻手轻脚走到屋里，屋里什么人也没有。但他还是很高兴地想到，金凤还不知道他已经回来了呢，她兴许故意躲着，冷不丁地吓我一跳呢！他从怀里取出葵花匣子，正不知放在哪儿才好，便听到有脚步声响：定是金凤来了！他急忙藏到门后，听到脚步声进门，便一个箭步蹿了出去，欢叫道：

"金凤姐姐！"

把个双燕吓得跳了起来。

曹霑笑着忙道："我是想吓金凤一大跳，没想到是姐姐来了！"

　　双燕一听金凤，便想把刚才在马夫人那里和拈花、兰香商量如何瞒过曹霑的事儿说出来，但马上又想不是时候，因此忙岔开道："快换衣服吧，到老太太那边去，老太太等你陪着吃饭呢。"

　　曹霑答应着，将葵花匣子交给双燕收好，在双燕手中随便盥洗一下，换了一身雪青罗缎常服。

　　曹霑一边穿衣，一边问道："双燕姐姐，你没有见着金凤姐姐？"

　　双燕随口道："没见着。"

　　曹霑高兴地道："这就好！她就是不知道咱们回来了呢。这么半天都没见到她，一定是故意藏起来了！不过，双燕姐姐，她会忍不住的！"

　　双燕又随口应道："兴许是！你快过去吧，别让老太太等急了。"

　　曹霑答应着道："你也来呀！"

　　双燕不得不答应道："我随后就来！"

　　曹霑便穿过萱瑞堂，到那边陪太夫人用饭。

　　太夫人身边早给曹霑留下座位。

　　今天因为霑儿刚回来，太夫人特命明珠把马夫人请来和儿子一起吃饭。太夫人知道马夫人体弱多病，便命她坐下来吃，不必拘礼，把白嬷嬷也请坐在下首。别的人都团团围着，侍应着，一会儿传呼这样，一会儿递上那样。

　　这餐晚饭，太夫人早已发话，做些儿清淡菜肴，怕霑儿路上辛苦，容易夹食上火。点了凉拌扬花萝卜儿、虾子炒丝瓜、糖醋藕丁、素火腿，还有曹霑最喜欢吃的香菇炖鹌鹑是不消说了，搭配上四鳃鲈鱼、腊味合等等……老太太心目中都是按照曹霑的口味要的。

　　曹频在衙门有应酬，未曾回来。脂砚到衙门去会曹频，自然也回不来。太小姐原说要来的，后来打发千江来说，又不来了。王夫人坐月子，在房中自吃。

　　因为曹频不在，曹霑便自在起来。他笑嘻嘻地坐在太夫人身边，先将一把高桩木柄恽南田梅花自斟壶挪到自己面前，见菜上得差不多了，便给老太太敬酒。随后又到马夫人跟前敬酒。

　　太夫人道："别给你娘敬酒了，你娘咳嗽不能喝！"

曹霑道："我替娘喝！"端起酒盅，一仰脖子，就干杯了。

太夫人笑道："别喝猛了，快吃两口菜吧！"

曹霑把嘴伸到马夫人手边道："娘，给我吃块扬花萝卜儿！"

马夫人笑着忙喂了他一块凉拌扬花萝卜儿。曹霑故意"叽呱叽呱"地吃了起来。

太夫人疼爱地道："这孩子，在王府把些荤腥的都吃够了，回来吃块小萝卜儿都这么津津有味儿！"众人都笑了起来。

太夫人又道："快给你白嬷嬷敬杯酒，这半年多，也把你白嬷嬷淘够了！"

白嬷嬷忙站起来道："老祖宗别折我了！只要小爷结结实实的，平平安安的，就是我做嬷嬷的造化了！"

曹霑为了讨老太太喜欢，便走到白嬷嬷跟前，给白嬷嬷斟了一杯酒，恭恭敬敬地道："嬷嬷辛苦了！快干一杯吧！"

惹得众人都笑了起来。

白嬷嬷忙接过杯子道："快敬老太太吧！占姐儿，老太太半年多都没和你在一块儿吃饭了！"

曹霑回到座位上，自己斟满一杯，陪太夫人喝酒。

太夫人满以为霑儿要对香菇炖鹌鹑大嚼一番。哪想到，他对别的菜吃得倒也香甜，唯独对这碗菜，不曾下箸。便亲自动手给他夹了一块鹌鹑肉道："快接着，霑儿，你最爱吃的鹌鹑肉！"

曹霑一听鹌鹑肉，不禁抖了一下，忙道："我不要！我不吃鹌鹑！"

太夫人夹着一块鹌鹑肉，不由得愣住了。

马夫人道："老太太赐给媳妇吧！"连忙将小碟端了去接过鹌鹑来，赔笑道，"霑儿在王府把胃口都提高了，平日在家最爱吃的，也觉着没味儿，不想吃了。"

太夫人忙问道："我的宝贝儿，是在你姑姑那里吃腻了吗？"

曹霑涨红了脸，想到澄心说的："我们当奴才的，就像爷们袖笼里的鹌鹑，今天在袖笼里，还被人看在眼里，明儿说不定就成了碗盘里的小菜啦！"忙转过脸道，"我不想吃，看也不想看！"

太夫人忙道："快撤下去！以后也不许拿上来了！"

曹霑立即高兴起来道："老祖宗真好！"

太夫人见曹霑又高兴起来，便问道："我的乖乖儿，你想吃点子什么？"

曹霑用眼扫了一下桌上的菜肴道："有板鸭就行了。"

太夫人笑道："你倒好打发，吃不出什么名堂来，不是萝卜，就是白菜；不是风鹅，就是板鸭！"

众人又笑了起来。

太夫人随即命道："快去拿板鸭来！"

早有婆子去取了。

曹霑陪着太夫人吃罢饭，一心想着金凤，便要告辞回屋。

太夫人拉着霑儿对马夫人道："霑儿又长出半头来了，衣服都嫌短了些，他妈妈坐月子顾不上，你要拈花去库里选几段料子，给霑儿重新做几件合身衣服。就快到中秋节了，出去会客，也得像个样儿。"

马夫人忙答应着，便告辞老太太回自己屋去。

霑儿刚走，明珠便报老爷和脂砚老爷回来了，要见老太太。

太夫人忙命他们进来。

曹霑回到屋里，仍未见到金凤，转身就往外走。双燕忙问他做什么去。

曹霑道："我找金凤姐姐去！"

双燕诧异道："去哪儿找她？"

曹霑道："没准儿金凤姐姐真是和我一样，在矮颐舫看书，我去矮颐舫找她！"

双燕苦笑道："别去了，金凤不在矮颐舫。"

曹霑喜道："那她在哪儿？你看见她了？"

双燕道："我没看见她，谁也看不见她了！"

曹霑不解地看着双燕道："怎么？"

双燕眼睛一转道："太太生了小少爷，你可知道？"

曹霑高兴道:"知道!我要去看小弟弟,姹紫不让我进去!"

双燕道:"金凤就在那里!这些日子,咱们谁也见不着她。"

曹霑道:"她在那儿做什么?"

双燕道:"抱小少爷!听说小少爷谁抱着都哭,就是金凤抱着不哭。这样,金凤就挪不开手,抽不开身,连我们回来,她也不能来看一下了。"

曹霑领悟道:"原来是这样!怪不得这么久都没见到她呢。"随即又道,"那我们去看她!"

双燕道:"又来了,刚才姹紫不是不让你进去吗?小少爷不满月,谁也休想进去!"

曹霑道:"那金凤怎么进去了?"

双燕又道:"我们走了,太太就把金凤要去了。金凤一直在太太屋里,看着小少爷出世的,怎么能和我们从外边回来的人比呢?"

曹霑不高兴道:"我不管!我要去见金凤姐姐!"

双燕道:"小爷,这可不是使性儿的事,小少爷不足月就出世了,别说我们远道来的不能进他房,就是老爷,也不能进去呢!要带了什么进去冲克了他,那就不得了啦!"

曹霑更加不高兴起来。他思忖了一下对双燕道:"把我们带给金凤姐姐的小玩意儿拿来!"

双燕问道:"做什么?"

曹霑道:"我带去,在外边等她。要小丫头进去告诉她出来见我,我好交给她!"

双燕机智地道:"小少爷见不得外人,抱小少爷的人也不能见外人。"

曹霑气道:"我找老太太去!"

双燕道:"找老太太有什么用?这规矩就是老太太定下的!"

曹霑一跺脚,便歪到床上,面朝里生闷气去了。

双燕也坐在床沿上发呆。不知这样下去,如何是好?泪儿扑簌簌地流了下来。心想,骗过了这几天又怎么办呢?

过了好一会儿,双燕偷偷擦干眼泪,生怕曹霑憋闷坏了,转身轻声喊道："小爷，起来换上寝衣再睡吧！"

曹霑不理，一动也不动。

双燕伸手去拉他，曹霑甩开她，更往里去了。

双燕委屈道："你见不到金凤，又不是我安排的，你要讨厌我，我就回老太太那儿，请别的姐姐来侍候你，何必拿我撒气呢？"不由得又流下泪来。

曹霑一翻身坐了起来，大声道："你也不在我这儿，我索性别活了！"

双燕急道："胡说什么？快把衣服换了吧！"又哄他道，"这会儿你要不想睡，咱们来下盘棋吧。半年多，咱们都没下棋了。"

曹霑道："金凤不在，这棋怎么下？"

双燕原是要岔开他想金凤的念头，没想提起下棋，反而更离不开金凤了。真是的，这屋里，哪儿能离得了金凤呢？因此，忙又改口道："那就弹会子琴吧！从到王府后，整天和小王爷在一起，没准儿把弹琴都忘了。"

曹霑听到弹琴，立即想起金凤笑吟吟地洗手焚香的样儿，便道："等金凤来了再弹吧！"

双燕正要去取琴，听了曹霑的话，气得转过身来道："这也金凤，那也金凤，放着跟前一个活生生的人，连侍候小爷弹个琴都不行了，那还待在这儿做什么？趁早打发走了吧！"说着，一屁股就着身后的椅子便坐下了。

双燕知道金凤走了是不会再回来了，今后到哪里再给他找一个金凤去？若不趁早设法使曹霑的心思转过来，一味地迁在里面，那今后可怎么过呀？因此，就故意做出赌气的样儿来激曹霑。

曹霑见双燕真的生气了，忙过去拉着她道："双燕姐姐，我怎么是那个意思呢？我离了你就更活不成了。"

双燕道："看你回屋来，多会儿把我这个大活人看在眼里了？这会子嘴里嚼着甘蔗，也说不出中用的话来了！"

曹霑道："好姐姐，我怎么会不把姐姐放在眼里呢？这不是和你说金凤吗？和别人凭什么也不会说的。难道你也不愿说金凤？咱们和她分开半年多了，这不都想她吗？哪有别的意思呢？"

双燕不由得软下来道："那就别赌气了。可是也别金凤长，金凤短的，拿她来折磨我！"

曹霑忙答应："哎！"

双燕道："这可是一言为定！"

曹霑顺口道："君子一言既出，驷马难追也！"

双燕看着曹霑顺从的模样，又体贴起来道："这会子是睡觉，还是下棋、弹琴、看书？"

曹霑道："你把我们从京城带回来给金凤姐姐的东西都拿出来……"

曹霑话还没说完，双燕不由得生气道："刚说不提，怎么又提了呢？你真是离了金凤就开不了口啦？你不是离开她，半年都过了吗？安知她这阵儿不比在你身边更快活呢？"

这最后两句话，倒使曹霑愣住了，弄得他闭口无言。

半晌，曹霑才道："就这一回了，好姐姐，你把给她的东西都清出来，我给她收好。等她回来了，就交给她，我就放心了！"

双燕只得答应，开了抽屉，对曹霑道："喏，都在这儿呢。"

曹霑跑过去看道："原来姐姐早都清出来了。"他一面看着，一面叽咕道，"早知道，要她和我们一起去北京，这会儿也就一起回来了！"边说边走到金凤平常装东西的柜子旁，打开柜门，没想到里面全是空的。

曹霑奇怪道："怎么她的柜子全空了？"

双燕顿了一下，忙道："太太调她去，她能把日用衣物还留在这边屋里吗？"

曹霑一想，不由得笑道："真个是，她总不能要换一件衣服，跑回来一趟呀！"

双燕苦笑道："对啰！"

曹霑打开柜子里面金凤平常装小玩意儿的抽屉，高兴地叫起来道："双燕姐姐，快来看，她今年端午节给我抽的小荷包！"边说边拎了出来一数，整整十个。

曹霑欢快地大声道："比去年多了一个！"说罢，急忙用鼻子闻了一下道，"真是越陈越香！"

接着便去开旁边桌子装自己小玩意儿的抽屉。这个桌子是个特制的小巧活家具，两个抽屉一替一换，这边一开，那个就收进去了。里面除了一些各式各样的玉佩、香坠、扇子等小玩意儿外，就有好几串金凤抽的小荷包。

从金凤派来侍候曹霑起，每年一串，每串都记着当年曹霑的岁数。从五岁起到九岁止，共五串。

曹霑郑重其事地将今年这一串荷包，放在一连九个的小荷包旁。没想到留下的位置会是那么合适，心想，明年可就放不下了。

曹霑正满意着呢，忽见刚刚放好的那串小荷包下面有个小纸条儿，上面还有墨笔写的几行字。曹霑忙将纸条儿抽出来一看，只见那上面写道：

> 风吹竹雨天不明，
> 钟打心头第四声。
> 梦中哭醒人在远，
> 醒来又向远方行。

最末一行写的是：

申初一刻　金凤留

曹霑看完大叫道："哎呀！不好！"

双燕猛吓一跳，忙问："怎么了？"

曹霑丧魂失魄道："你看这诗，这不是金凤姐姐走了吗？"

双燕忙将纸条接过来，一字一句地念了一遍，当念到"申初一刻"时，曹霑猛叫道："什么？申初一刻？"

双燕接着看道："是申初一刻，金凤留。"

曹霑痛心疾首道："这正是我在绿竹别墅看表的时刻！我还打算回来问她那个时辰在干什么。怎么能竟是她走的时刻呢？"

他看双燕不言语，又有希望地叫了起来："不！她没有走！金凤姐姐不会不见到我们就走的！双燕姐姐，你不是说她在太太屋里抱小弟弟吗？"

双燕看着曹霑，拿不定主意，是继续骗他，还是就此让他索性知道算了？

曹霑抓着她道："是吧？双燕姐姐，金凤姐姐是在太太屋里抱小弟弟吧？"

双燕仍然拿不定怎么回答他。

曹霑道："我去屋外喊喊她，只要听到她答应我一声，我也就放心了！"说罢就往屋外跑。

双燕连忙抓住他，一狠心道："别去了！小爷，金凤早就走了！走了有两三个月了！"

曹霑瞪着双燕喊道："我不信！你骗我！金凤姐姐在太太屋里抱小弟弟！"

双燕噙着眼泪道："那是我骗你的。你再看看金凤留的这首诗吧：'梦中哭醒人在远，醒来又向远方行。'她再怎么不想走，也由不得她呀！"

曹霑失神道："金凤姐姐她真走了？她会这么狠心……"

双燕道："金凤真走了！她哥哥嫂子来把她领走了！她是人家的人，不是你家的人，人家要领回，干你什么事？说不定过两天，也把我舅舅舅母喊来……"说到这儿，双燕一阵心酸，但她还是硬着心肠说下去，"摇着船接我回去呢！这和你又有什么相干？……"

曹霑根本不去听双燕在说什么，早跌落在冥思苦想之中，自言自语道："怪不得哪儿也见不着她，原来她走了，早就走了……"

曹霑猛然想起在船上听到喊"占姐儿"的声音，对着双燕大声道："啊呀！双燕姐姐，金凤姐姐是走了！我在船上听到她喊我了！她喊占姐儿了！是她，一定是她！可我，我怎么没有答应她呢？我真糊涂呀……"不由得歪倒床上痛哭起来。

双燕听他胡言乱语，吓得哭道："你胡说什么？你到哪儿听见金凤喊你了？"

曹霑哭道："就是她喊我了！在船上，我听得清清楚楚的，是她，就是她！……"

双燕大惊失色，忙摇他道："你胡说什么？快醒醒吧，占姐儿！"

曹霑一听"占姐儿"，便道："对了！金凤就是喊我占姐儿！我听见了，我要答应她的，可船就划过去了。她没听到我答应她，还不知心里多难受呢，她还以为我不想她，不理她了呢……"哭得更加厉害起来。

双燕听曹霑一口咬定听到金凤喊他，认准他是想金凤想得痰迷心窍胡言乱语了。吓得她又是喊他，又是摇他，不由得也大哭起来。

正乱着，白嬷嬷扶着小丫头走了进来，见他二人哭作一团，忙问道："怎么啦？姑娘！"急忙过去坐在床沿上，把曹霑搂到身边问道，"怎么啦？我的占姐儿！"

曹霑一听"占姐儿"，又哭起来道："就是她，就是她！金凤姐姐喊我占姐儿，我在船上听到的！"

白嬷嬷一边搂着曹霑，一边对双燕道："姑娘，到底是怎么了？你是干什么的？你不哄劝小爷，怎么也和小爷哭到一起了？这到底是为了什么？"

双燕哭着便把曹霑因为金凤走了，想金凤，一时痰迷心窍胡言乱语的事述说了一遍。

白嬷嬷大惊道："啊呀！姑娘，这可不得了！你还不快去禀报老太太，占姐儿一定是在路上'撞克'上什么了，借着想金凤就附上身来了。快禀报老太太，请法师来禳灾求福要紧！"

双燕一听，慌了神儿，三脚两步的，也不往倒厦后面走了，穿过萱瑞堂，便往太夫人这边来。

守夜婆子忙过来问她干什么。

双燕是个细心谨慎人，便说有事要禀报老太太。

婆子道："这么晚了，老太太从太小姐那儿回来不大一会儿，有什么事儿，明儿早起再来吧！"

双燕道："我有要紧事儿，得马上禀报老太太！"

婆子道："上边早吩咐下来，有天大的事儿，也明儿早上来！老太太今晚上累了，不能再劳神了！"

双燕一直是太夫人和曹霑的得力丫鬟，没想到这守夜婆子倒想拦住她，便有些不高兴道："多谢你们关心老太太！可我这事儿还非得马上禀报老太太不可！"说罢就往里去。

婆子忙拦着她道："姑娘，这可不是闹着玩的。老太太今儿不比往日，明珠姑娘她们扶老太太回来的时候，那气色可不好看。这半夜了，还要去搅和老太太，把老太太累着了，姑娘担当得起呀？"

正说着，早有管事婆子起来过问什么事。

这时，明珠也从里面探出身子来，低声问道："你们这是干什么呢？"见是双燕，便马上出来拉着双燕一起进去了。

她俩进到太夫人起坐间，明珠便低声问她有什么事儿？

双燕便把刚才曹霑的情况向明珠说了。

明珠慌道："这可怎么好？真是祸不单行哪！"

双燕惊问："难道还发生了什么大事不成？"

明珠、琥珀、紫箫、双燕四个，都是太夫人的心腹得力大丫鬟，大小事都参与，彼此是无话不说的。

明珠便把苏州舅老太爷家出事，连夜将孙小姐送来躲藏的事儿悄悄告诉了双燕。并说老太太刚从太小姐那里回来，服用了安神丸，还没睡着呢。

双燕听了更加吃惊道："这可怎么好？"

明珠问道："占姐儿痰迷心窍、神志不清得厉害吗？"

双燕道："厉害啊！占姐儿知道金凤走了以后，就一个劲儿喊着说听见金凤叫他了，又哭又叫。白嬷嬷叫赶快来禀报老太太，要请人来施法驱邪呢！我看晚了怕不好！"说着又急哭了。

这时琥珀从太夫人寝室轻轻走了出来，透着灯光见她俩在一旁叽叽咕咕地说着什么，便走过来问道："这么晚了，说什么呢？双燕，你回来了，还没捞着时间和你说说话哩！"

双燕愁道："还说什么话哟，急都快急死了！"不免流着泪又把曹霑的事儿说了一遍。

琥珀气道："我就觉着怪呢！多好一个金凤，太太偏开销了她。这会子占姐儿回来要金凤，看他们怎么办吧！要把占姐儿真是想出病来了，看他们怎么收场吧！"

明珠道："别说这些了，你倒是也来拿个主意，老太太碰上今儿晚，你也是知道的。占姐儿的事儿是这会儿禀报老太太，还是等到明儿早起？"

琥珀道："我看这会儿就禀报老太太！一来老太太这会子还没睡着，小丫头给她老人家捶了半天腿，我瞅老太太一点儿睡意还没有呢。二来占姐儿胡言乱语痰迷心窍，时间长了怕不好，谁知道会出什么事儿？这是全府的命根子，要有个什么耽误，你我谁承担得了？三来，这会儿老太太还没睡。要是睡着了，明儿还不睡到日上三竿？到那时候，小爷要是大犯了，是叫老太太还是不叫？所以我说这会儿就去禀报！"

琥珀是个急性子，说着说着，声音不由得大了起来。

太夫人歪在床上，心潮澎湃，想起曹寅说的许许多多话来。娘家已经在倒了，没想到哥哥李煦为朝廷卖命一生，到头来竟落得个连心爱的小孙女儿也保不下来……

太夫人一丝儿睡意也没有，看见捶腿的小丫头倒打起盹儿来了，便命小丫头去睡。忽听外屋像有人在叽叽喳喳说话，便问谁在外边。

紫箫答应着便走了出去。

一会儿，四个大丫鬟都走了进来，向太夫人请安。把太夫人都搞糊涂了，忙问道：

"你们这帮人，这么晚了还不歇着，约齐了来干什么呢？"

双燕忙上前跪下，将曹霑的事儿如实地禀报了。

太夫人听了，脸色顿变，忙命明珠、琥珀扶起，要去看曹霑。

众丫鬟便搀扶着太夫人往曹霑屋里走来。

太夫人进屋一看，只见霑儿脑袋枕在白嬷嬷怀里，倒像是睡着了。

白嬷嬷见太夫人亲自前来，便要起身行礼。太夫人忙向她摆手，示意她不要动，免得惊醒霑儿。见霑儿倒还安静的模样，便稍稍放心了一些。又查看了一下屋里的摆设，见到桌子上、抽屉里都放着些小玩意儿，便问双燕道：

"这都是霑儿的？"

双燕回道："都是小爷叫带回来给金凤的。"

曹霑听到金凤，便接腔道："金凤走了！我听见她叫我的，叫我占姐儿！可我没来得及答应她……"又哭了起来。

太夫人一听，大惊失色，忙过来搂着曹霑，心肝宝贝儿地叫了起来。忙命明珠告诉王升，连夜派人去找金凤的哥哥嫂子，把金凤接回来！并安慰霑儿道："好宝贝儿，别着急！这就把金凤给你找回来！"又对众人道，"哪承想占姐儿这么个实心眼儿啊，看看他这一摊子东西，走了半年多，也没把个金凤给忘了。"又长叹一声道，"这都是我的孽障啊……"不禁流下泪来。

白嬷嬷忙道："这都是老太太福气！老太太待人厚道，儿孙们也随着厚道了！占姐儿就是最有良心的，谁侍候他好，他就惦念着谁，一生一世也忘不了！凭着老天爷的恩典，佛祖的造化，祖上的荫庇，占姐儿就会好的！老太太别着急，好心必有好报！"

太夫人又对曹霑道："乖乖儿！想什么，要什么就说！别闷在心里。但凡能找到的，都给你找来！"

曹霑道："我就要金凤！我要告诉她，我在船上听见她喊我了。我要告诉她，在绿竹别墅，申初一刻，我想她来着……"

太夫人生怕他继续胡言乱语，忙止住他道："好！好！申初一刻，就算申初一刻，人要真心想人，别人也真心想你，心就会通了窍儿，就像真有那么回子事儿似的！一定把金凤给你找来，你就别再胡想了！好乖乖！要双燕侍候你睡觉吧！好吗？"

曹霑听了太夫人这番话，特别是"心就会通窍"这几个字，正打中自己的心坎儿，立即安静下来，心想，还是老太太最聪明，最能猜到我的心事。再加上老太太说马上把金凤找回来，曹霑也就更放心了，便顺从地答应着要双燕服侍他睡觉。

太夫人要众人随着都走了出来。

进到萱瑞堂，太夫人满面愁云，只觉腿软，忙命琥珀扶着坐下，便问白嬷嬷道：

"嬷嬷，你想想，霑儿一路上可曾遇着什么了？我最担心的就是孩儿家在外面见到不该见的，想些不该想的，再加上气候不定，水土不服，不就坐下病了？"

白嬷嬷道："不瞒老太太说，占姐儿想金凤是个由头，在路上撞着什么了可是个根本！我看不是花妖，就是水怪。这在路上是难免的，船过各地，有那神仙，知道小爷福星，早已回避。可是那些花妖水怪、山魈鬼魅什么的，不但不想回避，还想出来借借宝光，沾点福星呢！"

太夫人边听边琢磨，微微地点着头。

白嬷嬷接着道："刚上船那几天，占姐儿整天要在船边上玩，听老艄公谈天说地，指南划北，就是不肯回舱里来坐着。我那心整天都提在嗓子眼儿里，就怕占姐儿有个什么事儿。果然有一天，占姐儿正听那撑船的老头子说得出神呢，忽听'哗啦'一声，江心有个什么东西跳出来一下，又钻进去了！把我这坐在舱里的人都惊动了，吓得我捂着心口直念佛。后来看看占姐儿也没什么事儿，就没把这事儿放在心上了。这会儿看来，那准是水怪在作祟！那会儿要是点破了，这水怪就不敢跟着占姐儿回来了。都怪我老糊涂，没耳性，忘了这一着了。"

太夫人道："这也不能怪你，当时没有什么症候，谁会在意呢？"

白嬷嬷道："说的是呢！这些花妖水怪，就是专拣不信神、不信佛的公子哥儿、闺门小姐来索取香油锡箔！"

太夫人听她说得在理，便命紫箫连夜点燃香烛，亲自在家中佛堂磕头许愿，许下明年中元节到玄武湖大放河灯。

太夫人许了愿后，又命琥珀再去看霑儿，立等回话。

琥珀脚快，立即返回来禀报道："霑儿已经睡着了，双燕请老太太放心！"

众人这才长出一口气来。

曹雪芹

CAO
XUE
QIN

［下册］

端木蕻良
钟耀群
著

中国文史出版社
CHINA CULTURAL AND HISTORICAL PRESS

目录

第三十四章

病乎魔乎无作有
是耶非耶意中情

　　一早,汉府上下就都传说曹霑在路上给什么花妖水怪附体了,哭笑无常,金凤都走了两三个月了,还说听到金凤在叫他的乳名儿呢。

　　又有人说,昨晚还看见两乘小轿抬进府了,也没见府里多了个人。有人说,那是脂砚老爷替京都王爷买戏班,带着小伶官乘轿子进府送给老太太看的,看完又送回去了。有人说又转送给西府了。

　　还有人说,府里的小伶官茶花,忽然不见了,谁也不知道她上哪儿去了。

　　也有人断定府中闹鬼,也有人认为说不定府里有了什么事儿……

　　…………

　　尽管汉府有规定,家下人等绝不许私下议论府中诸事。倘若犯了家规,轻则挨打,重则撵了出去,再重还要罚送官府治罪呢!但私下里的流言,仍然不胫而走。

　　王升连夜派出去找金凤哥哥嫂子的婆子和小子德胜,天刚亮就回来了。

　　王升满以为手到擒来,金凤家又可攀上汉府的大门了。谁知他们却空手而回。

王升忙问："怎么没把他们带回来？"

婆子累得直喘道："到哪里带去？金凤随她哥哥嫂子都走了快半个月了。"

王升急道："你们没问问他们到哪儿去了？"

婆子抱怨道："半夜三更，敲门打户的，谁有那耐心法儿给你回话呀？要是光派德胜这小子去，半夜三更敲人门，不把你抓起来，也把你赶跑了，还和你说话呀？"

王升道："老糊涂！就是估摸着这情况，才要你去的。又怕你路上害怕，才派个小子陪你。你没问金凤他们到哪儿去啦？"

婆子道："问了。那人说不知道。光说金凤她哥哥嫂子是长江上划船的，划到哪儿去就不知道了。还说这回连东西也搬空了，兴许不会回来了。说完就把大门嘭地关上了。我们连歇也没歇一下，就赶着回来了！"说罢，不由得大大地打了个哈欠，嘴里不说，心里说：我找她回来，也落不到赏钱；我找不着她，也落不到包弹。跑了一夜，又困又累，赶快去眯瞪一阵子是正经。

尽管王升骂声不断，她也回去睡大觉了，还使着眼色，要德胜也马上溜掉算了。

王升眼看着婆子和德胜去歇着，便只好硬着头皮到上房来回话。

太夫人在天蒙蒙亮时才合上眼。

明珠从窗户里看见王升来了，便连忙迎了出去，示意王升不要吵醒了老太太，等会儿再来。

谁知太夫人在屋里却大声道："快叫王升进来！"

王升便和明珠急忙进到里屋向太夫人请安。

太夫人隔着幔帐问道："金凤找回来了吧？"

王升便把派婆子连夜去找金凤，金凤已随她哥哥嫂子走了的事，向太夫人禀报了。

太夫人道："有名，有姓，又有去路。立即派人到长江边上去问！大不了一条长江都寻遍了，也要把金凤这个丫头找回来！"

王升连声答应着退了下去。

双燕从明珠那里知道太夫人定要找回金凤来，连忙告诉曹霈，曹霈自是放心等待。

太夫人又发下话来：上下人等在霈儿面前只许说金凤马上就会回来的话，使他安心！其余会引起他胡思乱想的话，一律不许说！谁说了惹起霈儿又胡言乱语，决不轻饶！

因而，整个汉府反而显得格外安静起来。

王夫人自从生了棠村后，气势比前可大不一般了。尽管儿子不足月，大家都捏着一把汗，怕他活不长。但自从把舅奶奶接来招呼王夫人坐月子后，大家听了舅奶奶的话，忽然都觉得不足月不但不是坏事，反而是难得的好事儿了。

原来舅奶奶说，凡是天上的星宿，要做大官的，为了赶时辰，可不管什么十月怀胎不十月怀胎的，只要该着什么时辰应该下凡，就下凡了！今年是癸卯年，总不能赶在中秋节以后才出世呀，天下那么多的供奉，谁来享受呀？……不用问，小少爷主大富大贵是不消说的了。

舅奶奶这番话，使全府上下都喜气洋洋。太夫人更是高兴，吩咐下来说：马夫人身体欠安，太太坐月子诸般事宜，都请舅奶奶费心了。

王夫人得知，自是心满意足。

舅奶奶接来汉府后，对王夫人母子的衣、食、住都做了妥慎周密的安排。

虽是夏天，也不能透一点儿风丝儿进来，门窗缝都用麻纸糊上。每扇门外面，都用红纸写上"回避"两个大黑字。

小少爷穿的，全是用重礼向庄有恭八十五岁高龄的祖父讨来的旧衣服改制的。据舅奶奶说，这样可以借寿，至少活到和庄有恭祖父寿命一样长。

对王夫人则是一月不能沾地气。因为地寒，寒从脚下生，全月都不离床。吃饭时使的象牙筷子，也得用热手巾焐热了，才能送到王夫人手里……

总之，在舅奶奶精心安排下，不到一个月的时间，王夫人靠在床上，就像个发面馒头一样，更加地白胖起来。棠村虽不如母亲，但对奶嬷嬷的奶水，也逐渐地吸吮起来，哭声也比前响亮了些个。太夫人听了，这才放下心来。

虽说王夫人人不出门，脚不下地，但汉府上下大小事宜，自有姹紫、嫣红向她禀报。如今又加上舅奶奶，就更是事无巨细，全都在王夫人眼前耳底了。

曹霑突然回府，王夫人得知，自是高兴。听姹紫说他要进来请安被阻，更是欢喜。

谁知第二天早上，王夫人刚睁开眼，便看见姹紫的嘴，追着舅奶奶的耳朵，在低声急急忙忙地说着什么。舅奶奶一会子睁大眼，一会子皱紧眉，像是听到什么了不得的大事儿似的。王夫人不由得轻咳一声，舅奶奶和姹紫便马上分开，直奔王夫人床前而来。

王夫人知道，不用问，姹紫也马上会把她对舅奶奶说的事儿告诉自己的。

果然，姹紫顾不上服侍王夫人坐起来漱洗，便猛然道：

"太太！不好了！"

把个王夫人吓了一跳，忙用手捂着胸口问道："什么事？"

舅奶奶在旁对姹紫斥道："太太在月子里可不能大呼小叫的，坐下病可是一辈子的事儿！"忙过来坐在床边，用手轻轻地抚摩着王夫人脊背道，"妹妹，也没什么大不了的事儿。听说霑儿回来，在路上撞着什么了，说胡话呢！"

王夫人自己用手揉着胸脯道："啊呀！这怎么好？"忙向姹紫道，"你们没有过去看吧？"

姹紫道："哪能呢？今儿一早起来，舅奶奶叫我去小膳房，告诉大师傅给奶嬷嬷的下奶汤里加点儿新鲜蔬菜，说小少爷拉的尿颜色太重，有点上火了。我刚走进小膳房，就听见傅贵家的和值夜婆子在叽叽咕咕地说着什么，说得有滋有味儿的，见我去了就都闭上嘴了。我心想，这两个长舌头的，还能咬得住呀？果真，等我吩咐完了，还没转身出来呢，傅贵家的就叫住我了，说占姐儿在外边碰上花妖水怪了，附在身上胡言乱语，直叫着要金凤呢！我回来连忙吩咐下去：咱们院里的，谁也不能到上房去，更不能到占姐儿屋里去！要是去了把花妖水怪引过来，那还了得？……"

姹紫话还没说完，舅奶奶早吼起来道："还不闭嘴！你胡说些什么？"

王夫人没有明白舅奶奶吼姹紫的意思，忙道："嫂嫂，姹紫做得对！是不能到上房去，更不能到占姐儿屋里去！"

舅奶奶忙道："这是对的，是对的！……"但为了忌讳，下面花妖水怪的话，也不敢说出口来。

王夫人道："我早就知道金凤这丫头不是好东西！幸好把她打发走了！"

姹紫道："打发走了？怕没那么容易呢。"

王夫人问道："怎么？"

姹紫道："占姐儿要什么，比圣旨还灵。老太太昨儿晚上连夜就派人去接金凤了！"

王夫人不禁怒道："把金凤接回来了？"

姹紫道："太太别着急！半个月前，金凤就被她哥哥嫂子带走了，至今不知去向。"

王夫人这才放心道："这还差不离儿。"

姹紫道："不过，太太别生气！老太太又下令叫王升派人去找，说到天边上，也要把金凤找回来呢！"

王夫人着急道："嗨！老太太未免也忒溺爱孙子了！占姐儿说胡话要金凤，就更不能把金凤找回来了。谁知道金凤是个什么玩意儿变的？把占姐儿魂都勾去了，哪还能再要她回来呢？"

舅奶奶道："妹妹说得极是！这事儿你就放心吧，我瞅个空儿去给老太太请安，顺便吹个风儿。"

王夫人又问姹紫道："你知道王升派谁去找金凤了？"

姹紫道："派傅贵呗！傅贵家的说，昨儿夜里傅贵睡得晚，今早上傅贵还没起床呢，王升总管就派人来叫他了。傅贵家的说，傅贵出差刚回来没几天，又捞着出门了。傅贵倒欢喜得不行，傅贵家的可不乐意。"

王夫人冷笑道："哼！便宜傅贵出去白逛一趟。"

姹紫听了，自是心领神会，急急忙忙便走出去了。

太夫人命明珠送走舅奶奶，心中七上八下，不知怎么才好。

听双燕说，霭儿这几天，除了想金凤外，和以前倒也没什么两样。只是没有以前欢跳了，有时还有些儿发呆。派人找金凤，至今还没有消息。这金凤是决心找回来，还是不能找回来？……

太夫人觉得金凤这丫头除了长得有些儿娇媚外，其他也还是可人意的。经舅奶奶一说，这长相倒透着几分妖气了。好端端一个霭儿，在船上怎么竟能听到金凤喊他呢？还说清清楚楚听到金凤喊他的乳名占姐儿，莫非真要把霭儿的魂给勾了去？……

太夫人越想越感到不对劲儿。老太太虽说不信那些讲古说今的，但是这几年，大家子弟得这种病的还少吗？多数都是从狐媚子身上得的。经过和尚道士点破，有的好了，有的也还没好。看来这金凤不但不能再找下去，倒是立即请法师来驱妖要紧！曹寅这条根，说什么也不能被花妖水怪害了呀……

太夫人想到此地，立即命明珠去告诉王升，把找金凤的人马上撤回来！就是找到了，也不要金凤回来了！多给她银子，好好打发她，不要得罪她，对她讲，我们曹家与她无冤无仇，她要什么，都可以给她，就是不能害我们啊！

明珠迟疑了一下，一面答应着往外走，一面琢磨王夫人为什么那么恨金凤呢？

曹霭正坐在桌前挥毫。桌上放着金凤申初一刻留的诗笺。

双燕心思沉沉地走了进来。本来以为很顺当的事儿，一下子全变了。她突然对曹霭担心起来。她觉得汉府不像半年前他们离开时的汉府了。老太太虽是最主事的，但实骨子也做不了主了，眼前要不要把金凤找回来，就是一个例子。琥珀说，自打太太生了小少爷后，还巴不得小爷从此别回来呢。这可怎么好？……

她看着曹霑兴致勃勃在写字的背影，不由得叹息起来。

曹霑回头见是双燕，笑道："你进来不作声，我还以为是金凤姐姐回来了，故意要吓我一跳呢。"随即把自己和金凤的诗递给双燕道："你看。"

双燕接过诗笺，只见那上面写道：

更筹数尽月华明，

忽报晨鸡晓唱声。

自有灵犀回地术，

云帆返向石头行。

双燕看完，不禁苦笑道："要是金凤找不回来呢？"

曹霑一下扑过去抓着双燕摇道："不会的！不会的！老太太一定会把金凤姐姐找回来的！"

双燕道："我看不一定。"

曹霑不依道："一定，一定！双燕姐姐，就是一定！"

双燕看着曹霑稚气的眼光，怕又引起他的胡言乱语，只得说道："好吧，你说一定就一定吧！"

曹霑正在雀跃，琥珀进来道："双燕，快把屋子清理一下，焚上香。一会儿老太太要请人过来看小爷呢！"

琥珀一边说，一边对双燕使眼色，双燕便知道老太太请了驱妖逐怪的法师来了，连忙收拾起来，点上香。

曹霑道："什么人？来看我做什么？"

双燕道："老太太陪着来的，总是贵客。你就好好地陪客人。客人问你什么话儿，你就好好地回答，讨老太太喜欢！"

曹霑顺从地答应："哎！"

原来太夫人听了舅奶奶的话后，下令撤回找金凤的人不说，还着王升备上上等香烛和撒路钱，去清凉寺请来了曹霑的寄名和尚法轮大师父。

法轮到上房听太夫人谈了霑儿的情况，便要到曹霑屋里来亲自看一看，还吩咐事先不要告诉曹霑什么人来看他，以便面对面地察言观色。

太夫人由明珠、琥珀等丫鬟簇拥，陪着法轮师父来到曹霑屋里。

曹霑一见是法轮师父，急忙上前请安道："师父！我从京城回来还没到清凉寺向师父请安呢，师父倒来看我了，真是罪过！"连忙双手合十，一躬到地。

众人都意外地面面相觑起来。

太夫人惊喜地抹着眼泪道："我的宝贝儿，你这样知礼，才是师父的功德无量呢！"

曹霑也只得顺嘴说道："是！是师父的功德无量！"

法轮忙接过来道："半年多不见，哥儿又长出半头来了。"

太夫人忙命丫鬟看座。

法轮拉着曹霑的手道："哥儿这半年多，在京城都做些什么？"

曹霑道："说是去陪大表哥读书，其实都是玩了。"

法轮顺着曹霑的话问道："哥儿玩些什么呢？"

曹霑道："什么都玩。作诗、舞剑、骑马、斗蛐蛐儿、扎风筝、放风筝。不过王府里扎风筝的，没有一个人赶得上金凤姐姐的。"

法轮不由得看了太夫人一眼，太夫人也正在看法轮。

曹霑接着道："我们还到圆明园去玩了。从圆明园出来，就到绿竹别墅去吃饭，在吃茶的时候，看那些姐姐妹妹们，忽然想起了金凤，我想这茶，要是让金凤来烧，一定烧得更好！当时拿出表来一看，正是申初一刻。我想回来一定要问问金凤姐姐，那天申初一刻她在做什么。要是那时她也在想我，那该多有意思呀！"随即又难受地道，"没想到，金凤姐姐，就是在申初一刻走的。"

曹霑说着，急忙到桌上拿起金凤留的诗笺给法轮看道："师父请看，申初一刻，金凤留。哪想到她会走呢？"

法轮连忙双手合十，念了一句"阿弥陀佛！"

太夫人也连忙双手合十，虔诚地念道："菩萨保佑，菩萨保佑！"

除了曹霑外，众人也都流露出肃穆的神态。

法轮郑重地从曹霭手中把金凤留的诗笺拿过来，又伸得远远的，觑眼看了一会儿，问道："金凤姑娘识字吗？"

太夫人道："识得不多。"

法轮若有所悟地对曹霭道："哥儿，将金凤姑娘留下的这首诗，赠予老僧吧！"

曹霭一把抢过来道："不！师父，这是金凤姐姐留给我的。师父要诗，我和了金凤姐姐一首，这首倒可以相赠。"便连忙又到桌前将自己和金凤的诗笺取了过来送与法轮。

法轮接过，又伸远了觑眼一看道："谢谢哥儿！哥儿是有慧根的。这'自有灵犀回地术，云帆返向石头行'，须知，邪，总归压不倒正！哥儿要及早醒悟才好！还是把金凤姑娘留给哥儿的那首诗也交给老僧吧！"

曹霭将诗藏在身后道："不！金凤姐姐留给我的诗，我怎能送给别人呢？"

法轮和太夫人又对看了一下，脸色不由得沉重起来。

曹霭接着道："师父真要金凤姐姐的诗，等金凤姐姐回来了，要她再抄一首，我亲自到清凉寺去送给师父，如何？这一首是绝不能奉上师父的。"

法轮忙又双手合十念了一声"阿弥陀佛！"

太夫人也忙跟着法轮念道："菩萨保佑，菩萨保佑！"

法轮抬起头来，将曹霭的屋子打量了一下，问道："金凤姑娘平时住在什么地方？"

曹霭道："和我睡一个床。金凤姐姐和双燕姐姐一样，对我最好了！冬天的被子，都是金凤姐姐给我焐暖了，才让我睡进去的。"

法轮又连连念佛，继续问道："哥儿与金凤姑娘有多久没见面了？"

曹霭道："有半年多没见面了。不过我回来的时候，在船上听到金凤姐姐叫我来着。可惜我没来得及答应她，船就划走了……"禁不住又要哭起来。

法轮忙大声道："幸好哥儿有慧根，不曾答应！很好！"随即吟哦道，"不着痕迹不沾衣，落花流水本不识。"站起身来对太夫人道，"老祖宗，到上房再谈吧！"

太夫人忙命双燕好生侍候霭儿，便和法轮一起向外走去。明珠、琥珀等紧紧相随。

曹霭莫名其妙地看着他们走了，问双燕道："老太太和法轮师父来做什么？"

双燕道："来看你呀！"

曹霭道："看我？我怎么觉着倒像是来看金凤姐姐的。"

曹霭看着自己手上的诗，没想到法轮师父也喜欢金凤的诗，这倒使他很高兴，便对双燕道："我怎么能把金凤姐姐给我的诗送人呢？说什么也不能给的！"

双燕心事重重地道："是呀，是不能给！再说，他个出家人，拿去也没用。"

过了一会儿，白嬷嬷来告诉双燕，说老太太叫她，双燕便急急忙忙往上房走去。

刚走到门口，听见里面有人说话，像是耕云的声音，双燕吓了一跳，不由得放轻脚步停在门口，凝神听去。

只听耕云说："有一天，船行在江心，是有个什么东西蹦了一下，艄公老头子说是大鱼，还编了个大鱼骨头盖了一座庙的故事呢。"

又听老太太问道："小爷在船上说过听到有人叫他吗？"

耕云道："说过！也是在那一天，小爷在船上正听艄公老头子说典故，忽然回头说：'谁叫我？'我说前边船上正唱戏呢，这大江上怎么会有人叫小爷呢？可小爷一本正经地说：'有人叫我！叫我占姐儿！'我们大家伙儿就都笑了。我说除了汉府，这大江面上，有谁会知道小爷乳名呢？"

只听法轮道："要是那时候念佛三称，就不会有什么啦！"

耕云又道："都是小的该死，没想到在外边行路，还会遇到什么的，以后跟小爷出去，就多一层见识了，求老太太恕罪！"

只听老太太叹气道："也难怪你们，该他有这道灾，遭点儿难。我霭儿十岁，命中有个坎儿，从明天起，就算他十一岁了，好躲过这道关去。等会儿双燕来了，就把话传下去，你小子下去吧！"

耕云听了，出门便跑。双燕要避也来不及了，刚好和耕云碰了个正着。耕云见双燕满脸愁苦，也不敢和她说话，只用眼盯了她一下，便赶快走了。

双燕进得屋里，便向太夫人和法轮请了安，在一旁侍立。

太夫人道："法轮师父吩咐，要把那首什么申初一刻留下的诗，从霭儿手上要过来，销毁掉，小爷才会醒悟呢。你就去把它弄来！"

这可为难双燕了。因为双燕深知，曹霭在这个当口儿，命都舍得，要这首诗是万万办不到的。迟疑了一下，便道：

"回禀老太太，这可难啊！"

法轮在旁沉吟道："等哥儿睡着了，姑娘把这首诗悄悄儿拿了出来交给老僧如何？"

双燕道："回禀师父，拿出来看看，等小爷没醒的当儿再放回去，兴许能行……"

法轮道："那就麻烦姑娘一趟，今晚将诗笺取出，明日绝早归还如何？"

双燕道："有老太太做主，奴婢自当遵命！"

双燕走后，太夫人问法轮道："师父，如何能将那诗笺还与霭儿呢？"

法轮道："老祖宗有所不知，哥儿生来忠厚，为事所迷，硬扯是扯不开的。待老僧好歹还给哥儿一张同样的诗笺，便可一了百了。老祖宗就请放心吧！"

数十年来，曹府都是清凉寺大施恩主。法轮大住持对汉府从来都是极愿效力的。他深知但凡府中出了点什么事，太夫人都是不愿声张出去。能在屋内了的，决不传到屋外去。

法轮大师父和一般应事和尚不同，平日是不做设坛禳灾法事的。但是，为了应付大宅院，有时也要显示出灵验神通来。这样可以名传宫闱，声动公卿，为今后做天下释家法主加添佐料。虽说未免媚俗，但也不得不尔。

在清凉寺里，也养着一些随坛和尚，为人诵经祈福，作法驱魔，随俗点染，乘机劝化。虽说降格，但很收实惠。这次法轮应承下来，也就想要应事和尚玄朗出面，了此一段公案。

随即，太夫人命王升侍奉法轮大师父选定暗含水字的屋宇"散木风泉"设坛。取来大批香烛、纸箔、炮仗等物，单等次日来府诵经，申初一刻，消灾除祟。

太夫人传下话去，府中上下人等，没有呼唤，不得擅自到"散木风泉"行走。

法轮大师父吩咐，除了随哥儿出去的耕云、汲泉、白嬷嬷和双燕，随时听候调遣外，其余人等，一概不要。

法轮见诸般事宜都准备停当，便辞别太夫人回清凉寺去了。

次日，天未明，便有小沙弥将申初一刻金凤留的诗笺送回。双燕接到手，才放下心来，急忙放回原处收好。

接着，便由玄朗法师带领十八位和尚进府，来到"散木风泉"设坛。

玄朗法师身披古铜色袈裟，手捧炉香，在正中蒲团上闭目盘腿静坐，十八位弟子分立两旁合十诵经，单等申初一刻行动。

室内灯烛齐明，香烟缭绕。

这时，只听东南角上一座自鸣钟，打出申时来。全府上下人等都鸦雀无声，屏息以待。整个汉府就像钟停了摆一样静止下来。

双燕和白嬷嬷早就被嘱咐好，到时候看住小爷，不许他出声、不许他乱跑出屋就行。

这对双燕并不为难。午饭后，她就找了一本《元曲》，陪着曹霑，歪在床上，边问边说、边让他看，过不了一个时辰，曹霑便睡着了。夏日昼长，天气闷热，曹霑午睡，只要无人去打扰，少说也要睡两三刻钟呢。

这天，申时敲过，太夫人放心不下，命明珠、琥珀跟随，来到曹霑屋里。双燕、白嬷嬷忙迎上前去，小声禀报了曹霑午睡安稳，申初一刻是不会醒来乱玩乱动的，请老太太放心。并扶太夫人坐在近床的靠椅上，能清楚地看到曹霑。明珠、琥珀在左右侍立。

拈花急急忙忙来请示太夫人，说马夫人不放心，想来小爷屋里看小爷，请老太太示下。

　　太夫人略一沉吟道："夫人不必过来了。一会儿玄朗法师还要亲来霑儿屋里作法，夫人是回避还是不回避？回去告诉夫人放心，有我在呢！"

　　拈花答应着，便急忙回去了。

　　这时，"散木风泉"的自鸣钟，又"当"的一下，打出了申初一刻。便见玄朗法师，突然睁开双眼，从袖内抽出金凤留下的诗笺，大喝一声，便在烛上点燃，放在正中大香炉内焚烧。只见烧成的纸灰从炉内飘起，玄朗法师急忙用双手捕捉。这时便有一和尚捧着葫芦过来，打开盖子，玄朗便将纸灰塞了进去，旋即盖紧。

　　接着，玄朗法师带领弟子们大显神通，又是诵经，又是拜忏，一会儿铙钹齐奏，一会儿箫管齐鸣；忽而口中法雨喷射，忽而口中念念有词；有时闭目念诵咒语，有时怒目注视远方，使素来胆大的耕云，也顿觉毛骨悚然，仿佛鬼魅就在近处一般。

　　玄朗做完法事，便领着一帮弟子，要耕云、汲泉在前烧纸、放炮仗引路，往曹霑屋里走来。

　　曹霑正在做梦，梦见他正要到矮䫜舫去看书，忽见金凤笑着向他招手。曹霑高兴不迭，忙迎过去。不知谁放炮仗，点燃了便往金凤身上丢。金凤素来怕炮仗，吓得便跑。曹霑喊道："金凤姐姐，别跑！金凤姐姐，别跑！"

　　玄朗进门，正好听到曹霑的喊声，不由得怔住了。

　　太夫人急忙立起，双手合十，口中连念："菩萨保佑！菩萨保佑！"

　　这时耕云又放了一个炮仗，惊醒了曹霑。曹霑怒道："谁放的炮仗？谁放的炮仗？把金凤姐姐吓跑了，快把她找回来，快把她找回来！"

　　在场的人听了只觉浑身发冷，连玄朗和尚也自觉法术无边了。

　　太夫人忙过去搂着曹霑叫道："我的宝贝儿，快醒醒，快醒醒！玄朗大师来救我宝贝儿了！"

　　曹霑看到太夫人和屋内众人，连忙坐起来道："我是在做梦啊……"

　　玄朗法师连忙双手合十，高声喊道："好了！好了！哥儿从此醒过来了！"声音在屋内震得回响。随即对太夫人道，"老祖宗，恭喜恭喜！恭喜恭喜！哥儿醒过来了！"

太夫人忙回礼道："法师的功德！法师的功德！"

玄朗从和尚手中接过净水瓶，用掸子在满屋洒水，命耕云和汲泉在屋内四角烧纸，大放鞭炮，一时屋里烟雾弥漫，杂着香火，混沌难分。玄朗领着一帮弟子，口中念念有词，边舞边走，在屋内绕了三圈，在烟雾火药味儿中对太夫人道：

"请老祖宗命人紧闭门窗，哥儿三日不要出去，待贫僧三日撤坛后，方能清吉太平！至要，至要！"

太夫人连忙起身，双手合十，虔诚回答道："自当遵命！自当遵命！"

玄朗便带领一帮和尚，仍要耕云、汲泉在前引路，扬长而去。

曹霑午睡醒来，被眼前景象搞蒙了，眼睛被烟熏得直流眼泪，半日都说不出话来。

太夫人见他脸上发红，两眼含泪，满头大汗，又疼又爱。刚才亲眼见到、听到妖魔已被赶走，霑儿从此得以清醒过来，自是满心欢喜。忙吩咐白嬷嬷和双燕，紧闭门窗，小心服侍，切切不可大意！

白嬷嬷、双燕连忙答应，恭请老太太回屋休息。

众人走后，白嬷嬷一面拍着胸脯，一面急忙关门关窗。

曹霑为烟气所呛，不由得咳了起来。

双燕忙倒了一杯橘子汁过来给他喝。

曹霑迷迷糊糊在双燕手中喝了一口橘子汁道："双燕姐姐，刚才这是干什么？"又看了满屋子乌烟瘴气，熏得眼睛都睁不开，想起刚才的情景，生气道："双燕姐姐，我怎么觉着谁都和金凤姐姐作对似的。金凤姐姐最怕放炮仗，怎么倒把炮仗放到我屋里来了……"

白嬷嬷听到曹霑又说金凤，吓得忙对双燕摆手，要她不要和他讲。

曹霑接着道："耕云这小子也到我屋里来放炮仗，真是岂有此理！双燕姐姐，你去把他叫来，我要问问他，他倒是听谁的？"

双燕忙答应道："哎，歇会儿我去叫他，小爷把橘子汁喝了吧！"

曹霑越想越气，一把推开双燕的手道："我不喝！这屋子都快憋死人了！"说完就要开门出去。

白嬷嬷忙过来拉他道："不能开门，占姐儿，别出去！乖乖地和嬷嬷在屋里。你要什么，我要双燕去给你拿。"

曹霑甩开她道："我什么都不要，我就是要出去！"

白嬷嬷见拉不住他，只好叫双燕。

双燕见屋里确实憋闷，但也不敢让曹霑出去，便撒谎道："小爷，别出去了，昨儿你答应送给法轮师父的诗，还没抄出来呢，法轮师父临走，还对我说来着，叫催着小爷快写呢！"

曹霑听了，信以为真，便道："那容易！"立即坐到桌前，拉开抽屉，取出诗笺，便写了起来。

这时传来轻轻的敲门声，双燕忙去开门，原来是拈花扶着马夫人来了。

马夫人和拈花一进来，白嬷嬷便忙把门关上。

马夫人皱着眉，在烟雾腾腾的屋里忙问："霑儿呢？"

曹霑听见是母亲的声音，立即丢下笔跑过来搂住马夫人道："妈妈怎么来了？"

白嬷嬷见这光景，边数落着边退到外间去。

马夫人看到儿子还是以前活蹦乱跳的模样，这才放下心来道："妈妈是让那些人七说八说的说怕了，总想亲眼看看你才放心……"话还没说完，就被屋内的烟呛得咳嗽起来。

曹霑忙扶母亲坐下道："妈妈要拈花姐姐来叫我就行了，还亲自来做什么？看看，又咳起来了吧，这屋子不能待了，我送妈妈回屋去！"

马夫人用手帕捂住嘴又咳了一阵道："不！好孩子，妈妈不要你送。你只要听嬷嬷和姐姐的话，在屋里乖乖地看书、写字、画画，和姐姐下棋，待上三天再出屋，妈妈就放心了！"

曹霑不解道："为什么要三天才能出屋呢？"

马夫人道："妈妈也说不上来。老太太吩咐叫三天才能出屋，大概是，三者，数之成也的意思吧。你就听话，在屋里待三天。要不老太太和妈妈就都不放心了。"

曹霑看着母亲的脸道："那——好吧！听妈妈话，我三天不出去！"

马夫人眼光只要能和儿子的眼光相遇，就感到心里热乎乎的。她看到霑儿满脸红彤彤的，便摸着他的脸问道："你在屋里干什么啦？脸怎么这么红呀？"

曹霑道："热呗！这么热的天，嬷嬷还怕我着凉，把门窗都给我关上了。"

马夫人微笑道："过三天吧，过三天就都好了！"

双燕体贴地道："夫人请回吧，屋里这气味，夫人身子骨可吃不消。"

曹霑逗母亲道："妈妈放心！儿子一定听话，乖乖地在屋里当熏鸡！"把屋里人全逗笑了。

马夫人放心地扶着拈花回屋，临行又差点儿被烟呛得咳嗽。她也感到在这烟雾腾腾的屋里把儿子关三天，她是舍不得的。但大家说得这么玄乎，又有什么法子呢？

马夫人走后，曹霑倒也确乎乖了起来。不但不吵着要出去，而且不那么活蹦乱跳了。晚上只吃了一点绿豆粥，早早地就躺下了，居然连书也不看了。

双燕为了使他凉爽些，用扇子在帐子里扇了好一阵，才把帐子放好。

白嬷嬷进来高兴地说道："玄朗大法师真是法术大呀！南无阿弥陀佛！看小爷早早地就睡着了。我占姐儿就是一福压百祸，百祸怕花魁哩！"

双燕笑斥她道："什么百祸怕花魁？是百祸怕状元！"

白嬷嬷也笑道："我这老糊涂记不得了，是百祸怕状元！占姐儿就是那状元！"

白嬷嬷话音刚落，便听得曹霑在帐子里喊道："不！我要金凤姐姐，我要金凤姐姐！"

白嬷嬷吓得倒抽了一口冷气。

双燕忙掀开帐子去看曹霑，见他是说梦话，才放心了。她伸手摸了摸他的脑袋，觉得有些儿热，再摸摸身上，也热乎乎的。不由得慌起来道："嬷嬷快来，你摸摸小爷，是不是发烧了？"

白嬷嬷忙过来用手一摸，又用嘴巴子去挨了挨曹霑的前额，着急道：

"是有点发热了。快拿灯来看看！"

双燕连忙把宝蕊灯端了过来。白嬷嬷就着灯光看去，只见曹霑闭着眼睛，脸儿通红，头上身上一丝儿汗也没有，出气进气都粗了起来。白嬷嬷忙把被单给他盖好，放下帐子道：

"快去禀报老太太，小爷发烧了！"

双燕放下灯，便往上房跑去。

太夫人正要明珠去打听曹霑呢，听双燕说霑儿发烧了，便忙要明珠和双燕一起到"散木风泉"去找玄朗法师。有玄朗法师在，就有了主心骨了。

明珠和双燕急忙来到"散木风泉"。只见里面灯火辉煌，经声、磬声、木鱼声交相争鸣。

耕云在外守门，没想到双燕和明珠来了。忙迎上去问道："两位姐姐来做什么？"

双燕也顾不得其他了，忙道："小爷发烧了，老太太叫找玄朗法师呢。"

耕云听了也着急道："那姐姐快进来吧！"

双燕和明珠进到屋里，只见两边两排和尚都在低头念经，一只手打着问讯，一只手快速地捻着佛珠；另有四名和尚盘腿坐在正面矮条几后面，敲着木鱼和磬。独独不见玄朗法师。

明珠低声问道："玄朗法师呢？"

耕云道："姐姐稍待，我给你去找。"说罢，便绕到佛龛后面去了。

原来玄朗把这帮和尚都安排好了之后，自己就歪到佛龛后面去打坐了。

耕云摇醒玄朗后，告诉他老太太派人找他。玄朗忙整理好袈裟走了出来，见是两个年轻丫鬟，便问何事。

双燕和明珠将曹霑发烧、说梦话儿的事说了一遍。

玄朗道："哥儿发烧，甚至大病一场，都是在所难免。今日作法，姑娘们都亲眼见了。能这样顺当使哥儿清醒过来，对贫僧来说，也属罕见。也是佛主的恩典，哥儿的造化。哥儿这次灾难，有如金蝉脱壳一样，要脱一层皮，怎能像往常一样没事儿呢？小则发发热，闹几天病；大犯了，甚至要九死一生呢。不用担心害怕，哥儿经过这场风险，就会结实了！"

说罢，从神龛中取出一个用经袱包的小瓶道："这里装的神水。是用武定桥南瞻园的石蕊，用永祥禅寺的井水，泡了七七四十九天，又经过九九八十一天炼丹火的熬煎制成的。你们拿回去，供在净处，早晚给哥儿饮这么一小酒盅，多则七日，少则三日便可痊愈！禀报老祖宗放心好了！"

双燕和明珠接过神水，比得到返魂汤还宝贵，赶紧回到太夫人处禀报。

太夫人便命双燕即刻拿了瓶子，遵照玄朗法师所嘱办理。并命明珠通知王升，要对玄朗法师处处照应周详，绝不能有丝毫怠慢。

谁知三日后，曹霑烧不但不退，反而显得沉重起来。除了烧得厉害喊喊金凤外，话都不怎么说了。

玄朗法师得知，一面仍要众人放心，一面决定领着这帮弟子，再到曹霑屋里做一场法事，然后回清凉寺。因而曹霑屋里刚刚消散干净的烟雾火药味儿，重又浓厚起来。素来不怕炮仗响的曹霑，这回也要双燕紧捂他的耳朵，蜷缩在床里，如同自己也要像炮仗一样爆炸了一般。

双燕焦急异常。不论太夫人和夫人来看曹霑时，还是去上房禀报小爷情况，都斗胆说出还是请太医来看小爷的主张。

白嬷嬷则坚信玄朗法师所说：被妖魔附体的人，一旦赶走了妖魔，自会生场大病，才能转危为安。

太夫人既信玄朗法师所说，又怕霑儿有个万一。因此总说，再看一两天，再看一两天……但想到对法师半信半疑，就是亵渎神灵。亵渎神灵就会降灾！因而连忙斥责双燕，不要再提找太医的主张。

马夫人的心思和双燕一样。但双燕能在太夫人面前直言，自己做媳妇的却不能违背婆婆的意愿。因而心急如焚，吐了血也不叫拈花声张。只有每日默祷，求菩萨让自己替儿子去死，也不能让霑儿受苦，想到这里，多病的身子，更加支持不住起来。

双燕把这些都看在眼里，决定要耕云设法把小爷病重的消息告诉脂砚老爷。自己抽个空儿，便急忙往扫花别院而去。

第三十五章

芙渠绽时灵华现
白云深处月儿藏

曹霈昏昏沉沉，如置身云雾一般……

一会儿看见老太太"心肝""宝贝儿"地呼唤他，一会儿又看见妈妈含泪的双眼凝视着他；他仿佛看到脂砚叔叔来看他了，他更觉着太姨的手在抚摩着他。但是等到他要撒欢时，他们又都不见了……

只见到双燕焦急的脸时时在他面前晃。他不知道有什么事儿使得双燕这般焦急？他要问她，但老也没说出来……

他喜欢双燕拿着扇子在帐子里扇风，觉得凉爽、舒服。有时又觉得扇得令人发冷。但他又不愿叫双燕停下来，他喜欢双燕坐在帐子里轻轻地扇着……

奇怪，金凤怎么还没找回来？老太太吩咐下来的事儿，怎么还没办到呢？……

他觉得飘飘忽忽的，就好像踩着云彩上天了，又坐着云彩下地了。有时又觉着帐子、房子、人都在转，眼前金花儿在红云中直往外冒，毛孔直发怵……

恍惚间，一阵清风，看到有个人儿移到了他的面前，他像是在哪里见过……是太姨？不！这人比太姨小多了。他觉着像金凤，刚想喊，但又不是金凤；忽然想起雨花台卖石头的小姑娘，刚要和她说话，但又不是卖石头的小姑娘；是茶仙？也不是……

曹霑把眼睛眨了眨，觉得自己一下子飘上了紫金山顶，眼前的云彩向两边飞移，突然，从层层彩云的虹波里，烘托出一轮火红的花环来，花环周围光芒四射，花环中间，便现出那个小小的人形来。这小人儿的衣服和装饰，都闪着露水似的晶光。但这晶光却敌不过她一双眼睛。她看着曹霑，曹霑便觉得有什么东西在他身上丢失了，但又好像有什么东西加到他身上来。他想抖落这种感觉，但是全身像被缚住了一般，越抖越紧，嗓子也觉得发干。他干咳了一声，再定睛向这人儿看去，他从来也没有见过这样光彩夺目的姑娘：像在月夜下的翠湖中，冉冉生出一朵白莲来，白莲绽开，走下来的，就是她……

她绾着两个葱茏的发髻儿，着一身薄翼纱衣裙，洒花闪光，流苏焕彩，环佩隐隐发出一连碎响，肌肤幽幽透出一股暗香，直沁曹霑肺腑。

曹霑迷迷糊糊地看着她。她大概是一位神仙，不是一个人。曹霑忽然想到，哦！是小仙女！是小仙女降落到屋里来了！他不知道该叫她什么好，便硬着头皮叫了一声：

"小仙女！"

偏是那小仙女怫然作色道："什么小仙女？谁是小仙女？难道你竟不认识我？"

曹霑疑惑道："又认识，又不认识……"

只听小仙女朗吟道：

> 别路云初起，
> 离亭叶正飞。
> 所嗟人异雁，
> 不作一行归。[1]

---

[1] 传唐代有个小女，六岁能诗。武则天召其兄妹面试之，收为义女。其兄辞归。其妹遂作此诗。

曹霑听了煞是高兴。诗是则天皇后收养的民间六岁女儿作的，以此诗和今天的情景来打比喻。便道："诗是好诗，可不贴切！"

小仙女问道："怎见得不贴切？"

曹霑道："眼前光景，可说正是相聚，如何说是别离呢？我也用一首现成的诗作比喻，念给你听，好吗？"

小仙女道："好！"

曹霑便念道：

> 土膏欲动雨频催，
>
> 万草千花一晌开。
>
> 舍后荒畦犹绿秀，
>
> 邻家鞭笋过墙来。[1]

曹霑念罢又笑起来道："你是先声夺人，绿竹迎风，带来好景呀！"

小仙女嗔道："我有什么先声夺人？我看是你眼花缭乱了。万草千花怎么会在一晌开呢？"

曹霑道："从前鹤林奇花司，有位殷仙女，能顷刻间把四季花都开于一晌，这有何奇？倒是眼前有一件事儿，却奇而又奇！"

小仙女道："什么事儿那么奇？"

曹霑眼睁睁地看着她道："你是谁？又是从何而来？我叫你小仙女，你又着恼，难道你真是凡人不成？"

小仙女笑道："我不是凡人，倒是什么？"

曹霑连忙坐起来道：

"那你到底是谁？"

小仙女说："你猜？"

曹霑急得直出汗，说："好妹妹，我都快急死了，你快告诉我吧！"

---

[1] 宋代范成大诗。

小仙女微笑道："你都猜着了，还要我告诉你？"

曹霑睁大两眼："我猜着了？"

小仙女道："是呀！"

曹霑不解地看着她。

小仙女道："你刚才叫我什么来着？"

曹霑惊奇道："妹妹，你是我妹妹？"

小仙女也盯着他道："难道还不是？"

曹霑还没领会过来，道："我刚刚有了一个没见过面的弟弟，怎么如今又有了一个没见过面的妹妹呢？我听老太太常念叨，我只有一个表妹在苏州舅公公家……"

小仙女笑着连连点头道："哎！哎！我也有一个表哥在金陵姑外婆家……"

曹霑听了，不禁两眼放光道："莫非你是苏州的玥儿妹妹？"

小玥儿笑得更欢了，仿佛世上的冰雪都会在她的笑声中融化一般。

曹霑也不由得随着她乐了起来，急切问道："原来是玥儿妹妹，怪不得满室生辉哩！妹妹什么时候来的？"

"你猜！"玥儿眼里流盼出闪闪光芒。

曹霑毫不考虑地道："今天。"

玥儿诧异道："为什么是今天？"

曹霑道："今天你来看我呀！"

玥儿道："我今天来看你，就是今天来的？要是昨天来看你，那就是昨天来的了？"

曹霑道："当然啰！你总不能昨天来的，今天才来看我呀！"

玥儿微笑道："你可真呆！我不早就告诉你说，我是和你一起来的吗？"

曹霑惊奇道："和我一起来的？莫非你真是神仙，有隐身术不成？"

玥儿道："你在后面那条船，我在前面那条船，是脂砚表叔带我来的。"

曹霑大喜过望，欢呼道："啊呀！原来如此！脂砚叔叔不让我在苏州上岸，却把妹妹给我带来了！我的好妹妹，你怎么不上我的船？我们一路有说有笑，该多快活！"

玥儿道："上你的船？你要不生病，今天我还不会来看你呢。是太姑带我来看你的病，叫我来陪哥哥玩的！"

曹霑道："陪我玩？这怎么敢当？你是神仙中人，我只配侍候你，给你提鞋，哪能要你来陪我玩呢？"

玥儿道："看你，还发热昏说胡话呢！"

曹霑道："我才没发热昏说胡话呢！他们胡说八道，你也随着他们说？你应该明白我，比我心里亮堂！"

玥儿道："我才见到你，怎么会明白你？"

曹霑仍痴痴地看着她道："你比月亮亮十分，月里嫦娥也比不上你呀！在你眼里什么都会照亮的……"

玥儿嗔道："你昏说些什么呀？你再说，我就走了。"

曹霑急忙下床，一把拉住玥儿道："你可别走，好妹妹，你要走了，我就活不成了……"

曹霑话音未落，只听李芸在旁道："好了，好了，小玥儿，就陪哥哥玩会儿吧！待会儿我要千江姐姐来接你。"

曹霑一见太姨，跑过去便耍起赖来了，搂着太姨道："不！太姨，不接妹妹，让妹妹和我在一起吧！太姨要接妹妹，连我也一起接了去！噢？"

李芸微笑着摸摸霑儿的头道："好！好！只要你好了，怎么都好说。"

这时一只小猫咪从李芸脚下快快地向玥儿跑去，挠着玥儿脚，"喵喵"地叫了起来。

玥儿一伸手，小猫咪就跳到她手上，玥儿将猫咪抱在怀中，用脸蛋儿轻轻地偎依着它。

小猫咪全身黄灿灿的，耳朵、鼻子、脚爪、尾巴都是深色。缩在那里，活像个大绒球。它是李煦专门弄来的暹罗猫，给玥儿玩的。现在也从苏州带进了南京织造府。

曹霑对着玥儿抱猫的景象，不由得看呆了，心想，自己要能变成这只小猫咪，该有多好。

自从曹霑回来的当天夜里，两乘小轿把鹧鸪和玥儿抬进了扫花别院，李芸的心绪就更不能平静了。哥哥李煦的事儿虽早有所闻，但未想到来得如此之快，落得如此之惨。目前虽还未波及曹家，但也只是早晚而已。她看到送来的玥儿，那逗人怜爱的小模样，千重恨事，万种哀思，便都纠葛在一起。她从来都自悲身世凄凉，现在玥儿竟要她来庇护，这真是从何说起……

谁知一波未平，一波又起。双燕突来求救，说霑儿思念金凤，病重不起，求太小姐给拿个主意。李芸听了，心都掉下去了。待详细问明情况后，知道霑儿确实因想念金凤而病，不觉心中闯进一个绝妙的药方来。只是有一桩，招惹了这个小魔星，再要甩开可就难啦！李芸继而一想，为什么要甩开呢？这两个小人儿遇到一块儿，难道不是冥冥中注定的吗？他俩在一起，该是多么相称的一对啊！

李芸一反身处世外的常态，要一月、千江和双燕把从扫花别院到曹霑屋沿路会遇到的闲杂人支使开，便亲自带着玥儿来看曹霑了。

曹霑屋里的烟火气，早被脂砚给驱赶一空，霑儿吃了脂砚的丸药，也有了些儿好转。但还是躺在床上有些迷惘，神志还不怎么清醒呢……

李芸轻轻从玥儿手中抱过猫咪，指指霑儿，玥儿便向床前走去。李芸一声不响地坐在一旁，看着这两个小人儿的问答，心中不觉甜美异常。她想起汉府中凡是见到玥儿的，都异口同声说她像自己。但愿她的命比我强……

果然不出李芸所料，曹霑自见玥儿以后，不药而愈。头也不晕了，房子也不转了，也不满口胡言乱语了，直嚷嚷肚子饿。要吃要喝，不挑不拣，任什么都吃得香喷喷的。独有一条，就是不能不看见玥儿，白天倒好说，到了天黑千江来接玥儿的时候，曹霑说什么也要千江把自己一起接了去。要是不接自己，那说什么也不放玥儿走。

开初几天，双燕和千江好说歹说：你在生病，妹妹的脾气，你是知道的，要把妹妹惹恼了，妹妹再不来看你了。你要病好了，妹妹自会和你吃在一起，住在一起的。曹霑一听，生怕玥儿不来和自己玩，便连忙答应放玥儿走了。

过了几天，千江晚上来接玥儿的时候，曹霭说自己都好利索了，好些日子不出房门，实在憋闷得慌，要送送妹妹。

双燕和千江听了，都觉合情合理，霭儿好了这些天，也实在可以出门透透风了。双燕为霭儿穿上一件月白绉罗袍，换上一双黑缎单鞋，显得利利落落，便和千江领着他，一起往扫花别院而来。

扫花别院门前的忍冬花，夏日晚上，香气更加浓郁。曹霭心满意足，一路上有说不完的话。玥儿一手抱着猫咪，只是笑，一语不发。霭儿忙拉住玥儿道：

"妹妹快闻！这是什么香味儿？"

玥儿故意道："不知道。"

曹霭领着玥儿走到花前道："这是忍冬藤，妹妹，知道吗？你别小看它，它能经冬不凋。开的花儿先白后黄，因而叫金银花；花儿像金钗和玉钗，如同金玉合股，因而叫金钗股；一茎两色，所以又叫鸳鸯藤；能治鬼击，因而又叫通灵草……"

玥儿听着，咯咯地笑个不停。

霭儿忙问道："妹妹笑什么？"

玥儿道："可惜我不像哥哥，生一双夜明眼，害得哥哥说了一路，我却什么都看不见。"

曹霭也笑道："嗨，我真糊涂！因为我对家里花草是熟悉的，闭着眼睛都能说得出来。妹妹才来，哪能知道呢？都怪我黑地里瞎说。等明天白天，我再给你讲。"说着，便进了扫花别院。

双燕站住道："好了，小爷，把妹妹送到了，我们回去吧！"

曹霭道："哪儿送到了？妹妹住的房子还在里面哩。再说，到了这里，哪能不去看望太姨呢？"边说边牵着玥儿的手往里走。

双燕和千江只得随后跟着。

李芸正在灯下看书。室内四季兰发出阵阵幽香。

曹霭进门就往李芸跟前跑，一把拉着李芸道："太姨！我送妹妹来了！我今儿晚上跟太姨睡，不回去了！"

双燕听了吃惊道:"这怎么行?小爷,太姨哪能经得住你踢蹬呢!"

曹霑道:"太姨!我听话!我不踢蹬!我和太姨睡,连身都不翻!"

玥儿又笑了。

李芸见霑儿突如其来,倒有些儿为难了。平日李芸对霑儿虽是百依百顺,但对霑儿的饮食起居,却是从不过问的。李芸略一沉吟,便道:"好孩子,你每天都睡在老太太眼皮底下,你要睡到这儿来了,老太太要想你,可怎么办呢?"

曹霑道:"要双燕姐姐去告诉老太太,说我在太姨这儿睡,老太太就会放心不想我了。"

李芸道:"好孩子,这么着,我们都听老太太的话。双燕去禀报老太太,老太太说霑儿可以在太姨这儿睡,你今儿晚上就在这儿睡。要是老太太说,霑儿不能在太姨这儿睡,那你就乖乖地回去睡。好吗?"

曹霑眨了眨黑亮黑亮的眼睛,心想,老太太不会不答应的!因此便道:"好吧!"

李芸随即命双燕去请示老太太,等老太太回话来了再说。

双燕一走,霑儿便活跃起来,叫着玥儿道:"妹妹快来看,太姨这儿有好些好看的书呢,你喜欢看吗?"

玥儿还没答话,便听得一声叹息从后边传来:

"姑小姐,果然名不虚传!这样的哥儿,连画上也见不着呢!"

李芸便叫霑儿道:"霑儿,见见鹂鹄……"这可怎么称呼呢?她是哥哥的身边人……接着一转念道,"就叫鹂鹄姐姐吧!"

曹霑透着灯光看过去,只见一位身材修长的年轻女人站在门旁。玥儿的小猫咪忙跑过去,在她脚下娇声地叫着。

曹霑便知是和玥儿妹妹一起来的了,忙迎上前去叫了一声"鹂鹄姐姐!"

鹂鹄忙答应着,拉着曹霑的手,仔细端详道:"天地间秀气,都让你们兄妹占尽了,也难怪谁见了,谁都疼爱呢!"随即又对李芸道,"姑小姐,大家都说哥儿像曹老太爷。可惜奴婢没那个福分,没见过曹老太爷。不过从画像上看，还真是像呢，尤其那眼神。姑小姐，你说是吗？"

李芸沉思道："哎，天生的一对兄妹，才到了一块儿。真没想到，是在这种时候。一对玉作的人儿，怎么能经得起这等世道啊，就是一块石头，也会磨化了！"不觉长叹一声道，"也罢！幸亏玥儿妈妈早去世了，不然，谁的心能受得了这个呀……"

李芸话还没完，只听得外面叽叽咯咯一阵人声。原来是双燕、明珠、琥珀和拈花四个大丫鬟拿着枕头、席子、梳妆匣子，提着包袱，如同搬家一样，走进了厅堂，早有一月、千江等迎了出去。这个说，我给你拿；那个说，我给你抱，真个是热闹非凡。自从李芸住进了扫花别院，这还是头一遭呢。

李芸微皱双眉。只见双燕她们进来，笑语喧哗地回禀道：

"太小姐，老太太说了，小爷哪能和太小姐睡呢？太小姐玻璃似的人儿，夜晚什么响动都没有还睡不着呢，还能搁住霭儿吗？"

曹霭在旁发急道："你没说我和太姨睡，身都不翻的！"

双燕瞅了他一眼道："别着急呀！"又面向李芸接下去道，"老太太便叫了明珠、琥珀，还有夫人屋里的拈花姐姐一起，把小爷和我的东西都搬过来了。老太太说，既然霭儿喜欢和妹妹玩儿，和妹妹分不开，那就索性搬过来和妹妹一起住吧！就是偏劳鹂鸪姑娘多照看着点儿，也免得玥儿小姐还得过到那边去了。"又压低嗓子找补道，"老太太说，就这么着好！"

还没等双燕把话说完，曹霭在一旁早跳起来拍手道："老太太真好！老太太就是体贴人！老太太想得真周到！"蹦过去拉着玥儿就转了起来。小猫咪不知发生了什么事，也跑过去在玥儿脚下围着叫。

双燕忙过去拦着曹霭，搂着玥儿道："我的小祖宗，妹妹哪禁得起你这份高兴哪？"

玥儿手捂着胸口，依在双燕怀里微微发喘，看着曹霭高兴的样儿道："还没到蟠桃会呢，怎么就大闹天宫了呢！"

众人都笑了起来。

李芸微笑道："老太太既然发下话了，那就照办吧！"

霈儿忙过去搂着李芸的脖子，撒欢道："太姨真好！"

李芸轻轻拍着霈儿道："妹妹说得对，还没到蟠桃会呢，你就大闹天宫了！"霈儿就势更加撒起欢来。

一月笑着忙招呼众人到后面为霈儿安排住处去了。

扫花别院后花园，有一排五间向南的精致平房，周围都有本色游廊。早年是曹寅和嘉宾清客们吟诗下棋之所。李芸搬进扫花别院后，只占用了正房小院，后花园的房子，虽是窗明几净，却并没人居住，常年闲着。如今玥儿和鹦鸪住了进去，再合适不过了，仿佛这屋子早就在等着她们一般。

因为玥儿来得不寻常，绝不能让外人知晓，整个汉府，上下人等二百来口，平日无事都要生非，更何况有事呢？太夫人也知道，世上没有不透风的墙，但太夫人对围绕在周围的心腹，还是信得过的。这次玥儿来，人不知，鬼不觉，安排在扫花别院，是可以避过一阵的。

谁知霈儿得病，闹得太夫人整日心神不宁，束手无策。幸好李芸得知，带了玥儿来看霈儿。霈儿得到玥儿做伴玩耍，果然好了。太夫人心想，这都是命中注定的。霈儿有这场灾，必不可免。偏偏玥儿这时在府，亦是祖先神灵早就安排好了的。两个小人儿，又是姑表，又是姨表，长得可算得天上一对，地下一双。种种因由，都使太夫人想得高兴。如今将霈儿也搬进扫花别院，让他俩自幼和谐相处，日久天长，还可把霈儿的脾气给扳正过来，不再乖张古怪，岂不是好。

太夫人的如意算盘，拨拉得如此顺当，直把安神补心丹都省去了许多。

王舅奶奶自从到上房拜见了太夫人后，回来时还没进院呢，就要婆子为她一路洒香露，熏速香，闹得不亦乐乎。才进门，便又脱衣，又换鞋，又洗手，又漱口……确保不会再沾染一丝丝妖气魔氛，这才进到正房。焚香叩头后，便去会王夫人说明情况……

至于以后请和尚做法事，霈儿日益病重等消息，虽然有极严的禁令，绝不许去沾染，但也还是能通过大小耳报神，传到王夫人耳里。

王夫人想到金凤这个妖婢，竟然在请了法师作法以后，还死死缠住霭儿不放呢。从姹紫那儿传来的消息，玄朗法师的神水也不顶事了，霭儿每日除了喊金凤，连饭也不吃、觉也不睡、话也不说，竟然奄奄一息了……

王夫人不由得心疼起马夫人来，年纪轻轻就死去了丈夫，如今眼看亲儿子也要不保，今后的日子可怎么过呀？当奶娘每天早晚抱着棠村送来给王夫人看的时候，王夫人看到自己的儿子一天长得比一天好，禁不住心花怒放。心想，霭儿要有个长短，曹家可就剩下这根顶梁柱了。到时候少不得管马夫人也得叫声妈呢！我可不会做那种偏狭小人。

曹家的规矩，生了少爷不满月，老爷都不能进房。姹紫、嫣红虽说每天早上都分别把老爷的事儿仔仔细细说给王夫人听，但王夫人觉着总不那么真切。请法师作法那几天，嫣红说老爷脸上透着不乐意，成天价像挂了一块铅。可姹紫却说老爷临上床那会儿，嘴里还哼哼着唱了两句《汉宫秋》呢！这些该死的小蹄子，也不知是哪个的话可靠……

王夫人准备为儿子棠村大作满月，命姹紫、嫣红晚上探老爷的口风。嫣红回来说，老爷讲这是什么时候？日子要往里收还收不过来呢，还讲那份儿排场？到那天，家里摆上几桌，请老太太看看小孙子，就得了！可姹紫却说，老爷讲不要大请客了，舅老爷舅奶奶自然是要大大酬谢的！要没舅老爷舅奶奶下了功夫，请来了麒麟砖，这小棠村还不知在哪儿呢！

王夫人听了冷笑一声，心想，老爷这会儿也知道麒麟砖了，当初还只顾取笑我呢。儿子满月，别人请不请都小事，定要把娘家都请到送到才行呢！

过了两天，姹紫忽然跑来说："奇了！奇了！"

王夫人道："又什么事儿大惊小怪的了？"

姹紫道："占姐儿，他……"

王夫人忙问道："他怎么？他不好了？"

姹紫道："他忽然好了！"

王夫人道："霭儿，好了？……真是谢天谢地！阿弥陀佛！都是你们这帮子乱嚼舌头的胡说八道！要像你们说的病成那样，哪能一下子就好了呢？"

姹紫道:"奇就奇在这儿了。傅贵家的说,也不知哪来的仙丹妙药,昨儿占姐儿还连稀汤都不喝一口,今儿却嚷着肚子饿,任什么都吃,不但不躺着,倒起来满屋子跑了。我支使小丫头去上房瞄一瞄,小丫头回来也说,占姐儿就是好了!老太太、夫人、上房里的人都乐着呢!"

王夫人叹口气道:"这也是菩萨保佑吧!不过……"随即又担心起来道,"孩子总是这样的,只要好一点儿,就贪玩起来,可不能大意!上房的人,也不能乐得太早了……"

姹紫听了,忙应声道:"太太说的是,真不能乐得太早了!"

又过了两天,姹紫悄悄告诉王夫人,老太太叫占姐儿和双燕搬到扫花别院去住了。

王夫人问道:"霁儿好利索了吗?"

姹紫道:"好利索了。傅贵家的说,占姐儿吃的比什么时候都多。还说太小姐这些日子胃口也好了!"

王夫人冷笑道:"这倒不错!霁儿和太小姐住到一块儿,倒是再合适也没有了。只怕今后老爷对霁儿就更难管教了。"

第三十六章

林荫相觅竹金铃
别院共享团圆节

李芸一直在想，当年曹寅特请名工巧匠，在扫花别院后花园中修筑了这座"停云亭"，实在是五间精致木石结构小房。是因仿"子云亭"，才叫作亭的。再也想不到如今会住上了这两个小人儿。同时她也想到，曹寅当初盖这扫花别院的时候，也不曾想到如今会是她在这儿住呢！但她又觉得，也许曹寅盖这扫花别院的时候，就想到要给她，或者给他的孙儿来住吧？要是当年问问他，该多好啊……

自从霑儿搬进扫花别院以后，不但后花园里笑语不断，就是李芸的住处，也免不了少了些儿清静。尽管双燕和一月尽力提醒曹霑，但也还是有拦不住的时候。

李芸看书看得倦怠了，也常常踱到他们这儿来，看着这两人一颦一笑，一问一答，感到无限安慰。但有时又感到有一种突如其来的迷惘心情，迫使她突然走开……

她多么愿意看到这两个小人儿在一起玩，在一起说话啊，她觉得他们原本就是应该这样的。但是，天不会太长就要塌下来，地不会太久就要陷下去，别说一个世外人，除了眼睁睁看着，是没有法子可想的，就是真的来了神仙，怕也束手无策哩！

这一天，李芸午睡，猛地从梦中惊醒，心跳个不停。

她正梦见自己在悬崖上面漫步，朵朵白云在她身旁飘过，薄的像轻纱，厚的像棉花。她跟着白云走，像儿时一样快活地伸手去抓。抓了两下没抓住，便追着白云跑着伸长手去抓，终于被她抓住了！但还没等她来得及高兴时，脚下踩空，竟掉下了万丈深崖……

李芸醒来，不禁叹道：连梦中的欢乐，也是得不到的呀……

她在榻上又躺了一会儿。四外异常寂静，连蝉也不叫了。她忽然想听到霈儿和玥儿的声音，凝神细听，但是听不到。她便匆匆起身，一月和千江连忙在后跟随，彼此也不相问，便往后花园走来。

李芸走尽游廊，便见玥儿在竹林中低着头在找什么。李芸回头示意一月、千江不要作声，便倚在栏杆上看她到底在找什么东西，许是在玩的时候，把什么佩件掉落下来了。一会儿见她蹲了下去，用手在地上画着。李芸奇怪起来，没想到玥儿竟会不嫌龌龊，蹲在地上拨土。一月、千江也凑到李芸身后来看，猜想她在干什么。只见她又站起来伸长胳臂，折了一根竹枝，在石缝里时而探寻，时而张望……

忽然从停云亭那边又传来一个女孩儿的声音："姐姐，给我找到了吗？"

李芸和一月、千江不由得面面相觑，这不是玥儿的声音吗？怎么竟是从屋子那边发出来的呢？

竹林中的玥儿，听到喊声，急忙闪进林中，藏起猫猫来。

这时从屋子那边，却又走出来一个玥儿，手中拿个精致的小笼子，边走边喊道："姐姐，你在哪儿哪？"

随着玥儿身后，双燕和鹡鸪边谈边笑着也走了过来。

玥儿发急地又喊道："姐姐，你在哪儿呢？"

双燕也喊道："你在哪儿呢？这么大热天，妹妹都发急了，你还不快出来！"

只听竹林中嘿嘿一声笑，闪出来了刚才探寻石缝的玥儿。

千江惊呼道："啊呀！这是从哪儿来的一位小姐？"

李芸定睛一看，林中的玥儿，原来是霈儿男扮女装，不由得笑道："原来是这个小魔星！"

鹧鸪和双燕闻声，见是太小姐，忙迎了过来。

霈儿和玥儿也双双跑了过来。

一月和千江这才看清楚，恍悟道："原来是小爷呀！"

李芸用手指点了一下霈儿的额头笑道："你们也真会玩儿，怎么想起扮个女孩儿来啦？"

霈儿轻轻笑道："妹妹说要有个姐姐多好！我说我来当你姐姐！妹妹不信我能当姐姐，我就要双燕姐姐把妹妹衣服要来换上了，还梳了和妹妹一样的头，妹妹看了高兴，直盯着我叫姐姐呢！"

玥儿在旁抿着嘴儿笑着。

一月笑道："小爷原本就叫占姐儿，可不是位姐姐！"

千江道："占姐儿扮个女孩儿，和玥儿小姐还真是像！"

李芸道："这是因为，都像他们的妈妈呀！"

鹧鸪道："小爷脾气可真好，什么都让着妹妹。"

双燕道："亏得妹妹来了！要不，他这病还不知怎么好呢！"

曹霈不依道："谁病了？"

双燕忙道："好！好！没病，没病！看看你忙得这满头的汗，像是作不出诗来的杜甫了！"边说边拿出帕子给他揩汗。

李芸看着霈儿，微笑道："你在竹林子里干什么？"

曹霈道："鹧鸪姐姐给妹妹做个小笼子。妹妹要找几个金铃子住进去。我想金铃子没有竹铃子好玩，我在找竹铃子呢。"

玥儿看着曹霈道："找着了吗？"

霈儿忙道："妹妹等着，我这就去给你找！"说罢，便往竹林跑去。

众人都笑了起来。

……

双燕告诉老太太，霈儿扮女孩儿，可真像。太夫人听了不但不恼，反而说好，说这倒可以去了一门子心思，万一有人看到玥儿了，还可以用霈儿扮的女孩儿给搪塞过去呢！

转眼间，棠村该办满月了！阖府要大大热闹一番。

一早，姹紫就笑着催曹頫起身，要曹頫到正房里去看王夫人："老爷足足一个月没见太太了！"

曹頫笑了一下，便往正房而来。

王夫人的屋子早由婆子、丫头拾掇得整整齐齐，什么家私什物都显得光亮照人，明净生辉。封闭了一月的窗户，也都打开了，屋里由舅奶奶特选一支茉莉香点着，香烟儿笔直上袅。今儿还是一个难得的好天气。

王夫人在竹屏、弄玉的服侍下，正在镜前梳妆。只听舅奶奶道：

"姑老爷来了！恭喜！恭喜！"

曹頫对舅奶奶道："多谢嫂嫂照顾她们母子俩平平安安！"

王夫人回头见老爷来了，忙由竹屏扶着起来向曹頫欠了一下身，微微一笑道：

"老爷怎么这么早就过来了？"

曹頫见了夫人，不觉暗吃一惊。一月未见，没想到夫人竟发福到这般田地。看到夫人白里透红，弹指即破的粉嫩皮肤，便也笑了，忙上前道：

"辛苦太太了！今儿儿子满月，可衙门里还有点事儿，要去点个卯。老太太那儿，你带着儿子去请安，请示老太太，席设在哪儿。一切都照老太太指示，讨老太太喜欢！"

王夫人含笑答应着。

奶娘抱着棠村走了进来，见到老爷，忙请安道喜，凑近曹頫跟前道：

"老爷快见见小少爷吧！小少爷可乖着呢！"

曹頫就着奶娘怀里，见儿子生得很有福相。只是儿子身上穿着一套紫红缎子衣裤，有些"扫色"[1]，未免大煞风景。便道：

"太太也未免过于俭约了，儿子满月，怎不事先做好新衣服准备着呢？"

---

[1] 扫色即褪色。

舅奶奶扑哧一笑道："姑老爷可没想想，府上难道还有旧衣服不成？除非到张家湾查号[1]去！少爷这身旧衣服是重礼求来的！说来还有个讲究哩。名堂就叫作'里牵绵'，外头不起眼，可是里面实惠！这是花了大把银子，把庄有恭家老太爷生下时穿的小衣服求来的，穿了它保管长命百岁，比那抱个'花丽棒儿'[2]实惠得多！"接着便把求高寿老人旧衣要来借寿的事儿述说了一遍，又补充道，"这高寿旧衣要穿过百岁，才能换新的呢！"

曹頫惊异道："穿过百岁？"

这回不单舅奶奶，连王夫人、奶娘、丫鬟等都笑起来了。

王夫人笑道："没见老爷这么孤陋寡闻的，穿过百岁，就是要穿满一百天，才能换新衣服呢！"

曹頫听了，也哈哈大笑道："由你们办吧！只是我儿子还得委屈两个多月呢！"

众人又笑了起来。

曹頫心想，也真是生财有道！这庄家老太爷做了好多件新衣服，故意放旧了，冒充老太爷小时的衣服，等着人家生了孩子重礼相求，倒也是件一本万利的事儿呢！

王夫人见曹頫在想什么，便道："老爷有公事，就请去吧！屋里有嫂嫂帮着张罗，老爷就放心吧！"

曹頫答应着起身，刚走到门那儿，王夫人又想起什么，忙喊道："老爷请回来！"

曹頫转身停步，看了众人一眼，便听王夫人道："西府怎么送？"

曹頫道："按规定吧。有舅奶奶在这儿，请舅奶奶安排吧。"

王夫人点了点头。

曹頫又看了一下儿子，便告辞舅奶奶和夫人到衙门去了。

---

[1] 当铺对押当的东西，定时查对，叫查号。

[2] 花丽棒儿是一种小玩具，木棒上面有个描花的圆球，空心，里面放有砂粒，摇时沙沙作响。

竹屏从衣柜里取出一套粉红洒花罗，周围镶滚着月白金丝盘花边的衣裙，道："今儿大喜，太太就穿这身吧！"

王夫人用眼瞟了一下，倒也想穿。转而一想，这身衣裙什么时候不好穿，我偏今儿穿它？如今我生了儿子，堵上了他们的嘴，要在这上头开了缝，任他们神头鬼脑地咬派我，不上算！便道："要那么鲜活干什么？把平常穿的拿出来就行啦！"

偏是竹屏还道："太太捂了一个月，穿这身粉的更好看了！"

舅奶奶在旁斥道："太太把你们这帮丫头惯得不像样了！叫你们干什么就干什么吧，还多嘴！"

竹屏闭了嘴，重新取出一套浅黄衣裙来。

王夫人梳好了头，戴上全副簪环首饰，又别了一支翡翠玉兰，弄玉在发髻周围插上了一圈儿新月水钻。

王夫人想了一下，便在银盘里面许多并排摆着的首饰中，特意拣出一枝小红绒花来，亲手斜插在鬓角上。

弄玉忙拿着手镜，在王夫人后面向大镜子里面照着。王夫人对着镜子，左顾右盼了一阵，终于在梳妆台前轻叹一声，弄玉忙放下手镜，和竹屏一起，侍候王夫人至套间更衣。

王夫人穿戴停当，由竹屏、弄玉扶着，奶娘抱着棠村，后面随着婆子丫鬟等，到上房给太夫人请安、道喜。

太夫人早要明珠准备好了赏赐孙儿满月的金佛、金锁、金牌、金钱，用翡翠盘托着，格外耀眼。看到棠村在葱绿绣花抱被中酣睡，满心欢喜，便对王夫人说，天气热，图个风凉，席设西廊就行了。太夫人本来要问是否派轿去接亲家母来着，话未出口，旋即改变主意，命明珠直接告诉王升，马上派轿去接，免得王夫人不便启口。

王夫人听了，忙起身谢过，便说要亲自去请太小姐。太夫人忙说太小姐从不参加喜庆酒筵，全府上下都是知道的，不必拘那个礼了。

王夫人又说要去看霈儿。太夫人说他已好利索了，过了这一阵叫他来见妈和弟弟。连马夫人处，太夫人也叫免了。王夫人自是感激老太太的体贴，陪坐了一会儿，就带着儿子、奶娘，由丫鬟扶着回屋去了。

棠村作满月，在舅奶奶的安排下，作得真个是汤饼纷陈，金钱撒地，喜集门楣，光辉府第，热闹得无话可说。

过不多久，便是中秋佳节。

织造府前的桂花林子，开得真茂。落下的花儿积得黄红一片，花气香满一条大街。

夏天里，曹頫便打点送丹桂二十盆到热河行宫。但在秋天，他家中特养的四季桂，却未敢呈送。生怕送到北方，水土不服，到时开不了花，给派下罪来。

曹頫给新皇上进献的土产和织锦，也是按照老规矩，一不添新花样，二不比往年成色好，不能把皇上的嘴喂刁了。

老公事都知道，当年杨贵妃尝到的荔枝，都不是新鲜的。真是吃到了新鲜的，她就会不管时令，不管远近，高兴了，开口就要。以后要再贡荔枝干，她就要扔翻在地，非要鲜的不可了。谁有两个脑袋，耐烦为这件事儿赌命去！

今年，苏州织造府的月桂，全都运到曹頫家里来了。李煦被参后，这花儿既不敢毁，也不敢留，便托人运到金陵曹府，权且打个马虎眼，兴许还用得着它呢！这几盆花虽是小事，但因为它一年十二个月，月月开花，所以叫作月桂，是别家没有的奇品。如果被人传到当今耳里，追问起来，难免又是一桩公案。正因这样，曹頫原先也想把花儿毁掉，免得招惹流言，说他连苏州织造府的桂花都运来南京了，那么，比它更贵重的东西，还能放过吗？皇帝是不择注的，不分大小巨细，只要看中，就要伸手的。

但是，曹頫想到太夫人连年忧伤过重，想趁今年中秋节，热闹一番，使老太太开开心，再去毁掉月桂也不为迟，所以还是硬着头皮留下了。再说，留下也说不定还有另外的用处，几盆花儿，总不会变成大祸根。

为了显出阖家团圆，今天曹頫早已回家，吩咐大总管王升，要使家下把节日安排得火爆热闹。还特意给老太太从北方运来炕碑子米、白蜂蜜、松苓酒[1]等。又特意到蟾宫定做了各色月饼；在窖里保藏的吐鲁番白葡萄、哈密瓜、兰州西瓜等，也都陈列上来。

这夜，晴光万里，碧空如洗。汉府供月香案，早经摆好，长香方烛，都是由曹頫亲自点着的。

案上供着四尺多高的兔儿爷，金脸绿袍，玉带长靴，做得花纹别致，精塑细描，色彩流鲜，神气活现。头上还插两支真正的野雉翎儿。这一肥头大耳，着色的黄泥墩儿，比十个苏州女孩儿的身价钱还出头呢！

兔儿爷前边有个纸牌位，上写"大耳定光仙之位"。两旁都是美果鲜花。杭州孙家特意给太夫人送来西湖的西施臂[2]、净相寺的无核李子，也供在案上。四盆刚开的月桂，陈列在庭前。花光满眼，花香满院。喜气随着香气散发，月桂是各大宅门里未曾有的，今宵摆出，显得格外出色。

太夫人比往常显得兴致都高，亲自带领全家到庭院赏月。她默祷月光娘娘保佑全家逢凶化吉，遇难成祥。月亮是属阴的，更该保佑女孩儿才是。

太夫人如同懂得望气的人[3]似的，坐在那儿向天空张望，只见东方升起了鹅毛般的白云，向着四外舒展，扩散到整个天穹去。太夫人见了大为高兴，认为月华生晕，是个吉兆，心里顿时亮堂起来。

说书讲古的，叙述前朝百代，常有被罪的好官，命在旦夕，忽然皇上心回意转，一纸大赦。从此，高官得做，骏马得骑，变祸为福，也是屡见不鲜的。当年海瑞被皇上拿问，定要斩首。可是，绞尽脑汁，百计千方也找不出个罪状来。皇上说，就按子骂父问斩。后来皇上再思再想，还不是官复原职了。我家虽比不得海大人，但是，机匠织工对我们曹李二家，不是称作善人，就是称作菩萨。更何况当今天子比起前朝来，还是英明得多呢！……老太太想到这儿，心头的云层都散了。

刚好霭儿剥了个鲜菱，送到了老太太嘴里，太夫人细嚼起来，格外觉着

---

[1] 松苓酒即茯苓酒。

[2] 西施臂，杭州西湖产的白花藕。

[3] 过去有一种巫祝，以看天上的云气星象来定吉凶，叫作望气。

鲜甜。看着霭儿坐立不安的神色，便将霭儿拉到跟前，在他耳边低声道：

"乖宝贝儿，一会儿等月亮升起来了，奶奶就放你！"

曹霭马上就高兴起来，一会儿给王夫人送哈密瓜，一会儿给白嬷嬷送吐鲁番葡萄，一会儿又逗逗小弟弟，拿这拿那，闹个不停。

马夫人今晚也特意轻巧梳妆，随着太夫人出来赏月。她平日铅华不御，从不应景儿。今天却薄薄施了脂粉，脸上挂着笑容，坐在婆婆后面，轻声和王夫人说着话儿。

霭儿望了妈妈一眼，便知道妈妈是为了掩掉泪痕才搽了粉的。因此，给妈妈嗑瓜子仁儿，就嗑得更加勤快起来。

王夫人今天穿上了那套粉红洒花罗衣裙，显得分外丰润。舅奶奶今天回自己家过团圆节了，她和马夫人随意闲聊着。时不时地抓些鲜果给坐在身后抱着棠村的奶娘。奶娘吃了，也就是儿子吃了。舅奶奶说儿子有些上火，奶娘多吃些鲜果还是好的。但奶娘不敢吃，都留着。

王夫人如今看着霭儿和马夫人亲近，可不心烦了。不像以前，她要是任着霭儿去亲近嫂子，怕人家说她藏个心眼儿，将来给自己生的儿子留地步。要是不让霭儿和嫂子亲近呢，又怕人家说她把别人儿子捏在手掌心里，攥着不放。还不是为了一箭双雕，两股绳拧成一股绳，将来把两股家私，都一把搂过来，还落个好名声。借着康熙老皇上的金口玉言，照顾曹寅这一支孤寡，便过继过来，使霭儿担个兼祧的虚名儿。扣实了，是把曹寅的家底儿都兼祧过来。现在自己儿子生下来，和以前可不一样了。自己儿子虽不能顶长房，可有了真正的嫡派香烟了！因此，王夫人越想越觉心里踏实……

只听太夫人道："今天是团圆佳节，我家又添人进口，喜上加喜！咱们团团圆圆，热闹热闹！今儿月亮特圆、特大，显得重了，上来费力，难免出得迟了些个，快叫她们拿些家什来，奏一曲《月儿高》，催催月光娘娘的大驾吧！"回头又对大家道：

"今年不比往年，不要拘束。今晚不分大小、不分内外，见吃就吃，见喝就喝，大家痴呆呆地站着干什么，还等我来敬你们不成？来！我先开个头儿！"说着就手拿起一个红艳艳的石榴来。石榴早由明珠掰开，老太太捡了两粒纳入口中。

曹霑随机应变，首先捧起一个大蜜桃，奉献给太夫人。太夫人见了，笑得嘴都合不拢来。接着曹频就献金橘，马夫人献莲藕，王夫人献葡萄，接着家人婆子也都各有奉献……大家兴高采烈。难得老太太这番兴致，上下人等也都舒心展意，活动起来。有小声说话的，有嗑瓜子儿的，有吃鲜果的，人人嘴角含笑，个个齿舌留香，觉着今年中秋，确乎喜气洋洋。

王升奉命到"逗蜂轩"叫丝竹班去了。

曹频为了讨老太太欢心，凑趣儿道："老太太要不嫌弃，趁着丝竹班还没来这工夫，儿子孝敬老太太一段故事，老太太可赏脸？"

太夫人听了，笑对大家道："听听，难得你们老爷今儿也这么高兴！"又对曹频道：

"讲故事自是要听。讲得好还则罢了，讲不好，可是要受罚的呀！"

曹频笑道："罚儿子喝三大盅酒！"

太夫人笑道："没的便宜你，想赚酒喝可不成！讲得不好，罚你对着月光娘娘磕三个响头！"

曹频笑道："这就更便宜儿子了。磕三个响头，头上磕起了个大包，不成寿星了吗？"

众人都笑了起来。

太夫人笑着道："快把你那故事说出来吧！"

曹频忙道："是！"接着，故意咳了两声，清清嗓子，这才说道：

"有一次，永乐皇帝在中秋佳节，对群臣赐宴赏月。酒筵摆开，唯独不见月亮上来。永乐皇帝未免扫兴。那时，解学士在座，便口占《风落梅》一阕，道：

嫦娥月，今夜圆，下帘不令群臣见。

拼今宵，不去眠，看谁过广寒宫殿。"

"永乐听了，大喜，便命停杯待月。果然，不久月出，有如银盘映水，灿如白昼。永乐笑对解学士道：'真是夺天手，真才子！'便命宫人为解学士敬酒。君臣尽欢，畅饮起来！"

太夫人听了大喜道:"说得好!咱们今天也来个'拼今宵,不去眠,看谁过广寒宫殿!'"说得全庭院都哄笑起来。曹霑更是乐得在太夫人怀里打滚。马夫人忙过来给太夫人献茶。只有王夫人脸儿红扑扑的。

这时丝竹班十二个女孩子,穿着一色淡青衣裙,抱着乐器,来为太夫人奏乐取乐。

奏完一曲《月儿高》后,太夫人又命曹頫点曲子。曹頫想了一下,便点了一曲《感皇恩》。

奏曲中,天空更亮了,只是月亮还迟迟不肯露面。

乌衣兴冲冲走来向太夫人拜节道:"老太太,乌衣又来给老太太献宝来了!"

太夫人高兴道:"哦?老把式,献什么宝?"

乌衣道:"乌衣相准了,掐着时辰来的。只等乌衣献了宝,月光娘娘才升帐呐!"

众人不约而同抬头看了看天空。

太夫人笑道:"真是老把式,快献上来吧。要不,咱们就要'拼今宵,不去眠'了。"

众人又哄笑起来。

乌衣忙对庭院后面喊道:"小子们,快抬上来吧!"

只见四个小子抬着一个大青花瓷花盆,上面用一块大红绸子盖着,足足有一人多高。到了庭院当中,乌衣就叫:"放下!"四个小子急忙轻轻放下,抽出杠子,便退到一旁去了。

乌衣上前将红绸向上使力一抖,红绸落下,便露出一个绫堆绢砌的嫦娥来。正是这个时候,月亮冉冉上升,月光偏偏照亮了嫦娥。只见她绰约袅娜,飘飘欲仙。众人不禁倾倒,太夫人更是连声叫绝。

乌衣又禀道:"难得老太太这般兴致,请老太太到跟前儿看看!"

明珠心中明白,连忙和琥珀扶老太太到嫦娥面前细看。

太夫人惊叹道:"原来都是花儿堆的呀!"

乌衣道:"托老太太福!今年这菊花还真听摆弄,棵棵都长得苗壮!"

太夫人边看边赞道："真是好手艺！不是我不服老，并不怨我眼神儿不济，就是你们小眼睛，也分辨不出不是？"又对众人道，"我看是乌衣叫抬进来的，我就疑心，莫非是花儿养就的不成？果不其然的！快赏！快重赏！"

乌衣在旁乐得脸上那褶子都聚到一块散不开了。曹霑早跑到菊花嫦娥跟前仔细欣赏去了。连平素从不注意花草的曹頫，也赞不绝口，想不到乌衣大爷竟有这样巧夺天工的手艺。早有紫箫托着玉盘，放着红纸包儿赏给了乌衣，乌衣带着小子们叩谢而去。

太夫人满心欢喜，对着升起来的满月，很健朗地站将起来，带头拜月。明珠、琥珀等忙着搀扶。

曹頫请马夫人先拜了月，自己也才拜了月。王夫人拜月后，大家都依次拜了。最后才是曹霑。棠村也由奶娘抱着拜了一下。

曹頫乘着老太太在兴头上，便过来道："嫂子身子骨儿单，怕露水，老太太看……"

太夫人道："对！你嫂子咳嗽才好了点儿。"转身对马夫人道："你就回去吧，不要拘礼了！"

马夫人答应着，便起身告退。只要拈花随着，命婆子、丫头等都陪老太太赏月。

霑儿见母亲已走，便急了，看着老太太直干咳。

太夫人发觉，忙道："霑儿才好了没多久，陪你娘一起回去吧！"

曹霑喜得忙向太夫人、曹頫、王夫人请安告辞，跟着马夫人去了。

双燕急忙随后，小丫头也提着灯跟了上来。

太夫人对众人道："月亮心疼咱们，怕咱们今宵不去眠，所以还是出来了。你们都请自便吧，过节嘛，不要拘束！"

大家虽说各就各位，还是在庭院当中坐了个圆圈儿，仿佛众星捧月一般，把个老太太团团围住。

这时，大家都和佳节的月亮一块儿眉开眼笑。好像今宵长幼、内外、主仆的界限，也被月光给照淡了一般。随着月亮的光环，把人们也带到过去。那时，人们都在旷野里，拉着手儿，在月光下趁墟踏歌，人和人之间好像没有什么隔阂，要唱就唱，要跳就跳……那是极其遥远的事了，现在，只有在今天这一天，人们才稍稍看到了过去的余影儿……

曹霑扶着母亲走着，心中着实高兴。低声道："先送妈妈回屋，再回扫花别院。"

马夫人挽着儿子的手，也觉高兴。快到自己院儿时，便对提灯的小丫头道："回去告诉兰香，我到扫花别院去看看，你们不用来了，有拈花在呢！"小丫头答应着去了。

霑儿跳起来道："妈妈今晚上和我和妹妹住！咱们也过个团圆节！"

马夫人一边搂着霑儿，一边走着道："又胡说了！妈妈要去给太姨拜节，看看妹妹！"

霑儿撒娇道："妈妈就不来看看我呀？"

马夫人笑道："都看了你一晚上了，还没看够？"

霑儿搂紧妈妈道："那是我送来给妈妈看的，不是妈妈来看我的！"

这回连双燕、拈花都忍不住笑了。

马夫人笑斥道："这孩子，又强词夺理了！"

说笑着，便到了扫花别院。进得门来，不但声息全无，连点儿灯火也不见。

马夫人犹豫道："莫非太姨已经安歇了？"话犹未落，一曲古琴声从后院传来。

马夫人和曹霑不由得放慢脚步，踏着琴音向游廊走去。

妙音和散花正在廊下月光下面吃瓜果呢，见马夫人来了，忙迎了上来，请安拜节，轻声道："夫人好！夫人大安！"

马夫人轻轻摆手示意道："屋里怎么连个灯也不点呢？"

散花道："但凡月亮好的夜晚，太小姐从不叫点灯的。太小姐说，这么好的月光，再要点灯，岂不辜负月光娘娘一片心了？"

马夫人点点头道："还是你们院儿既有诗情，又有画意。千万不要招呼，我到后面看看她们去。"妙音、散花忙答应着。

霑儿扶着妈妈，走过游廊，便见李芸穿一身白纱衣服，坐在月下操琴，一缕青丝撂在胸前。琴音从她手指尖儿上滑出，旁边的一炉龙涎香，香烟袅袅。

马夫人大气儿也不敢出，倚着霭儿坐在栏杆上，再也不想去惊动她。

玥儿抱着猫咪，斜靠在藤椅上，眼睛眨都不眨地看着李芸。

鹧鸪、一月和千江，坐在石桌旁凝神细听，桌上满盘果鲜，也无人去触动一下。

李芸弹得入神，仿佛这世界都被琴音给罩住了。

一曲终了，李芸长出一口气，顺手将胸前一缕青丝掠到肩后。只听霭儿轻声轻气请求道："太姨，再弹一曲吧！"

玥儿闻声，忙叫："哥哥！"回身见到马夫人，笑着跑过来施礼道，"姨妈来了！姨妈好！"

鹧鸪、一月等忙迎上去。

马夫人站起身来，牵着玥儿的手向李芸走去道："太姨弹的《平湖秋月》，真是'此曲只应天上有，人间能得几回闻'，我们今天可算是耳福不浅！"

李芸站起来道："也是随便弹弹，应个景儿。难得你今天来了。"

马夫人请安道："一来给太姨拜节，二来看看这两个小人儿把太姨搅和得怎么样了？"

霭儿道："看妈妈说的，我和妹妹才没搅和太姨呢。太姨可喜欢我们了，妹妹，对不？"

玥儿笑而不答。

双燕、千江忙端藤椅藤几过来，鹧鸪、拈花摆上鲜果，一月特取了一只小小的玻璃盏，为马夫人沏上菊花茶。

李芸一边让马夫人坐，一边道："霭儿说的不假，这两个小人儿不来，这里就是秋冬；他两个来了，如今都成了春夏了。这世道，原本就应该是他们当令才是。"

玥儿倚在马夫人身边，对曹霭指着月亮道："哥哥，你看看，这是什么？"

曹霭抬头一看，玥儿指的明明是月亮，还故意问他，便知这里定有讲究。因此琢磨着妹妹一定是在考他。桂魄、蟾宫，都太俗气，不堪入耳。不如说个现成的，眼前的，便说出"冰盘"两个字来。

玥儿嗤笑道："冰盘在你那儿早已化得无影无踪了！"

曹霑有点慌神道："怎么讲？"

玥儿摇着马夫人道："姨妈，哥哥说过了就忘！"

马夫人搂着玥儿道："哦？"转对霑儿道，"你答应妹妹什么给忘记了？"

曹霑急得直摸脑袋道："我答应妹妹什么来着？"

玥儿靠在马夫人怀里，闪着眼睛，又指着月亮道："你再看看，那是什么？"

曹霑直瞪瞪道："月亮呀！"随即又自言自语道，"我说过什么了？"

玥儿笑着，一个字一个字道："是呀！是月亮呀！哥哥还没想起来？"

曹霑更急了，央告道："好妹妹，告诉我，我到底忘记了什么？我从来没有忘记，惜花春起早，我做不到。爱月夜眠迟，倒是家常便饭。你快说了吧！"

李芸看着霑儿真急了，不觉笑着解围道："到底什么事儿，玥儿就说了吧！"

玥儿嘴角挂笑道："看在太姑的分上，说给你听吧。好几天前，你就说要讲一个月亮的故事。要你讲的时候，你又说，等哪一天月亮最好的时候，在月亮下面讲，你倒忘记了？"

曹霑道："原来是这呀！"随即又手舞足蹈起来道，"刚才在前厅听老爷讲故事的时候，我就想讲了。可是老爷在那儿，哪敢讲呀？"

马夫人拍了他一下道："刚才妹妹问你，急得猴似的抓耳挠腮，这会儿又能起来了！有什么故事就快讲吧，大家也听听。"

众人都笑了起来。

曹霑一本正经道："在很古很古的时候，人都和青蛙对着月亮望气那样，仰望着月亮行云布雨，卜告丰收。可是后来，人们把月亮丢向一边，追着太阳叫老爷。倒是五谷庄稼还和从前一样，迎着月亮升起，到晚上才拔节儿往上长。可人们，一年中只在两个晚上来纪念她。这就是正月十五的上元节和今天的中秋节。"

玥儿道:"正月十五不能算,正月十五是灯节,这一天,人们点上那么多的灯,还要和月亮比高低呢!"随后又高兴起来道,"不过,任人们把灯点得再多,也挡不住月亮的光。"

李芸微笑道:"玥儿说得好!真有'一片霜华肃九州'的味道。"

双燕在旁道:"对月亮最好的,莫过太小姐了,不但不点灯,还弹支曲儿给月亮听。"

鹧鸪笑道:"连带我们也沾光,饱耳福了!"

马夫人附和道:"真个是!"又问霑儿道,"你的故事完了吗?"

霑儿道:"故事多得很。南方苗人,踏月而歌,叫作跳月。这些人倒是无忧无虑。'葛天氏之民欤,无怀氏之民欤。'……[1]"说着又眉飞色舞起来。

马夫人见他又发议论,便道:"北方不是也有叫作打当子鼓的吗?"

霑儿道:"打太平鼓啊,我在京城见过,人们通宵达旦,又歌又舞,还唱莲花落,打连相……"

马夫人打断他道:"是了,是了,你没见过的事儿还多着呢!小小年纪就好像天下事皆尽于我了!"

曹霑一头子靠在马夫人身旁,不依道:"妈妈!"

玥儿还等听曹霑讲下去,便道:"哥哥,你快讲呀!"

霑儿道:"讲什么?"

玥儿道:"讲故事呀!"

霑儿故意道:"我可不讲了。待会儿妈妈又说天下事皆尽于我了!"

众人不觉笑了起来。

马夫人笑着打他一下道:"从哪儿学来这油嘴滑舌的,还不快给妹妹讲故事!"

霑儿毕恭毕敬站起来连忙道"是",惹得众人又都笑了起来。

月光下,扫花别院的后花园,自是一种情趣。

---

[1] 这两句是陶潜作《五柳先生传》中的句子。

前厅庭院中的赏月，直到寒气上来了，曹頫才请太夫人回房安歇。请安出来，吩咐只是撤供，不熄香，不灭烛。大家才都各自回房去了，只由值班守夜的看着。

王夫人正在吃夜宵。桌上放着江西泰武山的乌鸡汤、关外的魁蛤肉、百里沙的鳖唇等等。待到丫鬟婆子收去碗筷，只有曹頫和太太两人了，曹頫才轻声向王夫人道：

"你可知道老太太为什么这么高兴吗？"

王夫人道："还不是为了十四阿哥封了郡王，今后大家也可以省些心了。"

曹頫笑道："那是五月间的老皇历了。如今是八月了，这回可与那个不同。"说着，压低声音道："皇上召集大臣面谕，预立太子，亲笔书写密旨，安放在'正大光明'匾额后面了。"

王夫人听了惊喜道："哎呀！是哪位阿哥？"

曹頫道："你猜猜看。"

王夫人道："宫里的事儿，我们女人家可没法儿猜。"

曹頫道："这可是不得了的大事儿，真是一字值千金啊！我字字记得。"

王夫人忙凑过去道："你快说说！"

曹頫一字一句道："皇上对大臣面谕：我圣祖仁皇帝为宗社臣民计，慎选于诸皇子之中，命朕缵承统绪，于去年十一月十三日仓促之间，一言而定大计，薄海内外，莫不倾心悦服……"

王夫人听到这儿，疑惑道："圣祖宾天时节，不是有遗诏当众宣读了吗？"

曹頫沉吟了一下道："遗诏过于简短，也可以说是'一言而定大计'。"

王夫人听了，想了一下道："那前面'仓促之间'四个字，又怎么说呢？"

曹頫道："依遗旨草诏，也可以说是仓促之间啊！你不要妇人之见了。"

王夫人皱起眉头道："这个谁也没法知道，也不该去揣测才是，可是，到底是哪位阿哥，你倒是说呀！"

曹頫脸上挂着笑,慢腾腾道:"你再猜猜看。"

王夫人听了,心中一跳,便模仿曹頫慢慢道:"这可不是混猜的!"她心里暗想,万一房顶有耳目伏着,听到了说得不对路的,那可不是闹着玩的呀!

曹頫道:"猜猜,会猜得着的。"

王夫人听说"会猜得着的"这几个字儿,就懂得老爷是在给她提词儿,便鼓起勇气来道:"莫非是四……"但仍把"阿哥"两字含在嗓子眼里。

曹頫微笑着点了点头。

王夫人不觉莞尔笑道:"真的?这可当真?"

只见曹頫又郑重地点了点头。

王夫人忙把手举起来,看到食指上戴的猫儿眼戒指上的猫眼,知道已是半夜了,便笑道:"托祖宗的洪福,正是半夜子时。得到这个好信,正配这个好时辰!真是皇天不负苦心人啊,咱们也该睡一个安心觉了吧。"

曹頫长长透了一口气道:"苏州织造府,怕躲不过去,看来皇上还要干下去呢!老太太这大把年纪,到头来还得为李家提着一颗心。直到今天,听了立四阿哥为太子的确信,才算缓了一口气。常言道,保不住马,还得保车。保不住车,也别当炮架子。四阿哥对我家会有照应的!这都是不幸中之大幸哟!"

第三十七章

曹霑喜得凤凰盏
玥儿巧作同功蚕

也不知自己是命好，还是人缘好？双燕觉着自己遇事，处处逢凶化吉，件件化险为夷。自己和金凤，同是一个戥子上的，可偏偏就把自己派着随小爷去北京了。要是和金凤换个个儿，那金凤不知下落的命运，不就该着自己头上了吗？

回到南方来，原以为和金凤一起能更好地侍候小爷了。没想到金凤给太太开销走了，下落不明，小爷为想金凤闹了一场大病，眼看就要坏事了，哪承想天使神差，苏州的玥儿小姐突然从天而降，不但小爷有人陪着了，就连自己也得了一位鹩鸪姐姐做伴。真是从何说起……双燕事事知足，心想，这一下就可以安安稳稳、快快活活过下去了。小爷整天有玥儿小姐和他在一起，真是再自在不过的了。

曹霑病好两个多月了，暑天早过去了。曹𫖮请示了太夫人，不能长期让霑儿荒废学业，便决定让霑儿每日上午到课堂去读书。

太夫人把双燕叫去，嘱咐双燕做好霑儿上课的准备，又叫耕云、汲泉等小子，切实侍候好小爷攻读，这才放下心来。

这天晚上，双燕好不容易把曹霑从玥儿小姐房里喊回来睡觉，侍候他躺下好一会儿了。双燕收拾好他的书包，正要躺下，忽听曹霑叫道："双燕姐姐！"

"干什么？"

"咱们从北京回来有多久啦？"

双燕想了想，便道："有两三个月了吧！"

曹霑道："都快一百天了，金凤姐姐怎么还没找回来呢？"

双燕忽听他提起金凤，不由得暗吃一惊。原以为这些日子有玥儿做伴，把金凤忘了呢，这可怎么好？刚刚要安排他去读书，别想到金凤又勾起他的病来，那可不得了。便道：

"老太太派人到处去找了，找不到有什么法子？"

"我就不信！老太太派人去找，会找不到。"

双燕道："天下大得很，你以为就是一个南京城呀？"

"你吓唬我做什么？从北京到南京才走了多少天？这都一百天了，还没把她找回来，这些人真正不中用，还不如我自己去找她呢。"

双燕一听，吓了一跳。她是知道他的脾气的，要是有了个怪念头，没准儿就会做得出的，因之并不小看这句话，便急忙岔开道：

"我的爷，今后你可别再提金凤了。"

"怎么？"曹霑急忙坐了起来。

"如今玥儿小姐来了，从早到晚天天陪着你在一起玩儿，你要心里还总想着找金凤，玥儿妹妹一生气，不和你玩了。你要再不改，妹妹一气回苏州去了，看你怎么办？"

曹霑急了："妹妹才不会呢，妹妹不是那样的人。"

双燕道："玥儿小姐是不是那样的人，我不知道。要是我，我就会生气。巴巴地从苏州来陪你玩，你还老想着别人！"一席话，把个曹霑怔在那里，半天都说不出话来。

双燕一不做，二不休，接着道："你还在那儿想金凤，又说不定金凤早把咱们忘了呢！"

曹霑道："金凤姐姐不是那样的人……"

双燕道："这么说，你还要想她？"

"也不是我要不要，我就是想。"

"人不能什么都顺着自己想的，就老想下去，月亮还有圆有缺呢。再说，谁也不是和谁拴着的，不过是早是晚，总要分开的。奉劝你，还是撂开些好！"

"……"

双燕见他不再说了，倒也有些放心了，便又劝道："快睡吧！从北京回来，有好一阵子都没上学了，心也玩野了，该收收心了。要是老爷得闲想起了你，给你念起紧箍咒来，那才有你好瞧的呢！"

曹霑一赌气，和往常一样，便倒下翻身朝里，不吭气了。

双燕捏着一把汗，也悄悄躺了下来。

第二天一早，双燕喊醒了曹霑，侍候他梳洗完了，给他端上银耳，他用手一推，要和妹妹一起吃。双燕告他妹妹又不去上学，睡着还没醒呢。曹霑只得胡乱吃了两口，就走出扫花别院。耕云、汲泉等，早在门前等候着。

耕云见双燕拿着小爷书包等物跟了出来，喜得急忙迎了上去伸手接书包，把对小爷请安都忘了。

双燕眼都不抬，红着脸道："侍候好小爷！"

耕云一连道了好几个"是"字，便跟在曹霑后面走了。走到拐弯的鹅卵石小路上，还回过头来看呢。

双燕连忙进去了。

玥儿起床，头也梳了，脸也洗了，抱着猫咪，不由得纳闷儿起来：哥哥今天怎么还没过来呢？

鹥鸪给她端上银耳，玥儿道："放着吧，哥哥还没来呢。"

鹥鸪道："哥哥吃过了。"

玥儿皱起眉头，看着鹥鸪："哥哥吃过了？"

鹥鸪忙解释道："哥哥今儿上学去了。"

"在哪儿上学？"

"在前面大书房里。"

"那我也去！"说着，把猫咪放下，便起身要走。

鹩鸹忙道："玥儿小姐，你可不能去。哥哥念书的地方都是爷们和小子，没有女孩儿，你怎么能去呢？"

玥儿听了，满心不高兴，坐在廊前发痴。猫咪也只得乖乖地蹲在她脚下，动也不动。

鹩鸹和双燕见了，忙变着法儿来和她玩儿。双燕把曹霑平时玩的东西都捧了出来，可玥儿一样也看不上。

鹩鸹在双燕耳旁嘀咕了几句，双燕笑着点点头，便出去了。

过了一会儿，双燕挽了一篮子蔬菜瓜果走了回来，一样样地从篮内拿出，齐排排地放在桌子上。最大的有金瓜，最小的有花生、青果，不大不小的有茄子、辣椒、苹果、柿子、梨、莲蓬、藕等等，个个模样周正，只只色泽鲜艳，琳琅满目，真是赛过翡翠、珊瑚，就连一颗小小的花生，也长得这么玲珑剔透。

鹩鸹忙喊道："玥儿小姐，快看，双燕姐姐给你拿什么来了？你平日最喜欢东西的本色，这回双燕姐姐都给你拿全了。"

玥儿侧过头来用眼扫了一下，不由得被桌上五彩缤纷的色泽给吸引住了。一个茄子，一个辣椒，一个苹果，一个柿子……只要被玥儿看中，那就只有让她玩够了为止。这回鹩鸹只是要双燕去膳房随便拿两样来哄着玥儿做小玩意儿，没想到双燕差一点儿把水果蔬菜摊都给搬来了。

鹩鸹见到玥儿眼里放光，便笑着对双燕使个眼色。

双燕笑吟吟问道："玥儿小姐，快来看看，你看哪个颜色最鲜亮？"

玥儿刚一动身，小猫咪就窜到桌子上，蹲到一边了，不觉又加上了一个颜色。

玥儿走到桌旁，一样样地拿起来赏玩，个个都爱不释手。看到旁边放着双燕刚才捧出来的荷包、扇坠、玉佩、扳指等小玩意儿，和这些鲜果相比，更显得暗淡无光了。玥儿不禁高兴起来。

双燕就势道："玥儿小姐，咱们来做个莲蓬人儿，好吗？"

玥儿道："好！我会做的！"说着，便拿起一个莲蓬摆弄起来。

双燕笑着忙到园子里去扯枇杷叶，鹧鸪忙取出一套精致的小刀剪来，在桌旁为玥儿削着竹签。

只见玥儿翘着小拇指，拿着闪亮的小刀，长短合度，切下了两截莲蓬茎儿，用竹签把两截莲蓬秆安在倒过来的莲蓬下面，便做成了两条腿；再把双燕取回来的枇杷叶，用针线穿起来，用竹签别在莲蓬上面的秆上，就成了一件披肩；再用一个海棠果做头，玉米须儿做头发，双燕又急忙采来一朵小小牵牛花做帽子，整个逗将起来，放在桌上，活脱脱一个海西女孩儿，便在眼前了！

玥儿高兴得直笑，小猫咪也歪着脑袋直看，鹧鸪、双燕更是直夸。

玥儿做起了兴致，做完莲蓬人儿，又做了一个茄牛。鹧鸪要她吃点心，她也不吃。做完茄牛，又取了一颗花生当茧，做起同功蚕[1]来。

鹧鸪、双燕见玥儿专心致志地做小玩意儿，这才放下心来。

曹霑下了学，先到太夫人处请安。

太夫人看到霑儿下学归来，精神抖擞，容光焕发，忙搂着他问长问短，问这问那。并叫明珠把昨日西府送来的玉杯，拿了出来给霑儿和玥儿玩。

曹霑见这只玉杯，是一整块白玉雕琢而成的。中间是一只张着嘴的凤凰，在凤凰翅膀下面，左右各雕一小杯。水从凤凰嘴中注入，便流到两只杯里，用嘴对着凤凰嘴一吸，就能将两杯水吸入，煞是精巧。霑儿自是欢喜不尽，谢过老太太，便把玉杯交给耕云，往王夫人、马夫人处请安。

曹霑到王夫人院里，原想看看小弟弟长大没有，没想扑了个空。向王夫人请安后，便转身出来到马夫人院里。

还没进屋门，便见兰香向他摆手，一面示意他不要作声，一面向他迎来。曹霑赶上两步，才知妈妈昨夜咳嗽，今天天亮才睡着。便悄悄走到窗下，向里看去，见妈妈高高地靠在枕上，脸庞有些发白，放在胸前的手倒像

---

[1] 同功蚕，就是一个茧里有两个蛹。

有些儿透明一样……曹霑感到心慌，不由得多站了一会儿。

拈花在屋里看见他，急忙向他示意不要惊醒夫人，他才轻手轻脚地离了马夫人的小院，回扫花别院。

耕云捧着玉杯跟上来道："小爷，这玉杯做得可真巧，交给双燕姐姐收起来吧？"

曹霑道："不，给我吧！"

耕云大失所望，眼巴巴将玉杯交给了曹霑。到了扫花别院门口，也没见双燕来接小爷，只得站在门前看着小爷走进去，走到看不见了，才叹口气和汲泉两个回前面下房去了。

曹霑走到正房向太姨请安，给太姨看了玉杯，心里惦着玥儿，便三脚两步向停云亭走来。

刚踏上台阶，便见玥儿低着脑袋坐在桌旁，一心一意用两只手儿灵巧地在捏把着什么。再看到桌上的一摊子，曹霑禁不住笑着走进来大声道："啊呀！怎么开了鲜果铺了！"

玥儿笑着低头仍做她的小玩意儿。小猫咪忙着转过身来对着曹霑叫了两声。

曹霑把玉杯藏在身后，兴致勃勃道："妹妹，你猜猜，我给你带什么来了？"

玥儿抬眼瞧了一下曹霑，笑而不答，心想，自己只要不吭气儿，他马上就会亮出来的。

果然，还没等玥儿想完呢，曹霑就叫着："你看！"将玉杯献出来了。

玥儿将玉杯接过看了一下道："这是凤凰双盅，可以饮酒，可以呷茶，还可以吃果汁儿！"

鹇鸪忙道："妹妹等你，早上还没吃东西呢。我把葡萄汁装在凤凰双盅里，再取点点心来，你俩一起吃可好？"

霑儿忙道："好！我正好也饿了呢！"看到桌上的梨，抓起一个就啃了起来。

双燕一把抢过来，一面削皮一面道："没见饿成这样的，连皮也不削，就往嘴里送。"

玥儿瞟了他一眼，直笑。

曹霑看见桌上的莲蓬人儿、茄牛，知道是玥儿做的，故意逗她道：

"啊呀！这是哪位姐姐的手艺？真是佩服，佩服！"

玥儿禁不住笑出声来。

双燕笑道："你还没看见同功蚕呢，别说这莲蓬人儿了，就是那凤凰双盏，也比不过呀！"

曹霑惊奇道："哦？还有好的？在哪儿呢？"

玥儿把手攥得紧紧的，就是不露出来。曹霑故意睁大眼睛到处去找。玥儿见了更加笑了起来。

这时，鹧鸪将点心和葡萄汁送了上来，双燕忙端起小茶几，放在玥儿面前，并把葡萄汁注入凤凰双盏。

玥儿笑道："找到了吗？哥哥，找不到可不许吃啊！"

曹霑看着玥儿，满心欢喜道："要找到了呢？"

玥儿道："找到了就吃呗！"

曹霑猛地一把捉住了玥儿的手欢呼道："找到了！找到了！"

玥儿笑着把手一松，一个用花生做的同功蚕托在手心上，半个像象牙雕的花生壳中，卧了一对用花生仁做的蚕蛹。

这些小手艺，曹霑见过不知多少，也做过不知多少，唯独这个同功蚕，却是头一次见过。他托着玥儿的手，看了又看，才想到苏州是蚕丝的家乡，该有许多同功蚕，所以她才想到做这样的小玩意儿。为了这个奇巧的小玩意儿，曹霑非要玥儿作诗一首来咏它不可。

玥儿看着他道："你不是饿了吗？"

曹霑道："看了同功蚕，哪还记得饿呢？妹妹，快作一首诗吧！"

曹霑说着，见凤凰双盏里有鲜红透明的葡萄汁，提了起来就想喝。殊不知刚伸嘴要喝，却把个玥儿笑坏了，倒在鹧鸪怀里直叫：

"鹧鸪姐姐，你看他……"

曹霑提着凤凰双盏，见玥儿笑得那样，再看一下手中的盏儿，便明白自己没注意到双盅提起来是饮不成的。但他为了使玥儿快活，故意装出在盅儿周围找喝的地方。

鹂鹆、双燕也笑着看他怎么办。

玥儿解围道："哥哥，你把凤凰双盅放到茶几上。"

曹霑遵命放好，玥儿对着凤凰张着的嘴轻轻一吸，玉盅两边的红葡萄汁，就少了一半。

曹霑忙叫道："那一份儿让我来，妹妹，让我来！"

玥儿笑着让开，曹霑对着凤凰嘴使劲儿一吸，玉盅两边的葡萄汁便一滴也不剩了。曹霑大声道：

"鹂鹆姐姐，快倒葡萄汁来！"

鹂鹆笑着忙为他们倒满，玥儿和霑儿一人一口地吸吮得津津有味。

曹霑拿着同功蚕央告玥儿道："好妹妹，早就听妈妈说妹妹五六岁就会作诗，哥哥还没拜读过呢，如今你作一首如何？"

玥儿轻轻一笑，不假思索，便以眼前景象顺口念出四句诗来：

> 一杯两饮凤凰冠，
> 注入冰核不觉寒。
> 茧破花残丝卖尽，
> 双蛾还扑共功纨。

曹霑听了，摇头晃脑道："见景生情，真好诗也！哥哥领教了！"忙叫双燕拿过纸笔记了下来。

玥儿微微抿了一下嘴，从桌上拿起莲蓬人儿道："哥哥，你为它作一首诗如何？"

曹霑道："好些人都作过这类诗，我都不记得了，未必能作过人家。"

玥儿应声道："心里没有那些人的诗，兴许会作得要好一些。心里装多了别人的诗，难免套用，反而会没有什么新意了。"

曹霑道："妹妹说得极是。李渔说宋子京的'红杏枝头春意闹'，不但不可解，而且十分粗俗。他可不知道，果园里的老把式，就像我们汉府的乌衣大爷，给苹果树修枝，就有两句诗：'树心亮堂堂，枝头闹洋洋。'乌衣大爷告诉我，这是说膛里通风，枝头通红。可见这个'闹'字，不是没有谱儿的，倒是很有来历呢！经宋子京一用，倒是以'声'写'色'，更加不同凡响了，怎么说是粗俗呢？"

玥儿笑道："不管高论，议论算不得诗。哥哥把莲蓬人儿的诗作完再说！"

曹霑忙道："遵命！"略一沉吟，便提笔在纸上一挥而就，双手捧着诗笺送到玥儿面前。只听玥儿念道：

蓬翻苇折藕丝牵，
荻白蓼红藕根连。
擎雨荷珠应洒泪，
犹留绿舞到尊前。

玥儿念完不禁点头叫好。

曹霑拿过桌上茄牛道："妹妹，你索性再为'茄牛'咏诗一首吧，何必白看着贫道弄笔磨墨呢？"

玥儿一笑，顺口念道：

无计牛心短，
善变蛇尾长。
泥团难过海，
酥酪可飘洋。[1]

曹霑听了，刚要拍案叫绝，没想却被另一个声音接过去道：

---

[1] 茄子一名落酥，亦作酪酥。儿童把茄子加上四条腿，叫作茄牛。歇后语中有"泥牛过海——无消息"的说法，而茄牛却可不沉，这儿作的是一首游戏诗。

"好，作得真好！"

曹霑和玥儿一回头，却见脂砚站在门口，二人惊喜得连忙迎了过去。

脂砚道："你二人玩得真好呀！"

曹霑忙问道："叔叔怎么来了？"

脂砚道："我刚从京里回来，向芸姨请安来了，顺便看看你们。玥儿还好吧？"

玥儿道："好着呢，表叔！"

鹧鸪忙倒了一杯茶送了过去，一边请安一边低声道："表姑老爷好！"

脂砚看着她道："你好！"

鹧鸪低声道："托表姑老爷福！"

曹霑拉着脂砚到桌边道："叔叔，来看看这些小玩意儿。"

脂砚看了赞道："我只知道小玥儿诗作得好，还不知道有这么巧的手艺呢……"

玥儿道："这都是鹧鸪姐姐教我的。鹧鸪姐姐还会做好多好多小玩意儿呢！"

脂砚道："哦？那我也得拜鹧鸪姑娘为师了！"

鹧鸪脸红了，低声道："表姑老爷取笑了。"

曹霑问道："叔叔从京里来，姑姑、大表哥他们可好？"

脂砚道："姑父姑姑他们都好。就是福彭特想你，不但要我给你带好，还催着你什么时候快去北京呢！"

曹霑和玥儿听了，不由得对看了一眼。

脂砚道："我就要走了。我马上还要到京城去。这回去，时间可不短……"声音不禁有几分嘶哑。

鹧鸪有些惊恐地看着他……

这时，一月走了进来说，太小姐要小爷和玥儿小姐到前面去一下。曹霑和玥儿忙向脂砚请安，便随着一月走了，双燕也连忙跟了出去。

脂砚看着鹧鸪，长叹一声。

鹧鸪忙问道："苏州的事？……"

第三十八章

黑帝庸残偏作主
琼花款曲本无猜

张伯行当江南巡抚时，住在苏州，自有他的私人眼线，从南到北为他刺探隐情，传递消息。其中最得力的，要数文书赖保。

当年张伯行成天疑神疑鬼，闹得苏州地带日夜不得安宁。李煦身为苏州织造，不得不认真查访，密奏皇上，才使地方平息下来。李煦向康熙参张伯行的密奏，就是赖保向张伯行透露的。从此张伯行更加六神无主，心神不定，对李煦恨之入骨，定要找机会报复。

他派出眼线，到处搜罗李煦的所作所为，把李煦准许机房添置机床，暗中为盐民减税，甚至李煦儿子喜欢唱戏，孙女儿貌美等等，都一一列为罪状。本拟立即奏明圣上，但转而一想，李煦和曹、孙二家，俱是康熙皇帝在江南的心腹，参他一本，是祸是福，未可预卜，这才暂时压了下来。

谁知不久，天从人愿，康熙老皇上驾崩，四阿哥允禛即位。张伯行约莫朝廷大事基本就绪，便将李煦罪状密奏上去。不到半年，李煦被革职抄家，而自己却被提升为朝廷礼部尚书，位居天下文教首座，成了全国人才的总提调。张伯行踌躇满志，但对李煦仍不放松，生怕皇上反复，所以截长补短总要参奏李煦一本。

张伯行平生服膺程朱，亲自为理学作解说，和朱熹一样，他主张必得先去人欲，才能得行天理。他一向以"维持道脉，光辅圣朝"为己任，定要肃清乱萌，以行大道。他的论敌，就是攻击理学的"霸学"家们。在张伯行眼中，李颙、颜元等人，都是乱臣贼子，不问即杀，也不为过。

张伯行常常以忧国忧民的语调哀叹道：

"李中孚[1]起于西北，颜习斋[2]发异端于畿辅肘腋，天下学术竟被他们分裂过去，这还得了？据报，苏州地区又有叫歇[3]的风声，这些霸学和莠民，居然同流合污，沆瀣一气，不知伊于胡底。习斋之说，可以杀人；织工之行，可以倡乱。戡乱要于初萌，除霸利于开始，事不宜迟，机不可待。"

张伯行这些日子忙得不可开交，一方面写出皇皇大文《说学》，反驳颜习斋；一方面仍在参奏李煦在职时讨好民工，收买人心，直使苏州行、商、民、工，都管他叫"李佛"，不道名字；逢年过节，行、商、织工，竟向李煦生祠烧香礼拜，无视万岁爷恩德，不顾国家大体，但求个人私欲。并进一步诬称李煦许下诺言，夸口说，要把"苏州"变成"绣州"，男女只知绣针、织床，不识耕种为何物。

以讹传讹，张伯行还命赖保等人，把这几句话当作法宝，到处宣扬，说李煦所行，最坏人心术，驱使百姓好利崇华，长久下去，倾国败家，祸不旋踵矣！

张伯行为报私仇，将李煦所作所为，不分好坏，归结成"助长人欲，轻视稼穑"八字由头。说李煦在苏州专务工商，扬波逐浪，导致人欲横流，与颜元等辈，洛钟西应，旗鼓相当，助桀为虐，莫此为甚。可不慎乎？可不戒乎？

皇上和王大臣听了这话，很是入耳。皇上便下诏，不许多设机房、广收机户，以免乡民人等纷纷入城堕为市民；同时，令江南总督查弼纳，严加追

---

[1] 李中孚：李颙，字中孚，号二曲，陕西人，自幼贫困，自学成家。抨击程朱理学。

[2] 颜习斋：颜元，字习斋，博野人，主张实践，刻苦力行，对后来思想界有极大影响。

[3] 叫歇，即罢工。

查李煦历年亏欠银两，上缴国库。

允禛自登基以来，很想励精图治，做到国泰民康。在做雍王时节，他便经常微服私行，尤喜混迹市井，熟知官吏好恶，百姓趋避，以便自己一朝坐了龙庭，不受官宦阉臣蒙蔽。

雍正尽力因袭父皇的诸般朝政，做到息养生殖，五谷丰登。因此，决不修造庙宇、大兴土木，避免劳民伤财。登基后，严禁赌博，禁浮华，禁贿赂等等。他把江南富户和京中豪强，在心中列了一个单子，逐个抄去，每年至少可以抄出数万两金银来。雍正得意地想到，这是无上妙法，既为百姓除强戒贪，又为国库征银纳两，真可谓一举两得。贪官是搂钱的铁耙子，落进皇帝的钱匣子。

皇上主意打定，便在心中的单子上，找一个不大不小的动手，首先选中了李煦。因为他上关下联，顺蔓摸瓜，左右逢源，最易得手。

胡凤翚接了苏州织造李煦的任，皇上降旨，李煦本人解京，家人就地拍卖。一时轰动了整个苏州城。

李家遭殃了，一些机房主在茶馆酒楼里议论纷纷，他们不像往常那样揖让悠闲，他们喊喊喳喳地讲，并不怕路人听见。只是因为没有打定主意，才显得时而高昂，时而迂缓，时而杂乱沸腾。

驰名的老机户李扁担，从前是以一条扁担起家的。现在家中安了五百张织机，平日还要到花桥、广化寺桥去招零工。另外，还散放丝经，发给机户，要散户加工，在匹头上织出"李启泰记"商标来，当作自家出品，运往京都各地销售。他在机户眼中，马首是瞻，所以他说话便觉气粗，他道：

"诸位都可还记得，当年这街上有几张机？如今满街都是！织机声，彻夜不停。这都靠李佛大力扶持。可是，好人没好报，居然下旨把李老爷拿了。我要是倒活三十年，就要抡起我的一根扁担，上京叩响头，请皇上开佛眼大发慈悲！"

又有一个大机房主，叫陈草包的，本来胆小怕事，但看李启泰说了大话，便也鼓起胆子说道：

"京里来人说，广储司缎库所存缎绸，都是坤宁宫敬神、内传成做上服活计的。现在上用、官用缎绸纱绫等物，存储无多，不足发放。外蕃更是无法凑拨，京里紧紧催逼，如今，李佛被参，人心涣散，上用缎绸，一定会筹补不齐，我等莫若联名叩请天恩，还由李佛办理，使李老爷立功赎罪。这样，上昭天恩浩荡，下可体恤小民，岂不两全其美？"

另有一摊，也在谈论李家遭难事。他们说早先李家发了财的大管事，一家也没有连累，原来都是先打了通关，疏通好的。只有李家善有恶报。

一位中年胖子道："前天瞿家的后花园开了，我也进去开开眼，他家花了二千两银子买了大名士的一块匾，匾上两个字，写作'沁园'。其实这位名士是讽刺他'违制'。"

对面那位瘦子惊道："违制？不是要砍头的吗？"

胖子呷了口茶道："是喽！他也不过是李佛家奴，发了大财，公然仿效主子，造起园林来了。"

瘦子问道："这'沁园'二字，本来是个美词，难道反成了贬词不成？"

胖子道："这就关联到'瞿'字上。老兄试闭目一想，'沁'字拆开，心字加瞿，不成了个'懼（惧）'字？'瞿'字加'水'，是个'瀿'字，这不暗指'惧瀿'二字吗？瀿者洗也，意思是说，你不怕当今皇上一朝洗得你光光的？"

瘦子边听边琢磨道："慢来，慢来！你老兄说明这'瀿'字，应该是羽字头，应该念'瞿'，和他这瞿姓可联不上宗呀！"

胖子一向以有学问自居，这会儿被瘦子点破，不由得满脸通红，随即强辩道："啊呀，老兄有所不知，河南就有一条石羊河叫瀿水，我小时还随家父去过呢。瀿水，不也暗含'洗'的意思吗？……嘻嘻……"

瘦子也只得笑了，接着又感叹道："这文人的笔，也真是可恶！"一面又后悔自己读书不多，知道得太少。

坐在旁边一位长胡子插嘴道："都怪李佛太喜欢做好人。当年在他手下的乌林达、笔帖式[1]有了难题，都由他给开销。他的家人，倒都越滚越大。汤、钱、瞿、郭四姓，各家的宅子，岂止万金？树大招风，张伯行早有密参。皇上一想，家人如此，主子可知。收！可不是就收了！"

瘦子又道："嗨——！没想到这个水字旁没有洗到瞿家，反而洗到李家了！真是是非颠倒，黑白不分呀……"

胖子又道："人家说瞿家姓氏姓得好，所以遭不了难。"

瘦子问道："怎么姓得好？"

胖子道："生了两只好眼睛，看得准呀！"

瘦子不服气道："要真是这等灵验，天下人都该改姓瞿了。"

众人不由得笑了起来。

胖子也跟着笑起来。

这时，外面大街小巷，盘门，东门，万头攒动。老百姓有看热闹的，有悲叹的，也有大声议论的。

有的说："'张败行'不参，倒把李佛给参了。万岁爷不知听了谁的谗言了。"

有的说："偏赶上今年蚕茧丰收，机户开业兴旺，丝行织工，都在跃跃欲试，忽然泼了一头冷水，满怀热气化成了飞烟！"

有的说："这才刚刚开头，好戏还在后头呢……总之，老天爷没有眼，好人没好报。"

天明待雇的临时工，本来各有各的集市，缎工集在花桥，纱工集在广化寺桥，纺丝车匠集在濂溪坊……现在都乱了集市，跑到街上来，虽说是看热闹，却有些要闹事的样子。还有人私设葛贤[2]牌位，请他降威，暗中保佑李家生口。

赖保和李煦的心腹沈毅士，一向过从甚密。李煦家大小事宜，赖保都是

---

[1] 乌林达、笔帖式，满汉八旗官名。
[2] 葛贤，明代苏州职工罢工领袖。

从沈毅士那里打听来，再到张伯行那里邀功的。李煦孙女小玥儿才貌出众，仪态非凡，赖保也是求沈毅士到李家得以窥见的。而沈毅士却从未想到赖保心怀叵测。

如今，李煦家人男女老幼二百余口，奉旨拍卖，赖保不禁喜出望外。寻丝觅缝找到拍卖人口的花名底册，看到李玥的名字在女子栏里，赫然入目。做梦也没想到这位闻名苏州的小美女，只要略施小计，就可以收在自己名下为奴了。等她再长几年，还不知怎么个闭月羞花呢！女人，就在一个"貌"字。手上有这么个美人儿，除了当皇上，什么办不到？……

赖保不管经过多少周折，也立意要把李玥买到手！当时李煦钱还没花到，所以官家故意出他的丑，使李家女眷只得抛头露面。赖保可遂了心愿，乘机把几十名耷拉着脑袋的女眷丫鬟，挨个儿端详了一遍，不由得怒从心起！李玥的容貌，虽只偷偷看过一次，但他是绝不会忘记的！看来是有高手抢在他前面，把李玥单提捞到手啦！这样一个无价宝，竟失之交臂，赖保是绝不甘心的，一定要追个水落石出！

从此，赖保便把鼻子翘得高高的，到处去钻营了。

李家在旗。无人不知，无人不晓。

过去汉人买过辽东奴婢，因而吃亏上当，为数确实不少。

原来关外奴隶，被主子出卖，立好身契，人钱两清之后，不久，便有人追来相认，声称家中僮婢，被人拐骗，出卖他们的，并非本主。现在本主出头要人，告发对方强买人口，定要捉拿归案。不出大把银子贿赂，这个官司是弹扯不开的。为了这种案件，拖得倾家荡产的大有人在。所以李煦家人在苏州拍卖了将近一年，也无人问津。

江南总督查弼纳脱不了手，只得上奏折请示。

去年一年，曹霑在北京度过了大半年，回来又生了一场病，加上李煦被革职抄家，曹𫖳惶惶不可终日，自然也就无心亲自过问曹霑的学业了。

曹𫖳为察龙颜晴雨，来卜曹家的祸福凶吉，今年正月刚过没几天，即上奏折恭谢天恩，借它取得御批，再从字里行间，琢磨领会。

曹颋奏折云：

> 切奴才前以织造补库一事，具文咨部，求分三年带完。今接部文，知已题请，伏蒙万岁浩荡洪恩，准允依议，钦遵到案。窃念奴才自负重罪，碎首无辞，今蒙天恩如此保全，实出望外。奴才实系再生之人，惟有感泣待罪，只知清补钱粮为重，其余家口妻孥，虽至饥寒迫切，奴才一切置之度外，在所不顾。凡有可以省得一分，即补一分亏欠，务期于三年之内，清补全完，以无负万岁开恩矜全之至意。谨具折九叩，恭谢天恩。奴才曷胜感激顶戴之至。

等到曹颋得知皇上朱批：

> 只要心口相应，若果能如此，大造化人了。

曹颋看后，心想：新皇上对曹家还是照顾的。因此，立即禀报太夫人，将府中表面虚华，一一加以减免，连自己的生日，也早早通知不做了，摆出确实心口相应的样子。

到了四月，曹颋在江宁织造衙门阅阁邸报[1]，知道年羹尧在边疆打了胜仗，歼灭了罗卜藏丹金及其党羽，俘获了罗卜藏丹金母女子弟，及归顺他的贝勒、台吉人等，缴获牛马辎重，不计其数。

曹颋心想，舅舅李煦抄家后，皇上把舅舅的房屋赏给了年羹尧大将军。如今年大将军在边疆打了大胜仗，应立即上一贺折，向皇上表白曹家和李家并无牵扯，是以朝廷社稷为重的。因此，立即找内兄王捷三，连夜一同拟奏折，为边疆凯旋，普天同庆，恭贺圣功：

> ……从古武功未有如此之神速丕盛者也。钦惟万岁仁学性成，智勇

---

[1] 阁邸报，中国较早的报纸，一种官报。

兼备，自御极以来，布德施恩，上合天心，知人任使；下符舆论，所以制胜万全，即时底定，善继圣祖未竟之志，广播荒服来王之咸。圣烈鸿麻，普天胥庆。江南绅衿士民闻知，无不欢欣鼓舞。奴才奉职在外，未获随在廷诸臣舞蹈丹陛，谨率领乌林达、笔帖式等，望北叩头，恭贺奏闻。奴才曷胜欣忭踊跃之至。

雍正见了，龙颜大悦。朱批：

此篇奏表，文拟甚有趣，简而备，诚而切，是个大通家作的。

曹頫得知，万分高兴，没想这一着棋又走对了。曹家自古就有文才，如今又博得皇上夸奖。他把"大通家"的褒词，告诉了王捷三，舅老爷不觉心花怒放，便请精工仿古汉印，做个铜章，刻了"大通家印"四字，自我陶醉。别人问他是何含义，他不敢明言，含含糊糊地说：

"取个周转如意，上下顺遂、吉祥的意思！"

曹頫绷了数月之久的心情，这才松了下来，便亲自来抓霑儿学时文，使他将来能够应考。

曹霑除了上半天到大书房上学外，其他时间都和玥儿厮守在一起。何况上这半天的学，还要去掉：下雨不去，刮风不去，天冷天热不去……真正到大书房读书，也就所剩无几了。

鹦鸪从脂砚处得知自从她和玥儿小姐走后，李煦老爷被抄家，家人家仆等男女并幼童等二百余名，俱在苏州变卖，幸而玥儿小姐走得快，否则还真会逃不脱变卖为奴这一着。鹦鸪暗想，天地间，风雨阴晴，还有个谱儿，就是这宦海沉浮，没个捉摸处。

她和玥儿刚到曹府时，心里还是七上八下的。一是想到兴许会连累姑老爷家，二是长此下去，是何了局？自己是在李煦老爷面前立下誓言，终生侍候玥儿小姐，可玥儿小姐长大成人后，又该如何呢？……可等到曹霑小爷搬到停云亭，和玥儿小姐对面房住下后，鹧鸪的心便定了下来。她从老姑太太、老姑小姐、马夫人等主事人的安排、言谈和眼神中，认定了霈儿小爷和玥儿小姐是天生一对、地生一双，世上再没有比这再合适的了！自己能侍候这样一对主子，也是当奴婢的造化了。

自从霈儿到大书房上学后，玥儿为了能和霈儿一起吃早点，便也早早起床，和霈儿一起吃罢早点，在廊下看着霈儿去上学；约莫着霈儿要下学了，便站在廊下等他回来。日子久了，霈儿和玥儿都习以为常了。有时书房老师晚下了一会儿课，霈儿想到玥儿在廊下等他，便会显得焦躁不安。

一天，曹霈在大书房上课，老师已经把课文讲完，就要下学了。曹霈忽然听到窗户纸响，从窗外刮进了一阵风。曹霈马上想到，玥儿一定在廊下等他。可不能让玥儿被风吹着，也想不起向老师请安告辞，扭转身出来，就往扫花别院跑去。

耕云见了，忙入内代曹霈向老师请了安，将书笔放进书包，就追了出来。但他和汲泉在后面撵都撵不上，害得他直喊：

"小爷！我的好小爷，你慢点跑，小心摔着！"

可曹霈哪里肯听，迎着风反而跑得更快。眼看曹霈跑进了扫花别院，耕云和汲泉只得停下来坐在门前喘气。曹府奴婢家人等都知道，扫花别院没有太小姐李芸的吩咐，是谁也不能进去的。

耕云对汲泉嘟囔道："也不知小爷忽然想起了什么，一会子工夫成了飞毛腿了！"

汲泉道："等见到双燕姐姐，问问她，小爷上得好好的课，为什么忽然往回跑得这么快，也让咱们事先提防着点儿。要不，真是磕碰着哪儿，就有咱们好瞧的了。"

耕云听了，心里暗笑汲泉：小爷在书房里上课，忽然往回跑，双燕怎么会知道？不过汲泉这么一说，倒使自己高兴起来。

耕云整理好曹霈的书包，心想，一会儿就免得双燕整理了，便和汲泉两人一左一右，在门前台阶上等候起来。

曹霈一口气跑进扫花别院，跑上了游廊，猛然想起上次玥儿就因为自己猛跑回来，喘不过气而责怪自己的事儿，便连忙放慢脚步，把气调匀，平息下来，这才走出游廊去。见玥儿果然站在廊下眼巴巴盼着他，便又快跑几步，拉着玥儿便往里走，边走边道：

"起风了，妹妹，你还站在廊下做什么？"

玥儿嗔道："这才问得奇呢，要不是起风了，我还不那么快到廊下来呢。"

霑儿道："你要吹着了怎么办？"

玥儿瞅了他一眼，道："你在风里乱跑又怎么说？"

曹霑道："这没什么，有道是云从龙，风从虎，我在风里跑跑，也不打紧。可妹妹怎么能在风里站着呢？"

玥儿掩口笑了起来，曹霑也不介意，拉着她的手进屋来了。小猫咪便也窜了进来。

双燕见曹霑又没带书包回来，便对鹂鸪说一声，匆匆出去了。

曹霑进屋见玥儿桌上摊着《楚辞》，还有陈老莲画的屈原像，和肖从云画的《九歌图》，高兴道：

"妹妹读《楚辞》呢？真好！"

玥儿看着曹霑道："我且问你，肖从云为什么字尺木？"

曹霑故意沉吟了一下："这个……"

玥儿嘴角含笑道："你可知道？"

在这方面，从来难不倒曹霑，反而是显摆他才能的地方，因之侃侃而谈道：

"王充说：'升天又言尺木，世俗见雷电，树木被击之时，刚好与雷电俱在树木之侧，雷电去，龙随之而上。'"

玥儿道："肖从云字尺木，和这也拉扯不上呀！"

曹霑道："别着急，听我往下说呀！有一回，我央告王升带我到机房去玩。我跑到木匠师傅那里，看木匠师傅干活，我听木匠师傅管尺子叫'制子'，量一量叫制一制。尺木就是制木而上，就和从云而上一样。升天就是从云，升天又言尺木。对了吧！"

玥儿闪着亮晶晶的眼睛笑道:"绕了这么个大弯弯。真难为你了,这回就算你蒙着了!"

曹霑辩道:"我哪回是蒙的!"

"有一回我问你,宣和年间,运花石纲时,顺手把扬州后土庙的琼花也运到汴梁去了,栽到御花园里,三年没有开花。皇上杖责,把它重新发还原地。到了原地,它又开起花来。这是为什么?你就东拉西扯,到底也没说清。"

曹霑笑道:"那回是老太太来看咱们,打断了。这件事儿哪能说不清呢?"

玥儿歪着脑袋含笑道:"那你就说吧,可不许东拉西扯。没人有那么大工夫,随你胡诌到天涯海角,也落不到正题儿来。"

曹霑一本正经道:"妹妹听着,这回几句话就把它说清。扬州后土庙的琼花,运到汴梁,地冷,便开不了花。皇上下御旨也罢,杖责也罢,地还是暖不起来。发还原地,南方地暖了,它就又开花了。对了吧?"

玥儿笑道:"也算你蒙对了。"

曹霑高兴道:"妹妹总算说我对了一回了!"

双燕走进来对曹霑悄声道:"刚才药雨在门口传话,说老爷明天要看你的字呢!"

曹霑听了,心中大不高兴,杵在那里,一语不发。

双燕道:"我数了一下,还缺几十篇的课。"

玥儿在旁道:"这有何难?我替你写!"

曹霑生气道:"我最怕写台阁体。可老爷规定,还非得写这个不可。要不,我早写完了。"

玥儿道:"台阁体最好写,你就写得生气全无就行了。"

曹霑道:"妹妹是写曹娥碑的,怎能写这个?再说,写得生气全无也不容易呢!"

玥儿笑道:"说你死心眼儿吧,你还真个是!这里也有个巧着儿呢。"

曹霑忙问:"写字要功夫,还会有什么巧着儿呢?"

玥儿道："别的字体确实要点功夫，唯独这台阁体，只要有官气，四平八稳，千篇一律就行。"

曹霑愁道："就这点最难！我一写它就头痛！我看妹妹也不行，单凭你说，如何能写出官气来？"

玥儿伸出纤细的指头点着曹霑的前额，笑道："就这点最不难！只要去棱去角，不偏不倚，就行了。"

曹霑道："妹妹说得倒容易。要是老爷看出来了呢？"

玥儿道："这样的字，什么人写出来都一个样儿，不会看出来的。"

双燕在旁笑道："玥儿小姐说得是！前几年，每到老爷要查小爷字的时候，我和……"刚要说出金凤，猛地刹住，接下去道，"我和小爷就连夜赶写，交上去了，老爷一次也没看出来。"

曹霑也笑道："还直夸写得好呢！"

双燕道："如今有玥儿小姐帮着写，更该落个好儿了！"

玥儿道："双燕姐姐，你把哥哥写的字都拿来！"

双燕连忙答应着，回屋去取字了。

曹霑面有难色道："这会儿就写？"

玥儿看了他一眼道："不用你管！明儿早上，你只管拿着字去交账就是了！"

曹霑道："那我和妹妹一起写。"

鹧鸪端了他二人的午饭进来。

玥儿笑道："吃罢饭，睡了午觉，起来再说。"

曹霑乘势道："今儿我和妹妹一起睡午觉！"

玥儿站起来道："悉听尊便！"

二人笑着洗了手，漱漱口，便坐在桌旁吃起饭来；边吃边谈，说个没完没了……

双燕拿字过来，正要告诉玥儿，玥儿忙向她使眼色，双燕会意，便笑着把字放在屋里书桌上，出来和鹧鸪一起侍候他俩吃饭。看到他俩谈得那么高兴，也舍不得催他们快吃了，一餐饭足足吃了一个时辰。

吃罢饭，漱过口，外面风也停了。鹧鸪便要他俩到园子里去玩玩，再回来午睡。

曹霑答应着，说要带妹妹去看园子里张涟父子堆砌的假山，便和玥儿手牵手出去了。

双燕和鹧鸪一边收拾，一边吃饭。

双燕笑道："鹧鸪姐姐，真亏得玥儿小姐和姐姐来了，我们小爷多会儿也没有这阵子听话。"

鹧鸪道："我们那位也是一样。在苏州的时候，不管什么，都是一问摇头三不要。六岁上死了母亲，父亲就爱唱戏。只有老爷真心疼她。玥儿小姐就是老爷的心尖儿！变着法儿要使小孙女儿高兴……可怜老爷要是知道小玥儿，如今有了这么一位表孙少爷做伴儿，处处讨小玥儿喜欢，也就该真正放心了……"说着，不由得酸楚起来。

双燕问道："玥儿小姐的母亲，像我们马夫人吗？"

鹧鸪道："像着呢！我到这儿的当天夜里，马夫人陪着老太太来看玥儿小姐，都吓了我一跳，我还以为玥儿小姐的母亲又活过来了呢。马夫人姐儿俩，没有再像的了。"

双燕叹道："老天爷也太作弄人了。我原以为富贵人家什么也不愁了，可这生离死别，也照样逃不脱。"

鹧鸪也叹道："别的我都不指望了，我就巴望他们俩能平平安安地在一起过一辈子。"

双燕道："是呀！老天爷会作弄人，可老天爷也会成全人！哪承想从天上飞来个月里嫦娥，把我们小爷给救了呢！"

二人正说着，一月走进来道："两位姐姐饭还没吃完哪？"

鹧鸪和双燕忙起来招呼让座，一边收拾碗筷一道："早吃完了，说闲话呢。姐姐吃完饭啦？"

一月对双燕道："吃完了。太小姐听散花说，老爷要查小爷的课，便要我来告诉你一声，写了多少，就交上去多少，不要着急，不要赶。老爷要怪罪下来，就说太小姐不要小爷写得太多了，免得伤神！"

双燕忙答应道："谢谢太小姐！如今有了玥儿小姐，我们小爷什么都不愁了。"

鹂鸪问道："太姑小姐这两天好些了吗？"

一月眼圈一红道："从脂砚老爷走了以后，直到如今，没一天夜里睡得好的。以前就吃得不多，如今就更少了。以前还常抚个琴，吟个诗，画个画儿，可这阵子，什么也不搞了。我看太小姐，除了到你们这儿来看看这两位，眼里放些儿光彩外，对其余的，什么都没味儿了。我劝太小姐多上你们这儿来转转，高兴高兴吧，可太小姐说，这两个小人儿玩得挺好的，咱们去打搅他们干什么？有时都往这儿走了，到半道儿，又回去了……"

一阵笑声，玥儿捧着满手的栀子花和曹霑一起走了进来。

鹂鸪忙拿着小花篮迎了过去。

玥儿欢笑道："我说够了，够了！可哥哥还一个劲儿地摘。我说早知道要摘栀子花，就把小花篮带着了。可哥哥说，用手捧比花篮好！"

玥儿边说边松开手，花儿一起落在花篮里。

玥儿对曹霑道："哥哥，看，还不是都到了花篮里了？"

曹霑微笑道："闻闻你那手。"

玥儿把手放在鼻前闻了一下，高兴道："真香！你闻闻！"把手伸了过去。

曹霑托着玥儿的手，边闻边道："这就是用手捧花的道理了！"

玥儿轻轻一笑，抽回了自己的手。

一月又将太小姐的嘱咐说了一遍，便走了。

鹂鸪和双燕侍候他俩睡下，拾掇拾掇屋子，便也歪在椅子上打了一会儿盹儿。

午睡起来，曹霑早把写字的事儿忘了。双燕几次要提醒，都被玥儿止住了。晚饭后，曹霑到太夫人、马夫人、老爷那里去请晚安了，玥儿这才把曹霑写的字取出来看。看后嘴角含笑，就着鹂鸪为她研好的墨，一笔一画地写了起来，小猫咪跳到桌上，蹲在一旁看着。

约莫着曹霑快回来的时候，该补的课，已经赶了快一半了。玥儿凝神听了一下，立即就把写字这一摊子收了起来，拿出曹霭为她在小书库里取来的《牡丹亭》，在灯下作古正经看了起来。

曹霭进来后便道："妹妹还看书呀？我就知道，我一不在，你就会看书，也不分个白天黑夜，饭前饭后的！"

玥儿和鹧鸪都笑了。

双燕随着曹霭进来，着急道："刚才老爷又叮嘱来着，明天早起，一定要小爷把课都送上去呢。"

曹霭吃了定心丸道："太姨不是有话吗，写了多少，就送上去多少，老爷要问起来，有太姨呢，你急什么？"

玥儿笑着用手刮着自己的脸蛋儿直羞他。

曹霭过去一把捉住玥儿的手道："我对写仿，一点兴致也没有。要是任着我的性儿写，我早就写完了，没准儿还能多写几篇呢。"

玥儿笑他说得好听，推说困了，想睡了，要曹霭也早些儿过去睡觉。

曹霭看到玥儿打哈欠了，只得随着双燕到自己屋里，也准备睡觉了。

双燕侍候曹霭睡下后，一心惦着明天老爷要查曹霭的课，便轻轻走过玥儿这边来。只见玥儿坐在书桌前疾书，桌上已经摞上一摞儿了。

双燕惊喜道："玥儿小姐，我也来写几张吧，只是没有玥儿小姐写得这么好，这么快。夹在里面凑个数，还是看不出来的，好吗？"

玥儿一边写，一边道："不用了，双燕姐姐，没几篇了。明儿早上姐姐来拿就行了。"

双燕立在桌旁，见玥儿鼻尖上冒着小小的汗珠儿，禁不住和鹧鸪交换了一下目光，见鹧鸪对她轻轻摇了摇头，她便不再言语了。想着曹霭不知睡着没有？要是没睡着，找自己找不见，那可不好办，便对鹧鸪做了一个过去看看的手势。

鹧鸪轻声道："你过去吧，小爷那儿离不开人，不用再过来了。"

双燕停了一下，便答应着回到曹霭这边来了。见曹霭睡得很好，顺手拿出曹霭的鞋面，坐在床边，挡着灯光，一针一针仔细做了起来……

外屋传来自鸣钟的声音。

双燕凝神细听，原来已是子时了。她回身看看曹霑睡得正熟，便放下活计，悄悄走过外屋，穿过中间堂屋，见对面门内仍有灯光射出，便轻轻推门进去，只见玥儿仍在桌前为曹霑补课，不禁对着鹦鸪叹气，皱着眉头，埋怨起来。

鹦鸪向她直摆手。双燕只得停在门边。

鹦鸪做手势告诉双燕，玥儿只有这一张了，马上就要写完了，示意她赶快出去，免得玥儿见了她还没睡，不乐意。

双燕无奈，只得轻轻退了出来。

她在门外站了一会儿，果然，听见里面玥儿搁笔的声音，又听到数纸张的声音……她真为曹霑庆幸，能有玥儿做伴……

第二天一早，双燕喊醒了曹霑，侍候他梳洗穿戴完毕，到堂屋来吃早点。

曹霑走到堂屋没见玥儿，便向玥儿房里走去。

鹦鸪忙出来道："妹妹昨儿睡得晚，这会儿还没醒呢，小爷先吃了去上学吧！"

曹霑道："妹妹昨儿晚上不是早就说困了吗？为什么睡得晚呢？"

鹦鸪支吾了一下道："我想让妹妹多睡一会儿，我估摸她有些儿累了。"

曹霑吃惊道："妹妹累了？莫不是生病了吧？一定是被风吹着了！我不上学去了，我去禀报老太太找大夫来！"说着，拔脚就往外跑。

双燕一把拽住他急道："你昏跑什么？妹妹哪儿生病了？妹妹昨儿看书看晚了，鹦鸪姐姐想让她多睡一会儿，所以没喊醒她。你要这么冒冒失失地去告诉老太太，把老太太惊动了怎么办？老太太为你们还没急够呀？"

曹霑道："我是怕妹妹不舒服了。"

"我哪儿不舒服了？"

曹霑回头一看，玥儿笑吟吟地立在房门口，立刻便忘了自己方才说些什么，要做些什么了。

玥儿嗔道："都是鹦鸪姐姐，总怕我睡不够，早起不喊我。来，咱们快吃早点吧，哥哥还要上学去呢！"

玥儿说着就往桌边坐，鹔鸹和双燕早笑着把点心、粥等摆好了。

两人欢欢喜喜吃着早点，又叽叽咯咯说得没完没了，也不知他们是吃了还是没吃。

吃罢早点，双燕提着书包，从鹔鸹那里拿回一摞整整齐齐的作课，送曹霶出扫花别院去了。

玥儿照例在廊下看着他走远，直到走得看不见了，才回身抱起小猫咪回房。

第三十九章

浅月偏遭伐桂手
深山难禁盗泉声

自从王夫人从曹颙那里知道李玥竟然藏在扫花别院，从此，便坐卧不宁，不时借口到那一带去转转，对四周的人察言观色，看是否已经被人发觉。

曹颙曾要她到扫花别院看看玥儿，王夫人总想方设法托词没去。

王夫人十六岁嫁到汉府，对李芸这位姨娘觉着生分得慌。过了几年，从丫鬟、婆子那里渐渐听得多了，就感到更加不解。看来这位李姨是注定在曹家了此一生了。老太太活着好说，老太太一旦归天，这位姨可怎么办呢？……

王夫人对李芸，除了必须尽的礼节，扫花别院的门槛儿，是从来不跨的，心中早将这儿划为不祥之地了。如今倒好，有了一位老姑娘不够，又来了一位见不得人的小姑娘。更奇的是，老太太竟然把霑儿也搬进去了。真不懂老太太是爱霑儿，还是害霑儿？……马夫人当然不消说，自己妹妹的女儿来了，还有不乐意的？总之，是归里包堆都聚到一块儿去了。……幸好自己生了个儿子，曹家不至于断了香火，织造府也有了可靠的正头香主了。

王夫人想到这儿，猛地觉着，玥儿藏在扫花别院，必须告诉嫂嫂才对！嫂嫂是个"智多星"，从她那里，定能找到个万全之策。但是，几次话到嘴边，又收了进去。想起老爷的嘱咐：此事若泄露出去，可要满门抄斩的呀！虽说嫂嫂是个"智多星"，但却不是一个守口如瓶之人。还是及早告诉哥哥王捷三为上策！哥哥整日在外边跑，见多识广，又有主意，自从前几年老爷将他安置在织造衙门，和老爷更贴心了。老爷奏折经哥哥一出主意，就得到皇上的御赏。如今家中有了隐患，告诉哥哥，是绝不会泄露出去的。曹家怎么能从欺君罪中解脱开来，还得请他给拿个主意呢……

王夫人想到这儿，禁不住又有些儿得意起来：看来，到头，曹家也还是有仰仗我娘家的时候……

王夫人主意既定，就想把哥哥找来。但要谁去叫？又费了不少心思。

这位哥哥也真怪，早些时候怕他来，他倒天天来。汉府上下那么多人，鼓着眼珠子瞧他，有时他还一天来两回，真叫我这做妹妹的有脸无处搁。老爷为他把差使安顿好了，也见常来。如今得了皇上的褒奖，刻了个"大通家印"，倒不见他来了……

王夫人琢磨半晌，最后，还是决定亲自回娘家一趟，托词棠村周岁，也该把儿子送给姥姥看看。虽说逢年过节，老太太都吩咐派车派轿将娘家人接来，但抱着儿子回娘家，也是给母亲和哥哥撑撑门面呢。

太夫人自然应允，未免嘱咐了一些子话。倒是曹頫觉得多此一举：夫人回一趟娘家没什么，何必让丈母家破费呢？但看到夫人执意要回，也就不说什么了。

王夫人要嫂嫂择个吉日，要嫂嫂在自己屋里亲自督促小丫鬟为老爷煨补药，从随身丫鬟中，挑了老成持重、从不多嘴的弄玉，带着奶娘、棠村、婆子等，乘车的乘车，坐轿的坐轿，一行往娘家而去。

赖保翘着鼻子，终于闻到了李玥的所在。他揣度这桩事儿，非同小可，要将这小美人儿稳稳地落到自己手中，必须四面八方、上上下下都想周全了，才能动手呢。万一走漏风声，竹篮打水一场空不说，反而，自己也会落得个"欺君"的罪名！

赖保从江宁织造署王捷三那里出来，一边走，一边琢磨：

在染料上让王老三赚几百两银子倒算不了什么。回苏州一倒手，翻上一番，也还是稳扎稳打的。只是李玥这桩大事，不能上了他的当。哑子吃黄连的事儿，我赖保这辈子绝没份儿！

回到旅店，老板娘张大妈眯缝着眼，送上茶水悄悄说道：

"打听得回来了。"

"哦，怎么样？"赖保竖起了耳朵。

"幸亏我找对了人，要不，偌大个汉府，上下一二百口子，找哪一个打听，能瞒住人呢？"

赖保奔拉着两眼，心想，挨着这"刺毛"了，豁不出点儿皮肉也不行呀，索性慢下来道：

"那还有什么说的，求您张大妈的事儿，哪一件不办得里外里三光呀？你赖大爷喜欢的就是这股子麻利劲儿，要不，我也不住到这块儿来了。"

张大妈借着斟茶，又往赖保面前凑了凑，低声道："赖大爷，您猜猜，我找着谁了？"

赖保见她短话要长说的样子，心里着实不耐烦，但表面又不能不压着："谁？"

"汉府大管家傅贵家的兄弟媳妇。"

"哦。"

"这媳妇时不时地去汉府取些食物来家，虽说是残羹剩饭，比起一般人家来，可还是山珍海味呢，大鱼大肉不说，就是那鱼翅海参……"

"张大妈，这傅贵的兄弟媳妇说了些什么？"

"嗨，看我，把正经的都忘了。"张大妈接着道，"这媳妇说，汉府西北角，有一座小花园，叫扫花别院，是曹府老太爷在世时静坐念佛的地方。汉府上下，谁都不许进去。"接着压低了嗓门，把嘴巴凑上来，说出一件神仙也想不到的事儿来，"如今可是住着苏州李佛舅太爷家的小姐，谁都见不着的……"

"行了！"赖保跳得比孙猴儿还高，要不是有顶棚，早从瓦片上面飞出去了。

张大妈的话，被赖保的欢叫声堵住，还没来得及问呢，赖保便兴冲冲地出门去了。

一早，汉府大管家傅贵睁开眼，想起王升昨晚上嘱托他：

"要多加小心！府上主事的都去西府拜寿了，要小心门户，别喝酒，别赌钱。金陵城里又来了几拨跑马解的，卖艺的，摆擂略地，拉网扯由的，谣言也随着多起来了……"

本来不想起床的傅贵，想到这儿，便一骨碌爬起来了。

傅贵家的正往胖脸上抹粉，从镜子里见了，忙回头道：

"起来做什么？今儿老太太、老爷他们全都要去西府拜寿，将好落个清静，还不多睡会儿。"

"什么时候不好睡？乘王升他们还没走，我先去张罗一下。一会儿，你也到议事厅来一下，别仗着是我家的。现在不是纳福的时候。"

傅贵家的一撇嘴："就你事儿多！"

傅贵下床走出去，命小厮招来各个头面管家、婆子、各房的嬷嬷、花房的、门上的、大库的……熙熙攘攘坐了半屋子。最后，掌管膳房傅贵家的，挺腰凸肚，屁股一扭一扭，像鸭子似的也摆来了，一进屋，就着门边的椅子便坐下了。

傅贵瞪了她一眼，这才开口把王升昨晚嘱托他的话，照本宣科地传下来：

"大家可都是有头有脸的，咱们先把话说在前头……老太太、老爷、太太主子们今儿个不在府中，要大家处处多加小心！别喝酒，别赌钱，谁出事，拿谁是问，不管是几辈子的老人儿，有铜盆那么大的脸面，怕也遮盖不住了！"

傅贵把话说得斩钉截铁，偏遇到姹紫提着小食篮儿，从这里路过。

傅贵家的见了姹紫，有事无事都要和她说上几句话儿。这会儿，她正把脑袋伸在门外，见姹紫过来了，忙招呼道：

"姹紫姨娘，今儿你不是也要去西府吗？还没收拾出门呐？"

姹紫不知里面有人在议事，远远地大声道：

"全没想到，今天这么一台惊天动地的大戏，让我这小角色压轴子。太太说了，怕我们小棠村到西府吃不惯，要我到小膳房给他带几块蒸儿糕。西府没有小少爷，到哪儿找我们小膳房专为小棠村做的蒸儿糕去？你在这儿做什么呢？"边说边走了过来。

傅贵家的用手指了指里面道："我们当家的在发号施令呢！"

姹紫走到门口，往里一望，不由得伸了伸舌头："乖乖！这么些个人啊！"

傅贵正说得来劲，听到他女人和外面人搭腔，不由得火起，正要发作，一听是姹紫的声音，反而停了下来。

屋内人听到姹紫在外面大声说话，也竖起耳朵听着，这时见姹紫走到门边，发现一屋子人，伸舌头叫乖乖，不由得哄笑了起来。只有乌衣、福海两位老人转过脸来叹了口气。

傅贵硬着头皮迎过来道："姨娘有什么吩咐吗？"

姹紫哧哧一笑道："我能有什么吩咐？"

傅贵道："今儿主事的都到西府拜寿，偌大个汉府，都交给我们这号人了，万一有个什么差错，可担待不起呀！"

姹紫跨进来道："大管家说的倒也是！不过嘛，大家一年到头，忙上忙下，也够辛苦的了。今儿，老太太、太太去西府，按理说，大家该歇歇了。不过嘛，也不能过于闲散了。各自在各自的地方守着，不要东流西窜的，哪怕是在自己屋里闭目养神也好呗！可别擅离职守啊！"

大家听了，只想把笑憋住。傅贵可忍着一肚子气，做出对姹紫请示的模样：

"还有什么，请吩咐！"

姹紫更得意了，接着道："不是我卖好，我平日不像有些人，专找碴儿，苛待人。不过嘛，我也不能说，让大管家任着你们逍遥自在。总之，我让你们舒坦，你们也得争气，别惹出事儿来，没法交代。记住，别使大管家过不去就行了。"

傅贵见她越说越走板，便堵着她向大家道："今儿王升总管虽说把汉府暂时交给我，我本来就挑不起这副担子，如今姹紫姨娘说话了，大家要知道点脸面，不要给姹紫姨娘添麻烦……"

姹紫便插嘴道："一句话，各人待在屋里，不出来最好！老爷常说，常说……'打坐参禅无事做，老佛保佑自安然'！懂了吗？"说完又哧哧一笑，随即转身对傅贵家的道：

"快走，给我到小膳房取蒸儿糕去，别让太太等急了！"一把拉着傅贵家的，就往小膳房走去了。

管事的小头目们坐在那里，有的哭笑不得，有的气得不作声，有的不由得暗笑不已。傅贵也没心思再讲下去了，干咳两声道：

"大家看好门户，别出娄子就行了，各归各位，真他妈的！"

众人都走了出来。唯有几个婆子聚到一起，商量着今儿怎么来消磨这阵子时光。

乌衣和福海走到一起。福海慢吞吞道：

"老兄弟，老太爷留下的这份家业，光靠咱们这几个老人，是撑不起来啰！……"

乌衣道："我这把老骨头，从天亮到天黑，气儿也不喘地干，也伺候不了那些花儿草儿呀。那几个小子，你提着他耳朵立规矩，也给你个转眼就忘。如今这人，怎么就不愿意正经开花，正经结果呢？"

福海长叹一声道："你这花园，不好好侍弄，就杂草丛生。我这书库不好好打扫，就让蠹虫给蛀空了。咱们是哑子吃扁食，数在其中啊……"

二人走到路口，摇摇头，分别往各自的方向走了。

傅贵家的被姹紫拉着，一面往小膳房走，一面接过姹紫手里的小食盒道：

"我就计算好了，棠村小少爷去西府，得带点儿在咱们汉府吃惯的去。我敢说，全金陵城哪一府做的蒸儿糕，也比不上咱们汉府的。"

"那还用说，是用上贡的暹罗米磨粉做的，能不好吗？"

没到小膳房，傅贵家的远远就看见自己兄弟媳妇坐在后门口等她了，便连忙支吾着姹紫从正门这边进去。

进门便往灶房这边问道："米师傅，蒸儿糕蒸得了吗？"

只听米师傅在灶房答道："蒸得了！你兄弟媳妇早就来等着了！"

傅贵家的急忙对姹紫道："你看看，我这兄弟媳妇，三天两头和我要钱，打着我妈妈病了的旗号，我哪有那么多钱嘛！姹紫姨娘，你在这儿等着，那儿烟熏火燎的，我进去取糕去。"说罢，提着小食盒急忙往灶房走去。

姹紫往四周看看，又走到通往后门的过道那边，透过隔扇，便见一年轻妇人，坐在后门口的台阶上，旁边放着偌大一个盖篮。

姹紫撇撇嘴，急忙又走到原来的地方，大声道："傅贵嫂子，装好了吗？"一边说，一边便往灶房来。

傅贵家的提着小食盒，急忙迎出来道：

"别进来，别进来，这灶房里面多热，不是您这贵人值得来的地方。这儿已经装好了。"

姹紫透过傅贵家的肩膀，看见米师傅还在不停地做蒸糕，旁边大盘子里，还放着不少呢，心想，做这么多蒸糕干什么？哟，一定是她兄弟媳妇的孩子，也吃上我们小少爷的粮食了。这帮黑良心的婆娘，还想糊弄我呢。

姹紫脸上挂笑地接过小食盒道："真亏你想着！要是别人，知道今儿小少爷要去西府，早不找这个麻烦了。真是谢谢你了！"说罢嘿嘿一笑，转身而去。

傅贵家的脸上红一阵，白一阵。心想，这小蹄子被老爷收了房，越发地不得了啦！把灶坑门的灰，居然往老娘脸上扬了！你可算老几？

她兄弟媳妇见没人了，忙提着篮子进来喊姐姐。

傅贵家的正没好气呢，冲着弟媳妇喷道：

"你什么时候不好来？偏偏赶这点子上跑来丢人现眼！"

那媳妇瞪着眼睛看住她，道："不是你叫我早点来吗？怎么又埋怨起我来了？"

傅贵家的绷着脸，领她兄弟媳妇进到灶房，将那刚蒸出来的蒸糕，一摞一摞往盖篮里装。

她兄弟媳妇对米师傅赔笑道:"我妈有命生病,就有福吃这汉府的蒸糕。嘿嘿!"

米师傅在旁道:"傅贵嫂子,那银丝卷儿、破酥包子,今儿老太太、太太、夫人也不会吃了,叫你兄弟媳妇都装回去吧,免得糟蹋了。"

"说的也是!"傅贵家的又走过这边,打开笼屉,将那些细致精巧的食品,往盖篮里装。顺手把油酥点心,也包了塞进去。抬眼看见盆里水发的海参,也想拿,但一想,拿回去白看着,又没有好汤煨它,才算了。

傅贵家的打发走她兄弟媳妇,转身道:

"米师傅,你女儿的事,我已经和当家的说了,自从金凤走了,别说霑哥儿身边缺一个丫鬟,就是老太太跟前,也缺着呢。等瞅个空儿在老太太面前提一下,领进来看看就行了。"

"谢谢傅贵嫂子!我们这些人的家小,全靠嫂子赏碗饭吃了。"

"好说,好说!今儿小膳房没什么事儿,扫花别院那一驳,闹点现成的,换个碟子碗装装就行了。米师傅愿回家歇着,就回家。愿在府里消闲,玩玩牌,喝点儿上贡酒,都是现成的,自便好了。"

米师傅听了只管笑。

曹霑要随太夫人去西府做客,今儿不上学,在屋里听凭双燕为他穿戴。

双燕把曹霑新做的络金丝起花大开衩银红箭袖,彩色金丝攒花结的长穗宫绦,青缎粉底小朝靴,都拿出来给他穿戴上了。

双燕准备了一筐子驳他的话,奇怪今儿怎么都没用上?平日逢年过节,双燕着意要为曹霑穿戴,他就百般挑剔,从不顺顺当当地叫人为他穿戴好。倒是平常日子穿戴惯的旧衣服,他却服服帖帖毫不介意。

双燕一方面高兴,一方面纳闷儿。便故意把他平时最不愿穿的八团镂空金凤纽石青对襟褂取出来,谁知他见了,如同没见到一样,听凭双燕给他穿上了。

再有一样,也使双燕纳闷儿。平日曹霑最不愿出去做客。要是和老爷一起出去,那就像伤了他什么似的,连推都推不动。可今天却和往常大不一样，莫非是和老太太一起出去的缘故？不会！以前就是和老太太一起出去，虽说不像和老爷一起出去像大难临头，但也还是透着一些不乐意。自从玥儿来了以后，就连别府的少爷公子约请他，他也很少去了。今天这样，其中定有缘故。

穿戴停当，双燕照例到匣子里去拿几枚小锞子装在曹霑荷包里，要是需要亲自赏给什么人，带着方便。

谁知还没等双燕取回来呢，曹霑倒发下话了：

"双燕姐姐，你还没给我压腰包的银子呢！"

双燕听了，不由得一愣：这是从来没有的事儿。因此，忙转过身来问道：

"你今儿怎么想起要这个怕脏了口的劳什子来啦！"

曹霑一时语塞，答不上话来。

双燕见他窘得这样，不禁心痛起来，忙安慰道：

"我也不过是随便问问你罢了。"说着，伸开手给他看掌心里的银锞子。

曹霑不觉低声道：

"双燕姐姐，我告诉你，你可不能去告诉老太太。"

双燕暗暗吃惊，却又装着若无其事地问道：

"怎么啦？你又要赏谁啦？"

曹霑道："不是赏人。妹妹要看好看的书，我把老太爷小书库的书都翻遍了，把凡是妹妹愿看的书，都拿给妹妹看了，如今妹妹点着名儿要看《天雨花》，西府的小九爷说，夫子庙书市上有，我向太姨说了，太姨倒说我可以到夫子庙去看看，不过还得禀报老太太知道才行。我正犯愁呢，谁知老太太要带我一起去西府做客，西府离夫子庙不远，我随老太太在西府老爷、老太夫人那儿请个安，拜过寿，借口到小九爷书房看字画，要不了一盏茶的工夫，就从夫子庙逛回来了。"

双燕沉吟了一下。曹霑忙道：

"好姐姐，你可别告诉老太太，我只是去书市转一下就回去的，老太太要找我的时候，你在老太太面前给我圆个谎就行了。"

双燕道："圆个谎？那你怎么早不告诉我？"

曹霑低着眼睛道："我怕你要告诉老太太，那书就买不成了。"

双燕道："这会儿你就不怕了？"

曹霑看着双燕笑道："你不会去告诉老太太的！好姐姐，我知道的！"

双燕道："哼！以后你再不先告诉我，我可管不着了，反正我的舌头最长，什么也关不住！"说罢，又从柜子里取出一件团花石青折襟马褂来。

曹霑看了道："怎么？还要穿一件？"说着，便伸手过来让双燕替他穿。

双燕不由得笑道："你见谁穿过两件马褂啦？显摆咱们家有，是怎么着？"

"那你还拿出一件来干什么？"

"你要早告诉我，我就不会拿这么讲究的给你穿了，满身金晃晃地去逛夫子庙，怪打眼的，要让坏人盯上了，可不得了。"

曹霑道："那你就拿素净一点儿的给我穿吧！"

"到西府做客，太素净了也不好，我把这件马褂用包袱皮儿包了，给你带上，到西府给西府老太夫人、老爷、夫人拜了寿之后，把这件马褂换上，再去夫子庙。"

曹霑高兴地放下手道："好姐姐，你把这交给耕云，他会替我想着的。有耕云在，你就放心好了。"

双燕不禁红了脸："我有什么不放心的？"

双燕把装锞子的小荷包，给他挂在腰上，又把马褂给他拽拽平，上下打量他一遍道：

"快去吧！"

曹霑出屋，想到对面房里和玥儿打个照面，只见鹩鸪对他摆摆手，便知玥儿还没起来，才轻轻走了出去，到萱瑞堂向太夫人请安去了。

马夫人要拈花从箱子里清出早年的锦缎，挑几段素雅的，又清出珍珠毛、灰鼠筒子、银狐等秋冬穿的小毛大毛，用包袱皮儿包了，嘱咐兰香：等自己随老太太去西府后，汉府人眼不多的时候，送往扫花别院，交给鹩鸪为玥儿做冬衣。然后梳妆打扮，靠在榻上，等候太夫人吩咐，一起去西府拜寿。

这时，白嬷嬷走了进来。

马夫人刚要起身招呼，白嬷嬷忙扶住她道："夫人今儿可大好些？"

"谢谢嬷嬷，今儿觉着比往日好些。"

"这就好！到西府添添福，借借寿，身子骨儿就会硬朗起来了。"白嬷嬷看看屋内问道，"拈花呢？"

拈花和兰香刚好从里屋出来，见到白嬷嬷，拈花问了好，便笑道：

"哟！白嬷嬷今儿打扮得可真喜泛，真是越活越少，越老越俏了！"

白嬷嬷满意地笑着："这丫头！"

兰香也笑道："白嬷嬷有福气，随着老太太去西府拜寿，赶明儿也要成为夫子庙放生池里千年的大金龟了！"

众人都笑了起来。

白嬷嬷就要赶过来撕兰香的嘴，兰香一边躲一边笑道："祝你长寿还不好？可就是世间人常说，'好人不长命，祸害活千年'。这就透着不知怎么办才好了。"

拈花听了，忙斥兰香道："胡说些什么，也不怕烂舌头！"

兰香也觉着说走了嘴，不吭声了。

马夫人微笑道："一个人活长活短都不要紧，就是别留下什么放心不下的事儿，就算最有福的了。可世间的人，能有几个不留下点儿牵肠挂肚的事儿呢！"

拈花似懂非懂地应了一声，觉着这个话题不吉利，忙岔开道：

"白嬷嬷来，有事吗？"

白嬷嬷忙道："正要找你呢，你上次脱出来的花样子，也不知怎的传到我外甥女那里去了，一直盯着我来讨。趁着这会儿还不走，我一来看看夫人，二来找你要花样子。"

拈花道："是我闲着的时候就描下了好几张，这会儿还有两张，白嬷嬷要，就都拿去吧。"说罢，便往里屋走去。

白嬷嬷忙跟进来，一把拉着拈花，悄声道："找你拿花样是假的，我来是要告诉夫人一件事儿，可我看夫人气色不太好，就没敢说。"

"什么事儿？"

"傅贵家的什么兄弟媳妇，这阵子天天往咱们汉府跑，过去拿个小提篮，如今篮子可是越提越大了。过去是敞口的，如今可是盖上了。进来是轻飘飘，出去是沉甸甸。下面人都怕傅贵，谁也不吭气儿。我眼睛里可容不得沙子，得向夫人禀报禀报，万一拿的是白米、黄米，可不是玩的。"

拈花道："哎，府里的，别说白米、黄米，就是香粳米、珍珠米、八宝米，由他们去拿，也算不了什么。"

白嬷嬷道："唉，你这傻丫头，白米是元宝，黄米是金子，怎么连这也不明白？"

拈花听了，不觉暗吃一惊。她知道白嬷嬷和王升总管不对付，按理说，这事应该告诉王升。告诉马夫人，能顶什么用呢？因道：

"我看还是不要告诉夫人吧，夫人有病，告诉她反而增加烦恼。不如去告诉太太，太太还是有办法整治他们的。"

"我才不去告诉太太呢。不论什么事儿，但凡告诉了太太，太太就把她娘家带来的哼哈二将支使出来了。我看，傅贵家的和姹紫，没准儿还是穿的一条裤子呢。我可不去找太太！不论什么时候，除了老太太，这汉府的正经主子，还是我们夫人！"

拈花沉思了一下：

"这么着吧，一会儿见到明珠姐姐，我把这事和明珠姐姐说说，让明珠姐姐告诉王升大爷。"

白嬷嬷也想了一下，低声道："就这么着吧。"接着又大声道，"我看你这花样子还得替下来，我拿一份儿就得了。"

二人拿着花样出来，刚好看见曹霭金装玉裹地跳了进来。

第四十章

记事珠迦南香串
吟诗集亭北花飞

　　往年，西府老太夫人寿诞，不但点着名儿要接曹府老少一家，就连李芸，也点着名儿地非接不可。李芸无奈，也不得不随姐姐去应酬一下。但自从曹寅去世，李芸大病一场，搬到扫花别院后，就再也不曾去过了。

　　今年，西府老太夫人七十华诞，大摆酒筵，虽然早就派人送来请柬，要接曹府全家，但，由于李煦遭难，太夫人和曹頫商议，除照常赠送寿礼，由曹頫带着霂儿去拜寿外，太夫人等女眷，就想托词不去了。

　　谁知昨日曹頫忽然提早从织造署回来，禀报太夫人，说西府还是要接全家老少。不但他带着霂儿去，太夫人和马夫人、王夫人也得去；就连多年不去的太小姐李芸，西府老太夫人也点着名儿要她去。曹頫说，和王大舅思虑了好一阵，觉着，正因为李煦舅舅遭难，曹家才更应向西府靠拢，将来万一有变，还多少有个倚托。

　　太夫人沉吟了一下，也只得认可。

　　为这事，王夫人带着陪房丫鬟，亲自到扫花别院来见李芸。李芸除了"不去"二字之外，连一个多余的字儿也没说。一向很会说话的王夫人，也只得干坐了一会儿，讪讪起身带着嫣红回屋去了。晚上告诉曹頫，曹頫"哦"

了一声，闷在那里，半晌都不说话。王夫人心痛老爷，劝慰道：

"老爷少操些心吧，咱们曹家，织造署的事儿还操不过来呢，他们李家的事儿就少管管吧！再说，太小姐辈分在那儿呢，咱们能有什么法儿？还不得由着人家的性儿办。"

曹頫还是一句话也没说，尽管低头思量。

这阵子，李芸一直心绪不宁，本来她认为可以在扫花别院中看书作画，抚琴和诗，清清静静了此一生。但是，自从李煦革职抄家消息传来，她一方面替哥哥难过，可怜哥哥为朝廷奔波一世，竟落到如此下场；一方面却想到霑儿和玥儿，日后又该如何呢？目前，这两个小人儿在她翅膀下面，不过是权宜之计，她深知自己这纸糊的翅膀，任凭什么也抵挡不住的。她知道曹家三代人的故事，她越想越怕：事情只会越来越坏，任什么也挽回不了的……

她感到肩上沉重起来，她要保护霑儿和玥儿。《搜孤救孤》《文昭关》《抵龙换凤》《二堂抢子》……一幕一幕戏目，都在她眼前闪过，如今真没想到，却需要她来拿主意了。她，能为曹李两家后代做些什么呢……

李芸越想越揪心，书也看不下去了，笔也提不起了，琴也不想抚了，眼看着曹寅的《楝亭诗钞》，也竟然和不下去了。到后来，甚至也不忍心到后面去看这两个小人儿的欢乐景象了。

……

月光透过窗户，照着罗帐，李芸头枕在手臂上，看着月光从罗帐中间，一格一格地移到了帐顶上。天，又要亮了。

她把手臂从脖子后面抽了出来，感到酸麻不已，就轻轻伸展一下，翻了一个身，枕旁迦南香串的幽香，又使她沉入了遐想：

她清楚地记得曹寅教自己作画，为自己改诗，这些事，就和昨天一样……

又一股迦南香串的味道，使她想起曹寅在世时的情景。

那时，她感到只要曹寅出门了，她就什么乐趣也没有了；只要知道曹寅回来了，不爱打扮的李芸，就着意打扮起来。有一次，曹寅从京城回来，见她穿了一身鸭蛋青洒花衣裙,曾含笑地看了她半天说:"小妹这身衣服真合适。这种清雅的颜色,就合小妹穿!"她想着想着,觉着又回到了年轻的时候。

曹寅穿着本色的纺绸长衫,在园内漫步。每当公务办完,客人送走以后,曹寅照例要在花园打一套拳,过后,有时停在花前,有时靠在树后,略一沉吟,便走到栋亭内,提笔在纸上疾书起来。他常是有感而发,写完便算数,从来也不想留稿。李芸却总是抢着把这些诗词保存下来。王升只知备好文房四宝,就像没事人儿一样退向一边侍立,其他什么也不管了。

有一次,曹寅在园中低头漫步,李芸照例悄悄看着他,跟着他,等他的诗稿。看他信步走到扫花别院白石桥前,突然有什么东西吸引住他。只见他从白石桥前看到桃树根旁,又从桃树根旁看到白石桥前,最后,索性蹲了下来。

丫鬟立即把小竹靠椅放在曹寅身下。曹寅一边坐,一边对李芸喊道:

"妹妹快来看!"

李芸立即跑到曹寅身边,向地上看去,原来是蚂蚁在搬家,一个随着一个,从石桥旁边的洞里出来,每个蚂蚁头上都顶着一点白色的东西,急急忙忙向桃树根旁的洞里爬去。有些像米粒大的东西,几个蚂蚁前后左右地抬着走;已经搬过一趟东西的空身蚂蚁,又急急忙忙迎面而来,还时不时地向搬着东西的蚂蚁碰碰头,像打招呼一样地提个醒儿……这种熙熙攘攘的蚂蚁搬家景象,把曹寅和李芸都看呆了,以至天上云变,身边风起,两人都未曾觉到。就连丫鬟来报,说就要下雨了,也置若罔闻。直到丫鬟把伞撑到他们头上,大雨点冲散了蚂蚁,才知道下雨了。

曹寅站起身来,从丫鬟手中接过伞,看到李芸还在追寻蚂蚁的踪迹,急忙把伞遮到李芸头上。

这时两乘"二人抬"早已停在旁边,王升见曹寅不看蚂蚁搬家了,忙上前道:

"请老爷、姨小姐上轿。地上湿了。"

曹寅一摆手:"不用。"拉着李芸一起向扫花别院走去,边走边问李芸:

"以前看过蚂蚁搬家吗？我倒是见过，不过，没有今天看得这般真切。"

李芸轻声道："我没看过，想不到这么有趣，竟和世人一般。"

曹寅撑着伞，把伞向李芸那边歪着，不慌不忙地漫步道：

"蚂蚁确实和世人一般，整日为钱财想方设法，忙得不亦乐乎。可到头来，一场暴风雨，也免不了被打得七零八落。"

李芸道："要是蚂蚁知道风雨要来，早些儿把家搬了，岂不更好？"

"蚂蚁就是预知风雨要来，才搬家。可是，就这样，有时也难免白忙一场。"

李芸不大明白曹寅的话：既然能预知，就可以未雨绸缪，怎么会白忙一场呢？但她一向崇敬曹寅，曹寅这么说，总有他的道理，于是便不言语了。傍着曹寅在一柄伞下默默走着，她真愿这路总也走不完……

走进屋来，曹寅直趋书桌，提笔便写下了一首小诗：

小蚁收琼粉，

缠缘满筇枝。

巡行成鸟道，

敛影绝蛛丝。

写完这四句时，曹寅嫌墨汁太浓，把笔在笔洗里蘸了一下，稍稍在砚台里一舔，提过笔来又写，没想到笔上蘸水太多，没有舔尽，一滴墨汁竟然落到了纸上。

丫鬟赶紧拿开镇纸，要换一张。

曹寅一挥手，意思是不用换。谁知竟又洒了一串墨点在纸上。

丫鬟慌忙上来换纸，曹寅微笑道："不用，不用，就这样好。没看见纸上真的现出一道蚁阵来吗？"说罢，和李芸相视而笑。接着他又写道：

富骤移封早，

军骄败气为。

飘摇感风雨，

狼藉到阶墀。

接着便在墨点下署了"千山曹寅"，放笔回头对李芸道："这不也很有趣吗？"

……曹寅的音容笑貌竟如此清晰，李芸翻身下床，往书房桌前走去，从抽屉里将曹寅的诗集原稿，轻轻取了出来，坐在桌前，就着晨曦，翻开了那首五言律诗《蚁》，那一点又一串墨迹，犹如刚刚洒下的；"这不也很有趣"的声音，犹在耳际。李芸对着这翻开的诗页，不禁又沉思起来。

一月听到李芸翻身起床的声音，立即悄悄起来走到书房门口，看到李芸开抽屉取出诗集，看到李芸捧着诗集又坐在桌前发呆。她急忙到卧室拿起披肩，轻轻披到李芸肩上。

这时，千江也赶过来准备侍候太小姐梳妆了。

令一月、千江纳闷儿的是，虽然太小姐又是一夜无眠，但看来今儿太小姐的兴致，却比往常好得多。

李芸放下诗集，忽然移到梳妆台前，从里到外，着意修饰起来，还要一月为她梳了一个高高的瑞云髻。

当她伸手去开首饰匣子时，一月、千江惊讶得大气都不敢出。

自从李芸搬进扫花别院，不但外面的喜庆不去参加，就连逢年过节的家宴，也极少去。平常，更是连首饰也极少戴了。而今天，却见她打开首饰匣，从中取出了一排轻盈的珠花，斜斜地插在发髻下，显得头发格外黑亮；衬得脸蛋儿更加白润；又取出一副小巧的珍珠耳坠戴上，不由得对着镜子发起呆来。

千江看了一月一眼，禁不住问道：

"太小姐，莫非今儿要去西府拜寿？"

李芸轻轻一笑："像吗？"

千江不相信自己的揣测："又像，又不像！"

李芸轻叹一声，转过身来，看着千江：

"总算没白跟我一场，还知道有不像的地方。"随即对一月道：

"把那套蛋青洒花衣裙拿来。"

一月高兴地忙答："是！"立即从衣柜里取出了那套蛋青洒花衣裙。

千江看了，忙道："太小姐，太素雅了，去西府拜寿，不合适吧？"

一月忙道："谁跟你说太小姐要去西府拜寿了？"

千江："那——"

一月瞅了她一眼，千江就不作声了。

一月和千江为李芸换好了衣服。李芸兴致勃勃在镜前顾盼了一下，接过一月刚从枕旁取来的迦南香串，轻盈转身，吩咐一月和千江，只管收拾屋子，不要跟随，自己要到园子里去走走。

一月忙阻拦："这会儿太早，外面露水重，会把鞋踩湿的，太小姐，还是等太阳出来了再去吧！"

李芸嫣然一笑："雨都淋过了，还怕什么露水？"说罢，便飘然而出。

一月紧跟了几步，只好站在门口，看着李芸走出游廊，走下台阶……

千江也跟到门口，扶着门框，望着李芸渐渐远去的背影，叹道：

"太小姐不知是哪位仙子投胎，太标致了！"

一月靠着门框，忧心忡忡道："太小姐好久不打扮了，今儿见她打扮，我真乐！可这会儿，我怎么反而觉着心里乱得不行，千江，你说，要去禀报老太太吗？"

"禀报什么？今儿阖府上下，都要去西府拜寿，咱们这扫花别院，从来都是世外桃源，太小姐的脾气，你又不是不知道，就是禀报了老太太，又能怎么样？"

一月便不言语了。

千江去擦器皿，拂拭座钟，望见挂在墙上的古琴；这琴本是太小姐心爱的，过去常在夜里焚香抚弹。谁知，自从被一双燕子看中，在琴上筑了巢儿，太小姐便吩咐下来，不许什么人再去动它，听凭来春这对燕子回来再住旧巢。

千江盯着那燕巢，叹道："这燕窝筑在太小姐琴上，不但不许给弄掉，反而索性把这琴也叫作'燕巢琴'了。不知明年春天时候，燕子还会回来不？"

一月也望着琴道："是呀，太小姐的心是玲珑剔透的，但谁也猜不透，兴许只有燕子才能懂得。"

千江望着那燕巢琴，看得呆了，竟忘记该擦拭什么了。好半天才给钟打点的声音惊醒。长出了一口气，便去轻轻拂拭那座时大彬手制的弥勒[1]，佛身有釉，淡白滋润。千江不由得暗暗祷告：愿佛保佑！愿佛保佑……

李芸轻快地走出扫花别院，吸着忍冬花夜间散发的余香，踏着晨露，直向楝亭走去。

鹅卵石的小道上，落下几许树叶，亭前白玉石的棋桌和石鼓上，铺着一层细小晶莹的露珠，寂静得李芸连自己的脚步声也听不到了。

她微微抬头看了看楝树，这株曹玺亲手种植的楝树，是在曹家鼎盛期间成长起来的。曹寅为了缅怀父亲，特意在树旁建一亭子，题名"楝亭"。不但故旧亲朋为"楝亭"赋诗作画，儿辈有时亦在亭中读书习字。……李芸对着楝亭，不由得轻声背诵曹寅的《楝亭留别》：

客至皆题楝，
从今有楝亭。
难将一掬泪，
洒作万年青。
夕雾收全幔，
寒山掩半屏。
悠悠后来者，
材否念居停。

---

[1] 见《小蓬莱阁猎古集》五十二页。

　　李芸见到一篇，便收回一篇，她几乎收集了曹寅的全部诗稿。当年，曹寅在扬州主持刊刻《全唐诗》后，要刻自己的诗集时，曾经求李芸把她收集的手稿拿出来，答应刻完奉还。后来，她只把她亲手抄写的一份交出去，曹寅的手稿始终还留在她身边。如今，曹寅与世长辞了，诗稿却还在……

　　过去，李芸只知在家中的曹寅，在诗集中，却能看到在外面的曹寅。她知道曹寅爱酒，当她看到《石湖泛舟》的绝句"无端野鸟浑相识，客饮一杯啼一声"和《雨中饮饯醉甚卧舆中行三十里始醒戏题一首》：

　　　　卯醉曹腾堕玉鞭，
　　　　笋舆轻藉半程眠。
　　　　未妨花朵褰帷笑，
　　　　应共春山絮帽偏。
　　　　耳杂林风时一醒，
　　　　腹摇鼻息更颓然。
　　　　吴侬爱我知何语，
　　　　放浪江湖载酒船。

　　李芸眼前顿时现出曹寅对着鸟啼而饮，和醉卧轿中，帽子歪到一边，不拘小节，风雅潇洒的神态。由此，很长一个时期，李芸沉醉在曹寅的诗词中，随着诗中的欢乐而快活，随着诗中的悲苦而心伤，随着诗中的愤懑而恼怒，随着诗中的景色而翱翔……她不但能背诵，而且还和了一些，有的记在纸上，有的刻在心里。

　　这时，她觉着曹寅正在楝亭作诗，还等着她去收集呢。但等她踏上台阶，走进楝亭时，亭中桌椅早已撤去，墙上曹寅最喜爱的《驴背吟诗图》只留下了挂痕，画廊朱漆已然发暗，遮上了一层薄薄尘土。……

　　李芸倚在廊前，看到四周的落叶，脸上不由得泛起一丝苦笑。她低头看了看自己身上的淡青洒花衣裙，想起镜中戴珠花的容颜，逝去的终归是逝去了。可是，她不明白，曹寅的音容笑貌，今日为何格外使她怀念？她像魂魄儿收脚步一样，又从亭内走了出来，沿着往年跟随曹寅漫步的小路，向扫花别院走去。……

她在曾看蚂蚁搬家的桃树下停了一会儿，她多么愿意这会儿来阵大雨呀。抬头看看天，湛蓝的天空，阳光已从树干斜射过来了。低下头，沿着小路往前走，说也奇怪，小路上竟连一个蚂蚁的踪迹也没有了。走到白石板桥前，台阶旁都盘根错节长满了杂草，蚂蚁洞口也找不见了……从那时至今，几十年的时光，多少代的小蚂蚁几经风雨几搬家，谁知搬到什么地方去了呢？

她回身四看园中景象，曹寅生前最常念的诗句，禁不住又涌上心头：

> 楝子花开满院香，
> 幽魂夜夜楝亭旁。
> 廿年树倒西堂闭，
> 不待西州泪万行。

她知道，曹寅生前最常引用的"树倒猢狲散"，已然在应验了，可霑儿却还在梦中呢！如今还能听任他不知不觉吗？别的事儿自己办不到，使他早日明白"树倒猢狲散"，还是应该做到的……

曹霑从太夫人、马夫人那儿请早安出来，急着要去李芸和玥儿那里告别，走得飞快。靴声笃笃，锦缎袍子也发出沙沙声响。耕云跟在后面，心想：小爷又不定想起什么事儿了。

曹霑走进西园，刚刚绕过楝亭，远远便见到李芸独自伫立在白石桥前，低着头像是寻找什么失去的东西，脚步便不由得放轻放慢起来。

耕云紧跟了两步，凑近曹霑问道：

"小爷快看，白石桥前站着谁家的小姐？"

曹霑回头瞅了耕云一眼，斥道：

"这里会有什么人来？连太小姐都认不出来了！"

耕云仔细一瞧，惊讶得"咝"地倒吸了一口气："竟是太小姐！"心想，太小姐哪像比小爷长两辈的人哪！

曹霑走近李芸，轻声喊了一声："太姨！"

耕云也急忙请安，低眼后退，在一旁垂手而立。

李芸微微转身，见曹霑全身金晃晃地立在面前，想起他今儿要去西府拜寿，皱了皱眉问道："多会儿去西府？"

曹霑道："老太太说，过两个时辰再去。今儿要在西府待一天，晚上才回来呢。"说着，近到李芸身前，拉着李芸的手悄声道，"太姨，要不是为了到夫子庙给妹妹买书，我才不愿去西府呢。"

李芸看着曹霑金装玉裹的小模样，想起听说的夫子庙一带繁华景象，不由得担心起来：真有那"拍花"的，不相中他，还相中谁呢？……继而一想，让霑儿出去开开眼，也是好的。早晚总是要有那一天的。"不在江头，也在山头。千江一月，万事全休。"李芸想到这儿，吃惊地看着曹霑，自己怎么会有这样的奇想？她急忙拉着曹霑，把耕云叫过来问道：

"是你一人跟着小爷出去吗？"

"回禀太小姐，侍候小爷左右的，还有小子汲泉。"

"就你们两个？"

耕云还没开口，曹霑忙道：

"太姨，是我不要那么多人跟着我。有耕云、汲泉就尽够了。"

李芸深深看着曹霑："太姨不是要跟着你出去的人越多越好，太姨是要知道跟着你出去的是谁。"

曹霑不解地看着太姨。

李芸一面摸着曹霑金晃晃的衣服，一面喃喃低语：

"天有不测风云，人有旦夕祸福。"她缓缓抬头四看，"这汉府，谁也不是久居之地呀，原来汉王，是何等样人！后来，成了行宫，又是何等气派！接着……"

曹霑睁大眼睛："太姨是说……"

李芸又把眼光投向曹霑，看到他一副懵懵懂懂的模样，把到了口边的话，又咽了回去。但是，随即又有一种说不出的焦虑，想把曹寅当年常说的话告诉他，告诉曹寅留下的这株独根苗儿。她拉着曹霑就便坐在桥栏上：

"霑儿，你知道太爷生前常说的一句话吗？"

"太爷常说的一句话？"曹霑顿时惊诧起来，因为从他记事起，太夫人就嘱咐过他，在太姨面前绝不许提老太爷的事儿。没想到这会儿，太姨却突然对他提起了爷爷。

曹霑在惊诧之余，忽然像打开了一座宝库。因为他早就从太夫人、马夫人那儿知道了祖父的许多故事。祖父不但是一个清官，也是一位才子，而且是老皇上器重的人。太姨知道得比老太太、比娘更多，可为什么从来不许向太姨问这些，自己也不明白是什么道理。如今可好，太姨却问到自己头上来了。因此，曹霑高兴地大声追问道：

"太姨！太爷常说的一句话是什么？"

李芸对曹霑瞬息间的变化，全然没有觉察，如同自己对着自己说一般：

"这就是'树倒猢狲散'！"紧接着又重复一句，"真正是树倒猢狲散了……"

"树倒猢狲散？"

"是的！"李芸原想要曹霑从这句话里悟出其中的道理来，没想到曹霑对这句话并不在意，只听曹霑接着道：

"这是一句佛门禅语。太姨，老太爷还说什么了？"

李芸见他没有听进去，便道："这不是什么禅语，要用佛家说法，就是'无常'二字。"

曹霑笑道："无常即有常，有常也是无常。怎么样？"

李芸着重道："我说的是：山可颓，海可涸，狂风竟起于青萍之末，完卵难全于覆巢之中。这就叫作无常！"

"这也是太爷说的吗？太姨，还是您说的？"

李芸听了，心中一急，脸上泛起了红云，真不知如何回答才好。

这时，一月和千江刚好从扫花别院出来。

一月走上白石桥："太小姐，请回屋用早点吧！"

李芸立起，一甩袖子："哎呀，我也真有些儿饿了。"

曹霑仍拉住李芸不放："我和太姨一起吃早点。"

一月在曹霑耳边低声道："快到停云亭去吧，妹妹正等着你一起吃早饭呢。"

"哦！"曹霑急忙放手往前跑去，跑了两步，又回头对李芸道：

"太姨！等我和妹妹吃完早饭，再来听太姨讲太爷的故事！"说罢，一溜烟地向扫花别院后面的停云亭跑去。

李芸看着曹霑的背影消失，一种无名哀愁缠住了她。幸好一月、千江都随在身后，看不见自己被泪水模糊了的双眼。她走进屋，看见桌上放着稀米粥，一双乌木嵌银的筷子，两小碟小菜，一小盘点心，放得那么整齐，看起来那么干净。几上的檀香烟袅袅上升……这些东西，是她天天见到的，不管她吃与不吃，到时候，都是要一色齐地摆上来。可是，今天，她忽然有个格外的想法：在没有人来之前，就都已摆好，这太像吊祭的样儿了……但随即想到自己死后，怎能奢望有人来祭呢？不过，她又想，也许霑儿会吊祭她，这是无疑的。但是，这又何必呢？这一切又何必呢？死去的人是没有什么了，只有活着的亲人，痛苦是无限的，心上的失落，是永远也填不起来的……

李芸站在桌旁，只觉眼前一片模糊……

一月轻声地说："太小姐，粥快凉了，请用吧！"

李芸轻叹一声，在桌前坐了下来。

她自认对霑儿这样小的年纪来说，也只能这样点破他。可他没有领会，还沉湎于眼前的欢乐之中。

李芸极想在事情到来之前，使霑儿能知道消息，早些有个安身立命的打算。但又可惜他两个太小了，要是他们再大一点该有多好呀！要待他们懂得时，就太晚了！遗憾终生的事，本来已经发生过了，原以为接近结束了，谁知这才是开头。看来，这都由不得自己，什么人，什么人能救他们呢……

第四十一章

霓虹帕春满唐坞
金碧图秋临萧树

　　鹧鸪拗不过，只得依着玥儿，不将窗帘放下，任凭月光照着玥儿和衣靠在窗前的榻上。

　　窗上挂着一个用栀子花扎成的大花篮，透过来阵阵甜香。

　　小猫在榻下不时伸出前爪招惹玥儿，想要小主人和它玩儿。可玥儿一直看着窗外的月亮，没有觉察。小猫感到无趣，只得转着圈儿玩了一会子自己的尾巴，最终，还是跳到榻上，偎依在玥儿脚旁。

　　玥儿本来有些累了，但贪恋月光，还不想去睡。也不会去想明天该怎么样，就像她为什么离开苏州老家来到南京姑祖母家一样，什么事都不用她去想，由鹧鸪去做就是了。只是今天这月光，使她特别想妈妈。

　　她记得妈妈总是病，难得和妈妈亲近。因此，只要是和妈妈在一起的时候，她就特别快活。她记得特别清楚。

　　玥儿看着月亮，想起小时妈妈讲月宫里的故事：金蟾、玉兔、桂花树……

　　她记得有一次，妈妈牵着她在花园的池塘边散步，还让奶嬷嬷把她抱上船。在船上，妈妈用手指着告诉她，浮在水面叶子下的，有菱，也有芰。还亲手捞起了菱角告诉她，什么样的叫白菱，什么样的叫红菱，还有乌菱、青菱。还拿着给她看，菱只有两只角儿，多角的，就叫作"芰"了……

妈妈还告诉她，古诗"凭栏十里芰荷香"，是把芰荷当作一样东西了。其实，芰是不香的。但马上又告诉她，任凭什么野草、浮萍，也都会有一种清香，只是不能与荷香相比罢了。

她特别喜欢妈妈给她捞起来的红菱。妈妈用白纱帕垫着鲜红的菱给她玩儿，多好看呀！妈妈的白纱帕儿，香味儿多好闻呀。

她从小喜欢鲜果的本色，也是妈妈教给她的呢！可妈妈不在了，不在许久许久了。

玥儿一面看着月亮，一面想着……

她看着看着，觉着月亮里也有小船儿在水上漂，不知怎么的，她自己也坐在船上漂了起来。她抬头看到风正灌满了帆，桅杆下面还有一面大旗，上面粗粗写着几个大字："大将军八面威风。"觉得真有趣，怎么自己竟当起大将军来了。这时，一阵风，把船儿吹着哗哒哗哒往前跑，越跑越快。她有些儿惊慌，想找妈妈，但一回头，却见霈儿哥哥坐在船尾，正对着自己笑呢。

玥儿高兴极了，大声喊道：

"哥哥，你怎么会在船上？"

霈儿也笑着看着她："早就在船上等你呢！"

"等我？我要到老远、老远的地方去呢！"

"你到哪儿，我也到哪儿。"

"你可真够缠人的。"

忽然，霈儿也像船夫打呼哨那样，打起哨子来，风更大了，把白帆篷涨得鼓鼓的，在湛蓝的大海上航行。风扬起浪花打着发丝，水打着船板泼泼作响。

猛地一个大浪卷了过来，像山一样高。玥儿来不及躲藏，浪就落下去了，居然就有一座珊瑚礁耸立在海上。

霈儿跳起来喊道："这么好的景致，妹妹，快上岸玩玩去！"

说着，拉起玥儿就往岸上跳。

玥儿被他拉上岸去，只见礁上奇花繁茂，宝石灿烂，仿佛到了什么仙山琼岛一般，忙得眼睛都看不过来了。

忽然，玥儿发现山崖的侧面似乎刻的有字，忙问道：

"哥哥，你看那是什么？"

霭儿有些扫兴道："必定又是什么酸人题的诗了！天底下偏有这种到处题诗煞风景的人。"

边说边和玥儿走了过去，刚要念出声来，玥儿忙道：

"哥哥别念，待我自己来看，到底写的是什么。"

玥儿走近一看，原来刻的是"天涯海角"四个字。

霭儿哈哈大笑道："原来这是文蜨先生题的词，因为他老先生飞到一尺二寸，就认为到了天涯海角了。"

玥儿笑道："哥哥，那我们也来飞飞看，看能飞多高？"

"绝不会只飞一尺二寸。"

玥儿调皮道："我们至少也要飞过楼外楼呢！"

霭儿看着玥儿，紧紧拉着她道："好妹妹，我们不回去了，不回去了，让我们尽管向前跑吧！"说着，拉起玥儿就飞跑起来。

跑着，跑着，玥儿忽然看见前面天空有一道七彩虹，忙叫道：

"哥哥，你看那是什么？"

"虹！妹妹，让我们到它那儿去！"拉着玥儿更快地飞跑了起来。

玥儿有些气喘了："哥哥，慢点，慢点……"

霭儿听也不听，还是拉着玥儿往前跑。

玥儿连喘带笑地央告道："慢点吧，哥哥，小心摔跤……"

"摔不了跤，你就跟着我跑吧！"霭儿快活地拉着玥儿向彩虹奔去。

玥儿边跟边喊："哥哥，霭儿哥哥……"

正在这时，忽然有人喊道：

"姑娘，姑娘！"

玥儿睁眼一看，原来是鹂鸪在叫她，便恼道："叫我做什么？"

鹂鸪笑道："我听着姑娘在喊什么，所以就叫醒姑娘了。"

玥儿想起梦中情景，也自觉好笑，便问鹧鸪听到她梦里喊什么了。

鹧鸪说没听见喊什么，只听见她翻身，笑着，想是做梦了，才叫她的。

玥儿仍想着梦中飞跑的事情，问鹧鸪道：

"我喊哥哥慢点跑，你没听见？"

"没听见。姑娘梦见什么了？梦见哥哥跑了？"

玥儿微笑不答。

鹧鸪道："好了！好姑娘，这会儿脱了衣服，上床睡去吧。"

玥儿看到月亮已经照不到了，便答应了。

鹧鸪想：怪不得老人都不让在月光下面睡觉呢，有月光照着，就是会做梦。她服侍玥儿换了衣服睡下，把方才穿好的两个栀子花篮儿吊在帐钩上，就手将窗前的折合帘子拉好，把月亮关在外边，室内顿时暗了下来。

鹧鸪歪在床边，就着屋内纱灯柔光，搜寻玥儿的脸，看到玥儿含笑的嘴角，不禁想起老人常说，孩子会梦笑，也叫"奶笑"，难道十多岁的姑娘还会"奶笑"不成？她再看看玥儿恬静而又略带苍白的脸，眼睛不觉湿润起来。

一早，鹧鸪怕霑儿过来惊醒玥儿，便在屋门外等候。见霑儿金装玉裹，精神抖擞地走了过来，忙向他做了个妹妹还在睡觉的手势，曹霑便立即放轻脚步，悄悄出门去了。

鹧鸪回到屋中，便听玥儿在帐中问道：

"哥哥怎么不进来？"

"姑娘怎么就醒了？小爷看你没起来，先到老太太那边请安去了。"

玥儿想起梦中向那彩虹奔去的情景，便道："鹧鸪姐姐，把妈妈留给我的霓虹帕拿出来。"

鹧鸪不免诧异道："姑娘怎么忽然想起太太的霓虹帕了？"一面说着，一面就去紫檀雕花柜里，取出一个嵌着金丝螺钿的福建漆匣子，放到梳妆台上，便来侍候玥儿起床。

玥儿着急地说："打开呀。"

"穿好衣服就打开。"鹂鸪急忙为玥儿穿戴好,从梳妆台上面的小抽屉里,取出一个镶着红宝石的小银盒,又从中取出钥匙,便来开匣子。

玥儿一把将钥匙拿了过来:"我来开!"

鹂鸪笑着看玥儿开匣子。

玥儿跪在椅子上,把匣子转了四个方向,却找不到开锁的孔儿,不禁有些着恼。

鹂鸪提醒道:"姑娘把正面那个铜片儿往旁边一推,就露出锁眼儿来了。"

玥儿看了鹂鸪一眼,将匣子转到正面,用手把中间铜片儿往旁一推,果然露出了锁孔。她刚把钥匙放进锁孔要开,忽然又停了下来。

鹂鸪忙道:"姑娘,把钥匙放进去一转,就开了。"

玥儿把头一歪:"我不开了。"

"怎么又不开了呢?"

"等哥哥来了再开。"

"是要拿给小爷看?"

"嗯!"

鹂鸪便侍候玥儿梳洗起来。

这时,双燕走了进来。

双燕因为要随太夫人、曹霑去西府,穿了一身水红底子洒白花绸衣裙,外套一件镶黑缎子绣银花边的紫罗坎肩,两个发髻上插着一式一样的两排水红绢花,黑亮的齐眉刘海儿,衬着她白里透红的脸庞,显得格外俏丽。她多少有些腼腆地向玥儿和鹂鸪打了个招呼。

鹂鸪眼前不觉一亮,打量她道:"姑娘今儿格外好看了。这会儿就走吗?"

"不,听说今儿要在西府待一天,晚上才回来呢。老太太吩咐去晚一些儿,免得在西府待那么长时间。"

玥儿看了双燕好一阵,突然笑道:"双燕姐姐就像那水蜜桃,真想咬一口。"

双燕不禁红了脸："姑娘也取笑起我来了。"

鹧鸪忙道："我们姑娘最爱的就是那天生的果品，哪能是取笑呢？这才是夸赞呢！"

"就你会说！"双燕瞅了鹧鸪一眼，转口道："玥儿小姐，把早点送过来吧？"

"不，等哥哥来了一起吃。"

双燕道："这会儿小爷还没回来，没准儿陪老太太在那边用早点了。"

"不会的。"

双燕和鹧鸪对看一眼，便不言语了。

双燕正要转身出去告诉晚点儿开早饭，忽听外面急促靴声，知是曹霭来了，便立即出去取早点了。

曹霭一口气跑了进来，对玥儿道：

"我和太姨说了会子话，妹妹久等了，有些儿饿了吧？"

玥儿把曹霭上下打量了一番，故意把眼睛眯了起来道："哎呀！这是谁呀？"

"怎么啦？妹妹连我都不认识了？"

玥儿紧闭着两眼，摇着头说："这金晃晃的，晃得我眼都睁不开了！"

曹霭听了，就要过来抓玥儿。

玥儿连忙躲在鹧鸪身后，眨巴着眼笑道："殿下光临寒舍，真是蓬荜生辉呀！"

鹧鸪也不禁笑了起来。

曹霭仍要抓玥儿，小猫也围着霭儿脚下跳着。

鹧鸪见双燕拿着托盘，送早点进来，忙解围道："好了，好了，快吃早点吧，时候可真不早了，小爷和姑娘都该饿了。"

曹霭摆手道："要不是吃早饭了，我非罚你不可！"可小猫却还对着曹霭"喵喵"地叫着。

玥儿含笑对着小猫伸手喊道："玳瑁儿，快过来！"

猫儿急忙跳上玥儿的手，玥儿一把抱着小猫，用脸偎依着它道："玳瑁儿，玳瑁儿，连你今儿也有眼不识泰山了吧？那全身金晃晃的，晃得你也睁不开眼了吧？"

"你又来！"霁儿又要过去抓玥儿，玥儿笑着又要跑。

鹧鸪和双燕笑着忙解围，好不容易将早点摆上，可谁也不往桌边坐。

双燕一边给曹霁使眼色，一边道："小爷先坐过来吧，你是哥哥，哥哥一坐，妹妹就过来了。"

曹霁顺从地走到桌边，在他那一方坐好，但是，玥儿抱着小猫咪，还是不过来。

鹧鸪笑着忙道："姑娘快过来坐吧，粥都快凉了。"

玥儿靠在门旁，歪着脑袋看着小猫，道："玳瑁儿在这边还睁不开眼呢，谁还敢过去坐呢？"

众人一看，小猫果然眯缝着眼，一副睁不开的模样。鹧鸪不由得笑了起来，忙道：

"姑娘别取笑了，小爷今儿要去西府做客，哪能不穿新衣服呢？"

"哦——妹妹是嫌我这身新衣服啊……"曹霁边说边站起来就脱，"我历来就讨厌穿新衣服，这种金丝银线，硬邦邦的，更讨厌！要不是为了给妹妹买书，西府都不想去！"急得连扣子都不解，就想把衣服脱下来。

双燕忙过来为曹霁解扣儿，边解边道："慢点儿，慢点儿，别撕扯坏了。看你满头的汗，吃早点，原就该把外褂脱了。"

鹧鸪忙道："就要去西府拜寿了，姐姐！不脱也罢。"

曹霁忙解释道："老太太说了，要过了巳时才去呢。老爷说，西府今儿要留我们晚宴过了才许回来，所以老太太才叫晚点儿去的。"

说罢，双燕已为曹霁脱下了马褂，露出了络金丝起花大开衩银红箭袖，更显得俊秀夺人。他伸着手向玥儿走去：

"妹妹，总好来吃饭了吧？"

玥儿抱着猫咪靠着门，看到刚才这些事，没想到原是自己一句玩笑话，却惹得霁儿哥哥真急了。她看到双燕急忙帮他脱衣服，看到鹧鸪为自己圆场，如今，霁儿哥哥伸着手来拉自己了，却不知为什么，感到一阵委屈，刚才调皮的心情，不知跑到哪儿去了。

玥儿让霈儿拉到了桌边，鹂鸪接过小猫，送过手巾要他们擦手，和双燕一起安排他们吃早点。

曹霈胃口挺好，自己吃什么，也一定要给玥儿夹什么。可玥儿只顾把银勺儿在碗里搅和，难于往嘴里送。

鹂鸪一一看在眼里，她知道这时玥儿是不想吃的。因此，在霈儿要玥儿吃东西时，替玥儿找借口推脱开去。她怎么觉着，双燕今天也少言笑，透着不自在……

鹂鸪忽然被一种不祥兆头攫住，她想起李煦老爷的托付，她要保护玥儿，要使玥儿小姐欢乐起来。

这时，曹霈拿起一块椒盐如意酥，掰了一半放在嘴里，刚嚼了两口，忙将手中的另一半送到玥儿的小碟子里：

"吃吧，妹妹！今儿的如意酥，比往日的好吃！"

玥儿就像没听见似的，仍然用小勺儿在碗里慢慢搅和着。

鹂鸪猛地觉着，这半块"如意"酥，定要玥儿吃下去才好！这半块"如意"酥，没准儿就注定了小姐的命运。忙道：

"姑娘，快把这如意酥吃了，好给小爷看你要他看的东西呀！"

这话果然灵验，玥儿看了鹂鸪一眼，连着吃了两口银耳粥。

曹霈忙追问："妹妹要给我看什么？"

玥儿看着他不吭气儿。

鹂鸪忙催玥儿："姑娘，快把这如意酥吃了吧！"

玥儿还是只吃粥。

曹霈仍追问："给我看什么？妹妹！"

"你猜！"玥儿仍然看着他。

"书！"

"你就知道书！"玥儿低下眼睛，又吃了两口粥。

"嗨，嗨，看我这脑袋！不是书，不是书！要是书，妹妹就不会叫我猜了！"曹霈边说边打脑袋，把众人都逗乐了。

可鹂鸪却一心一意惦着那半块如意酥，她把小碟儿往玥儿面前挪挪："快吃吧，姑娘，这是你从小最爱吃的椒盐点心！"

玥儿放下碗，就手一推碟子，站起身来道："走吧，哥哥！我要给你看一样东西，可你得猜出我的谜儿，猜不出来可不给看。"

"遵命！"

二人接过双燕送来的手巾，擦了手就往里屋去了。

双燕过来收拾碗筷，鹂鸪一把将小碟儿拿在手中，看着双燕道：

"我一定要让姑娘把这半块'如意'酥吃了！"

双燕有点惶惑地看着她，但很快，就明白了鹂鸪的心意。

曹霑随玥儿进入房中，一眼就看到了放在梳妆台上的福建漆匣子，忙跑过去道：

"妈妈把这匣子送给妹妹了？"

"姨妈也有这样的匣子？"

"我向妈妈要了好几次，妈妈都不给我。没想到是留着送给妹妹的。该！该！"说着手舞足蹈起来。

玥儿不禁笑道："没见过哥哥这样的人，问还没问清楚呢，就自顾自地乐起来了。这匣子，就只你们家才有不成？"

"怎么？什么你家我家的！"

玥儿一字一字地道："不说你家我家说不清楚。这匣子是你姨妈送给我的！"

"我的姨妈给你的？"曹霑也一字一字地说，边说边琢磨，"还真搅和人呢……"琢磨了一会儿，才大声道，"这么说，是你妈给你的？"

"谢天谢地，可明白过来了！"

"姨妈也有这么一个匣子？真是和妈妈的一模一样，妹妹不信，我去拿来给你看！这回妈妈说什么也该送给我了！"说罢，就要往外跑。

玥儿一把拉住他道："看你急的！姨妈今儿也要去西府，等明儿再去拿吧！"

"还是妹妹说得对！"旋又回身道，"妹妹说要给我看的，就是这匣子？"

"亏你会想！谜还没猜呢，光是这匣子，都放在这儿了，还要你猜什么？"

"妹妹是要我猜这匣子里的东西？"

"这会子怎么又聪明起来了？"

"本来就不笨嘛！"曹霑得意地接着道，"请妹妹快出谜儿吧！"

玥儿略一沉吟，便念道：

　　下环不见上环见，

　　人间有时见双环。

　　有色横空空有色，

　　疑是云龙饮水来。

曹霑听罢玥儿念的谜儿，眼睛看着漆匣子，不禁抬起头来，问道：

"妹妹出的这谜儿，是要我猜这匣子里的东西？"

"莫非哥哥没听清？这匣子外面的东西，难道还要哥哥去猜？"

"可妹妹出的这谜儿，却与这匣子里面的东西连不上呀！"

"怎见得呢？"

"从谜面上说，这不明摆着是天上的东西吗？怎么会在匣子里呢？"

玥儿便知曹霑已经猜着了，只是与匣子里面连不上，眨着眼睛笑道：

"就在匣子里嘛！"

曹霑苦思一阵，猛道："匣子里是空的！"

玥儿见曹霑脸红红的样儿，便笑吟吟地拿出钥匙走到匣子面前道：

"猜不着就猜不着，何至于像关公呢？也用不着冤枉人家拿空匣子让你猜呀！"说罢，推开铜片，露出锁眼，翘着小拇指，将钥匙放进锁眼，灵巧地一转，便听咔嗒一声，盖子向上弹了开来。

曹霑忙伸头去看，只见匣内有一团光彩在闪烁，还没等他琢磨出是什么时，便见随着玥儿的手指，飞出一条彩虹来。

曹霑不觉倒吸了一口气，轻轻吐出"彩虹"二字来。

玥儿也轻轻应声："对啰！"随即托着帕子对曹霑道："这是妈妈留给我的霓虹帕！"

"送给我？"

"嗯！"

曹霑惊喜地伸出手来，真好像把一束彩虹捉到手里一般。他看过许多帕子，但见到这种随着阳光变换颜色的，还是第一次。不禁赞道：

"真是天上的宝贝！"

"这不是天上，是人间！"

"是！是！是人间的命根子！"

"真是没词儿了，这扯得上吗？"

曹霑忙道："那么，说像一束彩虹落到我的心坎上，总可以算得确切吧？……世上好多事物，本来就不是世上的言语能说得清的嘛！"

"这本来就叫作霓虹帕，你兜过来兜过去的，老半天也说不清。"

曹霑搭讪道："话是这么说，有的话，说重复也并不重复。比如，春江花月夜，这五个字就是不重之重。"

"就算你说得对，可是，虹本来就是由光、影、云而生的，这只能说是重而又重。我看，还不如说它像一种花，如洛阳花……"

玥儿尚未说完，曹霑忙接过去道："对了！就是牡丹花。牡丹有姚黄、魏紫、昆山夜光，还有墨绿……也可以说花呈七色，气象万千！"

玥儿用手羞他道："不是那个洛阳花。我说的是千瓣石竹。一朵花上能放出花光七色，可栽成花墩，又可铺成花路。我们苏州家中后花园里就栽得有，层层叠叠，真和彩虹一样。"

曹霑立即神往："好一个'花路'！过去，只知道北京有个'花之寺'，怎么竟不知道苏州还有个花之路呢？我去时既没见过，也没听人说过。妹妹，你怎么早不告诉我呢？"

"哥哥没听过的，还多着呢。你听说过，石上可以栽花吗？"

"听说过，那是石斛。"

"石斛能说是花吗？"

曹霑语塞，但又强说："还有石蒜。"

玥儿只得又用手来羞他。

曹霑想了一会儿，再说不出了，便央告道："那么，妹妹，请告诉愚兄，到底是什么能栽在石头上开花呢？"

玥儿含笑道："吉祥草，它……"

曹霑不依道："刚才我说草，你不认可，如今，你自己说的也是草。可见，原本就没有什么能栽在石头上开的花，都是你胡诌了来蒙我的。"

玥儿笑道："你总不把人家的话听完。吉祥草的名儿叫草，实在是花。如同菉竹，名字虽说是竹，可实是一种草。[1]"

"那你能说出吉祥草会开出什么花儿来？"

"会开出紫穗花，还能结出小红籽儿。所以叫吉祥草。它性忌风刀霜剑，遇水便能活，正因为如此，才叫它吉祥草呢。"

曹霑听了这个解释，眉开眼笑道："原来是这样！无怪乎古人说祥云吉雨来着。可见生和水是结了不解的缘分。有了水，石上也可以开花呢。"

玥儿揶揄道："这会子又故作解人了。方才，是谁憋得脸红一阵白一阵的？"

"那也是由于你！语焉不明。"

"事情再明白不过了，就是不管什么事儿，但凡碰到石头人身上，就再也说不清了！"玥儿说罢，抿嘴一笑。

曹霑看着玥儿微笑："这又说不圆了。吉祥草，遇到石头人也开花呀！妹妹别忘了，这可是你自己说的呢！"

玥儿一转脸："你只会歪缠！时候不早了，你也该走了。"

曹霑看看座钟道："还早呢，不过我还要到太姨那儿去一下。"低头看到手里的霁虹帕，心满意足道：

"多谢妹妹，有它在我身边，就是走到天涯海角，也不会忘了的！"说

---

[1] 晋代陆机，著《草木鸟兽虫鱼疏》、释《诗经》；菉竹猗猗，菉竹是草名。其茎叶似竹，青绿色，高数尺，今淇澳旁生此。

着，便将霓虹帕往怀里放。

玥儿听到"天涯海角"四字，猛然想起梦中情景，不知是喜是悲，怔怔地看着曹霑。

曹霑收好霓虹帕，双手在胸前拍实一下，便向玥儿告辞了。刚走到门口，又返回来叮嘱道："妹妹，今儿我回来得晚，你不用等我了。明儿一早，我就把买到的书送过来！"说完，这才轻声走了出去。

玥儿好像没听见似的，她看着曹霑走出去的背影，不由得向前追了两步，从心底里喊了一声："霑儿哥哥……"

鹧鸪端着那小碟里的半块如意酥，险些儿没有落到地上……

李芸略略吃了一点早饭，便命千江为她收拾画案。

千江看了一月一眼，心想，太小姐总有年把不作画了，今天的兴致还真高呢，便欢欢喜喜去收拾画案了。

李芸走近画案，略一沉吟，便提笔画将起来。

她画的是《秋风萧树图》。过去许多画家都画《秋风萧寺图》，这回她别有用意，丢开惯用的工笔，用写意的笔法，画出几株大树，高枝上架着一个鸟巢，下面站着三位老翁。这三位老翁都盯着鸟巢。树叶早已落尽，只有老翁衣袂飘飘。一位着绛色绨袍的，头上戴着风帽，雍容大方，器宇轩昂；身旁两位，也都气度潇逸，豁达开朗。在秋风里，他们仰视危巢。仿佛看到三人的家运一般，虽然没有笑貌，但也没有忧戚。看来三位老者，都是豁达有识之士，自会饱学《易经》的。《易经》上说过，行人走到林中，看见鸟巢着火，先笑后哭的道理，他们是会一清二楚的。所以，画中人都表露出一副看透一切的样子。

李芸大致勾勒出来，后退两步，端详了一会儿，觉着还要继续渲染一番，气韵才会充足，刚要去蘸笔，一月在旁劝道：

"太小姐，歇一会儿吧！"

千江急忙端上茶来。

"画完再歇！"李芸在笔洗中洗了笔，添上颜色，继续画将起来。

这幅画，全幅仅用赭石点染树干和石坡崖侧，青苔和近草都用花青缀点。三位老翁面前，有一道石板桥，桥下流泉奔涌回旋，远处飞霞一抹，真觉余韵流丹……

李芸手不停笔，几乎一气呵成。快要画完的时候，曹霑走了进来。李芸已经精疲力竭，但是，看到霑儿来了，却又精神起来。

曹霑本来是要找太姨讲爷爷的故事的，没想到进得门来，却看到太姨在作画，真是喜出望外，连忙跑过来观看。

他看到画上三位老人，毫无凡俗气味，只觉一股诗情扑面而来。从这画上的人物和周围的景色来看，便知太姨画的是何等样人了。

曹霑边看边在心中琢磨：太姨画得真是传神。这穿红袍的，一定是中散大夫了；这年轻一点的，必是向秀无疑。那么，剩下的这位高人，自非阮籍莫属了。曹霑看得眼明，憋不住，便手舞足蹈地说出三个人的名字来。

李芸一边收尾，一边点头微笑。

曹霑得意之余，又发奇想道：

"太姨，还可以画一幅《嵇康锻铁图》，还可以再画一幅《耻与魑魅争光图》，还可以画一幅《手挥五弦图》……"正说得起劲，忽然，又自下转语道，"呃，呃，太姨是画惯花鸟的，画这一类，兴许不顺手呢。"

李芸道："写意倒是非我所长。不过，这幅画，也可以说是顺手拈来呢。"

曹霑不禁拍手道："好一个顺手拈来！请太姨就此题诗作记，如此好画，岂可无诗？"

李芸沉吟道："我看过一本手抄诗稿，有位老贡生，叫作蒲留仙手写的。诗意倒和这画相符，只是调子沉重了些。虽说对景，也不忍题在上面。"

曹霑道："诗、画、景，这三样东西，虽说是一回事，但又不能看死。老贡生也会写出超过前人的好诗来。只要他不故意去作富贵诗，直抒胸怀，也能独步千古呢！"

李芸仍在沉思道："这样吧，我只用他的前半阕吧。"

曹霑忙道："那就请太姨题上吧！"

一月在旁道："小爷，让太小姐歇会子吧！太小姐忙了这一早起了。"

千江也道："太小姐一早起来，连茶还没喝一口呢。"

曹霑看着李芸："那……"

李芸轻轻摆手道："写完了再说。"便用卫夫人体，在画的右上角写道：

> 麻姑雀，乃在庭树梢，梢有枯枝，穿穴以为巢。朝朝衔饵哺其雏，鸣彼修条。夜大风，高楼角震动，瓦石为之飘。浊河崩决，鬼母嗷嗷。忽如天柱倾，枯枝断折落青霄，半挂墙角半树腰，仰面睨之如横桥。[1]

李芸写到这儿，看着画中树，便搁笔了。

曹霑不知下面原诗，看到太姨搁笔，不敢再问，便道：

"正对景！正对景！好诗，好诗！横桥用得好！"

李芸看了曹霑一眼，意味深长道："这个横桥，用得好是好，可是不好过呀……"

曹霑笑道："太姨对什么都要当真，这是别人的诗，拿来借景。古人也常有用别人的诗句，引申来使人看出更多的世态人情。本来讽喻人间百态，倒不一定句句道着本意呢。"

李芸又看了曹霑一眼，像是对他，又像是对自己道：

"有道是：覆巢之下，安有完卵！"

曹霑记得这句话，是孔融的小儿子说的，便道：

"太姨，那么，这幅画就题名《危巢图》好吧！"

李芸迟疑了一下："危巢图？"

---

[1] 此诗蒲松龄作于康熙二十年（1681年），时年四十二岁。原诗下半阕为"雀户乃下复，悬空在高高。小雀伸颈，目似擘椒。母欲往哺，无枝可搔。鸣无定息，意养难挠。树之上，树之下，徘徊跳掷，其声一何哓哓！来复去，其险终不能得度；既而翘首向穴，似宛转悲诉：'儿兮儿兮！生死凭儿数。今遭此大劫，尔母难以相顾！'"

曹霑道："危者，高也。张九龄的诗：'侧见双翠鸟，巢在三珠树。'[1]这树下三位高士，也可以称作三株树呢！"

李芸道："好！就依你！我倒想起，当年的巢父后人，偏要和曹家联宗呢！"[2]说罢，含笑看着霑儿，又道："曹、巢，一个像日出，一个像日落，想起来，真有意思！"

李芸题完了字，又亲自从抽屉里取出一件东西来。

曹霑看了，认出这是杭州曹三房独创的扇子。因为制作精巧，价钱昂贵，不少人用它，多半都是为了自诩高雅。没想到太姨在纨扇之外，还会有这种扇子，不免有些惊讶。

李芸拿着扇子告他道："这叫离合扇。是硖石何家首创的。这扇子左展则并，右展则分。就和做人一般，顺之则合，逆之则离。"

曹霑道："我只知其一，不知其二。我还以为是曹三房家首创的呢。请问太姨，怎么才算作顺逆呢？"

李芸沉思了一下，道："我一向不愿引经据典，但如今情景不同了，不妨引用江永老师常用的话。他引用《韩非子》外篇说：'夫瑟以小弦为大声，大弦为小声。虽诡其言以讽，然因足以知调瑟之法。'这话很有道理。"

曹霑听了，叫道："太姨这个典引得好！可以说使人终生受用不尽呢。"

李芸长出一口气道："我最不放心的，就是你们太小了，你们不能明白。"

曹霑道："能明白！太姨，这道理，我明白。年纪小，不是也可以明白大道理吗？"

李芸苦笑道："多说何益？你如今也不能明白。但愿今后，好自为之吧！"

曹霑觉得太姨总是想得太远，便安慰道："是！太姨，等我慢慢领会！"

---

[1] 张九龄，唐代韶州曲江人。开元中累官至平章事，他的感遇诗是继承阮嗣宗的。这是第四首中的两句，下面两句为："矫矫珍木巅，得无金丸惧。"

[2] 这话暗含的意思是：当年洗耳的巢父，竟然和皇帝的耳目曹家联起宗来，历史就是这样捉弄人。

李芸看了一下千江送过来的茶，慢慢道："世间事，本来没有什么离合、聚散，也不该有什么悲欢、圆缺。只是有时候，时辰出了参差，或者说，时辰对不上……"

曹霑听得似懂非懂，不假思索道："明白了！明白了！不见春兰秋菊吗？"

李芸笑着摸摸他的脑袋："但愿你明白！"

曹霑见太姨有些儿高兴了，就势撒欢道："太姨，这画就赐给我吧！我可以当作座右铭。古人云'危巢不居'，我时刻记在心上。"

李芸看着他，不置可否。

曹霑见有机可乘，伸手便将画卷起，边卷边道："太姨作画累了，该歇歇了。晚上回来，再来给太姨请安！"不等太姨回话，夹着画，便快步走了。

千江笑道："小爷生怕太小姐不给他，就像抢一样地跑了。"

李芸也不禁哑然失笑。

一月忙道："太小姐，快歇着吧！"

李芸长叹一声："是要歇着了，要歇着了……"

李芸虽然深居扫花别院，她早年从曹寅口中，已经明白"树倒猢狲散"这话的意蕴，不是凭空发牢骚，而是真情实况，早晚是要兑现的。如今，这一天终于来到了。她目前最担心的是玥儿，将来是霑儿。只要能救下他两个，便死而无憾了。可是怎么相救？这一直是最揪心的事。今天，她忽然觉着有了一线生机……"危巢不居"……是的！……何不作迁巢的打算呢？……

她知道汉府和香林寺，有条水路相通，她想起老皇上几次南巡时，曹府宅眷行香拜佛，都由府中旁门登舟，到寺前码头上岸；她记得离香林寺不远处，有一座小小的尼庵，只有三位尼姑主持香火……李芸决定带着玥儿到庵中暂避，兴许能躲过去。主意既定，便命一月、千江收拾些许日用行装，待明日告诉太夫人后，动身前往。

李芸做完这些事，和衣倒在榻上，不觉沉沉睡去。

第四十二章

云锦房抽丝系缕
夫子庙觅禁寻奇

曹霑随着曹頫到西府，又被老寿星拉着手儿端详、夸赞了好半天。太夫人坐在旁边，看出霑儿透着些不自在，忙道：

"老寿星也让咱们娘儿们搅和累了，该歇会子啰！快去吧，快到九公子书房去耍。就是别淘气，向小九哥哥多学着点儿。"

曹霑如得大赦一般，急忙向老寿星和太夫人施礼告退。走出花厅，便见双燕和拈花在等他。

双燕和拈花见他出来，便领他到厢房，为他换下礼服。

曹霑凑着双燕耳朵，低声道："我去小九爷书房点个卯，便去做我的事儿去了。"

拈花一边叠衣服，一边笑道："悄悄话儿也不是这个时候说的，双燕成天宠着你，别忘了我可是夫人身边的人呢！"

曹霑忙道："好姐姐，我就是和太姨说好了，趁来西府拜寿，去夫子庙买几本书，娘也是知道的。"

拈花撇嘴道："值得这么慌神吗？"微笑着走到门口，向外喊道："耕云在哪里？"

耕云急忙跑到门前侍立："小的在。"

拈花拿出一个小荷包，交给耕云道：

"这些碎银子，你带着。夫人吩咐，侍候好小爷。夫子庙那地方，你可是知道的。虽说咱们今儿要晚宴过后才回去，也还是要早点儿回来。免得老太太找小爷时，那就好瞧了。到时，也免得夫人惦着。"

耕云接过荷包，低头站着连声答应。

这时，姹紫抱着棠村，后面随着奶娘，丫头提着小食篮儿，从这里走过，问道：

"哟，你们这几个不去看戏？"

双燕忙道："给小爷换衣服呢。"

拈花瞅了姹紫一眼，忙道："快去吧，小爷！小九爷在书房一定等急了。"

曹霑答应着，便和耕云急忙走了。

曹霑和耕云出了西府后门，上了马，一前一后，在巷子里悠然自得地走了起来。

曹霑回头道："耕云，到织造署去转转。"

耕云抖抖缰绳，赶上几步道："小爷，这不上夫子庙吗？"

曹霑瞪了耕云一眼，耕云便不作声了，免得招来一顿剋，只在嗓子里咕噜出一个"是"字。默默将曹霑领到织造署，下了马，在门前堤岸柳树上把马拴好，引着曹霑从侧门掩进署中。

门房晋公公早过来给曹霑请安，并向耕云使眼色：小爷干什么来了？

耕云也用眼色回答，意思是说他也摸不清。但看晋公公的神气，知道曹家长辈没有人在这儿，便放心道：

"顺路过来瞧瞧，没什么事儿，不用张罗，公公请自便吧，连茶也不用端上来，我们马上就走的。"

公公乖觉，连声说："晓得！晓得！"

正说着，忽然王捷三闯了进来。

曹霑回避不及，只好上前向王大舅请安。

王捷三满脸堆笑道："原来是霑哥儿！"旋即变脸对耕云道："小爷不是随老太太、马夫人、老爷太太在西府拜寿吗？你小子怎么把小爷领到这儿来了？"

曹霑忙道："是我要他领来的，顺脚过来看看。"

王捷三又满脸堆笑道："哥儿长久不来了。还记得当年，舅舅抱你到机房，把你放在经线上坐着吗？"

曹霑顺口道："正是来看看机房。记得那时我还不知道什么叫作经纬呢。"

王捷三忙道："是呀！哥儿一年比一年大了，留心些经济世道，将来才能真正做个经天纬地的大人物呢。"

曹霑道："这倒不敢妄想，到机房看看是正经，过会儿就该回去了。"说罢，抬脚就走。

王捷三一把拉住，急问："哥儿回哪儿去？"

曹霑道："老爷吩咐，今儿要在西府晚宴过后才回家呢。"

王捷三放心笑道："去机房耍吧！"转头对耕云道，"侍候好小爷，别磕着碰着的。"

耕云应道："是！"急忙赶了几步，跟上曹霑。

曹霑拔脚出来，心想，原想从边门进来，免得碰见人，没想到，在这儿偏偏碰到王大舅。他冲了几步，快到去机房的甬道口时，看见立在甬道口旁的大石碑。记得上次来时，这石碑又高又大，如今自己竟和它差不多高了。便停下来，仔细看那碑文，原来都是给织工立的一些规矩。

耕云催道："小爷，您来要看什么，就快点看，夫子庙还没去逛呢。"

曹霑这才转过身来，问耕云道："你猜，我来看什么？"

耕云直不愣登看着他道："猜不着！"

曹霑作古正经道："前几天，我看了一本《星经》，上面有'梭尾'。所以我今儿要到机房来看看梭子，是不是和天上的梭星相像？还有支机石……"

耕云忍不住笑道："亏爷想得出。那就快去看吧。"

曹霑也笑了。

两人便匆匆走进甬道，向机房走去。

织工看他们进来，有的刚想停工，耕云连忙做手势，要他们不要停机。但所有的工头们，早已迎过来，垂手站立在两旁。

曹霑见了，有些心烦，稍稍和他们打了招呼，便走到一台老工人的织机旁边，停了下来。

艾艺老师傅正坐在织机下面抛梭子。坐在织机上面的金福师傅喊他道："看，老师傅，霑哥儿来了！"

艾艺老师傅知道有人来到织机旁边，仍照样干活儿，并不理会。听到金福告诉他是霑哥儿来了，由于曹霑长久不来了，一时还转不过来是谁，待他抬起头来看见曹霑，这才忙从机床下来道：

"是霑哥儿来了！都长这么高了！还记得小时候，要坐在我的经线上耍吗？"

曹霑有点难为情地笑了。

艾艺老师傅叹口气道："那时候，是多少根线啊！如今……咳！没想到，活计越做越抽条了！"

坐在织机上面的金福，连忙干咳了两声。艾艺老师傅横咽了一口唾沫，便不说下去了。脸色也随着沉了下来，老师傅憋不住，自言自语在嗓子里嘟囔：

"唉——！越做，越把手艺做丢了，我织了几十年，从来还没做过这么次的活儿。"

这时工头走了过来，艾艺老师傅默默坐进织机，和金福一上一下织了起来。

曹霑没有听懂他说什么，只是惊奇地看着上面的金福和下面的艾艺，这两位老师傅，既不说话，也不互看一眼，只是不停地操作。两个人织起来就像一个人，四只手就像一个人的一双手一样。

曹霑看惯了妇女刺绣，使用的绣针，比发丝还细。如今他看见两位老师傅，满脸皱纹，两眼眯着，双手黑黄，青筋暴起，在排得密密的粗线上操作。但是，织出来的锦缎却光彩夺目，银丝的底子，像天河一样倾泻下来……

耕云见曹霑看得入迷，便问道："小爷，看到天梭星了吗？"

曹霑答道："我看到房、心、尾三个星星，[1] 好像风筝，筝尾拖得那么老长老长……"

耕云听了，不觉愣住。他不知道曹霑这时正想到天上去了，又怕老织工们听了笑话，忙用别的话岔开道：

"小爷，您不是还要看支机石吗？"

曹霑应声道："支机石？其实是怕机床摇晃，用块石头来支着罢了。我要是张骞，才不带块没用的石头下来呢，我要把织女织的一段'天孙锦'带回到人间来。"

老织工和耕云听了，虽然没有完全听懂他说的意思，但是，把织女织的锦缎带到人间，是听懂了。艾艺老师傅开心地笑道：

"真有这一天就好了！宫里就不要我们这些笨手来织了。只要玉皇大帝发下'天孙锦'来就行！哈哈，那日子就好过啦……"

曹霑也笑道："可惜织女看不到老师傅的手艺，要是看到了，她也会佩服哩！"

大家听了，都哈哈大笑起来。

艾艺老师傅回过头来看着曹霑道："霑哥儿可长成了！"

耕云不由嘿嘿一笑，催曹霑道："小爷，这梭子也看过了，该走了！"

曹霑又抬头看，看这架高到屋顶的织机，看着坐在上面的金福师傅，和坐在下面的艾艺老师傅不停地操作，看见朵朵莲花在锦缎上一点点地突现出来，真有些流连忘返了。

耕云又催道："小爷，快走吧！"

曹霑这才转身走了出来。

---

[1] 房、心、尾，三星名。组合的光最强，形如风筝，筝尾绵延很长。

耕云侍候曹霑上了马，自己也跨上马，一前一后向夫子庙走去。

眼看前面要到桃叶渡，耕云急忙打马向前道："小爷，咱们跑一段可好？"

"好！"曹霑一夹马肚，抖开缰绳，便急驰起来。

耕云跟在后面，暗自得意：这回路过桃叶渡，总不至于又停下来呆看半天了。

谁知耕云还没想完呢，便见曹霑猛勒缰绳，使马回头，停在了桃叶渡。他一翻身，跳了下来。害得耕云都来不及下马去接他，不由抱怨道：

"我的爷，您要下马，也事先告诉小的一声呀！要是摔着了，可怎么交代？"

曹霑顺手将缰绳丢给耕云，一言不发，向桃叶渡口走去。

曹霑每到夫子庙，只要路过桃叶渡，便要停在这里，凭吊桃叶，观赏秦淮风光。他认为秦淮河的景致，数这儿最好。每走过这一带，当年王献之临渡作歌赠桃叶，桃叶作《团扇歌》相答之光景，就会浮现在眼前。那层层石级，虽然不知已经踏过多少人的脚印，但仍然引起他无限遐思。

这里是秦淮和青溪合流之处，每年桃泛秋汛，古人有急事要渡河，没能踏上石级，就被水冲走，丧生水底。唐代有个人发善心，在这儿曾造过一座桥。后来桥塌了，便有地方士绅设官渡船，每天在这儿伸手敛过河钱，说是敛到一个时候，便造大石桥。但是，不管收了多久的过河钱，也没见重建大石桥。为了这，人们再也不敢张罗重建桃叶渡桥了。

今天，曹霑全然没有想到这些。他想到的是，桃叶早已不在了。但她映在水里的影子，踏在石级上的脚印，浮在水面的歌声，仍然清晰宛在，似乎永远不会消逝。这到底是什么缘故？他弄不清楚。每回来到桃叶渡，他望着秦淮河，都有些难解的迷惘。这回，他也依旧带着这种心情，慢慢离开。

耕云跟在他后面，一声不吭，他深知曹霑脾气：这时最好连大气儿也别出，由着他去。过一会儿，他自会忘了，又被什么别的新鲜事儿捉住，就会活蹦欢跳起来。

曹霑独自往前走，耕云牵着两匹马，默默在后面跟。

忽然，一家玉器店的门联，闯进了曹霑的眼帘，好像是破题儿第一遭，才见到过一般。

这个作坊不大，但做的工，都是绝活儿。曹霑念了一遍那门联上的句子：

试玉须烧三日满，

辨材可要七年期。

不由自忖说："自古金陵就是龙盘虎踞之地，果然名不虚传。就看这副对联，已是不同凡笔，难怪各行各业的手艺，做出的活儿来，都能超凡入圣呢。"

又走过一个巷口，映入眼帘的，却是一张墨迹未干的招牌。只见上面写道：

毗陵女士沈琼枝，精工刺绣，写扇作诗。寓王府堂手帕巷内，赐顾者，幸认明毗陵沈招牌便是。

"毗陵""刺绣""作诗"，这几个字在曹霑眼前发亮。但他随即想到，月露园的绣片，纹绣的绣活儿，都是求之不得的精巧活计，和沈之璠的名气可以媲美，哪用得着打招幌来叫卖呢？又不是卖酒，一定是个不起眼的，便回头看了耕云一眼。

耕云明白了，立即将马拉上前来，侍候曹霑上了马，直奔夫子庙而去。

夫子庙前原来只有古董摊和旧书摊，以后越来越热闹，从摔跤卖艺、十样杂耍、茶馆酒楼，到卖布、丝、瓷、茶等，应有尽有。

这儿本是五方杂处的地方，到处南腔北调，车马喧哗。从秦淮河文德桥那边画舫上，还传来阵阵笙歌。桨声、橹声，掺杂着吆喝声，一刻也安静不下来。

曹霑翻身下马，耕云找了一家熟识的店铺，把马拴了起来。

曹霑多日不曾出门，看到夫子庙前种种，顿觉耳目一新，竟觉《两京赋》中的情景，活现在眼前，不禁意旷神驰。

他正看得眼花缭乱，忽然见到一处有个标杆高高竖起，上面飘着一面狼牙旗，旗上还画着七星，下面被看热闹的人围得水泄不通。

曹霑正要挤进去，被拴马回来的耕云一把拉住道：

"小爷，这儿可不能挤进去，挤进去就出不来了。"又撇嘴道，"在这儿耍把戏的，都没真本事，只会说粗话，骗铜钱！"

"那也要进去看看！"曹霑甩开耕云，够着够着往人堆里挤。

耕云一边围护曹霑，一边嘟囔："这儿就不是爷来的地方，快走吧，要惹出闲话来可吃不住。"

曹霑只当没听见，被圈子里的新奇吸引着，直往里去；从那猴儿穿戴着朝服官帽，到那大把式吞火吐剑；从那紧锣密鼓、车轮般的筋斗，到那埋在土中，又坐起来的江湖术士……有的他是第一次看到，有的却是听过多次的熟套陈词。但是，这一切都使他看呆了。

耕云急得直冒汗，想起双燕嘱咐的话，忙道："小爷不是要买书吗？咱们快去逛书肆吧，夫子庙这么多人，不早点去，书肆的好书，也先被别人给买去了。"

此话果然灵验，曹霑想起买书，忙与耕云挤出人群。

曹霑来到书肆，对古画字帖，倒不大翻弄，但对古书新书，都要翻弄翻弄，对那些巾箱本、新刻本，更是留意。

书肆主人秦好古，从眼镜上面看到一位如花似玉的公子进到铺子里，便忙迎上前来招呼，并把架上的冷货取下来，一一给他看。

秦好古一面用掸子轻轻掸着，一面向曹霑介绍：这是宋版的，那是元版的，这是从文渊阁散出来的，那是季沧苇的印记，还有项元汴的手稿、信札……凑到曹霑耳边低声道：

"爷跑遍全城，也找不到比这再好的了。"

曹霑到书肆，都是自己翻书，不管冷货热门，不管新版旧刻，不管奇书秘籍，只要一眼看中，便收购下来。他一面听着秦好古喋喋不休的游说，一面搜索自己想买的书本。

秦好古见他顺手将什么《山海经》《吴西蚕略》《荔枝谱》《古今秘苑》《白

雪遗音》《古今名医名言录》《新镌状元谱》《九皋相经》《金闻书业堂册》《花镜》等杂乱无章的书，取下交给小厮，不由纳闷起来：做了半辈子书肆买卖，还没见过这么不晓事的购书人。

秦好古随在曹霑身边，揣摩了半天，也没摸到他的所好。转动了一下脑筋，忽然有了一个好主意，忙到后面小库，取出一本薄薄的小书来，摆在了曹霑面前。

《游仙窟》三个字，立即映入曹霑眼帘。他想，《开元天宝遗事》里的"游仙枕"，怎么也有人把它敷衍成篇了？便不在意，又去翻别的书；可是，分明是《游仙窟》，不是《游仙枕》，又忙转回来，翻看这本书。

秦好古猜到他的心思，凑上前道：

"这《游仙窟》是东洋船上带过来的。爷看这棉纸就知道了。这是高丽棉纸。"

曹霑顺手翻了一下，点点头，就算买下了。

秦好古道："这书，咱们已经没有了。可是那边还保存着。带过这一本可不容易，价钱要这个数。"说着，把手掌伸了开来，举给曹霑看。

曹霑点头道："一起算好了。"

耕云插嘴道："这么薄的一本小书，要五文钱，也太贵了点儿。"

秦好古瞪大眼睛道："五文钱？"

耕云也瞪大眼睛道："怎么，莫非还要五十文？"

秦好古看了看仍在挑书的曹霑，微笑道：

"五十文？你小子也真是有眼不识金镶玉了。这本书，总督衙门大少爷看过了，叫这几天就送过去。"

耕云不耐烦道："得，得，送去就不属你的了，一文也得不到！别卖关子了，爷赏你五文钱，就算你的造化了。"

秦好古道："这书是三年前从东洋人手里买下的。这东洋人要价倒不高，可把我这干书肆买卖的馋坏了。最后，是四百八十文成交，保存了三年。今天见你家少爷爱书，是位行家，这才拿出来献宝。天地良心，给五百文保本，少一文也不行。"

耕云听了，气得嚷道："我看你要吃人啰！"

曹霑闻声回头："嚷什么？"

耕云气急败坏道："小爷，这么一本小破书，这老头儿要五百文，这不存心坑人吗？"

曹霑喝住耕云道："五百文就五百文吧。嚷什么？"

秦好古心中有了底，顺手又抽出一部书，迎上前去道：

"这儿还有'名教中人'著的《好逑传》，也算得上是一部奇书呢。"

曹霑听见"名教中人"四个字，就觉讨厌。嘟嚷道："什么'名教中人'编次，不信他能编派出什么好书来。"

秦好古不放道："哎，那不过是障眼法罢了，说不定还是位大方家手笔哩，爷听我念他一段《踏莎行》，就知道他这'名教'二字，作何解释了。"

曹霑把书从秦好古手中拿过来，只见那曲《踏莎行》是：

> 仇既难忘，恩须急报。招嫌只为如花貌。谁知白璧不生瑕，任他染杀难成皂。
>
> 至性无他，慧心有窍。孤行决不将人靠。漫言明烛大纲常，坐怀也是真名教。

曹霑看罢，有几分吃惊，抬头对秦好古道："这书我要了，今天就挑到这儿吧，我也累了。"

秦好古见这位公子要走，忙又顺手取下一册装帧精美的书道："爷，这是刚刚高价收进的曹公楝亭精刻《琴趣》，朱印本，是送给陈其年大人的。"

曹霑本无意再买，但一听是祖父精刻的书，又是送给陈其年大人的，不由伸出双手捧了过来，想起太夫人告诉他祖父和陈其年的故事，更加爱不释手。耕云在旁听说，忙道："这不是老太……"曹霑急用眼色制止，并道："好好收起，都要了。"

秦好古高兴不迭忙道："小店承爷大驾光临，真是蓬荜生辉。请爷指定个地址，凡碰到好书，都即时给爷送去。合意的，爷就留下；不合意的，随时退回，没说的。"

耕云忍不住，接茬道："这回吃着肥的了。可我们小爷有个脾气，从不叫人送书，就是喜欢自己动手来挑。别人送去的，都是按照时兴口味，就和《小题正鹄》一样，谁爱看？"

曹霑又气又笑，连忙喝住耕云。

秦好古只当没听见，忙道："那么，我派人把书送到府上，银子多会儿算都行。"

曹霑道："今天带着银子哩，就算吧，以后要没带银子，就记账。"

耕云道："小爷歇歇吧！我这就和他算。"

秦好古听了，急忙取出算盘，加码算清。耕云龇牙咧嘴付清了银子，抱着一摞书，随着曹霑走了出来。

秦好古眼巴巴看着曹霑走远，心想：这金陵城内的公子，不说都认识，也认个八九不离十，怎么这样一位爱书不爱钱的主顾，连个姓儿也不知道呢……

曹霑从书肆走出来，见夫子庙前地摊一个接一个，不管男女老幼，都在地摊旁转来转去。曹霑看到一个地摊上摆满了各式各样木雕和竹编制品，精巧可人，便要耕云买几样带回去。

耕云笑道："我的爷，这些都是做饭用的家什，家家都有的，不是什么稀罕物儿，咱们汉府厨房里，比这精致贵重得多呢，再说咱们汉府的小丫头，编的那篮儿，哪一个也比这儿的强。等回去，我给爷拿几件来。买这儿的干什么？白花钱。"

曹霑根本不听他的，亲自拿了两个黄杨木碗儿，想着自己可以在上面刻花、刻字，一个送给玥儿，一个留给自己。

耕云道："这种木碗，活像讨饭瓢，既不好看，又不顶用，爷尽拣吃力不讨好的事儿来做。"

曹霑还是稀罕地买了两只小个儿的木碗。随后，又要耕云买些他认为玥儿没见过的东西，如一支一支的鸡距，用碗量着卖的山楂果儿、小红酸枣儿……

耕云暗笑道:"我的小爷,这些东西,都是那吃不起正经果子,买了哄孩子的,又酸又涩,谁也不会吃它的,白忙活儿。回到府上,连丢它的地方都没有。"

可是,曹霑还是买了。耕云一边付钱,一边道:"我倒有个主意,明儿回禀老太太,索性在夫子庙旁边赁一间房,作为爷的小库,把买来的东西,存放在里面,也省得把这些无用的东西,费心巴力地往汉府倒腾。"

曹霑早已走到前面,看见有个新立的秋兴棚,棚外挂着红、白两球,门口一副对联,把他吸引了过去。只见写的是:

胜局振翼鸣雷鼓,

败阵突围走蛟龙。

这里是一个斗蟋蟀赌棚,出入的都是一些世家子弟、清客、镖客、花花公子们……

曹霑刚想进去,耕云在后面气急败坏地喊道:"小爷,这里可真是不能进去!爷要进去了,小的回去没法交代!"

曹霑看耕云急了,也未免有几分犹豫起来。

这时,忽见人群往一个方向跑去。耕云忙贴紧曹霑站着,要他不要动,拉住一个过路小子问明白。原来,西府老太君祝寿,派人到夫子庙前放生池里"放生"来了。

西府老太君逢整寿放生,总是分天上飞的、水里游的、地上走的三种。

地上走的,花样不多,都是些野兔、松鼠等小玩意儿。天上飞的,样数就多了,分门别类,装了九九八十一笼,里面装着鸽子、麻雀、画眉、八哥、百灵、鹦鹉……不计其数。运到这儿来放生,飞回山林。

最惹人注目的,是水里游的。据说,每到西府老太君寿诞这一天,前朝皇后放生的大金龟,也要把头伸到水面来露一露,供千百游人瞻仰一下。

曹霑也要赶去看热闹。

耕云背着马褡子，装着曹霑买的书和物件，只想早点上马回去。但想到寿诞放生是正经事，要不领着小爷去看，说不定回去还要挨老太太一通训呢。因此，便引着曹霑往放生池那边走去。

到了放生池，见人们围得里三层、外三层的，只听见人群里不时迸出一阵阵喝彩声。

耕云眼明手快，瞅着石栏杆抱柱那里，可以挤进去。就一把将曹霑托了上去，要曹霑抱着柱子坐在石栏杆上，可以看个仔细。

这时，水面上果然伸出一个偌大的乌龟头来，绒砣砣地发着绿色，张开嘴吧嗒了两下，随即翻了一个个儿，像个滚车辁辘似的，又没入水中去了，人群中，又发出一阵欢呼声。

曹霑知道，这就是传说当年那位皇后放生的大乌龟了。

接着，便是西府的家人们和小沙弥在一起，把大大小小的绿毛龟、大团鱼、七星鱼、金鲤鱼、银鲫子……各式各样水里生的，往池子里放。

人群中不时爆发出欢呼声、惊叹声和啧啧声。

曹霑看得差不多了，便连忙从人群中退下，耕云伴着他拣人稀的地方，走了出来。

在一棵大树下面，一群野孩子正在捉鸟。捉到了，便到旁边几个鸟贩子那里去领钱。

鸟贩子把鸟儿关进笼子里，笑嘻嘻地喊道：

"哎——！有借福借寿的吗？图个吉利，趁着今儿买雀放生，功德无量！功德无量！"

耕云爱鸟，对曹霑道："小爷，要是碰着合意的，买两只好的，交给乌衣养着，跟咱们汉府的合在一起，乌衣大爷会喜欢的。"

曹霑道："这才叫煞风景呢，要买，何必趁今天？这些鸟儿，刚刚出了西府的笼子，却又被关进鸟贩的笼子；咱们去买了来，再关进汉府的笼子……也真够可怜了。"

耕云道："人们都说，买了西府放生的鸟儿，就是带着福寿还家呢！"

曹霑冷笑道："放屁！不管谁家放生的鸟儿，人家买去，都是这么说。

依我看，这些鸟儿不放生还好过点儿。如今一会儿放，一会儿关；鸟儿一会儿欢喜，一会儿憋屈，折腾到了，还免不了是人们桌上一盘菜呢……"

耕云听了，心里也觉着不是滋味了。心想：小爷这会儿倒好像比谁都明白似的。为什么方才买书时，偏偏露出那么一股糊涂劲头来。

耕云看天色将晚，便对曹霑道："小爷，时候不早了，回去吧！"

曹霑瞪了他一眼，心想，难道他真的要说：咱们也该回笼里去了？真该死！

第四十三章

风刀霜剑花空好
骨冷魂飞月自沉

中午，兰香觑着府中家人开饭时光，便挟着包袱，往扫花别院而来。

她一面走，一面打量四周，偌大个汉府，才走了几个主人和随行的下人，怎么就显得像压根儿没人似的冷清。她原先编好的应付盘问的话儿，也都用不着了。

一进扫花别院，便听得一个声音说道：

"姐姐怎么偏在饭口上来，必是到我们这儿赶嘴来了吧？可惜我们已经吃过了。"

随着声音，便见妙音、散花二人迎了出来。

兰香诧异道："两位姐姐从哪儿看见我来了？怎么光听到声音，见不到人呢？"

散花道："亏你还是夫人身边的呢，连咱们扫花别院的诀窍都不知道。"

兰香问道："什么诀窍？"

妙音忙拉着兰香往里走，把话岔开道："姐姐今儿怎么没随夫人到西府去？"

兰香道："这不，派我到这儿来了。再说，去西府，夫人身边有拈花姐姐也行了。老太太有话：摆谱也别挑在这时候摆呀！"

大家都笑了。

散花看见兰香挟着一大包东西，指着问道："这是什么？又给我们太小姐送什么稀罕物儿来了？"

兰香笑道："太小姐什么稀罕物儿没有？还用着夫人送吗？"随即放低声音道：

"是给玥儿小姐送冬衣来的。本来应该告诉太太到大库去拿，可夫人说，自己箱子早年没做的料子，放着也是放着，清出几段，叫我趁空儿送来。"

散花道："什么样的好料子？我们也见识见识。"

兰香将包袱放在桌上道："有几段特艳的，夫人说以后再用，光选了这几段清雅的。"

散花手快，便来打开包袱。妙音看到包袱角上用黑缎子镶银丝做的如意头，那么妥帖自如，赞美道：

"这包袱角儿，兰香姐姐，是你做的活儿吧？"

兰香道："我哪儿有这手艺，这是夫人娘家带来的。当年，夫人娘家老太夫人请了苏州有名的高手，到家来做的，做了三十二块包袱皮儿……"

散花惊讶道："这么多包袱皮儿，费这么多功夫？"

兰香道："夫人姐儿俩，有一半儿是妹妹的，就是玥儿小姐的妈妈。夫人说她们姐儿俩在家里，什么都是一色一样，长得也像。夫人说她明明是大两岁，外边也还硬传说她俩是双胞儿呢。"

妙音看到包袱角上一根丝绦连着的撇棍儿，也赞不绝口。

兰香道："你们看看，这撇子是个什么？"

妙音道："是个玛瑙鱼儿呗。"

兰香道："对了！"指着包袱角上的如意和撇子道，"当初，是取吉祥如意、喜庆有余的意思。可是……"

散花不由叹了口气道："有谁不想好呢？可夫人……"

兰香道："都是老天爷不长眼……"猛地想起下面的话不吉利，连忙停住了。

妙音打开包袱，散花拿出料子，铺开，便见湖蓝缎底上，朵朵白牡丹在开放。不禁欢叫道："真好看！配上玥儿小姐的脸儿，就更美了！"

兰香道："这段银红的，才更好看呢。"

三人翻着、看着，啧啧称赞不已。

千江进来，见到兰香，忙打招呼："原来是稀客光临！你们三个唧唧咯咯说什么呢？有什么新鲜事儿，也让我见识见识。"

兰香忙站起道："千江姐姐，快引我给太小姐请安去。"

千江笑道："我不来，你也没说要给太小姐请安，我刚进来，你就借个词儿要走了。"

兰香不依道："就你会冤枉人！碰见散花、妙音两位姐姐，能不说一会儿话吗？要不，我早就给太小姐请安去了。"

说着，众人又笑了一阵。

千江道："幸亏你没去呢，今儿，太小姐兴致来了，忙了一上午，画了一张画，还被霔哥儿抢走了。刚吃了点儿粥，和衣在榻上睡着了。我和一月姐姐连大气儿都不敢出。这阵子，太小姐总是睡不好，这会儿能睡一觉，也真不容易。"

兰香忙捂着嘴道："哎呀，我说话的声儿高了吧？"

散花道："隔着一进屋子呢，听不见的。"

千江指着桌上打开的包袱，问道："这……？"

兰香用手指指后面道："是夫人要我送来给玥儿小姐的。"

千江道："那咱们一块进去吧。"

散花和妙音忙将包袱包起，交给兰香。

兰香道："两位姐姐也一起到后边去吧！"

散花笑道："我们俩可不能到后边去。"

兰香听话音，也明白了。

妙音忙道："我们还有事呢，姐姐待会儿出来的时候，咱们再说会子话儿。"

兰香挟着包袱，便和千江往里去了。刚走到游廊下面，一股花香，扑鼻而来。

兰香道:"千江姐姐,你们这儿真成了仙境了。"

千江道:"可不,你也没想想,住在这儿的,是什么样人儿?别人可配?"

兰香道:"咱们霈哥儿可配呢!"

千江笑而不语。走尽游廊,轻声对兰香道:"你去停云亭吧,一会儿来找你。"说罢,便和兰香分手到书房去了。

兰香下了游廊,绕过池边的假山和竹林,便看到停云亭的回栏。

四周静悄悄的,只有两只丹顶鹤在池塘边漫步。兰香刚上台阶,鹧鸪便迎了出来,拉着她的手问夫人好,问她和拈花好。知道她是来给玥儿送衣料,忙迎进外屋,轻声招呼她坐下,送上香茶。

兰香向屋里努嘴,悄声道:"小姐?"

鹧鸪笑道:"画画呢。"

兰香轻轻走到房门口,向里望去。

只见玥儿穿着水红软缎便装,秀发披在背后,腰上松松扎了一根白丝绦儿,手上拿着笔,倚在椅背上,正打量桌上的画儿。随即,她将笔在砚台上舔了两下,便在画上题起字来。

兰香轻叹一声,回头对鹧鸪道:"没见过这玉雕般的人儿,她就是一幅画,还要她画什么呀?"

鹧鸪道:"只怕世上还没有这等大手笔能画得出呢。"

玥儿听到门口有人说话,回过头来见是兰香,高兴道:"兰香姐姐好!姨妈来了?"

兰香道:"小姐好!夫人去西府了,要我送料子来为小姐做冬衣的。"

玥儿有点儿不自在道:"怎么姨妈也去西府了?"

这时,千江也来了。和鹧鸪、兰香一起走进屋内,看见玥儿画的画,忙走近桌边细看道:"小姐这花儿画得真好!"

兰香看了道:"像是小蝴蝶儿在飞。"

鹧鸪道:"姑娘画的就是蝴蝶花儿。"

兰香看了一眼画儿，又看了一眼玥儿的脸庞儿，笑道："这画儿可画活了……"

大家都笑了。

千江常看李芸在画上题诗，这时，看到玥儿在画上题的两句诗："舞带轻盈晓露滋，非花非雪梦中姿。"觉得似乎未完，便问道：

"小姐，这画上的诗，还没题完吧？"

玥儿应道："嗯！下面那两句，等霈儿哥哥回来题。"

兰香笑道："这就考我们霈哥儿的学问了。"

鹂鸹笑道："小爷可难不住。不过总是让着妹妹罢了。"

兰香道："姐姐就别客气了，夫人早告诉我们了，小姐也是才冠苏州呢。夫人就仗着小姐，来改咱们霈哥儿的怪脾气呢。"

千江笑道："往常，霈哥儿脾气也真怪，自从搬进扫花别院，可改多了。"

兰香道："这都是小姐和姐姐来了，这才叫天赐……！"兰香又觉着说走了嘴，用手猛地把嘴堵住，忙又找补道："这才叫添诗助韵，可说是诗画双绝呢。"

鹂鸹和千江不由对看一眼，看到玥儿并未发觉，千江忙道：

"小姐该歇晌了，我们外屋去吧。"

鹂鸹也道："姐姐们外屋坐，我安排姑娘歇着就来。"

千江和兰香答应着走出去了。

玥儿道："别动我桌上的画儿，等哥哥回来，看他怎么说。"

鹂鸹答应着，侍候玥儿躺下，又换了一支安息香，便轻轻走了出来。

兰香道："这衣服料子还没给小姐过目呢。"

鹂鸹道："我们小姐从不问这些，你做什么，她就穿什么。"说着，过来打开包袱时，不由愣住了，望着兰香道，"这包袱皮儿怎么和我们带来的一样呢？连这玛瑙撇子都一样。"

兰香笑着解释了一遍，鹂鸹打开包袱，不由忍住一阵心酸，连忙用话岔开道："夫人想得真周到。这里比家里还疼她。小姐六岁上，就没了妈妈，直到如今，才落到亲人疼她了。"

兰香问道："小姐还想苏州吗？"

鹩鸪道："能不想吗？几次问我，多会儿回去呢！她想爷爷了，还说爷爷也一定想她了。小姐至今，还不知道苏州的事呢。"说着，眼圈又红了。

千江安慰道："小姐还小，等过一二年再告诉她也不迟。在这儿，有老太太、太小姐、夫人疼她，比在苏州还强呢。"

鹩鸪道："说的可也是。我们老太爷要知道小姐在这儿的这般光景，也更放心了。"

三个丫鬟在一起，又说了一会子话儿，壁上的自鸣钟打点了，兰香忙起身道：

"都未时了，我得到小膳房取银耳去，去晚了，傅贵家的不在，就麻烦了。"

千江也起身道："我也要到前边去了，太小姐没准醒了。"

鹩鸪送走兰香和千江，看着送来的衣料，想着自己昨天还为玥儿旧有的衣服小了发愁呢，眼圈儿禁不住又红了起来……

兰香走出扫花别院，穿过花园，直往东南角小膳房走去。

迎面遇到王夫人屋里的丫鬟竹屏。

兰香笑着招呼道："姐姐没随太太去西府呀？"

竹屏冷笑道："这样的好事，多会儿能轮到我了？我们这号人，天生下来就是干那摸不着边儿的活儿的。"

兰香道："院里那么多嬷嬷丫头，莫非还要姐姐干这干那的？"

竹屏怨气冲天道："舅奶奶昨天晌午来，要我领着两个小丫头敲核桃……"

兰香笑道："敲核桃有啥好埋怨的？"

竹屏道："敲核桃是没有什么可埋怨的，可舅奶奶要的这核桃仁儿，'个别'！"

"怎么'个别'？"

"得整个的！还得把核桃仁外面的软皮儿剥了，剥完皮儿，还得是整个的。一颗一颗象牙雕似的，圆啾啾的，好看是真好看，可把我们折腾苦了。你看看我的手指头！"伸出手给兰香看。

兰香见竹屏十个手指都泡白泡皱了，同情道："这真是个细巧活儿。舅奶奶要整个的做什么用？"

"说是老爷和舅老爷用的药引子。吃汤药之前，吃这么七颗整核桃，就能治病，强壮身体。我心里话儿：剥那么整干什么？放进嘴里一嚼，还不是烂了？核桃剥得个儿再整，总得嚼烂才能往下咽呀。谁知小丫头才说了一句，就被舅奶奶一嘴巴打过去，说：不剥整个的，怎么知道吃下去是整个的呢？又怎么知道是吃了七个呢？……"竹屏叹了口气，又接着道，"从昨天晌午，一直剥到今儿早晨，总算剥完了这一篮子。舅奶奶早起见了，总算说了一声好。还说，太太他们去西府了，没什么事儿了，就透透地睡一天吧，我把小丫头们打发去睡了，舅奶奶还拉着我一起到花园绕了一圈，折了好些桂花，提着一篮整个的核桃仁儿回去了。这不，我刚送走舅奶奶回来。"

"你也赶快睡去吧，一宿没睡可不好过。"

竹屏叹气道："唉——！有什么法子……"回自己屋里去了。

兰香急忙往小膳房走去。还没到呢，忽然听见小膳房里传出吆五喝六、猜拳行令的声音。

兰香诧异起来，脚底下也放慢了，越走近，越听得清，只听得傅贵家的尖笑的声音：

"喝吧，喝吧！这是给皇上上贡的，今儿不灌饱了，明儿就再也吃不上了……"

又听到一个男人的声音道："酒库的钥匙，就挂在嫂子扣襻儿上，多会想喝，只要喊声嫂子就行了……哈哈……"

兰香没想到竟会遇着这种事情。主子不在，他们竟这等放肆。不由停下来思量：这时候，自己去找傅贵家的领银耳，岂不揭了他们的底？……但又想去看看，除了傅贵家的，还有些什么人？

兰香刚想迈步，又怕被别人看见，犹豫了一会儿，便转身走了。

戌初时分，一只小官船，靠拢了汉府花园旁门。只见一个一身青衣的汉子，领着两个黑衣小厮，抬着一乘小轿，上岸后，便往旁门而来。

旁门"咿呀"一声，从内开了。

青衣汉子领着这乘小轿，如入无人之境，直奔扫花别院而去。

乌衣吃罢晚饭，装了一袋烟，便到园子里转转。来到棟亭时，忽然觉着有什么东西在小道上晃悠。

乌衣觑睐着两眼四看，从树干的间隙中，看见有几个黑影儿，飞快地在小道上行走。他不信自己双眼，怕是老眼昏花，看差了，便急步从树丛中窜到小道上去，果然，看到三个黑衣人和一乘小轿，往里急走。

乌衣在后面大声问道："谁？干什么的？"

没想这一大声问，这帮黑东西不但不停住，反而走得更快了。

乌衣觉着不妙，摸摸靴腰里面的腿匕子，还在里面，便放心了。快步追上去喊道：

"干什么的？快停下！停下！"

青衣汉子闻声回头，见一老汉，忙对抬轿小厮道："快！别理这老不死的！"

乌衣见他们不停，反而加快了脚步，直奔扫花别院。他气急败坏，从斜刺小路追上去，直到扫花别院门前，才将这乘小轿当头拦住。厉声问道：

"你们哪儿来的？想干什么？"

青衣汉子见乌衣虽老，但气势不凡，因而赔笑道：

"我们是苏州李府，派来接李玥小姐回去的！"

这句话，如同炸雷。

乌衣是曹府三代亲信老家人，早就知道李煦革职抄家、押解京城、听候发落，李玥小姐藏入汉府。如今竟来小轿，冒名舅老太爷要接玥儿小姐，看来，藏玥儿于府中之事，已然败露了。

乌衣强自镇定，大声道："一派胡言！这里是江宁织造府，哪有什么李玥小姐？你走错门儿了，快出去！"

青衣汉子冷笑道："你是什么人？今日织造府的主子都不在，你竟敢阻拦苏州李老太爷来接孙小姐的轿子！"回头对二小厮喊道，"抬轿进去接人，快！"

两个小厮刚把轿子抬起，乌衣一个箭步过来，用手压住，大吼道：

"反了你们哪！可知道这是什么地方吗？老皇上御笔亲赐的匾，还挂在厅堂呢，不让你们磕响头，就算便宜你们啦，快给我滚出去！滚！滚！"

青衣汉子看看四周，天已然在黑下来了，心中横竖有底。原打算手到擒来，没想到，突然杀出这么个老汉来，看那倔强模样儿，还得费点口舌呢，因道：

"李老太爷得了重病，急于要见孙小姐李玥一面，晚了怕见不着了，让我们进去吧！"对小厮喊道，"走！进去接人！快！"

二小厮抬起轿子要往里闯。

乌衣当门拦住大喊："来人哪！来人哪！有了强盗啦！"

声音向四方散去，却不见有任何回音。

这时，只见从扫花别院跑出妙音来，她一把拉住乌衣道：

"乌衣大爷，这可怎么好？怎么好？……"

乌衣忙道："快！快去门上，叫人来！叫傅贵来，叫朱斌来！叫家丁们来，把这三个强盗抓起来！快去！"

妙音答应着，慌忙向东南方向跑去。

青衣汉子冷笑道："老看家狗，识相点，闪开！"

乌衣怒吼："瞎了你的狗眼！有你乌衣大爷在，你休想跨进这道门！"说罢，两手叉腰，两脚分开，当门挺立。

青衣汉子是个镖客出身，压根儿没将乌衣老人看在眼里，走过去就伸手一拽，没想到，乌衣像生了根一样，竟拽不动。

青衣汉子恼羞成怒，使出全副把式，便和乌衣厮打起来……

李芸吃过药，从未时睡到戌初，睁开眼了，还不想起来。

一月笑道："太小姐这一觉睡得真好，身都不曾翻一下。"

李芸舒展一下身子，坐起来微笑道：

"这一觉可真睡到头了，天都快黑了。"

千江托着漆盘，送上晚饭，正往桌上放，便见散花神色慌张、面容惨白跑了进来。她上气不接下气道：

"太小姐，大事不好了！外面来了一乘小轿，说是来接玥儿小姐的，乌衣大爷正拦着呢！"

李芸看着散花，惊问："什么？"

散花又清清楚楚地说了一遍。

一月和千江听了，都愣在那里，慌得不知如何是好。

李芸冷笑道："没想到竟来得如此之快！"稍一沉吟，忙道：

"千江，快去告诉鹧鸪，马上带玥儿到后面山洞躲藏。你告诉她，她就知道了，她自会安排的。"

"是！"千江急忙往后走去。

李芸又将千江叫回叮嘱道："你先把鹧鸪叫出来告诉她，千万不要吓着玥儿。"

"明白了！"千江飞也似的跑了出去。

李芸对散花道："你速去前面，找、找……"她原本想要散花去找曹頫，猛然想起今天汉府主事之人都到西府去了，李芸立即明白过来，脸色发白，改口要散花到扫花别院门前去，告诉乌衣，不用阻拦，让他们进来！

散花惊诧道："让他们进来？"

李芸道："让他们进来！"

散花哭道："太小姐，来者不善哪……"

李芸冷笑道："善者也不来了。快去吧！"

散花迟疑了一下，只得硬着头皮往前边走去。

李芸随即命一月点灯。

一月惊魂未定，犹豫道："太小姐，这灯不要点了吧？"

李芸道："天已经黑了，怎能不点灯？点，把屋里的灯，全都点上！"

一月只得将灯一一点燃，李芸屋内顿时通明透亮。

"把纸铺好！"

一月不知李芸作何打算，只得在书桌前将文房四宝都备好。

"取那张琴来。"

一月不由愣住:"太小姐,那张琴,燕子都在上面作了窝了,怎好取下来呢?"

"取下来吧!长久不抚了,今天,也该抚一抚了……"

一月只好遵命,刚把那燕窝轻轻取下,泪水随即打在燕窝上面。她把窝儿放在茶几上,把琴拂拭干净,放在琴台上,便立在一旁看着李芸。

李芸微笑道:"点香!"

一月又照例焚上一炉香。

李芸若无其事地走至桌前,用当年曹寅写的词牌:《貂裘换酒》,提笔写下一首词来:

雪树飞琼鹭,烟花明,步摇凤虿。通衢顿阻。锦幛珠帘连笑语。越女吴侬无数。踏尽了胭泥脂土。车水马龙说不得,姐妹们,携手河桥处。也听过太平鼓。

白梨红杏齐喷吐。古到今,喜圆恨缺迎来三五。才到中天偏西去,谁管嫦娥还舞。早转过朱门绮户。烛影衣痕香未尽,树倒猢狲语,犹闻诉。琴逆断,泪续谱。

旋即在镜前整了一下刚才睡觉起来稍微有点儿蓬松的发髻,坐在琴凳上,双手抚起琴弦。

李芸重又弹起了《广陵散》,此情此景,使她全副情思都倾注在曲中。

这琴音,像水沫迸飞,像珠落玉盘,随之又像万松呼啸,撼天动地;忽而又似琴弦俱裂,声息皆无;可是,接着又像风卷狂涛,飞鸿展翼,寒蛩宵鸣,落叶临风……变化莫测,动人心魄。仿佛云也为之窥窗,月也要为之坠泪似的……

散花急步走至院门,找不见妙音,只见乌衣和那汉子扑打。她在门前停下,极盼乌衣大爷能将这汉子打跑,玥儿小姐就得救了。

正在这时，乌衣大爷一个踉跄，摔倒在地，青衣汉子扑上前正要下手，散花急忙跳过去阻拦，大叫一声："住手！"

青衣汉子忽见来了一个道姑似的姑娘，不由愣住了。

乌衣倒在地，一阵晕眩，急道："散花姑娘，快躲开，让我收拾他们！"

散花扶着乌衣道："乌衣大爷，不要打了。太小姐要大爷放他们进去。"

"放他们进去？"乌衣不信自己的耳朵。

这时，一股高亢激昂的琴音传了出来，使外面的人都惊呆了。

乌衣听了，不禁老泪横流，对散花道：

"这，这是一曲《广陵散》啊……"

青衣汉子对二小厮道："什么龟苓散，该吃顺气丸了！快抬起轿子随我进去！"瞅冷子，便闯进了扫花别院。

乌衣挣扎着爬不起来，五内俱焚，叫道："散花姑娘，不能，不能让这帮强盗进去啊！……"

散花扶不起来乌衣，无助地哭喊："天哪！谁来救救我们啊！……"

青衣汉子和二小厮抬着小轿，进了扫花别院，绕过照壁，不知该往哪里走。

青衣汉子不禁捏着把汗。旁门，花园，小道，扫花别院大门，都心中有数。可这院内模样如何，却不摸底。

这时，一阵更高的琴音，从游廊后面传出，顺着琴音，青衣汉子看到里面的厅房，通明透亮，琴音便是由此传出。于是，掏出凶器，要二小厮放下轿子，随他直奔亮处而去。

一月和千江，沉浸在李芸琴声之中，以至外面来人也听不见了。就在青衣汉子等三人走到门口的时候，"咔"的一声，琴弦断了。

李芸如梦初醒，将手轻轻放下道："请进来吧！"

青衣汉子和二小厮闻声见状，不由倒吸一口气，立在门前，呆若木鸡：

此情、此景，如此绝色，在人间，别说没见过，就连想，也想不出，简直不敢仰视……

青衣汉子不禁想到，怪不得赖保费这么大气力，再费上千倍、万倍的气力，也值啊！

李芸不慌不忙，问道："你们是苏州老太爷派来接我的吗？"

青衣汉子忙请安道："是！小姐！老太爷病了，急于见小姐一面，所以连夜派小的赶来接小姐回府上去。"

李芸吩咐千江领青衣汉子等三人到外面喝茶稍候，自己安顿一下就走。

一月和千江，至此才明白了李芸点灯抚琴的用意。待千江领走三人后，一月止不住泪流满面，跪倒在李芸脚前，轻声道：

"太，太不该了！小姐，这，这可不能去呀！……"

李芸伸手扶起一月，低声急道："好妹妹，如今不是哭的时候。我走后，你们要把事情禀报太夫人和夫人，为什么偏偏在今天出了这样的祸事？要照顾好霝儿和玥儿……"说到此，李芸也不免呜咽起来："只要能救下他俩，我也无怨了！……我走后，这里也不是你们的久留之地，好自为之吧！"说罢，转身便往外走去。

一月哭着跟在李芸身后道："我跟小姐一起走！也好有人照顾小姐。"

李芸回身郑重道："切不可节外生枝。白搭了你们不说，谁也救不下，连我也白送了。好妹妹，要明大义呀！"随即命令道，"去！为我掌灯，送我上轿！"

一月肝肠寸断，点上灯笼，照着李芸走了出来。灯影一颤一颤的；照着李芸的影儿，也一摇一摇的。

青衣汉子和二小厮见李芸出来，急忙起立随在李芸身后，向外走去。

李芸走出游廊，见一乘小轿停在照壁旁，便命小厮将轿子抬过来，从容和一月、千江告别后，上轿坐稳，便命上路。

青衣汉子急忙答应，命二小厮抬轿快走。

一月和千江追在后面，不禁哭出声来。一月想起李芸的嘱托，连连大呼：

"玥儿小姐，玥儿小姐你可一路保重啊……"

这时，散花才将乌衣扶起，见到一乘小轿抬了出来，乌衣气急败坏，大喊一声："不能走！"便扑了过去，又被青衣汉子一拳打倒在地。

老乌衣再也爬不起来，眼巴巴看着小轿被抬走，呼天抢地喊道："人呢？这汉府的人呢？都死绝了啊！……"

妙音好不容易找到了傅贵，正要说有强盗来抢玥儿的时候，猛然想起玥儿藏在扫花别院，是死也不能泄露出去的，因而便告诉傅贵，有强盗从花园后门进来抢东西了。傅贵带信不信地喊了几个家丁，待走到扫花别院门前时，四周静悄悄的，丝毫不像发生什么事故的模样。

傅贵问道："妙音姑娘，强盗在哪儿呢？"

妙音看看四周，也觉着蹊跷道："刚才，就是在这块儿嚷嚷要进扫花别院的。……"

傅贵看看扫花别院门里，什么动静都没有，便道："姑娘眼睛看岔了吧？园子这么大，不先踩了路子，有进无出，哪能此刻就溜得无影无踪了呢！再说，扫花别院没你们太小姐的吩咐，谁也不能进去的，谁吃了豹子胆，敢到咱们汉府后花园来抢东西？"

说罢，转身对众家丁道："回去吧，别再推牌九了，一会儿老太太、老爷太太就要回来了。"

"喳！"众家丁随着傅贵，摇摇摆摆地走了。

妙音失神地愣在那里。

第四十四章

横塘路桨声已渺
三生愿梦影犹酣

太夫人强自镇定，含泪听罢一月、千江、妙音、散花的禀报，当机立断：

命鹧鸪扮成李芸，天明前，即以去香林寺进香为名，转入香林寺后山深处之水月庵暂住。

玥儿冒充散花，和一月、千江、妙音随去侍候。先遮过府中众多耳目，再作道理。

命王升派心腹沿青溪河追踪载李芸所乘之船，随时回报动静。

命王升亲自找汤兴，安排玥儿去处。她在汉府是无法再住下去了。

最后，命紫箫和散花，会同双燕，设法瞒住曹霑，就说李舅太爷有恙，派人连夜将太姨和玥儿妹妹接回苏州了。待舅太爷康复，即回汉府。千万不能引起霑儿旧病复发。

吩咐既毕，环视曹颙、王夫人、马夫人："你们看如何？"

曹颙忙起立道："老太太英明！遵照母亲指示去办，是万无一失的。"

马夫人早已哭得泪人儿一般，只有点头答应的份儿，什么话也说不出来了。

王夫人心想：太小姐在灯光烛影之中，竟能冒充玥儿给抓去，这帮人也忒糊涂了，光抓到个美人儿就作数了；可到天明，总会知道的，虽说哑子吃黄连，没法再来行抢了，但，只怕太小姐这个烈性人儿，不但救不了玥儿，反而白白断送了自己……这些话，一时不便说出口，便站起身来回道：

"老太太说得极是。事到如今，这也是命中注定，无可挽回的了。万望老太太万福全安，就是全家的福分了！"

太夫人随即起身，由明珠、琥珀扶着，亲自到花房探视乌衣老家人，着实慰勉一番。回到萱瑞堂东边寝室时，不觉两腿发软，浑身无力，被明珠、琥珀扶着躺到榻上，禁不住泪如雨下，脉也微了，全屋人又都慌了神儿。

曹頫恭贺圣功折子，获得当今褒奖，连忙又把江南蝗灾因连得大雨有所好转情况，详细上奏。但皇上朱批却与前回大不相同，怀疑他报喜不报忧。继而得知上谕，着内务府总管查库存纱变色事；又将自己所辖承造马鞍、撒袋刀等饰件，改由广储司铸造……种种迹象，又使得曹頫犹如热锅蚂蚁一般，坐卧不宁起来。

在上奏恭请万岁圣安折后，得知朱批：今后诸事只能向十三王子怡贤亲王允祥阿哥禀报、请示，实在是皇上将自己交与十三阿哥了。幸喜允祥清廉公正，又得皇上信任，这才稍稍放心了些。

曹頫喘息稍定，送贡品进京回来后，便想出一条开脱自己的妙计来。他想奉献一笔"议罪钱"，借此，兴许能博得皇上欢心，也未可知。

但是，眼下手头没有现银，要是派人四处张罗，又恐有人暗中诬告他借机勒索。他把这个主意和王夫人说了。

王夫人反说他是花钱买罪受：

"这不明摆着吗？要是皇上不知道'鳇鱼'的味道，也就不要它作贡品了。如果今年献了，明年还得献，越献越勤，皇上就觉着你手底还宽裕得很呢，也就越忘不了你。……其实，咱家自来就是个空瓢儿，雕花的葫芦，只能作蛐蛐罐儿，四门八关都靠不上。"

曹頫长吁了一口气，觉着夫人说得对。接着又叹了一口气，仿佛对自己说道：

"可是，怎么撑过这险滩呢？我这支篙杆，已经撑不住了……我们还得安上四梁四柱，才能有好日子过啊！"

王夫人道："幸亏老太太同意哥哥去北京，你可算添了一双臂膀。不然，你自个儿，可跳不了这个'双加官'哩。"

曹頫叹道："可惜捷三没有功名，他要是个捐班，就能折腾开了。"

王夫人笑道："老爷怎么只知其一，不知其二呢？正因为哥哥没有功名，才能不显山，不露水，不留把柄给人家。你没见李鼎表哥，就是没有功名，所以报销名册上没有他吗？要不然，就不会像目前这样，还能东奔西走呢。"

曹頫眼睛一亮道："有理！捷三有这个方便，倒是真的。可是……如今市面人心浮动，织户手眼多端，事情本已不及应付；再加有人从中布置机关，事情就更不好办了。皇上要找我的不是，我是有口难辩的。坐等不行，还得讨皇上舒心，才能万无一失。这，怕他就拿不上手了。"

王夫人沉吟一下，道："有一条道儿，就怕你不走。"

曹頫坐直起来道："天啊，只要走得通，叫我从井底钻过去，我也钻！"

"这也无须你费什么手脚。你且俯耳过来。"

曹頫忙将耳朵侧过来，王夫人在他耳边低低说着，曹頫连连称妙。听罢，这才满脸喜气，换了衣服，匆匆出门而去。

……

过不了几天，横塘来消息说，蚕户王文隆家，出了奇闻：万蚕同织一幅丝锦，长五尺八寸，宽二尺三寸，迎着阳光看去，便有"天子万年"四字显示出来，全是天然成就，没有丝毫人工迹象。

每年，凡是有关蚕丝的传说，不管是奇闻，还是喜讯，都是先到织造府。这次亦不例外。曹家上下人等闻讯，就纷纷议论开来：这真是百年不遇的大喜事儿。

曹頫听说，连忙会同地方官吏，亲到横塘查看属实，没有半点虚伪作假之处，这才放胆奏闻。这么一来，从南京到北京，家家赞叹，个个称奇，居然还上了《邸报》。

王大臣得悉，都纷纷上表称贺。

雍正素来不信祥瑞祸殃的征兆，但这事出自蚕户农家，况且万蚕同织，岂能容人调度行事。览奏之余，不觉龙颜大悦，随即亲自降谕道：

上天赐福，黎庶衣食充盈，乃朕心所谓祥瑞也，钦此。

曹𫖯得了这道圣谕，真是喜出望外。在织造署正厅，立了香案，跪接上谕之后，连忙回到府中，向太夫人报喜。

自从汉府进来无名小轿，抬走李芸后，太夫人虽然做了许多安排，但曹门家运，已经随着老皇上驾崩，就像断了线的风筝一般，难免飘摇不定了，得请示平郡王妃早日指出一条道儿才行。曹𫖯自己是不能去的，脂砚在京成日为王爷们奔忙，也腾不开手，如今只得劳王大舅辛苦一趟了。曹寅这一支，人手太单薄，眼下更露相了。

今天，蚕户中突然有了这等大喜事，真给太夫人带来了一副“清凉剂”，压在心头的一块大石头，总算暂时落了地，舒出一口气来。但愿不失良机，能扭转乾坤才好。

曹𫖯辞了太夫人，回到屋里，见着王夫人，就是一揖到底。

王夫人笑而不答，只撇着嘴告诉他说，在北京的四喜，已经有喜了。

曹𫖯笑着说：“这都是托太太洪福！”但转而一想，连忙改口道，“托夫人的洪福，出的好点子，只要赢得皇上欢心，我家运道还是会来的。”

王夫人笑道：“这回你可以说，捞到了续命符，用不着我再回娘家去搬了。[1]”

曹𫖯大笑了起来。

王夫人接着道：“这回，皇上要宽了你的限，你还可匀出些工夫来，清理清理苏州这块宝地。当年明太祖以为把沈万三的聚宝盆端走了，这皇上绝没想到他家马厩底下还埋着一个呢。”

[1] 满人风俗，嫁出去的女儿，婆家有急需，可回娘家搬取浮财。除房地产外，皆可讨索。

曹𫖳忙道："幸亏夫人提醒，正是王恺家厕中也能掏出珊瑚来！……只是，舅太爷和咱家一样，也是个空瓢啊……"

茶上人曹颙的胞兄曹颉，一直住在西城荷包巷。曹颉的三儿子曹霏，娶了王夫人远房姐姐的女儿文苓为妻。北京有句土话，叫作八竿子打不着的亲戚，就在个"走"字上。要走动就亲，不走动就疏。自从文苓嫁过来，两家走动得勤快起来，这时，内外人等，就更说两家本来就是亲上加亲呢！

自从雍正元年，曹𫖳进京面圣回南后，遵照王夫人嘱咐，便将廊下人曹霏和文苓两口子接到前海宅子帮着照应。因为如夫人四喜门第不高，别说操持整个宅子，就是她自己本房的事儿，也做不了主。曹霏两口子，就不在话下了，手疾眼快，嘴稳心灵，真是天生一对，地配一双。

王夫人琢磨：曹霏是老爷亲侄儿，文苓是自己堂外甥女儿，趁这个机会，将他们接来前海宅子，只要文苓施展得开，有所作为，便可以在北京先扎下根。如今，姨娘四喜有孕，还不知是男是女，有文苓帮助张罗，也就放心了。

王捷三奉太夫人命，进京首先请示了平郡王妃，领了旨意，便来前海找曹霏、文苓商量，如何搬家，如何安置，以便迎太夫人一行先行到京。

曹霏到叔叔曹颉那儿打听消息去了，文苓恭迎舅舅。

王捷三传谕福晋指示：要早日接太夫人来京，务必做到，不但不使太夫人感到委屈，反比在南还觉风光才行。

文苓听了，眯着两眼一转道："在京房屋，只有通州房子盖得宽绰、讲究，地近张家湾，自家开设的当铺，就在跟前儿，浮支挪用，也都方便。地方官儿更会巴结逢迎，老太太倒可以纳福省心。可有一桩，那儿也只能避暑消闲，绝非久居长住之所。鲜鱼口的房屋，过于憋窄，到前门外看戏、南顶烧香、三月三逛蟠桃宫，到那儿落个脚倒行。咱们这儿前海正宅，要是南京的家，全搬过来，便显得不够了。蒜市口房子倒有，只是不够安静，福晋指示，万般都要可老太太心意，就更难料理得开了。"

这位外甥女的一席话，把王捷三都听呆了。果然名不虚传，模样儿风流俊俏，自不消说，聪明才智也高人一等，怪不得堂姐不愿将她嫁出去，自己要有这么个闺女，也得找个上上的主儿，才能出手呢。

王捷三听罢文苓这番话，才透过一口气来，问道："那么，依你说，该怎么办呢？"

文苓眯着眼又一转道："这儿倒明摆着有一桩便宜，就看咱们在这个节骨眼儿，能攒得起不？"

王捷三听了，忙道："事到如今，没什么攒不攒得起的事儿，只要想周全了，俗话说得好，蚂蚁还能背动蚂蚱呢，这就看事情怎么个背法儿了。"

文苓微微一笑，不慌不忙道："其实，这事儿说来也很平常。舅舅，您可忘了，咱们这前海宅子，不就紧紧挨着罗王府吗？两两相邻，就隔着一道大墙缝儿。"

王捷三道："那有什么用？这园子早废了。偌大个园子，废这么久了，又说是其中不安静，'长安多大宅，日暮多悲风'。我是不敢去住，除非胆子有料斗大的才行。要不然，说什么也空不到今天。"

文苓笑道："哎呀，舅舅，我姨还说您是位'智多星'呢。今儿怎么啦？连这扇门儿也打不开了。"

王捷三道："不是舅舅打不开，这座园子可不一般，罗王是今上最得意的。又是蒙古王，要另眼看待。换一个主儿，就不行了。不说'违制'，也要落个'僭越'。谁敢伸着脖颈去挨刀？"

文苓道："这不关咱们事儿。舅舅，这园子如今可刚刚修整一新了，您可知道？"

王捷三惊诧道："怎么回事儿？"

文苓道："原来，说是小罗王要进京，须长住京报效，就赶七赶八地修得和刚盖得时一般。没想到，小王爷是个生身子[1]。皇上得知，谕旨：'命他还是在阿拉善常驻，着毋庸进京可也。'所以，罗王府就又白贴了一层金。"

---

[1] 生身子，就是没有出过痘的人的通称。当时迷信，口头上避免说"天花""出痘"等字眼儿。

王捷三听了，这才明白过来道："呃，你是说，咱府上去借住，老太太来了，把老太太一行人等安顿到里面，免得房子空着？"

文苓抿着嘴道："唔——！房子就得有人住。再好的房子，空久了也坏得快。何况，咱家和老王爷还沾着亲呢。"

王捷三道："可惜罗王大福晋早早归天了，如今这庶福晋是不是会点头，还很难说哩。"

文苓道："这事儿包在我身上。说句不好听的话，王爷这么大岁数了，就是小王爷天花过了，谁也不敢保住，还会不会有个三长两短。我做事从来胆大妄为，只要咱们盘算定了，就可以进宫找'尚衣正'姑姑去说，总会有个八九不离十的。"

王捷三沉吟了一下道："反正王爷是不会亲自来住了，生身子要成熟身子，也不是人意能够作成的。何况年岁越大越悬乎呢。……借房子这事，我看也好办。只要咱们随时弄来一些稀奇罕见的玩意儿，打点打点，堵住他的嘴。哄到老太太百年之后，黄金入柜了，谁还去管它有什么变动？也没什么作难的地方了。"

文苓道："舅舅说的是，就这么着吧，宫里我去定盘。打点、安排，就得请舅舅费心了。谁让赶在这个点儿上了呢？只要大家合力，渡过这一关，还是会有好日子过的。如今有难同当，以后是有福同享。怎么样？舅舅胆儿也大了吧？"

王捷三大笑道："人多火力旺。何况我们还有位状元郎呢。霈哥儿就是一颗镇宅星。"

正说着，曹霈回来了。他向舅舅请了安，便道："我从茶上来，顺便就到刘铁嘴那儿起了一课。"

文苓瞪了他一眼："又去白花银子听鬼话！"回头对王捷三道，"没耽搁了我们的事儿。"

曹霈笑道："这一课，花多少银子也值得！他说，咱曹家还有五百年的运道呢。"

文苓冷笑道："五百年？"她心里忽然一动道，"今年是雍正几年？常言道，江山五百年一转。我是什么都不信的人，我也不怕死了进拔舌地狱。大清是不是会支撑到五百年？我们曹家发迹，从太爷算起，也不过四五代。谁管它那么长远？先顾个眼前欢要紧。那些个好听话，只当是猪尿泡里的气儿吧……"文苓只顾顺嘴，把这些说不得的话，竟说了出来，这时才后悔，连脸上的小小浅白麻子，也红了。

王捷三听了，倒没在意，反而笑起来道："眼前，府上指望大得很。只要霮哥儿能走上一步棋，曹家的家运，何止五百年啊……"

文苓随口念着："霮哥儿，霮哥儿，独占鳌头也是占，独占，也是这个占。就看占什么吧。听说我们这位宝贝兄弟，哪座山他都肯上，偏是红顶山，他不上。"

王捷三道："霮哥儿有的是好棋可走，只是缺少个好提调。"

文苓眉毛一扬："此话怎讲？"

王捷三道："霮哥儿生下来就是一副金身，只看这座菩萨怎么塑了。"

曹霈道："听说我们这位兄弟，已经让老太太惯得不像样了，还怎么个塑法？"

文苓又瞪了一眼曹霈，转过来对王捷三道："舅舅，您是咱王家人，比我们更关心曹家的前程，眼睛更明，心地更亮。凭您说，霮哥儿应该怎么走？"

王捷三道："这不明摆着吗？首先两个字儿：'特荫'，这是要看当今的高兴了。其次两个字儿：'科场'，这和马上拾金一般，手到擒来。这殿后两个字儿：'结亲'，这要看攀上什么亲戚了。这六个字儿，都得有人调理他。在你们小辈面前，我破个老脸，打个不该打的比方，你们瞧，上驷院的好马，不是都得有个好师傅带着，才能成为皇上的坐骑吗？"

文苓不由咯咯笑出声来道："是了，舅舅是说，得有个专心专意调理他的人才行。可是，'科场'，没他的份儿，舅舅莫非忘了？"

王捷三道："正是这个！霮哥儿什么都不缺，唯独缺少这一门儿。一味地宠着他，没人能管教他，恕我说句没边儿的话，其实是害了他！倒不如早用一根红绳把他拴上，这个人参果才跑不了哩。[1]"

曹霏道："舅舅说得极是。到了这儿，是住在皇帝脚底下，可比不得在南方了……"

文苓心下有了主意，嘴角含着一丝微笑，换了话题，轻声道："老太太心和明镜一般，谁也比不了。我们当晚辈的，连个缝儿也钻不开的时候，老太太一把钥匙，轻轻就开了。这不是明摆着的事儿吗？这回，老太太别人不派在这个坎儿上，偏偏派舅舅出山。这件大事落在您身上，就是托靠您了。只要舅舅这次把事儿办妥帖了，今后什么事儿都要恭请'八卦仙衣'来哩！[2]"

王捷三寻思了一下，拉长声音道："话是这么说，做起来可难免要横生枝节。曹家的事儿，既是火盆，又是冰窖。没有点真功夫，是伸不出手的。"

文苓道："这就是舅舅的高明处了。凭我这个做板凳的料儿，还得做梁柁，就指望舅舅来助一臂之力了。帮着您外甥女度过这个坎儿，咱们大家都忘不了您的好处呢。"

王捷三笑道："舅舅是个人微言轻、无斤无两的人，只要遇到伯乐，赴汤蹈火，是从不含糊的……"

这时，丫鬟桃红走进来道："三奶奶，四喜姨娘家侄女儿从宝坻来了，请示奶奶，是往哪儿安置？"

文苓眉头微微一皱，停顿了一下。王捷三站起来道：

"就这样吧，我先去走动走动，蹚蹚路子，需要打点什么的，再来商量。"

文苓和曹霏也随着站起来，文苓道："福晋姑姑吩咐抓紧着点儿，这事儿，做成了，神仙还不知道，这就做到家了。要是全城都传开了，这就反而不美了。"

---

[1] 关东传说，人参常变成一个红孩儿出来玩耍。如果遇到一个识货的，用一条红绳拴住它，就可以挖着老山参了。红绳，是双关语，也作要成婚解。

[2] 八卦仙衣，即指诸葛亮。

王捷三忙道："明白！明白！"

文苓看着曹霑道："送舅舅！"

曹霑送王捷三刚走出去，文苓对桃红道：

"不该回话的时候，偏要回！怎么就没那个记性呢？"

桃红道："已经到了好一会儿了，在门房坐着，没奶奶的示下，不敢往四喜姨娘和方二娘屋里带。"

文苓瞪着眼道："别放你娘的屁了！四喜姨娘的侄女、方二娘的孙女儿来了，不往她们屋里领，莫非还放到我屋里来不成？快领进去吧，看看缺什么，先给补齐了。我得闲了，就去看她。"

桃红问道："按什么份儿呀？"

文苓没好气道："你瞅着办吧，这事儿也要来问我，牛粪马粪，我管不着！"

桃红停了一下，只好走出去了。

王捷三从曹府出来，便到钱庄老板司会那里去打商量。

首先，要给看房太监送份大礼。同时，还要请文书代写一份禀帖，说是：

> 罗王宅府庭苑，修整已毕，如无人住进，闲置太久，难免狐鼠伤害、房屋毁坏，年年修补，赔累何堪！果真无人管理，难免有闲杂人等把园中浮物盗出、卖尽，实在不堪设想。现有北来贵亲，虽说是暂住，实是代管，岂不两全其美。曹家目前有些困难，在这当口，甚望加以援手，一旦转机，涌泉之报，自意中事耳！

王捷三素来在禀帖上恰有功夫，都用白话夹着蒙语，说得情理兼顾，头头是道。文苓又到宫中找"尚衣正"姑姑，给罗王福晋递了话儿，老王爷原本就不想进京，小王爷虽说极愿到京城来耍，可又进不得城。再加庶福晋的娘家，不愿女儿离开阿拉善旗，福晋本人也不想离开娘家太远，所以，太监的禀帖一到，王爷就答应下来了。

这件事，飞快定盘，使曹家上下人等，都觉得是个好安排，掉了个铜盘，拾得个金盏。可见曹家还是有曹家的造化。

……

江宁织造阖府，知道平郡王妃要接太夫人一行北上，又知道能搬进紧挨前海宅子的罗王府，觉着如同天造地设一般，只见大，不见小，都喜气洋洋忙着为太夫人一行收拾行装。

汉府，除留下曹颓夫妇这一支人马，及看管庭院、库房可靠老家人外，太夫人、马夫人、曹霑和各自的贴身心腹丫鬟、嬷嬷们，都一律进京。看样子，这次是打算长住京城了。因此，上下人等，都要做一番安排，整个汉府就像开了锅一样。

自从曹霑在西府拜寿、陪老太君看戏直至凌晨归来，惊悉李煦舅公病重，差人连夜将太姨和玥儿妹妹接去苏州后，心中总不踏实，整日闷闷不乐，任什么也提不起他的兴致来。

如今，天塌下来，太夫人都不怕，就怕霑儿犯病。幸好李煦革职抄家，霑儿并不知晓，这次才能骗得住他。太夫人又命紫箫会同双燕，好说歹说，将霑儿搬回萱瑞堂西屋，在太夫人眼皮底下，天天着双燕察言观色，随时禀报，这才稍稍放心一些儿。

这天，曹霑去大书房，老师还没有来，便见庄有恭的孙子庄春荣，正对着西府小九爷谈得眉飞色舞。

小九爷见曹霑来了，忙喊道：

"曹霑，快来听听，秦淮河上一桩艳闻。"

曹霑只得走过去问道："什么艳闻？"

庄春荣素来怕曹霑打破砂锅问到底，嘴下一点儿不留情。因而收敛道：

"也没什么。前些天，我不是请假到扬州姨妈家去了吗？去的那天，船行到利涉桥时，见岸上围了许多人，河里船只也横七竖八行不通了。我要船夫靠岸，命小厮上岸去打听，出了什么事儿。一会儿，小厮回来说，天刚亮，秦淮河和青溪河会流的地方，发现了一具女尸，漂在水上打转转儿，既不沉下去，也不漂走。脸上蒙了一层轻纱，面不改色，模样儿别提多俏了。岸上人都说，不知是哪家大宅门子的小姐，遭强盗劫持，誓死不从，便投河自尽了。可是，直到目前，也没听说过有哪家大宅门出了事哩！奇就奇在这个地方了。"

曹霑问道："秦淮河和青溪河会流的地方，不就是桃叶渡吗？"

庄春荣道："正是那块儿。小厮说，把这具女尸打捞上岸的时候，她手里还紧紧攥着一串佛珠呢。任凭谁去掰，都掰不开她的手，拿不下来。"

曹霑大声道："怎么能去掰她的手？岂有此理！"

小九爷忙问："你看见了吗？"

庄春荣道："家母嘱咐我，人多的地方不要去。我怎敢违抗母命？我只是立在船头观看。"

曹霑问道："后来呢？"

庄春荣道："当时有位看热闹的士子，看了有感，还口占一首诗呢。"

曹霑听了，急问："你可记得？快告诉我！"言下深悔自己未能亲临其境。

庄春荣知道曹霑的脾气，不说出来，他也不依。幸好那诗是套用前人的句子，容易记住，便吟道：

> 何当渌水含瑶粉，
> 更有微波托玉衾。
> 未洗人间篁竹苦，
> 桃根桃叶泪斑深。

曹霑知道这是套用空同先生[1]的诗，觉得还过得去，不免引起了悲戚之感，顿发奇想：既想知道这女儿为何寻死，又想这吟诗的士子，虽非天才，但在今世，也值得一见呢。便问道：

---

[1] 空同先生，是李梦阳号。他作有《湘妃怨》，此诗显然脱胎于彼。

"这吟诗的士子呢？"

庄春荣道："这时，突然来了一个老家人，带着几个小子，抬着一副棺材，将这女尸收殓了。说这女子是佛门子弟，要葬到清凉寺后山去，那士子也跟着去了。"

曹霑听了，一语不发，转身走出书房，便叫耕云备马。

耕云瞪着两眼问道："是去接老师？"

曹霑斥道："问什么？叫你备马，你备马来就是！"

耕云停了一下，只得将马牵出。

曹霑翻身上马，出了大门，便向清凉寺方向奔去。耕云只得上马紧紧跟随。

到了清凉寺，曹霑要耕云买些香烛、纸钱，便往后山走。原以为一到后山，就能找到新坟，没想到这后山坡坟包、石碑倒不少，偏偏找不出一个是新坟的模样。曹霑不由犹豫起来。

耕云再也憋不住了，问道："小爷，您来这儿要干什么呢？"

曹霑道："我要上坟。"

"上谁的坟？"

"上一座新坟。"

"谁的？"

"方才听说的。"

耕云嘟哝道："真是听见风就是雨，这主儿叫什么名字？"

"不知道。"

耕云叫起来道："不知道名儿，这坟怎么上？"

曹霑斥道："叫什么？去找！找到新坟，就来告诉我。"

"喳！"耕云一脑门官司，走上山头，登高一望，连忙跑下来向曹霑道："小爷，那边山坡上倒有一座压着白纸钱的。"

曹霑肃然起敬道："定是那位士子，已经先我而来了，快领我去！"

耕云迟疑道："不过，有一青年女子正在坟前哭哩！"

曹霑道："应该有人哭才是！快领我去！"

耕云只得领着曹霑绕到山坡那面，果见一青年女子，穿着一身麻布衣裙，跪在坟前哭诉。凄厉之情，使曹霑深为感动，竟不知如何是好了。听那女子呜咽中，带着倾诉，似因受婆婆虐待，才到亡夫坟前来哭的。

那女子忽见来了两位少年，忙止住哭声，收拾祭品，便要离去。

曹霑忙道："姐姐不用害怕，我们也是来祭亡灵的。"

青年女子听了，怔怔地杵在那里，不知他们为何也来上坟。

耕云问道："小爷，您要上的也是这座坟？"

曹霑明知不是，但看到那女子满面泪痕，双目尽含哀愁，反倒说不出"不是"二字了。只好含混其词，作出点头的模样。

耕云急忙点了香烛，在坟前聚土插上。

青年女子不禁肃然起敬，请安问道："爷与亡夫相识？"

曹霑只得支吾答应："嗯！嗯！"

青年女子又要哭诉起来。但转而一想，便收拾起祭品要走。

曹霑想，儿子刚死，婆婆便虐待寡媳，也忒可怜了，便命耕云将身上所带银钱给她。

耕云眨巴着双眼，伸手在荷包里摸了半天，摸出几个小钱儿道："今儿不知爷要出来，没带钱，就剩这几个压袋钱了。"

曹霑听了，在自己身上一摸，摸到双燕给他压荷包的两个银锞子，连忙拿出，命耕云交给那女子，并道：

"姐姐收下这两个小锞子，也省得老太太生气。"

那女子迟疑地伸手接过银子，也不称谢，只福了一福，仍然抽泣而去。

曹霑望着她的背影发怔。

耕云心想，还不如把自己袋里那些小钱都掏出来呢。提醒曹霑道：

"快上坟吧，小爷，时间长了，老爷问起来可不好交代。"

曹霑转身便向寺前走去。耕云随着，一同到寺前上马。回府的路上，曹霑叮嘱耕云，此次出来，定不能让老太太、老爷知道，耕云只得答应。

……

曹霑放学回屋，双燕侍候他换衣换鞋。看到靴子上的尘土，不由诧异起来，再看箭袍下摆，也沾上不少尘土。便问道：

"今儿上哪儿去了？"

曹霭忙低头支吾道："去会个朋友。"继而一想，话说错了，连忙改口道，"到郊外狎马去了"。

双燕盯着他道："衣服和靴子上，怎么那么多土呀？"

曹霭忙道："哦，今日老师没来，临放学前，都在操场练武了。"

双燕伸手摸了摸曹霭的荷包，两个银锞子也不在了。她看着曹霭冒汗的脑门儿，沉吟了一下，便叫小丫头把衣服和靴子拿到外面打扫去了。

第二天一早，双燕拿着曹霭的书包，到二门外面找耕云。

耕云见双燕出来，照例忙笑着迎上前，喊一声："姐姐早！"

往常，双燕都是低着眼睑，将书包交给耕云，嘴角含着一丝微笑，一语不发就转身进去了。今天却不一样，不但不把书包递过来，还站在门口，冷冷地喊了一声："耕云！"

耕云不知是喜是忧，忙赔笑凑上前道："姐姐有事儿？"

双燕绷着脸道："昨天小爷到哪儿去了？"

耕云一听，顿时黄了脸，不知该怎么回答才是。

双燕冷笑道："小爷是交给你的，不论到哪儿去，干了什么，你都要上报。如今可好，领着小爷出去乱跑，回来连声都不吭！"说罢，就转身要往里走。

耕云急道："姐姐别走！小爷命我干什么，我能不干吗？我哪敢擅自领小爷出去呢？"

双燕一听，耕云已经被自己诈开一线缝了。但仍绷着脸道："那么，昨天到底到哪儿去了？"

耕云苦着脸道："小爷不许讲。说要让老太太、老爷知道了，定不轻饶。……横竖我这顿打是挨定了。不是挨小爷的，就是挨老爷、老太太的，里外里都是我的不是。"

双燕轻叹一声道："昨儿到底干什么去了？"

耕云抬头看看双燕，只得一五一十把昨日去清凉寺后山上坟，遇青年女子给银子的事，如实说了。接着又道：

"就是这会儿，也不明白小爷突然要去清凉寺后山，找哪门子新坟。遇到那女子哭男人，小爷要我也点上香烛，可拜也没拜一下，最后给了钱，人家连谢也没谢一声，扭头就下山了……至今，我也蒙在鼓里，只有天晓得了。"

耕云说完，满以为会招来双燕一顿责备。奇怪的是，双燕一句话都没说，只把书包默默递了过来，低头便进去了。

耕云就更糊涂了。只觉得自己冤枉，没头没脑，上下不着边。……

过了些时日，曹霑又问起太姨和玥儿何时归来的话儿，双燕故意冷言冷语道：

"太小姐和玥儿小姐姓李，人家有自己的家，哪能长住在咱们这儿呢？你只知道曹家，殊不知，苏州李家，吃的，住的，还要过一头呢。如今舅太爷病了，不是一时半时好得了的，接回苏州多住些日子，不是顺理成章的事儿吗？非得朽在你们曹家不可？"

曹霑忙道："我不是那个意思，我看，我去求求老太太，让我也到苏州去看望舅太爷，等舅太爷病好了，和太姨、妹妹一块儿回来是正经。"说罢，便要往太夫人那边跑。

双燕没想到他有这份打算，忙拉住他道：

"且慢！你先听我说几句行不行？……你要不想听，我还真不想说呢！"

曹霑站着，迫不及待道："有话请说吧！"

双燕一撇嘴道："这么堵着我，有话也让你吓回去了。"

曹霑赔笑道："哪儿堵着你了？我这不是着急吗？好姐姐，有什么话儿，你就说吧！"拉着双燕并肩坐下了。

双燕也笑道："我也没什么大道理，就是要给你提个醒儿。常言道：老健、春寒、秋后热，都是靠不住的。奴才绝不敢咒老太太，可是，谁都能看得出，如今老太太不像往常硬朗了，明摆着瘦多了，饮食也减了。要你搬回来，就为的是早晚都看得见你。你是老太太见了就舒心的人，你要走了，老太太能放心吗？再说，你也安不下心啊。"

曹霈道："我请老太太一起去苏州看望舅太爷！"

双燕道："说得多轻巧！乘船，坐轿，长途跋涉，随你一起去苏州？……就算老太太愿意，可夫人呢？夫人这阵子更不比以前了，莫非也随你一起去苏州？"

曹霈听了，不觉犹豫起来，眼睛也有些发直了。

双燕一见，心中暗暗吃惊：小爷莫非要犯病？忙安慰他道：

"你别着急！我先去替你探探老太太的口气，看老太太怎么说，咱们再打主意，好吗？"

曹霈点头道："好！你快去吧！"

双燕急忙穿过倒厦，到太夫人屋里禀报刚才曹霈的想法，和他眼睛有些发直的神情。

太夫人听了，一拍床沿道："怎么，又来了！"怔在那里，一时说不出话来。

明珠等几个大丫鬟，在旁也犯起愁来。

停了一会儿，琥珀道："恕奴才说句直话，小爷也一天天大了，莫如把真情实话告诉他，让他索性死了这条牵挂的心。"

明珠道："使不得！小爷是个实心眼儿，素来不会拐弯。走了个金凤，差点儿没把汉府闹翻了个儿。如今要告诉他太小姐和玥儿小姐的真情实话，那……"明珠是要说"那就不止一条人命了"，但她没有说出口，便接下去道，"我看，就说刚接到信，说太小姐和玥儿小姐已经随舅太爷北上了。先打消小爷去苏州的念头再说。"

紫箫在旁也思量着："这事儿也真难啊……"

太夫人沉吟道："一步一步地走吧，就按明珠说的办，先瞒过他这一阵子再说。不过，太小姐的事儿，今生都得瞒过他！……"说着，不觉又流下泪来。

众丫鬟也鼻酸不语。

双燕猛然想起耕云说曹霈忽然跑到青凉寺后山上坟的事，不禁悚然……

太夫人命明珠立即去告诉马夫人、王夫人，如何继续瞒着曹霈，免得给

曹霑听出岔头，对不上口，那可就没法收拾了。并要琥珀告诉王升，通知曹
頫。随即命双燕回屋去照顾好霑儿，有什么动静，随时禀报。

　　双燕回到屋里，将舅太爷和太小姐、玥儿小姐已经北上的话，告诉曹
霑。曹霑听了，虽说不要去苏州了，又改成天天盼着北上。因此，平郡王妃
要接太夫人一行北上的消息一到，最乐得闭不上嘴的，就数曹霑了。

· 第四十五章 ·

荒投野店多奇遇
席开戴寓惹因缘

　　严行标和徐之先，两人都在年羹尧大将军麾下做幕僚。一个祖籍金陵，一个成长于常熟。都是江南人士，因而甚是相得。自从年大将军功封一等公，金黄服饰，三眼花翎，四团龙补，都一股脑儿地加上身后，尤嫌不足，又将儿子年富，请封为一等男。这还不称心，居然给家奴魏之耀买了个四品顶戴……诸如此类不法之事，还多得很呢。

　　两位幕府爷，看在眼里，闷在心中。见大将军骄横日甚，忠言良策，全都不听，而星相卜算之言，他却奉为金科玉律。

　　一天，严行标对徐之先道：

　　"老兄，京城有句缺德话：'省鞋，费脖子。'你我二人出入府中，走得便当；可是，有朝一日，怕是会有吊颈之忧哩！不如作早归之计，免得越陷越深，再想拔出腿来，已经来不及了。"

　　徐之先听了这话，也戏谑道："老兄之言，先获我心，三十六计，走为上计。以小弟愚见，只有一溜了之。"

　　严行标正色道："此事性命攸关，不能不早为之计，老兄为何竟以儿戏对之？"

徐之先忙回道："甫亭兄，实话说，小弟早有此心。你我弟兄，可谓不谋而合。刚才一时兴起，以致忘形罢了。说真的，事不宜迟，你我都是这一大把年纪了，又都是南方人，'水土不服，告老还乡'，这八个字的由头，摊到谁的面前，也是堂堂正正的。何况，听补的，候用的……比打小旗的还多呢。"

二人又从头到尾，仔仔细细商议一番，便决定写了辞呈，递了上去。

年羹尧体恤他俩军前报效多年，为自家出力不少。不但批准，而且还从优照顾，竟然赏赐了一批赤金锭子，以备他们告老还乡，半世受用不尽。

二人惶恐拜谢，告辞上路。打定主意，先奔京师，再作道理。

这一天，二人行至蒲州，投宿客栈。徐之先正在灯下修写家书，严行标心血来潮，联想本地风光，要店小二找来一本十六折《西厢记》，正看得入神。忽听旅店门外，马蹄声急剧驰入。二人抽身就着窗缝外瞧，这一瞧不打紧，不由倒抽了一口冷气。

原来这两位骑马驰进旅店的客人，正是中午打尖时遇到的。一个膀大腰圆，一个鹰鼻猴腮。除了他俩乘骑的骏马外，还随身敛着两匹马。喝酒时，直眉竖眼地盯着他二人的行李。严、徐二人觉得来者不善，放下碗筷，连歇都不歇一下，便打算着急忙赶路了。如今，这两人气势汹汹也进了这座店门，并且不要小厮伸手，自己从马上卸下行李，看样子，很有几分分量，不知里面装的是何宝物。

待到这两人走进对面房间，严行标和徐之先面面相觑，如同大难临头一般。因为年大将军送他们的金银，是由他二人随身带着的。如果真是遇到强人，只有拱手相送。这时天色已晚，住下吧，说不定店主和他们就是一伙儿；走吧，人家路上下手，更是方便……

二人相对无言半晌，只得硬着头皮，先住下再说。不管如何，店里人来人往，贼人做事也要多费些手脚。徐之先信也写不下去了，严行标对《西厢记》，也无心看了。这时，却听得对面房中那两人走了出来。

严行标和徐之先，急忙又挤到窗缝前去看，只见那两人披着褂子，横着膀子向他们这边走来，对店小二努努嘴道：

"等俺们回来再说！"便折回身，走出大门去了。

严行标和徐之先跌坐在椅子上，知道自家露了"白"，被贼人盯住了。眼看脱身不得，只有挺着脖子挨刀，什么办法也想不出来。

山西蒲州地界，连年苛捐杂税，闹得民不聊生，没有平静时刻，严、徐二人也是早有所闻，此时恨不得插翅能飞，躲了过去。

徐之先低声道："甫亭兄，我们也走出去看看，一旦有个万一，也得设法保住老命才好呀！"

"唉——！要能舍财保命，也是不幸中之大幸哟！"

二人慢吞吞出了房门，东看看，西看看，正想往大门走去，哪承想，一波未平，一波又起：那两个出去的贼人还没回来，却又进来了两位僧人。

严行标和徐之先，走南闯北，阅人极多。一看这两位僧人，便知不是武当，也是少林豪客。那位大个子僧人，红脸浓眉，目光如电。小个子僧人，生得虽然清逸挺拔，却是一副猖黠不逊的模样。严行标和徐之先，这回可真是落到冰窖里了，不觉全身凉透，呆若木鸡。

高个子僧人，见他俩惊诧的样儿，不由说道："有什么好看？啥人没有宅眷？"

严行标和徐之先听他说话带苏州口音，这才看出，原来是一僧一尼。可紧接着，又看见二人挨肩进了一个房间……这光景实在有点儿蹊跷。心想，幸喜僧人原是南方人，看在大同乡的份儿上，也许还有个商量处。不过，继而一想，强人眼里看的只是金银，哪儿还管什么乡里情谊呢？

二人急忙回到房中商议：如果今晚平安过去，从明日起，不能起早赶晚了。每天只走十多里路，遇到旅店就歇。多花点盘缠，换得个安全。

这天，来到东升客店。这是个大客店，远近驰名。二人住进去，才稍觉放心。刚洗了一把脸，还没顾上喝茶，忽然，那位大个子僧人贸然推门而进，扬着两道浓眉，双眼直射二人，大声嚷道：

"好个书生打扮，原来是伙强盗！你们行李里面的金子，是从哪里'短'来的？"

那位尼姑却倚门而笑。

两位师爷，吓得面如土色，想不透僧人如何知道自己有金子？如何又反诬自己为盗？看来必是垂涎已久，跟踪到此，施展诈术，以便下手。只好强作镇定，吃吃回道：

"天下钱财，何必盗而能得？古人上马赠金，下马赠银，古道热肠，由来久矣。"

僧人将二人从头到脚扫了一遍道："我看你两人也不像，但不知端的。现在看来，你二位说出真情实话，必是年大将军门下的贵客了？"

二人无话可讲，只得点头认可。

这时，僧人才缓和了口气道："原来如此，几乎误杀好人。"

说罢，也不再细问，拱拱手，转身拉着尼姑，进到东厢房，饮酒狂歌起来。

剩下这厢二人，惊魂初定，才听出对面房中僧人唱的，原来是秦腔。

严行标和徐之先两人依然对坐不语，眼前又浮出种种想法儿来了：

……苏州人，唱秦腔；矫健狡黠，出言不善，又能揣摩入理；既是僧人，又挟尼姑宿店……疑惑重重，难以解释，更觉惊恐万状，忐忑不安。

还是严行标先开口，悄声对徐之先道：

"都奉送给他们吧！都奉送了吧！唉，当年惠仁和尚[1]不知哪里去了，这个世道，到处只有孙黑虎[2]了……"

这句话，勾起了徐之先的身世，叹道：

"老母倚门，弱女持家，所望者，能腰缠数贯，不失温饱而已。世道如此，身外之物，留它作甚？黄白二色，终是惹祸根苗，一概由兄处置。吾老矣，无能为矣，唯有听天由命罢了！"

店伙计送来灯盏，放平铺盖走了。二人待在室中，哪里敢睡？忽听门外马蹄嘚嘚，又是先前那两个贼人，骑两匹马，敛着两匹马，奔来投宿。听得店主亲自招呼到南院房中安歇去了。

---

[1][2] 均为《西厢记》中人物。

严行标、徐之先明知大祸降临，但却只有坐以待毙。一时心绪烦乱，无法可想，只得吹熄灯火，闭门对卧。

月光照进屋来，屋内一片凄清。两人便都把眼虚闭，一言不发。

忽的，听得窗外屋檐下有人走动，随着是啧啧称赞声："好马呀，好马！"

徐之先用胳膊肘儿碰了碰严行标，听这带着苏州口音的赞叹声，定是那个红脸和尚。二人屏息静听，却又没什么声音了。不由长叹一声，默默静卧……时间久了，身上感到酸麻，刚想翻翻身，猛听得南院中有人冲出，随即听到马蹄声出门疾驰而去。二人欠起身刚想说话，没想到却有人前来打门，叩门声十分急迫。

严行标一骨碌爬起，明知是强人唤门，他丧魂失魄、跌跌撞撞，打开房门，便颤声求饶道：

"事已如此，没什么好说的，我俩的行李和这两条老命都可奉上。不过，我这老友，年近六十无儿，杀我、刮我，任凭尊便，但求饶他一命，得以育后，也是一番大恩大德了。"

谁知进得门来的，不是别人，倒是那红脸和尚。只听他哈哈大笑道：

"我要杀你二人，你二人早就不在人世了。还有你为他求情的时候吗？"

严行标忙道："既然如此，请和尚坐下，奉茶赐教如何？"

红脸和尚并不谦让，大步跨进屋来，坐在正座上面，对二人道：

"刚刚那两个骑马的，才是要你们的黄金和脑袋的呢。只是一看不好下手，这才知难而退，远走高飞了。"

两位师爷听了，愈发不解。

徐之先拨灯，严行标奉茶，也都拉了个板凳坐了，细问缘由。

和尚道："但凡抢劫行李的，都得先认马脚印痕：黄的？白的？分量多少？从马蹄踏土深浅，便可一清二楚。不过，刚刚跑掉的这两个雏儿，跟踪两日，看得眼差，把黄金误认为铜钱，不值得下手来作一番大买卖。不过，要不是碰巧我在这儿，二位怕也性命难保了。"

严行标自忖：和尚言之有理，连忙道谢不迭。

徐之先问道："大师宝刹何山？挂单何处？行脚何方？"

和尚微笑道："我也是从年大将军处来的。二公可知年大将军处有个马守备吗？"

二人听了，瞪大双眼，就着灯光，看着和尚。

严行标道："愚生二人，久侍年大将军帐下，每日均埋头文牍笔墨之间，军机大事，虽有耳闻，亦不得干预。但马守备大名，早已如雷贯耳。守备战功屡屡，三军上下，岂有不知之理？"

徐之先吃吃道："莫非大师就是马守备？"

和尚道："正是在下。"

二人听了，慌忙下拜道："有眼不识泰山。今日拜识云麾，又蒙救命大恩，实乃三生有幸，请受我二人一拜！"

二人拜了红脸和尚，便要店家治席办酒。又知马守备是不计荤素的，就都开怀畅饮起来。

徐之先两杯酒下肚，胆子不觉壮了起来，问道："敢问麾下怎会削发为僧呢？"

和尚哈哈大笑，说出自己的身世道：

"在下祖籍姑苏，少年无赖，好勇善斗，爱打抱不平，为仇人诬陷为太湖大盗。官家瞎眼，追捕事急，又怕连累亲友，无处躲藏，只得只身远走塞外，以盗卖马群维持生计。后来看到岳公钟琪的坐骑，真算得上上乘好马，便想弄到手里。待到夜间，翻墙而入，藏在马槽旁边。听得人静，刚把缰绳解开，不想这位岳公，性子特别，三更鼓起，还到马厩来亲手给马添料。四个随从，灯笼火把，一拥而入。使在下一时无法藏身，只得走了出来。岳公见我，喝问：'是行刺，还是盗马？'我据实回答：'特来盗马。'岳公又问：'是白天潜入，还是夜间翻墙？'我照实说了。岳公看了一下高墙，沉思不语，只顾喂马。过后，便命我随行。来到上房，见案上酒菜甚多，岳公自饮大杯，问我姓名后，亲赐我一盏。吃罢，岳公便解衣入睡，鼾声如雷。天亮了，岳公要去大将军府，亦命我随行。我心想，必是将我交年大将军发落。岳公进府，许久不见出来。忽听府内发下话来：'岳将军跟随马某，赏守备衔，效力辕下。'"

和尚说到这儿，禁不住有些儿感叹，喝了口酒，接下去道：

"岳公有此海量，在下哪能不感恩图报？岳公看着我说：'壮士，好好干吧！自古将相宁有种乎？'"

和尚接过徐之先斟满的酒盅，一饮而尽，放下酒盅，接着道：

"后来，在下虽屡立军功，但因酒醉，与材官角斗，违犯军规被杖。岳公不但不降我职，反而赏我游击衔。在下脸上实在挂不住，坚请辞去行伍，另行图报。岳公含笑长叹一声道：'我早知你本性，再提升你，也无用处。你不会安分守己，还是会重操旧业的。但愿你今后好钢用在刀刃上，不要违抗朝廷，不要扰乱黎民就行了。'我心想，这个叮嘱，我也只能做到一半。我不是一个服管束的人，不敢全应下来。岳公也不加责难，赏我许多金银，我便辞了岳公上路。途经泾州，投宿王母宫，和妓女银环相恋数月，把岳公赏赐之金银随手花光，便和银环商量同往少林寺削发，搭个饭伙，从此，便可到处挂单，不受拘束。我们打算去开封，但因无马难行，看到两盗的坐骑不错，便想夺到手中，以马代步……这后来的事情，不须细讲，你两位已经亲眼看见了。"

二位正听得出神，严行标忙问道："这两个强人，早已跑远了，还有什么马可盗呢？"

和尚笑道："二位不见这二强人不但骑着马，还敛着两匹马吗？"

徐之先亦笑道："看来大师佛星高照，早空着两乘坐骑，恭候大驾了！"

和尚道："在下看中的，是他们盗来的两匹青骠，承他们慷慨，骑着他们原来的马逃走，却把好马给我留下了。"

二人不解，和尚便引他们到马棚观看。果然，那两盗乘骑的青骠好马，还在槽前吃料，那两匹敛着的棕色马却不见了。

严行标和徐之先惊奇不已，不知这二强人怎么竟会乖乖地留下好马而去。

和尚指着马脖子道："二位请看。"

严、徐二人凑近细看，原来是根铁扁担，被弯成圈儿，围在马脖子上。二人顿时明白过来。

徐之先叹道："原来是这样。大师随手把铁扁担弯成圈儿，套在马脖子上，两个强人吓破了胆，仓皇逃走了。"

严行标赞道："壮哉！壮哉！"说罢，二人不约而同，向和尚纳头便拜，感谢他救命之恩。

和尚忙命他俩起来道："从山西到京城，一路上并不平静。有些镖局，也是阴一面、阳一面的。天明，在下就要和二位分道扬镳了。路上要是遇到事情，只要将它亮出，便可无事。"说着，从怀中取出一张三角旗，上面画着一匹马，写了"紫气东来"四个字，送与二人。

严行标接过，双手举了，放在头顶上一过，然后叠拢，放进胸前衣内。二人又一同拜谢了和尚，各自回屋就寝。

严行标和徐之先到了北京，二人商定，都不回原籍，索性在京置办房产，作个寓公，好生度过晚年。

他俩都是汉人，只有在宣武门外赁屋典地的份儿。严行标找到拉房纤儿的，在海王村附近买了房子，这才回南将家小接来，长久在京里定居。

严行标老谋深算，把家中安置妥当后，便有人求上门来，请他写状书呈。他见到吃得稳当的，便兜揽过来，顺手得些好处。要冒风险的，便推托不干。日子倒也过得得心应手。

徐之先在宣武门外，买了一座小筒子院儿。院内正房五间，倒也敞亮。只是两边都是人家的院墙，不算宽绰。这房主原本是个笔墨商人，近年生意兴隆，捞到钱财，另起了新宅门，便把这套不成格局的房子，连同家具，推出手去。由人拉纤，徐之先便买下了。他既不想竖栋安梁，更不要添砖布瓦，有个居处，老此一生，也就心满意足了。这儿一带，原有一些富人名士的寓所，他是知道的，朱竹垞的老宅子也还在。他为了附庸风雅，还自题了一块"邻有秋芳"的匾额，挂在堂屋正中墙壁上。只想从此安顿下来，太太平平地过几天好日子，别无所求。

徐之先妻子早故，二女都已出阁，虽有老母在堂，但一直都由哥哥侍奉。他只在逢年过节时，带回书信、特产，稍尽孝心。倒是老母知他从小喜食南味家乡菜，特命老仆徐智，从常熟来到北京，专门侍候他，并将侄子徐世庸搬来同住。徐世庸早在京城作书办贴写，近日又被大商家延请为西席，倒也老实可靠。亲朋好友都劝徐之先续弦，或者买妾，但徐之先对此事早已看淡，倒是品酒题诗，成为他一日不可缺的了。他常笑严行标为"刀笔代书家"，严行标也笑称他是个"诗酒未入流"。

由于二人所置房屋相距不远，严行标闲散时常到徐之先家小酌。

二人从西北回到京城，觉得京城变化很大，前门外，箭楼前，商号林立，大街小巷，车马如流，确实热闹非凡。

严行标道："松斋兄，京城尽管有了莫大的变化，但也跑不出帮派的圈子。看那开当铺的，还是老西儿为主；开药铺的，还是那河南客儿；瓷器店仍属老俵；茶叶、布匹什么的，依然攥在安徽帮手里……"

徐之先挟了一只盐焖虾，放在口里慢慢嚼着，补充道："安徽帮里，又数婺源、休宁等地人士，最有实力。"

严行标呷了一口酒，不无感慨道："是呀，是呀！这年头儿，有钱就有势，不比从前……"

徐之先斟满严行标酒盅道："甫亭兄，如今什么帮帮派派，我都没有心思去想。倒是昆腔、高腔，是我中意的。在西北这么几年，对西路梆子，也听惯了。据说，如今在京城，西路帮子搭班，也能唱上两三个月了。"

徐之先生来闲散，平生喜欢昆曲，自己也能哼上几句，去西北之前，对京城一些昆班和弋阳腔的角儿，也认识不少。到了西北，仍然改不了看戏的癖好，对西路梆子也逐渐听得入耳了，名角儿也认识几个。如今，名净梁喜成几个，到京城来搭广顺和班，居然也找到了徐之先。因为他是年大将军的幕僚，自然是有来头的。请徐老先生引见引见，也能免受官府的气。因此，只要上演新戏，梁喜成便在前排偏左，为徐之先留下一个特座，既不引人注目，又能使徐之先看得清楚。

徐之先隔座，是一位山西人，姓恽，单名一个淡字，字清风。由广顺和班班主郑重介绍，说是一位月旦名家。恽淡不但熟知元曲宋词，而且昆乱不挡。所以和徐之先交谈起来，也显得十分投机。

据恽淡自称，他父亲为他取名"淡"，就是告诫他，人生在世，凡事都看"淡"一些，知足者常乐的意思。但恽淡为人，恰恰和他家训相反，不但喜欢排场，而且认钱作父。仗着其父在京开当铺，结交一些钱商、酒栈的老板不说，还想结交当今权贵，好为自己铺排壮脸。

他从名净梁喜成那里，得知徐之先来头很正，因而常常盯住徐之先不放。徐之先在他盛情邀请下，有时也不能不应酬些个。有一次，恽淡得意忘形，居然自诩孙家淦尊人孙老先生著的《长随日记》，就是他的代笔。

徐之先听了，不觉冒了一身冷汗。谅他也不是，便郑重告他道：

"风闻京里正在根究这件事儿，说是冒名图利，正要绳之以法呢。"

恽淡这才乱以他话，从此再不提及此事了。

徐之先在京，只想过个清静日子。但不知谁人传说，他从西北是发了大财回来了。故而未免常有一些恼人的事儿发生。

一天，一位中年妇人，临风扫叶般，一路说着，一路笑着，未经禀报，便闯进书房来了。老仆徐智，百般阻拦，也挡她不住。

徐之先是做幕僚的，九流十八作，他都识多见广。一眼就看出这妇人，一定是个官媒。心想，她跑到我这里来做什么？还没等自己开口，只听那妇人高声笑语道：

"我是何二姑，人家都说我是说媒拉纤的，我也这么说。我年纪不小，牙口不老，一块砖头，我都能咬碎它。我一来，西湖月老祠的香，就带到这儿来了。三生石上，早有您的名和姓儿，红线牵住您，想挣也挣不脱，拴得您牢牢的。孔老夫子不是说，不孝有三，无后为大吗？我何二姑为您牵一位黄花大闺女，来年准能生个胖小子……"

徐之先看这妇人，满脸搽着水粉，头上插着大银簪子，上身穿着茄色大黄花边衣服，下边穿着扎腿裤子，两个眼珠子在眼眶里滴溜溜乱转，马上想起平湖钱起隆著的《制艺》一卷上，骂媒妁的名句来：

　　媒之巧者，意仅切于肥囊；妁之拙者，幻亦生于阅历；倘彼以列诸冠盖，即苏张游说之俦。妁之老者，口舌既可惑女；妁之少者，容貌并可悦男……

他越想越不自在，便高声道："端茶送客！端茶送客！"

妇人正说到兴头上，没想徐老儿竟来了这一手。但这妇人非但不走，反而跷腿坐下道：

"徐老儿，别有眼不识金镶玉，你且听我说下去……"

徐之先两手捂耳道："不听，不听！我这里是清白之家，请你再别登我家门！"随即对徐智喊道，"送客！送客！"

妇人触了这一鼻子灰，便反唇相讥道：

"姓徐的，老娘来你家，原本是你的造化。你不睁眼看看，我何二姑奶奶是什么人？在这京城里，你算老几？比婊子还不如，你是老十！老十！听见了吗？"她伸出左手小指道，"第末儿，这个！"

妇人用眼横扫四壁，接着道："你假充什么斯文？写字像狗爬，才气像谷草，喝酒像撒尿，作诗像上吊！老娘给你找个带福星的人儿，有意要请一尊红鸾星照照你，除除你的霉气，你反倒不识抬举，直毛展翅，倒骂起老娘来了……"

徐之先听了，气得全身打战，直着脖子喊道："滚！给我滚！我这清白之家，岂能容你这种婆娘来喷、喷……"话都噎在嗓子里说不出来，只有喘气的份儿了。

妇人见无法再待下去，站起来道："老娘才再不到你这比马桶不宽，比尿道不窄的臭地方来呢！你这个徐卵子！"说着，顺手将桌上一碟蜜枣，连碟子都揣在怀里，往外走去。

徐智忙跟在后面，赶她快些走。并不敢根究她拿的碟子，生怕她借故再返回来。

徐之先边喘，边对徐智嚷嚷道："轰出去！轰出去！再也不许她一双臭脚踩在我家土地上！"

徐智心中暗笑，连连答应："是！是！"

徐之先跌坐在太师椅上，嘴中不停地骂着："岂有此理，岂有此理！想不到坐在家里，竟会遇到这么一桩事情……"

徐之先独自坐在那里许久，气犹未消，心里憋闷，便顺脚走出门来，想到街上去舒散舒散。

他自回到京城，忙于置办房屋、应酬诸事，还没有工夫到街上转悠一番。上得街来，信步走去，这才见到街上大铺面比以前多了许多，新商号的招牌，都是新油漆的。从十字路口往西去，还有一些戏班的"下处"。附近又新开几座大饭庄和书茶馆，显得格外繁华热闹。人群里夹杂着几个抱贴匣子的，还有几个带公文袋的差役，都斜穿着街道，东闯西撞。远处还传来喝道声，打响锣声……

他看到街上生意兴隆的景象，再想想塞外的荒凉，更觉得告老还乡，到京师落户，这几步棋，下得对路。只是刚才这臭婆娘实在令人作呕。不过，京师五方杂处，良莠不齐，这种人到处都是，何足为怪。

徐之先走着，想着，听到有叫壶哨响的声音。看见迎面有个面茶铺，紫铜的大茶壶，擦抹得耀眼明光，堂倌提着铜壶，一面高声吆喝："开了，开了！闪开，闪开！"一面对准装好面茶的盅儿，滚水像个水银柱一般，冲了下去。

徐之先有些肚饥，便踅进屋里，找了个座位坐下。叫了一果一点，还要了一碗冰糖莲子，边吃，边看。无意中看到墙上贴了一个告示，上面写的是在哈德门拍卖人口的事儿。这种事儿，他看得太多了，一闭眼，就能从头到尾，想到般般细节。所不同的，不过是姓名、年龄、长相、籍贯等等而已。见墙上再也没什么值得看的了，便只顾低头认真吃起点心来。

没想到，恽淡忽然走了进来。看见徐之先吃完点心，即将起身，忙过来拉住他道：

"原来是松斋兄，真是幸会，幸会！小弟也不想吃了，请老兄快快陪小弟走一趟，破老兄一点工夫，随小弟到一位大富家，一起豪饮几杯，为小弟撑撑门面。"

徐之先来不及问清缘由，便被恽淡拉上一辆马车，朝前门方向驶去。在车上，恽淡才告诉徐之先，陕西巷侧，住着一位安徽戴氏，名唤昭仪，字宏文，是有名的土财主，家中藏有数名苏杭婢妾。一心想巴结权贵，买个功名。这戴昭仪眼睛向上，钱串朝下，结交起来，大为方便。

说着，马车到了巷口附近，便停了下来。

徐之先道："清风兄，和这位戴寓公相会，得先送了拜帖，约定时辰才行，哪能如此冒昧呢？"

恽淡道："松斋兄，您就不用管了，一切由小弟安排。请随我来吧！"一手拉着徐之先，便向胡同深处两扇黑漆大门走去。

看来恽淡已是这里的常客。进门后，随便向左右打着招呼，直奔正屋。尚未进门，便大声喊道：

"宏文兄，小弟已将年大将军的大幕府师爷徐之先老爷给你请来了！看老兄如何酬谢小弟吧！"

徐之先听了，心中只有暗暗叫苦。

随着声音，迎出门来一位矮矮胖胖的老财东。穿着十分讲究，就连双梁黑缎子粉底便鞋，也显得黑白分外分明。他一迭连声道：

"久仰！久仰！蒙徐老爷不弃，光临寒舍，真是蓬荜生辉！"

徐之先忙道："哪里，哪里！今日得见昭仪老先生，实乃三生有幸也。"

戴昭仪随即转向恽淡道："清风兄这一功劳，定当重谢！定当重谢！"

恽淡把脸一扬道："不是小弟夸口，托恽淡没有办不到的事儿！"

原来戴昭仪到京，一心想结交权贵，苦于无门而入。前些日子，听恽淡谈起徐之先，是年大将军幕僚，年大将军又是当今皇上的大舅子，这样一位饱沾皇亲国戚的大人物，今日得以结交，如同天上掉下了大金盆一般，哪有不尽情巴结之理。因此，戴昭仪忙将二位让入厅内，便命治席。

徐之先忙道："初次相见，哪有叨扰之理？"

恽淡忙道："松斋兄不必客气，我们宏文老兄最是好客的。像松斋兄这样的大名家，请也请不来呢。"

说话之间，席已摆好。恭维徐之先上座。三人杯盏交接，笑逐颜开，大有不分彼此之势。三杯落肚，戴昭仪问徐之先道：

"徐老爷如此高才，为何离开年大将军虎帐，弃功名于不顾，而到京城优游岁月起来？"

徐之先听了，便知恽淡曾把他仅知的情况，早已说给戴昭仪听了。心中不免有几分不快。幸好恽淡对自己所知无几，只是以后对他说话，要多加小心才行。

徐之先为了不露真情实际，便故意胡诌道："只因年过半百，荆妻早故，膝下犹虚。军中秉笔师爷，是不能携家带眷的。在当地接个土著，也不合适。因此，蒙年大将军恩准，回家续弦，图个后嗣，以奉宗庙。如此而已，岂有他哉？"

话还没完，便引起恽淡的大笑。

戴昭仪忙道："原来如此，这倒是应该的。"

恽淡收了笑道："松斋兄要讨个贤内助，或者物色个小星，京师可以说，一车子怕也载不动。本来嘛，我在家中这么久，觉察出京师不但有上三多，还有下三多。"

戴昭仪忙问："何谓上三多？"

恽淡道："那就是大宅子多，大官多，大爷多！"

戴昭仪又问道："下三多呢？"

恽淡挤着眼道："那就是'麻雀'[1]多，'飞鸽'[2]多，'燕莺'[3]多了。"并转过脸对徐之先道，"要在京师找个婆娘，比买一头驴还便宜。"

徐之先暗自后悔不迭。扯谎的本意，是想遮掩自己离开西北的因由。没想到，躲了钉锤，挨了斧头。想到这儿，也只有硬着头皮，奉陪到底了。忙接道：

"清风兄差矣，我想到的，不过为求个后继香火，要个正派人儿。我这一大把年纪，想不到什么艳情绮思上去了……"

戴昭仪赔笑道："不怕徐老爷见笑，舍间虽说简陋，但也还有几个绿裙

---

[1] 玩牌。

[2] 赌博。

[3] 娼妓。

红袄的人儿。徐大人虽司空见惯，但也不要小看寒舍……"

恽淡摇头摆尾插嘴道："虽无丝竹管弦之乐，亦足以畅叙幽情也。"

徐之先听了，差一点把酒都喷了出来，轻声骂道："罪过，罪过！岂可唐突王右军名作。"

恽淡道："此事不关名教，贤者亦乐此乎！"

戴昭仪道："名士风流，逢场作戏，有何不可？吾乡名士文木山人，在金陵登清凉山，和娘子携手同行，便一时传为佳话。"

恽淡忙接道："当年杨升庵杨大人，流放滇中，春日浪游，簪花满头，侍女扶持，烂醉而归。真所谓，是真名士自风流也。"

徐之先听这二人议论，真是啼笑皆非，不知如何答话才好。

恽淡又接道："松斋兄从军多年，运筹帷幄，决胜千里，亦可称得上当代英雄了。何况续弦，就是讨几位如夫人，也是英雄本色，理所当然的正经事。"

戴昭仪也接道："圣人说过，食、色，性也。又曰：未闻有好德如好色者也。可见，这是名正言顺的。"

徐之先真是进退两难，不知如何是好了。不过，他想，不妨也摸摸戴昭仪的底，他家里到底藏着些什么人物。因而顺口道：

"我这事儿，可有可无，也不急于解决。只是京师盛传府上选歌征艳，都从苏杭一带，着意物色得来，此话可当真？"

戴昭仪听了，微笑道："莺莺燕燕，出入我手，倒也说不上什么出众的。不过，只要徐老爷有意，在下自当奉赠。财礼分文不取如何？"

恽淡在旁忙敲边鼓道："这年头儿，买婢买妾，比买个巴儿狗还便宜，说不上什么纳妾聘礼这一套了。何况又是松斋兄呢。"

徐之先本是顺口胡说，如今简直有些难以招架，忙道：

"添人进口，虽说是好事，但也有麻烦。比如前些年，买东人[1]、打老

---

[1] 奴属辽东诸人，谓之东人。买东人，即以其奴仆婢妾出外，虚词哀哭，乞人收留，而后对收留者进行讹诈。

鼠[1]的事儿，如今虽说少了。可是，听说苏杭人贩子，还是到处搜罗被籍没的宅眷，买来脱手。其中更名、顶替、隐匿等事，比比皆是。我这闲散布衣，何苦在这上面自寻苦恼呢？"

戴昭仪正色道："徐老爷说哪里话来？难道说，把在下看成人贩子不成？"

徐之先自知失言，忙赔礼道："哪里，哪里！绝不是这个意思。只是宏文兄盛情，受之有愧。初次见面，竟被吾兄如此厚爱，实实担当不起也。"

恽淡道："有什么担当不起的？宏文兄既愿将金屋藏娇赠予松斋兄，松斋兄就谢领得了，有什么好推脱的？"

徐之先连连揩汗道："不是这样说，不是这样说。待过些日子，我再到府上见识见识。那时再论如何？"

戴昭仪笑道："原来徐老爷是要亲自挑选一番啊……那好说！"回头喊道：

"来人啊！"

徐之先可真急了，连忙站起阻拦道：

"慢！慢！宏文兄，今日实在不行，改日再说吧！改日再说吧！"

恽淡看出徐之先真急了，心想，这老儿大概有难言之隐，便也笑着阻拦道：

"宏文兄，松斋兄既然说改日再议，那就不如遵命吧。松斋兄从来办事认真，择个黄道吉日，也还是应该的。"

戴昭仪也笑道："今日就依徐老爷，恭敬不如从命。"又凑到徐之先耳侧，低声道：

"不瞒徐老爷说，我这里还真有几个受过大宅门调理的，从我这门里送出去的，都是……"伸出大拇哥，"头等！头等，还没有见过退货的呢！"说罢咻咻地笑了起来。

---

[1] 打老鼠，即一群不正经妇女，在市面上招摇，敲诈勒索。"打老鼠"是隐语，喂馋猫的意思。

唾沫夹着酒气，直喷徐之先之耳。徐之先不由躲了一下，又怕对方觉察失礼，忙乱以他语道：

"当今万岁圣明，各地贡物，不是当务之急，大都豁免，以免官差借口威逼，苦了百姓。不知贵乡，可沾此惠否？"

戴昭仪听了，忙道："鄙乡青毛竹、青猫竹，倒是坐派了些。此物鄙本家倒都有些出产。因此，在祠堂议定，甘愿奉献，以表忠心。但是，苦于朝中无人说项，至今未蒙表彰，致使鄙族无识之徒，误以为在下以公中财产，上贡邀宠。真是以小人之心，度君子之腹了。古语说，'众口铄金'，我也烦得很。徐老爷交游遍海内，如遇良机，若能上达天听，使小民之情，求得旌表，也好平息鄙族闲人之口。"

徐之先听他出语不伦，便也顺口敷衍道："当今四海升平，尧舜再世，荆楚之民，以竹表心，以直作诚。皇上得知，必然嘉惠有方，只是时间的早晚而已。宏文兄只管静待佳音吧！"

这时，忽然从里屋掀帘，出来一妇人，细声细气道：

"老爷，外厢侍候了。是听小曲儿，还是上酒？"

徐之先闻声回头，见这妇人浓妆艳抹，酒吓醒了一半，正想起身告辞，便听戴昭仪吩咐道："来两段小曲儿吧，徐老爷是南方人，要玉凤来侍候一段苏州弹词。"

"是！"妇人忙走至门口掀帘，对外吩咐道，"弹词侍候。"

随即，飘进两个年轻女子，手抱三弦，低头而立。一个着水红衣裙，一个着淡绿衣裙。

妇人呈上戏折，请戴昭仪点戏，戴昭仪连忙送到徐之先面前。

徐之先多年没听苏州弹词，没想今晚得闻乡音，又见这两个青年女子生得不俗，便有了些儿兴致。接过扇子，顺手一翻，点了一段《拷红》。

戴昭仪大声道："《拷红》，来段《拷红》！"又转过身来对着徐之先，竖着大拇哥道，"徐老爷真是行家！这个小段，不但是《西厢记》弹词中最精彩的，也是玉凤最拿手的！有眼力！有眼力！玉凤，快谢谢徐老爷！"

只见那着淡绿衣裙的女子，款步上前，向徐之先请安后，转身坐在席旁，调了琴弦，在嗓内轻咳两声，并不旁视，便演唱起来。

徐之先一听苏语，便觉自在。再打量这一女子，见她黑压压一头好发，衬着那容长脸儿，格外受看。双眉微蹙，衬着那一双眼梢微微向上的眼睛，细长明澈，聪慧之中，透着些儿哀怨。徐之先不由发起呆来。

恽淡用胳臂肘儿碰了一下戴昭仪。戴昭仪张着嘴正听得入神，被他一碰，忙看他一眼。恽淡用眼瞟了一下徐之先，二人便会心一笑。

曲儿唱罢，恽淡低声问道："松斋兄意下如何？"

徐之先如梦初醒，连声道："妙！妙！许久未听到如此美妙的乡音了。"又对着绿衣女子道："玉凤姑娘唱得实在好！如珠落玉盘一般。"边说边往身上摸，没想到囊中只有两个小银锞子，实在拿不出手，只得顺手解下腰带上的串玉，拿出道：

"出来仓促，未带银两，权将这挂串玉，作为礼物吧。"

恽淡一把接过，大声道："妙哉！妙哉！宏文兄，如此贵重定情之物，哪里去找？这串玉上还有微温，玉凤姑娘，快接着吧！"

徐之先没想到恽淡竟说出这等话来，窘迫得忙道：

"误会了，误会了！这是从何说起，这是从何说起！"心里深悔，还不如把两个银锞子拿出来。

戴昭仪亦乘机大声道："玉凤，还不快接着，谢谢徐老爷！"

绿衣女子慢慢立起，眉宇间哀怨之情更重了……

妇人在旁见状，催促道："快上前接过来！"

绿衣女子略一迟疑，上前请安接过。

戴昭仪指着绿衣女子，对徐之先道："徐老爷，这玉凤，是我花了大把银子买回来的。这姑娘原名叫金凤，未免落俗。我看她长得干净、水灵，如白玉一般，因此，就改名玉凤了！"说罢，哈哈大笑起来。随即对妇人道：

"领下去，为玉凤收拾打扮，随徐老爷回府！"

"是！"妇人答道。

·第四十六章·

五香何期雾香笼
乌符应兆兵符握

这一次，太夫人准备长住北京，曹頫自当亲去安排。请示太夫人后，决定带领曹霑先行。

太夫人想起受老皇上恩宠，儿子十七岁当差，曹頫十四岁接任江宁织造。如今，霑儿也确实应该懂些仕途经济了。但又担心曹頫将他管得太严，使霑儿不自在。因而一再嘱咐曹頫，去京后，莫如先让霑儿暂住姑姑家，和福彭兄弟也有三年多没见面了，在一起还可以多聚聚。

曹頫奉命，择了吉日，便带领曹霑等北上。为了事先安排好太夫人居处，侍候好曹霑，太夫人特命紫箫和双燕一同随行。

到了京师，自有前站家人通报，曹霏夫妇早已吩咐老总管佟富，带领家人一字儿排开，在门前恭候。王捷三得信儿赶来，亦和曹霏一起立在门口。不到一盏茶时，曹頫一干人便已来到家门。

文苓带着丫鬟、嬷嬷、媳妇们在三门迎接。向曹頫施礼后，见到曹霑，文苓暗暗吃惊，没想到霑哥儿竟长得比自己还高出半头了，不由多看了他两眼。

曹頫吩咐霑儿回自己屋后，听了王捷三和曹霏夫妇关于借住罗王府的禀报，一面夸赞他们办得好，能使太夫人安娱晚年；一面对罗王府的风水，还有不尽安心之处。自从雍正登基以来，总感到自己头皮儿薄了，种种兆头都不甚美妙，处处得加倍谨慎小心才行。

曹霏道："罗王府虽已修缮一新，但常年无人居住。依侄儿愚见，还是先请来一位阴阳先生安宅，再搬进去住为好。"

曹颒点头道："说得是。趁老太太没到之前，安排妥帖，老太太一到，就可安心纳福了。"

王捷三忙道："此事包在我身上，老爷只管诸事放心好了。"

原来，王捷三乍到京城，作成了借住罗王府这件大事，胆子就壮了。不但在文苓两口子面前说话顶事儿，就是在曹颒面前，也比过去有分量了。

但是，他也有不称心的事儿，就是缺那大把花的、上秤称的银子钱。他专心磨眼的，只想往钱孔里面钻。

王捷三知道曹颒在京的屋里人四喜，是来青蚨老板送的。自己既是曹颒内兄，自会得到牵引。他通过福兴祥号，结识了通汇钱庄老板司会。司会知他是曹府内亲，送上门来的顶门杠，两相会意，就搅到一块儿了。王捷三为了借住罗王府，筹办浮支、贴用，过手落下的银子，挂到通汇的"万金账"上，就实打实地翻了两番。

钱庄老板趁势招来长期存款，凭着信用，低息存进，高利借出，存户认可，借户靠实，手面越来越大，落到账面上的数目，也就更大起来了。

如今，曹颒要请阴阳先生来安宅，王捷三自忖，又可一显身手，乐不得地承担下来。

文苓待舅舅走后，向曹颒禀报：因为四喜姨娘有喜了，不但接来姨娘母亲方二娘，还接来了姨娘的亲侄女儿。尽管府里不缺使唤丫头，但总不如自己家里人来得称心。因而没向老爷、太太请示，就自作主张了。请老爷体谅侄媳年轻，少不更事。

曹颒对文苓的聪明能干，早已看在眼中，便笑着安抚她道：

"咱们曹家，用一句俗语来说，正是走在'低点'上。这就要靠着大家分忧出力，渡过难关了。吉人自有天相，咱们曹家气数还没尽，就看是否心往一块儿想，力往一块儿使罢了。这阵子，我什么都顾不上。这家，你先理起来，只管放手去做，你会管得妥帖的！"

文苓咯咯一笑："老爷过奖了，侄媳可没那么大能耐。好在老太太就要来了，全家有了主心骨儿，这事儿，也就更好办了。"

曹霑回到自己的东跨院，一进门，就嚷着要双燕为他换衣服。

双燕迎上来道："去看小王爷，也得等老爷带你先去向王爷、福晋请安之后才行呀。"

曹霑道："知道！我是要去西跨院向四喜姨娘请安。"

双燕听了，撇嘴一笑。心想：四喜姨娘是哪门子长辈，还用小爷去请安呢。但想到曹霑从不在意这些，便不言语了。拿出日常穿戴，为他换衣服。边穿边道：

"老爷这会子在大客厅和三爷、三奶奶、王大舅议事呢，一会儿就要回西跨院的，你在姨娘那里可别待长了，老爷不喜欢你乱跑。老太太还没来呢，惹怒了老爷，可没人给你撑腰。"

曹霑笑着答应。穿戴好了，便向西跨院四喜屋里走去。

双燕看着曹霑到西跨院去了，便到里屋，继续往柜子里安放东西。这些都是曹霑的"宝贝"。

紫箫进来见了，甚为不解。双燕便数说着这些宝贝的由来：

"这是玥儿小姐送给小爷的霁红帕、这是从玥儿小姐屋里拿来的画儿、这是给玥儿小姐买回来的书，那是太小姐画的《危巢图》。这是金凤的诗，还有一串串小粽子，那是从雨花台用一个金钱儿换来的石头。这是前两年从王府带回南方，这会子又带的团扇。那是从北方回南方时，一路上捡的大石头、小石子儿……"

紫箫笑着叹气道："你们也过分依他了。我看，除了太小姐和玥儿小姐的东西，给他留着，那些破玩意儿、石头子儿什么的，都给他扔了算啦！他见什么爱什么，哪记得这许多呀？"

双燕道："这，姐姐就不知道了。小爷的记性，对别的事儿不好，对喜爱的东西，可永远记在心上呐！"

紫箫道："哎，这回来北京了，没吵着要找玥儿小姐呀？"

"怎么没有？在路上就问了，高兴地说，这回到北京可好了，不但可以见到福彭大表哥，还可以见到玥儿妹妹和太姨呢。"

"这可怎么好？"

"可不！这不比在汉府，凡事有老太太作主。小爷到了北京，非要找这两位可怎么办？我琢磨了一下，告诉他，在老太太没来之前，千万别提此事，这里都不知道南方的事情，要他耐几天，横竖老太太就要来了。他寻思了一会儿，觉着我说得对，就依我了。"双燕接着又叹了口气道："就由老太太来补这个洞吧！"

紫箫也为难道："你倒会往老太太身上推。可老太太来了，也没法再给他找出太姨和玥儿妹妹来。到那会子，又该怎么办？"

"唉——！能有什么办法？学老太太话，走一步算一步呗！……"

自从康熙末年，曹霑到北京过年时，在前海宅子见到四喜姨娘后，只要回到前海宅子，便喜欢到四喜姨娘屋里待一会儿，和四喜姨娘说会子话儿。

他觉着四喜姨娘说的话，特有趣儿。比如，吃松子儿，她就说，松子儿是夹在松球妈妈翅膀里的，杏仁儿是躲在杏核怀里的，核桃仁儿是敲出来的，这枣儿，要结得多，就得"扇树"，鲜枣怎么炮制就成金丝蜜枣了，怎么炮制就成醉枣了……她做的小荷包儿，也特别精致，绣的那花儿，颜色也配得那么可人，就像她这个人一样。曹霑总想去摸摸她那双手。经她手做出来的东西，他都觉着好吃、舒服……

四喜原是北京大绸缎庄老板来青蚨家的大丫鬟，长得白嫩，不但有几分福相，还是个多子的星君。来青蚨为了打通江宁织造这条绸缎来源之路，托人多方打听，知道曹頫尚无子嗣，内眷均在江南，北京府内无人。因此，重礼托了福兴祥大老板汤兴，宴请曹頫。乘酒兴方酣之际，用一乘小轿，将四喜送进了前海宅子。曹頫虽是拘谨胆小之人，但对李煦舅舅的早年心腹汤兴，还是放心的。何况，那时膝下尚虚，屋里收人，也是顺理成章的事。好在四喜温顺体贴，与世无争。曹頫每次进京，有个曲意奉承的侍妾，倒也十分满意。不但福晋认可，太夫人也点了头。王夫人只是撇嘴笑了一下，也没多说什么。从此，曹府上下，便对四喜以姨娘相称了。

曹霑刚进西跨院，从门里走出来一位姑娘。猛一看，觉着眉眼之间，有点像四喜姨娘。但显然不是。看她那身半旧的衣裙，心想，许是新买来的丫鬟，便笑着迎上前喊了一声：

"姐姐！你是哪个屋里的？"

谁知那姑娘被这声音吓了一跳，礼也不施，瞪了他一眼，便匆匆向北拐过去了。

曹霑碰了一鼻子灰，也没在意，兀自向四喜姨娘屋里走去。早有丫鬟茉莉迎了出来，惊呼道：

"啊呀，小爷都长这么高了，多早晚来的？"

曹霑笑道："刚到不一会儿，姨娘好吗？我来向姨娘请安来了。"

四喜在里面听到曹霑来了，迎出来道：

"小爷来了，快请屋里坐！一路上辛苦了吧？"

"没有什么，姨娘好！"曹霑说着，便要行礼。

四喜忙过来搀扶曹霑道："别折我了！小爷，快让我瞅瞅。"拉着曹霑上下打量一番，慢吞吞眨着两眼道，"长得比我都高了，越发俊了！"

曹霑捧着四喜的手，眯着两眼，看着她用眼睛一睁一闭地打量自己，恨不得把自己也闭到她那双大眼睛里去。

忽然，一个大嗓门儿，喊着进来道：

"哟——！是公主，还是王子呀？这屋里都亮堂起来了！"随着声音，便滚进一个胖女人来。

四喜回头嗔道："又胡说了，妈！这是曹霑小爷，随老爷刚从南京来的。"

方二娘移动着肥胖的身躯，忽闪着大眼睛，忙过来拉着道："这么俊的人儿，我老婆子活了这一把年纪，还是头一回见呢！"

"妈，您这是怎么啦？"

曹霑听到四喜喊妈，忙对方二娘称呼"外婆"，便要请安。

方二娘一听，不由愣住："外婆？"

茉莉和小丫头在旁笑得前仰后合道："小爷，北京可不兴叫外婆，按辈分，应该叫姥姥！"

曹霑忙又改口称："姥姥，您好！"还要请安。

方二娘一把拽过来搂在怀里道："我只说你四喜姨娘是万里挑一的细皮嫩肉了，没想你这个大小子，比你姨娘还细泛呢。手指头一捅，都要破了。真是大宅门的哥儿呀！"说着，回头向屋里喊道：

"五香，五香！快出来见见你这位玉人儿似的哥哥！"

谁知里面不见身影，却从门外传来了一个慢条斯理、宽厚圆润的声音：

"奶奶叫我？"

随着声音，进来了五香。

曹霑一见，原来就是刚才在跨院门口遇到的那位姑娘，自己却把她当成使唤丫头了。忙上前赔礼道："五香姐姐，刚才失礼了。"

五香见到曹霑，原来就是刚才在门口，被自己瞪了一眼的小爷，不由羞得立也不是，走也不是，直想用手捂着脸儿，不知如何才好。

方二娘道："这丫头，干什么去啦？快见见你表哥！真是乡下丫头，捂着脸干什么？"

四喜生气地又喊了一声："妈！"随即对曹霑道，"小爷，这是我哥哥的闺女，是三奶奶特意从乡下接来照顾我的。"又对五香道，"五香，过来见见小爷。没准你比小爷还大呢。"

方二娘问道："哥儿是哪年生人？"

曹霑答道："乙未年生。"

方二娘道："哦，那和咱们五香同庚。几月生的？"

曹霑道："正月初七。"

方二娘道："那还是比我这孙女儿大。咱们五香是五月生的。她爹说，五月花儿香，就叫个五香吧。五香，快过来见小爷，向小爷请安！"

曹霑心想，哪有这样取名儿的？五香，要叫出去，岂不成了五香花生、五香豆儿一类的词儿了吗？要改一个什么名儿才好。

五香听得奶奶吩咐，只得放下双手，向曹霭微微施礼，低低喊了一声："小爷。"

曹霭从她脸上，又看到四喜姨娘那双大眼睛，含着晓雾般迷惘神情，不由也低声道：

"叫我哥哥吧。妹妹，我给你取个名儿可好？"

五香看着他，更迷惘了。

方二娘忙道："劳小爷给这贱丫头取名儿，那真是有造化了。还不快谢谢小爷！"

曹霭看着五香吟道："'雾唾香难尽，珠啼冷易销。'[1]我看，取名'雾香'可好？"

方二娘大声道："好！好！小爷真神了！她娘生她那天，就是漫天大雾，早起出门儿，十步以外，啥都见不到，白茫茫一片……"

正说着，曹霏奶娘李嬷嬷走了进来，见到曹霭，不由愕然。问道："这……？"

四喜见李嬷嬷进来，一阵脸红，轻轻叫了一声："李嬷嬷来了，李嬷嬷请坐。"

方二娘忙道："李嬷嬷没见过这位小爷呀？这就是您奶大的霏哥儿的堂房兄弟……"

李嬷嬷接道："是随四老爷一起来的占姐儿？怪不得听说老太太疼呢！这样的哥儿，谁见了不疼呀？一路上辛苦了，刚到家，快回屋歇着去吧。老爷马上就要来了。"

曹霭忙对李嬷嬷施礼："是！嬷嬷请坐。"随即对方二娘、四喜请安告退。临出门，又对五香道："妹妹有空儿到我那边坐，我就在东跨院，和姨娘屋子对着的就是。"

五香看着曹霭，眨了一下眼睛，什么也没说。曹霭含笑看她一眼，便匆匆走了。

---

[1] 李义山诗《碧瓦》。

李嬷嬷忙对丫鬟道："茉莉，老爷马上就过来了，你们快拾掇拾掇吧！"

茉莉答应着，自和小丫头去收拾。

方二娘忙招呼五香道："快！你姑父就要来了，咱们里屋去。"便拉着五香进去了。

李嬷嬷见四外无人，低声对四喜道："这几天身子骨儿怎么样？老爷来了，可得小心点儿。"

四喜低着头，脸更红了。

李嬷嬷凑近四喜，更小声道："霈哥儿可是捏着一把汗呢。"

四喜禁不住流下泪来。

李嬷嬷急了，悄声道："哭什么？快去洗洗脸，抹点粉，老爷马上就要来了。是大喜日子，可大意不得！"忙扶着四喜到里屋去，边走边喊，"桂花，快侍候姨娘洗脸，打扮打扮，老爷就要来了。"

桂花答应着，端盆水走了进去。

李嬷嬷走出来，四处打量一下，便快步走了。

曹颙回到屋里，四喜迎过来请安。

曹颙道："免了吧，何况你又是双身啦！"禁不住打量她一下，问道："近来可好？"

四喜无地自容，脸红低头道："托老爷福，近来好些了。"

这时，方二娘走出来，向曹颙万福："请老爷安！"

曹颙忙还礼道："是方二娘吧，早就应该接过来，照应四喜了。以后就长住这儿吧！"

方二娘道："是！谢谢老爷！四喜前些日子，茶不思、饭不想，就想吃酸的。这一个来月才见好一点儿，都是托老爷洪福。别的我不会，侍候月子，我倒敢说，是数着一等哩！"

曹颙回头问四喜道："听说侄女也接来帮忙照顾，可心吗？"

方二娘听了，忙向里喊道："五香，快出来见你姑父！"

四喜急忙提醒："妈！"

方二娘急改口道："快出来见老爷！"

五香从里屋走了出来，怯生生眨着双眼，向曹頫请安。

曹頫见这姑娘，也生了一双和四喜一样的大眼睛，骨骼里透着俏丽，只是黄瘦一些，显得有些村气。正想要四喜为她张罗做几件新衣服，恰巧桃红夹着包袱，走了进来。向曹頫请安后，便在桌上打开包袱，对四喜和方二娘道：

"三奶奶吩咐，送来给五香姑娘做衣服的。"一边说，一边把那粉红的、淡绿的、翠蓝的绸缎，成卷地拿出来摊在桌上。

方二娘眼睛都看花了，忙道："阿弥陀佛！我们小五香，在宝坻乡下，哪儿见过这个？怎么一步就进了天堂，这是哪儿来的福气？其实，这儿姑娘们穿剩下的衣服，也够她捡巴的啦。还劳三奶奶惦着，送来这么多娘娘也能穿的绫罗绸缎，这不活活折了她吗？快拿回去吧！"

曹頫看了文苓命桃红送来的衣料，不住点头，含笑要四喜为五香收下。

四喜只得对桃红道："谢谢三奶奶，又劳三奶奶操心了。"

方二娘接道："她个乡下土生土长的，刚刚到城里，哪就用着这样打扮了？既是老爷叫收下，就留着给她慢慢儿穿吧。"

桃红道："五香姑娘来的那天，三奶奶就念叨着，要开库取料子送来。可是七岔八岔，老也缓不过手，直到今儿才送来，还说请姨娘、方二娘担待点儿呢。"

方二娘忙道："姑娘说哪里话来，咱祖孙俩来，就够给你们添麻烦的了。这么老大个宅子，这么多人口，哪儿忙得过来呢！"

曹頫道："都是自家人，二娘不要客气了。"对桃红道，"回去给你们三奶奶说，姨娘谢谢了！"

桃红忙答应，笑着出去了。

曹頫又和方二娘谈了几句，便要桂花传话佟富，明天一早，要带霑儿去王府，拜见王爷和福晋。

巳时，曹霑随着曹頫，带着随身家人小厮，到平郡王府，拜见了平郡王纳尔苏和福晋。福晋命他免礼，曹霑哪里管得，慌忙施礼毕，福晋便把他的手拉住，眼睛不免湿润了。曹霑见了，禁不住惶惑起来。他看到姑姑比以前瘦多了，姑父的威势，也几乎没有了，以前叫人见了胆战的眼神，全变了……他正感到纳闷，只听姑姑叫宝瓶引他到福彭屋里去。并告诉他说，福彭一大早被四阿哥召见，进宫去了。午时前，定会回来的。

曹霑请安告退出来，宝瓶和双燕连忙跟上。

曹霑出来便往明德堂走去。

宝瓶笑道："表小爷，小王爷不在明德堂住了。前二年就搬到东边跨院了。"

曹霑"哦"了一声站住道："那就只有请姐姐带路了。"

宝瓶笑着指道："往东走。"

双燕走在宝瓶旁边，问道："宝瓶姐姐，澄心姐姐她们都好吧？"

宝瓶道："一会儿，你见了就知道了。"

他们穿过上面刻有"学诗"二字的月洞门，绕过一座太湖石堆砌起来的假山，走进东角门，便见一座庭院，玲珑小巧，院中玉兰怒放，清香扑鼻。一溜大红漆柱立在廊前。

宝瓶喊道："澄心，快出来迎接！看看谁来了？"

话音刚落，从正门走出来澄心。她见到曹霑，惊喜地瞪大双眼，憋住欢叫，急忙屈膝请安：

"表小爷来了！表小爷安！"

曹霑急忙上前扶住："免了，免了！姐姐们呢？快把她们找来，趁着大表哥还没回来，咱们在一块儿先聚聚！"

澄心又屈膝躬身道："表小爷请屋里坐。"

曹霑从正门进到屋里，觉着整个摆设，和姑父上房差不多，只是略小一些儿。

宝瓶对澄心道："福晋示下，表小爷就在这儿等小王爷回来。"然后回身对曹霑微笑道，"表小爷，没准儿福晋就安排您在这个院里住了，两位爷在一起，又要热闹了。"说罢，向曹霑请安后，便转身走了。

双燕忙上前和澄心相见。

浣纱从后面走了出来，向曹霑请安。

曹霑高兴道："浣纱姐姐，表姐也在这儿吗？太好了，快领我去见她！"

浣纱微笑道："姑小姐这阵子，怎么能在王府住呢？"

曹霑问道："为什么不能？"浣纱和澄心都笑了起来。

澄心道："姑小姐回去都差不多半年了。要不，浣纱姐姐怎么能派到这儿来呢？"

曹霑皱眉道："表姐回哪儿去了？"

浣纱道："回绿竹别墅去了。"

曹霑一听绿竹别墅，就想起和那些姐姐妹妹煮茶喝的情景，又高兴起来道："那好！等大表哥回来，我们再一起到那儿找姐姐们玩去。"

这时，丫鬟们捧着茶点，请安献上。

曹霑看着一张张陌生的脸孔，忙摆手道："不要这样，不要这样！澄心姐姐，领我到大表哥书房去。你快去把墨香、砚侬、笔花、文影、红缨、弓奴、鸣环众位姐姐找来！还有小茶仙，我要看她们！"

澄心迟疑地看了浣纱一眼。

浣纱道："你先领表小爷到小王爷书房去吧。"

澄心屈膝对曹霑道："请表小爷随奴才来。"随即将曹霑引进福彭书房。

双燕这时，才上前和浣纱打招呼问好。

浣纱道："双燕姐姐，听福晋说，表小爷在南方，为了走了一个丫鬟，害了一场大病，可真是这样？"

双燕道："我们小爷，就是情分重。要不，向王爷、福晋请安出来，就忙着找众位姐姐呢。"

浣纱迟疑道："这么说，这事儿还得斟酌斟酌。"

"什么事儿？"

浣纱道："表小爷要见的这些丫鬟，如今都不在了。"

双燕吃惊道："都不在了？"

浣纱道："怡亲王殿下要几个会武艺的丫鬟，王爷就把文影、鸣环、弓奴、红缨献上去了。提起这话，也有两年多了。表小爷回南没多久，就献上去了。"

双燕道："墨香、砚侬姐姐呢？"

浣纱犹豫了一下道："砚侬不知怎么啦，一直长得比我们谁都丰满些。前年，突然消瘦下来。澄心禀报了福晋，福晋把她叫去，亲自盘问了半天，又请太医来瞧了，太医说是干血痨，不能用了，便交给安顺公公，打发出去了。"

双燕听了，不禁悚然。正要接着问下去，便听院外太监报：

"小五爷到——！"

便见澄心领着八个大丫鬟出来迎接。

浣纱急忙拉着双燕，到自己屋里去了。

曹霑到福彭书房，一进门，一张铺着金灿灿虎皮的太师椅，首先映入眼帘，不由暗笑起来。他举目四看，见墙上挂着各种奇巧的兵器中，有一张画。画的是兰草与石头，不由将他吸引过去。仔细一看，原来是江松筠老师的大手笔，怪不得画得不一般……

曹霑知道这位老师画兰石，从不轻易赠人。不知大表哥是用了什么方法骗来的，待会儿问问他，以便如法炮制，也求老师给自己画一张。他远站、近瞧端详了好半天，越看越喜爱。

接着，他又打量了书房的摆设，见到福彭书桌上有一本翻开的书，心想，大表哥如今真个是既爱武又喜文了。走过去一看，原来是十家注《孙子兵法》，不禁哑然失笑。

他转过身来，看到多宝槅上摆设的古玩，在各种蛐蛐罐儿中间，一个高六七寸，口比饭碗还大的青铜笔筒，居然也摆在上面了。

曹霑见过各种材料做的笔筒，唯独青铜制作的，还是第一次呢。不知大表哥又是从哪里弄来的稀罕物儿了。他走过去用力一拿，分量却很轻，差点儿碰到架子上。他拿下来仔细一看，原来是泥烧的，表面磨得光滑如玉，并刻有菊石，题着"鞠有黄华"四个字。书法篆刻都一般，只是制作不俗。曹霑着意赏玩一番。却见另一层内陈列许多古玉。有一个玉环，放在一个锦缎匣子里，曹霑拿起细看，这环整个雕凿成一个鸟的样儿……这是做什么用的呢？

曹霑正在纳闷，便听到福彭响亮的嗓门儿在门口叫道：

"哈！曹霑！我在母亲那里看到舅舅，便知你来了！"

曹霑回头，见福彭立在门前，不觉惊呆了。没想到三年的时间，大表哥竟长得如此高大，原来唇上的绒毛，成了两撇漆黑的小胡，姑父威严的眼神，却移到大表哥的脸上来了。

福彭边说边走了进来，拉着曹霑，上下打量道："长成了！长成了！出落得如此俊逸，出得门去，怕是要'掷果盈车'了……哈哈哈哈……"

福彭大笑一阵，回头对立在门前的澄心和丫鬟们斥道："愣着眼儿看什么？难道真要把他'看煞'不可吗？还不取衣服来换，这一早上，可够我受的了！"

曹霑这才注意到，福彭原来还穿着全副进官朝觐的礼服呢。

澄心在门前屈膝问道："爷不回房去换？"

福彭瞪眼吼道："废话什么？"

澄心和丫鬟们急忙下去了。

福彭转身坐在太师椅上，看着曹霑道：

"你这雅士，看看我这书房如何？"

曹霑这时才稍稍自在一些道："够热闹的！"

"哈，哈！我正在设法谋求淳度亲王的墨宝。你看，与江老师相对的东面墙上，特意空了一块地盘，就是要供奉淳度亲王墨宝的。我还要桑家为我特铸一对'鸳鸯剑'，配一副鸳鸯架，放在西北角上……"

曹霑一听桑家，忙问道："桑妈妈家？二姐姑娘好吗？"

福彭眯眼一笑："二姐不错，大姐更好！可惜二姐不爱王孙爱穷汉，生意比前一落千丈。我去铸剑，是看在大姐的份儿上……"

这时，澄心和丫鬟们捧着福彭便衣进来，福彭便闭口不说了。靠在椅上，伸开两膀两腿，让澄心和丫鬟们为他解换服着。同时，转换话题道：

"我这多宝槅儿，还中你意吗？"

曹霑道："依我看，就这个仿古笔筒不俗。"

福彭又大笑起来："这么说，其余的摆设，都落俗啰？"

曹霑也笑起来道："言重！言重！大表哥，你这些玉制兵符中，摆了这么个玉环，可叫不出名姓来。"

福彭愣了一下，随即明白过来，大笑道："曹霑呀，曹霑！你贬了这书房半天，这会儿也露'怯'了！"

"怎么？"

"你再看看那玉环儿。"

曹霑从锦盒中取出玉环再看，见这鸟儿盘成的玉环，雕工异常精致，但却是个半面。心想，大表哥把它跟兵符放在一起，莫非也是个兵符？但又想到，兵符是打仗时用的，这样碗口大的玉环，一碰就断了，如何能作军中信物？因而道：

"这玉环儿，充其量，是个镶嵌瓶罐口用的。古董店的行话，管它叫作'器口'。你却故意把它放在这里，冒充兵符。"

"好个曹霑，说得倒头头是道的。可这，偏偏就是兵符！是春秋战国时的鸟符！"

曹霑忙问："出于何经何典？"

福彭道："江淮一带，古时把三月东北风名为鸟风，鸟风又称信风。鸟形为符，所以传信也……"

没等福彭说完，曹霑就抢着说道："是杜撰！是想当然！岂不足征也！"

福彭忙道："夫子曰，礼失而求诸野。尽信书，不如无书，世上万物，岂能皆见之于书，才能笃信，还要以实物补书之不足。"

曹霑听了，微微点头道："唔，有道理。"又仔细将玉环考察一番，这才看着福彭道：

"果然是鸟符。这倒是件稀罕物儿，开了我的眼界了。可是，怎么只有一半呢？"

福彭得意道："珍贵，就珍贵在这一半上！"

曹霑道："愿闻其详。"

福彭眨了两下眼睛道："这是失群古物。那一半，当时必是在皇帝手中。也许出土时，就没曾合符。也许原已合符，到了古董商人手中，故意拆开来卖，好牟取大利，卖在两家手中，可从中跑合[1]。商人就把两头都捏在手里了。卖古董的，也和卖时兴货一样。前些年，是玛瑙身价高，目前，又是翡翠被抬高了身价。如今，从海外传来了猫眼石，还有金刚石，比玉不知贵了多少倍。可见，石头也有上天时。"

曹霑笑道："大表哥怎么忘记了：女娲炼石补天。石头本天成，足见石头上天，不自今日始呢！"

福彭笑道："我小时候，看见过南天门开了，但也没见过有一块石头砸下来！"

曹霑也笑道："天门自然就是云门了。只有青云平步，安能有石头落下来之理？如果有的话，也是天外飞来的了！"

福彭道："此话甚是！听说城隍庙有个刻着'猰兽'的影壁，原石就是天外飞来的。"

"这影壁不是在南方吗？莫非北方也有？"

福彭生怕曹霑刨根问底的脾气儿，忙道："谁知它在北方还是南方，不过是听来的罢了。"

两人哈哈一笑。曹霑道：

"大表哥，听说四格格表姐回去了，咱们什么时候去绿竹别墅，找姐姐们玩去吧！"

"不行！母亲不让我去。"

"为什么？"

福彭微笑道："四格格就要成为你大表嫂了，自然要回避啰！"

曹霑瞪大眼睛："哦——！"

---

[1] 跑合——古董行中也有一种跑合的，不但了解当前时尚，更熟知某些王公巨子正想搜购什么，哪家宅第又想脱手什么，便从中作成。不但可取佣金，还可两边欺瞒，牟取暴利。

引得澄心和丫鬟们憋不住，都笑了起来。

福彭换好衣服，站起来一甩袖子，斥道："笑什么？"

吓得丫鬟们急忙捧着换下的衣物出去了。

福彭道："你来得好！趁你表姐没过门之前，咱们在一起多玩玩，跟那些草包，可把我玩腻了。"

曹霑不由想起福彭挨打的事儿，问道：

"韵华小五爷还敢来找你吗？"

福彭哈哈一笑道："他不敢来找我，我可敢去找他。"

"找他？"

"不是找他算账，是找他去玩！至今，他对二姐还没死心呢。"

"哦！"

"如今，你也长成了，该见见世面了。这回，不但可以到南府去看看那帮戏子，还可以带你到大商家去看看他们豢养的家班。都是从苏杭一带买来的。有几个角儿，真不错。"

"小五爷家的王宝珊呢？"

"你就知道个王宝珊，最多还有个郑双卿。如今，比他们好的多了去了。你就随着我看吧！有十些班、十香班、遏云班……都是你没见过的呢！"

第四十七章

徐之先高节全金凤
汤老板苦心脱罪囚

徐之先回到家来，酒早醒了。看见玉凤提个包袱，立在大镜旁，兀自流泪不止，不知如何是好。徐智惊诧的神色，一直在眼前，怎么也抹不掉。他慢慢向玉凤走去，想要她先坐下来，不要哭，谁知刚走近她，便从大镜子里看见了自己的模样：

干瘪瘦小的身躯，顶着一个黑绒瓜皮帽的小脑袋，三缕稀疏山羊胡，满是皱纹的额头下，一双昏花的老眼……再看看身旁那只玉凤凰，临来时换了一套水红衣裙，更显得水汪汪、嫩泱泱……

徐之先不禁想道：别造孽了，修修来世吧……便长叹一声，开门走了出去。

院子里的冷气，使他更加清醒了，不觉背起双手，来回踱起步来。

他看到东厢房灯还亮着，知道侄儿徐世庸还未睡，忽然想起侄儿三十多岁了，至今还未娶亲。接着又想起自己长年在外，家中老母全靠哥哥赡养。数年前，侄儿来京投奔自己，在去西北前，虽然给他找了差事，得以糊口，但在其他方面，就很少过问了……一种自责的心情，油然而生。

这时，忽见人影在东厢房门内一闪，门开，徐智从里面走了出来。

徐智突然看见徐之先在院中，吓了一跳，忙问道：

"老爷还没睡觉？"

徐之先想起刚才徐智的神色，脸孔便烧了起来。幸好是黑夜，便道："没有。阿庸少爷还没有睡？"

徐智嗫嚅道："没有。老爷有事情？"

徐之先摆摆手道："你去睡吧。"

"是！"徐智迟疑了一下，便向前边下房走去了。

徐之先略停一下，便踱入侄儿房中。见侄儿在灯下看书，屋内倒也收拾得干干净净、整整齐齐，只是清苦一些。他轻轻喊了一声：

"阿庸！"

徐世庸抬头见是叔叔，忙起立道："叔叔大喜！"

徐之先道："徐智对你说了？"

"是！叔叔身边，也早该有个人侍候了。"

徐之先听了，长叹一声，便在桌旁靠椅上坐了下来。

徐世庸诧异道："叔叔，怎么了？"

徐之先道："这桩事情，实属荒唐！"便把恽淡半路拉他到戴昭仪家吃饭、听曲子，送玉串、生误会，硬把玉凤送回家来的事儿，说给徐世庸听了，并道：

"人家十几岁的姑娘，别说她不愿意，她就是愿意，我这把年纪，也不能作孽呀……"

徐世庸夙知叔叔为人，听了也为难起来。但想到七八十岁的老人，娶十七八岁的女子，这在京城，富贵人家是司空见惯的事儿，便道：

"叔叔，不知这位姑娘人品如何？如果是位安分守己的善良之辈，能侍候叔叔，也没有什么不可以。何况叔叔年岁也还不大呢。"

徐之先道："这姑娘名叫玉凤，唱得一口好弹词，看来倒好像是个好人家出来的，不像刁钻之辈……"说到这里沉思了一下，吩咐道，"阿庸，你去把徐智叫来。"

徐世庸踌躇了一下，看了看叔叔，便去把徐智叫来了。

徐之先命徐智立即将西厢房收拾出来，并要徐智去上房将玉凤姑娘带到西厢房安息。沉思了一下，对徐世庸道：

"阿庸，先让这姑娘在这里住下，你叔叔素来凭良心办事。什么'人言可畏'，也顾不得那许多了。"说罢，便回自己上房去了。

徐之先回到自己房中，一阵香气扑鼻而来，不觉有些恍惚。一抬头，又看到镜中的自己，苦笑了一下，便脱衣上床了。

金大嫂被叫到织造府，从王夫人那里，只知道小爷北上了，屋里用不着许多丫鬟，重重给了几两银子、衣物等，一句话也没敢问，就把金凤领回来了。后来，还着实托人打听了一下：汉府小爷年龄还小，金凤手脚从来干净，不但没听到犯过什么过错，还是太夫人、夫人宠信的。只是有一次小爷找不着了，受了责备，但也不能怪她。

晚上，金大嫂和丈夫低声琢磨，百思不解，只觉着妹子出落得更俊俏了，要遇到好主儿，又可以赚一笔大钱了。

街坊四邻从金大嫂那里，知道金大哥妹子被织造府退回来了，免不了议论纷纷，变着方儿到金家来串门子，更有那三姑六婆找上门来说媒拉纤。金大嫂瞅着行情不错，便水涨船高起来。一般人家想买个使唤丫头、年岁大了无儿想纳妾、戏班子买小旦、脂粉班里买姑娘等等，原本只想能卖二十两银子就不错了，但随即又妄想五十两银子成交；到后来，长到一百两也嫌不足了。金家一度门庭若市，又变得稀疏起来……

金凤是个聪明好强的人，被嫂子领回后，起初委屈得痛不欲生。但想到自己没做见不得人的事，真要寻了短见，还洗不清呢。又想到占姐儿对自己的情分，没准从北方回来了，还会要人来把自己找回去的。占姐儿是老太太的命根子，只要占姐儿要，老太太就会派人来找的。因此，整天大门不出，二门不迈，住在后面一间小屋里，除了帮助嫂子做些家务活儿，就是埋头刺绣。

这些刺绣，都是在汉府未做得的，有鞋面儿，有兜肚儿，有各色各样的小荷包儿、香袋儿……都是金凤用自己的月例钱，找福海大爷给买的。走的时候，姹紫查看了一下，都让金凤带回来了。还有一本《靖节先生集》，因为夹着花样儿和各色丝绒丝线，也让金凤带回来了。书头上没字儿的地方，有占姐儿画的小人儿、小鸟儿、小花草儿……金凤在汉府侍候占姐儿那会儿，从没想过要把占姐儿画的花鸟作样子。可如今，金凤却细心细意把占姐儿画的花鸟描下来，做到绣片儿上了。这本占姐儿从小读过的书，也被金凤翻来覆去，看得更加厚了起来。

几个月的光景，哥哥嫂嫂的为人，街坊四邻的来往，金凤虽不闻问，多少也有些儿觉察。最使她不乐意的，就是来了些女人家，嫂子总要她提壶去冲茶，吃住在哥哥家，又有什么法子呢？

这天晚上，金大嫂到金凤住的小屋里坐下了，郑重其事地告诉金凤：哥哥生计困难，已经通过行帮好友，高利借债买了一条船。以后就以船为家，来往于运河、长江一带讨生活。给人运运货，载载客，总比背纤撑篙，腰板站得直些。日后将债还清，好歹还有一份儿水上家业。就是给妹子找人家，也好说上话儿。

金凤听了嫂子这番话，知道这里住不成，要随哥哥嫂嫂上船了，随即道：

"妹妹从汉府回来，虽说也带了几两银子，但坐吃山空，也非长策。如今哥哥既然已经买了船，自是好事。妹妹也想尽点心意，能否请嫂嫂把妹妹的绣活，拿到外边问问，若能卖上一文两文，也可以减轻哥哥一点担子。嫂嫂看，这可使得？"

金大嫂道："这都好说。妹子吃那么一星星，你哥哥省一口，就够你吃一日了。搬上船，咱们姐妹就更相依为命了。这船上的日子，也不是那么好过的。上上下下，都得打点不说，这船是一生根儿地顺风漂，没个正经主子。不管岸上的什么人，都要矮一辈儿。你哥哥这口饭，也是横吃竖咽，辫子绞在缆绳上，只求个风平浪静，就知足了。"

金凤倒有自己的想法：随着哥哥嫂嫂搬到船上，只要占姐儿回南后找她，定能在运河、长江一带找到哥哥这条船的。因此，倒也心安。但是，自从那日在运河中错过官船，确信是占姐儿回南后，便整日坐卧不宁了：怎么占姐儿还没派人来找她呢？……

金大嫂看出金凤有心思，探出原因后，便安慰她说：只要汉府小爷真想要她，自会派人来找的，光着急也没用处。

过了一阵子，一天傍晚，船又回到下关码头，刚靠岸，便听到岸上一个汉子问金大哥的名字。金大哥急忙迎上岸去，金大嫂也赶到船头走了上去。一会儿，只见金大嫂喜滋滋回到船上，伸头到舱里大声对金凤道：

"妹子大喜！"

"什么事儿？"

"老太太派人找你来了！"

"真的？"

金大嫂一把将金凤从舱里拉出，指着岸上的汉子道："你看看，那位大爷是汉府的不是？"

"大管家！"金凤见是傅贵，惊喜地叫着跑上岸，便要请安。

傅贵一把拉住道："金凤姑娘，把你好找！"

金凤一边流泪，一边笑着道："是占姐儿回来了吗？是老太太叫我回去吗？我没想错，我知道占姐儿回来，会派人找我的……"

傅贵道："你去了就知道了。这一回，可够你受用的了。"说罢，对旁边一摆手，一乘青呢小轿抬了过来。

傅贵道："金凤姑娘上轿吧。"

金凤答应着，转身便往船上跑。

金大嫂也急忙跟在后面跑上船道："妹子要干什么？"见金凤在收拾东西，便道："还要拿什么？到了那儿什么没有呀？"

金凤收拾好自己那一包刺绣，笑道："别的我都不带，这包绣片可得带着。还有这本书，占姐儿要看见我拿他画的花鸟作花样儿，准会乐得闭不拢嘴的。"她包好小包袱，弯腰对镜拢了拢头发，提着小包袱就上岸了。向哥哥嫂嫂告别时，也不免有些惜别之情。她欢欢喜喜坐进小轿。当轿子抬起来的时候，还听到傅贵对哥嫂说：

"总算功德圆满，今后就看她的造化了！"

金凤坐在轿子里，一闪一闪的，想到马上就可以见到占姐儿，见到双燕，又可以和双燕一起侍候占姐儿了，乐得直想流泪……

也不知走了多会儿，天已经黑下来了。她掀起一角轿帘往外看看，原来是在巷子里走，怪不得显得黑呢。总是轿夫抄近路，走小道……她忽然觉着坐的这乘小轿不像汉府的，汉府从没这样简陋的轿子。随即她又想到，这轿子是在外面雇的，谁知道多会儿能找到自己呢？……因此，她又心安了。

忽然，她觉着轿子拐了一个大弯，进门了。她掀起帘子，便见果然进到一个四方院子里，轿子随即放下，轿门被打开，只听得一个妇人细声细气道：

"请吧，姑娘！"

金凤只得下了轿。

妇人道："随我来！"

金凤压住惊慌，站住问道："这是什么地方？"

妇人道："这是戴公馆。从今以后，你就是戴家的人了。我们老爷是有眼力的，花了大把银子把你买来的。今后，有你的好日子过。"

金凤大吃一惊道："我是织造府的丫鬟，侍候太夫人和小爷的。刚才织造府的大管家，派轿子来接我回去，你们怎么竟敢半路拦截我？"

"哈哈！这丫头嘴倒不笨。梅仙，把她哥哥卖她的字据拿给她看。你这丫头不要不知好歹，就因为你是织造府的丫头，才花了我那么多银子。要不是织造府大管家肯出面，你会乖乖地上轿吗？为买你这么个丫头片子，费了多少心血呀！"

金凤转身看见灯光下一个肥头大耳的老爷，浑身锦缎闪光锃亮，剔着牙，站在正房门口，对她咧嘴笑着说话，立即想起在汉府时，下人们偷着议论傅贵这一家子的话儿，顿时全身发凉，脸色煞白。

…………

金凤在戴家两年多，在老爷的"器重"下，改名为玉凤。在梅仙管教下，和时而买进、时而送出的女孩儿一起，学会了吹拉弹唱。随着老爷到过老爷的家乡安徽休宁，到过苏州、杭州。如今，又来到了京城。其实，到哪儿都一样，除了乘车坐轿、乘船住店，到了地方，就是在一两间房里行动。梅仙这个妇人，说话细声细气，打起人来，掐起人来，却力大如牛，不露声色，青了、紫了，表面是看不出的。

今天，金凤全然没想到自己也被送出了，送给了这样一位糟老头儿。她除了哭泣、自叹命苦外，能有什么法子？

门开了，她不由哆嗦了一下。谁知却听到一个陌生的南方口音道：

"姑娘，请随我来。"

金凤转身看见一位老家人，提了一盏灯在门前等她，并无恶意。她停了一下，便跟着老家人走了出来。

金凤在徐智安排下，满腹狐疑住进了西厢房。

京城里面，近年来生意越做越大。殷实商家都把银子兑到北京，或者把货由京中转贩他乡。因之，商号店铺林立，帮派行当，也都纷纷扰扰。

这几年，机行很是发达。农村几乎家家纺线，户户穿梭。这时，便有布贩子，到各村各户去收货，由出名的大庄家，盖上字号花印，办理批发，再卖到缺布少匹的外省外县。

目前，京师最走红的布庄，要数着"福兴祥"。这是由汤兴主持的。别的铺子，都是在经营丝绸缎料之余，才设布柜。唯独汤兴，偏偏不重丝绸缎料，专卖各色布匹。开机、屯货、转口、外销，样样得手。他行情吃得准，生意做得活，所以生意越做越大。他的诀窍就是成色牢靠，沾利就走，不粘不滞，周转如流。

汤兴做布匹生意，除收进棉花，开厂加工外，还在春夏之季，收进机户的布匹，到秋后农家有钱时卖出。因为他资金雄厚，收进时，是布匹淡季；卖出时，是布匹旺季，价钱就可以从中操纵了。

汤兴生意越做越大。除了金字牌匾外，还立了商标为记。凡是收进的机户布匹，打上一个蝙蝠的印记，就是他家的货了。福兴祥字号铁栅门前，竖着一根大红抱柱，柱顶是个纯锡的寿桃顶儿，下面是一只金色蝙蝠。

这天，福兴祥二掌柜余福，来见汤兴。汤兴在小跨院里接见了他。

余福是来报知一件稀奇事儿。他进来对着福禄财神两侧挂着的对联，怔了一下。只见对联写的是：

仁粟义浆宝马自来
招尤惹怨孔方可致

小伙计过来请安装烟、斟茶已毕，将门帘放好，退出门外侍候去了。

余福低声告诉汤兴道："京师的大杆儿头，要人转告我说，咱们掌柜王有生，前几年流落京师，曾拜在他的名下，才许他住在土地庙里，干起做买卖的营生。如今蒙老爷照顾，提拔为福兴祥掌柜，都是土地爷赐福保佑，也是杆儿的照应……"

汤兴一边听，一边想：这消息来得确实突兀，杆儿头的话儿，早不来，晚不来，偏偏在我要提王有生为大掌柜的时候来……他再看到余福落着眉眼，低声说话的样儿，马上想起余福原名余盛，就为了表示他忠于福兴祥，才将"盛"改为"福"的。如今提他为二掌柜，也不为小了，可他还瞅着大掌柜这把交椅呢。想到这儿，便截住余福的话道：

"怎么着？杆儿头要借着王掌柜敲我一笔？这群下三烂，敲竹杠也不睁眼睛！他不知道我福兴祥的布匹，不消打开，成匹平摆，就能把个北京城遮盖起来，莫非还想讹我不成？"

余福听了，倒抽一口冷气道："老爷，您知道，我余福是您的人。这福兴祥布庄，是您赏脸，看得起我，不只许我身股，还许我钱股。也就是说，我余福身家性命，全在福兴祥，余福、余福，福兴祥余下一点福，就够我受用一辈子了。我把杆儿头的话禀报老爷，也就是要提防着点儿。如不防患于未然，就是一段隐忧。有道是：'明枪易躲，暗箭难防'呀！"

汤兴微笑道："二掌柜说的也是。不过，王有生当初卖雉毛口哨这些玩意儿，是我亲自看中他，一手拉扯起来的。他这个安徽人，做布匹生意，很有两下子。这两年，让他操持一些买卖，很快兴旺起来，也是有目共睹的。做买卖，就得看得准，下得狠，王掌柜在这方面，可真有能耐！可惜他兄弟王再生不肯待在京城，也是个精明后生子。我只好把他安排去南京了。"

余福不禁轻叹一声。汤兴看在眼里，转换话题道："杆儿头的意思是……？"

余福琢磨着，在汤兴心目中，是拽不下来王有生了，因而也转口道：

"杆儿头也不敢敲诈咱们福兴祥。他只是想在咱们字号上，贴个黄纸挂钱儿为记，从此，叫花不来打搅，就是流氓地痞，也还得捏着三分呢。那杆儿头，就是图这个脸面，要的，就是能打个通关。借老爷的字号招牌，来保住他的脸，要了这个大脸，也就够了。"

汤兴明知余福把原意转了，也就顺水推舟答应下来。但心里仍透着几分不快道：

"本是一个穷光蛋，凭着合伙同心，上下协力，加上货真价实，打开了销场，招牌能够一天比一天亮起来。谁知早有狼嘴伸进栅栏门里来了。"

余福强笑道："这也叫作肥猪拱门吧。不过，老爷看事儿，也不要看僵了。这种照顾，老实说，花钱还买不到呢。咱们柜上要不买他们的账，做生意也不够放心。老爷是做布匹生意的，可记得染缸铺里有一句行话：'红的吃不住黑的。'您的生意是心血钱，是红的，他们的心，可是黑透顶的。这不明摆着吗？咱们就得将就些儿了。和这些人打交道，可也不能做绝了。"

汤兴听了这个比喻，心里也不免开了窍，转口道："亏你提醒我。我满以为对布行吃透了呢。原来，街面上这一套，我还是个雏儿。亏得你提醒！"

余福就势起身道："这事儿就交给我去办吧，一不要您出面，二不要您出钱。王掌柜那儿也不用提了，如何？"

汤兴点了点头，也站起来道："人就是要活到老，学到老。'经济南阳一卧龙'，你余福足以当之无愧了。"

余福拱手道："岂敢，岂敢！"便急忙出去了。

汤兴平素深居简出，和李煦家那几个发迹的大管家，大不相同，平时也不大走动。自从李家有了出事的风声，就更不走动了。对孙家、曹家的事儿，也从不打听。只是满脑门子都是算盘子儿。拨上拨下，都是为了把生意做好。

汤兴有三个儿子，分掌苏州、杭州、南京三个大绸缎庄。唯独他自己，在京城经营大布庄。经常来往于南北之间，行情利市，自有他的一套可靠人马。

汤兴偏爱长孙阿青。这阿青平时和长子一家住在苏州。汤兴又是孝子。对父亲临终遗言："要对李佛老东家报恩！"随时都记在心上。

这两年，汤兴一反常态，忽然把老伴和阿青带到北京长住，居然沉迷于声色起来。虽说这年头儿有个风气，孪童歌女，彩戏娇娃，公畜私养，风靡一时。但对汤兴这个人来讲，却不免引起人们纷纷议论。尽管他拴戏领班，奢侈靡费，花的那银子，就像水淌一般，可他的生意，反而越来越发，财源越来越茂。因为信誉昭著，有的人家，甚至不要利息，也硬要把金银财产，挂在他的账上，任他挪用，反觉放心。人们看他招财进宝，生意兴隆，都开玩笑说他名儿取得好：正是热火煎油，扬汤助沸的时候。

京城近来流行一句俗话："昨天望门，今天看眼。"意思是说，过去，京城推崇门第，看人要通过门第来看。可是，如今不同了，要通过钱眼来看人。钱越聚得多，人越显得重。因此，京师又有了一句俗话，说是"有钱的王八大三辈"，就是这个意思。过去，只有当官的，还要够得上品级的，才能称"老爷"。如今，就叫得滥了。只要有钱，也可以叫"老爷"。不过，不那么明目张胆，得捏着几分儿。所以，在大街上，只见打千作揖的人，都是"爷、爷、爷"挂在嘴上。

虽说这样，汤兴也想改变门庭。他一心想使阿青取得入围的资格，好把这"奴才"二字，像蝉蜕似的脱掉。重金请了能人相士，给阿青取了个学名，叫"经卿"，意味着阿青长大，必是满腹经纶，将汤兴祖上几代人唱的"嗌、喳、是、喏"改成"诗、词、歌、赋"，那才是真正光宗耀祖呢！

经卿倒也没有辜负祖父对他的期望，不但外表生得眉清目秀，聪颖过人，但凡教给他的诗书，过目成诵，出口成章。别说大商家子弟比不过，就是王孙贵族、官宦之家的少爷公子，也难于超出他。苏州的李玥，金陵的曹霭，虽然早就名声在外，但汤兴是想也不敢去想的。尽管尽全力望孙成龙，但要超出东家小姐、公子的想法，是大逆不道的。不过，经卿对这两位神童才女，却早有耳闻，免不了动心，想到神会不如亲会呢。

经卿从小爱看戏，汤兴也变着方儿满足孙儿的喜好。

苏州演戏，只有在大庙和官邸中，才有戏台。一般馆阁宅第，还是在氍毹毡上搬演。节日酬神奉献，或者豪宴助兴，需要优伶侑酒，大都借虎丘山塘演出。在船上，一边饮宴，一边观剧。那船名叫"卷梢"。来看戏的，得另外花钱，雇上"沙飞""牛舌"[1]等船，载着看客，来到大船旁观剧。还有一种瓜皮艇子，来回渡客，名叫"荡河船"。摇船的多半是经年在水上的船娘，也有髫发覆额的少女。要是遇到坏天气，风雨骤至，或者，戏唱得不称人意，岸上看白戏的，就乱起哄、闹场，甚至把瓦块砖头往优伶身上乱掷。这时，船身簸荡，酒幌摇落，生怕"卷梢"翻覆，出了事故把人溺死，便只好停戏罢演。加之，看戏的，胃口不一，有喜欢文的，有喜欢武的，有喜欢胡调打闹的……众口难调。所以，优伶献场，也都是应景戏。要点戏，就得出赏银。这时，领班的，便用大红纸写出：某某大人、某某老爷恩赏某某献演什么剧目。只有这样，秩序才会好一些儿……

汤兴带着经卿去看戏时，戏班的好角儿要演雅戏，怕人拆台，便事先请汤家出钱点戏，以便压场。汤兴为了使孙子喜欢，便出大钱，点好戏、点名角儿献演。因此，经卿自幼随着汤兴听了许多名曲，看了许多好戏，熟悉一些名优。

近些年来，南方的戏班，纷纷流到北京来。北京的戏园子，也就多起来了。最有名的，还要数着前门外几家。本来，有人邀李鼎担个名分，要在城南办一个能演宫廷戏的大舞台，也仿圆明园的戏台一样，舞台可以转动，台下可以喷水、吐火，台上可以降雨、出云、闪电、雷鸣，仙女可以在空中飞舞……

李鼎向来乐于此行。原来已经答应王府太监合开大舞台。自从家遭巨

---

[1] 船名。

变，虽然他身无官职，得以脱了干系。但是，如果不加收敛，惹起流言，有人再向皇帝老子耳朵底下吹口冷风，那就有好瞧的了。因此，在和脂砚商量下，亲自送父亲去山海关，躲过这一阵子再说。

京城的风气，凡是男女名伶，都得拜"干老儿"。巴结上王公巨宦，便是有造化。这风气，由于京官外放，带到外地，也像鸡瘟一般，立刻传遍四方，难以收拾。

皇上察觉，颇为震怒。降谕严禁王大臣和封疆大吏家养戏班。结果，有些年老艺人，或过去领过班的，就自拴戏箱，养了一些俊俏孩儿，有的一色男孩儿，有的一色女孩儿，也有男女同科的，自做班主、自立门户，使孩儿们从小坐科学戏。遇到喜庆婚丧，专出堂会，争奇斗艳，不一而足。

皇上严旨，未曾说到商人头上。因而一些殷商巨贾，见机行事，把些班儿、角儿，搜掠过来。一可逢迎权贵；二可自诩多资；三可提高身价，遮盖些儿铜臭气味儿；四可借机拉拢一些落拓文人，或编戏文，或作小曲、小令，附庸风雅，风俗为之一变。致使原来看不起商人的知名角儿，也都退了一大步，倒转来投向豪商巨富，落个实惠。

汤经卿随着祖父居住北京，北京大班名角都在戏园子里演唱，他看戏的机会自然不少。但是，不论北京戏院子里一些名角唱得多么好，他还是想念虎丘山塘"卷梢"上的那些小戏子，不免有些郁郁不乐。汤兴得知，不惜重金，竟然将苏州戏班接到北京家中豢养起来。遇有貌美女孩儿，还买到家中，请名师坐科，这样，汤经卿才觉称心了。

一天，汤经卿去书房，见老师尚未到，便踱了出来。忽然听到一声清唱，不由站住，凝神细听，原来是后花园那班苏州小戏子在吊嗓子。再听下去，觉着这副嗓子似乎没有听到过。便循着声音往后花园走去。边走边听，越听越觉甜美圆润。走进花园门，便知声音从假山后传出。汤经卿轻轻绕到假山旁，见一女孩儿，穿着蜜色镶黑边的洒花绸衣裤，立在树下，一手扶树，一手放在胸前，试唱着练嗓子，长发松挽着，垂在背后。

汤经卿对着背影，打量了一下：这姑娘是谁呢？苏州班小戏子，他是常看她们练功说戏的，这姑娘怎么从未见过呢？……于是轻轻咳了一下。没想到这咳声，似炸雷一般，惊动了姑娘。姑娘回过身来，双手紧握胸前，惊诧地看着他。

汤经卿从未见过这等美貌，也惊呆了。半晌，才轻声道：

"姑娘受惊了！这就是我的不是了。我原是循声而来，不知是姑娘在这里，但不知姑娘是……"

姑娘惊魂稍定，不禁低下头来，轻轻移动身子，要走了。

这时，一位身材修长的女子，快步走了过来，说道："阿青少爷今儿怎么没在书房念书，到后花园来耍了？"

汤经卿忙施礼道："方才老师没有来，我听到后面有人练唱，便走过来了。柔娘姐姐，这是哪一位姑娘？我怎么从未见过呢？"

柔娘略一沉吟道："这个嘛，她是云柔姑娘。是老爷从苏州买回来的。我们十柔班，不是还缺人吗？"说罢，对云柔道：

"姑娘，练了一会子，也就行了。快回屋去吧！"

柔娘也不和汤经卿作礼，便牵扶着云柔姑娘往花园后面那一排北房走去了。

忽地一声猫叫，一只圆圆的暹罗猫，从树根旁花丛中窜了出来，跟在云柔姑娘脚后，也走了。

汤经卿看着她们的背影消失在树丛后面，一直都挪不动步子。心里想：我怎么没听爷爷说起过呢？

第四十八章

郎舅私心占好运
扶倩巧笑作令官

按说，王捷三在京城，本可住进前海宅子，吃住都是上乘，出入是大舅老爷派头，比在南京还抖得开呢。可他，却有自己的打算：一要显派自己的手腕儿高明；二要饱捞一把；三要尽情享受一番。他对吃喝嫖赌四个字的次序，是倒过来的。在南京，上有老母，下有妻儿，自己又在织造署供职，平时连玩牌，都得躲着藏着。如今，自个儿在京城，可要好好自在自在。因此，特意疏通通汇钱庄司账，住进了前门外陕西巷一家小院。

院主人何老七，原是个大饭庄的厨师。因为攒了钱，年岁大了，不愿再在灶门上烟熏火烤中打发日子，便置办了这所小院。院内花木扶疏，宽绰利落。

当年，京城里，每到秋闱，有的人家，都愿把房子腾挪出来，租给临时入京的士人。何老七老伴在家时，家中人少，房多。能住进几个进京赶考的后生，没准儿还能为女儿物色个好人家呢。没想到，女儿谁也没看中，倒看上了雇来帮工打杂的小厮贺小三儿。为此，老伴儿一气身亡。倒是何老七实在，琢磨着自己这份家业，也得有个接替的，莫如将贺小三儿入赘。心想，"贺"字，字音稍稍变一下，和"何"字也就差不离儿了。幸好贺小三儿乖巧，入赘后，连忙将自己的名字，改成了何小三儿，赶着向何老七叫"爹"，比亲儿子还亲。哄得何老七不但安心、自在，还把自己烧菜的绝活儿，传给了他，名曰"何家菜"。自己带着女儿女婿住在北面五间，索性把东西两厢收拾出来，作为寓所。故意多要价钱，倒不是为了多赚钱，而是为了抬高身份。尽管不公开挂牌，但窗户口吹喇叭，早已名声在外。外地客人，没有头面人物打招呼，轻易是住不进来的。

如今，这院内，除了亲王府的小舅子胡发、福兴祥的掌柜王有生、山西当铺少老板恽淡是长住户外，近日又住进了一位艾公子。

艾公子是澜平县县太爷的大少爷。他老子艾庆云，因为和盐枭勾结在一起，专向口外贩卖官盐，又对私搭盐灶熬煮硝盐的平民百姓施加勒索，左右两手，同时捞钱。在县太爷的眼里，盐就是银子，颜色又都是白的。所以他自号"盐海银雪斋主"。每次落款写出这个斋名时，就怡然自得地想：有盐才有味，我身为父母官，和雪一样清白，盐雪相映，一清二白，名实相符，乐在其中。

可是，也有人煞风景，为他作了一副对联道：

　　用盐煮梅，百姓心酸；
　　以雪埋银，千家眼亮。

不过，这对联传到县太爷耳朵里，只当没听见。他一心想要儿子高中成名，便用成堆的银子，要跟班张能，带着书童小唤，侍候艾公子进京。不惜重金拜请名师，学会吟咏。艾庆云明知如今时文是唯一进身之阶，但是，要上干朝廷，名动公卿，还得诗词酬酢才行。就此，艾公子到京买乖。

跟班张能，是经常跑京津这条道的，京里情况，甚为熟悉。他为了使艾公子住得宽绰，又想显露自己的能耐，更主要的是和自己相好的挨得近，便疏通胡发，住进了何家院。并求胡发为艾公子重金聘请名师，攻读诗文。

艾公子，年纪轻，有些儿口吃。在澜平县，外号叫作"吃吃奶"。到京城以后，因为他生得脸庞浑圆，颜色白净，所以又有了个新雅号，叫作"艾窝窝"。

胡发自从得了榷运局的差事，便从亲王府搬到了何家院。三教九流，广为交接，茶楼酒肆，常为座上客；王府宅院丑闻秘史，装了一肚皮。如今，张能为艾公子求师，他立即想到了刘仲温和徐世庸。前者可以为艾公子测字算命、预卜前程，后者可以教他真才实学、吟诗作赋。自己从中拉线，也可得到不少好处。

他亲自领着艾公子拜见了刘仲温，呈上重礼，求刘仲温收艾公子为弟子。又在徐世庸面前说了许多好话，请他每隔双日，花上一个时辰，来到何家院，为艾公子讲解诗词，出题作文。

艾公子从小拿起笔来就打瞌睡，可是，六岁生日那天，就会和母亲、姨儿们打牌了。尤其是搓麻雀，经常会打出"对对和""清一色""大三元"来，使得艾庆云夫妇为之惊喜不已。亲戚朋友更是赞为天下奇才，将来连中三元，真乃易如反掌。这也是艾庆云执意要送子进京的主要因由。

王捷三刚住进来时，院里人出来进去，也没引起什么注意。可是隔不到两天，胡发、恽淡相继前来拜访，大有相见恨晚之意。加上艾公子这位有银子不会花的主儿，小院儿就分外热闹起来。长住户中，只有福兴祥掌柜王有生入不到他们这一伙里，每天天不亮就到布庄了，回来时，少说也在子时以后。因而，这位王掌柜是个什么模样儿，众人都有些说不清楚。

这天一早，王捷三从梦中惊醒，原来梦见一伙人抬着一具棺材，向他走来，他左躲右闪，都躲它不开，差点儿撞在他身上。他被吓醒了，不觉出了一身冷汗。但随即一想，棺材、棺材，又是"官"、又是"财"，这不正中下怀吗？没错儿，这是好兆头！他一骨碌爬起来，口不漱、脸不洗，走出胡同，唤了一辆马车，便向一家发市的赌场赶来。没想进门后，除了两个看门的闲坐聊天儿外，各个房间都悄无人声。

他往一贯赌通宵的内间走去，一个睡眼惺忪的女子，披着衣服喊他道："三爷，您这是要回去，还是刚来呀？"

"刚来。怎么着？今儿又有什么喜事儿？"

"昨儿玩了一夜，刚刚散伙。您这会儿跑来找谁呀？有手气，晚上来吧!"

王捷三掏出怀表一看道:"哟,都巳时了。我还得迎我妹夫去呢。看我这个记性!晚上见!"说罢,又急忙赶了出来,见那马车还没走,就又跳上马车,叫往前海宅子赶去。

……

王捷三在曹颎面前打了包票,又从前海宅子匆匆赶回。他急于要找胡发和艾公子,带他去找阴阳先生刘仲温。没想到,胡发不在,艾公子屋里又有位客人。同时想到,光靠艾公子,是什么事儿也办不成的。正准备出去,找个小地方碰碰手气,刚好恽淡跑了回来。知道王捷三想出去打牌,忙叫道:

"啊呀,这何家院内现成一局,何劳老兄出去再找?"

"这院里哪儿够搭子呀?"

恽淡道:"你,我,艾窝窝,还有胡发,不正好一桌吗?"

"胡发不在,还不知多会儿回来呢。"

艾公子从窗子里伸出头来道:"恽、恽淡兄,胡、胡先生不、不在,找、找隔壁戴、戴、戴公馆呀!"

恽淡被提醒,对王捷三道:"三爷,你等着吧,我马上就来!"说着,一溜烟出去了。

屋内,徐世庸正在给艾公子讲唐诗,没想到这位公子却把脑袋伸到窗外搭腔去了,不由有些生气。便站起来,给他留下几首诗文,顾不上梳梳胡子,便告辞了。

艾公子丝毫没有觉察,高兴得急忙送徐世庸走后,对王捷三道:

"徐、徐老师,真、真开窍!他、他知、知道我、我们要打、打牌,提、提早散、散课!嘻嘻……"

王捷三也笑了起来。

张能知道公子又要打牌,连忙和小唤在屋里张罗起来。一会儿,只听见艾公子在外面欢叫着:

"来啰!来、来啰……"

恽淡拉着戴昭仪,在胡同口见到徐世庸走出去,便碰碰戴昭仪,指着徐

213

世庸背影道：

"看见了吧？他就是徐之先、徐老儿的侄儿。如今徐老儿已经把玉凤让给他侄儿了！嗛——叔侄共妻，亦天下一大奇事也。嘿嘿……"

等戴昭仪听明白，举眼四看，忙问"哪儿？哪儿？"时，徐世庸早已走不见了。

他们一路笑着进了何家院。

恽淡在院子里，对王捷三和戴昭仪作了介绍后，便和艾公子一起进到屋里。张能和小唤连忙沏茶、摆碟子。

戴昭仪笑呵呵，对着张能道："不要忙活了，都不是外人，入局吧，入局吧！"

艾公子乐得忙向桌边让："戴、戴老伯说、说得……对！恭、恭敬……不、不如从、从命！"

众人在一阵喧笑声中，走近桌旁，掷骰定东，按点数分东南西北入座。

张能和小唤立即在牌桌斜对角，各放好一把茶几，摆上烟茶果碟，分好筹码，退立一旁待候。

王捷三作庄。没想到，头一把就和了，连庄。一面洗牌，一面想起做的梦，禁不住精神抖擞。第二把居然又和了，又连庄。戴昭仪和恽淡都笑着祝贺，唯独艾公子有些慌神，额上沁出了汗珠。

原来，艾公子打牌，总是以常胜将军自居。一开始就加押，第一把的加押，被王捷三搂了，第二把就加了一倍，又让王捷三搂了。心中便不自在起来。

恽淡看在眼里，见张能走到茶几前添水，便叫道："张能，你看看我这副牌。"

张能便绕过艾公子，走到恽淡和艾公子的桌角旁看牌，说来也怪，恽淡每打一张牌出来，都被下家艾公子吃了，一连吃了三张。……

艾公子这会儿脸便红了，汗出得更多了，连出气儿进气儿都粗了。把屁股挪到椅子前边，两肘撑在桌上，眼瞪瞪看着桌上打出的牌。

忽然，"啪"的一声，从恽淡手指上打出一张"东风"。王捷三忙喊：

"碰！"

没想到，音尚未落，艾公子却欢叫着：

"和了、和了！"忙将自己的牌倒了下来。原来他正用"东风"单吊。

王捷三不由气冲脑门儿。心想，恽淡明明有意喂这小兔崽子。刚想扒下恽淡的牌看，恽淡却顺手将自己的牌推到桌心洗了。

王捷三正想发作，但转念一想，恽淡如此撮合这小子，必有原因，小不忍则乱大谋。何况这种小场合，输赢大不了数十两银子。这会子，不过是试试昨夜的梦灵不灵罢了，好手气还在今儿晚间呢。如此一想，心气倒也顺了。便伸手拍拍艾公子肩膀，大声道：

"好手气！好手气！这东风单吊，真是绝了！"

恽淡故意开玩笑提醒道："三爷，您可轻点儿，别把艾窝窝拍扁了！"说罢，嘿嘿笑将起来。

艾公子更是笑得前仰后合，吃吃地道：

"小、小意思，是、是跟老……师们……学的。老、老师……一时大、大意了，学生才、才和了！嘻嘻……"

只有戴昭仪，什么都没看出来，附和在里面，有说有笑，自得其乐。

张能看到公子发了利市，连忙上茶奉承道："公子今儿一开张，就什么也挡不住了。上回在庄和县衙门，打了三个通宵，公子都赢得不耐烦了。这回到京城，就是来会高手的。"

恽淡洗着牌，微笑道："你们公子，是有真功夫。开头输两把，看看风头。这把才露真招儿。别的不吊，单单吊一张'东风'。三爷手上还有一对，这绝张儿，还真吊了。你们主仆二人可真有能耐！"

张能忙道："全靠恽爷栽培！全靠恽爷栽培！"

戴昭仪腆着个大肚子，连洗牌也感到十分吃力。忙道："喝酒的不认醉，下棋的不谈输，打牌的只要和，我是天生三不管，逢场作戏，图个热闹罢了。我平生就喜欢交漂亮朋友。难得诸位看得起我，别的不够格，补个三缺一，还是能够胜任的。"

王捷三慢悠悠洗牌道："佛贴一脸金，人贴一颗心。虽说是在牌桌上，大家都是玩票，图个兴致。不在输赢，这才能合得来呢……"

恽淡听他话中有话，停住手忙道："三爷是甚等样人？钱串是往下提搂着的，拿玩票当饭吃。三爷是铁帽子王府福晋亲兄弟的大舅老爷。俗话说，娘亲舅大，王大舅在织造曹府，说话算话，从来都是响当当的。"

戴昭仪和艾公子听了，都肃然起敬。每个字儿也都像锤儿打在铜钟上一般，当当作响。

恽淡接着又对戴昭仪和艾公子道："我看两位不但手面宽，前程也大。秋后，艾公子高中，过不久，宏文兄捐了班，到那时，我恽某人为二位牵马坠镫也荣幸。"

戴昭仪忙道："清风兄言重了，言重了！我戴昭仪还指望清风兄寻门路，开窗户呢。"

艾公子也连忙道："我、我新来，乍……乍到。京、京城这……大、大地方，我算、算老几？幸、幸而诸……位前辈不、不见外，我才……能和诸、诸公不、不分彼此……"

王捷三不耐道："来吧，来吧，打牌吧！彼此不要客气了。刘仲温老法师那儿，还要请艾公子给引见引见呢。"

艾公子忙道："好说，好……说！"

戴昭仪道："择个吉日，鄙人下帖子，请三舅老爷赏光，到舍间便酌。三舅老爷一定要赏脸！艾公子和清风兄作陪。客气话儿，我也不说了，快打牌吧！嘿嘿……"

四人又打起牌来。

曹霑住在福彭院内，除早晚和福彭去上房向福晋、王爷请安外，吃饭都不和姑姑在一起了，也不那样容易见到了。整个王府，也不像以前那样热闹了。

有一天，福彭一早又被召进宫了，曹霑单独去向姑姑、姑父请安，出来遇到福寿，急忙迎上前去叫了一声：

"二表哥！"

谁知福寿对他翻了翻眼睛，就像陌生人一样，半天才说出一句："你来了。"便掀开门帘进上房去了。

曹霑看着他没有什么变化的背影，被门帘遮住，心中着实不是滋味儿。

回到屋里，双燕觉出来他不高兴，便问道："怎么了？"

曹霑道："双燕姐姐，我怎么觉着这儿不像以前那样了。除了大表哥，怎么都变了？"

双燕叹口气道："这也难怪，福晋病了一年多，过去的公公、丫鬟，也都换了，大家都不熟识，可不就没有以前那个热乎劲儿了。"

曹霑顺手拿起一本书，坐在桌前一语不发。双燕见他要看书，连忙为他沏了一杯碧螺春，便悄悄进里屋去了。直到福彭从宫中回来，整个屋子轰响着福彭的大嗓门时，曹霑才又高兴起来。

……

曹霑到北京，被过去的同窗们知道了，今天有这个请，明天有那个约，加上福彭在大婚前要撒野一番，带着曹霑到处去耍。

韵华小五爷，为了向福彭讨好，抢着为曹霑接风。早在后海的太白楼订了酒席，约了一些闲散公子、纨绔子弟，准备闹酒行令、送钩射覆……大大热闹一番。

福彭换了便服，骑了一匹枣红马，把平常自己骑的那匹银淀骠，让给曹霑骑。带着来喜和耕云，在后海下了马，和曹霑一路说笑着，向太白楼走来。

这太白楼饭庄，西邻"胪莼斋"，东边便是"帽儿蒋"，接着便是"金家靴"。这金家靴门前的招幌，挂了个特大的靴子，大靴子下面还挂了一大串儿奇形怪样的小鞋儿。那个"帽儿蒋"旁边，又是"车把式""轿儿李"……

曹霑看了，饶有趣味，脚下便放慢了。

齐慎修在酒楼上看见福彭和曹霑，回头对众人道："来了，来了！说好午时，他表兄弟二人这会儿才来，首先罚酒三杯！"

韵华听见他们来了，忙抢下楼去，将福彭、曹霑迎了上来。众人一阵哄闹。

曹霑看到大家比以前都长高了，尤其是白俊生，长得人如其名，赶忙上前拉住，挨着他坐下，谈将起来。从谈话中，才知铁英哲随父亲放外任，离开京城了；白俊生自己正在准备秋试。

二人正谈得高兴，只听一个沙嗓子叫道：

"曹霑兄，今儿大伙儿是专为你接风洗尘，你怎么抛开大伙儿，就爱上白俊生了？来、来、来，先罚你一杯！"阚德端起一杯酒，边走过来边道，"这头一个接风，让小五爷抢去了，下一次由在下在'会仙居'为曹霑兄洗尘，除今日在座的都请奉陪外，在下还要请一两位助兴的……嘻嘻……嘻嘻！"

福彭哈哈大笑道："阚德兄为曹霑接风，何消到'会仙居'？到'高老庄'才正合适呢！"

众人一听，再看到阚德不但未长高，反而更往横里去了，不由都大笑起来。

阚德红脸道："这么说来，福彭兄为令表弟接风，却要请到粤秀酒家啰！"

福彭兴致极高，大声道："对极！南国生红豆，红豆寄相思。我请曹霑，要在红豆树下设宴，即使再被杖责，也心甘情愿！"

大家又都笑了起来。只是韵华反而红了脸，暗恨阚德不知趣。

阚德也被奚落得答不出话来，只有"嘻嘻"傻笑的份儿。

这时，小五爷的跟班进宝，匆匆跑了进来，在韵华耳边低低说了两句。韵华眼睛一亮，对众人道：

"诸位，请看谁来了？"

话音未落，进宝快步走至门口，将帘子掀起，只见郑双卿和王宝珊两人相偕，款款走上楼来。

曹霑欢叫："郑双卿！"第一个迎了上去，拉住他的手不放。

郑双卿也意外高兴道："爷什么时候来的？"说罢，用眼瞟了一下小五爷，请了安，又道：

"怪不得小五爷非要我们来一趟呢，原来是爷来了。"

王宝珊也捏着嗓子道："都是小五爷，要早告诉吾们呐，吾们说什么也可以早来一会儿。"说着，也斜瞅了韵华一眼。

韵华得意道："要早告诉你俩，哪有这会儿的乐趣呀？"

曹霑连忙拉他二人入座，阒德也挪动身躯让座。见郑双卿和王宝珊一边一个挨着曹霑坐下，便又叫起来道：

"珊珊，快到这边来坐，别有了新欢，就忘了旧好了！"

曹霑不由皱起眉来。

王宝珊道："看德爷说的，不是为霑爷接风吗？"一眼看到那边的福彭，忙起身请安道："没想到小王爷也来了。只顾和霑爷说话儿，都没瞅见您。"

郑双卿也忙站起来向福彭请安道："没想王爷今儿穿了便服，差点儿没认出来。"

齐慎修微笑道："可见你们是只认衣装不认人的。"

刚好跑堂的托着盘子来上菜，韵华忙举杯道："来来来，闲话少说，让咱们为曹霑兄洗尘干杯！"

白俊生道："今日欢会，不可无诗。"

齐慎修道："你还没吃，就泛酸了。这个时候，不乐个痛快，让人去学李长吉，抽把着脸子喝苦酒，有啥意思？做不好，又贻笑大方，岂不煞风景？还不如来分曹射覆、隔座送钩呢。"

福彭道："你这个主意更馊。还不如叫酒家抱个醋坛子来，咱们玩投壶，岂不更古更雅？"

大家听了，都不由大笑起来。

曹霑道："我看，咱们来玩一些人人都会，又不伤大雅的吧，太古雅了不好办，谁也摸不清那些规矩。"

韵华忙道："有理、有理，就请曹霑兄出个题儿，我们来破吧？"

曹霑道："我也没什么好主意，还是请小五爷出点子好。"

众人也道："对，对！不是主客，便是主人，反正由你俩出题儿。"

韵华道："诸位既要我们俩出题儿，又要雅俗共赏，人人可作，莫如来个'击鼓催花'如何？"

大家听了，都道："好！这个谁都能插上手来。"

阚德沙嗓子问道："可是，谁做令官？"

福彭道："这好办，要扶倩来！谁不知道这姑娘？她是从不陪酒的，专做令官。曹霑，把扶倩姑娘请来，也让你见识见识。你往这边坐坐，空出个位子给她。"

曹霑听了，连忙叫好。

韵华立即要进宝传下话，请扶倩带家什来行令。

不一会儿，饭庄老板陪着扶倩来了。老板跟在扶倩后面，还有两位打下手的姑娘随着。

那扶倩，并不抬眼瞧人，只是对席面行了个万福。对谁也不正眼瞧一下，但却把谁也都看到眼里了。

老板对她交代后，向大家讨好请安，连忙像个大虾似的弯着腰儿退出去了。

扶倩道："诸位爷赏脸，命我前来当令官儿。可有一句话说在前头。常言道：酒令大过军令。我的鼓音停在哪位爷那儿，哪位爷就得喊一句叫卖声出来，然后念一句古诗，底、面儿要相合。对不上的，甘心受罚。我在这儿，先告个罪儿！"

大家齐声说好。

扶倩便绕着圈儿，在每位杯中注满酒，从跟她来的姑娘手中，取过鼓和花，向大家告了罪，这才到曹霑旁边入座。那两位姑娘便立在扶倩身后，听她发号施令行事。

扶倩顺手将花儿交给曹霑，便嗵、嗵两声，打起鼓点来。

曹霑急忙随着鼓点，将花传了下去。

扶倩打鼓，特别花哨，一会儿如雨撒秋荷，一会儿如露滴芭蕉。花已传过两遍，还不见停下。

阚德只顾看着扶倩，下巴都奔拉下来了。没提防，花传到他手里，鼓声便停了。阚德接着花，慌了神，连忙收拢下巴，干咳了两声，结结巴巴喊道：

"烧饼、果子、馓子、脆麻花儿……"

扶倩等他说出一句古诗来。只见他脑门儿直出汗，半晌，才听他说道：

"梦觉高唐云雨散。"

扶倩用手背捂着嘴笑道："这'散'字不是那'馓子'，罚酒！"

曹霑笑道："真荒唐，分明是赵德麟的鼓儿词，岂可滥竽充数？应该加倍罚。"

福彭拿起杯子便要灌他。

扶倩这才又含笑击鼓。鼓点转急，戛然而止。花儿正传到曹霑手上。

曹霑对叫卖声是外行。但他想到北京叫卖声特多，随便喊一个，有何难处？可是，事到临头，反而有些发蒙了。猛然看见手中红花，便像得救了一般，吆喝道：

"卖绒花啦！红绒花儿……"

扶倩侧脸看着他笑道："卖绒花儿的，都用'惊闺'[1]来唤人，没有沿街叫卖的。这不算数。"

曹霑马上改口喊道：

"丰台来的，卖柳毛狗儿，毛毛狗儿[2]……"

扶倩更笑道："拿柳条儿吹个响儿倒还可听，用它来蒙混令官可不行。"

曹霑忙又改口，喊道：

"有旧衣裳的，我买……"

大家听了不觉一愣。没想到他会叫出这么个叫花子的叫卖声来。但转而一想，这前海、后海一带，差不多每天都听惯了的，倒也不足为奇。只听曹霑接着又念出一句唐诗道：

"寒夜处处剪刀催。"

扶倩暗暗佩服曹霑，但表面却一本正经道："爷改了三次叫卖声可不行，得门前自饮一杯。"

---

[1] "惊闺"，与货郎鼓同类的物件。

[2] 柳毛狗儿，即柳树的嫩枝儿，买回插瓶。

白俊生道："这叫卖声特俗，可诗又特雅，搭配巧妙，出人意表，不罚也罢。"

扶倩哪里听得进去这话，便用自家的那杯酒，来灌曹霑。曹霑只得饮了。

扶倩又耍出新鼓点来。大家似心怀小鹿一般，对这位令官，未免惧怕三分起来。唯独福彭神色自若，毫无惧意，眼睛只管跟着红花溜过来。没想到从曹霑、郑双卿，传到自己手中时，鼓声便不响了。

福彭对叫卖声倒不陌生，立即喊出：

"硬面饽饽……"

他那大粗嗓子，引得众人不由哄笑起来。

福彭得意间，可全然没有想到古诗词里面，和硬面饽饽能挂上钩的可不算多。一时接不下去，便愣住了。

曹霑忙向右边郑双卿耳边低语一句，郑双卿立即转脸低声提示福彭。福彭忙大声道：

"鞭石仙人从此过。"

扶倩故意装着没看见，不慌不忙问道："出自哪位大诗人手笔？"

曹霑来不及传话，轻声道：

"萨都剌！"

福彭便顺口学道：

"古押阃？"

众人哄堂大笑。福彭想了一下，定是萨都剌，便硬着头皮道：

"元代大诗人萨都剌的手笔。"

扶倩也忍不住笑道："这饽饽也够硬的了。要打，至少也得请尉迟公来打才行。不过，他是不管三七二十一的，要是打在子孙饽饽上面，一鞭子下去，和尉迟公打了照面，岂不白糊糊一片了吗？"

曹霑道："这黑白对照得好！"

白俊生道："当年秦始皇就是把石头赶下海的。魏王还写过《碣石篇》呢。"

阚德道："没想到，元代又出来个鞭石仙人，为何大诗家喜欢和石头打交道呢？石头，石头，顾名思义，是一点儿灵气也没有的呀！"

曹霑微笑道："常言道，石不能言最可人，怎能说石头没有灵气呢？"

齐慎修道："石要能言，岂不更可人吗？"

曹霑听了，便不再言语了。

扶倩鼓声猛然间又响了起来。众人连忙坐好，将花往下传，传到王宝珊面前时，只见他伸出兰花手，刚刚接过，鼓声便轻轻停了下来。

王宝珊吃了一惊，随即莞尔一笑，颤声喊了起来：

"凉粉儿……清心败火……"

喊完便念了一句唐诗道：

"吹面不寒杨柳风。"

福彭叫道："吹面不寒杨柳风，这和凉粉有什么瓜葛？"

王宝珊不慌不忙，细声道："脸蛋儿是粉的嘛。"

韵华帮腔道："有理，有理！不是六郎面似花，倒是花似六郎面。"

福彭道："不行！风什么人都吹，吹到张顺脸上还说得过去，吹到李逵脸上又如何？"

王宝珊瞟了福彭一眼道："那我再念一句：'才有梅花便不同。'"

齐慎修叫道："梅花多是白的、红的，还有绿的，只有桃花、荷花才有粉的。这句也不行。令官儿，还是先罚他酒，再让他说。"

王宝珊忙抢说一句道：

"人面不知何处去。"

韵华道："这'人面'倒含个'粉'字，可'凉'字似乎落空了。"

王宝珊立起来分辩道："哪儿落空哪？那人不在，今年来的人儿，心可不都凉了？"说罢，一扭身子坐下了。

曹霑叹道："巧思，巧思！"

阚德要不是隔着人，简直要过去搂着王宝珊了。他像馋猫似的哼道："哎哟，我的珊珊，这回可让你过了关啰。你这象牙筷子挑凉粉儿哆里哆嗦的声音，比吃了凉粉儿还让人舒坦呢……"

福彭大声道:"这会儿没灌你,你自己倒先醉了。"

韵华对阚德道:"你这副音容,就够瞧老半天的了。令官儿,罚他的酒!"

扶倩绷着脸道:"这就要看诸位爷台的面子了。"

王宝珊急忙揽过来道:"言重了,言重了!听令不如从令,我喝,我喝!"端起酒杯一饮而尽。

扶倩微微一笑,又慢慢敲起鼓来。

花儿随着鼓点儿,已经传了一圈,正当众人奇怪为何还未停时,鼓声忽然住了,花儿正在韵华手里。

韵华急忙往下家齐慎修怀里揣。

齐慎修笑看扶倩,却一声不响。

扶倩道:"再揣,就要罚双份了。"

韵华忙将手缩回道:"我喊,我喊!"低头想了一下,喊道:

"豆汁多给!……"

郑双卿忙用手扇着道:"酸还没说完呢,倒真的来了!"

众人笑将起来,韵华装作没听见,拿腔拿调念道:

"百般红紫斗芳菲。"

扶倩嗔道:"小五爷,您也未免欺人太甚了。打马虎眼是过不去的,这里没有卷帘格,请先自罚一杯,再讲。"

韵华只得红脸自饮一杯,接着又说出一句:

"豆蔻枝头花正肥。"

扶倩几乎笑出声来道:"诌小调滥竽充数也不行,何况还牛头不对马嘴呢?得念出正经八百大诗家的诗,才能交代过去!"

曹霑对韵华挤眼道:"现成的,小五爷,你排行第几呀?"

韵华听了,便知是提醒自己往五言诗上想,随即道:"春来发几枝。"

扶倩笑道:"这是用眼睛挤出来的。请两位爷对饮一杯,我也奉陪一杯,如何?"

大家都佩服这令官真厉害,起哄道:"我们大家都奉陪一杯,为令官打个照杯！"

扶倩忙赔笑道："恕我只知'罚依金谷酒数'[1]，不知礼数。请众位爷海涵。我情愿自罚一杯！"端起杯子一饮而尽。

大家又都一哄而起，纷纷干杯。扶倩眼疾手快，斟酒时，将曹霑的满杯，用袖子一拂，杯倒酒洒。阚德看见，叫起来道：

"快满上，快满上！方才那杯是敬酒，如今这杯是罚酒。快满上，曹霑兄不喝是不行的！"

扶倩只得又为曹霑将酒满上。她眼尖，看到曹霑袖筒里有一块白绢子，便知道必是家中丫鬟事先放进去，防备席间灌酒用的，不禁暗暗点头。

她正想着，忽听阚德沙嗓子叫道："酒令虽说大过军令，王法可是不讲徇情的。"

扶倩微微一笑道："无的放矢，还不赶快自饮一杯！"

阚德分辩道："众人都亲眼看见的，你护着曹霑，怕他喝醉。难道只怕他喝醉，偏不怕我们喝醉？"

扶倩撇嘴道："您德爷已经喝醉了。不看您德爷醉话连篇，我这令官还是要罚呢！"

阚德看到在座的只是笑，没一个帮他说话的，只得泄气道："好，好！我再饮一杯！"

扶倩看他饮完，便又打起鼓来。

曹霑道："请示令官，咱们换个令吧？行不行？"

扶倩微笑道："这由不得爷作主，乱了令，先罚一杯再说。"

阚德高兴得大叫："好！好！令官真是执法如山！"

众人又都哄闹起来……

---

[1]"罚依金谷酒数"，出自李白《春夜宴从弟桃花园序》。

第四十九章

曹霑赌场参玄理
贵妇雅座卖风流

雍正严禁赌博。可是，京城内外，还是狂赌成风。除了马吊、牌九、掷骰子、押宝盒之外，花样越翻越奇，输赢越来越大。

冬天，卖糖的，为了招揽生意，也可以招人来赌：脆管糖、片儿糖，既可吃，又可赌。赌的人，先把糖放在糖案子边沿上，用手将糖打翻在地，使糖向前翻滚，远者为胜。胜者白吃，输者付钱。

当"执事"的，在闲着无事时，拿着红黑棍，与对方用两手数着数儿，从下至上，轮流握把，双数为赢，单数为负。负者请客或输现钱，说明在先，各无反悔。

还有一种赌"扣碗"的，在胡同口、大路旁，专等巡逻不在时，就地坐下，用两个纸卷儿，里面一红一黑，当众放在盘子里，用碗扣好，下赌注来压。下赌注的分明看准是红，但开出来的确是黑。放赌的，吃了赌注，赶紧挪地方，又找另外的角落摆起来，赌两把，就又换个地方……

京师大赌场，虽不敢公然挂牌，但口头上所称字号，却为广大赌徒所熟知。如"大罗天""别有天""不夜天""天外天"等，他们和上下都勾着，稽查、马快等要办案，也得事先和他们打招呼。那样，破案请赏，就有指望了，因为赌场是马贼、地痞、流氓经常露面的地方。

可是，最大的赌场，却是在大宅门子里，或者在名伶、名娼的家里。这里，又自称"一层天"。

自从雍正元年，状元王方锦守岁玩牌，一张叶子，居然到了皇帝手里后，吓得王方锦灵魂都出了窍，幸而对答得体，才保平安无事。可是，从此以后，各王大臣府中，都不敢公然玩牌了。倒是设置的高门秘密赌院中，却常常看到这些爷台们的踪迹。

这一天，未时，曹霑听从福彭安排，由郑双卿引路，进到一座院落里，走进半旧大门，便觉出一股破落颓败的晦气。哪知，一跨进二门，突然眼前一亮，什么都焕然一新：红灯映地，烛火通明，门楣屋檐，全新描金彩画，一股刺鼻油漆味儿，扑面而来。

廊下侍候人等，见到郑双卿伴着两位年轻爷进来，连忙上来施礼引导。

刚往里走，便听有人匿笑说：

"来了两位'堂客'[1]和一个后生，我们老板倒不忌讳。"

福彭侧着脑袋，想看出匿笑者是些什么样人。曹霑却似没听见一般，随着郑双卿往里走。

忽然，他见到从正面屋里溜出一个人影，急忙钻到西边过道里去了。曹霑怎么觉着这个人影像王大舅。但转而一想，舅舅怎么会到这儿来呢？便不再想了。

郑双卿一来，上下都哄了起来。有的赌客把骰子抓在手里，一时都掷不下来。有的说，今儿碰到"双卿"，借东风，定会赢个双份。有的索性放下赌具，跑到门口，硬是盯着郑双卿看个不住。有的窃窃私语，说东道西，评头论足：

"这都是戏班的吧？"

"那个高个儿多气派，必是个武生！"

"和双卿并排走的，怎么没见他唱过？是新来的吧？比双卿还俊呢。"

_____

[1] 女人。

"……"

福彭在这些私语中，昂首阔步，东张西望，饶有兴味。

曹霑心想，这地方，能有什么趣儿呢？骨牌声、"吃""和""碰"……喊声不绝，不要说玩了，听了就不顺耳。

郑双卿却谈笑风生，怡然自得。不一会儿，便和屋门口看他的人，招呼了个遍。

他们走到尽里，老板金人风笑嘻嘻地迎了出来，让到单间内室去吃茶。曹霑这才舒出一口气。

金人风对郑双卿轻声问道："三位想怎么玩？"随即向福彭、曹霑施礼道，"二位爷初临敝地，为茅舍生光，今儿一定得得个'开门彩'才行。"

郑双卿笑着回首向福彭和曹霑问道："二位爷是推牌九，还是打马吊？牌九干脆，马吊品滋味儿，各有各的好处。"

福彭道："推牌九。一翻两瞪眼，痛快。"

郑双卿忙道："那就推牌九吧，打马吊怪腻歪人的，是吧？"用眼看了曹霑一下。

曹霑忙道："就推牌九吧，我什么都玩不好。"

金人风拍了两下掌，便有两位姑娘，一前一后，摇摇摆摆走了出来。一个捧着红漆木盘，上面放着紫檀牌盒和一个红花细瓷盖碗；一个捧着筹码盒，上面放着一块叠得方方正正的绿驼呢毡。向三位客人请了安，便铺起桌毡，将牌倒在桌上，请客人入座。随即放好盖碗，打开盖子，取出象牙骰子，笑问道：

"哪位爷先来？"

众人推曹霑，曹霑便笑嘻嘻接过骰子，往碗里一掷，那两颗骰子在碗里滴溜溜转了半天，才停下来。众人看去，却是一对"六点"，不由齐声喝彩。

他身旁那位姑娘叫道："哟！真好手气！"

另一姑娘道："头一把就掷出'天牌'，还没见过呢。爷今儿手气保准好！"

福彭迫不及待，拿过骰子道："我也试试。"

谁知掷下去，用力过猛，骰子都从碗里蹦出来了。福彭和曹霑一起笑了起来。

金人风忙奉承道："大喜，大喜！爷要高升！高升！这原来的地儿，已经搁不下您呐。没想到我这院儿福星高照，贵客临门。郑老板，您怎么到这会儿了，也不给引见引见？"

郑双卿抿嘴一笑道："怕你还没睡醒不成？只认金子不认人！"

高个儿姑娘嗔道："瞧您说的，我们交了运，只知道烧了高香，连问问是哪路君星都没份儿不成？"

郑双卿瞟眼道："福禄寿占全了，还故意装傻干什么？"

金人风忙道："明白了、明白了！有侍候不到的地方，请爷海涵！这两个都是没见过世面的孩子！"说罢，对两个姑娘示意，"侍候爷们玩起来吧！"

略矮一点的姑娘便坐在曹霑身边道："该爷作庄。"

曹霑高兴，姑娘便伸手洗起牌来。高一点的姑娘坐在福彭身边，也帮着洗牌、摸牌。

金人风满脸堆笑，和郑双卿打开筹码盒，拿出不同颜色的筹码，分放在福彭、曹霑及他们自己面前。

福彭知道这筹码是当钱的，顺手就推出一把染成红色的小骨棒儿。他身边的姑娘看了，连忙搂回来，笑道：

"这是最大的筹码，一根红的，当十两银子呢。爷想押多少呀？"

福彭也笑了。看到身边这个姑娘，颇为精灵俊俏，不禁看住她道：

"那么，你说，该押多少呢？"

姑娘觉出福彭的眼光，低下眼睛道："爷先押两根白的吧，碰碰手气。"

福彭微笑道："依你！"

曹霑手气好，大牌张张上手，姑娘够着够着为他搂回筹码。

福彭身边的姑娘道："看，要依爷，这百十两银子，不用眨眼，就归对家了。"

福彭轻拍她手道："还是听你这位军师的好！"

金人风为了凑趣儿，也在旁边陪着。

忽然，隔壁单间响起一阵对话来。

本来这房子是隔音的。但是，因为那人气粗声哑，嗓门特大，因而这边什么都听得真。

金人风皱眉道："这是谁把他老人家让到隔壁来啦？"

曹霑身边的姑娘笑道："他们定是不知道这边有爷们在玩牌，事先没通气儿。"

福彭身边的姑娘也笑着接道："也没想到今儿带了这尊大炮来，想必是在西边落了魄，跑到这儿发威来了。"

金人风瞪了她一眼，姑娘急忙低下头来。

郑双卿知道隔壁那位，必是刚被削爵的，找到赌场散心、寻外快来了。他知道这事不便打听，便和曹霑、福彭故意认真玩牌。金人风也参加进来，但每次均输，赔笑道：

"我今儿是让两位爷给镇住，转不了风了。"

福彭哈哈大笑，曹霑面前筹码越聚越多，姑娘都数不过来了。

只是隔壁煞风景。这时反而变本加厉，又抖落出一大堆难以入耳的闲谈来。

一个京东口音的男人道："五爷，您赏碗饭吃。只求爷撑撑腰，别的什么都不打扰您。每年每月，小的按时孝敬不误，情愿立下军令状。要有违误，提头来见。"

"说出大天来，我不作这个主！别看我背时，打花会、把宝盒，坑人上吊的钱，太损阴德，我犯不着要！别忘了，我还是个金枝玉叶，不吃造孽钱！别看我没有了带子，[1] 我还有祖传的几斗钱粮。"

"五爷，您这一说，不是连个地缝也不给小的留下了吗？事情是这么着：小的绝不敢借爷台旗号胡乱招摇。小的是一片诚心，只讨爷一泡尿，图个灵验。仅仅一泡尿，别无所求！"

---

[1] 黄带子，宗室的标志。

"什么？一泡尿？"那声音响得真是如同大炮一般，把福彭、曹霑都震得无心玩牌，做手势叫听下去。

只听得京东口音的男人道："这一点也不稀奇，有人求老佛爷的香灰，就能治病，小的能求得五爷一泡尿，就能发大财。万望五爷成全！小的感五爷三辈子大德，一生造化！"

"我看你小子穷疯了！我的尿，能比老佛爷香灰吗？用来治你的病，能灵吗？"

"只要五爷赏脸，小的就终生受用不尽！"

"你小子到底出什么'幺蛾子'？只要你老老实实对我说清楚，就是要我五爷照你头顶尿泡尿，也可以赏这个脸！哈哈哈哈……"

"嘻嘻，让您老人家说着了，正是求您老人家这一手呢！"

"放你妈的臭狗屁！老子尿又不是童便，你要它干啥？"

这时又出来另一个声音道："五爷，您有所不知，事情是这样儿，开花会，要靠神仙保佑。神仙不给作主，宝盒就揭不开。何况，官项儿[1]还要提，还要封，九门八关，都得打点个到。番子手[2]公差那儿，奉承不到，就得栽跟头、跌跤子！"

"这话跟我说个蛋！我又不是神，又不是仙！"

那京东口音紧接道："爷可真是神仙！原来怎的？立花会，得供神仙保佑，这是另外一路神仙，开光与众不同，灌顶要借大命之人赏一泡尿！"

"呃，原来这样！"许是"大命之人"四个字，打动了这位五爷的心坎，又"呃"了一声道，"你们供奉的是哪位真神？快告诉我！你们这帮小兔崽子，说话藏头露尾，打算盘，打到我身上来了。天底下无奇不有，哈哈、哈哈……我倒不信，我的尿会有这么灵验！"

"五爷不信，试试看！小的不是忘恩负义之人，一世也忘不了您老人家的大恩大德！"

---

[1] 官方。

[2] 衙役。

那位五爷的声音，又更响了起来："一泡尿也算大恩大德？"

"五爷有所不知，立花会，不同一般，是位特灵的神。'海里蹦'开光时，得把神像先浸在尿里，才能灵验。这尿嘛，越是命大的，讨会的就越盛。"

那位五爷似乎正在琢磨……

曹霑忍不住问道："什么叫'海里蹦'？"

金人风指着隔壁皱眉道："这群什么样的人物儿，怎么这么巧，今儿都撞到这儿来了。他们是商量立花会，抽封儿。花会要供'海里蹦'，臭神保臭鬼，花会开光那天，要把'海里蹦'浸到尿里泡一天一宿，取出供起来，才能灵验……"

金人风说着，见两位爷听了皱眉，连忙抱歉道："这说出来，还得去漱口，脏了爷的耳朵。"

两位姑娘，连忙去端过银盆来，给曹霑、福彭递手巾把儿……

郑双卿笑道："这花会一开，多少人都像着了魔似的，又是讨风，又是圆梦，城里城外闹得不可开交……"

隔壁又响雷似的传了过来：

"不行！我这泡尿不能撒！"

"啊呀，五爷，求求您老人家，成全了我们吧！"同时也响起了另一个恳求五爷的声音。

"谁知你们这帮小兔崽子安的什么心？苦苦哀求我一泡尿？荒唐！伤了我的元气，找谁去？不尿！决不尿！"说罢，便听得开门声，扬长而去了。

"五爷，五爷，您老人家行行好！……"京东口音的男人显然追了两步，又回来丧魂失魄道，"这可怎么好？没他老人家这泡尿，咱们开不了张呀……"瘫了似的哭出声来。

福彭猛地站起，笑道："我去尿！"抬腿就要出门。

郑双卿怕露了身份惹出事来，忙阻拦道：

"爷还是别去吧！"

金人风略一迟疑，眼睛发亮道："爷肯赏脸，是他们的造化。我过去打个招呼，让他们恭候。"说完，急忙掀开门帘过去了。

曹霑看着福彭直笑。

福彭笑道："没想撒泡尿也这么费劲，哈哈、哈哈……"

两个姑娘都把头往里侧了，暗笑不已。

郑双卿乜斜着眼嗔道："没见过爷这么爽快的人儿。"

金人风打开帘子躬身道："这帮小子感恩不尽，恭请台驾光临。"

福彭大笑着走了过去，不一会儿，走过来笑道：

"他们还真是感恩不尽！"又低下声来对曹霑道，"其实，我正憋急了！"又哈哈大笑起来。

曹霑也忍不住笑个不停，顺手将筹码往前一推，对郑双卿道："我也玩够了，咱们走吧。"

郑双卿用眼瞟了一下福彭，见福彭对他做着手势，指着自己的肚子。因而聚起桌上筹码，对金人风道：

"两位爷和金老板初次见面，无以为赠，借花献佛，就把这点小意思，都给宝号留下作个头钱吧。"

两位姑娘忙道："头钱按规矩早抽下了，都在这匣子里呢。"

金人风也忙道："哪有那个理？二位爷今儿手气好，再多赢几把吧！"

福彭道："不瞒金老板说，我们今天，是要双卿带我们来开眼的。我们还有点事儿，改日再来吧。"

金人风指着隔壁，抱歉道："唉，都被这帮小子扫了兴。爷既有事儿，也不敢强留。"拿起筹码对二位姑娘道，"去，兑了现的，交给爷的跟班，来个'开门彩'，也给咱宝号脸上风光风光。不瞒爷说，跟来的人，红包早已送去了，只怕他们看不上眼呢。"

福彭忙拦住姑娘道："哪能呢？金老板硬要我们带回去，说句不好听的话，我们不成了捞家了？哈哈、哈哈……"

郑双卿也笑道："这么着吧，我说一句话，你们谁也别驳回，否则，就使我没面子，今后再也没法出入这个门儿了。"

曹霑忙道："什么话？双卿，快说吧！"

郑双卿道："今儿来，也不过是逢场作戏罢了。爷平日最讨厌这些'阿堵物'儿。我看，这些筹码，就算赏两位姑娘的脂粉钱，如何？"

福彭大声赞道："好！好！双卿从来都会办事儿！"

金人风笑道："还是郑老板最知二位爷的脾气。就依郑老板的办。"说着，把眼溜向二位姑娘道："愣着干什么？还不快给二位爷磕头。"

二位姑娘急忙走过来，就要磕头。

曹霑急忙扶住道："别，别这样！"

金人风道："这两个雏儿，怎么，在爷面前连个花名儿也不报呀？也忒不懂事儿了。"

两位姑娘忙各自报名道：

"爱花谢爷赏！"

"爱月谢爷赏！"

福彭眯眼笑道："这名儿倒好记，就是叫的多了些，显得俗了。"

曹霑随口道："我看还不如叫'春朝''夜眠'来得别致呢。"

金人风在旁忙大声道："这名字好！快谢谢爷！你俩从今以后，就改名'春朝''夜眠'了！"

二位姑娘又连忙叩谢，齐声唱道：

"春朝谢爷赐名恩赏！"

"夜眠谢爷赐名恩赏！"

窘得曹霑忙阻拦道："玩笑话，玩笑话，不作数，不作数！"

郑双卿道："二位姑娘可知道这名儿的出处？"

二位姑娘齐声道："我们懂得什么？爷赏赐的名儿，只觉着听着好听！"

郑双卿道："这话倒说得有点意思，这位爷是用近来传抄的诗：'惜花不觉春起早，爱月偏从夜眠迟'中的字句，给你们取的名儿。"

两位姑娘又拜道："谢爷赏脸，以后叫出去，该多风光啊！"

福彭道："当年曹丕迎进宫中，有个'薛夜来'，你给这位姑娘赐名'夜眠'，比起'夜来'，要直截了当。哈哈……"说罢不觉大笑起来。

曹霑原没想到这上面去，如今被福彭说破，未免不好意思起来，连说："走吧，走吧！"

金人风道："这两个雏儿，都是深水里的鱼儿，虽说新鲜干净，只是浮不到水面上来，请两位爷多多包涵。"

福彭又大笑起来，和郑双卿起身告辞，两位姑娘也不敢再说什么，只深深看了曹霑一眼，请安相送。

金人风送至二门外，请安道："叫我怎么说呢？这个地方，也不敢请二位爷常来。只要爷来了，觉着开心解闷儿，就是赏脸了。郑老板，请为我们在二位爷面前多多担待，多多担待！"

郑双卿猛回头嗔道："少啰唆两句吧！也不看是什么人！"

金人风干笑两声，忙低头道是，看看他们向大门走去。心想：这二位爷气宇不凡，会是谁呢？……

曹霑随着福彭和郑双卿，一路走，一路想，原来设赌场的人，并不只是为了赚钱，还有另一功呢。今天，这不是"欲取先予"？赌场不光有黄白之术，而且还有黄老之道。真个是意想不到的事儿。套用一句老话，可以说"赌亦有道"呢。

曹霑从未进过赌场，但他听人说过，赌场就是战场，进得门来，只听一片"吃""杀"之声。有的赌徒，输光了，耍无赖，还赌手指头呢……他不禁想到，场主们招财于着色之骨，进宝于有声之盒，真可谓有声有色了。

曹霑不喜读书，却偏好看些奇书僻典。如今，居然在赌场中看到了《道德经》，他倒觉得真是出乎意外。不过，这事儿在脑子里一晃，也就过去了，抛到九霄云外去了。

三人走出二门，才发觉天还亮着。曹霑掏出怀表，打开看道："才申酉时分，我还以为是半夜了呢。"

郑双卿翘着大拇指向后指着道："这儿不论什么时候，进去了都是黑夜。谁在大白天能干这个？"

福彭道："管他白天黑夜，我肚子饿了，先找个地方充充饥吧。"

三个小厮见他们出来，连忙将马牵了过来。

郑双卿回身道："二位爷，恕双卿不陪了。晚上有个堂会，要去应酬。

双卿得先回去张罗一下。"

曹霑看着福彭："那——？"

福彭一伸胳臂："请吧！"

郑双卿行礼道："告罪了！"说罢，翻身上马，扬鞭而去。

曹霑看着郑双卿远去，露出依依不舍的样儿来。

福彭催他道："走吧，你要舍不得他，明儿把他叫到家来唱两出。"随即向来喜道，"肚子饿了，哪儿有馆子？"

来喜精神道："刚刚开了一家'淮扬春'，里面都是南味儿。表小爷从南方来，是不是到那儿去？"

福彭问道："在什么地方？"

来喜道："苏州胡同。"

福彭道："没功夫跑那么远。附近有什么馆子？随便找补点儿。"

来喜翻愣着眼睛道："聚贤庄离这儿不远，要不，到那儿去先垫补一点儿，口味还是不错的。"

"行！你小子前边带路。"

来喜上马，往西奔去。福彭和曹霑亦上马往西而行。不一会儿，便到聚贤庄门口了。待下得马来，来喜已和饭庄老板在门口躬身相迎了。

饭庄老板向福彭、曹霑请安后，领到楼上一间雅座，桌上已摆好杯盘、牙箸。小厮送上热手巾把儿，福彭狠擦了两把，曹霑应个景儿，也算揩了揩脸。跑堂的送上两盘点心。

饭庄老板在旁躬身赔笑道："知道爷的脾气，没有按规矩上菜，来喜小哥吩咐，给二位爷备上点心。估摸着，这鹅油酥、软香糕，兴许合爷的口味，请爷先尝尝。不合适再换！"

福彭早坐在桌边，大口吃了起来，只是曹霑把鹅油酥用筷子夹在盘内捣着，不怎么想往嘴里送。

福彭听了饭庄老板一席话，摆手道："这些够吃了，去吧。"

饭庄老板连声应是，退了出去。

福彭看着曹霑道："嫌腻吗？要不要再来点别的？我看你真成了大小姐

了。"说着，自己又大口吃了起来。

饭庄老板又亲自送来了蜜汁小汤圆、荷叶粥……

曹霑被荷叶粥的清香吸引，用勺子吃了起来。

这时，忽听单间门外有女人笑语声走过。福彭对曹霑道：

"皇上早有旨意，茶馆、酒楼、戏院、书馆，不许妇女涉足。这会儿又不是吃花酒的时候，会是什么人这般放肆呢？"

随即将一块鹅油酥塞进嘴里，边嚼边走到门边，掀开帘子向外看去，见到是一位贵夫人，便向曹霑努嘴。

曹霑会意，走过来，从帘缝往外看。

贵夫人年纪很轻，打扮得着实扎眼：身穿南装，但走路的样儿，春风摆柳，婀娜多姿，一眼便看出是旗人无疑。裙子尽管拖得很长，但从地毯上留下的粉底印儿，便知穿的是花盆鞋。贵夫人由丫鬟侍女陪同，到里边特座去了，一股香风，留在过道里。

福彭把帘子一放，道："这娘儿们，我在查家楼看戏，常见她坐在包厢里。"

"哦，你知道她是什么人吗？"

福彭微笑道："我没打听。看她这派头，总是一位有身份的人。如今京城里，有的有身份的女人，偏偏愿意到一些没身份的地方去，故意改着南装，隐瞒身家，到处去玩耍。"

曹霑不禁想起在夫子庙买回一本从东洋来的书上写的事情，笑道：

"这就和开国时的'赵千岁'一样，女扮男装，凡是男人去的地方，她也都要去。这倒有点意思。"

"有什么意思？如今，有的妇女，可是很说不过去呢。居然想到处去作乐。"

曹霑道："俯仰终宇宙，不乐复何如？这种女人，倒也乐在其中。"

"我看，这种女人是自找苦头，到后来身败名裂，就后悔莫及了。"

曹霑感叹道："不过，比起男人来，她们还是望尘莫及呢。"

福彭笑道："怎么着？你要为女人抱不平？"

"女人不也是人吗？"

"当然是人。不过，是女人！"福彭在"女人"二字上，特别加重了语气，说罢，又大笑起来。

曹霑对着面前的点心，更没胃口了。

福彭催道："快找补一点儿吧，天都快黑了。母亲早起告诉我，今儿晚上要和我们一起吃饭呢。"

曹霑想到又可以和姑姑在一起吃饭，便赶快吃了两口点心，喝完荷叶粥，和福彭走了出来。

来喜和耕云立即牵马过来。

福彭上马时，一直抬头向聚贤庄楼上看，想找出方才见到的贵夫人，究竟是在哪间屋子里。心中琢磨：这个女人，到底是干什么的呢？

第五十章

梅边柳畔问死生
木续剑合寻把柄

汤兴的老伴儿，自从嫁到汤家，只知生儿育女，勤俭持家。对待儿孙，手心手背都是肉，从无偏向；对待下人，更是体恤宽厚，从不过问汤兴的事儿，汤兴要她往东，她决不往西。老两口情深义重，真个是相依为命、相敬如宾。

这回，搬到北京的大宅子里，新买的下人们，毕恭毕敬称她老太太，慌得她忙道：

"别那么叫！老太太是当官人家叫的。我们是生意人家，老头子一向公平，平买平卖。叫我汤奶奶吧，我听着舒服。"

因此，上下人等，都叫她汤奶奶。后来，连汤兴也称自己的老伴儿为汤奶奶了。

汤奶奶和孙子阿青一样，最爱看戏。过去在南边，除了请到家里堂会，外边是不大好去的。如今到了京城，老头子宠爱孙子，特为孙子从苏州买来了小戏班，时不时排些戏目，只要阿青想看，随时都可以在氍毹毡上演唱起来。不但汤奶奶饱享眼福，就连家下人等，也借光观看。全宅上下，几乎无一人不说汤奶奶好的。

　　阿青的奶娘，肖姆妈，不到四十岁年纪。本来汤奶奶是不要她跟来京城的，阿青已经大了，不要奶娘跟着也可以了，便给她一大批衣物料子，值钱的物品，不小的一笔银两，让她回去和家人团聚。可是，肖姆妈拿着银子和东西，回去不到三天，又回来了。流着泪说舍不得从小奶大的阿青，非要随到北京来不可，情愿不拿工钱。这样，汤奶奶只好带她一起走。临来的前一天，肖姆妈又出了个主意：到了京城，阿青孙少爷出门，总要有个小厮陪着，才像个大户人家的样儿，与其到了京城现找，不如把自己的儿子阿狗带着，和阿青又是同庚，可以侍候阿青，又可以做个伴儿，岂不是两全其美？汤奶奶觉着也有道理。于是，肖姆妈的儿子阿狗，也就一起到了北京。

　　一般官宦人家，少爷公子生活起居，都是丫鬟侍候。肖姆妈坚决反对。这和汤奶奶所想，是一样的。因而，汤家宅子里，没有丫鬟使女。阿青在家，有肖姆妈无微不至的照顾，外出走动时，又有阿狗陪伴，倒也十分自在。

　　汤兴通过亲王府胡发，请徐世庸做了西席。汤奶奶从肖姆妈口中，得知这位老师三十上下年纪，不但品貌端正，才学出众，而且性格老成。在京中能请到这样一位业师，可算交了好运道，定能学好诗书，做好文章。肖姆妈还悄悄告诉汤奶奶，这位老师，是个单身，和他叔叔住在一起，还未娶过亲呢。

　　汤奶奶听了，忙道："真是作孽，看看有什么适当人家，为徐先生做做媒也好。"

　　从苏州买来小戏班，也是肖姆妈告诉汤奶奶的。还唆着汤奶奶亲自去后院观看。汤奶奶看了这十个女孩儿，都是十一二、十三四的年纪，个个长得水灵，无一不惹人疼爱。看到小戏班的师傅王宝仙，知道她年轻时得罪了地方官，被狗腿子下了药，把嗓子整哑了，更是惋惜不已。倒是对领班柔娘，汤奶奶觉着不凡，她身材修长，面目姣好。汤奶奶暗忖她不像是戏班里的人。她的身份，不但比自己高，仿佛比老头子还要高。她年岁不大，戏班女孩儿们都叫她柔娘姐姐，连老头子和孙子阿青，也叫她柔娘姐姐……不知为什么，汤奶奶对她，暗地里总觉着有几分说不出的不自在。奇怪的是，肖姆妈这个耳报神，对柔娘却偏偏没打探出什么来。

　　有一天，肖姆妈跑来告诉汤奶奶，铺子里的二掌柜余福告诉她，外面都传说，汤老板发了财，如今玩戏子呢。

　　汤奶奶笑着没好气道："这帮子烂舌头的，我们老头子，再也做不出那种不干不净的事儿来。要不是阿青喜欢看戏，老头子也不会买这小戏班的。"

　　但是，过了不久，肖姆妈走进汤奶奶房里，没头没脑先对汤奶奶劝解一番：什么男人家发了财，就要娶小老婆啰，京城里大官家、大老板，哪个不是三妻四妾的啰，不这样哪像个大财主气派啰等等。

　　汤奶奶看着她道："肖姆妈，你今天倒是要说什么呀？"

　　肖姆妈往汤奶奶面前凑近了，低声道：

　　"我刚刚看见那个柔娘姐姐从我们老板屋里走出来，眼睛红红的，低着头到后院去了。"

　　"这有什么？"

　　汤奶奶嘴里这么说，心却紧了起来。

　　"本来我也觉着没有什么，可我一回身，听到老板屋里卷窗帘子的声音。"

　　"卷窗帘子？"

　　"奶奶，你说，柔娘这位领班，在老板屋里，老板把窗帘子放下做什么？"

　　汤奶奶的脸，和心一样，沉下来了：

　　"没有的事！"嘴里虽如此说，但却觉着柔娘在家里，是个不祥的星宿了。

　　偏巧，这时，汤兴走了进来。他像平常一样，往安乐椅上一坐，奇怪今儿老伴儿怎么没把烟袋送过来。他眯眼看看屋中两个人，觉出好像是有点什么事儿。他还没开口问，肖姆妈就借口怕阿青找她，一转身出去了。

　　突然，汤奶奶像炸雷一样开口了：

　　"柔娘是什么人？"

　　汤兴听了，大惊失色，忙起身看看窗外、门外，进来低声道：

"奶奶,你怎么忽然问起她来?不是和你商量好,才买回这个戏班的吗?"

汤奶奶见老头子这等慌张模样,更是五雷轰顶,气不打一处来道:

"你把这么个祸害弄到家里来,还拉扯上我!"

汤兴更急了,低声央告道:"奶奶,小声点,小声点!有什么风言风语的话儿了?快告诉我!"

"你自己做的事,还有脸问我?看看你这慌张样儿,你要不是做了见不得人的事儿,用得着这样吗?"

汤兴瞪大眼睛,直看着她。

"你这老头子!别忘了亏得年轻时候规规矩矩,才挣得上这份家业。如今,到了花甲之年,反而要偷鸡摸狗了,你要我这老脸往哪里藏?"说着,禁不住流下泪来。

汤兴一听,反倒放心了。他从未见老伴儿发过脾气,也从未在她身上闻到过醋味儿,忙安慰道:

"哎呀!奶奶,原来你以为我老不正经呀?真是黑天大冤枉,黑天大冤枉!皇天后土为证,你我夫妻,从来恩爱,什么时候我有过招猫惹狗的事儿?我本是个奴才,被主子放了,做了生意人。我是货真价实,童叟无欺,从没做过伤天害理之事,这你是知道的呀!这话真是从何说起?从何说起……"

汤奶奶听了老伴说的,也是实话,但仍不放心,问道:

"柔娘刚刚到你屋里做什么去了?"

汤兴知道肖姆妈又传话了,便道:"奶奶,你不要听别人暗三话四的,柔娘找我,无非是为了小戏班的事。"

"那她哭什么?"

"柔娘最喜欢云柔姑娘,这姑娘体子不好,她总担着一份心。"

"她为什么那么喜欢云柔姑娘?又不是她亲生女儿。"

"要是她亲生女儿就好啰……"汤兴不由长叹一声。

汤奶奶盯着汤兴,不放心道:"老头子,这柔娘到底是做什么的?快告诉我！"

汤兴央求道："我的好奶奶！你就相信我老头子好了。我老头子这一辈子从不做对不起祖宗的事儿，你还不相信吗？你跟了我一辈子，还不知道我吗？我真要有十个外家，你也不会知道的，可我是那种作孽的人吗？"

汤奶奶看老头子真急了，终于平息下来，慢吞吞道："我想你也不会……"顺手将烟袋装上烟，递了过去。

汤兴双手接过烟袋，这才放下心来，默默地吸着烟。

不过，汤奶奶随即想出一个主意来。

过了两天，肖姆妈来告诉汤奶奶道：

"多好的姻缘，可惜晚了一步。"

"怎么？"

"徐先生上个月娶了女人了。"又凑近低声道，"听说娶的是他叔叔的小老婆……"说着，咻咻地笑了起来。

汤奶奶听了，叹了口长气。加上汤兴为了买卖到南方去了，这桩事儿，也就放下了。

汤经卿自从在后院看到云柔姑娘，神思便有些儿恍惚，每天早上，不管听没听到唱声，都要走过游廊，到后花园去看一看，站一站，等一等，盼一盼。有一次，他忽然看见那暹罗猫窜了出来捕捉蝴蝶，高兴得心都要跳出来了。但是，等了半天，小猫又往后院跑去了，云柔姑娘却没见出来。他奇怪，怎么这些天，连柔娘姐姐也少见了，不禁满腹狐疑，那天早上看见的云柔姑娘，是真的？还是梦？

平日，小戏班排练戏目，他常去观看，和王宝仙师傅一道，和这帮女孩儿们玩在一起，笑在一起。特别是玉柔和雪梁姑娘，最会打趣他，使他下不来台。这时，便全靠柔娘姐姐帮他解围了。因此，他对柔娘姐姐也异常喜欢，从心坎里尊重。但是，自从见到云柔姑娘以后，他却怕去小戏班了。他极想见到云柔，可又怕在小戏班里见到她，他怕那帮女孩儿们会看出他的心思来。

近日，汤经卿看了全本《还魂记》，不由被戏中的故事和词曲迷住，竟把自己和柳梦梅相比起来。暗想：云柔姑娘会不会是杜丽娘的化身呢？因此，向爷爷提出来，要排演全本《还魂记》。

汤兴在去南方之前，为了使孙子顺心称意，顺口便答应下来了。

这一下，可难为了领班柔娘和师傅王宝仙。五十几出唱作并重的戏，岂不是会把孩子们唱垮了？这些女孩儿虽说勤学苦练，有点儿真功夫，可平日演唱的都是折子戏，哪能拿下这么个大部头呀？

王宝仙道："老爷出远门了，我看，我去亲王府找我师弟王宝珊，和他商量商量，是不是咱们两家合起来排演全本《还魂记》，也叫咱孩子们上戏的时候亮亮相。"

柔娘忙道："不可！老爷临走时，一再嘱咐，咱们是买卖人家，生意做得再大，也只能关在屋里，自家儿唱唱，千万不能出去招摇。"

王宝仙沉吟道："倒也是呀！咱们的主子，是个生意人，本来就不该有班子。何况，和别家合演，我们不压人家，人家也说压他，派角上就扯不清，忙得我们团团转，到头来，再落个人人埋怨，那才冤呢。可是……"

柔娘沉思道："《还魂记》虽有几十出，每一出，也不外乎生旦净末丑那么几类角儿。咱们只要把姑娘们扮演的角儿调配好，我看，还是能拿下来的。"

王宝仙一急，嗓子更哑了："拿下什么来呀？你那宝贝云柔姑娘也不让她唱，人手就更调配不过来了。"

"哎呀，宝仙师傅，你怎么老盯着云柔姑娘呀？她唱不唱，也不是我能做主的。老爷把她从南方买来，就嘱咐说，这孩子身子骨儿弱，要好好调养调养，再让她上。如今，老爷又不在，怎么做得了主？"

"可不！云柔姑娘要扮演杜丽娘，连'福家班'也得甘拜下风。咱们十柔班，只要她挑大梁，准能红满天！"

柔娘深深叹口气，什么话儿也没说。

王宝仙又道："咱们班的玉柔姑娘，唱一出《惊梦》《寻梦》折子戏，也还过得去。要让她唱全本《还魂记》，怕顶不下来呢。"

柔娘琢磨道："我看这么着，要玉柔和雪柔两人扮演杜丽娘，一个扮演生前和还魂后，一个扮演死后。这样就不那么吃力了。"

"那春香谁来？《闺塾》那一出，除了雪柔，谁也演不好！"

"那就看你了，宝仙师傅，把你那看家本领都拿出来，我就不信再教不出一个春香来。"

王宝仙叹道："我是没嗓子啰，说真个的，如今演春香的，哪一个我也看不入眼！"

"可惜我没耳福。不过，从你教这班女孩儿的戏上，还是可以看出你当年的风采来！"

二人又接着商量、安排了一阵，总算勉强定下来了。

柔娘送走王宝仙，却见云柔从里屋走了出来。

柔娘不由一怔，心里埋怨自己，竟如此大意，忙轻声道："姑娘怎么起来了？"

云柔微笑道："我听见姐姐和师傅说的话了。姐姐，让我在《还魂记》里扮个角色吧！"

柔娘眼眶一红："不！不能！我的好姑娘，再耐一阵子吧，听说老太太他们也要到京城来了。到那时候，说什么也要把姑娘送到老太太身边去。这日子，怎么是姑娘过的呢……"不禁流下泪来。

"好姐姐，不要难过。我在这儿，不是也过得很好吗？"

"老爷要知道小姐如今沦落在戏班里，还不知怎么肠断心碎呢。我，我太对不住老爷了……"索性哭了起来。

"好姐姐，这怎么是你的过错呢？大家不都是为了救我吗？姐姐怎么糊涂了？姐姐再想想，我这小戏子，要是总不演戏，明摆着和小戏班的姐妹不一样，不也会引起人的猜疑吗？按说，我独自住在里屋，都不妥当，我应该和姐妹们住一块儿去。"

云柔一席话，使柔娘清醒过来，忙擦干眼泪道："姑娘说的是。这一点，汤兴大爷也早想到了。不过，姑娘身子骨儿，也真不如那些女孩儿们结实，单独养息养息，也还是应该的，不会遭人猜疑。"

"如今要演全本《牡丹亭》，明摆着人手不够，就让我演演吧。姐姐也许不知道，小时候跟着母亲看戏，还看过父亲客串陈最良呢。"

柔娘经不住云柔的央求，又想着，云柔独处，着实寂寞。终于答应和师傅商量了再说。不过，又告诉她，汤兴大爷要在家，是决不答应的。

女孩儿们知道要排演全本《还魂记》，都乐得了不得，像小鸟儿出巢一样，叽叽喳喳欢笑着议论不停。

十柔班里，不论身材、扮相、嗓子，都数着玉柔和雪柔，她俩既能演正旦，又能反串小生。雪柔更是派什么，演什么，从不摔盘子，生性爽快，待人像一盆火。她兴冲冲跑来告诉玉柔道：

"姐姐，告诉你一个喜讯。"

"什么喜讯？"

"云柔姐姐这回出场，和我们一起排演《还魂记》啦。"

"哦——？"

"她扮杜丽娘，你扮柳梦梅，我还是演我的春香。这台戏呀，拿到哪儿也错不了！保准让我们东家那小书呆子，看得更呆了！哈哈哈哈……"雪柔喜鹊样地叫着，又跑到别处报信儿去了。

玉柔听了雪柔这番话，呆呆地杵在那里，心里有股说不出的滋味儿。

尽管姑娘们和王宝仙师傅，都是一个主张，要云柔扮演杜丽娘。但领班柔娘，却另有一番打算。原因是：怕云柔身子骨儿弱，万一顶不下来，到时候替换不及，岂不误事？因而还是决定玉柔和云柔一起扮演杜丽娘。由雪柔既演柳梦梅，又演《闺塾》那一出的春香。排练时，只要云柔在旁看着就得了。

全本《还魂记》要尽快演出，小戏班便日夜忙了起来。

这一天，汤经卿送走老师徐世庸，回到房里，顺手在书案上，又翻开了《牡丹亭》。

肖姆妈走进来道："阿青，歇歇吧！戏班在排'闹学'，好看哩。"

"谁扮春香呀？"

"还不是雪柔姑娘。玉柔姑娘扮小姐，她俩老搭档了。"

"这一回，不是听说云柔姑娘也要出场吗？"

"那是班里供养的公主，她是牌位，下海演戏，怕要等下辈子了，也不知老板把她买来做什么。"

汤经卿知道云柔不出场，便拿着《牡丹亭》第七出《闺塾》，和肖姆妈打了一个招呼，放心放意到后院看排戏去了。

还未走进后院，便听到雪柔响亮、调皮的唱词传了出来：

"《昔氏贤文》，把人禁杀，恁时节则好教鹦哥唤茶……"

汤经卿夹着戏本，轻轻踱进后厅堂。别人都未发觉，只有柔娘悄悄立起，给他让出一个座位来。他正往这边走，一眼看到柔娘那边坐着的正是云柔姑娘。霎时间，把自己都忘了，不知道是立着好，还是走过去坐着好。姑娘们正在专心致意排戏，不容他多想，只得走到柔娘这边坐下，连气都不敢出。场上排的什么，全都看不见了，只想能再看云柔姑娘一眼才好。但中间坐着柔娘姐姐，转过脸去看，未免太露相了……

偏偏这时，柔娘起身，走到王宝仙那里谈什么去了。汤经卿转脸，便看到云柔穿一身月白衣裤，抱着猫儿看排戏。他不觉轻轻说了一声："云柔姑娘，你也来看排戏？"

云柔转脸对着他，微笑地答应了一声：

"嗯！"

汤经卿看着她微笑的脸庞，把四周什么都忘了……

忽然，大厅里响起了王宝仙棍子敲地的"笃、笃"声和嘶哑的喊声：

"玉柔，你今儿怎么啦？'关关雎鸠，在河之洲。窈窕淑女，君子好逑。'都记不住了？重来，重来！"

原来，汤经卿进来，玉柔一眼就看到了。要在平时，他来看排戏、演戏，玉柔只会演得更卖劲儿，汤经卿也自会称赞。可是，今天有云柔在座，玉柔便感到不自在起来。常言道，艺高压人。云柔虽说从未上场，但是，在小姐妹中，谁的眼睛都会看出来这个人灯儿，自会压倒众生的。何况汤经卿今天一改常态，都被玉柔看在眼里。云柔坐在那里，虽然纹丝儿不动，也不轻易言笑，却更加使玉柔着恼起来。她看到汤经卿痴迷迷向云柔打招呼，便把戏词儿都忘了……待到师傅的小棍儿在地上敲，大声大气喊起来，玉柔才醒悟过来。但应从什么地方重来，却怎么也记不起了。

王宝仙挥着小棍儿，发脾气道："今儿是怎么啦？真个掉了魂还不了啦？……"

玉柔立在那儿，就是想不起该从哪儿重来。她咬着嘴唇儿，恨不得哭一场才痛快。

雪柔调皮道："都是阿青少爷来看排戏，还带着戏本儿呢。本来记得滚瓜烂熟的戏词儿，被阿青少爷拿着戏本对照，也会忘了的。"

云柔和其他女孩儿们都笑了起来。汤经卿更是瞠目不知所答了。

王宝仙这时才回头看见汤经卿坐在那里，便斥雪柔道：

"混说什么？阿青少爷坐在那儿，什么话也没说，你怎么就知道他对唱本了？排戏不专心，还瞎说八道！"

雪柔吐舌头道："本来嘛，阿青少爷没来的时候，我们都排得挺好的，他一来，玉柔姐姐就忘词儿了。"

慌得汤经卿忙起立道："对不住，对不住！我是顺便进来瞧瞧，没想到，妨碍了姐姐们排戏。我就走，就走。"

偏偏这时，小猫窜到他的脚下，围着他的靴子打圈儿。汤经卿生怕踩着小猫的尾巴，一时不知如何迈步才好，又引得女孩儿们匿笑起来。

云柔边笑边喊道："玳瑁儿，玳瑁儿，快过来，快过来呀！"

汤经卿听到云柔喊猫儿的声音，恁般悦耳，又看到她伸出纤纤玉手将猫儿抱将起来，两眼顺着猫儿过去，不觉又看呆了。

雪柔笑着悄声道："玉柔姐姐，快看，快看，阿青少爷又看呆了……"

汤经卿自念非走不可了，便对柔娘和王宝仙打了个招呼，溜了出来。

大妞手上拿着一段六棱木，翻过来调过去地看，越看越觉着合适：

这段六棱木交给妈妈，配在鸳鸯剑上，岂不比那些珍珠玛瑙强十倍？王府什么宝贝没有？可这六棱木却是个稀罕物儿。

她正看得起劲儿，偏巧二姐进门来。她来不及把木头掖藏起来，便索性托在手上，好像是在打量木头上的纹路，故意显得漫不经心的样儿。其实，她什么也没看。只是往上托着，想用它来遮住自己的脸，但却什么也遮不住。

二姐只当没看见，也不和她说话，却从大柜子里面也找出一截木头来。

他们家木头，各色各样，贵贱不等。但二姐拿出来的这一截，分明是个普普通通不起眼儿的。

大姐想，妹妹一定又要捉弄谁家的公子哥儿，自己寻开心了。她溜了一眼二姐手上的木头，分明是截老呱眼木，不由纳闷儿起来：这小丫头片子，玩什么鬼板眼？莫非猜着我的心思，故意找出截烂木头来气我，要把这老呱木来作鸳鸯剑把？……这可不行！这丫头什么事儿都做得出，她要真安下心了，八匹马也拉不回的！幸亏自己今儿回来了，要不，她真把这老呱木做到了鸳鸯剑上，就砸了！

大姐是姐姐，处处都得让着妹妹几分，虽说担着心，但脸上还是不能露相。只是轻声问道：

"你拿这老呱眼木，愣充什么宝贝？又去捉弄哪一个？"

二姐斜了姐姐一眼道："捉弄哪一个？我谁也不想捉弄。只有那不识货的，才看不出来这是什么木头呢。"

大姐冷笑道："看那样儿，算不上什么好木头。"

二姐故意不经意道："这叫夜光木。"

大姐听了，不由大吃一惊："哟，还是夜光木啊！你这丫头，大白天，我又看不出它能发光。我说是老呱木，也没低气它呀。"

二姐冷笑道："不是高低的事儿，是看识货不识货。既然是叫'夜光木'嗬，白天看，是看不出名堂来的；只有在夜里，它才会耀花你的眼睛呢。"

大姐也冷笑道："一小截木头，才耀花不了我的眼睛呢。"

二姐接道："有耀花你眼睛的玩意儿，用玻璃手镜一照，你就看不见自己，光看见一个人了。"

大姐心里猛一跳，生气道："这丫头，顺嘴说些什么？"

二姐笑道："说到你心坎儿上去了吧？不要说耀花眼了，心也会耀花了……"说罢，就要跑。

大姐恼羞成怒，跑过来要拧二姐的嘴。

这时，桑妈妈进来了，姐妹俩只好住了口。大姐的眼光，落在那段六棱木上，二姐的眼光，落在那截夜光木上。

桑妈妈正用细纱布淋沤子[1]，她把沤子过淋到一个小琥珀钵子里，再用玉杵研磨。她研磨得手腕发酸了，进来要女儿替她接着研磨。

二姐看了大姐一眼，便接过妈妈手中钵子来研。

大姐脸红了，也过来抢钵子要研。

桑妈妈看着这两个女儿争着、抢着要做沤子，觉着未免好笑，正想发话，听得有人敲门，便走到外屋去问道：

"是哪位呀？"接着便开门，并不等来人回话。

她家惯来陌生人，既有富的，也有穷的。既有伞盖如云，来时人马喧哗，去时顶马跟随的；也有便衣简从，独来独往的；既有王孙公子，又有剑客游侠……这些人，桑妈妈都看惯了。来什么样人，也不觉意外。桑妈妈见多识广，从不以衣帽取人，更不从势派来断富贵贫贱。

但是，今天这位客人，却使她有几分眼岔。

这位客人进得屋来，既不看她，也不向内室张望，对着她请了个大安，一句话不说，就在桌旁坐下了。

这位客人，穿着半旧青布袍，腰上扎了一条白带子，戴着一顶关东白帽头，一双高鼻梁牛皮靴子。看这打扮，便知是从远道来的，不是关外，就是西北。

桑妈妈琢磨客人来意，绝不是打剑做生意的。但是，又是干什么来的呢？从来也没听说起有这样一位亲戚朋友呀……她心中有数，知道对这人不能小看，便毕恭毕敬地斟茶敬烟。看那人脸上似笑非笑的样儿，便断定此人

---

[1] 沤子，即妇女擦脸用的水粉。淋沤子，即用细纱布过滤，滤得越细越考究。

是有要事而来。

桑妈妈忙到里屋，对两个女儿使了眼色，大妞二妞顿时明白，都在里屋听候动静。

来人见桑妈妈款待殷勤，脸上便露出笑容，呷了一口茶，接过烟袋，吧嗒了一口烟，便把帽头摘下，扣在炕上，从袖筒里掏出一条汗巾来。只见那汗巾上打了一个结子，大也不算大，小也不算小。

桑妈妈见了，仿佛听见自己胸前"咯噔"响了一声，心下全明白了，慌忙下拜道：

"原来是大恩人到了。"

来人微笑着让起。

桑妈妈含泪道："敢问先夫在世时，蒙您周济过他多少两银子？"

来人敞亮地笑了，大声道："按说，我就不应该来！当年，我们弟兄是在一个旗下卖命，一个铁碗里喝过马尿的……"

桑妈妈忙道："莫非您就是二爷、台甫德瑞登的不成？恕我唐突了。"

来人连忙作礼道："正是瑞登小弟。不想大嫂还记得小弟贱名，也可谓平生有幸了。请受小弟一拜！"

桑妈妈急忙请他起来道："自家人何必多礼。先夫临终时，不断念叨你，我怎能不记得？"

大妞和二妞在里屋互相对看了一眼，埋怨妈妈今日怎么这么慌神儿，既然又没见过德瑞登，哪能就先开口告诉他名儿？要是他顺着杆儿往上爬呢……

来人见到桑妈妈如此高看他，便把原来扣在炕上的帽子，翻过来了。

桑妈妈明白这意思：倒扣着，就是要住下来；翻转来，就是不住下来。来人兴许看到桑妈妈很懂江湖义气，家中全是妇女，住下，会给主人带来诸多不便，就改了主意。

这时，来人把自己一个象牙腰牌解下来，上面用手遮着，只露出"德瑞登"三字，给桑妈妈看。桑妈妈连连点头，她明白，客人所以把上面盖着，就是不愿再提当年官衔，好汉不提当年勇，如今自愧已然是落魄了。

桑妈妈一边招呼，一边叙说道：

"自从你兄弟被抓走，我一个妇道，带着两个妞妞，没有活路，只好拿下脸来，按照祖传手艺，为人打刀作剑，日子也还过得去。就是一想起你兄弟，我们娘儿仨就落泪。哪想到，前年冬天夜里，你兄弟突然逃了回来，腰上的枪伤，烂得比碗口还大，憋着最后一口气，告诉我们娘儿仨：'要记得把兄弟德瑞登！这些年在外，摊了官司，眼看就要大辟了，多亏德二爷花了大把银子，把我赎出来，要不早就成了孤魂野鬼了……'说到这儿，眼就闭了……你兄弟总算把老骨头给我们娘儿仨送回来了……"说着，流下泪来。

德瑞登安慰道："嫂子也不要难过了。大哥为人耿直忠厚，在外这些年，我们弟兄都愿周济他。多余的话，也不需说了。不怕嫂子笑话，小弟今天，是马高蹬短，走投无路，才到嫂子这儿来的。"

桑妈妈道："我知道。我们一家妇道，也不好问明情由，德二爷怎么说，就怎么办。你大哥临终遗言，要我们感恩图报。今天，千载不遇，二爷大驾光临，就是看得起我们娘儿仨。二爷先坐着，我为二爷做两样小菜，一碗老酒，为二爷洗尘。"

"这杯酒，这顿饭，我心领了。我还有事儿，不能久留。还是按老规矩，请嫂子把这烟荷包装满，我马上要赶路。"德瑞登说着，便把烟荷包递过去，把汗巾拿在手中，把结子顺手一抖，便开了，他笑着塞到袖筒里，把帽头捏在手里，转了一个圈儿，便戴在头上了。

桑妈妈见了，便绕到后面，打开柜子，开了内锁，由内柜里取出锭子，往荷包里装满，捧出来道：

"请二爷过目，为了二爷携带方便，就拿点黄的作盘缠吧。"

德瑞登两眼看着桑妈妈，一时不知说什么好。

桑妈妈将锭子放在桌上道："敢问二爷，莫非二爷还有什么要老嫂子牵马坠镫的事儿不成？"

德瑞登叹了一口气道："嫂子既是这样，小弟也就不隐瞒了。我原是跑口外生意的。官里把我当作窦二敦，正在抓我。我是路过三岔口，那儿的道，是窦二爷的马蹄儿踩平了的，哪儿容得下我这个没有拉起帮的人啊？可是，官兵不管三七二十一，硬要抓我这个德瑞登，顶窦二敦的名儿去请赏。迫不得已，我只有找老嫂子讨点盘缠，寻条活路去了。"

桑妈妈也叹道："这事儿，我见过的多了，拿人顶替，庆功请赏；洗乡屠城，换取花翎。……如今，外面的谣言可多了，说什么念一和尚未死，马朝柱就有三个。真是一气化三清，谁也摸不着头脑。……"看到德瑞登似有急事，便转口道，"但愿这点黄白，二爷用得上。今后，二爷有用得着我的地方，不管什么事儿，只要说一声，就行了。"

德瑞登忙道："嫂子，话就说到这儿，再说，小弟的脸就更没地方搁了。嫂子大恩大德，你兄弟是忘不了的。"

桑妈妈道："按理，我也没法留二爷。但是，兄弟一场，你大哥留下的两个闺女，也应该叫她们出来拜见拜见，给二叔磕个头，才显得不是外人。"

德瑞登拦住道："两位侄女，早有所闻，都是替大哥大嫂争气的好闺女，我这回，不见也罢。有朝一日，你兄弟有个升发之时，再见也不迟。如果今天一定要见面，岂不羞煞我了吗？"

桑妈妈道："这就疏远了。不过，我也明白二爷的处境。就依二爷的话来做才是。"

这时，躲在里屋门帘后面偷看的姐妹俩，把德瑞登的一举一动，都看在眼里。过去，她们只是听过从祖辈传下的这个规矩，但是，亲眼得见，还是头一回呢。

她们只见德瑞登取了锭子别在腰里，对桑妈妈行了大礼，便匆匆走了。

大妞心里盘算，这位德二爷像是镖客，必是拔了镖旗，吃不了这碗饭，到这儿来借笔本钱的。二妞心想，既然官里要拿他，他能跑得脱，还真有两下子呢。

桑妈妈一边关门，一边想，世上的事儿，就是有个因果报应，没想到无处找的恩人，送上门来了……

客人走后，母女三人，谁也不谈这回子事儿，就像家中压根儿没有来过人一般。桑妈妈手腕子也不酸了，又去研汜子。一会儿停下来，想一想；一会儿，又研磨个不停。

　　大妞惦着鸳鸯剑的把儿。原来觉着六棱木好，可如今却想，要是配上夜光木，岂不更好？但二妞这丫头拿出夜光木，决不会往鸳鸯剑上配的……

　　院里传来有人担水往缸里倒水的声音。二妞听了，一闪就出去了。大妞听了，气不打一处来，对妈妈道：

　　"妈，您老人家也该说说二妞了。她不喜欢那些王孙公子，就不喜欢好了，也犯不着得罪他们呀。这回，要不是小平郡王来打鸳鸯剑，交了这一大笔定金，恩人来了，拿什么去报答呀？"

　　桑妈妈叹口气道："你妹子那脾气儿，和你爹一个样儿，一条道跑到黑。如今，你们姐儿俩也都大了，也该找个正经人家，妈就放心了。"

　　大妞不依道："妈！看您说到哪儿去了？"接着又道，"妈，我找了一截六棱木，二妞那儿有截夜光木，您说，这鸳鸯剑的把儿，安哪种木头好？"

　　"两种木头都不够好。"

　　"都不够好？那还有什么好木头呀？"

　　"不用你操心，妈妈早配好了。"

　　大妞脸不由红到脖梗儿："谁操心了？我不过随便问问。"

　　停了一下，大妞又问道："妈，您配的什么木呀？"

　　"暖木。"

　　"暖木？"

　　"冬天拿着不扎手，夏天拿着不出汗，做剑把的最上品。还是你爹从你太祖那儿接过来的。小平郡王既然愿出那么大的价钱打制这一对鸳鸯剑，咱们怎能对不住人家呢……"

　　大妞听了，一颗提着的心，终于放下了。

　　桑妈妈道："妞呀，你也该回宫里去了吧？"

　　"嗳！我这就走。"

　　大妞高高兴兴，对着镜子顾盼了一下，便袅袅婷婷飘出门去了。

　　桑妈妈看着她的背影，不由发呆起来……

第五十一章

剧里台前都是戏
人间天上总关情

韵华小五爷在平郡王府门前下马，将缰绳丢给小厮进宝，对迎接他的门上人，只摆了摆手，便径直往里走去。正要往东跨院拐，却见福彭、曹霑一路说笑着，从西面走来。两人都穿着箭服，挽着辫子，脸红红的，微微带汗，显然是从射圃回来。

韵华大声道："哎！正是来找你们哥儿俩！"

福彭问道："又有什么好事儿了？里边坐，好说话。"

三人边说边往屋里去。

韵华道："福兴祥大老板家的十柔班，定期开锣了。这天大的事，你俩都不知道？"

福彭大喜道："哦，汤兴家十柔班要开锣了？哈！这回汤家不请外人看戏，也得请我和曹霑呀！"

韵华指着福彭对曹霑道："你看，你看，他就会嚷嚷，天大的好事，叫他一嚷，也会黄了！"

曹霑笑问道："怎么说？"

韵华道："我们宝珊的师兄，王宝仙师傅说，他们十柔班正排全本《牡丹亭》呢。有几个角儿，全京师都找不出来。这就和当年洪老先生上演《长生殿》一般。不过，那是准备有一天宫里要看，马上就可侍候。而汤家是在家排演，不给外人看的。"

福彭道："好在我们也不是外人！……十柔班，听这名字，就够销魂的了。小五爷，你这回怎么竟以外人自居起来？"

"不是我以外人自居，"韵华苦笑道，"人家十柔班，非同小可。这年头儿，谁有钱，谁的腰就粗。他汤家关起门来自演，难道能破门而入不成？何况，万一吹到当今耳朵里去，事情就扯不清了。"

福彭大声道："有什么可扯的？这戏是看定了，非看不可！"

韵华忙道："你先别火气，常言道，无巧不成书。这一回呀，汤大老板出远门了，去了这根顶门杠，汤家的大门，就容易开了……"

福彭道："嗨，这么说，汤家大门还没开呀？"

曹霑笑道："大表哥，你就耐着性子听吧，小五爷还没讲完呢。"

韵华道："对了，我这不是才开头嘛！汤大老板的孙子，少老板汤经卿，从小爱看戏，要不，他家就不会置办戏班了。我为了能看到他们家小戏班，可下了大功夫，买通家母内亲打着为汤家少老板聘请西席的旗号，结识了他家少老板汤经卿……"说到这儿，不禁从上到下打量了一下曹霑，微笑道：

"这位少老板，可惜生在生意人家，要生在名门贵族，怕要站在你前头哩！"

曹霑笑道："这又奇了，生在生意人家，怎么就不能站在我前头呢？"

福彭不耐烦道："什么前头后头的？到底能去汤家看戏吗？"

韵华笑道："我这不是说了嘛？宝珊在家排演了《活捉》《思凡》，我首先请汤经卿来观看，席间，当然就谈到了他家的十柔班。二位请想，如今他家排演全本《牡丹亭》，能不请鄙人去看吗？"

福彭一拍韵华肩膀，大喜道："妙！汤家少老板请你小五爷看戏，我和曹霑作陪，咱们拉伙儿演个《花子拾金》吧！哈哈……"不由大笑起来。

汤家戏班，在全本《牡丹亭》排演中，云柔扮了一次杜丽娘，连着演了

《惊梦》《慈戒》《寻梦》三出。不但汤家上下人倾倒，就连全班师徒，也无不心服口服。汤经卿看了，更是如醉如痴，整日想在戏班混，只要能多看一眼云柔姑娘，便觉得没白活着。他想仿戏中柳梦梅一样，得到云柔姑娘的画像，偷偷地不知画了多少张，但总也觉着不像。后来，他终于明白，云柔姑娘，不是哪一位高手能画得像的。天下，谁能画出她来呢？……汤经卿，茶不思，饭不想，一天比一天消瘦下来。

这一来，愁坏了汤奶奶。

对下人从不大声大气的汤奶奶，也顾不得许多了，把肖姆妈喊来，皱着眉问道：

"肖姆妈，你整天和阿青在一道，他有什么心事，你都看不出吗？"

肖姆妈停了一下道："我又不是瞎子，早看出来了。只是不敢讲，讲出来怕奶奶生气。"

"什么事情不敢讲？莫非你早看出什么来了？"

肖姆妈凑近了，低声道："阿青长大了！"

汤奶奶没好气道："这还用你告诉我？"

肖姆妈从怀中掏出了一摞抹平的画像，送到汤奶奶眼前：

"奶奶请看！"

"这是哪里来的？"

"纸篓里捡的，阿青画的。"

汤奶奶接过来，把画伸得远远的，一张张看去，惊呼道：

"哎呀，肖姆妈，这，这画的不都是云柔吗？"

"是了！就是她！阿青天天晚上画。见到我，便藏起来。我一走开，他又画，我在门外偷偷看他，见他画一阵，看一阵，叹一阵，随手团起来丢到纸篓里。又画，又叹……我实在看累了，便打着响声走进去，他急忙拿书盖了起来。直到我十次八次催他，他才睡觉呢。奶奶，你看，这事情怎么办？"

汤奶奶沉思道："苦了我孙孙了！……云柔姑娘，倒也确实招人怜爱，可是身子单薄，不是长寿之相。阿青真喜欢她，等老头子回来，就把云柔姑娘讨了给他。不过，先不要对阿青讲，他要到戏班去玩，就随他去。老头子不在家，你去和余福讲讲，要他找人陪阿青出去耍，要阿狗陪他出去玩，请人到家里来玩！年轻轻的孩儿家，正是玩耍的时候。京城这么大，整天圈在家里，如何使得！要告诉徐老师，不要把功课逼得太紧了。你去问问，徐老师还在哪几家教过馆？把他教的学生，都请到家里来，和阿青一道玩，一道看戏！小后生子，没有三朋四友，如何使得？……"

汤奶奶一边说，肖姆妈一边应，忙出主意道："奶奶，莫如趁我们演全本《还魂记》，请徐先生把他教的学生都请来，和我们阿青一道看，热闹热闹，也把我们戏班露一露！"

"露不露不打紧，只要我们阿青快活就好！"

汤奶奶决定了，《还魂记》便更加紧排练起来。

……

徐世庸素来只会埋头读书，抬头教书，低头抄写，不论什么人，但凡要他做一些力所能及之事，他总是谨小慎微地做好，从不计较报酬。不但不作非分之想，就是分内之想，也都依着对方。因此，在徐之先命徐智置办了一桌酒菜，邀请严行标作陪，决定将玉凤许配给他的时候，他也不管别人的议论，默默接受下来。

在他教家馆的学生中，极喜欢汤经卿：有才气，有灵气，只可惜生在商家。最腻味的，是那位艾公子，年纪轻轻，整天晕晕乎乎，只知打牌，牌经可以成套背诵，诗文却一窍不通。如今，汤奶奶要他约请一些少年公子，来和经卿交结，他立即想起不久前，在亲王府韵华小五爷的书房里见到的曹霑，若能将这位曹公子请来，和经卿相识，那才是天造地设的一对美少年呢。

为此事，他找了胡发，胡发带他去见小五爷。小五爷听了，大喜过望，正愁找不到根由，带福彭、曹霑等一伙少年公子去汤家看戏，如今有了家馆先生邀请，便可名正言顺地去了。韵华将这喜讯告诉福彭、曹霑，自不必说。

这一天，城南汤家，如同过年一般。福兴祥二掌柜余福，也带来布庄几个头面伙计，帮助侍候客人。

汤经卿知道韵华小五爷要带一群公子哥儿来看戏，并不在意。但听到徐世庸告诉他说，江宁织造曹霑公子也会来时，倒使他感到很不寻常。能和倾慕已久的曹霑会见，岂不幸甚？

这时，阿狗慌忙跑进书房报道："阿青少爷，客人来了！"

汤经卿连忙出迎。忽觉前厅顿时静了下来，只听得一片靴声，向这边书房走近。汤经卿满面春风快步迎上前去。

韵华大声道："经卿，看我给你带了谁来了？"说着，便要引见。

汤经卿忙道："且慢！小五爷！"径自走到曹霑面前，深深施礼道："曹霑小爷，经卿真是相见恨晚了！"

曹霑急忙扶起汤经卿，诧异道："经卿兄何以认得我？"

"经卿从小听家祖父谈起，久怀倾慕之心，故而一眼便能将小爷认将出来。今日相会，真乃三生有幸了。"

福彭笑道："不但三生有幸，前世还有缘哩！"

众人都笑了起来。

曹霑和汤经卿也相视而笑。

汤经卿拉着曹霑道："爷请这边坐。"

曹霑道："大家都叫我名儿，你也叫我名字吧。客气，反倒显得生疏了。"

汤经卿道："话是这么说，要让家祖父知道了，是万万不依的。"

曹霑道："那有什么？我小时见到令祖父，也是以家礼相待。要是总讲究那些礼数，不但显得见外，还怕落俗呢。"

汤经卿笑道："那就恭敬不如从命了。贵庚？"

"乙未。"

汤经卿道："我是甲午，还虚长一岁呢。"

曹霑忙笑着欠身称呼道："经卿兄，以后就叫我小弟吧！"

汤经卿忙还礼，笑道："哪能呢……"

韵华、福彭等一行人，被徐世庸和余福等让座上茶后，见曹霑和汤经卿旁若无人，侃侃而谈，韵华便走过去，牵着曹霑手问道：

"如何？'此间乐，不思蜀矣'了吧？"

福彭笑道："信口开河，未免驴唇不对马嘴呢。"

韵华回头看着福彭道："那——，说个对景的吧。"便摇头晃脑，念出四句诗来：

倚红偎绿可怜生，

寄梦还魂心暗惊。

借问此乡何处是，

人间天上惜惺惺。

齐慎修笑道："出了韵了！"

韵华忙改道："那么，就改成'人间天上证前盟'吧！"

福彭大声道："这更不伦不类了。"

韵华瞧着曹霑，就想听曹霑的议论。可是，曹霑和汤经卿只顾说话儿，压根儿没听到他口诵的诗，不免觉得无趣起来，便硬对着曹霑道：

"你心间，索记当。"

汤经卿和曹霑正谈得相投，忽听韵华冒出这么一句话来，只得笑应道：

"小五爷真是顾曲行家，顺口就说出《拜月亭》的句子来。"

韵华笑道："鲁班门前弄大斧，见笑见笑。我看，你二位也不要太一见钟情，把大伙儿都抛到一边吧？"

曹霑笑道："不敢，不敢！"

齐慎修坐在那里品评道："论品貌，曹霑和经卿二兄，真可谓天生一对，地设一双。只是经卿兄比曹霑略高一些，略瘦一些，略白一些……"

话还未完，福彭笑道：

"慎修兄是要给他二人相亲做媒，还是怎么的？看得这般仔细？"

众人听了，都大笑起来。

这时，余福走进来请安道：

"孙少爷，请小王爷们厅堂里坐吧，戏班儿早已侍候了。"

汤经卿起身让道："请！"

余福在前引路，一行人便往正屋大厅走去。

曹霑到非官宦人家，这是第一次。他随着众人跨进厅堂，便见正面壁上挂着一幅中堂，画的是《桃园结义》。两旁的对联是：

文章西汉两司马，

经济南阳一卧龙。

地上铺了一块长方红驼绒毡，两旁通向后院的过道，便是唱戏出将入相的上、下门了。面对红毡，从大门往两边，挨着墙，放着一溜太师椅和茶几，茶几上放着盖碗茶、果点、戏折子。

曹霑刚坐下，忽然一只猫从西边屋里窜出，跑到后院去了。他看到这是一只暹罗猫，便立即想起了玥儿妹妹，想起了鹔鸪姐姐，想起了太姨、扫花别院……眼前的唱戏、开锣、出场等等，全然看不见了。直到福彭叫好声响彻屋宇，才将他从旧梦中唤醒。

汤经卿一心一意要将云柔演的杜丽娘奉献在他的新交面前，兴致极高。等到第三出出来的杜丽娘却是玉柔扮演的，不免有些奇怪。但想到云柔体弱，怕全本顶不下来，柔娘姐姐一定只让她演《惊梦》《寻梦》《写真》等几出重头戏了。因而还是耐心看下去。对平时爱看的《闺塾》，尽管演得使福彭叫好，他也提不起兴致来，好不容易等到第十出《惊梦》，出来的杜丽娘，仍是玉柔，便怫然变色，耐不住了，向坐在他旁边的曹霑打个招呼，便从出将门走到后院去了。

场上的玉柔和雪柔，正演得出神，没想到阿青少爷忽然走过她俩身旁，进后院去了。玉柔不由跑了神，幸好雪柔的春香演得稳，才把戏又拉了回来。

汤经卿走到后院，见戏班姑娘们，有的在桌旁对镜化装，有的在忙着换衣服赶场，王宝珊和郑双卿在旁帮着指点。只有王宝仙坐在一旁，脸色铁青，一语不发。

汤经卿走到王宝仙面前问道："云柔姑娘怎么没上？"

王宝仙没好气道："问柔娘去！"

汤经卿诧异道："怎么回事？师傅！"

王宝仙道："云柔姑娘装都化好，马上就要出场，柔娘旋风样跑进来就把她拉走了。随即出来说，云柔姑娘病了，要玉柔马上扮杜丽娘，顶上去。幸好平时就这么演的，要不，今儿小王爷、公子哥儿们来看，岂不砸了锅了？我这师傅顶什么用？不得都听她这位领班的吗？"

汤经卿听到云柔病了，下面的话也听不进去了，等到王宝仙说完，便"哦——"了一声，转身往后花园云柔住处走去了。

……

原来，云柔是扮演杜丽娘，演《惊梦》《寻梦》《写真》等几出重头戏，尽管柔娘不赞成，但也经不住汤家上下、戏班内外，特别是云柔自己和少东家的极力请求，终于答应云柔演这一场，下不为例。开锣在即，柔娘心里感到不踏实，知道今天来看戏的，都是阿青少爷一伙的少年公子，便趁这伙后生进厅来入座时，在入相帘旁窥视了一下。没想到，一眼便看见了曹霑，正和汤经卿说笑着走了进来。柔娘拔脚就往后院跑，拽着化好装的云柔，什么也不顾地抢步回到后花园北屋，上气不接下气道：

"姑娘，今儿你，你不能演！"

云柔看到柔娘脸煞白，惊诧道："怎么了，姐姐？"

"这会子说不清。奴才从未违抗过姑娘，如今时间紧迫，请姑娘答应奴才这一回，奴才便死了，也心安！"说罢，双膝跪倒在云柔面前。

玥儿从未见到鸬鹚如此惊慌，一时也顾不得想别的，连忙伸手扶她道："姐姐请起，我答应姐姐就是了！"

鸬鹚忙道："好姑娘，我就说姑娘犯了心口痛的病，不能演了。我得马上安排玉柔演丽娘去。待我安排妥帖了，再和姑娘说明原委。"说罢，立即起身往前边跑去。

自从汤兴和鸬鹚商量好，设法将玥儿藏入戏班，只想平平安安，等太夫人北上后，送至曹府，也就功德圆满了。汤兴临出门时告诉鹂鸹，京师已为太夫人看好房子，单等阴阳生安宅后，就接老太太。鹂鸹听了，自是放心，更加上心上意调理玥儿。眼下最担心的是玥儿小姐的身子，和少夫人一样，太单薄了。为了使玥儿高兴，多进些饮食，鹂鸹想尽了法子，变尽了饮食花样。

玥儿虽是戏班姑娘的身份，却一直在领班鹂鸹的照顾下，养尊处优。她从鹂鸹那里，知道了家遭巨变。但有姑祖母的庇护，又有霈儿哥哥相伴，好像也没有什么变样。

以前，不论做什么，玥儿自会提到霈儿哥哥。可是，到了京城以后，却不常提了，就是在鹂鸹提起时，也很少搭腔。但有时却会脸红，有时却会含泪。鹂鸹明白，姑娘一天天大了，但愿老太太早日北上作主，了却这一桩夙愿，鹂鸹死也瞑目了。

鹂鸹急匆匆重新安排了前面，顾不得王宝仙和姑娘们"摔盘子"，便向后院走来。一路走，一路恨自己，怎么糊涂到如此地步？竟然答应玥儿演戏。幸而及早发觉，制止了这场大祸！否则，这两位小冤家猝然相见，可怎么交代？不但把他二人毁了，还会落个满门抄斩呢⋯⋯

但是，进门见到玥儿，戏装未卸，立在窗前，眉头微蹙，痴痴看着窗外，一时竟不知如何开口了。只觉得腿软，一下子跌坐在椅上，双手捧着脸庞发颤。

玥儿感到鹂鸹不支，忙过来扶住她道："姐姐，怎么了？"

鹂鸹道："怨我！都怨我！差点儿闯了大祸！姑娘是甚等样人？怎能抛头露面去唱戏？别说让老爷知道了没法交代，就是让老太太、小爷知道了，也没法交代呀！"

"他们不会知道的。"

"再说，今天来看戏的，都是少年公子，还有王府的小王爷。姑娘这模样，这嗓子，万一被他们宣扬出去，这京城的皇孙贵族，要干什么不能呀？⋯⋯我，我真是昏了头了！"鹂鸹禁不住捂着脸抽泣起来。

玥儿忙安慰她道："姐姐别难过了，我这不是没唱吗？"

鹏鸽急忙擦干眼泪，抬头强笑道："我没难过，姑娘，我是怪自己稳不住阵脚。"边说边起来，端过一盆脸水道，"来，姑娘，洗把脸吧，把装卸了吧！"

玥儿顺从地过去洗脸。她想着是自己强求登台的，未免也有些儿内疚。

忽听外面有人问："柔娘姐姐，我可以进来吗？"

随着声音，汤经卿已经立在门口了。

柔娘急忙迎过去道："阿青少爷，您不在前面看戏，来这里做什么？……"话未说完，鹏鸽便觉出自己的口气，有些走板，便停住了。

汤经卿浑然不觉道："听说云柔姑娘病了，我特意来看看，要请大夫吗？肖姆妈那里有药，我有病，都是她拿药给我，一吃就好了……"

柔娘道："谢谢阿青少爷，云柔姑娘这会子好多了。她平时都有配好的药放在身边的。谢谢孙少爷！"

云柔一边揩脸，一边将面巾取下，对汤经卿微笑道："我好了！也不是什么新添的病，还是老毛病。谢谢你！"

汤经卿看到云柔湿漉漉微微带笑的脸，又把什么都忘了。

柔娘道："阿青少爷坐会儿吗？"

汤经卿忙答应："嗳！坐，坐！"

柔娘安排他在桌边坐下，待候云柔洗完脸，便出去倒水。

汤经卿见桌上有笔砚诗笺，便站起来看。见诗笺上写的是：

春去春来牵梦魂，
三山二水认前身。
梨花坠地无消息，
剩有青苔空碧痕。

不觉吟出声来。吟罢，含笑问道："我和姑娘一首，可以吗？"

云柔微笑道："请！"

汤经卿提起笔，便写道：

雁去冰消何处痕，

梅边柳沿自成村。

天心偏照潭中影，

云是衣裳月是魂。

放下笔，看着云柔道："请姑娘指正。"

云柔微微一笑，拿起笔，在"天心偏照潭中影"的"偏"字上，改成了一个"空"字。

汤经卿见了，心猛地一沉。但是，抬头看见云柔含笑的脸庞，沉下的心，不禁又漂了起来。

柔娘进来喊道："阿青少爷，戏快完了，二掌柜请孙少爷去陪客人呢。"

汤经卿这才想起前面厅堂还在唱戏呢，急忙对云柔道：

"姑娘，这两张诗笺都送给我吧！"也不等云柔回话，卷起揣入怀内，便匆匆走了。

鹧鸪问道："他拿的什么？"

玥儿道："诗笺。"

……

汤经卿怀着诗笺，心中说不出一种什么滋味儿，向前面厅堂走去。这时，他倒觉着不能从后院唱戏上下场门进去了，便绕到前面，准备从正门进去。谁知刚绕过来，却见曹霑从里面走了出来。

汤经卿忙迎上去道："霑兄，怎么不看了？"

曹霑笑道："柳梦梅被冤，看得有点憋闷，出来透透气儿。经卿兄干什么去了？"

汤经卿急忙从怀里取出诗笺给曹霑看道："霑兄请看，这诗作得如何？这字儿又写得如何？"

曹霑双手接过一看，不由愣了一下，问道："这是谁的大手笔？"

汤经卿道："不瞒霑兄，这是我家十柔班里云柔姑娘写的。"

"是扮杜丽娘的那位姑娘吗？"

"今日原是她演。临开场时，突然旧病复发，就换了玉柔姑娘了。"

汤经卿说着，又将自己和的那张诗笺展出，要曹霑看：

"霑兄，看我和的如何？"

曹霑看了，笑道："简直是柳梦梅再世，只是这一字之改，有点莫测了。"

汤经卿听了，便想向曹霑一吐衷肠。谁知尚未开口，便听得韵华小五爷叫道：

"啊哈！我说你俩一先一后到哪儿去了，放着那么好的戏不看，却跑到外面说悄悄话儿来了。演得好戏！……"

汤经卿脸不由涨得通红，急忙将诗笺揣入怀中道：

"哪里话，哪里话。"拉着曹霑，便进厅堂看戏去了。韵华一阵大笑，对着他俩的背影，吟了两句诗道：

> 总因俊俏成朋友，
> 识得风流即文章。

第五十二章

刘仲温妙理论阴阳
张宜水别裁糊鸢鹞

　　曹霑这回来到北京，和小时候可不一样了。什么地方都想走走，什么东西也想看看。北京的风味儿，毕竟与江南不同。新鲜事儿成串，甚至连胡同的名儿，也觉有趣儿。当他知道有些个胡同名儿，还是元、明朝留下来的，便会琢磨当时情景，恨不得也去追寻一番。

　　他也知道，要趁着老太太还没北上，老爷整日在外忙公事，自己住在王府的时候，到处去跑一跑，玩一玩。一旦老太太来了，就得听从老太太的安排，再想这样自由自在，就不容易了。

　　他把自己的想法，都和双燕说了。双燕觉着小爷想的也对。但是，小爷每次出去，只要没有和福彭一道，双燕就不放心，定要打听清楚。她就怕曹霑跟着京城一些浮华子弟学坏了。在和福彭、曹霑交往的少年公子来玩的时候，双燕总在一旁暗暗打量，她觉着汤经卿最好。小爷和这样的人在一起，决做不出荒唐事儿来。等她从曹霑那里知道，汤经卿就是汤兴大爷的孙子时，一方面高兴，一方面也不免有些惋惜。

　　这天一早，福彭被召进宫。曹霑告诉双燕，要约汤经卿去玩，或许先到罗王府去转转呢。

双燕不解道："老太太一到，就搬进去了，以后住在里边，还看不够呀？这会儿有什么可看的？"

曹霑暗笑道："我要去先给玥儿妹妹找个住处。最好和我们在汉府住的扫花别院差不离儿。"

双燕没想到他忽然有了这个念头，不由暗叹一声："好吧，你去看看也好……"心想，这桩事儿可怎么了啊……

曹霑接着道："我先去看好了，等老太太一来，我就接妹妹来住在一块儿，免得太姨和玥儿妹妹来了，由别人胡乱安排。"

双燕只得答应一声："嗳——！"

曹霑约了汤经卿，后随耕云和阿狗，便骑马向罗王府走去。

京师是首善之区，任什么都要加码。就拿衣食住行、柴米油盐来说，比别的地方，价钱都要高些，分量都要差些，掺假都要多些。

又比如，京师缺水，碗口大的水渚，偏要叫作"海子"。分明杯子大的一点水，却叫它是什么"潭"。京畿之内，有个十多亩大的荷塘，便成了"什刹海"。东南有个莲花池子，也被叫作"南海"了。其实，都不过是些积水罢了。

就以"前海"来说吧，这一带，庙宇相接，柳荫傍岸，周围广种花木，夏天是个避暑的好地方，冬天也是观雪景、撑冰床的游耍之所。沿着西涯，连着南海，酒楼歌馆林立，摊贩游人混杂，风物别具一格，四时都能引人入胜。

大饭庄，有康乐堂、会贤堂，城里还有联号，上百桌酒席也可以置办；小酒家，有花间一壶轩，不大不小的有杏花村，不管什么人，到这儿都可以开怀畅饮。

罗王府和曹家老宅子，就坐落在这一带。

罗王虽是外藩，但凤为老皇帝倚重，所以府苑占地十分宽敞，再加上当年造园大手笔，巧为借景，浚湖挖土，堆积成山，引水入园，连接外湖。常言道：水是眼，山是眉。园子有了眉眼，一切都活脱入画了。

这天，吴老汉正和罗王府门上太监说闲话儿，看见曹霑骑马来了，急忙迎了过去，高兴道：

"哥儿来得正好，三爷三奶奶正陪着阴阳先生安宅呢。来早了，不如来巧了，趁这会儿一道看个全景，岂不是好？"

曹霑下马，听到园里有阴阳先生安宅，便对汤经卿道："那我们改日再来吧。"便要重新上马。

吴老汉一把拉住缰绳道："哥儿别走，请阴阳先生安宅，哥儿正经还是一起察看察看好。这园子又不是咱家的，既然住进去，就该心中有数才行啊。"

吴老汉心想，霑哥儿是正经主子，挑大梁的，偏偏这时候赶来了。老太爷还是在冥冥中保佑着呢。要不，哪有这么巧的事儿呀……只是嘴里没说出来。因此，硬要把曹霑留下来。

曹霑想了想，问道："老爷在吗？"

吴老汉道："老爷一早就到怡王府去了，安宅之事，交给三爷三奶奶来承办了。"

曹霑知道曹頫不在，便和汤经卿走了进去。耕云将阿狗安顿在门房，便也随了进来。

园子虽然修缮一新，但长久无人居住，也免不了有些儿陈腐气味。

曹霑看看两旁大树，笑对汤经卿道："这园子怎么有点像大庙？"

汤经卿道："许是长久没人住的缘故。"

耕云听了，心想：小爷就会胡想，这么好的园林，怎么想到大庙上去了。

走过两旁大树，便见曹霏、文苓和罗王府老总管纳金，陪着一位飘着五缕银须的长者，立在垂花门里"天香庭苑"匾额下面说话儿。

曹霑拉着汤经卿正想躲开他们，却听得文苓喊道：

"霑哥儿，快过来见见刘仲温老先生！"

曹霑只得和经卿走过去，向刘仲温施礼。

老人不由深深打量着曹霑。他身后两位弟子，看到曹霑和汤经卿，私下赞道："两位公子，真是一表人才。"

文苓看到汤经卿，扬起眉毛问曹霈道："这位是哪个府上的哥儿？"待曹霈介绍后，文苓落下眉毛一笑，心想：家奴后人也会出了这般子弟。便顺口问了一声："你爷爷好！"

汤经卿忙施礼答谢。

文苓道："霈哥儿来得好，纳金公公，咱们陪刘老先生一路走，一路看吧。"曹霏也连声附和。

纳金正端详曹霈，听到文苓叫他，便答应着，领着众人边走边说起来：

"这园子，在北京，不说数一，也该说是数二了。空闲在这儿，就等有命之人来消受呢。可惜的是，王爷没能进京，嫡福晋早逝。要是王爷能亲眼看到哥儿住进园来，还不定多高兴呢……"

纳金说到嫡福晋，便看了曹霈一眼。想到罗王命带克星，先尚郡主，授和硕额驸，郡主薨后，续娶曹寅少女，过门不久，又病故了。要是活到今天，那该另是一番光景了……

曹霈虽知道这原是姑姑的宅子，但却极少听到讲过这位姑姑。没想到，如今能住到这里来，也还是很有意思的。便随着众人拂柳穿花，向前走去。

走到一个高处，见纳金指着讲道：

"那边是石闸桥，这边是银锭桥。桥南是箭杆胡同。看到那儿有琉璃瓦的，是明珠府……阿弥陀佛！我们还是先向近处看吧，那儿高处，就是凸晶馆，下边一带游廊，便是银河带月。"

曹霈听了，忙问道："纳金公公，听说这儿不是有'金环套月'这一景吗？"

纳金看着他笑呵呵道："有，有！这下边就到了。"说着，便领着大家走到一座石山前，向一山洞走去。边走边道：

"这是仿照行宫的月牙池造的。月牙池的月亮，是初三、初四的，这儿的月亮，是十五、十六的。要在十五的夜半亥时来看，石山的月洞门，正好对着天上的月亮，周围还空着一个圈儿。正因为这样，才叫'金环套月'呢。"

曹霑轻声问汤经卿："今儿几了？"

"初九。"

"咱俩都记着，十五夜里来看。"

文苓把曹霑的动静看在眼里，微笑道："不是每一个十五夜里都能正正看到的。一年只有一回，纳金公公，是吗？"

"是，是！三奶奶说得对。每年只有十一月十五亥时，才对得正正的，一年只有一次。"

这时，却听得刘仲温老先生洪钟似的声音，慢条斯理地说了起来。

原来，这刘仲温，自诩是刘基的后代，也是青田人。对京华的典故史实，可以说是了如指掌。他对罗王府，也是早有所知的。这次王捷三通过胡发，重金聘请他到罗王府看风水安宅，自是乐意，便带了两个得意弟子前来。没想到偌大个罗王府，主事的却由一个妇人出面，不免有几分不悦。但从曹霑浑身散了似的骨架上看，也不是担担子的人，倒是纳金还有些分量。他一面对身后两个弟子，一面对众人道：

"当年造这园子的，确是一位大师，称作'园林观止'，不为过也。不过，恕山人直言，大家虽尚未领略园林全貌，已可看出，这园子是着意模仿江南了。又加以人工铺排，便难免现出一派阴柔之气了。"

弟子应声道："师傅说得极是！请教师傅，该如何禳解呢？"

曹霑也道："这园子是过于秀丽，请教老先生，应如何克服这阴柔之气呢？"

刘仲温道："天地之间，二气存焉。园林水木，概莫能外。精忠之柏，枝条南向，温热之汤，回漾东行。又比如，天有冰雹，以炮轰之则解；野有雾气，以草焚之则散。盖阳气盛，则阴气消。镇邪以正，逢凶化吉，万事万物，得之在手！"

众人都屏息耸肩听着他这篇议论，虽然莫测高深，但也觉句句在理，便都赶着问有何镇法。

刘仲温将一双炯炯有神的眼睛微微眯起，仰头道："此事，在府上可谓至易！要另换一个门户，可谓至难！常言道：阴制于阳，元亨利贞，九五为

271

尊。如能求到御笔，赐写一个'福'字供奉在这里，那么不动一草一木，不需禳解符箓，便可保'堂开燕喜，门临五福'了！"

文芩道："倘若王爷住这儿，沾御笔佛光倒不难，可如今王爷在外，又不是岁朝颁赐，哪能求得这份恩宠呢？"

纳金想了一下道："我倒有个主意，不知能行不能行？"

曹霏问道："什么主意？"

纳金道："当初，园子造成时，老皇上赐的'福'字，还在榆荫堂上供奉着。如果影下来，刻在这山洞内，岂不沐御笔佛光了？仲翁老先生，看这可使得吗？"

刘仲温听了，略一沉吟，点头道："使得，使得！"

二弟子也忙应声附和："好主意，好主意！"

曹霑和汤经卿随着众人往前走，对他们的议论，不大理会。忽然看到那边水榭上有一副对联，便拉着汤经卿过去看，上面写的是：

静里水声皆生趣，
闲中山色即真机。

曹霑念了一遍，笑道："这对联虽像绕口令儿，但还有几分活气。比起那些惯用的'橹声''虹影''玉带''金球'等陈词滥调要好得多了。"

汤经卿也笑道："看来，这位大手笔还兴许是佛门中人呢。"

曹霑随口念了两句诗："漂旋弄天影，古桧挛云臂。"

汤经卿接道："愁月薇帐红，胃云香蔓刺。"[1] 念罢，二人相对一笑。

这时，又听得刘仲温的声音道："这园子好处是有水。在北京，除了绿竹别墅占尽了风水，就只有这天香亭苑得天独厚了……那边是李广花园，他是盗引玉泉才获罪的。……"

紧随他身后的弟子忙道："师傅说得极是。这李广，在明史上有传，以

---

[1] 李贺《昌谷诗》中的诗句。

邪门歪道得宠。后来，给事叶绅上疏，劾他八大罪状，其中就有盗引玉泉这一条。"

另一弟子道："这李广桥，就是以他得名的。法梧门写《西涯考》时，想把这桥改恶从善，很费了一番心思，最后，用'藜光'二字来代替了'李广'二字。"

刘仲温道："改得好！非西涯先生，孰能如此？可称得起化腐朽为神奇了！"不禁捋须一笑。

他身后的弟子道："师傅，这么说，这东不压桥，为了和西涯对照，也应改为东不涯桥，才能合拍呢。"

刘仲温回头，赞许地看着他："唔！啊——有点道理！"

曹霏不解，问道："这是为何？"

弟子道："那西海子沿儿，因李西涯先生而得名，曰西涯。自古道，人杰地灵。这东边嘛，因李公没有住过，东西相对，就应改为东不涯才对。"

刘仲温微笑道："孺子可教也！"

接着，来到一个所在，中间一座坐北朝南五楹楼房，房前左右两棵大白皮松。

曹霑看到白皮松，急忙走过去抚摸，对经卿道："这是老太太最喜欢的！我看，老太太来了，住这儿挺合适。"

文苓笑道："你当老太太和你一样呐？这楼房，老太太是住上面，还是住下面呐？住上面得上楼梯，住下面，楼上再轻手轻脚，也有动静呀！"

曹霑笑道："这我可没想到。"说着，便用眼搜寻两旁，可有什么好去处。果然，有一片绿竹，映入眼帘，前面有一段石板铺成的小桥相通。

曹霑立即想起扫花别院的石板桥，便招呼经卿，向这小桥走去。

纳金领着众人也走过来道："这儿好，就好在这一片竹子上。这是从九嶷山移过来的。"又指着对面道："诸位请看这儿，这儿题名'绿醒红酣'，又叫'二酉双丝'。"

曹霑觉得这"二酉双丝"四字，大有意趣。忙问道，"纳金公公，怎么叫'二酉双丝'呢？"

　　纳金道："听说当年什么地方有两座山，一座叫大酉，一座叫小酉。这两座山，地下是通着的。有一股水脉，从石山子那边流出来，经过这片竹林，便分两股，再汇入响闸，所以就叫作双丝。这是听我父辈说的，那时，我还刚进府呢。"又感叹地找补道："其中的奥窍，怕是没有什么人晓得的了。"

　　忽的，一对鹭鸶从竹梢飞起，又扎到水塘里去了。但是，在曹霑的眼里，那青天上空，还有两道白光留在那里……

　　曹霑心想，妹妹和我，要能住在这里，倒也可以和扫花别院比美呢……

　　汤经卿见了，不由想到云柔，轻轻口诵两句诗道：

　　　惊鸿飞入白云里，

　　　空有柔光浴水湄。

　　刘仲温不禁回头看了他一眼。

　　纳金正要领着众人向东一带游廊走去，只见西边有块石碑立在那里，碑上篆刻"鹦鹉冢"三个字。

　　刘仲温忙招呼弟子停下来，着实打量了一下，皱眉道："王府庭院，如何有这类石碑？"

　　纳金又看了曹霑一眼，叹道："嫡福晋生前最喜欢的一只鹦鹉，忽然死了。王爷为讨嫡福晋欢心，便命人埋在这里，还请名家篆刻，立了这块石碑。可叹，嫡福晋不久，也一病不起了……"

　　曹霑听了，看着鹦鹉冢，不由发起呆来。

　　汤经卿绕着鹦鹉冢看了一下，对曹君道："这碑阴，没有题诗，你来作一首，请位名家刻上，岂不可以使这鹦鹉冢名传千古吗？"

　　曹霑道："说什么名传千古，只要对鹦鹉也和对人一般，情有同领，意有同会，暂得于己，也就足矣！"

　　汤经卿道："千古也罢，瞬息也罢，请将诗作出来是正经。"

　　曹霑稍一思索，便口诵道：

浩浩愁，

茫茫时，

鹦鹉无可语，

凤凰有所思。

愁无岸，

时无涯，

黄土一抔掩香骨，

落红声声落地思。

汤经卿听了，不觉怔了一下，叹道：

"如果鹦鹉能言，它念完了这首诗，也会活不成了。"

曹霈笑道："何至于此，我只是悼它，又不是咒它。"

这时，他们才听到身旁谈话的声音，原来刘仲温又看出什么门道来了，只见他捋着长须暗暗点头道："这儿，要施些破法才好！"

弟子忙附和道："师傅说得极是！您看……"

刘仲温慢而着重道："这鹦鹉冢对面，得立一座比它高一倍的婆罗密经幢！"

文苓一听，不觉发慌。一个妇道人家，本来是不应随着阴阳先生来看风水安宅的。但想到老爷既将这桩安宅大事交给了他们夫妇，光让曹霈跟着，她放心不下。因此，顾不得许多，自己也跟来了。果然，如今要立这么一个高大的经幢，得花多少银子呀？

文苓犹豫道："这……？"

刘仲温看了她一眼，斩钉截铁道："言出必行，其行必果！商君曰：'凡知道者，势，数也'。[1] 度其势，运其术，战必克，事半而功倍矣！"

纳金忙道："立经幢事，交给我办！这个愿，我敢许。"便对文苓道，"三奶奶，湖里的白花藕、碧玉珠，卖了钱，就足够立起一座经幢来了。这份功

---

[1] 见《商君书·禁使》第二十四。

德，包在我身上。"

文苓微笑道："公公是王府老总管，既然有公公答应，当然就作数了。"

纳金道："是，是！这个愿我来许，早就该许了……"

曹霑觉出纳金声音发颤，便回头看了这老人一眼，看到老人眼里有泪光，心里也不禁悚然。待他们往前走后，他正正立在鹦鹉冢前行了一礼，就像拜见早死的姑姑一样。回身见汤经卿在等他，便道：

"可惜这位姑姑去世早，我连影儿都捉摸不到。倘若在世，今天不知该多欢喜哩。"

汤经卿叹道："是呀！可惜世上没有不散的筵席，没有不灭的灯盏！这也是无可如何之事。古人云，人生如寄耳，也是同样的意思。"

曹霑听了，若有所思，正要答话，只听文苓叫道："霑哥儿，你们快跟过来呀！"

曹霑和经卿闻声，跟上众人，走上一个小丘，刘仲温的声音又响了起来：

"请诸位顺着山人的手瞧，过去，故明珠府那座烟囱上面，还挂着一面铜镜子呢，那是他们造府时，竣了工就挂上的。这儿罗王府，早就该对着它，也悬一面镜子，把它的光逼回去！如今，虽说它的光已微了，也得还它一手才是！"

文苓心想，这用不了多少银子，忙道："老先生明鉴！这面镜子，在太夫人到来之前，定能悬好！"

曹霑碰碰经卿，低声道："世上碰到这种事儿，总是也挂一面镜子，以为这样就可以把晦气反折给对家。殊不知，以镜对镜，相映相折可至于无穷。这在《墨经》上早已载明了的，怎么可以说，反照过去，便可镇住对家呢？"

汤经卿笑道："霑兄，这会儿怎么又这等认真了？姑妄言之，姑妄听之罢了……"

两人又相对一笑，随着众人前进。

刘仲温道："依山人愚见，在远帆楼那边，杏花村一带，应修一座小小的魁星阁！"说罢，回头看了曹霑一眼。

刘仲温话音未了，众人对"魁星阁"三字，只觉得比钟鼓楼的钟声还响亮，除了曹霑，都听得格外真切，不免都看着曹霑，连声说："妙，妙，妙！"

曹霑和汤经卿只顾对着明珠府张望，立在那里，压根儿未听到。

刘仲温又道："进大门，走完两旁凤凰杉，能竖起一块大太湖石，这园子不但可住，而且瓜瓞绵绵，福禄寿喜，四美俱全了。"

两弟子又连忙称颂，曹霏也随声附和道："只是这大太湖石，往哪儿找呢？"

刘仲温道："有一位贝勒，姑隐其名，要出让自己园子里的一块有名的绿云片太湖石。依山人愚见，如能将那块太湖石安在这儿，虽说花了些银两，买个十全十美，也还是上上策！"

文苓听了，心想，阴阳先生也做起拉纤的买卖来了。花些银子买块大石头做什么？别说如今走下坡路了，就是当年老太爷在世，也用不着花这冤枉钱呀。便笑道：

"老先生相得准，赶明儿告诉王大舅，登门拜访老先生，商量买卖事宜。有老先生出面说合，定然不会吃亏的。"

刘仲温听出文苓话中有话，心想，这妇人好一张利嘴，便道："山人从不代人说合买卖。如果府上决定立这太湖石，请径直派人前往贝勒府商谈。山人不过知道这一内情而已。"

文苓紧接道："也幸亏老先生知道这一内情，否则，这么短时间，到哪儿找这太湖石去？"

刘仲温微笑道："好说，好说！"

纳金道："仲翁老先生请到后面红蓼花溆那一带去看看，湖心有一小岛，嫡福晋过世后，王爷在岛上修建了一座尼庵，当年也曾热闹过一阵子。"

刘仲温道："请前面带路。"

曹霑原想约了汤经卿到罗王府自由自在游玩一番，没想遇到阴阳先生安宅，跟在旁边实在无趣。这会儿又要去看什么尼庵，便拉着经卿对曹霏道：

"三哥，我和经卿兄要去琉璃厂买书，先告辞了。"

曹霏忙答应道："好，好！你们先走吧。"

文苓听到曹霑称汤经卿为兄，心想，这是哪门子兄长呐？将耕云叫到面前问道：

"带银子了吗？"

耕云忙请安回答："带着呢，三奶奶。"

文苓便道："去吧，霑哥儿，得闲回前海宅子看看，老太太没来，就见不着你影儿了。"

曹霑答应着，和汤经卿向刘仲温等人一一施礼后，出来上马，向琉璃厂方向跑去。

曹霑和汤经卿到了琉璃厂，被形形色色书摊吸引，立即下马，便浏览翻阅起来。

书摊主见来了两位少年公子，忙上前来殷勤接待，见他二人翻什么书，便介绍什么书，无一不好，无一不名贵，无一没来历……

耕云带着阿狗拴了马，走过来，见曹霑皱着眉头，忙上前对书摊主道："别嘞嘞了，我们爷喜欢自己看。"

摊主忙答应："是，是！"但忍不住又道："二位爷，请往里边去，里边有善本书。"

曹霑微笑着对经卿道："若都像卖书人所说，这书摊上的书，早就卖完了，哪还能等到我们来买？"

经卿也笑道："这就是买卖人的本性了，一分货，十分吹。"

曹霑听了，不由看他一眼，想到他家是做买卖的，竟说出这样的话来，可见他的为人。刚想和他搭话，忽见里面高处书架上放着一部《十种传奇》，便拉着经卿道："我看到一部好书了。"走到里面指着书架。摊主急忙取下来，边掸土边低声道：

"爷真好眼力！就这仅有的一部了。这书风声太大，听说就要禁卖了。"

曹霑吩咐包起来，并回头看了耕云一眼。

耕云忙进来问道："多少钱？"

摊主赔笑道："爷既看中了，收个成本吧，给六钱银子得了。"

耕云冷笑道："这卖书的，怎么南北一个样儿，我看，一钱银子也不值。"

曹霑斥道："胡说什么，快买下。"又看到一本《飞花咏》，顺手拿起交给摊主道："这本也要了。"

摊主急忙将书包好，双手捧上，耕云瞪眼付了银子。

汤经卿对耕云笑道："做买卖的，就喜欢你们爷这种人。"

耕云道："世上人要都像我们爷，那就不成世道了。"

汤经卿道："世上人要都像你们爷，就真是天下太平了。"

阿狗忽然在那边喊了起来："耕云哥哥，快来看，这个纸糊的活女人！"

阿狗来到北京，从未这样出来逛过。这回到了琉璃厂，早把眼看花了。他对两位少爷放着这么多五光十色的物件不看，却去翻旧书，暗笑不止。独自在这边转了起来，哪里色泽鲜艳，便到哪里观看。他猛地看到一个美人儿挂在那里，便挤了过去，看得高兴，便喊了起来。

曹霑听到阿狗说纸糊的活女人，和汤经卿也过来观看。

卖风筝的老婆子，见到曹霑、汤经卿，认定这才是买主哩！便拉长着声音道：

"两位爷，这美人儿可是活的。"说着，便取下美女举了过来。只见这美人儿的双眼，在老婆子牵动下，一睁一闭地动了起来，显出一派妩媚神态。围观的人都赞叹不已，阿狗更是拍手叫好。

老婆子盯着曹霑、汤经卿，得意道："爷，领她回去吧，有风的时候，放上去，那才真是天上的仙女儿呢……"

曹霑看到这风筝，眼前立刻浮现出小茶仙站在蒲团上的模样儿……才三年来的时间，小茶仙到哪儿去了呢？……不禁惆怅起来。

汤经卿见曹霑不语，便问婆子要多少钱。

老婆子早暗暗把原来的标码扯掉了，满脸堆笑道："爷随意给吧，看值多少，就给多少，只要爷看着称心，多少都行。"

旁边一个人笑道："这老太太真会说话儿，给你一文钱，你能卖吗？"

围观的人听了，都哄笑起来。

老婆子也笑道："只要这两位爷给得出手，我老婆子也乐意。"

汤经卿怕再引起周围的议论，急忙掏出些碎银子给老婆子，便叫阿狗去拿风筝。

阿狗兴高采烈地伸手去拿。老婆子心满意足道："小哥别忙，我给你拴好了，斜背在背上，牵马、骑马就不碍事儿了。"说着，便拴起来。

这时，有一个瘸腿人走了过来，手里拿着一摞"金鱼"，含笑看着曹霑道：

"我知道，爷准会看中我扎的金鱼。"

曹霑一看，果然是条大金鱼风筝，撒开的鱼尾会颤不说，两只大圆眼睛还会转动。整个金鱼身上的鳞儿，金灿灿的，迎着光，还会变色，极逗人爱。曹霑回头对耕云道："不错！"

瘸腿人听到曹霑的话音，忙道："爷要喜欢，我就奉送。拿去玩吧，只要爷看它飞上蓝天，如鱼得水，觉着够意思就行了，分文不取。"

汤经卿以为又会惹来一阵哄笑，殊不知，围观的人都静静看着，丝毫没有不相信的神色。

曹霑打量了瘸腿人一眼，问道："您贵姓？"

"鄙姓张，人们都叫我张瘸子，爷也叫我张瘸子好了。"

这时才听到人群中有轻笑声。

曹霑笑道："师傅做得这么一手好风筝，真可谓巧夺天工，哪能埋名呢？"

"我叫张……"话到口边，又缩回去了。笑了笑，接着道："其实，我们这号人，有名无名都一样。人家郭驼子还不是没名字？有人喜欢硬往名人身上贴，还有人硬说就是柳宗元自己呢……"

包括曹霑、汤经卿在内，周围的人都笑了。

"我看爷是位识货的主儿，宁愿奉送。俗话说，'士为知己者死'……嗨，看我胡嘞嘞啥？和爷说到哪儿去了……"

曹霑又打量他一眼道："师傅莫非就是那有名的风筝张？"

"正是在下。"

围观的人又笑了起来。

曹霑忙道："失敬，失敬！原来您就是张宜水先生！"

汤经卿也笑道："我在小五爷那里，也听说过师傅大名。"

"不敢。在战场上把腿打伤了，糊风筝混口饭吃。不图名，不图利，只图个手艺得传就行了。"

曹霑心想，这倒是个"市隐者"一类的人物，但也不便说出口来，便道：

"这个金鱼就收下了。不过，我还要定做一双蝴蝶，还得请张师傅费心呢。不用赶，什么时候做得都行，我派人来取。"

张宜水道："爷有样子，自己出样子也行。要信得过我，就由我胡折腾也行。"

"不要官样儿的，倒想得个新鲜样儿的。不过，张师傅随意做吧。"说罢，要耕云付上定银。

张宜水执意不收。耕云道："今儿是个好日子，师傅收下，图个吉利吧！"张宜水这才收下了。

曹霑乐着对经卿道："今儿可没白来，买了两样都是妹妹喜欢的东西。"

汤经卿奇怪道："令妹？"

曹霑连连点头，答应了一声："嗯！"

汤经卿心想，别人都说曹霑是独根苗儿，原是没把家中女孩儿作数的。也就不再往下问，各自上马，拨转马头，向回家的路上，扬鞭而去。

第五十三章

雾里看花迷蝴蝶
云中揽月梦鸳鸯

韵华对二妞一直不死心，他常常带着进宝到桑家去。有活计时，二妞还绷着脸子出来接应一下，没有活计，二妞不但不搭理他，到后来，索性连照面也不打了。有一次，韵华整整坐了一下午，眼看天都黑了，也没见到二妞一眼。感到实在无趣，只得悻悻回城了。

为此事，韵华不敢找福彭。尽管他探得福彭看中的是大妞，但有了红豆风波，也不好意思再找福彭牵线了。如今来了曹霑，觉着再也没有比他更合适的人了。一早，趁着福彭不在，便来拉曹霑，要曹霑立刻陪他出城去。

双燕见福彭不在，曹霑单独出去，很不放心，但又不敢阻拦。便对曹霑道："小爷，是不是等小王爷回来了再去？"

韵华回头，一面打量双燕，一面道："就是知道小王爷不在，才来找你们爷的。怎么？不放心吗？"

双燕忙回道："奴才哪敢呢？只是老太太嘱咐侍候好小爷，小爷刚起来，还没吃早点呢。"

韵华笑道："随着我，还怕饿着你们爷不成？"回头对曹霑道，"我带你到西直门外'亿禄居'去吃早点。"

曹霑道："过路居有什么好吃的？"

韵华道："不是过路居，是亿禄居！'西直门外有三贵：火绒、金糕、大薄脆。'你都不知道呀？"

"不知道，愿闻其详。"

"这是老皇上微服出游，路过西直门外，在广通寺迤南，看到路旁有一茶馆，名叫亿禄居，便进去看看。跑堂的不知是皇上驾到，只当作一般客人，招呼坐下，沏上一碗茉莉花茶，便端上来大薄脆。老皇上吃了，非常可口。回宫后，传旨，每十天进奉一次。这一来，亿禄居可就红火了。城里的皇亲国戚，公子王孙，没有不去亲尝的。怎么样，值得一行吧？"

曹霑笑道："听这大薄脆的名儿，倒是想尝尝的。"便命双燕取出常服穿上，准备和韵华一起出门。

近日，双燕心里直嘀咕，刚来那阵子，小爷和小王爷一起出去玩，晚上回来，虽然也带有一些儿酒气，但还没有醉过。可这两次被爷们宴请回来，却明显醉了。不但袖筒里的帕子浸透了酒，步子都有些儿走不稳了。不是眯着眼傻笑，便是瞪着眼发呆。给他脱衣服鞋袜时，还居然说出"就要见到妹妹了"的胡话……双燕直犯愁，巴望老太太快些来才好。但是，不管怎么说，小爷和小王爷一起出去，总还有个照应。今天，这位小五爷一早就要把小爷拽走，实在有些放心不下。

双燕为曹霑换好衣服后，便道：

"请爷稍待，我去叫耕云备马。"说罢，也顾不得许多了，见到耕云，急忙叮嘱道：

"你可要侍候好小爷，今儿小王爷不在，小爷到哪儿去了，见了什么人，干了什么？你都仔细记住，回来说一声。福晋问起来，也好回禀。老太太还没来哩，可不能让小爷乱跑，万一出了点差错，咱们可担当不起。记住，千万别再让小爷多喝酒，早点催着小爷回来……"

双燕说一句，耕云应一声。

耕云恨不得双燕说得越长越好。他偷眼看双燕，低着眉眼讲话，觉着她越发俊了，只想多看一会儿。但听到小五爷和小爷的笑语声传了出来，只得低低说了一句："姐姐，你放心！"便去牵马了。

耕云和双燕想的不一样。他极愿随曹霑出去，玩好、吃好不说，还可以和那些随从们聊闲天儿，知道许多从不知道的事儿。他觉得小爷也大了，要整天拴在老太太裤腰带上，以后怎么支撑织造署呀？双燕只想老太太快些来，打着老太太旗号，对小爷有些管束。耕云却想老太太慢些来，要小爷多在外边跑跑。

他牵出了福彭的银淀骠，看着曹霑骑上去，心里忒舒坦。

进宝为小五爷牵过马，看着他骑上去和曹霑一起走了，回头又看了双燕一眼。双燕急忙低头进去了。进宝笑着对耕云道：

"这是你们爷的丫鬟？"

"怎么？"

"够格儿！"

耕云没作声，翻身上马，便追着曹霑跑了。

进宝笑了一声，也急忙上马，赶朝前去。赶到和耕云齐头时，轻声道："这样的丫鬟，要在我们府上，我们爷可放不过。不知你们府的规矩如何？"

耕云白了他一眼，带细缰绳，朝前冲去。

进宝看见前面两位爷也在扬鞭，便也夹马跑了起来。

……

从亿禄居出来，耕云对曹霑道："小爷，京城的人要吃过南边的馓子，就不会这么老远跑来吃这大薄脆了。"

曹霑瞪他一眼，斥道："放肆！"

耕云笑了笑，便去牵马。

这时，来了一辆骡车，在亿禄居门前停下。两匹油光闪亮的大青骡，引起了曹霑的注意。只见骡车上先跳下一个小厮，在车旁放了脚蹬，掀开帘子，下来了一个穿着红鞋的大脚丫头，接着扶出一位插满头饰、珠光宝气的小姐。

韵华笑对曹霑道："杜康西施又来品尝大薄脆了。"

"杜康西施？"

"这是山西造酒作坊邹万三的独养闺女。不知谁告诉她，这儿的大薄脆好吃。因而，隔不了一两天，就要套车来吃大薄脆。这往返的花销，都够他家开十个亿禄居了。"不禁大笑起来。

曹霑也觉着好笑，不免回头看了一下，正遇到这位杜康西施立在车旁看着自己。这倒使他难为情起来，急忙接过耕云手中缰绳，跨上银淀骠，对韵华道："小五爷，快走吧！"掉转马头，便往城里奔去。偏偏韵华叫住了他。

这一回，韵华约曹霑去桑家看二妞是真，到亿禄居吃薄脆是假。曹霑听到韵华叫他，只得又跑了回来。没想到这位杜康西施，两眼盯着曹霑，目不转睛，使曹霑更加不自在起来。在马上慌慌张张问道："往哪儿去？"

韵华微笑道："急什么？又不会把你看煞了。"故意慢吞吞跨上马，回头扫了一眼杜康西施，对曹霑道："瞧你这身打扮，又骑了这匹银淀骠，在太阳下面闪闪发光，别说她了，不管谁，也被你闪得眼花缭乱了……哈哈哈哈……"大笑一阵，才道，"往西去。"

曹霑感到那位杜康西施还在用眼盯着自己，头也不敢回，使策马往西奔去。一口气跑了有半里路，这才问韵华道：

"咱们到底是要到哪儿去？"

"'女儿剑'桑家。"

曹霑高兴道："二妞家？你怎么不早说？"

"怎么？"韵华看到曹霑这样高兴，不禁提防起来：曹霑这副模样儿，自己可不是他的对手，不由将马放慢下来。

"桑妈妈家的冰花、蓼花、乳扇茶，至今想起来还馋。何必去吃那福薄命浅的大薄脆呢？"

幸而韵华只听进曹霑心上记挂着吃的，也就放心道："我是想让你尝尝北地风光。老皇上爱吃的东西，你都不中意呀？"

曹霑明知对"御赏"不该有所褒贬，但还是反驳道："哦，皇上爱的东西，你就非爱不可呀？"

韵华一听曹霑口气，知道他又要辩到底了，还不知会逗出他什么话儿来呢。忙赔笑道：

"没这个意思，没这个意思，咱们快走吧！"随即又道，"不过，桑家也不比以前了。自从桑格逃回来死在家中以后，到他们家铸剑的，一下子就少了。谁愿惹那个麻烦呀？这阵子，就靠福彭、在下这些包天胆儿，敢去招惹他们了。"

"今儿去铸剑，还是配鞘？"

"既不铸剑，又不配鞘，带你去开开心，扯扯调而已。"

"那敢情好，我早就想去看他们了。大表哥一直没时间。咱们快走吧！"说罢，便扬鞭跑了起来。

二姐早就横下一条心了，任你再好的公子王孙，她也看不到眼里。父亲回家死后，生意一落千丈，妈妈顿时老了下来。姐姐还是老样儿。看来，她是铁了心肠，不撞在南墙上，是不回头的……二姐心里似油煎一般。找妈妈来做媒的，没经二姐自己看中，谁提也没用。妈妈心焦，姐姐着急，她是知道的。其实，她有自己的主意……

附近村上，有个小顺子，从小靠拾柴、担水，挣钱来养活自己和残废的妈。日久天长，小顺子就被人们喊成孝顺子了。桑家烧柴，是他包了，用水，也是他包了。间或还为桑家做些杂务活儿，诸如捡个房漏，糊个房顶，爬高上低，顺手就干了。铸剑活儿忙的时候，还帮着拉风箱。从没见他提过报酬，给他钱时，总难为情地笑着说："又多给了。"这两年，小顺子猛蹿一头，糊窗户纸，都不用凳子了。他到桑家干活儿，总是低着眼睛，可桑家什么地方要拾掇了，他却都知道，不用桑妈妈吩咐，他不声不响就拾掇好了，比请能人巧匠还干得妥帖呢。

桑妈妈一直把小顺子当成孩子，家里有多余的馒头、菜饭什么的，总要他拿回去给他妈，省得他回去再做；桑格的旧衣服，到后来给他，也不用改了。

大姐对他从未正眼瞧一下，从宫里回来遇上了，就像没这么个人一样。二姐随时和他打交道，有时桑妈妈出门了，就由小顺子帮她拉风箱，拉得不合手，二姐便斥他，他连忙顺着二姐改过来。二姐称赞他，他就更欢快地拉下去。

有一次，铺子里又只剩下他们俩了。为了赶打一柄剑，二妞照常要他加劲拉风箱。小顺子已经把火吹旺了，铸剑的钢材，在火上已经烧得通明透亮了，二妞还没过来，小顺子便把手放慢了。二妞忙着配淬火的料，听到拉风箱声慢了，像往常一样斥道：

"加劲拉呀，顺子！你不知道这是赶着要的吗？"边说，边取了配料走过来，刚好和抬起头来看她的小顺子，对了个正着。她不由愣了一下。从小顺子到他们家帮活儿起，二妞从未见他看过自己，自己也从未这样清楚地看过他：两条浓眉下面，一双漆黑的眼睛，在熊熊炉火映照下，格外亮。二妞脸热心慌，忙将眼睛避开，一时竟不知如何是好了……

当天夜里，二妞躺在炕上，左思右想，这浓眉小伙子浑身有使不完的劲儿，要干什么不能呀？自己终身，不是最好的托付吗？……妈妈是实打实的，兴许会愿意。姐姐好做梦，必定反对。那，又有什么用呢？就像自己反对姐姐梦想嫁小王爷一样，不也劝不回头吗？往后的日子是自己过，谁管了谁呢？……二妞主意既定，便呼呼睡着了。

二妞一向大方，不论对什么人，都挥洒自如。第二天，着意打扮了一下，在辫根上插了一朵小粉花儿。可是，见到小顺子照常来挑水时，却躲到里屋去了。她从门缝里偷看他：黑红的脸庞，粗长辫子盘在头上，一根黑布腰带扎在蓝布衫上，更显得蜂腰猿臂。提只水桶，就像提篮子样，一点也不吃力。二妞越看，越觉得自己选得对。直到妈妈从外面回来，她才装着满不在乎的样儿，走出去干活。

从此，二妞变着方儿照顾顺子。她做饭时，总做得多，遇到好吃的，做得就更多了。妈妈先还斥她，说她糟蹋粮食。后来看出女儿心事，非但不斥她，也跟着多做起来，闹得小顺子满心不安，也就更勤快地为桑家干活儿。

小顺子自认命苦，爹死后，只知拼命干活，能养活瘫了的妈和自己就行了。长大以后，村里也有人打趣他说，该找个媳妇儿了。他只有一笑置之。春天上山砍柴的时候，看见映山红开得那么欢，忍不住轻轻折下一枝，插在扁担头上。挑着柴担子，看着红花儿，走起来也轻快些。没想到，这花儿被二妞看见了。问他道：

"顺子，这花儿给谁的？"

这下，可把他问蒙了，傻乎乎看着二妞，竟回答不出。

二妞调皮道："莫非是送给我的？"

"你要吗？"

二妞爽快地一笑："干吗不要？"说着，伸手把花儿拿过来，便转身进去了。

小顺子愣在那里，半天都琢磨不出味儿来。不过，从此后，小顺子上山砍柴，见着好看的野花儿，便轻轻折下，插在扁担头上带回来。不用说，二妞就拿走了。有一天早上，看见二妞辫根上居然插着自己带回来的野花儿，小顺子心花儿都开了，从未觉着心里有这么甜过。

今天，二妞不但把花儿拿了，还靠着门边儿，有一搭没一搭地，问顺子母亲的病。这时，忽听传来马蹄声。二妞回头一看，那闪亮的衣裳，银淀骠的马，便知是小五爷和福彭来了。她从心底里不愿搭理他们。小顺子堆好木柴，刚要走，二妞忽然心生一计，叫住他道：

"顺子，别走，等我给你拿样东西。"便转身进去了。

韵华和曹霑到了桑家门口，进宝和耕云急忙过来牵马。他二人下得马来，刚好看见二妞拿着一包东西出来。

韵华满脸堆笑迎上去叫道：

"姑娘，看我把谁带来了？"

二妞瞟了他一眼，兀自向小顺子走去，大声道："顺子，这衣服，是我昨儿晚上赶着给你妈做的，要穿着不合适，拿回来我再改。这鞋，是我给你做的，保准穿着挺合适。"说罢，嫣然一笑。

小顺子愣在那儿，手足无措。面前又有两位花团锦簇的公子看着，直使他不知如何对答才好。

二妞可不管这些，将包袱塞到小顺子手里，甜笑道："愣着干什么？快回去吧！下晚儿来，我给你做好吃的。"便推他走了。

曹霑见二妞，比前略瘦一些，略黑一些，娇羞味少了，英武气更多了。看见她和小顺子说话，心想，这乡下人长得倒周正。再看看站在二妞身后的小五爷，煞白的脸，耳边那突出的三根毛，也在抖动，拖在后面一根掺假发的辫子，就像个纸扎的人杵在那儿，禁不住暗笑起来。

韵华看见二妞和这担柴的乡巴佬一个劲儿地热乎，乜斜着眼问二妞道："他是干什么的？"

二妞道："担柴的，挑水的，拉风箱给爷们造剑的！"她笑着转身，这才看到曹霑，惊讶道："啊呀！我还以为又是小王爷和小五爷一起来了呢，原来是曹小爷。长久不见了，这儿给小爷请安呢。"

曹霑忙道："不敢，不敢！我早就该来给桑妈妈请安才是！姑娘好！桑妈妈好！"

二妞忙向屋里喊道："妈！贵客临门了，还不出来迎接呀！"边说边往里让。

韵华见二妞如此张罗，也变得高兴起来，凑到她身边道："我就说，今儿给你带来贵客了吧，曹爷是不久前，才从南方进京的。"

二妞回头对韵华一笑。韵华得了笑脸，就更得意了。

桑妈妈迎出来，见到曹霑，眯着眼赞叹不已。

韵华忙道："桑妈妈，曹爷至今还记得在你们这儿吃的冰花、蓼花、乳扇茶呢。"

桑妈妈为难道："唉——！这年头儿可不如那阵子了，自从二妞她爹去世以后……"

"妈，又说那些丧气话儿干啥？咱家不是还有点羊奶吗？我去做乳茶。"回头对曹霑道："就是这冰花、蓼花，可一时半时做不出来了，请小爷担待点儿吧。"一溜烟似的进里屋去了。

曹霑笑着连说："不用了，不用了！"

韵华心想，带曹霑来这步棋，是走对了。今儿不至于又坐冷板凳了，便有一搭没一搭和桑妈妈说话儿，直盼着二妞早点出来。

大妞活计做得了，新活儿还没交下来。她惦着福彭定做的鸳鸯剑，趁这个空儿，回家探听一下，同时也看看妈妈和妹妹。一早，在膳房拿了几个小花卷儿和咸菜，放在食盒子里，搭上公公进城买菜的车儿。远远看见西直门，便知到了去家里的路口了。下了车，向公公道了谢，提着小食盒，便向家中走去。

她刚拐了一个小弯，远远便见家门口停了几匹马，心想，咱家也该交好运了，又有有钱的主儿来铸剑了，没准还是福彭张罗的呢……当小王爷正妻办不到，能当他一辈子外室，也心满意足了。她觉着福彭无一处不好，无时无刻不在她心坎儿上！

她走着，走着，忽然发现家门口的几匹马中，有一匹银淀骠，不由站住了，再定睛一看，果然是银淀骠！她又惊又喜，心都跳到嗓子眼儿了。今儿怎这么巧？他也到家来了呢？他来干什么？莫非来找妈妈？不！那他不会带别人来的，定是带别人来铸剑了……

她急忙低头看了看自己身上穿的衣裳。颜色虽不够鲜艳，倒也还淡雅有致。她拉拉衣服，直起脑袋，看看被太阳光照在地上自己的影子，用手轻轻拢了拢头。幸好，今儿没起大风，头发没竖弄起来。她又用手轻轻按了一下刘海儿和鬓角儿，掏出手绢儿拂拂脸，这才再往前走去。

门前大槐树下，拴着四匹马，两个小厮蹲在石凳上聊天儿。大妞奇怪，来喜怎么不见？

进宝见大妞来了，忙下地向她打招呼："姑娘，今儿得闲回来看看呐？"

大妞用眼角扫了他一下，微微一笑，答应道："唔。小五爷来了。"又睁大眼睛看了一下耕云，问进宝道："他是哪府上的？"

进宝道："江宁织造府曹爷的小厮。"

大妞想起福彭曾和她说起过的曹霑，眉毛一扬道："哦，小王爷表弟家的小子。"

耕云忙立起施礼道："是！"

进宝眯眼笑道："一点不错，您啦！知道得比我们清楚。"

大妞觉出进宝话里有话，不禁脸红起来。回头又看看那四匹马，银淀骠是福彭的决不错。可怎么不见来喜呢？本想再问问清楚，但看到进宝眯笑的样儿，反倒不好启口了。便道：

"你们不进来喝口水吗？"

进宝施礼道："不了，谢谢您啦！"

大妞又整了整衣裳，便推门进屋了。

曹霑只觉眼前一亮，听得韵华大声道：

"哈！大妞姑娘，今儿是什么风把你给吹回来了？来，来，来！我给你引见一下，这是福彭小王爷的表弟，曹霑小爷。没见过吧？"

大妞忙请安施礼道："见过。不知曹爷可还记得？"

曹霑看着她道："怎么不记得？我和大表哥到圆明园绣房里，看到你绣的是大绷。可惜那时不知道你就是大妞姑娘。桑妈妈，您家真可谓文武双全呀！"

桑妈妈忙问道："我的爷，怎么讲？"

曹霑微笑道："大妞姑娘一手好刺绣，二妞姑娘一手好剑法，这还说不上文武双全吗？"

桑妈妈乐得合不拢嘴道："承爷夸奖，她们两个，哪能消受得起哟……"

韵华也笑对曹霑道："比起公孙大娘如何？"

曹霑不答他的话。

大妞用眼扫了一下屋内，便知福彭没有来，必是曹霑骑着他的马来的。心想，这样也好，免得自己在福彭面前露怯。因此，反而落落大方地接待他们。

曹霑过去只是在圆明园绣棚里，见过大妞一面，由于她长得清秀，福彭又耍红豆戏法，当时情景，还历历在目。如今，面对面地看到她，感到她更出落得不凡了。只是眉宇间透着一股哀怨，倒是过去没有的。这使曹霑禁不住对她特别关心起来。不知为什么，曹霑觉着她似乎有一根看不见、觉不出的线，和福彭连在一起。他想起福彭和他说的在桑家铸鸳鸯剑的事儿，便问道：

"大表哥求桑妈妈为他打制一对鸳鸯剑，不知如何了？能让我们见识见识吗？"

桑妈妈看了一下旁边的韵华，语塞地："这……"

原来，福彭通过大妞，暗地里要桑家为他特制一对鸳鸯剑，要的就是超人出众，压过所有王孙公子，花多少银子也在所不惜，并嘱咐在制成之前，一定不要走漏风声，免得别人效仿。桑妈妈在大姐怂恿之下，只得应承下来，用祖传的极品钢材，为福彭制剑。没想到，今儿曹霑当着小五爷，透露了这一风声，一时竟不知如何对答才好了。

韵华听了，忙瞪大眼睛问道："哦，福彭这小子，又瞒着我们想出奇制胜了。桑妈妈，快拿出来让我们鉴赏鉴赏。"

大姐忙道："小王爷是提过要打一对鸳鸯剑，可妈妈至今还没找到合适的材料呢。"

桑妈妈也忙道："是呀，小王爷要打的这剑，料可不现成……"

话还没说完，只见二妞端着托盘，上面放着四碗乳茶，一碟玫瑰绿豆糕，走出来对妈妈和姐姐道：

"小王爷自己都说了，咱们还替他瞒什么？"边说边放下托盘，拾掇桌子，继续道，"曹爷既然要看，就看看吧！"

桑妈妈和大姐急忙阻止："二妞！"

二妞兀自走到柜前，打开柜门，双手拉出一个长抽屉，回头笑对曹霑道："请！"

小五爷急忙走了过去。

曹霑觉出自己这一问，给桑家母女带来了麻烦，很是后悔。但二妞既然叫自己去看，也只得走过去。

只见狭长的抽屉里，铺垫着金红绒料，上面平放着两把剑，刻花清晰，冷光照人，只是尚未安柄。

小五爷见了，不禁倒吸一口气。

二妞一手捏着剑尾，将剑举起；另一只手顺着剑，抚摸到剑鞘，轻轻一弯，便将剑弯成了圆圈。随即，将按在剑鞘上的手指一松，剑又弹了回去，闪闪抖动，嗡嗡作响。二妞将自己辫子甩到前面，摘下一根头发，对着剑锋，轻轻一吹，头发即成两段，飘了开去。

韵华见了，爱得大叫道："为我照样打一对，我出双倍价！"说着，把一枚大扳指，从拇指上退下，轻轻放在桌上做定。

二姐笑着把剑放回原处道："出十倍价也没用。家里仅有的这点钢，全让我打制这对剑了。妈妈不知道，姐姐整天在外，更不知我已打得了。如今，就是剑把和剑鞘，还找不到和它般配的材料。小五爷要打，请另找高手吧！"

小五爷念道："我去找材料，我去找材料！我要搜遍九城，说什么也要打制这么一对剑。"

二姐压根儿不理会他，对曹霑笑道：

"曹爷，快过来吃乳茶吧，尝尝我的手艺，比妈妈的怎么样？"说罢，歪脑袋看着妈妈一笑。

桑妈妈这时才喘过一口气来，骂道："这丫头！"

曹霑坐到桌旁笑道："青出于蓝，二姐姑娘的手艺，还能差吗？"

大妞这时也缓过气来，忙张罗他们吃乳茶。

五个人，桌子只有四方，乳茶只有四碗。

二姐笑道："没想到姐姐今儿回来，就做了四碗。你们先吃吧，我陪曹爷坐一会儿。"说着，便端了一张椅子在曹霑旁边坐下了。

韵华忙让道："二姐姑娘，来我这边坐，来我这边坐。我们在亿禄居已经用过早点了，二姐姑娘来吃我这一碗吧！"

二姐听若无闻，夹了一块绿豆糕，放在曹霑碟中道：

"这是妈妈做的绿豆糕，外面花钱也吃不着呢。下次爷要来，叫小厮先给个信儿，要妈妈给爷做点新鲜样儿的点心吃。"

曹霑笑着答应，津津有味地吃了起来。

大妞坐在对面，看见二姐对曹霑这么殷勤，不由想道：妹妹对来的王孙公子，从未亲自款待过。眼前这位曹爷，看来是打动她的心了。论相貌，妹妹还是配得上的。就是不知这位曹爷心里怎么样了……妹妹终身若能托付给这位曹爷，那也不枉来世上走这一遭了……咳！曹爷不是福彭的表亲吗？只要福彭答应出面，这事儿就八九不离十了。……姐儿俩，兄弟俩……大妞想着，想着，看看妹妹，不禁笑了起来。

二姐眼尖，问道："姐姐笑什么？"

大妞盯着她答道："好事儿。"

第五十四章

邹老板造园出新意
恽帮闲对景见捷才

山西商人，不仅在北京开铺子越来越多，就是在关外，也有山西帮了。这几年，关外人参价高，山西党参便乘虚而入。商号应运而生，也就不奇怪了。京中人议论说，这些商人将本求利的本事，不能说差，只是谈吐举止，难称典雅。投诗步韵，就更数不上了。

商人侯五台，对河南药店独占京师，最气不过，便想把山西药材，在京师打开销场。他看到山西汾酒，如今已驰名南北，便想起何不找找聚源烧锅老板，打个商量，学些路数，也好做到事半功倍。

聚源烧锅，是汾酒的都督。老板邹万三，素有胆识。不但要把汾酒打入高宅大院，还要将汾酒进奉宫廷，取得龙封圣赏。看还有人敢奚落我乡三晋吗？

他和开当铺的恽连城是世交。从恽连城那里，得知他儿子、捐班落地秀才恽淡，在京城居然能够巴结上皇亲国戚。因此，一到京城，就找到恽淡，商量如何能为汾酒打开局面。

恽淡自到京以来，已经和一些幕府、清客、落第秀才、赶考士子等闲人，混得很熟，也居然以名士自居起来。还组选了一本"时文"，并用"时文"作了一本《游戏人间》，赠送新交旧友，敲门开路。因而获得个"山西腊鸡"[1] 的雅号。

恽淡深知从他老子那里，是得不到大把银子的。如今，天赐财东，可以花邹万三之银两，尽情施展才华了。于是大显身手，先是请了京中名士，联席豪饮，以酒为令，限令作诗。都以咏"杏花村"为题，然后刻成三色套版诗卷，分赠求和。一下子，山西杏花村汾酒，便广为流传，家喻户晓了。

邹万三大喜，情愿出高价，从恽淡手中把木版买过来，加印多份，装入锦匣，用它当作拜帖，真是无往而不通。从此，恽淡成了邹万三家座上客，呼酒传杯，日无虚席。美中不足的是，宫廷上苑，还在以惠泉花雕等南方酒传杯添盏，聚源烧锅尚未进入宫廷。

聚源烧锅，开设在去南苑的路上沙子口，地近城郊，和这五城地界，大不相同。这儿进粮方便，出糟容易外运，又当着客商要道。近年，烈酒时兴，聚源烧锅的生意，越做越大，已经遍及酒楼饭铺，只是尚未与惠泉花雕齐名。

老板邹万三，虽然有钱，在京城却住不到好地方。碰壁之余，便在金鱼池一带，买片地皮，自建宅园。这个地方，民风瘠薄，一些梨园菊部[2]，都在这儿打下处，还有些半掩门土娼，杂处其中。

不过，邹万三是个看得开的人，只要有利可图，卖老子、卖娘，也在所不惜。这片地方，近靠金鱼池，邻接江汉亭，地皮便宜。起座假山，种点花木，放鱼植藕，然后种树蓄巢……可以使这里迅速改观。何况，他心中还有一个未曾告人的想法，他要买地置房，只有这儿，才能有他施展的余地。邹万三胃口极大，他想把这一带都吃过来，在这儿建成北京的杏花村。

---

[1] 京中人对南方人久住北京等候捐班的，叫作腊鸡。因当时南人多以板鸭、腊鸡送礼。此即"白送"的意思。

[2] 梨园菊部，即戏班子。

邹万三得意之余，把宅院旁边一个小池塘也买了过来。养了金鱼，植了荷花。又造了花亭水榭，曲栏小桥。然后用围墙圈了起来，也算有了几分大宅院的派头。

邹万三家中，原来就有醪糟的酒气，当然也免不了烧锅的烟火气。如今添上了花的香气，有些浮浪子弟，便在他家黑漆大门上，贴了个"三气邹寓"的红帖儿，故意奚落他这个暴发户。

谁知邹万三看了，不但不恼，反而高兴道："古人说，口碑载道，千金难买。如今有人替我做下招牌，是大好事。流氓们有一句祖传的话：'张飞气死周瑜不偿命！'殊不知，人生在世，'不受恶人骂，不算好汉家；真金终不假，只怪人眼瞎'。这是老百姓的话，句句都在理。只要老子汾酒不兑水，不掺假，我这杏花村的招牌，就摘不掉！"

从这天起，邹万三就把祖传的"三多堂"，改为"三聚堂"了。他说，这第一聚，是醪糟佳酿都聚在我家。这第二聚，是万两黄金都聚在我家。这第三聚，是酒气、花香都聚在我家。此三聚，都是来源于三"气"。这三气，就是"酒气""财气""运气"。"气"可聚，不可散。所以，他决心把堂名改为三聚堂。而且还包了银子，请一位翰林老爷，为他写了个"汾阳三聚堂邹寓"的匾额，挂在大门框上。

邹万三把小园收拾得初具规模，便找恽淡商量，准备大宴宾客，将他的宅园和特制佳肴显摆一番。

前一天，邹万三就安排了车轿人夫、脚力等，将园子打扫干净，单等恽淡带领亲王府舅爷、郡王府舅爷、大将军幕府、知府公子、安徽大财主等等一行人的到来。谁知从辰时等到巳时，却只见恽淡独自坐着马车来了。

邹万三忙迎上前去，以为大队人马尚在后面。

恽淡下车抱拳道："抱歉，抱歉！就是为了等他们这一帮帮，耽误到这阵儿才来。害老兄久等了。"

"不碍事儿，不碍事儿，只要大家赏光，等多久也是合算的。"邹万三说罢，继续引颈南望。

恽淡赔笑道："老兄别等了，他们今天不能来了。原来说定的平郡王府王大舅老爷，昨天有公事回南了。亲王府的胡舅老爷原定今早和小弟一起来，可昨日一夜未归，不知让哪个妞儿给缠住了。知府公子被他师傅刘仲温召去说法了，昭仪大财东被老兄的聚源烧锅折腾到我动身的时候，还起不来床呢……嘿嘿……"说着，倒没事儿似的笑了起来。

邹万三越听越恼，刚想发作，但听到安徽大财主被汾酒醉倒，这才有了几分喜气。不过仍未死心，追问道：

"那么，清风兄，您说的那位大将军幕府老爷徐老先生呢？"

恽淡忙用手制止，低声道："别提了，别提了！稍候详为奉告！"说着，回身对马车夫道，"多少钱？"

马车夫赔笑道："随爷赏吧。"

恽淡瞅他一眼，便要掏钱。

邹万三忙对立在一旁的伙计道："快付钱，愣着干什么？"

接着，便挽了恽淡向里走去。

恽淡推让了两句，也就随着邹万三向里走了。边走边低声道：

"老兄，您怎的耳目不灵？以后再别提年大将军了。年贵妃死了，年大将军也出了事儿，被当今'这个'了。不过，这可是宫廷秘闻。出小弟口，入老兄耳，传出去，可有身家性命之忧啊……"

邹万三听了，倒吸一口冷气，再不敢提。不过，想到原来宴请的贵客都不能来，未免扫兴。

恽淡早觉出来了。其实，他只约了王捷三和胡发两位舅老爷，一起来吃喝胡吹一番。艾窝窝和戴胖子及报来的大人物，都是顺口编派的，徐之先就更没去找了。前两天只是夸口，和邹万三说了一下，没想到这位聚源烧锅大老板，却当了真了……恽淡心想，可不能扫他的兴，只要把他哄住了，吃喝玩乐，就有了出钱的主儿了。因而笑道：

"老兄，说实在的，他们今儿不来正好。老兄不是为了向他们显摆显摆新盖的园子吗？"

"还有我家特制佳肴！"

"我知道，我知道！您想想，北京的庭园，逞奇斗巧，小的小到半亩园，大的大到整个西山静宜园，这帮帮人，谁个没见过？老兄这园子，如果还没安排好，就请他们来游，传将出去，再图翻身，可就比登天还难了。岂不把老兄一番苦心，付诸东流？莫如让小弟先来溜一圈儿，若有什么不太合适之处，还可稍加改动。你我胜似亲兄弟，凡事都好说。若老兄这园子，不但能跻身于北京名园，甚至超过北京名园，小弟还可以为吾兄传扬四海！那时，脍炙人口的，就不光是'杏花村'，还要加上一个'三聚堂'了……嘿嘿……"

一席话，说得邹万三大为高兴。他明白诗酒不分家的道理，可惜自家却不通半点诗文。我有酒无诗，他有诗无酒，刚好成搭档，还得借助这位落第秀才才行。有了这个念头，便想，何不趁着今天试试他的文才呢？于是，决心伴着恽淡在园子里游赏，要恽淡看看，请书法大家写的匾额，对联是否都对景，以免被人戏耍，流为话柄。将来扩展园林，也可以做到心中有数。

邹万三指手画脚道："那边是飞虹桥、金鱼池，这边是流水音、山涧口，南边是芳草落茵，再南边还有红莲淀……别看我这园儿小，要和四周连接起来看，那就不算小了。那些市井无赖，有眼无珠，要气我个倒仰……啊哈！睁着眼瞧吧，等把这周围一片地，都成了我邹万三脚底下的泥土，就要他们头朝下来见我！"

邹万三越说越来劲儿，唾沫星子直溅。不等恽淡答话，忙又接着道：

"这还不算！我还要招揽天下名士，像汤白虎那样的大名人，也得称赞我为驯虎英雄！"得意地大笑起来。

恽淡知他把唐伯虎说成了汤白虎，不好当面说破，反而推波助澜道：

"园雅何须大，人杰地自灵。老兄，听我口占一绝。"随即摇头摆尾，拿腔拿调吟道：

平地起园林，
庄子乐鱼游。
园在辋川上，

人称韩荆州。

"就是那李太白活着，也要闻风而至呢！"

这句话，说到了邹万三心坎上了，他指着那边亭子上一副对联道：

"正是这个意思，正是这个意思。但愿李白生于今日，再不作恨不识荆之叹。我邹万三也就心满意足了。"

恽淡看那对联，写的是：

　　杏花村，桃花潭，诗入李花，心中白不减。

　　万柳堂，五柳巷，歌出柳色，井畔绿长生。

恽淡连声叫好。又道：

"山不在高，有仙则名；水不在深，有龙则灵。斯是小园，谁君德馨。正可左招李太白，右接苏东坡，吾以此当两部鼓吹可也。"

邹万三虽不懂典故，但想来定是褒词。顿时眉飞色舞，连手脚都没个安排处了。

主客二人信步走来，不觉来到一小亭前。亭子是六角形，倒也新颖别致。横额写的是"三酉"二字。再看对联：

　　上联是："月上云山常为友"，

　　下联是："杯来琴酒自成诗"。

恽淡看了，拱手道："黄绢幼女，绝妙好词。小弟前在晋中作馆[1]时，东席[2]也有个亭子，原题'二酉'两个字，是借大酉山、小酉山而起的。眼前，这'三酉'更是对路，正合府上本色。这副佳联，也亏这位大手笔想得出。

----

[1] 作馆，即当家庭教师。

[2] 东席，即主人。

这是乡无君子，以云为友；座无君子，以酒为友的意思。志在云山，情寄琴酒。老兄虚怀若谷，绿竹不足比其清，白荷不足比其洁，佳句妙联，可以算上对仗工整，天衣无缝也！"

恽淡滔滔不绝，欲罢不能。但心中却想：乡无君子，座无君子，群小蝇营，岂不骂到家了吗？再说这"三酉"，虽可作"酒"字解，但以"酉"寓"鸡"，岂不成了"三鸡"了……想到此，连忙缩回舌头，不敢再吹捧下去，以免弄巧成拙，露了破绽。

恽淡随着邹万山继续向前，刚好迎面碰到个一明两暗的正房，匾额上面题的是"扫帘挂屐汲雪轩"七个字，下属"东坡戏墨"。恽淡一看"东坡"二字，不觉面色如土，几乎不敢仰视，只好连声说"妙哉，妙哉！"

恽淡生怕邹万三问这轩名，所取何义。恰巧，旁边又有一个小单间，题名"问陶居"，正好解围。便故意长吁一口气道：

"此地正如江工部侍郎所说，真可比得上'城市山林'了。好就好在这一'问'。问得好！问得陶渊明也得说一声'高雅不俗'呢！人生在世，能如老兄者，久息此居，足慰平生之愿矣……"

话犹未了，忽然有一庞然大物，全体乌黑，夺门而出，直向二人奔来。长啸一声，声震屋瓦。吓得恽淡毛骨悚然。可是邹万三却对着那黑东西放声大笑，一点也不在意，如同看见了老友。

恽淡定睛细看，原来是匹大叫驴，正在摇头摆尾，也像人们唱曲吟诗一般，显得得意非凡。

邹万三收住笑道："世人说，黔无驴。我就不信。我用高价从贵州买来，就是要使人相信黔有驴！我邹万三就是这个脾气儿，概不听邪！"

恽淡忙凑趣道："这都是柳宗元的不是了。亏他还忝居唐宋八家之列，其实，他也是骑着毛驴出贵州的。他不该空口说白话，欺侮后来人。幸有老兄千金买驴，才解此惑。要不是老兄有此卓识，否则先入为主，小弟仍然执迷不悟，简直比之蜀犬亦弗如也。"

邹万三乐道："着呀！人人都说惠酒好，人人都说洋酒高，你且尝尝汾水窖，始信黔江有驴叫！"

恽淡佩服道："原来恁的，原来恁的！老兄这四句即景生情之话，这才是诗！是好诗！小弟一定给你传到大宅门子、王大人府上去！让他们别先入为主：只知萝卜顺气，认不得党参补人！"

邹万三被恭维得合不拢嘴道："我就是这个意思。听说小平郡王就要大婚，我邹万三情愿白送老窖杏花村，请清风兄代为疏通疏通如何？务望您能玉成此事！"

恽淡听了，心想，此老儿终于说出真心话了。抓住王捷三和胡发，就不愁将杏花村打入王府去。可惜今儿一早王捷三急事回南了；胡发这小子，两晚上都未回何家院。好在小平郡王大婚还有些日子，便道：

"老兄的事，就是小弟的事，杏花村送入王府不说，还要在王府站住；站住不说，还要男女老幼竟日离不了它！您看如何？"

邹万三高声道："妙！妙！古人道：尽信书，不如无书。空口无凭，有以驴鸣求友，我邹万三说话，从来是说一不二，童叟无欺。"

恽淡心想，又不知扯到哪里去了。眼睛看着"问陶居"，舌尖忙转话题道：

"老兄高风雅兴，当今少有。不过小弟还不明白，何以在养驴之处，名以'问陶居'？这倒把小弟难住了。"

邹万三忙道："这是有原因的。我邹万三胸无点墨，但也略知经典。古人以玉兔象月，以玄龟为神，全不忌讳。曹魏大贤嵇中散，善作驴鸣。只有在好友面前，或到山水称心之处，才能放情一啸呢。驴为人家推碾拉磨，马不停蹄。只因生得丑陋，便被人嘲笑至今，我为之不平久矣，所以要替它一问。"

恽淡道："敬闻高论，顿开茅塞。不过，小弟还有一事不解，这问嵇中散则可，何以成了问陶潜了呢？"

邹万三反问道："请问清风兄，陶潜表字？"

"靖节先生，字渊明。"

"这就是了！'愿鸣'。我就要问问，驴儿何事愿鸣？求其友声，引为同调之意耳……"

说话之间，那黑驴又引颈长鸣起来。邹万三、恽淡二人，也不由同声大笑。一霎时，人笑声，驴叫声，混作一团，简直分不清了。

马夫过来，把驴牵走了。

恽淡笑着，又抬头看了一下，问道："这匾额尚未落款，不知出于何人手笔？"

邹万三不禁露出得意之色道："这个嘛，是出自傅眉先生的手笔。"

恽淡大惊道："傅眉先生从来不肯为人题匾书楹，老兄有何妙法，竟能求得墨宝？"

邹万三用手作势道："不外孔方之力耳！只是先生死活不肯落款，这真是没有办法了。"

"可见钱也有不灵的时候。"恽淡不小心，顺嘴溜出了这句话。

邹万三没听出来，接着道："傅氏家传的脾气，这也是没有办法的了。"

恽淡又道："既无下款，怎能认定是真迹呢？"

邹万三道："清风兄差矣，像傅眉先生这般人，只有无下款的，才能判定是真迹，仿造的、伪造的、假造的，都是要落款的！哈哈……没有款，才是真迹呢！"

恽淡只得道："有道理，有道理！当今鉴赏家，看字不论字，看画不论画，只看印泥题签，仿佛仵作[1]断案似的，只认手纹不认人。所以，如今古董店把真款揭表在仿作上面，便可卖真价钱。还有，石田老人[2]，这等好好先生，生前便已真假难分了。当年有些人专门仿他的，以假充真。有的甚至还胆敢请他老先生，在仿作的画上题款。石田老人为了成全此人得到画价，便在伪画上题上自己的名字。依小弟浅见，石田老人不仅是一位大画家，也可以说是一位画界圣人，一纸题签，可使穷画家解除冻馁之忧。我佛慈悲，不

---

[1] 仵作，即法医。

[2] 石田老人，即明代大画家沈周。

是过也！"

二人边走边谈，邹万三领着诨淡走了几处，都得到夸赞，心中着实得意。顺手指着一道水沟道：

"清风兄别小看这一股驴尿一般的小水，它还有个名字呢。"

"什么名儿？"

"我把它叫作'胜惠泉'！"

"何其雅哉，何其雅哉！"诨淡也不能不佩服了。

邹万三又指着几棵栽下不久的竹子道："这竹林尚待名家赐佳名，清风兄，不妨乘兴一题，以留纪念，如何？"

诨淡微微一笑道："蒙老兄不弃，小弟只有献丑了。这有现成的，可称'睢园绿竹'。"

邹万三也不懂是什么意思，只连声说好。还要诨淡再赐对联，并说要请名家刻成竹联，挂在两边。

诨淡道："这也有一副现成的对儿。上联是：未出土时先有节，下联是：到凌云处更虚心。"

邹万三这回听懂了，高兴得什么似的大叫："正合我心，正合我心！今日幸会，不能无酒。"连忙将诨淡引进一座小花厅里，传话下去，治席摆酒。

诨淡见墙上有四幅挂屏，画的都是瓜果梨桃，下有"二谷"小印，其他都是闲章。诨淡也不知是什么人画的。扬州八怪的名儿，他还数得上来；苏州派，也能说上几位。但"二谷"的名儿，却从未听过，不敢乱说。看那两边对联是：

　　一月圆明归性海，

　　百花深处有人家。

诨淡看得明白，连声叫好。

邹万三忙问道："好在哪里？请清风兄不吝赐教。"

恽淡道："这上联说的是空，下联指的是实；上联是曲终雅奏，下联是墟里炊烟。可以当得起'情文并茂，雅俗共赏'八个字的批语。可惜又未落款，难道又是傅眉先生的大手笔吗？"

邹万三笑道："非也，非也。此联据各大家考证，从笔力上看，确是徐天池的真迹。"

恽淡故作沉吟状："字体如天马行空，要不是他老人家，断无此笔力，应浮一大白！"

邹万三道："今日良会，又得清风兄定评，不可无诗。"

恽淡忙举杯道："我这人有个脾气儿，喝酒慢，吃肉快；作文慢，口占快。因为快，人家开玩笑，送我一个绰号，叫作'三步紧'。"

邹万三奉承道："足见吾兄才高八斗，学富五车。曹子建七步成诗，吾兄三步口占，比他快四步，真可谓大国手、大诗家也。干，干！"

二人碰杯，一饮而尽。

恽淡笑道："写诗比不得下棋，高低不能一眼看出。聚讼千载，有时尚无定诂。打个比方说，有人说山谷诗比得上老杜，又有人说，山谷诗，如果中百合，蔬中刀豆，毕竟味少。既然老兄有此雅兴，小弟也不揣冒昧，口占一首，尚祈不吝斧正。"

邹万三笑道："要论造酒，我敢说比得上汪伦。要说懂诗么，我可只能比王猛[1]了。"说罢，大笑起来。

恽淡也笑道："玩笑，玩笑。如此说来，小弟只有献丑了。"于是口占一绝道：

> 千尺桃潭酒不赊，
>
> 绿浮白坠蓟门斜。
>
> 骑驴抱瓮狂歌去，

---

[1] 虬、诗谐音王猛有"扪虱而谈"的典故。

记取门前红杏花。

恽淡念完忙道："也算是作诗吧。"

邹万三只听到有"骑驴、抱瓮、杏花"等字眼儿，便准备大大夸赞一番。谁知话还未出口，一个伙计慌慌张张跑来道：

"东家，东家！小姐要惠酒吃，奶奶说东家都藏起来了，不许吃。小姐正发脾气呢！"

邹万三看到伙计慌张样儿，当着客人，未免有失体统。正想斥他，但听到说女儿已经发脾气了，便忙大声道：

"去问腊梅，去问腊梅！该死的腊梅，她知道藏在哪儿的。要腊梅为小姐开整坛吃！"

伙计应声，三脚并两步地跑出去了。

恽淡为解邹万三之窘，装作若无其事，举杯道："老兄，干！"

邹万三刚想说话，把气才运到嗓子眼儿，便见两个伙计，抬着一个小桌子，走了进来。桌上放着一个大托盘，托盘上放着一只宜兴大砂锅。两个伙计将桌子轻轻放在地当央，便伫立一旁，等候吩咐。

邹万三向小桌看了一眼，捋着几根胡须，一字一字道："不瞒吾兄，我邹万三阅人多矣。南北大菜，满汉筵席，都不在话下。可是，唯独这一道菜，怕是没有吃过呢！"

恽淡忙问是何名菜。

邹万三叫道："献上来！"

便见两个伙计从肩上取下抹布，从小桌上将托盘举起，献到大桌上。接着，揭开了砂锅盖，一股浓香热气，扑鼻而来。

邹万三连咽口水，霎着双眼道：

"这道菜，说来也通常，是长白山的熊掌和长江的鮰鱼。两肥碰到一起，叫作'水陆全席'。孟老夫子说：'熊掌与鱼，不可兼得。'如今，在我邹万三手上，偏要兼而食之！哈哈哈哈……"

恽淡听了，忙道："这真可谓今人胜古人了。不过，老兄亦可谓，可谓食中之老饕了！"

邹万三举箸道："管他什么老桃、小桃，清风兄，快，快，趁热！趁热！"急忙伸箸，夹了一块鲴鱼，眯眼看道："鱼乎？熊掌乎？"

恽淡夹了一块熊掌，也故意凑趣道："熊掌乎？鱼乎？"

二人互相逗趣后，急忙把箸头上美味塞在嘴中，大嚼起来。

邹万三接着又把一块熊掌吞下，用熊掌般的手，抚摸着肚子，忘形道："我邹万三就是要做到既富且贵！人说富贵不能两全，就以熊掌和鱼为例，我邹万三就做到了。如今，我还要做成一件事儿。"

"什么事儿？"

"小女金花，天天要去亿禄居吃大薄脆。前几天吃了回来，忽然告诉她妈说，她在亿禄居门前，见到一位公子，便被这位公子牵住魂儿了，非嫁他不可。她妈爱女心切，只得把腊梅喊来问个仔细，派人四处打听。清风兄，你猜猜，我这宝贝女儿相中谁了？"

"谁？"

"原来是江宁织造府的独根苗儿，曹霑！"

"哦——！"恽淡顿时想起曹霑的模样儿，不禁呼出一口长气。

邹万三道："不是我做父亲的偏爱她。小女不说是女中魁元，但'女貌'二字，也还是能称得起的。那曹公子，不用说，'郎才'二字是逃不脱的。如今，我邹万三偏要'郎才''女貌'配到一家。清风兄，你可笑我想入非非？"

没想恽淡满口酒喷出来，洒了一身，忙扯过饭巾来揩。憋着笑，乱扯道："人说有一种石头，能吸甘草，又说有一种发菜，专长在石头上。可见，人世间有些事儿，不能以俗眼相看，更不能以俗理相衡……"这时，他夹起一块鲴鱼，忽然想说，如果把田鸡和天鹅做到一起，也会是一道名菜。但他连忙咽住，只在嗓子眼儿里咕噜。他平时有个毛病，好自言自语。这回，毛病虽犯了，但又不敢说出口，只吐出"田鸡粥"三个字儿来。

邹万三也有个毛病，任凭什么话，他都能把话头儿接过来，议论一番。这会儿，他也不管诨淡为何蹦出这三个字儿来，便拉开嗓子咧咧道：

"哈！水陆全席，田鸡细粥。是呀，田鸡生在水里，谷子长在地里，一个土生，一个水长，两种配到一起，就叫田鸡粥。其实，也可以叫'水陆两陈'呢！"

他这番议论，不啻为诨淡解了围。诨淡接过话茬，便天南海北地说了一通，什么广东有金银肝、龙虎斗；北京有咸甜酥、红白肠；名菜里面有溜南北、烩东西等等。

邹万三道："妙极，妙极！万事万物，好像都是安不上的，其实，老天爷早就按照生、克、制、化，安排定了的。你觉着是反的，其实是正的。何况，啥事都在变。打个比方说，皮袄重裘，是毛朝里穿。可是貂皮褂子，就得毛朝外穿。象牙可以削篾编席子，竹子反而可以做瓶做碗儿，这不都是颠倒过来了吗？"

诨淡忙为他斟酒道："老兄高论，真可谓一语道破人世间！"

邹万三得意之余，兴犹未尽。继续道："不瞒清风兄，家下小女方才要酒，舍汾酒，取惠酒，她生于北地，而雅慕南方。生于沽酒之乡，而有咏絮之才。所以，我很想为她敦请一位西席，能不误学时，使她……"

诨淡没等邹万三说完，便接过来道："此事包在我身上，小弟有一位知交，正合举荐。"

邹万三问道："不知是哪一位饱学之士？"

诨淡道："饱学名流，在京中真如过江之鲫。待我讨了口风，再来回报如何？"

"那就多多有劳清风兄了！"

诨淡道："如今，海内升平日久，南北交通日繁，才女时有所闻。坤德著于周易，闺范成于宋儒。当今皇图永固，化被群黎。女子才德，亦有所施。不仅纹绣发绘名噪一时，就是书画诗词，亦有仕女大家刻印传出。至于撰写评书、弹词，尤为女辈争光不少。前些日子，更有奇女子，居然自订笔润，为人书写匾面条幅，也可算是得风气之先了⋯⋯"

"哦——！竟有此等之事，什么时候，烦清风兄亦为我这三聚堂，购得一幅来如何？"

"好说，好说，此事至易。只怕老兄眼高，看不上也。"

邹万三笑道："古人云，女子无才便是德。我今子嗣全无，只有一女。我这穷老西儿，已然把女儿养娇了，只有豁出来，索性把她养成秦弄玉，为她找个萧史，配成人间仙眷，我也就算没白疼她一场了。曹公子这条线儿⋯⋯"

恽淡只得硬着头皮道："好办！好办！包在小弟身上，包在小弟身上！"

邹万三早已为恽淡斟满一杯酒，举起杯道："拜托，拜托！"

二人碰杯，一饮而尽。

第五十五章

太夫人权住罗王府
霑公子情殷见玥儿

雍正皇帝每天御批密奏，直到深夜，他听了一下钟声，本想打个哈欠，又忍住了。用手正了正帽子，把笔插进笔筒。

这时，忽见大太监傻子进来，跪倒在炕沿前，纳头拜下去，并不起身。

雍正皇帝知道有事儿，便向四处看了一眼，问道："什么事？"

傻子这才抬起头来，满脸泪痕，奏道：

"奴才万死！今天才得知，平郡王辅弼十四王子在西边时，曾经私自回京一次。"

雍正浑身一动，用眼溜了傻子一遭，问道：

"什么时候？"

"奴才也打听不出来。只知道，就是十四王子掌了平郡王的嘴那会子，回到京里来的。只在家住了一夜，又回西边去了。"

雍正浑身又是一动。停了一下，又问道：

"还有呢？"

傻子奏道："没有了。"

雍正轻声道："下去吧，没你的事儿了。"

傻子的泪水，在脸上自干了，便叩头起去。

雍正在心里判断：如果是两人真的闹翻，纳尔苏回京上告，到京后，被家人劝回，这是说得通的。如果是苦肉计，故作不和，那，为什么到京之后，马上又返回去呢？……朕待允禵，真可谓仁至义尽。宗人府及诸王大臣，一再复议夺爵，都被朕宽缓下来。召允䄉回京，命允禟出驻西宁，允禟一再纵容家下人在西宁闹事，待朕下谕，撤回他的左右，竟暗中造字，传递京师消息……他们之间，通气儿是足够的了。难道，还需纳尔苏亲自到京密计？……纳尔苏不是个糊涂人，一定是有了必得他亲自出马的事儿不可……

雍正苦思，不得一解。心想，玉如意的下落，至今尚无可靠线索，又出来了一桩无头案……姑息是不行的了！

他决心削去平郡王的爵位。但是，克勤郡王岳托的一支，是铁帽子王……

雍正眼前忽然闪现出纳尔苏向他奉献金佛的神态，便冷笑起来：单凭他贪财受贿、献金佛邀宠这一款，发落他也就够了。

雍正想到这里，又枯坐了一阵子，这才起身回寝宫去了。

平郡王福晋心中明白，自从十四阿哥被召进京，明为守陵，实为禁锢。新皇上的圣谕，与自家关联的，就有李煦舅舅被抄，各王府被换走了心腹太监，皇上眼线派了进来……今年三月，宗人府又翻起了旧账，劾十四阿哥为大将军时不法条款，议请降为镇国公。皇上虽命仍降为贝子，但这都是做给人看的。宗人府哪一样事儿，不是遵照皇帝的旨意办呢？王爷挂了一个主掌上驷院的名儿，不亚一位弼马温。如今，连挑选、奉献良马的权，也无形被取消了。到头来还不知如何发落呢……不过，福晋虽说心中无底，但"铁帽子王"是祖传家法，新皇上虽说心辣手狠，也不能随心所欲地来干。她心中，也只有这一线指望了。

福晋素来孝敬母亲。舅舅倒了以后，娘家也是摆在桌面上的菜碟儿。想到太夫人恁般年纪，还要在江宁整日担惊受怕，不能安度晚年，更未免心如刀绞。想将太夫人接来北京，又怕皇上多心，反而会对娘家不利。左思右想，终于想到一个良策：和王爷商定，莫如早日为福彭完婚，接母亲来，可谓名正言顺，一举数得。

太夫人在京师的居处，也确实费了一番苦心。按照骨肉之情，恨不得整日能和母亲住在一起，早晚侍奉，克尽孝心。但，这又怎能做到呢……幸而文荟想出了好主意，再三筹措，找了门路，可以借住罗王府。规模虽比不上江宁汉府行宫，在京师也算数得上的了。何况早年还有妹妹这层关系呢。

眼前，罗王府的修缮、安宅、福彭大婚的筹划，均已就绪。福晋稍稍安心，病体也就逐渐痊愈了。

曹𫖯这次进京，明为太夫人来京长住作安排，实则是托个词儿，进京摸底。他深知皇上是决不会轻饶了曹家的，必须完足积欠。可几十万两银子，几辈子搭进去，也清还不了呀。

他暗自想挽回局面，豁出倾家荡产，也要筹借一大笔议罪银子，奉献皇上，说不定可以躲过这场灾难。他知道皇帝抄家，也就是把钱口袋提搂起来，倒个干净罢了。意思是，你吃进去多少，就要你倒出来多少……

当然，曹𫖯心中，也还有另外一个算盘：亏空的这些银子，都是花费在老皇帝下江南的排场上的。羊毛出在羊身上，下江南，也不过是为了笼络百姓，恩威并用。凭谁，心里都是明白的。如果只要钱，不要人，那么，就会大失民心。皇上是再聪明不过的。轻重缓急，总是在心中盘算得一清二楚，是再妥帖不过的。

曹𫖯虽说年轻，可也是个老公事了。如果议罪银子上得太多，皇上便会疑心：曹家还有积蓄，没有掏光……倒不如再拖上个一二年，说不定会遇到个什么机缘，能把这尾巴断了，也未可知。皇上是善变的。只要摸准了，对付好了就行。

为此，他决定找姐姐平郡王妃讨底。

福晋听了，皱着眉忙道：

"不可！议罪银子千万交不得！"又做手势要曹𫖯近前来，低声嘱咐道：

"当今皇帝的性情，还有些摸不透。一提交议罪银，皇上自会想到，这是虚晃一着，乘机隐瞒大宗。还不是早晚捏个词儿，变着方儿整治你，让你哑子吃黄连，有苦说不出。这样的事例，莫非还少吗？"

曹頫听了，连声应是。退了出来，决定不干这桩蠢事。但是，已经筹借到的一批银子，又如何处置呢？还回去？那更会引起猜疑。在京师，借银子可以不避耳目，还银子、存银子，可就得考虑周全了。他想等老太太来了，请示了再说。但转而一想，老太太年事已高，有些事儿，但凡能不要老太太操心，就不要她老人家操心了……想来想去，还是尽早交到太太手上放心。曹頫心中的贤内助王夫人，在节骨眼上可真是大恩人呢……想到此，心也安了，气也顺了。便要茉莉去告诉曹霏，第二天把舅老爷找来。

王捷三正逍遥自在，得心应手，赌得不亦乐乎。忽听曹頫要他立即返回江宁，不禁面露难色。待他得知是要带一笔银子回去，交给王夫人时，难色就变为喜色了。心想，男子汉大丈夫，岂能立足于一时的欢乐？做成了这件事，落进腰包的就不是千儿八百了……因而，表面还装得有些儿踌躇，随即便答应下来，顾不得择日子，便匆匆上路了。

太夫人和马夫人及随身丫鬟、家人、婆子等，一行数十人，由王府派来专人，接到了京师，暂时在前海老宅落脚，待太夫人察看罗王府园子后，择个吉日，再搬进去。

太夫人带着曹霑，在文苓夫妇陪同下，后随丫鬟、婆子、软轿等，进入罗王府，迎面便见纳金等家人、太监，在大门迎接。

纳金忙上前请安道："老太太，您还记得纳金吗？"

太夫人扶着明珠，仰头眯眼，瞅了一会儿道："记得，记得！这不是随着九公公来迎亲的纳金吗？二十几年不见，咱们都老了啊……身子骨儿还健旺吗？"

"托老太太福，吃个崩豆儿，还能咬得动呢！"

"这就好！没想到，如今却要住到王爷府来了。"太夫人特意转向罗王府的太监道，"这就给诸位公公添了麻烦了。"

众太监忙道："老太太说哪儿话呢，盼还盼不到哩，老太太有事儿，只管吩咐，能应这个差事，也是福分！只要老太太不嫌弃就好！"

太夫人笑道："我这随着灯草拨弄的人，能享这份儿清福，看来老运还过得去呢！"

一位太监道："老太太正交好运，今年的甲子，又是相生的，可说是没对儿！"

众人都笑了。

太夫人也笑道："多谢众位公公了。公公们都有要事在身，别为我老婆子耽误了。有这些丫鬟嬷嬷们陪着我，就行了。"

这时，在班上的太监、执事们，便请安乘机散去。

太夫人笑道："我这又不是中了状元，要这么多人前呼后拥地跟着做什么？"

众人都哄笑起来。

太夫人又道："再说，人家还有人家的事儿呢，我们娘儿们也免得拘束。"

文苓道："老太太总是体恤下情，替别人着想。"

太夫人叹道："可惜我替人着想的日子不长了……"

文苓忙接声道："老太太总有福星高照，处处都有神仙保佑，摆在别人面前是团糟，摆在老太太面前是座桥！"

太夫人高兴道："我就真成了张果老，骑着毛驴过赵州桥吧！"

文苓道："老太太这回走的是李广桥，越走越宽广！"

太夫人笑道："听听文苓这张嘴儿，多会说话，我听了就舒心！"

文苓笑道："再会说话儿，也赶不上老太太呀！"

曹霏在旁道："我看三嫂就赶上老太太了。"

又引起众人哄笑起来。

太夫人忙搂着曹霏道："还是我的孙儿最会说话儿，总是向着奶奶的。"

文苓笑道："行了，行了！要疼孙子，停会儿回屋里疼吧。还是先看园子要紧。"

太夫人笑对众人道："快走吧，快走吧，再不走，这醋就要洒在地当央了……"

众人更大笑起来，边笑边随着太夫人往里走。

文苓摇头叹道："老太太一来，可没我的戏唱啰，醋坛子还没打开，老太太就闻着味儿了；不但闻着味儿，还担心洒在地当央呢……"

众人一边笑，一边走。文苓专挑那修缮得焕然一新的所在，引导太夫人观看，那容易引起太夫人怀旧、伤心的处所，就抓个词儿，绕过去了。

文苓瞧着太夫人，虽说兴致高，但也有些儿累了。便命软轿过来，请太夫人坐轿巡视。自己扶着轿杆，边走，边详详细细向太夫人禀报。约莫一个时辰，把罗王府紧要之处，都看了一遍。回到旧宅，用过膳，歇了晌，太夫人才发下话来：原来为她老人家准备的天香庭苑仍空着，等王爷福晋等贵亲光临时使用，自己住在水木明华小院。

太夫人生怕京里对他家说长道短，便命文苓手面紧缩，只求过得去就行了，千万不要摆谱儿。北边和南边可不一样，处处要眼明心亮，针鼻点儿小事，撞到皇帝耳鼓上面，发下声来，就比五雷轰顶还来得厉害。吃不了，就得兜着走。何况，目前是寄人篱下过日子，要看主子的眼色行事，一步大步也不能迈。

文苓一一领承。她禀报太夫人，这次一点儿也没铺排，也没派人到南边去采买。只是就库存的冬夏用品、门窗饰物，略加修整。正如老太太嘱咐的，过得去就行了。

太夫人听了，更加喜欢，嘉许文苓处处都能想到自己心坎上来。眼见文苓能干，办事有板有眼，私下忖度，北京这个家，有这样的孙媳妇操持，也就放心了。

明珠进来禀报：四喜姨娘来拜见老太太。

太夫人道："快让她进来！"

文苓听了，微笑着急忙站到太夫人身后。

四喜低头走了进来道：

"四喜向老太太请安！"便要行大礼。

太夫人忙伸手要明珠扶起道："姨娘是双身子，免了吧！琥珀，快扶姨娘坐下。"

琥珀急忙端了方凳，放在四喜身旁。四喜并不就座，仍然低头侍立。

太夫人仔细打量了一下，欢喜得点头道："是个福相，怪不得这么快就有喜了。听说，你娘也来了，是吗？"

"是！"

桃红在旁插嘴道："是三奶奶把姨娘母亲方二娘接来的。还接来姨娘侄女儿五香姑娘哩。"

太夫人道："好，好！也多亏有个三奶奶，凡事都想得周到。"

文苓瞅了桃红一眼，斥道："老太太这儿，哪有你多嘴的地方？下去！"

桃红抿嘴一笑，转身便出去了。

太夫人对四喜道："要你娘到我这儿来玩，让我们俩老亲家母，在一块儿拉拉闲话，也好解个闷儿。别见外，要什么，只管和她说！"说着，向文苓一指。

四喜低声忙道："谢谢老太太！"

太夫人爱怜地说："回屋去吧，回屋歇着，别干那吃力的活儿！"

"是！"四喜又要行大礼告辞，被琥珀扶住，只请了安，便出去了。

太夫人对文苓道："当年，老太爷盖这座房子的时候，就在后面建了家庙，在花园里修了嫘祖堂，还供了送子观音。你颢叔，就是在这里怀的。眼下，四喜姨娘又有喜了。看来，老太爷生前，还是早就安排好了呢。就拿我们这老宅来说，当初盖的时候，怎么就那么巧，和罗王府中间，只隔了一个夹道。从旁门和后门来去，通过王府东边的园子，就和这宅子连成一气了。"

文苓道："可不，这都是吉人自有天相，只要挨着老太太，这福星自会高照的。咱们紧挨着罗王府不说，偏巧王府这么大园子还空着，专等老太太享用呢。"

太夫人听了，更是高兴不迭。

明珠、琥珀、紫箫几个大丫鬟，生怕太夫人想念南方，把水木明华小院，尽力布置得和南方一样。屋里的摆设，古玩、花草、香炉等等，就连桌围、椅垫，都按太夫人在汉府的喜好，一一铺设。加上水木明华这座小院，原本就是按照南方格局建造的，情趣和南方几乎没什么两样。当太夫人择了吉日，搬进去的时候，还真以为又回到了南方哩。

太夫人安顿下来，也就定下了不再回南的打算。一则，北京气候，早已习惯；二则，这儿也有许多借重之处。北京毕竟是老根所在，来到京师，靠着老脸，上下疏通，求个眼前照应，会比窝在南京，挺着脖子挨刀要强多了。曹家还不是从"照应"二字发家的吗？如果失去这个天上的福分，就像灯盏失去灯油一般，越加灯草，就越干得快呢！虽说曹家如今走在低处，但是，大家还捏着三分。就拿住进罗王府来说，要不是在这个茬口上，怕还住不进来呢……

原来，太夫人最怕曹頫瞒着她，不把家运向她交底。自从到了北京，见到女儿福晋，心中有了主心骨；半天空又掉下一座罗王府，如同脚底生莲一般。太夫人早就知道，曹寅一辈子，当的是马口上的嚼子，马背上的鞍子，勒着、压着，都是为了要他卖命。一旦卖不动了，什么玉勒金鞍，都是空的了。如今，福彭年轻有为，是四阿哥的伴读，三天两头被召进宫，和霑儿自幼在一起，一同进过畅春园，见过四阿哥。在铁帽子王的后代里面，皇帝要安置心腹，自会选中他，这是曹家的福兆。只要福彭不倒，曹家也就错不了。就像葡萄留枝儿似的，眼睛里面不要只有荒藤虚蔓，要看到正枝嫡脉是否能发？将来福彭袭爵，也正是这样。

不光是太夫人这样想，宗人府中，也都这样看。所以，曹家的事儿，在江南绷得紧，到了北京，反而显得松。太夫人在罗王府里，可以缓一口气的同时，又多想了一层：

既然皇上已经多心，在南方芝麻大的小事，也会传到皇上耳朵里去。与其听凭人家加油添醋，节外生枝，还不如索性来到天子脚下，是死是活，听凭发落为好！

不过，这话，太夫人只能放在心里，对谁，也不敢说的。

曹霑一心盼着太夫人来京，以便搬入罗王府，接回太姨和玥儿，仍过扫花别院那样的自在日子。谁知随同太夫人看过园子后，却要自己仍住郡王府，趁着福彭尚未大婚，哥儿俩在一块多聚聚，等表哥大婚后再搬回来。这样，要接玥儿妹妹的话，就没时候说出口来，不免有些不乐。便走到马夫人屋里，向母亲说出自己的打算来。

马夫人十几年没回北京了，这回随太夫人进京，依她自己的请求，仍住在老宅和曹颙成婚的那套屋子里。睹物思人，再加旅途颠簸，原来有些起色的病体，又加重起来。听了儿子的打算，心中着实发愁。

在南京时，汤兴就把玥儿的处境，向太夫人禀报了。单等太夫人进京，便将玥儿送来。玥儿虽是太夫人的亲侄孙女，但也是自己的亲外甥女。此事老太太既已知道，到京后，要不要马上将玥儿接来，就得由老太太做主，自己再提，就透着不妥了。如今，霭儿只知玥儿在京，到底是个什么处境，却浑然不知。李煦舅舅获罪，芸姨投江……他就更不知道了。

马夫人看着霭儿，真想将这些事儿的底里根由，都告诉他。但想到，儿子全不懂事，让他得知后，万一在什么有心人面前露了马脚，那就要闯大祸了。不过，又想到若不告诉他，他要在什么场合问将起来，则会更加不可收拾……马夫人一时气促，又咳了起来。慌得曹霭又是端茶，又是拿小痰盂儿。

拈花正在外间煎药，听到马夫人咳嗽，快步进来，轻轻抚摸着马夫人脊背，笑对曹霭道："这会子夫人不能喝茶，要呛了，就咳得更厉害了。"

曹霭只得将茶盅放下，也帮着拈花抚摸妈妈脊背。

马夫人一阵咳后，舒展下来。拈花往茶盅里续上开水，便出去煎药了。

马夫人决定硬下心来，要对霭儿透个口风。她想到，瞒过了春，瞒不过夏。李家的事儿，早已从南京哄传到北京，风风雨雨没个消停。一旦从外面，或闲杂人员口中，传到霭儿耳里，还不如亲自告诉他来得稳当呢。

马夫人想到这儿，便打起精神，找出话头，试着对曹霭道：

"我的孩子，如今你也不小了。你可听到有句俗话说，'世上没有不散的筵席'？"

"听过。太姨还告诉过我，老太爷在世时，常常爱说'树倒猢狲散'这句话。其实，这都是一个意思。"

马夫人听到儿子直咕笼统的答话，全然未解自己说这话的意思。看来太姨也是有心人，早想点破霭儿了，眼眶禁不住发红，只得转脸喝茶，遮掩过去。

曹霭问道："妈妈，您问这做什么？"

马夫人道："儿啊，我是想提醒你，一个人在事事如意的时候，也要常常想到会有不如意在等着呢。比如，你舅公当年那般显赫，可如今，就获罪了……"

"哦——？"

马夫人平静地告诉曹霭李煦获罪、抄家的事儿，但却瞒过了李芸投江和玥儿的处境。只是告诉他，老太太忙过这一阵，安顿好了，自会把玥儿妹妹接进府的。

曹霭听了，惊愕之余，似乎也悟到了点什么，不过，要把玥儿妹妹接来的心思，却更切了。

吃晚饭的时候，玥儿感到鹦鹉神态与往日不同，总是含笑看着她。玥儿忍不住，问道：

"姐姐，有什么事了？透着那份儿乐。"

鹦鹉道："姑娘把这碗面都吃了，我就对姑娘讲。"

玥儿嗔道："我这不是吃着呢吗？有什么好事儿告诉我，没准儿我吃了这一碗，还要添呢。"

鹦鹉叹道："我的好姑娘，每餐只要能吃一小碗，我就心满意足了。哪能奢望姑娘添饭呢……"

玥儿含笑，用眼睛溜着鹦鹉，两筷三扒地把一小碗鸡丝面糊弄到嘴里，边咽边将碗亮给鹦鹉看："看，我这不都吃完了？姐姐，有什么好事儿，请快讲吧！"

鹦鹉忙将手巾递过去道："看看，我也没要姑娘吃这么快呀。噎着了怎么办？"

"这不没噎着吗？"玥儿指着小嘴，用眼直盯鹦鹉。

鹦鹉再也抑制不住道："脂砚老爷来过了！"

"脂砚叔叔来了？为什么不要我去见他？"随即用双手捂着嘴，满眼含泪低声道：

"姐姐，好姐姐，我又忘了如今我是何等样人，身在何处了……"一下扑到鹂鸪怀里，饮泣着问道，"脂砚叔叔来说什么？"

鹂鸪紧紧搂着玥儿，低声道：

"老太太来了，夫人也来了，小爷也来了，都到北京了！正在安顿呢，安顿好了，就来接姑娘了。"

"可太姑，再也回不来了……"

"像太小姐那样的人，世间能有几个？……太小姐，原本就不应是世上的……"

"脂砚叔叔是从宁古塔来吗？"

鹂鸪搂得玥儿更紧了："脂砚老爷不是从宁古塔来，但到宁古塔去过。脂砚老爷看到爷爷了，他老人家身子骨儿比在苏州时候倒健旺了一些。有大爷在旁照顾，饮食起居都好！"

"我还能看到爷爷吧？"

"能看到，能看到的……姑娘！"鹂鸪忍不住泪儿扑簌簌往下流。

玥儿感到鹂鸪的泪水滴到自己脸上，仰起头看着她问道："真的？"

"真的！不看僧面看佛面，皇上会看老皇上的情面，放老爷回来的！"鹂鸪想到，只要老太太来了，玥儿姑娘的终身有了着落，也就死而无憾了。如今，这一点能亲眼得见，倒觉放心了。

……

日子一天天过去，冬月完了，腊月来了，眼看就要过年了。可是，玥儿仍在汤家后院北屋里，过着小戏班的日子。

怎么还不见老太太派人来接呢？……从来把什么都安排得有条有理的鹂鸪，也显得焦虑不安了。倒是从汤经卿那里，知道了平郡王府定了腊月二十三日，为小王爷大婚的信息。鹂鸪想，老太太忙外孙大婚了，兴许忙过大婚再来接玥儿小姐。何况，这接，也不能明目张胆，得找好个借口才成呢……再说，汤兴大爷还没回来，兴许要等汤兴大爷回来了再接……霑哥儿绝不知道妹妹在这儿，要知道了，定会吵着接妹妹的……

鹩鸪思前想后，但凡能找着一点儿还不马上来接玥儿去曹府的理由，心就稍稍安定一些。原来，日子过得并不觉着慢，可自从脂砚告诉她，太夫人到了北京以后，却真个是度日如年了。

第五十六章

金凤无心得消息
会帮有意散讥讽

徐之先和严行标，二人常常相约，到陶然亭遛弯儿，打打拳，活动活动筋骨。说古谈今，无拘无束，自有一番乐趣。

这日，说到过去年代幸臣媚主的事儿。徐之先笑道：

"有位皇帝，生了太子。三朝那天，赐给满朝文武'洗儿果'，大臣照例进表敬贺。有位大臣只会写陈词滥调，便照过去的贺折程式来写，说什么'荷蒙赏赐，深愧无功'。皇帝看了，批道：'此事卿安得有功。'这位皇上也可算饶有风趣，配做一位皇帝哩！"

严行标也笑道：

"此等妙事，并不稀罕。有位大老爷，惯会开黄腔，皇上赐给他色绢和荔枝，此公上表谢恩，有'缝衣有耀，顶踵皆被龙光；怀核亲赏，肺腑长含玉液'骈句。皇上御批道：'衣只被身，何及顶踵？核岂足赏，难入肺腑。'这位大官儿，从头顶到脚踵，不外一个'佞'字！"

徐之先道："此人久在裤中，习于此道久矣，试问，以核为肺腑者，当是何鸟物？"

二人相视，哈哈大笑。

这时，迎面来了一位老人，头戴普通帽头，上绣金丝螭龙，顶着一个珊瑚蒜瓣疙瘩。步履十分轻快，显然是对着徐、严二位而来。

二人忙止住笑，严行标仔细看去，不禁欢叫起来：

"哈！原来是石丈，幸会，幸会！"

忙招呼徐之先道："我来引见，这位是大名家万斯同老先生，字季野，号石园。"

徐之先忙施礼道："久仰，久仰！"

严行标又向万斯同引见徐之先，万斯同听见徐之先的名字，便有几分另眼相看。忙道：

"两位漫步亭园，不期而遇，可谓有缘！"

徐之先抱拳道："万老先生高风亮节，夙所钦佩。今日幸得识荆，真可谓三生有幸！"

严行标兴致勃勃道："难得，难得！前面有个酒馆，应该小饮一杯，以助雅兴才是。"

万斯同道："清晨饮酒，不如饮茶。我已在慈悲庵沏了一壶，二位不如一同上去小坐一番，如何？"

二人忙道："甚好！甚好！"

三人一路往慈悲庵走去。

慈悲庵老和尚亲自出来款待。三人称谢过后，这才由小沙弥上来侍候着。

万斯同道："我们今天饮的茶，是玉泉山的水沏的，不同凡响。这是那边的和尚，送给这边方丈的。我们今天，从中捞了一水……"说着，端起碗饮了一口，赞道：

"顿觉齿颊留香，口角生津！这是难得的上方甜水呀！……"

严、徐二人也连忙饮了一口，徐之先问道："请问石丈，何谓甜水？"

万斯同微笑道："北京从来就有甜水苦水之分。"

二人"哦"了一声，显然是准备洗耳恭听。

万斯同道："井打得深的，打到水脉上，才能出来甜水。那些打得不深，又没碰到水脉上，只靠落雨积水下沉的，那就只好吃苦水了。凡是打出甜水井的，要是王府大宅，就被圈进围墙以里，全由自家享用了；要是一般大户、商家，就特制井栏、加锁，定时开放。有的还发水牌，有了水牌，才能打水。待到后来，便招人管领，由他上了'孝敬'，再来卖牌、敛钱。这就成了有名的'水窝子'。不但可以世袭，还可以出顶。近来，水也不能尽遂人意，连苦水井，也有人来管领，出卖水牌，凭牌供水了……"

徐之先叹道："天天吃水，没想到吃水还有这么大讲究。"

万斯同接道："偌大京城，只有玉泉山一脉，是地道甜水，那是专供宫里吃用的。一般百姓，住在靠近，也是违制的。今天，叨了佛门的光，咱们也能品到了！"又端碗饮了一口。

严行标佩服道："石丈真是名不虚传，对京城吃水，知道得如此透彻！"

万斯同说得高兴起来，又道："不但水分甘苦，连粪也分肥瘦。这是京城的规矩！"

严徐二位异口同声道："水分甘苦倒也罢了，粪便如何来分肥瘦呢？"

万斯同便长篇大论起来：

"北京自从有五城九门以来，人就分三六九等，地就划分东南西北中。贫富不同，饮食有别。这，不是一朝一夕的事儿了。早年就流行几句话儿，说：东城布帛菽粟，西城牛马柴炭，南城花鸟禽鱼，北城盗贼衣冠，中城珠玉锦绣，城外鸡鸭菜园。城外的菜园风障，要从城里运粪肥地。城里的粪肥，都由粪霸包着。他们对五城的贫富吃喝，都一目了然，按照城区划分粪道。凡是府第高门多的地段，粪道就值钱；凡是小门小户的街巷胡同，粪道就便宜。所以，京城里不但人分贵贱，连大粪也有高低，原因就在这儿。"

严行标道："今日得听宏论，惠我良多。吾等改天还要重写拜帖，趋谒几席，奉承杖履，执弟子礼才是！"

徐之先也忙道："极是，极是！"

万斯同道："说哪里话，我不过是一领青衫，半个儒生而已。凡是找全福人的地方，都没有我的份儿。自从拙荆去后，我便以和靖先生自况。不过，我没有和靖先生高雅，只是个半瓶醋。所以，万事都以'半'自处。蜗居窄狭湫隘，柴扉半掩，茅檐半间，如此而已，岂有它哉！"

徐之先插嘴道："过谦了，过谦了！莫非万老先生府上，就是那知名的半亩园不成？"

万斯同笑道："那半亩园是七十二名园之一，我这半亩园是我自己'经之营之，不日成之'的小窝儿，与那只是同名而实异。如蒙不弃，改日请到寒舍小饮一回，如何？"

严徐二人忙道："难得石丈垂青，定当造访！"

严行标又叹道："我自到京以来，园林胜境，走访几遍，若能拜谒石丈浣花种柳之堂，足慰平生矣！"

徐之先道："石丈以旷世大才，富甲五车，居然住半亩之园，也可谓千古佳话了。"

严行标接道："室雅何需大，花香不在多。居虽半亩，然胸中足有大千世界矣！"

万斯同笑吟道："非其所有终乌有，虽说虚无安得无。"

严行标合手称颂道："妙哉！妙哉斯联！我也有一联在此：'陶然，陶然，谁说真陶然？妙也，妙也，吾云奇妙也！'恐怕这个陶然亭虽大，也不免令人有萧然之感。怎能比先生半亩之园必有万里山川之势呢？即此半亩二字，也可以说是已臻妙境了！"

万斯同微笑道："半亩终嫌狭小，但那另外半亩，则以之结伴龙鱼，陇亩山林，园通沧海。二公以为如何？"

严、徐二人，略一沉吟，大声道：

"妙哉！妙哉！"

三人同时大笑起来。

自从徐之先家中飞进了凤凰，这座题有"邻有秋芳"匾额的小筒子院，就逐渐变了样儿了。

徐之先将金凤送给侄儿后，索性把对面两间北屋，也让给侄儿住。这样，徐之先和徐世庸、金凤三人，都从中间堂屋出进，无形中金凤身份就抬高了。

老家人徐智看了，都乐和起来。他烧的一手家乡菜，在金凤面前，却显得拿不出手了。不久，这掌锅的首席，每日饭菜的安排，家里的添置、采买，甚至院中种什么花儿，养个什么鸟儿等大小事情，都要问过金凤，要金凤拿主意了。不论什么事，只要问了她，她出的主意，总要高那么一着。以致有一次，徐智在端菜的时候，悄悄对金凤道：

"我看，应该禀报老爷，叫你少奶奶才是！"

没想这句话，却召来了金凤一阵心酸，流着泪儿急道：

"我是什么人？徐大爷，您老人家怎么能说这种话？我不过是偷生苟活一阵子罢了。是我有什么地方做出格了？莫非您看到我有什么不对的地方了……"

慌得徐智忙道："玉凤，好玉凤，不要难过，我是真心话，是想你终身有个依靠！"

"依靠？"金凤更哭得厉害了。"我能依靠谁？……谁能靠得住？……"

徐智更慌了，连道："好，好！以后我不说这些，你不要难过了！"

急忙端着菜走出去了。

金凤自认命苦，凡事只能逆来顺受。没想到了徐家，徐老爷却把自己送给了侄少爷，幸亏这位侄少爷老实，从不强人所难。金凤暗自庆幸，可以缓口气儿。

没想到徐智大爷却说出了这样的话来，因而自己更要谨言慎行了。

这些日子，有件事儿，使她感到不是滋味儿：每当她到大门口干活儿，便会听到窃窃私语之声，有时，过路的人也会停下来看她，这使得她极怕到门口去。

这一天傍晚，金凤先为徐之先一人在堂屋里开饭。徐之先说等阿庸少爷回来一起吃。金凤告诉他，今天侄少爷东家有事，回来得晚，要老爷先吃。徐之先便不等了。

徐智和金凤在旁侍候着。

徐之先独自吃得可口，又饮了两盅花雕，觉得格外惬意。便道："玉凤，你也坐到桌边来一道吃吧！"

徐智急忙道："我去拿碗筷来！"便要转身出去。

金凤一把拉住，回身便跪下道：

"老爷，奴才能这样侍候老爷、侄少爷一辈子，也是前世修来的造化了，哪能和老爷坐一桌呢？"

徐之先微笑道："起来，起来！我徐之先不讲那些规矩。"

对徐智道："去，去为玉凤拿碗筷来！以后，玉凤就和我们一道吃饭了。"

"是！老爷！"徐智高兴得飞快地出去了。

徐之先见金凤还跪在那里，不知如何是好，便要过来扶她。慌得金凤只得连忙站起身来，央告道：

"老爷，还是让我和徐大爷一起在厨房吃吧，那样，我，我反而会吃得多些……"金凤实在不知该如何推脱才好，竟说出了这样的话，不禁羞得低下头来。

徐之先看着她，笑道：

"不要紧，开初几天不惯，过几天就好了！哈哈……"不由大笑起来。

徐智拿着碗筷进来，便往桌上放。

金凤请求道："老爷，明天再说吧！"

徐之先看金凤几乎要哭了，便道：

"好，好！明天等阿庸来了，一起上桌吃饭，今天我已经酒醉饭饱了，撤下去吧。"

金凤如同得了赦令，便和徐智收拾饭桌。

晚上，徐世庸回来，金凤张罗他换了衣服，洗了脸，送上茶。然后站在书桌旁，轻声问道：

"少爷，看书吗？"

徐世庸知道，如果说看书，她就会加灯油，把灯捻拨亮，如果说不看，她就干别的事儿去了……

徐世庸做梦也没想到，自己身边会飞来这样一只可人解语的玉凤。几个月来，他从不好意思正眼看她。他知道，玉凤也从不正眼看自己。但是，只要她一转身，他便就着她的背影紧瞧，叹息世间竟有这样的人儿……

他做事更上心了，对叔叔更感激了，每天回到家来，被玉凤侍候得晕晕乎乎，真是如同做梦一般。

金凤原想等徐世庸回来，告诉他老爷要她同桌吃饭的事儿，请他为自己开脱。可是，徐世庸呷了两口茶，也不看书，便讲起在汤家看戏的花花絮絮来了：

"……我们东家的戏班，可算得百里挑一。东家奶奶要我全家去看戏。我想，叔叔素来爱看戏，哪一天，我和东家说好，请叔叔也去看看十柔班唱戏。到时候，你也去。"

金凤听了，急道：

"啊呀，少爷怎么也这样说？我怎么能去看戏？今天吃晚饭的时候，老爷要我也到桌上吃，我正犯愁，要请少爷去向老爷说呢。"

徐世庸高兴道："叔叔为人不一般，你还不知道？叔叔待我们恩重如山，我们只有听叔叔的。叔叔要我们怎样做，我们就怎样做，只要叔叔开心就好！怎能为此事发愁呢？这是好事情呀！"

"不，虽说老爷不拘这个理，可我，我可没那么大造化……"

徐世庸兴致勃勃道："不要那样想，不要那样想！人活着，道路还长呢……"

他见金凤仍在发愁，便转换话题道：

"原来，我以为我们东家少爷，是数一数二的人才了。没想到，今天我在东家看见了一位公子，那才是人才出众，气宇非凡哩！"

金凤知道他的心意，也只得应道：

"哦，是哪家的公子？"

"听说是江宁织造府的……"

"江宁织造府？"

"姓曹……"

"占姐儿！"金凤一声大叫，把徐世庸吓了一跳，忙问道：

"怎么了？玉凤，什么占姐儿？……"

金凤万万没有想到，无意中会得到小爷的消息，她以为今生今世再也见不到他了。一时不知是悲是喜，竟大声呼出。

她见到徐世庸惊诧不止，便扑到他脚下，告诉他道：

"我，我原来就是江宁织造府的丫鬟……"

北京人，三六九等，成龙配套，齐备周全。最尊贵的，自然是当今皇上。他还为万王之王，外使来朝，对他都得跪拜、叩首，远邦官样文书措辞，也必须卑躬折节，方能入览。但是，就在天子脚下，却存在着各式各样议论皇帝的事儿。

京师有个风俗，茶馆里面有一种常客，诨名叫作"茶腻子"。每天价，只要茶馆挂幌儿，他就来漱口、洗脸、喝茶。风雨无阻，忙闲不辞。特别是茶馆生意较淡时，他们特来装场面，待到上座客人多了，便及时告退。

他们以自己给茶馆作"由子"[1]，和茶馆老板、老伙计成为老搭档，永不拆伙。他们耳目极灵，消息特多，但从不给茶馆招惹麻烦；只是在没有碍眼客人时，才把宫廷秘事、宅门丑闻、奇谈怪论……大大抖落一番。

沈家茶馆本来天天都热闹得像煎锅一般，今儿不知为什么，到了上座的时候，客人还稀稀零零的。

王理顺、张大乏子两个茶腻子，正在喝茶，看见有个卖唱的，带着一个没成年的女孩儿走了进来。卖唱的抱着一个破旧琵琶，穿着一件褪色蓝衫，脚蹬薄底皂鞋；那女孩儿梳了两个抓髻儿，模样儿和男孩儿差不多，穿的也挺单薄，眼看今冬就不好混了。两人进来，刚想找个座儿喝口茶取暖，那茶博士见是个雏儿，就走过来做个手势，意思是说，请到别家去吧。便又鞠躬、又打千儿的，将两人送出。

王理顺、张大乏子对看一眼，笑了笑。茶客们高谈阔论，谁也没理会。

茶博士送这二人出门，乘机在门口卖了会儿呆，见街那头十字路口上，

---

[1] 由子，为人牵线，做中间人等。

宣讲人正讲得起劲儿，围的那圈儿，不大，可也不小。这时，有一个彪形大汉，大步流星走过。走到墙角处，有个小旋风一旋，脚底下树叶子都带了起来，这人衣襟下摆也随风掀起，竟然露出了凶器。茶博士只当没看见，缩着脖子回来，慌忙走到灶头，提了一壶开水，一边大声喊着：

"慢回身——开水！借光，来了……"一边给客人添水。

张大乏子见茶馆没来什么碍眼人物，便道：

"如今卖唱的，要不是苏州货，还不如耍把戏的吃得开。前儿街上，来了个耍把戏的，有一堂'看图识字'，倒很能哄人。"

王理顺问道："'看图识字'？莫非还有'写仿描红'不成？"

张大乏子微笑道："看来，你还没有见识过吧？这台把戏真开眼：地当间儿，放一张折叠茶几儿，上面铺了一张红毡子。先是牵来一只大白猫，耍把戏的头上，戴了一顶白帽子。他用手往茶几上一指，大白猫就上了茶几，坐在毡子中间。这时，耍把戏的就拿出一摞带彩的画像，先向看客顺次一张张地把画像交代一遍，然后说道：'众位，俺这虎舅老爷，年轻媳妇都看不上，只相中妙龄女子。众位不信，俺们就试它一试！'说罢，便举着这摞画像，翻出头一张，是位大官老爷，指着叫白猫看道：'虎舅老爷，您老人家相得中吗？'这大白猫听了，就像懂人话似的，坐直了身子，睁大眼看了一下，便缩回去了。耍把戏的对看客道：'虎舅老爷没相中。'便翻出了第二张。这第二张是个漂亮小媳妇，弯弯的柳叶眉，小小的樱桃口。虎舅老爷看了一遍。耍把戏的还逗趣儿说：'这么俊的小媳妇儿，该相中了吧？'那虎舅老爷全不理睬。第三张是个带补子的，那猫索性连眼也不睁了。翻到第四张，是一个少年女子，模样儿别提有多俊了：一道齐眉刘海儿遮着那白皙皙的小额头，一张小嘴儿似笑非笑，一双眼睛有情无情……真个逗人喜爱。耍把戏的把它高高举起，刚喊了一声：'虎舅老爷，您老人家瞧！'只见那大白猫，眼睛由小到大，身子由坐到立，对着画像，就叫了一声：'妙儿——！'逗得看客哄然大笑，来了个满堂彩！"

王理顺刚要答话，张大乏子用手制止道：

"这还不算！单说那耍把戏的，举着这张画像满场转悠起来，引得那猫儿也跟着打圈儿追赶，喵儿、喵儿地叫个不停，直到耍把戏的把画像挂在猫脖子上，猫儿才不叫了，坐到钱簸箩里等收钱儿了。你说有趣不有趣？"

王理顺笑道："有意思！这猫儿有眼！"

张大乏子见附近茶桌都在听他的，就更加绘声绘色道：

"好的还在后面呢。这耍把戏的同伙，也戴着顶白帽子，这时，从包袱皮儿里，捧出个大青蛙来，放到红毡子上了。"

"这青蛙不蹦？"

"就这么怪哩！要不，怎么叫耍把戏的呢？这青蛙就是蹲着不动。耍把戏的又拿着这摞画像对看客道：'众位，俺这青蛙大哥，可不像那馋猫，专盯上妙龄女子了。那猫儿爱脂粉，俺这青蛙大哥贪富贵，就爱那当官的，见了官儿就叫；见了凡人，正眼也不瞧。列位不信，请上眼了！'说着，便举出了美人画片，往青蛙面前一摆道：'蛙大哥，这么漂亮的小媳妇儿，叫她一声吧！'那青蛙鼓着两只大眼，就像没瞧见似的，一点儿动静也没有。接着又翻了两张，青蛙都不理会。等到翻出那张补服红缨帽的大官儿来，青蛙见了，鼓着脖子，马上叫道：'呱！呱！'紧接着，朝后坐定，又叫：'官！官！'把周围的人都逗乐了！"

"是有趣儿！值得一看。"

张大乏子道："那耍把戏的见众人不散，拱手道：'列位赏脸，压轴子的还在后面呢。'便对伙计叫道：'兄弟，把俺们的蛙大哥请回去，把压轴子的大角儿请出来！'只见伙计将青蛙包在包袱皮儿里，却把坐在一旁的巴儿狗牵了出来。一摆手道：'狗爷，请上座吧！'巴儿狗兀地就跳上红毡子了。耍把戏的对众人道：'狗眼可是看人低啊，俺们狗爷能看中谁，就不好说了。'说毕，便举出了小媳妇儿像。巴儿狗歪着脑袋看了一下，伸出舌头舔舔嘴，便没事儿了。又取出几张像，都没动静儿。最后取出一张身着金黄龙袍的皇上像，耍把戏的把它捧在头顶上，绕场一周后，放到巴儿狗面前。只见这巴儿狗眨眨眼，站起来后，正正身子，拜了起来，对着皇帝像，叫着：'王！王！王！'众人正待喝彩，却有几个人转身挤出人群走了；随即有的琢磨过味儿来，忍住笑，拉拉左近认识的人，也悄悄走了。那巴儿狗还一个劲地对着皇上像叫：'皇！皇！皇！'你们猜怎么着？"

茶客中，也有人不搭腔了，有的问道：

"怎么？"

张大乏子看看四周，低声道：

"那张皇帝像，很像当今。"

茶客中一片唏嘘。

王理顺恍悟道："这还得了？不用说，这耍把戏的马上被抓起来了？"

张大乏子又看看四周，却大声道：

"没有，没有！没有那大狗在旁边，这小狗也就没人理会了……哈哈哈哈……"

周围的茶客，都笑了起来。

"你们说什么？这么乐！"

一个冷冷的声音，响在门口，把众人吓了一跳。

张大乏子回身一看，原来是胡发。忙欠身道：

"胡舅爷，好几天不见了，您忙呐！请这边坐。"

王理顺也抚着胸连连打招呼。

胡发边坐下边道："这几天，为小王爷大婚置办礼品，几乎把腿都跑断了。"

"小五爷大婚了？"

"不是我那够也够不着、攀也攀不上的亲戚，是小平郡王。"

张大乏子问道："定日子了吗？这么大喜事儿，怎么没听说？"

"那是你没听说，只顾看耍把戏的去了。如今，北京城里，上至深宅大院，下至酒馆茶楼，谁人不知，哪个不晓？小王爷大婚，人人都说这日子选得好！"

隔座一位老夫子，伸出大拇哥来道：

"选得巧！腊月二十三，正赶上灶王爷上天。这桩婚事，可称得上天作之合。上奏玉皇大帝，玉皇大帝也会点头称赞的！"

坐在老夫子对面的一位师爷，插进来道：

"听说这位阴阳生，原是钦天监老爷兼着的，天生一张铁嘴，专给高门府第择日子、看向[1]。"

老夫子道："可不，据说皇上有一次骑马巡行，走到一处，环山抱水，林木葱茏。皇上便把马鞭向空中抛去，看到马鞭落处，便要定为地宫。后来，经好几位阴阳先生相继看过，都异口同声认定，这马鞭落处，正是龙脉。这里面，就有这位阴阳先生哩！"

师爷道："我说呢，一般阴阳生，也择不出这样巧的日子来。"

……众人正说得热闹，恽淡急匆匆走了进来，一眼看见胡发，便叫道："哎呀，我的舅老爷，叫我找得好苦！"

"什么事儿呀？"

"你可真成了大贵人啦，聚源烧锅老板，脖子伸得比鸭子还长，都不见你的影儿。"

"不就是为了他那几坛子买卖吗？包在舅舅我身上。王府大婚，有人白送干碗儿汾酒[2]，莫非还有人不要？邹大老板的脖子，本来就够尺寸了，不要再长了，再长就折了。"

恽淡一拍胡发肩膀道："好！有你胡舅老爷一句话，这就放心了！邹大老板的脖子，也该缩回去了！嘿嘿……"一边笑着，一边挤在胡发凳子上，挽着他的脖子，凑近耳边道：

"还有一件事儿，非得你舅老爷帮忙不可！"

胡发挣开他道："没那个金刚钻，就别揽那个瓷器活儿。我可没那么多闲工夫管你那鸟事儿！"

恽淡拉住他不放道："你先听我说完好不好？"

胡发看住他，琢磨了一下道："好吧，你说吧！"

恽淡又凑近胡发耳边，如此这般地说了一番。

胡发听了，翻眼道："这才真是癞蛤蟆想吃天鹅肉呢。没门儿！"

---

[1] 旧时婚丧嫁娶，都要请人择日、定时，找人用罗盘定向，专理此道者，叫阴阳生。

[2] 白酒用火点着，烧后不留水气，就叫干碗儿。

"谁说不是呢？咱们只要从中拉根线儿，让他们见一面就行了，以后如何，咱们就管不着了。怎么样？"

恽淡紧盯着胡发，眼里透着无穷无尽的好处。

胡发也看着他道：

"待我想想再说。"

第五十七章

大妞肠连九曲滩
福彭运赛三春景

　　自从小平郡王福彭，定于腊月二十三日大婚的消息传出来，大妞在宫中，整日坐卧不宁，双手发颤，连绣活儿都做不下去了。只得托词不舒服，在绣工睡房里躺着。要不是怕二妞看出自己的心思，她早就装病回家了。

　　大妞明知暗中做小王爷外宠，也绝非长久之计。不但名不正，言不顺，就连苏州班子上的人也不如。她们还可大大方方接待福彭，而自己却只能做个可有可无的人儿。

　　她想到福彭的心腹太监，第一次来召她时，她又惊又喜。惊的是佛爷有眼，小王爷终归看中她了；喜的是，这辈子算是没白活，终归有了依靠，即便是死了也值得。她爹什么也没给她留下，只留下了这股犟性子，撞在南墙上也好，八匹马拖也好，横竖是不回头了。

　　腊月二十三，天不亮，大妞告了假，说回家过小年，便搭着公公买菜的车，往城里来了。快到西直门，公公停车喊道：

　　"姑娘，下车吧。"

　　大妞把围脖儿裹裹紧，道："这会儿不下车了，公公，我要到城里去配点儿丝线。"

公公道："嗨，这姑娘，宫里绣房，什么色、什么样的丝线没有？还要这么老远地跑到城里去配。"

大妞没想到，顺嘴诌的一句话，却露了馅儿。忙道："我是配粗线。公公，我还要买点别的东西哩。"刚说完，又怕公公问自己买什么东西，偏偏一时就想不起来，这么冷的天，急得都出汗了。幸好公公没再问，只说：

"我这车只能到门外大车店，还进不得城。怎么，姑娘忘了？"

"没忘。公公的车到哪儿，我就在哪儿下好了。"

公公边赶着车，边向大妞道：

"姑娘，你买完东西，要还搭我的车，就到城门东边场子上找我。这车就停在场子东边那个茶饭铺门口。喝口热茶暖和暖和，我送你进城。反正我装上菜就没事儿了。我也想混进城去看热闹呢。"

大妞一听，不觉惊了一下，问道：

"公公也要进城，看什么热闹呀？"

"嗨，今儿谁不到新华门看热闹呀？铁帽子王府小王爷大婚，娶的是陕西总督的四格格。前两天，晾轿，看热闹的，就挤死了三条人命。那陪送，几条街也摆不下呀。"

正说着，一辆轿车快跑着从后面赶了过去，惊得公公急忙拉紧缰绳道：

"看，这车都是赶进城看热闹的。"

刚说完，又一辆车赶了过去。赶车的回头大声斥道：

"你这老牛破车，该回家晒牙帮骨了，挡什么道呀？"飞快地跑朝前去了。

公公嘟囔道："这些愣头青！到城里，他可敢？"

大妞什么也没看见，也没有听见，酸甜苦辣，世上所有滋味儿，一起涌上心头：

本来就不该进城的。躺在绣工睡房里熬两天，也就过去了。可是，自己偏要进城，要亲眼看看他，是怎样做新郎的！……总督闺女，有啥了不起？她绝想不到，小王爷在和她成婚之前，已经和自己海誓山盟过了。在这点上，总算占了上风！你这千金，也和粪土没啥两样儿！……

想到这儿，大妞忽然勇气倍增道："公公，卸了车，先不吃茶，好吗？我和公公一起进城，看热闹去！"

"行咧！这可是百年不遇呀！"公公说着，一扬鞭，车便跑了起来。

这两天，王府一条街，都变了样儿。男女老幼都从四面八方向这儿聚拢，伸头攒脑，脖子都好像长了一寸，争先恐后，唯恐漏掉什么排场。街头巷尾谈论的，都是王府大喜事儿。可是，公公年老，眼睛又不济，和大妞看得正入神时，被一个人浪给打散，谁也找不到谁了。大妞又没法呼叫，想了想，便独个儿混到人群里看下去。她把围脖挡住了脸，只露出一双眼睛，随着人群只管向前拥……拥到一个拐弯的地方，看到一个起楼的饭铺，心想，这楼上倒不错，别说南来北往看得真切，就是东西走向也看得分明。可是，楼上显然已经挤满了人，不知上去是否还能挤到个地儿。

大妞向四周打量了一下，把头巾又围围紧，便往饭馆楼上走去。

上得楼来一看，楼上也都挤满了人。

大妞费力挤到窗口，街那头已经听到鞭炮鼓乐声了。众人的头，齐刷刷地向东张望。

大妞踮着脚，从人缝中看出去：

只见从街那头，翻花斗浪，一路烟尘，人潮翻滚，压街而来，直使她喘不出气儿来。

最先是响鞭，随着是铜锣；然后是八匹骏马，只听得马蹄嗒嗒作响；接着，便有几十个好事的豪门浪荡花花公子，他们情愿充当新郎导马，人人穿得花团锦簇，个个自觉顾盼生风，真和纸扎的金童一般模样。再接着，才是全堂执事，旗罗伞盖，映日生辉；箫管钹铙，匝地喧腾。饭铺楼板都震得发颤。

大妞伸着脖子，眼睛也不眨，足足看了一个时辰。待到周围的人跑下楼，跟着去看热闹时，她还倚着栏杆在看：

全堂执事的烟尘，在阳光下滚动，鼓乐声逐渐远去……她，一心想看心上人，结果，人没看到，其余的，也就更看不到了。稍稍震动她的，是在一乘敞开的大轿子里，看到了曹霑。曹霑那双东张西望的眼睛，好像也看到了自己……这是怎么回事呢？

虽说纳尔苏福晋和郭瑮福晋，早已商定结为儿女亲家。但也还得按皇规，由太后"拴婚"，指定陕西总督郭瑮之四女费莫氏与平郡王纳尔苏长子福彭联姻。郭瑮谢恩后，双方才下聘、过礼、择吉成婚……

四格格半年前就回家去了，每天都在精心刺绣，也在送来的扎花纳绣中，挑选精品，给价留下。福晋还派人到江南一带，搜罗绣片绣屏。四格格尤其喜欢字绣，每幅都经她亲手选定。

福彭新房早已用椒浆刷过，再用倭纸裱糊，流光照人。

炕上设了三层绣帐，锦褥东西对放，特制炕桌上铺着红毡，绣帐和锦褥上都是亲眷们挂放的各色喜果和奇巧的压帐钱。唯独曹霑送了陈鸣远手捏的石榴、花生、栗子、菱角和莲子等全套巧活儿。他是存心和四格格逗乐的。

文定之日，平郡王福晋恭请二位全福福晋，前往郭瑮总督府。四格格双目紧闭，盘膝坐于床上。二位福晋将一对玉如意，放在她衣服上，又将各置一枚金钱的两个小荷包，挂在四格格衣服纽子上，然后，取出镂有"大喜"二字的一对金戒指，戴在四格格手上。

大婚前一日，郭府嫁妆，摆满几条街，整整兜了半个城。

二十三日五鼓，队子马，全堂执事，锣鼓十番，迤逦不绝。在鞭炮声中，四格格由四位全福福晋陪同，乘花轿来到平郡王府。福彭在大门前，迎着花轿，连射三箭。

这时，鼓乐声大作。庭中香烟缭绕，灯火通明，备全羊，置美酒，香案前摆了几对大盆炭火，烧得通红。

四格格怀抱赤金宝瓶入座。

宗老着吉服，以刀割肉祭奠，说些祝福新郎新娘大吉大利的吉祥词。礼毕，送新郎新娘入洞房，坐床，用白犀牛角爵杯吃合卺酒。

次晨五鼓，再拜天地神像宗祠。

婚典便算完成了。

　　曹霑从小生长在南方，对婚丧嫁娶，只记得小时候随老太太去应酬过。那震天响的鞭炮，那锣鼓家什，吵得耳朵都要聋了。新娘子顶着头盖，模样儿也瞧不见，实在没趣儿。稍稍长大，就不愿去了，能躲的，就躲过去了。

　　但是，福彭大婚，是万万躲不了的。不然，上下都交代不过去。何况，福彭大表哥和别人是不能相提并论的。在这大喜的日子里，曹霑平时尽管矫情，但也身不由己做了伴郎，还真为福彭压轿游街。只是没完没了的拜会迎送，使他受不了。再加上太夫人时不时拉他去拜见一些命妇老辈，更使他难耐。马夫人倒是叮嘱他，要他多多待在脂砚叔叔身边。

　　幸好，这位脂砚正因平时不务举业，身无职位，目前，倒成了好事。落得不受追究，处处可以开脱自身。脂砚吃透人情，趁这千载良机，抛头露面，对些有力人物，拜见拿近，借机讨好，虽属巴结，但极自然，丝毫不露痕迹。

　　这天，从皇考定妃、惇怡皇贵妃、怡王嫡福晋，到诸般王大臣、诰命夫人……都盛装打扮，亲临贺喜。京中巨公名流，不计其数。甘家也来人了。京师真好比一个大琉璃金鱼缸，每有个大宅门子沾上红、白喜事，真同猫爪子伸到缸里一样，任什么都搅混起来，不闹个底儿朝上，决不罢休。

　　今天来的上宾贵客，有的打个照面，就打道回府了；有的托词离去了；有的通家世好，便要多坐些时候；有的索性把这当成乘势引见周旋、提阶晋级的良机，闹得个团团转。曹霑遵曹頫之命，领着曹霑，到处拜见，弄得他哭笑不得。

　　曹霑领着曹霑，拜见了贝勒出来，便听得一声娇喊：

　　"三哥！"

　　曹霑忙立住转身，满脸堆笑走过去道：

　　"啊——！大格格好！——王爷好！福晋好！府上好！……"

　　曹霑话音儿倒像要跪下似的，曹霑听了，不免有些儿奇怪。

　　曹霑问罢好，忙对曹霑道："我来引见，这是鼎鼎大名的大格格！这是我兄弟曹霑。"

　　曹霑见大格格如此轻盈，立在那儿，也直晃悠，不觉一边行礼，一边多看了她两眼，还摸不清她是哪家的大格格。

大格格抬着双眼，似睁非睁，看着曹霑道："曹霑这名儿，只配你叫。什么好字儿，你都占全了，什么美字儿，你也占全了，只怕还有更好、更美的事儿，在你眼前哩！"说罢，咯咯一笑。

曹霑忽地感觉，她说出的话，不是进入耳里，倒像是粘在自己身上一般，不由有些不自在起来。幸好耕云跑来喊道：

"三爷！老爷叫三爷和小爷快过去。老爷等在那儿呢。"

曹霏忙向大格格道："眼下正乱着，待会儿见！"便拉着曹霑向上房走去。

大格格含笑，又盯了曹霑一眼。

曹霏小声告诉曹霑道："这就是那赵固山[1]的后人。她比我们辈分都大，却偏要往小字排行里挤。京师里都管她叫赵飞燕，她见着男人，就巴不得跳到人家手掌心上来……"

曹霑忽然想到，这位赵飞燕，似曾相识……不禁回头再看她一眼。刚好看见她转身，曹霑立即记起，这就是和福彭在聚贤庄看到的那位贵夫人了。原来她就是赵固山的后代啊……谢天谢地，她可去了！

无了无休的拜见，尽管使曹霑厌烦，但脂砚也有心要曹霑会见一些他平日想要会见的人物。这些人物，都有些奇行逸事。有的早已耳闻，苦于没有机会见到。今日能见，倒是曹霑求之不得的。他想，本来嘛，十步之内，必有芳草。多看看这些人物，还是很有趣的。

曹霑早就知道"醉公"的大名，这回才得亲见。

这位黄带子[2]，浑身都是酒气，满口都是醉话。但每逢大事，别人不敢说的，他倒敢说。因之名气很大，任谁都不敢惹他。他是睿忠亲王嗣曾孙，名叫塞勤。翻成汉语，是聪明的意思。实在也不算糊涂。允礽太子被废后，康熙于戊子年十一月丙戌，召集廷臣议建储贰。阿灵阿、鄂伦岱、揆叙、王鸿

---

[1] 清兵入关时，赵固山的妻子，放为衙参，高坐公堂，代夫职事。

[2] 黄带子，即皇族佩黄带以为标记。

绪及诸大臣，乘机谋立皇八子允禩。醉公愤然起立，大声道："唯有立雍亲王，天下苍生始蒙其福也。"一语钳住众口，谁也不敢再讲话了。后来，雍正坐稳龙庭，才对醉公道："当年亏卿慷慨陈词，说出天下苍生心里话。可是，也几乎使朕险遭叵测。耿直固然是好，但是，从今而后，可要谨言慎行呀！"醉公慌忙脱帽叩谢。从此，只顾喝酒，放浪形骸，什么大事小情，都当作耳旁风，再不稍加评论了。

今天，醉公仍然是露顶脱襟，浑身酒气。一见曹霑，便拉着他的手道：

"你们曹家老辈子，我都熟识。你，必然是……"醉公扫眼看到旁边看他的人，面含微笑，便对众人道：

"这回，老夫说的可不是醉话！"

旁边的人都笑了。醉公继续对曹霑道：

"你必然是个大器！就只怕没人赏识你。我先说一句话，在这儿放着：醉公识人多矣，就是有个毛病，识得璞，琢不得玉！这一回也是。虽说眼力老了，但，不会差的，不会差的！"

曹霑忍着他的酒气，听了"识得璞，琢不成玉"这两句话，倒觉有些意思。想到他当年竟敢理直气壮斥理亲王，可见他不光有酒胆，还有识胆；他不光有酒气，还有锐气。心里想什么，嘴里就敢说什么。这种品格，偏在醉公身上无意中碰到，实在有趣。但是，他忽然觉得，醉公并不醉，不过是清醒得过头罢了。

只见醉公掏出一方小印道："没有见面礼。这枚曹植印章，送你最合适。也只有你才配藏有它！就当作见面礼。"

曹霑连忙双手接过。

醉公两眼惺忪，又抓着曹霑手，仔细端详。正要发挥，蒙古祭酒法式善一路大声嚷着过来：

"这不是醉公吗？来，来，专等您老人家来品尝一下，便知这汾酒的高低了。"

一路嚷着，便把醉公拉走了。

曹霑知道，今日万斯同老先生陪着柘南居士钱香树[1]也来了。他在马夫人和太姨那里，曾见过钱香树母亲陈书老人书画。马夫人曾告诉他，香树先生幼年家贫，陈书老人教课读于纺车旁，纺入不足，则卖画为生。香树先生从母学书，用笔圆润，刚柔相济，格调很高，不同凡俗。曹霑早已倾心，定要看先生一眼才好。他问耕云，可曾见到万斯同老先生？

耕云告他，万斯同和老王爷送一位老先生往前面去了。

曹霑听了，转身就往前面赶去，刚刚看到香树先生和姑父告别。曹霑悄立一旁，自忖和他想的差不多：见他戴着风帽，披着古铜花缎披风，手里拿着一串数珠，上轿而去。

曹霑正惋惜没能多看他两眼，脂砚走过来告诉他，二十一皇子紫琼道人召见他，要他快去。

曹霑对这位王爷，久已仰慕：觉得这位王爷，才是真能做到"上陪玉皇大帝而不谄，下陪悲田院乞儿而不骄"呢。这位王爷平生最恨庸俗卑薄之人。除了喜庆大宴，非穿四团花袍子不可外，平时都穿半旧服装。他常说："穿礼服盛装，是给别人看的，罪可是自己受的。穿便服，谁看了都舒服，自己也得大自在。"

这位王爷，诗才清秀。但极少抄存纸上。他说："写诗，都是无病呻吟，真的诗情，只会随着自然化去，怎会留在纸上呢？可见，既能写到纸上的，便算不得好诗，应该归到纸篓里。"

这位王爷更工画，从宋代的董源，到明朝的文徵明，均极欣赏。作画时，署名"紫琼道人"，但不题上款。他说："绘画，是给人看的。题了款，就限定给某一个人看了。这对画来说，无疑判了禁锢……"

这位王爷的这些独到见解，曹霑早已耳闻。过去和福彭一起晋见过他，这回单独被召见，虽觉高兴，但也免不了有几分拘束。

允禧王爷见到曹霑，打量道："长高了许多。"随即吟道：

"'眼见去年影，耳添清夜音。'这是楝亭咏竹诗句……见到银台有此等

---

[1] 钱陈群，号香树，又号柘南居士，康熙末年进士。母陈书，故工六法。

后人，真不负这几句诗意了。"

曹霑听到王爷说出"楝亭"二字，便要屈身下拜。

王爷忙作势止住。曹霑只得垂手肃立一旁。

允禧又道："银台后继有人，也是家国之幸。记得他还有两句诗，道出他人所不敢道，也是意味深长的。"

随又吟道：

"'儿童宜晏起，莫负汝南鸣。'一般人都愿要雏鹤早鸣，但银台深谋远虑，深知小儿早熟早衰。桃李飞花，樗杨易朽，实事理之必然，人生之大戒也。"

曹霑忙回道："蒙王爷面示，一定铭记在心，终身受用不尽！"

允禧哈哈大笑，拉着他的手，又仔细端详一阵，赐给他一些应景礼物，随即又格外赠给曹霑一枚玉扇坠儿。

这个玉扇坠儿，有鸡心般大小，也似鸡心那么红。所不同的，却是透着香味儿。

曹霑见了，便知道，这就是所谓的香玉了。传说深山老雕，啄了石髓，又吐出血来，经过日月精华，凝结成为玉石，被人从万丈深谷中采集来的。

曹霑连忙谢过。心想，这可有了送妹妹的物件儿了。

自从玥儿赠了曹霑霓虹帕，曹霑心里总想着，要找一样极稀罕又极珍贵的物件送给她。因此，接过香玉，便急忙挂在腰上。

允禧见了，笑道："痴儿，索性连这把文徵明画的扇子，一起赠予你吧，扇坠儿怎能往腰中挂呢？"

曹霑有些发窘，便慌忙谢过。

这时，忽报：

"怡亲王驾到——！"

众人不觉一怔。没想到平郡王府办婚事，怡贤亲王在总理京畿水利的繁忙事务中，竟亲自驾临……尽管感到殊荣，但是，各人心里，都捏着一把汗。

这些日子，文苓一直在平郡王府，随着福晋，操持福彭大婚诸端事宜。不但成了福晋的左右手，有些事情，甚至想得比福晋都周到，深得福晋欢心。

多年来，福晋就为福彭大婚张罗妥帖。其中最出色的，是全堂斗彩瓷器。这是曹頫夹带烧的体己货。原本是献给年大将军的，还没来得及奉上，年大将军就垮台了。几经周折，却落到了平郡王府。福晋乐得留下，为大儿子成婚时，派作用场。因为是接年大将军的茬口，也算不得什么过分，便告诉文苓，命宝瓶带着人到后面大库远帆楼中取出来，为大婚典礼增添了分外的光彩。

今天，怡亲王居然驾到，用上岂不正好。

开席前，文苓带着有关人等，再查看一遍膳事安排，以免席间出什么差错。文苓对其他席面，一扫而过。到了正厅，猛然间，首席台面上，斗彩瓷器光彩夺目进入眼帘，文苓不由停了下来。

宝瓶得意道："三奶奶，这堂瓷器，今日可真正派到用场了！"

谁知，文苓突然变色，指着席面，声音发颤，吩咐道："立即把这台斗彩瓷器撤下来，和西花厅的那套青花对调！"

宝瓶等人惊诧地喊了一声："三奶奶？"

文苓斩钉截铁道："快！殿下就要入席了，马上将这席面瓷器对换过来！王爷福晋那里，有我承着。调换中间，若有半点差错，就不是我能担待的了。"

宝瓶是福晋心腹丫鬟，吩咐下人，从来以福晋口吻行事，这次在文苓面前，不得不强忍着，声音也有些发颤，拣着一个刚进府的小子，大声道：

"愣着干什么？三奶奶吩咐了，还不快去！"

幸好这些人，平时训练有素，又加上他们都明白，这时手脚麻利，主人都会看在眼里，记在心上的，升发荣宠，就在这种巧宗儿上咧！……霎时间，七手八脚，将首席上的斗彩和西花厅的青花，砖对砖、瓦对瓦地调换过来。

文苓知道宝瓶在王府，是个得力的，转脸对宝瓶道："姐姐，这会儿来不及细说，时间紧迫，只有先斩后奏了。出了差错，要杀要剐，全由我担着！"

宝瓶道："三奶奶说到哪儿去了，我们当奴才的，只能遵照主子命令行事。三奶奶怎么吩咐，奴才就怎么做。"

文苓明知宝瓶话中有话，这时也顾不了许多。问宝瓶道：

"你估摸，这会儿福晋会在哪里？"

"刚才引着瑚巴夫人见老太太去了，估摸总在女眷那一边。"

文苓答应了一声，便匆匆走了。

膳房头面太监对宝瓶道："这全堂斗彩，是福晋亲自嘱咐放首席的，怎能由三奶奶来调换呢？"

宝瓶忍住气道："三奶奶已经去向福晋禀报了，是祸是福，还不知道呢。你们得随时做好再换回来的安排。福晋既已将这堂事交给三奶奶承办，我们能说什么？"

文苓连走带跑，在西大厅套间里，找到福晋。福晋见文苓脸色发白，如此匆忙走了进来，便知有事，忙借口进入里间密室。文苓随即跟进，未等福晋问她，便双膝跪倒在福晋脚下说道：

"文苓罪该万死！没请示福晋，擅自作主，将首席台面上全堂斗彩，和西花厅的全堂青花对调了。"

"什么？"

文苓又重述一遍。

福晋不由血往上涌，忍住气，从嗓子眼里挤出话来问道："为什么？"

文苓感到福晋出气加重，急忙说道：

"当初王爷、福晋，没想到怡王殿下驾到。这样安排，是再好不过的了。可今儿，怡王殿下突然驾到，入席时，全堂斗彩自会映入殿下眼里，万一殿下问起这全堂斗彩的来历，福晋呀，是说也不说？……"

福晋听到这里，脸色也变了，嘴也张开了。

文苓接着道："怡王殿下是当今皇上最器重不过的。竟在治河百忙中光临婚典，自是皇上对王爷福晋莫大的恩宠。万一在这全堂斗彩上引起什么，那，怕就要因小失大了。文苓猛然想到这层，可是，事不宜迟，顾不得先来向福晋请示，就擅自撤换过来。文苓罪该万死，请福晋发落！……"说罢，低下头来，伏地不起。

福晋听罢文苓一席话，连忙双手拉起文苓，抚慰道：

"我的儿，多亏老太太将你推荐来了，否则，还不知会酿成什么大祸呢！快起来吧，开席这一摊子，还等着你呢。是我忙昏了，只顾为小王婚典增添光彩，就没想到咱们如今的处境了。换得对！多亏你想得周全！等忙过这阵子，要老太太好好赏你，我还要敬敬你呢！"

文苓一边整理面容，一边道：

"福晋不是成心折文苓吗？只求福晋看在我年轻不懂事的份上，不怪罪下来，便是我的福分了。今后，只要文苓真能为福晋分忧解闷儿，做点有根有底的事儿，文苓便心满意足了。马上就要开席，文苓告罪，得先去了！"

"好，好！去吧，去吧！什么事儿，但凡你想周全了，就办！有不听提调的，只管报上来！"

"谢福晋！"

文苓请安后，便急忙走了出去。

筵席开过，美酒佳肴，应有尽有，宾客一片赞扬之声。这时，文苓才觉得腿软，和宝瓶打了个招呼，披上大氅，便往自己房中走去。

福晋接她来筹办婚宴，知她平时睡觉，特别惊醒，四周不能有丝毫响动。因而，在王府一个最幽静的处所——百花溪深处，为她安排了一套卧室。她也只带了贴身丫鬟桃红侍候。尽管文苓知道，自己搬来王府这些天，为曹霏和柳绿开了方便之门，但毕竟福彭大婚是头等大事，也就顾不得其他了，只要曹霏不再闹出别的事儿来就万幸了。

文苓从花天酒地、猜拳行令的喧闹声中出来，北风吹着，有点刺脸，但还是觉着精神一爽。

今天王府内外，灯火齐明，如同白昼。百花溪深处也不例外。文苓一路走来，确实清静。通过长廊，走进倒厦，未见桃红出来迎她，便喊了一声：

"桃红！"

还是未见她出来，不由道："这丫头，干什么去了？"

话才说完，只听得咯咯咯咯一阵笑，从里屋传了出来，吓得她毛孔都竖了起来。随着笑声，只听得娇里娇气、懒洋洋的声音道：

"你这位三奶奶也忒厉害了！外面那么热闹，还把个桃红扣在屋里守空房。是我要她到前面看热闹去了，她不敢走，还是我拍了胸脯，她才犹犹豫豫地走了……"

文芩一听，原来是那位无法无天的大格格。连忙跨进里屋，眯眼一扫，笑道：

"我的好格格，放着开锅似的场面不在，摸到这儿来干什么？"

大格格斜倚在枕上，眼睛半睁半闭道：

"都腻歪死人了！和那帮福晋命妇待在一起，不是说祖宗的汗马功劳，就是议论谁家新得的奇巧爱物儿，眼睛专盯在别人身上。我这人，你是知道的，越是瞧我碍眼，我越来劲儿！这不，和醉公干了三大盅山西汾酒，也没把我怎么了……咯咯咯咯……"又笑了起来。

"格格居然饮起汾酒来了，佩服，佩服！我可不行，才饮了一小盅，就上脸了，吓得我再不敢喝。"

大格格伸了一个懒腰，乜斜着文芩道：

"曹霏也来这儿住吗？"

"福晋接我是来办事儿的，又不是来住家的，他来做什么？"

"那你自个儿还看这——？"大格格说罢，倏地，从枕下抽出了一本书来。

文芩立即过来抢。

大格格将书藏在身后，笑着盯住文芩脸上的两颗小白麻点儿。

"快快从实招来！挑这么个幽静地方干什么来着？我告诉三哥去！"

文芩冷笑道："你去告吧，就是为了拴住他！要不，他自个儿在家，还不知怎么乱乎呢！"

大格格又是一阵笑道："我的三奶奶，亏你真是聪明一世，糊涂一时了。像曹三爷那样的人，莫非一部书就把他治住了？比这有趣儿的，多着呢！哪天我带来给你瞧瞧！"

"我可不稀罕！好端端的人，干啥要那么下作？……"

没等文苓说完，大格格叫起来道：

"哎哟，我的好三奶奶，今儿怎么在我面前假撇清起来了？你和三爷的那些事儿，当我不知道呀……"

"知道什么？"文苓明问暗堵，一双吊在眉梢的细长眼，紧紧盯住她。心想，这个骚货，仗着祖上立过汗马功劳，便肆无忌惮起来。可你家，从赵固山进关那天起，不但不能打江山，而且只能败江山……

大格格不动声色，懒洋洋地半睁眼，也瞅着她笑道："你真要我说出来？"

文苓这时才知道，可遇着对手了！正琢磨如何来对付，宝瓶进来叫她，说老太太等着她去点戏码呢。

文苓乘此下台，对大格格殷勤道：

"你今儿别走了，咱俩好好唠闲嗑儿！"

"看吧……"大格格百无聊赖地应了一句。

文苓走出来时，心想，这只猫儿居然吃到我这儿来了，我这儿可没好玩意儿给她留着。

· 第五十八章 ·

梦断鹊桥空灵窍
魂沾燕翅堕香泥

汤经卿趁大伙儿猜拳行令，闹得正欢，从西花厅溜出。按说，他是不能参加王府大宴的，但由于福彭、曹霑、韵华等这帮王孙公子，平常在一起玩得相投，没管那些礼数，约着他一起来了。

汤经卿素来不喜热闹，更不惯闹酒。他认为小饮小酌，和好友聊天谈学问，本是一桩很愉快的事儿，但却让这些豪门贵族，铺排得满坑满谷。酒席开到后来，连全鸡全鸭、鱼翅海参，也无人问津了。好酒似水泼了满桌，不是灌醉了张三，便是敬醉了李四，东倒西歪，一派胡言，酒气熏天，丑态百出，甚至烂醉如泥，瘫倒在地上……不过，他想，也有个好处：下人们能捞到油水。没准儿这些酒席，实在是为了下人们才摆设的哩！……

汤经卿想到这儿，不觉笑了起来。

"笑什么？不在里面喝酒，一人躲到这儿清静来了。"

汤经卿见是曹霑，便指着西花厅道：

"莫非你喜欢？"

"走，找个清静去处，咱俩好好消停消停！"

汤经卿掏出金表来看了一下道：

"不，你和我一起到前边看戏去吧。"

"看王宝珊的《思凡》？"

"不，看我家十柔班的《春香闹学》。"

曹霑不由笑道："莫非你还没看够？"

"看不够！"汤经卿一往情深，补充道："今儿是她扮春香。"

"哦——！那就难怪了！去吧，去看吧，云柔姑娘能遇到你这样一位少东家，也算找到知音了。"

汤经卿轻叹一声，看着曹霑道：

"和我一起去看吧，你见到她，也定会欢喜的。"

曹霑深为他的人品所动，犹豫道：

"不去了。好不容易趁着开席这会儿自在一下。我要去了，让老太太看见，又该拉我去拜见请安，反而什么也看不成。等过了这一阵，我到你家里去看。"

汤经卿忙道："一言为定，你到家来，我还可以把我为她画的像给你看呢。"

"好！"

说罢，一个往前，一个往后，二人分两头走了。

……

原来，为了接玥儿进府，脂砚到汤家，托词福彭大婚，要十柔班去王府唱戏。并告诉鹧鸪，那天堂会，定要云柔登台，让老太太看中，便能名正言顺，点名接进罗王府了。鹧鸪揪着的这份心，才得舒展开来。

可是，玥儿小姐在王府登台，她却捏着一把汗。

让她扮个不起眼的角色吧，老太太看中，就说不过去；让她扮个主角吧，她那遭人怜爱的小模样儿，万一也让哪位皇亲国戚看上眼，岂不节外生枝，全局都乱套了吗？

鹧鸪筹划来，筹划去，决定去王府演折子戏《春香闹学》。让玥儿扮杜丽娘，既是主角，又不是重头戏，老太太说看中了扮杜丽娘的云柔姑娘，也还是说得过去的。

谁知，玥儿却执意要扮春香。尽管鹒鸹告诉她，去王府唱戏，只是个过场，回到老太太身边，才是正办。但玥儿还是要扮春香。鹒鸹拗不过，只得依了她。

鹒鸹哪里明白，玥儿小心眼儿里自有她的打算盘；好久不见霈儿哥哥了，让他看见自己时，怎能像《闹学》里的杜丽娘呢？哥哥是喜欢像春香这样的女孩儿的呀……当鹒鸹答应自己扮春香后，玥儿便上心上意排练起来。唱得连王宝仙师傅也不得不说"青出于蓝"了；雪柔更是痴呆呆自愧不如。

筵席散后，开锣戏便唱了起来。《闹学》是排在戏目中间，紧接着《双摇会》，压轴是《龙凤呈祥》。

《双摇会》已经上场了。鹒鸹觉着不安，不时走到台侧，向对面大厅看去。大厅内一片珠光宝气，笑语、吃克食、嗑瓜子儿的声音，交织在一起。就是没见到老太太和马夫人，霈哥儿也没在。难道老太太他们没有来？……

《双摇会》唱到一半，脂砚匆匆来到后台，告诉主管太监，将十柔班的《闹学》，调到最后压轴子，把《龙凤呈祥》调到前面上。

主管太监面有难色道：

"《龙凤呈祥》是全本大戏，《闹学》是折子戏，怕压不住场吧？"

脂砚道："这是福晋示下，莫非你我来更改？"

一句话，说得主管太监只得咽了口唾沫，立即吩咐《龙凤呈祥》准备上场。他想，反正是家宴，不按规矩排戏码，也是常事。既是上边传话，自己脱了干系，怎么着都行。

脂砚转身看到鹒鸹满脸疑虑，便低声告诉她：

"老太太正和瑚巴夫人谈李煦老爷在宁古塔的事儿呢。只要皇上不追紧，老爷日子还是好过的。《闹学》调到压轴，就是老太太要看。放心好了！"说完，也不看玥儿一眼，便匆匆走了。

《龙凤呈祥》快唱完的时候，鹒鸹才从台侧，看到太夫人由明珠扶着，颤巍巍地来到大厅偏左的座位上，后随马夫人和拈花。就是没见到霈哥儿……鹒鸹心想，他不来也好，万一当场认出来，说不定还会惹出什么娄子来呢。

　　只要鹩鸪到台侧往下看，玥儿便盯着鹩鸪的脸。待她从鹩鸪脸上判定，一切都按计而行时，便立意把这台戏演好。

　　《龙凤呈祥》下场，台上的幔帐、桌围、椅套，都由检场的换上崭新的，一色淡绿刺绣。小厮们又把灯都拨亮了，还特加添四盏大明角灯。台下知道，《闹学》要开场了。

　　陈最良念罢开场白，敲云板，唤春香，请小姐上书后，玥儿捧书，随着玉柔出场，来了一个主仆亮相。台下顿时静了下来。

　　只听得谁在说：

　　"喝！这两个角儿真晃眼！"

　　"哪个府上的班子也比不了！"

　　"……"

　　丽娘唱罢，春香活泼泼俏步走到台前接唱时，台下更是鸦雀无声；嗓音刚落，台下不禁爆出了满堂彩。

　　鹩鸪在台侧盯着太夫人，见太夫人频频点头，和旁边的人说着什么，鹩鸪心上的石头，终于落地了。

　　玥儿出场不久，便觉着有一双眼睛紧盯着自己。心想，除了霭儿哥哥，还能是谁呢？因而，越唱越起劲，简直把春香这个小丫鬟演活了。台下更是被春香的戏紧紧抓住，欢笑声全随着春香的一颦一笑而起伏，一句台词一声彩，一个身段一阵掌，真可说如醉如痴。

　　主管太监也禁不住对王宝仙和鹩鸪道：

　　"想不到这《闹学》倒还真能压得住呢，可见十柔班名不虚传。"

　　《春香闹学》演罢，立即传下话来，福晋要召见全班人马。

　　……

　　当玥儿坐在车上，偎依在鹩鸪怀中往回走的时候，心想，老太太、夫人都见到了，怎么没见到霭儿哥哥呢？那双眼睛，难道不是他？他到哪儿去了呢……

曹霑决心找个地方躲起来，落个暂时的清静，再也不想会见什么人了。

天太冷，花园是去不成的。套间里也会有人。多年没打开的房屋，这次也都布置一新，接待来客。凡是屋子，便有人声笑语。正愁没个去处，忽然灵机一动，何不到"百花溪深处"去呢？那儿倒有几分像南京的"矮甃舫"，在这热闹时刻，绝没人到这个僻静所在的。

长廊内并未亮灯，但由于高阁亭台上映照下来的灯光烛影，使得廊内也罩了一层轻纱般的微光，影影绰绰，更加好看。

冬天，两边大玻璃窗都安上了。窗子上，用竹子镶成绿竹数竿，疏落有致，看上去如摆动一般摇曳生风。玻璃窗外面，偏偏有红梅一树，含苞待放。窗里窗外，梅竹相映，竹影花光，再也分不清了。

廊前有一股清水，夏天在廊前流过，所以这儿取名"百花溪"。长廊尽头，有座重檐亭阁，这才命名为"百花溪深处"呢。

曹霑信步走来，正喜空无一人。进入廊里，透过窗户，便见窗外红梅已经开放，暗香浮动，竹影参差。这时，能见到这等幽静的处所，不禁心旷神怡，眼睛便都挂在玻璃窗上了。

他走到窗子前面坐下，这窗台不高，既不像榻，又不像凳。坐在上面，既可抱膝长吟，又可举手簪花；既紧聚，又舒展，可坐可卧，可倚可凭。设思巧妙，可算得上无以复加了。

曹霑喜出望外，一会儿坐在这头，一会儿坐在那边，一会儿站起，一会儿坐下，怎么起坐都觉对路。从每一方玻璃向外看去，也都自成好景。这时，要有人在看他，透过窗子，衬着窗外红梅，把他也自会当成画中人了。

曹霑正在调换位置观景，不知从什么地方传来了女孩儿笑声。曹霑听了，不觉怔住。分明廊内无人，也不见有人进来，哪儿来的笑声？

曹霑回头一看，迎着外面亮光，朦胧间，看到一位女郎站在那儿，对着他，脸上还挂着笑呢。

这女郎，披着大红斗篷，梳着高髻，鬓角上缀着一朵红梅。可见她是去过窗外，才到这儿的。曹霑连忙转过身来细看，也许廊内不够光亮，竟看不出到底是谁来。

"霭爷！"女郎轻轻唤了一声，还微微屈膝请了个安。

哪儿来了这么一位丫鬟，倒想她不出。王府的丫鬟，有头面的，他都知道，为什么这个认不得？忽然，金凤的模样儿在眼前闪了一下，曹霭连忙眨眨眼，对她仔细瞄了一眼，才看明白她的打扮，不是丫鬟，倒是一位小姐。再端详一下，才认出来，原来是佟姐姐。这位姐姐，原本和金凤就有些儿像呢……

他想，佟姐姐端庄大方，不苟言笑，今天，为什么一个人避席而去，也自个儿来到这里？必然也和自己一样，不堪俗扰，来寻梅花作伴，落得一曲幽闲。这种不期而遇，真是再巧也没有了。

回想起第一次见到她，还是从圆明园到绿竹别墅那天。当时，女孩儿们挤挤擦擦，叽叽喳喳，说话一个尖似一个，穿着一个赛过一个，众位姑娘，虽是各路英豪，但都如在自己家中，仪态从容，言语犀利，顺理成章，毫无顾忌。她和袁表姐二人，形影不离，好像天生的一对儿，虽只见过一次，要人忘了也难。今日邂逅，可说是无意相逢，真是越想越有趣。

曹霭连忙迎上去问道："姐姐，是从哪儿来的？"

佟姐姐道："闹哄哄的，到处都是人。所以才想找个清静地方躲一躲。没想到，您已先在这儿了。"

说着，她随手把一座灯捻亮。窗外景色，顿时暗了下来。廊内反倒显得光洁明亮了。

这灯原是个玻璃的高底座瓶，两旁是一对金凤凰，两个凤凰头顶合起来是灯头。灯头上一圈宽带灯捻，上面是白玻璃罩儿，可以随手捻上捻下，灯光也就可大可小。

曹霭知道佟姐姐常在王府住着，对府中事物，比自己知道得多。因而问道：

"姐姐，像这样幽静的地方，府中还有吗？"

"有倒是有，就是都得穿过佛堂净室，反倒不好随便去了。"

曹霭点头道："这长廊，好就好在有这些窗子，窗内窗外，浑如一体。

窗内和窗外的花儿，都开到一处了。"

佟姐姐笑道："听说这是仿元朝内寝殿造的呢。"

曹霑用脚踢了一下厚厚的地毯，心想，没有听到佟姐姐脚步声，就是因为它了。他又瞄了玻璃灯一眼，直到现在，他才看清了佟姐姐的脸。真要谢谢这盏灯了。

就着灯光，他再向里边墙上看去，东边裱糊的墙画[1]，人物都有真人大小，画的是《采莲图》，那墙上的荷叶，连接着绿色的地毯，墙上地下都分不清了。仿佛自己再往前走，即可进入图画，和画上女孩儿们同去采莲了。再看西边墙上，画的是梅花，都和真树一般大小，自己如置身于梅花丛中，与梅花为伴。他想，这边是冬，那边是夏，自己能同时处在冬夏两头，真是有趣。

佟姐姐看他一边往里走，一边左顾右盼，似乎在想什么，便道："我去烧茶，好吗？"

曹霑忙道："我正渴得要命。可是不想出去，也不愿叫人，这才只好挨着呢！"

"原来这样，何需挨着，我去里边烧茶，要吃什么上好茶，只管说来，这百花溪深处，本来就是石泉竹炉的好地方。"

"随姐姐便，姐姐喜欢什么茶，我就喜欢什么茶！"

佟姐姐歪着头想道："我看，要不，放一点儿'纲头'[2]，再点上一点儿梅花心儿[3]，就可对付着吃了。"

曹霑道："这茶，陆羽也吃得过，凭我这俗人，就不敢想了。"

佟姐姐不再答话，走到长廊尽头，进到屏风后面烧茶去了。

曹霑这才知道，这屏风后面，还有屋子呢。他的眼光跟着佟姐姐，佟姐姐不见了，那屏风两旁的对联，却映入他的眼帘，只见对联上写：

---

[1] 画在糊墙纸上，用这纸糊墙，墙上便出现大壁画。

[2] 龙井茶在清明前采来上贡，叫作"纲头"。

[3] 梅花心儿，把雪中半开梅花，摘下密封储藏备用。

月转湘帘花凸影,

凤巢青琐枕凹痕。

下面落款:"烟波钓叟题。"

他知道,这是前明一位皇帝写的,但忘记是哪一个皇帝了。书法学瘦金体。心想,这副对子,立意也还可以,只是未免造作。凸凹两字,自以为巧,其实,套用古砚微凹,而又逊色,虽是出自帝王之笔,却令人有伧夫之感。

曹霑正在寻思,便见佟姐姐端着茶盘出来。他连忙上前接过。

佟姐姐对他笑了笑,要他将茶放到窗前几儿上,顺手又捻亮了一盏灯。

曹霑就着灯光,好像头一回看清佟姐姐一样,见她脱去了斗篷,穿一身玫瑰红金丝绒衣裙,体态显得那样婀娜,简直不好用什么来打比了。

佟姐姐见他看着自己发呆,不免有些儿难为情起来,忙要他坐下喝茶。

曹霑待佟姐姐坐定,用手轻轻移开碗盖,只觉一股清香,从指缝中透过来,就着灯光,碗里的茶色,更加晶莹碧透,不由叹了口气。

佟姐姐道:"在前边晃得眼花缭乱,这会儿才算落得一份儿清静。唐人诗里说的,'因过竹林迟僧话,又得平生半日闲'的句子,这时才悟到它的妙处。"

佟姐姐刚说完,便觉得在这时候,说这些诗句,该是失言了,便急忙想用话岔开。

可曹霑毫不介意,全没听出来,高声道:

"人活着,就该忙中有闲,闲中有忙,忙闲适宜。就看忙得是否对路。一味乱忙,一味闲散,都未免使人受不了。"

佟姐姐不赞一词,轻声一笑,带了过去。

曹霑想到祖父作的诗:

绨窗木榻静无蝇,

内窖常支过牛冰。

回忆吴中应一笑，

红盐不下灭风棱。

如今，是腊尾隆冬，反而想到绮窗木榻得以清闲，可见方才在前边那阵子热闹，几乎像三伏天赶集，使人快中暑了。便对佟姐姐道：

"人真有意思，冬寒思暑，暑热思寒。渴欲饮，饥欲食；多食厌饱，奢肥厌甘。如果，真能使荷风与梅雪同时，春兰与秋菊并开，一生如此度过，那才真叫好呢。"

佟姐姐敛了笑，偏着头道："你怎么啦？光说这些话！……这竹梅，是木匠师傅镶嵌上去的，这荷花菱藻，是画匠师傅画出来的。这些东西毕竟都是些铺陈摆设，原不是真的。如何能在这画中讨生活呢？"

曹霑被她问住，忙道："姐姐说得是。我倒忘记它们是画的、是雕的了，不过，能使我看花了眼，真是巧夺天工呢。"

佟姐姐道："这也难怪，我们得天独厚，饭来张口，衣来伸手，遐想逸思，遂地而发，好像苏子夜游赤壁，便有沧海一粟的想法；王右军引水流觞，便有后之视今，亦犹今之视昔的想法。这都是触景生情，也是人世中应有的笔墨。只要过去，就忘怀了事，也没有什么。如果认真那样想，就不该了。"

这话本来很平常，曹霑听了，却吃惊不小。觉得佟姐姐见识，绝不是自己比得上的，不觉由衷敬佩起来。正要说点什么，却见杨八表姐和大弦妹妹，肩并肩、手挽手，两人披了一件披风，从长廊那头走了过来。

八表姐见了他们，哟了一声道：

"原来你们在这儿享清福，早要和我们打个招呼，我们不也早解了围了，活该在前边受活罪。"

大弦从披风里钻出，也抢着对佟姐姐道：

"你不见了，定要我和妹妹给这位姑奶奶献茶，给那位姑奶奶敬酒，忙得我连最爱吃的甜菜，也没来得及尝一口呢！"

八表姐道："我们在那儿，还不如进孔庙看'八佾舞'好受。我看，咱们索性不回去了，就在这儿摆升官图玩，吆五喝六地气气他们！"说着，解下披风往窗台上一撂。

佟姐姐轻叹一声道："刚找到一块干净土，你又把这儿也变得和前边一样，那才煞风景呢。"

八表姐反问道："依你说，咱们玩什么？莫非就这样干杵着？"

曹霑忙解围道："要不，我们玩点斯文的，走回文诗吧。"

佟姐姐对曹霑道："刚刚喘出一口气来，你又出点子。"

大弦走到窗台前坐下道："这么大宅子，到处都在炒热锅、大烧烤，我才不愿到前边去呢。可是，我们也得玩点什么呀，玩什么呢？"

正在为难，忽听小弦喊"姐姐"的声音传来。大弦忙在里面大声答应，声震长廊，小弦闻声跑进来道：

"姐姐，《双摇会》就要完了，下面就是十柔班的戏了！快走！"

八表姐听说十柔班就要唱了，立即拿起披风道：

"十柔班的戏可要看。听说好看呢。"又对大弦道："快走吧，别在这儿讨嫌了！"

佟姐姐瞅了她一眼。

大弦见小弦未披大氅就跑来了，埋怨道："这么冷的天儿，不披上大氅就跑出来了。你和八姐一起披吧！"

佟姐姐立起道："不用，我有一件，我和小弦妹妹一起披吧，十柔班的戏，我也想看呢。"

八表姐回头喊道："霑弟，你不去看吗？和我们一块走吧！"

"我在汤家看过了，确实名不虚传，值得一看！请姐姐们先走吧！"

佟姐姐进去拿了披风，四人便一起走了。

曹霑听她们走远了，清静自在地坐了下来。正要端起茶碗喝茶，忽听外面有个男人声音喊："姐姐！"心想，这是谁喊谁呀？再听，却听出是耕云的声音。随即听得双燕焦急的声音道：

"你见着小爷了吗？这么大冷的天，不披上大氅就往外跑，冻着怎么办？"

原来是他二人找自己来了。

只听耕云道："小爷没披上大氅，那就是没到外面去。"

"你见着小爷了吗？"

"刚才见小爷在西花厅喝酒来着。等我吃了饭回来，就没见到了。这不，我也在找吗，要不，怎能遇到姐姐呢？"

"小爷那脾气儿，太清静了，想热闹；太热闹了，又想清静。我估摸小爷，没准像在汉府时那样，找个什么地方清静去了……"

"那咱俩去找吧……"

曹霑听了，好个双燕，真知我心。本想出去答话，但又想，还是清静一下为好，听得他俩也走远了，便又自在起来。

"好个小爷！大冷的天儿，丫鬟小子到处找，都不言语一声。"

"谁？"曹霑闻声回头，只见大格格赵飞燕，斜倚在屏风旁，半闭着眼看他。

"大格格，怎么您也在这儿？"

"光知你们找清静，就没想到吵得别人睡不成觉了。"

"刚才我们惊吵了格格了？不知格格竟住在这里，罪过，罪过！"曹霑又作揖又打躬。

大格格笑道："我可没那福气。这里面，是福晋特为你三嫂安排的密室，就怕别人吵她！"

"三嫂住在这里，在里面睡觉？"

大格格见曹霑指着里面，惊诧的模样，笑出声来道：

"这会儿你三嫂要在里面睡觉，刚才你们这顿闹哄，她能饶了你们？"

曹霑忙念了一声佛："这会儿她不在啊……"便去端茶碗喝茶，没想茶已喝干，只得将碗放下。

大格格眼尖，早已看见："佟丫头煮了半天茶才给了你半碗。"不禁又笑起来道：

"随我来吧，有的是你好吃的！"说罢，伸出一只手等他。

曹霑连忙过来握着，随她往里走去。

转入屏风，进了倒厦，便见佟姐姐刚才煮茶的地方。再往里，走过一个弯弯曲曲的夹壁过道，两边都悬着彩色挂毯，有的是人物，有的是花鸟。不知何处飘来香气，似花香，但又不见是何花草。

大格格牵着曹霑，进到一处居室。屋子不大，是个六角形的住所。地毯中间织着双鱼，四边都是莲花莲叶，走在上面，软绵绵的，一点声响也没有。

曹霑赞道："没想到，这里面还有这么个所在！真好，真是神仙洞府一般。"

大格格松了手，要曹霑坐在一张软椅上，道：

"王府里，再也找不到比这儿更幽静的了，真可说曲径通幽哩！"边说，边为曹霑配饮料。

曹霑坐在软椅上，就着既亮、又不晃眼的光，把这六角形的屋子，打量了一下。这屋子布置得倒也别致，一幅浅绿色丝绒幔帐，从屋顶一直垂到地面，将房子隔去了两角。上面绣的鸳鸯戏水，做工虽很精湛，但颜色却显得过于花哨。沿着墙周围，是一套黄杨木家具，梳妆台上点着沉香，仿佛进了香洞花坞。只是香味儿不够清淡，浓得未免过分了些儿。不过，一会儿，曹霑也就觉不出了。

大格格端着托盘，上放茶食和饮料，摆在曹霑面前道：

"吃吧，三奶奶这儿，稀罕物儿多着呢！你听着，我叫人给你奏乐！"说罢一笑。

只见大格格走到柜子旁边，用手摇着什么，一会儿，便有一股细乐，从那里发了出来。笙管琴瑟，杂奏齐鸣，像有一班乐队，在眼前当场献艺，但又看不到一个人影儿。

曹霑心想，这要比南京家中大八音盒，更加有声有色。他听得入神，边呷着茶，边体会到，原来乐声真能浸入骨髓，使人溶化在乐声里呢……

他又呷了一口茶，觉得茶中有一种说不出来的奇异香味儿。在南京吃过许多海外来的饮料，但都不比它更有味道。他不便动问，便一口口呷着。

大格格看出他的心思，问道："你吃不出是什么茶来吧？"

"吃不出来。可能是外洋茶，不外是叽里咕噜一大串的名儿。"

大格格笑道："说起来也平常，这是野罂粟花籽儿酿的花露膏子，用它冲水喝，喝时不用放糖，用加料果汁儿！所以味道香醇，与众不同。"

她坐下来，半闭着眼，看了曹霑一会儿，顺口问道："好吃吗？"

"好吃！有一种异香。可是，我许是听这乐声，心随乐声去了，好像有几分醉了……"

曹霑有点晕乎，站起来，想去柜子旁边看乐匣子，和八音盒有什么两样。

大格格知道他的想法，便告诉他，这乐匣内有两股链条，这边紧了，那边就松了；这边松了，那边就紧了。来回倒换，就能唱个不停。又微笑着问他：

"怎么，你要它停吗？"

"我喜欢听，才不要它停呢。"

大格格起身道："那你就听吧，一个人好好听！你要累了，愿躺着听也可以。"说着，便走到幔帐旁边，用手轻轻一拉。

曹霑看见那绿色幔帐，自动滑向一边，现出一幅粉色锦帐来。接着，锦帐又自动拉开了……在乐声中，曹霑不明白，自己看清还是没看清，这里的摆设，都有点异样。是被乐声弄得神魂颠倒呢，还是瞌睡随着乐声来了呢……

大格格走到他面前扶住他道：

"你在前边喝多了吧？喝花露醇，可以醒酒，你不妨多喝一点儿，便可清醒了。"

"在前边，我没喝酒，怕福晋、老爷忽然叫我。我只喝了些樱桃汁儿。"

"信他们呢，樱桃汁里定掺了酒了，你闻不出来罢了。这些酒鬼们，只盼人人都烂醉如泥才称心哩！……来，还是乖乖儿躺下，听匣子作乐吧！"

曹霑本来就有些疲倦，顺着格格的手，随她指点，便躺到床上了。只觉这床微微颤动，似乎在往下沉。

大格格俯下身来，在曹霑脸上轻轻闻了一下，又贴贴他的脸道：

"你的脸有些烧，口里有酒气，我去给你找点醒酒的东西吧。"微微笑着，便转身出去了。

曹霑躺在床上，耳朵里只听见急管繁弦的乐声，直发暴躁。便道：

"这乐声怎么越来越躁了？倒不如干点什么别的才好。"

大格格换了一身衣服进来，忙道：

"我给你找点画儿看吧。三奶奶这里，有许多好画儿呢。我……我给你取一册《观音七十二式》来，使你清醒清醒，好吗？"

大格格说着，便打开橱门，取出一个缥香的包袱，默念了一句什么词儿，轻手取下翡翠别子，打开包袱皮儿，取出了一本画册。

曹霑看册面，绣的题目是：

《大慈大悲南海观音大士幻身七十二像》，下题"弟子仇英斋戒沐浴恭绘"。

他先翻开首页，便见一幅墨底金色素描观音大士，手持柳枝，坐在莲花上面，法相庄严，金光灿灿，整个身子都散发着光辉。

翻开第二页，意外的，却是一位仗剑的男神。上唇还有两撇髭胡。曹霑知道，这也是观音像。观音可以变化成亿万形体，她要变化什么，便变作什么。什么都可变化，因此，才能说得上法力无边呢。这幅观音，就是化作武士的形象。

这倒引起曹霑一番思索来了：观音要用剑来削尽世间不平，那么，是慈悲力量大，还是刀剑力量大？……正在对图浮想，大格格从他脸旁伸手过来翻篇道：

"这张好像是韦驮。我们来看好看的……"

曹霑只得随着她的手翻看下去。翻到一幅背面观音，观音横躺在榻上。肌肤细腻，骨肉匀称，身上璎络交织，臂上缠绕晶莹的宝石串珠。画得有血有肉，和真人没什么两样。特别是蓬松的发髻上，还斜插着一朵火焰般的小红莲花……这么多的珠宝，这么多的光艳，真个是佛母金身哩……

曹霑看得入神，大格格的手又轻轻翻过一页来。这幅和前幅姿势完全一样，不同的，只是那幅是后身，这幅是前身，仿佛观音躺累了，便翻了个身，转过脸儿来。

大格格手指停在这幅画上。曹霑感到，画上观音的手，怎么成了真的了……

大格格长吁了一口气，才又翻出后面的送子观音来。

曹霑想，常看到人家画个朱袍的白脸帝王，拉弓射箭，旁边也画一个胖胖的男孩儿。便道：

"真奇怪，天赐的都是男孩儿，为什么不送女孩儿呢？"

大格格在他脸上戳了一下道：

"难怪人家说你向着女孩儿，最会在女人面前说话。你说这话，我听了就喜欢。观世音当年要不送女孩儿，世上还会有今天？佛经上说，佛有两种宝，一是莲花，一是玉杵。玉杵降魔，莲花度人。观音是亿万金身，求男得男，求女得女。只是人们都向他求男，不向他求女罢了。所以画上画的，总是男孩儿，讨施主欢心。你看张仙送子，不是也送男孩儿吗？"

曹霑觉着她说得对，听着，听着，画册便从手中落下来了。

大格格忙侧起身来看他："你怎么啦？"

曹霑指了指脑袋："……"

大格格软语道："我侍候你歇着吧……"

"不，我该走了，他们还等着我呢……"

"你这样出去怎么行？醉歪歪的，别人看见了，成什么样子？听话，快宽宽衣服，睡一觉再走也不迟。这会儿，大家伙看戏正来劲呢！……"

曹霑只觉一股香气袭来，便什么都不由自主了……

他觉着自己在做梦，似乎梦见一个银色的蛛网，在屋檐下的花枝上挂满露珠。微风吹动，露珠抖落，网便飞了起来，飘飘摇摇，飞到天空。他想，那太极图，说不定就是按照蛛网绘制的啊，正想着，那蛛网落下来，缠到了自己身上，不但有些黏，而且越缠越紧，越紧越缠，他便闭上眼睛，心中默想，难怪八关九戒像蛛网般缠绕着人，如果有十二戒就好了。最戒循师泥道……不是歌舞观听，而是谈玄说法……曹霑笑了，这才觉着轻松起来。但那蛛丝忽然又化成了丝绵，轻软滑腻，透着温馨……他不知自己这时是在空中，还是在地上，忽然丝绵又变成了白云，白云上立着观世音菩萨。他慌忙跟着观音踩上白云，没承想一脚踩空，跌了下来。

曹霑惊呼："观音救我！"

大格格温笑道："你说什么？谁是观音？观音是谁？"

曹霑挣扎醒来，出了一身大汗……

第五十九章

田文镜只身取了凡
雍正帝再拟贬曹頫

　　中岳嵩山，远近知名。其实，它的主峰却不算高，只是周围没有比它更高的山峰，来夺它的气势，因此，人们就都一直奉它来统领中原。

　　秦始皇在这儿修建"中岳庙"，历代君主便都扩充开拓，香火称盛，僧侣盈千，山门宏敞，广宇连绵。至今，还有周代古柏，根深叶茂。汉武帝来祀时，曾封这两株古柏为"大将军"和"二将军"。进香人便也都把香火奉献给它俩。

　　秦王李世民，起兵陇上，联络天下豪俊，也曾借助寺僧，亲笔为少林寺写下碑记。待秦王坐上龙庭，嵩山的禅理和拳术，就沿着中原大道，一直向四外传播开去。从此，秦王的手书名押，也就成为镇山之宝。

　　嵩山百里方圆，历禁采伐。古木参天，松柏交翠。历代皇帝朝山封祀，几乎成为定例。武则天还曾临登山顶，亲祀拜天呢。这儿的古柏，除了汉封的两位将军外，后来又加添名号，有的叫"荷花柏"，有的叫"卧羊柏"，有的叫"十香柏"……远近知名，有口皆碑，点缀名山，更加生色。

　　了凡和尚，自从雍亲王得正大位，虽自认有功，但为了免遭不测，便向皇上请旨，做嵩山主持，长隐山林，不干朝政，如今已有五年光景了。

　　了凡一面自居禅宗法统，一面调教少林拳术，广招天下豪杰，聚拢山寨。对于大化一般人，并没放在眼里。大化一般人确实也奈何他不得。

　　了凡在嵩山，对附近山川河流，十分留意。来龙去脉，树木根条，记得一清如水，了若指掌。每日晨课完毕，便在山顶眺望，把山川形势，尽收眼底。他平时并不住在少林寺，却住在山灵庙里。每当他漫步山麓，抬眼看到阳城，就会勾起许多念想来。

　　阳城本是陈胜的老家，是"张楚"这支劲旅的发祥地。到了元代，又出了一位大能人，名叫郭守敬的，在这儿建立了"量天尺"。此人上知天文，下知地理，疏河凿渠，照准平径……无所不知，无所不晓。可算得上人中豪杰，铁中铮铮。

　　那边少室山上威名赫赫的少林寺，是中土佛教在达摩渡江以后的开光圣地；还有条倒流水，人们叫它"西流河"，附会它追怀达摩西来大意的法源。当年武则天，在此宴饮随从大臣，也使此处成为胜境。

　　自从有名的理学大师李传真，来到嵩阳书院讲学，了凡又经常出入书院大门。李传真夙慕禅和，了凡虽有一身武艺，原本也是儒生，两人气味相投，一拍即合，每次相谈，都是各逞机锋，互发禅理。旗鼓相当，莫逆于心。李传真兴高采烈，为禅室题了"花开十丈"四个大字的飞白书；了凡又为李传真画了一幅《石淙宴从图》。

　　原来了凡有个抱负，他揣摩到雍正的心事，要把儒、释、道三教，一总攫在自己手中，不许三家再自行标榜，各立门户，尔倾我轧，巧饰伪说。当年，了凡在宫中，和雍亲王私谈，雍正认为明朝亡国，和文士们沽名钓誉，虚声结纳，不务实学，只管攻讦，是脱不了干系的。他特别讨厌"复社"标榜的宗旨，公然声称要"致君""泽民"。他认为张溥提出的"致君"，就等于"制君"，就是要挟皇上。"泽民"就等于"谀民"，也就是收买百姓，立意鸣高。假若"复社"诸君子，一朝位居宰辅，取媚于民，挟持国君，那样一来，就比东林党更会排挤贤良，拉拢宵小，什么为国为民的高调，自会抛到九霄云外去了。本来文人士子说空话，唱高调，要属第一等。对务实方面，则毫无是处。治理国家，岂尚空谈？还不如释、道二家，尚可安抚人心，使穷苦百姓安分守业，追慕来生；使父老衰残，求寿祈福，早登道岸……

了凡深知，雍正想通过"礼学"这座桥，把儒家和释、道顺手拈来，掺和一起，作成流转浑圆的糯米团儿，不要说人听了，会明心见性，就是撒在池子里，大鱼小鱼儿，也都会张大口来吞食进去，得道升天呢。

多年来，了凡在各山寺梵林里面，早都安置了一些亲信耳目，京师消息，尤为灵通。他对白云观、潭柘寺、法源寺、海慧寺、法海寺、妙应寺各大寺观法主上座，一举一动，都吃在肚里，记在心里。特别是对深藏在舍卫城里的文觉大师的一言一行，知道得尤为详尽。

文觉就曾扬言，要把儒、释、道捏在一块，然后，由皇上通过儒宗，融汇释、道，为天下法主。皇上也觉比干巴巴的下诏降旨，要光辉圆畅，无往不利。这一着，是文觉高明处。他并不为释迦牟尼争地位，反倒处处高抬孔夫子。这一锤，最能打入雍正心坎儿。雍正赞许文觉有以国体为重的远见，没有排他的私心。

这风吹到了了凡耳边，自然更想拉拢李传真了。盼望由他们手中，把三教合流的宏论，攫为己有，上合圣算，下抚人心，可谓得其所哉。……了凡自认在自家手上成此大业，那才算得上宗派显扬，道统周流，任谁也比不了他了。

一天，了凡正在净室翻译经文，他把一段经文译出，和往常一样，把贝叶理顺，放进锦袱里面收好。下了禅榻，又燃起一炉真香，便想到山路花径中去闲步一回。还没走出禅堂，忽然，执事和尚法眼，进来报道：

"总，总督大人到！"

了凡听了，心中纳闷："总督大人？"

法眼小声找补道："是！是总督府田大人，田——上文下镜！"

了凡心里猛然一跳：密参隆科多的田文镜来了！但，随即平静下来问道：

"他——带来——多少人马？"

法眼道："并无人马，单身一人。"

"单身一人，是何来意？"了凡狐疑道。

法眼翻了翻眼，忙道："首座赶快去迎接吧，先接到后堂客室，安顿妥善，才合理数。"

了凡顺口应道："对，对！就来，就来！"

法眼又低声道："我已暗中派人到山下查看，是否带来大队人马，前山，后山，都派人去了。"

了凡仰天长叹道："多此一举了，夫复何益！不必了，事到如今，夫复何疑？"两眼盯着法眼，又道，"我有一句话，你要牢记在心：嵩山宝刹，今后由你来主持，万万不可推托！事到如今，这一颗舍利珠，就传给你了。上有清天护法，下有你心我心为凭！"

法眼忙道："这回定是田大人来请师父朝廷面圣。祖堂谱牒，自应由众唱名推选，共同当家，以待首座回山，重掌莲台，才是正办！"

了凡道："此事已定，衣钵真传，不容多讲，前往迎接田大人要紧。"

法眼听了，想道：必是了凡师父揣摩皇上有旨，宣他去京，所以他才预先做好安排，免得他走后，寺里和尚，争夺法座，横生枝节，使他在京里不好自处。

法眼知道，河南总督田文镜，平日做事，心辣手狠，公事老到，手眼利落，很受皇上器重。平日从不朝山拜佛，今日单身上山，既非庙会，又非行香，定有要事在身。不知他怀里揣的是福字，还是祸字？

法眼心中琢磨，眼里观察，从了凡形迹上偏又看不出什么来。

了凡走在前面，他便随在后面。走出禅房，来到大雄宝殿前面，了凡眼尖，早就见到田文镜，竟然还立在阶下等候，未曾上来。

了凡连忙加快脚步，奔向田文镜，从高阶上面，一级一级向下急行。忽见田文镜猛地伏倒阶下，对他纳头跪拜。

了凡快步赶到，双手合十，口称佛号，连连请他起来："田大人在上，田大人在上！大人有何钧示，传唤山僧拜署，恭听发遣，何劳台驾光临，远道劳顿。今日有何钧示，山僧恭候吩咐！"

可是，田文镜还是跪着，不肯起来。只听他开口道："皇上——"

听了"皇上"二字，真同雷鸣电掣一般，这个火燎滚烫的称号，烧得他悚然一抖，便和法眼一起跪下。两旁的和尚、沙弥，也都陪同跪下。

田文镜这才又接着道："皇上命小臣叩问和尚起居。"

了凡连忙向京城那方跪拜，称佛颂圣，遥祝："皇上万寿无疆！皇图永固，国泰民安，吾皇万岁、万岁、万万岁！"接着便磕响头。

这时，田文镜道："有请师父！"从他口中，囫囵吞枣说出这四个字儿，便不再言语了。起立后，侧着身子肃立一旁。

了凡平静道："遵旨！请田大人稍待，山僧收拾一下行装。"说罢，连忙起身告辞，转身向禅房走去。

田文镜由法眼殷勤接待到小客室喝茶去了。

和尚、沙弥们也纷纷散去，念经的念经，推磨的推磨，碾米的碾米，打柴的打柴，挑水的挑水，练拳的练拳……各归各位去了。

了凡回到净室，倒也不去多想了。只是昨夜在嵩阳书院和李传真议论的光景，又出现在他眼前：

嵩阳书院，自从由李光地的再传弟子李传真主持以来，情况大变。这位李传真，最喜欢谈论《参同契》。[1]他在讲学时，常常能用《参同契》的神髓，把儒、释、道三家融会贯通，说得左右逢源，毫无挂碍，使听者动容，闻者感悟。了凡每次见到李传真，两人都未免要叩禅机、盘圣道，通宵达旦。局外人还以为他俩在打哑谜呢。但是，两人却都在心中越靠越近，越说越拢。

了凡很知道李传真的斤两，在北方，不但有声望，有办法，而且著书立说，大反李二曲。李传真对李二曲主张"静坐"，引为同调，在道理上，认为李二曲除了"虚明寂定为本面"这句话，还能道着"痒处"，其余都与圣道有违。这和了凡主张"菩提自向心觅，何劳法外求玄"[2]的说法暗合。何况，了凡也主张"静坐"。在这一点上，他俩更觉对路。

---

[1]《参同契》，魏伯阳作，多谈炉火炼丹之说。书名寓参同、周易、黄老三家同归于一。朱熹托名空同道士邹訢，作《参同契》考异一卷。

[2] 这是禅宗六祖慧能《坛经》中的句子。

昨天夜里，在嵩阳书院，二人谈得投机时，了凡曾向李传真道：

"当年学士王文靖公，问宏觉禅师：'大学之道，在明明德。朱子说，明，明之也。请问，如何才算得是明？'宏觉禅师曰：'问朱文公去。'请问，这是解，还是未解？"

李传真回道："解得好。明之在德，德之在明，互为解说。如一桶水，底通了，便无上无下，顺桶而下，无往而不通。"

了凡笑道："解得好，解得好！"

李传真回过头来，反问了凡道："既然参禅悟道，一丝不挂，人还有喜怒哀乐吗！"

了凡不假思索回道："逆之则怒，顺之则欢。顺逆在心，喜怒在情，心无情无，何所牵挂？"

李传真又问道："怎么是逆？怎么是顺？"

了凡合十道："泉水向下是顺，自行向上是逆。反之，水蒸上为顺，船下滩为逆。烦恼即是菩提，净华生于泥粪。顺也即是逆，逆也即是顺。"

李传真笑道："是了，是了。"

了凡也笑道："尚未了也，了也尚未！"

李传真问道："如何说未了？"

了凡接道："此事贵在眼明。眼明自然心亮，心亮便能了无尘埃，无尘无埃，才是了了。"

李传真这时自谦道："吾辈多从文字入手，未免多有障碍，所以，一时还难成顿悟。"

了凡道："东坡居士是五祖戒后身，放笔清空灵妙。但转过头来，却于己事生疏，但亦不过暂时歧路耳，自有明白处。"

李传真道："东坡自是谪仙人，在天为仙，在世为圣，死去为雄，不可及也。"

了凡道："所以说，儒、释、道，实是一家，正如花、叶、藕，合成为荷一样。"

两人说到这儿，会心会意，大笑而别。

了凡迎着曙光，走到路上，越想越是称心。他知道李传真和江南江北的大儒饱学，都有往来。他早已嗅到雍正的心思：皇上先在少林寺刻下了《三教混元图》，还定理学为天下儒宗。使孔、老、佛三者，既能分治，又可合流，由皇上亲颁圣牒，自做法主，不偏不倚，不厚此，不薄彼，定能收到无往而不利的效验……了凡在悟道参禅上，和李传真说得互有发明，自会传到皇上耳朵里面，博得皇上的赏识。这才是他钻心磨眼想要做成的头等大事。

不幸，功败垂成！了凡绝没有想到，事情变化得这般快，还没等到他的这些言论行动，上达天听，皇上竟然要田总督前来收拾他了！事出仓促，但已无法挽回了。他便坐下来，给皇上修折启奏。

他先作了一个偈子道：

> 无叶无枝转周流，
> 清风西化现青牛。
> 青牛白马波罗蜜，
> 万盏明灯朝岱丘。

当他写到万盏明灯的"明"字时，立刻想到张德明那段前因后果来。术士张德明，蛊惑人心，说八王子有龙飞之相，又在老皇帝面前说，要害允礽，不用老皇帝动手，交给他就行了。嵩阳书院这个李传真，昨夜还和他谈禅说法，莫非也是张德明一般人物？是雍正派来套自己底细的？所以今天，就把个田文镜勾来动手了……

了凡笔一顿，纸上出了个大墨点儿。他顾不上改写，手不由抖了起来。自恨晚了一步，使他对李传真下不了手。但他在忙乱中，还是写了一张纸条，搓成团儿，丢到窗外。他知道，和尚们拾到，自会按字而行的。

田文镜在小客室里，等了许久。左等右等都不见了凡出来，只得会同法眼，一起到净室来寻他。

只见了凡伏在桌前，一动不动。本来田文镜早已想到，但他目睹这番光景，未免还是有些诧异。莫非他……

田文镜是个老公事，他一眼看到了凡摊放在桌上的手、指甲，全无血色，再审视他的脸庞，只见头、颈上，都有几块血斑。他断定，了凡是咽气好半天了。他发出一声叹息，上前提取了凡的奏稿，草草看过，便放在胸前特制的囊袋里。接着，再检点了周围，觑着眼向法眼道：

"大和尚道行出众，看来已经圆寂，尘缘已断，早登仙界。但不知和尚生前可曾立下法嗣？有何遗言？"

法眼听了，按理就该说出了凡确曾对他立过遗嘱，由他接过嵩山衣钵，奉绪宗派。但他偏偏只字不提，顺口答道：

"和尚未曾嘱咐，堂前未立过法嗣。恭候钧裁！"

田文镜听了，沉吟片刻，对法眼道：

"今后便由和尚主持嵩山法寺，容后奏明皇上，降下圣旨，再登钟板。一言为定，不得更改。"

法眼慌忙向南跪拜，念佛颂圣。

田文镜依照奏稿，吩咐法眼，带领得力徒众，来到净室后面，把一根红漆抱柱破开，由田文镜亲自把藏在抱柱里面的雍正早年颁发给了凡的御书密诏，一股脑儿攫在手中。随即命法眼将了凡首级装在石函里面，运往京师相验。这石函原是为了凡圆寂以后，装舍利子的，如今竟派了这个用场。

田文镜把抱柱里面的东西拿到手，并不过目。命令沙弥点好件数，仍用黄缎封好，密密缝牢。还要法眼寻出大庙佛印，加盖在包封上面，火速赴京复命。然后吩咐顷刻下山，松林中的大队人马，这时都从林中、地下钻出，簇拥着田大人回衙去了。

法眼派出去查看山林的和尚、沙弥，眼见总督大人在众多兵丁护卫中下山了，也就不用再说什么，各自干各自的去了。到了晚间点名的时候，才发觉前二年投奔来的俗姓马的和尚没有回来。

法眼不由长叹一声：这和尚凡根未净，不可强留。但他若知了凡主持的下场，怕不会善罢甘休哩！

原来，马僧和银环，投奔嵩山后，被了凡看中，留在寺中，当了一名教习和尚；将银环安置在山下水月庵，倒也相安无事。今日田文镜上山，马僧也被派去查看山林。待田文镜下山后，马僧溜达回来，在了凡净室窗外，拾得一个小纸团，打开一看，上写两句诗文，字迹潦草发颤。那两句诗文是：

旨在柱中抱，
真可不再传。

马僧看了，不解何意，便拿着去找了凡师父。进得净室，却被眼前景象惊呆了。旋即明白过来，抽出壁上宝剑，回身便往嵩阳书院奔去……

午夜，乾清宫西暖阁里，方烛摇摇，龙香细细。雍正正在翻阅当年给了凡的密旨。室内寂静无声，只有陈旧折纸，透出清脆的微响来。

……田文镜参奏隆科多有功，雍正加田文镜为尚书、为河南总督后，曾经赐给田文镜一幅绢画。画的是一座高山，山上一座古刹，有一老僧在刹里参禅打坐。画上既无题款，也无印记，对日照影，纸中也无暗纹花押。

田文镜得到皇上赐给他的这张画，百思不得其解。他平日想的，只是政声治绩，对于金石书画，从不理会，也从不爱好。皇上对这点是深知的。如今，得此意外赏赐，可说事出非常。

田文镜便召集心腹幕僚，要他们揣度皇上意图何在。其中一位幕僚，在手掌上写了"了凡"二字，借放笔的时候，在田文镜眼前呈现了一下，随即装作咳嗽吐痰，用手帕揩去。田文镜看了，顿时恍然大悟。

田文镜总领河南，地方情况，自有心腹干将，不时报知。宫廷内幕，他亦常参与预谋。因之，熟知了凡非同小可。嵩山又非一般僧寺可比。此事只能智取，不能力攻。深思熟虑以后，决定连夜上山，只身冒险一遭。

果然，未出田文镜所料。若不深入虎穴，安能取得虎子？如今，他可以使圣上心满意足了。

但是，他那位指出皇上心病的幕僚，却在当天就辞职还乡去了。因为他知道，少林寺的和尚惹不得，田大人也不容有把柄攥在他人手中。这次搞到了凡身上，不久，也会搞到自己头上。

田文镜见他知趣，也不强留，赠他一笔盘缠，由他自去。

……

雍正得到了凡藏在抱柱里的东西，这才真正放下心来。只有这个祸根，由皇上亲自销毁，方称得起万无一失。

蜡烛爆了一下，火光大了。太监从外面进来，小心翼翼剪去烛花，烛光从红色转成黄白色，暖阁内顿时亮了起来。

雍正轻轻呼了一口长气，目光落到赵子固落水本的《定武兰亭》上面，便随手翻开了十三跋看着。

他想倚到靠枕上面休息一下，但还是打起精神，正襟危坐，不偏不倚。

他眼中看到"孟頫"二字的落款，忽然联想起曹頫来。

这两年，京里戏班常演《南天门》，听说有时官家文书，为了逢迎曹家，把曹頫写成"曹福"。是有意，还是无意？怎么就这么巧？对这种混称，雍正只觉厌恶，连赵孟頫的十三跋，也不想再看下去了。

雍正闭上双眼，想息养片刻。但不由又想到江南名角，几乎和李家都有瓜葛，如今居然还把曹福的戏乱搬乱演。虽说义仆保主，值得宣扬，谁知是不是有人暗中做下扣子，来为曹家脸上贴金、散发海报呢？这出戏，本来是垫场戏，既不叫座，也没彩头，原是一杯烧不开的温暾水，目前竟然走红，其中定有原因……

想到这儿，雍正气不打一处来。他怒睁双眼，想起曹頫上贡御用缎匹，跳丝落色；在江南把老山参当作次品，低价出售，讨好官衙，变相行贿……种种劣迹，因循不改。曹寅当年兼领盐政，商户积欠百万，曹寅弥缝豁免，随使商人倡立生祠为报。在曹寅身上，已觉过分，曹頫是何等样人？黄嘴丫子[1]还未褪净，也想顺水推舟，拖到上边不耐烦，来个不予追缴，明令豁免，使曹頫和商人都乐得互相成全，也给这黄口小儿立个生祠不成？这个如意算盘，未免想得太好了！哼哼……曹頫这样不知收敛，说不定他家藏有先皇密

---

[1] 指刚孵出之麻雀，口角是黄色的，即不成熟、幼稚的意思。

旨，才这样有恃无恐。李家倒后，他家还不知进退，全无缩手敛迹的意思，其中定然大有文章！

雍正猛然想起父皇晏驾，自己坐上龙庭时，允禳竟派飞骑给曹家送信儿，沿途驿站因换马，稍有耽搁，便怒鞭督邮……送的什么信？这般紧急？……父皇晏驾时的玉如意，也风传到了曹家手里！……近日又有密奏，曹家搬出箱子分散财物……雍正太阳穴青筋暴起，鼻端汗水渍渍。他认定，以前把曹𫖮当作雏儿看待，是大大地错了！

他的两眼发花，看到十三跋上的字，忽然都变成了"落水""彭殇""抄家""玉如意""陈迹"等字样，在他眼前跳跃。他想到，也要像炮制了凡一样，事先不能让曹家有一丝儿察觉，给他来个迅雷不及掩耳，一举直抄他家，就可以把密诏、玉如意等搜出。他越想越相信，密诏必然会有的！曹𫖮是纳尔苏小舅子，和允禵一鼻孔出气是不用说了，和允禳、允祧的关系，也绝非一般……

雍正提起笔来，在曹𫖮名下，本想写"抄家"二字，但又停了下来，把笔搁在笔架上，沉思起来：

他想到把梁九功放到景山，他竟畏罪自尽。如果风声走漏，曹𫖮胆小面嫩，又未经过大世面，要是也寻了短见，世人不知，反而误以为上逼下紧，被迫自尽。传扬开去，这风声可不好听。他这时想到，抄曹𫖮的家，也得费些斟酌，不能打草惊蛇，使他把产业挪藏到别处，什么也未搜得，反令天下人耻笑。

雍正又想，可以降旨允禄去办理；或者，派特旨专员前往江宁查抄；也可以要地方就地动手；更可以由锦衣卫出动！……这都要看，哪一着，能把东西弄到手！不能只图个简捷痛快。抄了苏州李家，大江南北，早已如八月江潮一般，有些群情汹涌的势头，现在再动曹家，最忌弄不到真赃实物，放了空炮，以后倒不好再动手了。

雍正紧了紧双眼，头脑觉得清爽些，便把当前整治曹家这桩事儿，前后拨拉了一回，看看下一步，到底该怎么走？

这几年，他做了一揽子安排：

三年七月，削隆科多太保，命其前往阿兰善山修城；四年正月削其职，今年禁锢之。

年羹尧三年十二月赐死。

杭州织造孙文成年已老迈，着李秉忠以按察使衔管理杭州织造事务。

李煦买苏州女子送给阿其那一案，刑部议依例将奸党李煦秋后斩决。经由总督内务府和硕庄亲王允禄等交奏事双全转奏，降旨李煦着宽免处斩，流往打牲乌拉。

允禵被召还京时，平郡王纳尔苏在西北代理印信，不但不感恩图报，反而擅离职守，私自来京密谋。直至三年十二月有人密奏，才真相大白。朕登基时，献金佛邀宠……为此，于四年七月革去纳尔苏爵位，禁锢在家，由其长子福彭袭承。

允禩、允禟欺君罔上，图谋不轨，屡教不改，幸喜于四年秋，不到一个月的时间，在各自寓所相继暴病身亡，真乃天意也！

……

雍正顺手又拿起了噶尔泰密奏曹頫劣迹的奏折翻阅，看到"访得曹頫年少无才，遇事畏缩，织造事务交与管家丁汉臣料理。臣在京见过，人亦平常"。

雍正看到自己的御批："原不成器"四个字，又提笔在"人亦平常"上面，加上"岂止平常而已！"本来还想加上一笔："他心里才不平常哩！"但他没有写。想到这是猜度之词。皇上对下臣，把猜度之词当成罪状，反倒不足以服天下人之口，把笔又放到笔架上去了……

雍正决定，从曹頫亏空这项上开刀。噶尔泰任两淮盐巡，能解部银两四十二万，不但扭转亏空，还有上缴。为何曹頫做不到！期限已经过去，他还左顾右盼，一再请求宽限，必是不想开罪机房职工，拿大库银子为自家讨好卖乖。这种沽名钓誉的狡猾伎俩，岂能容忍？即此一款，抄家的罪名，也逃不掉了。

雍正思前想后，决心把这批从龙入关的世袭奴才去掉，换上自己的心腹。江南士子，经过曹寅的诗酒联欢，大都诚意归心。曹頫在士大夫眼中，虽无足轻重，他对皇家细事，却知之极详。留此后账，不如早去早了。

雍正把笔从笔架上取下，顺理成章写道：

"江宁织造曹𬀩，行为不端，织造款项亏空甚多。朕屡次施恩宽限，令其赔补。伊倘感激朕成全之恩，理应尽心效力；然伊不但不感恩图报，反而将家中财物暗移他处，企图隐蔽，有违朕恩，甚属可恶！著行文江南总督范时绎，将曹𬀩家中财物，固封看守，并将重要家人，立即严拿；家人之财产，亦著固封看守，俟新任织造官员随赫德到彼之后办理。伊闻知织造官员易人时，说不定要暗派家人到江南送信，转移家财。倘有差遣之人到彼处，著范时绎严拿，审问该人前去的缘故，不得怠忽！钦此。"

他写后，又看了一遍，当看到"反而将家中财物，暗移他处"这句时，觉得空泛，难以服人。但他期望此旨一下，自会有人以为皇上早已查明，而自投报案。放出空弹，打得双鸟，岂不甚妙？脸上不禁露出一丝微笑。

他觉得笔底下的"伊"字，也有妙处。这个"伊"字，谁顶去都行。他心目中，最好是落在纳尔苏嫡福晋头上。只要她有这种行为，就可以顺藤摸瓜，扯成一片。如果范时绎有心安排一个由北京送信的嫌疑，也不算多事呢。决不能把它看成是"莫须有"的事儿哩！

雍正的算盘，打得很称心。不由打了个哈欠，把长指甲在桌上轻轻点了两下，嗓子眼儿里干咳两声，太监便走了进来，清理文具，知道皇上要就寝了。